廢線彼端的人造神明

瀟湘神

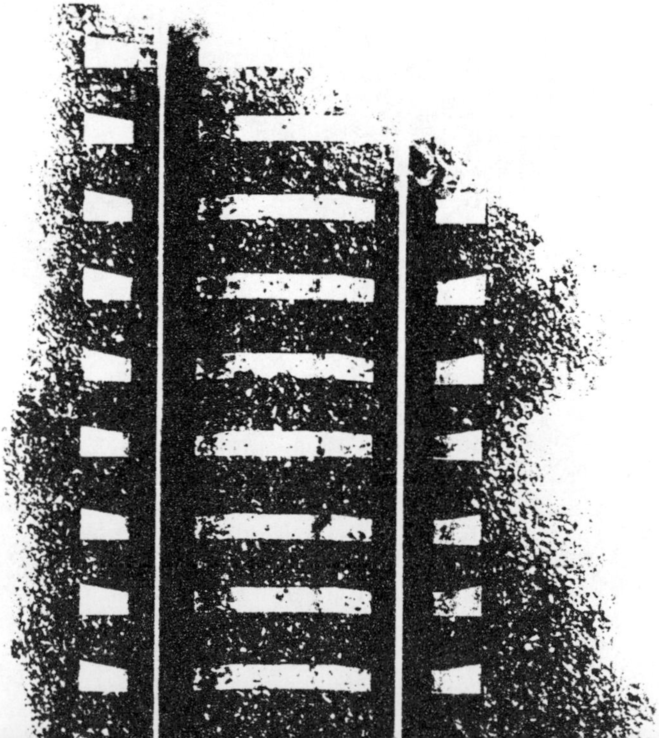

目錄

深澳線歷史 --

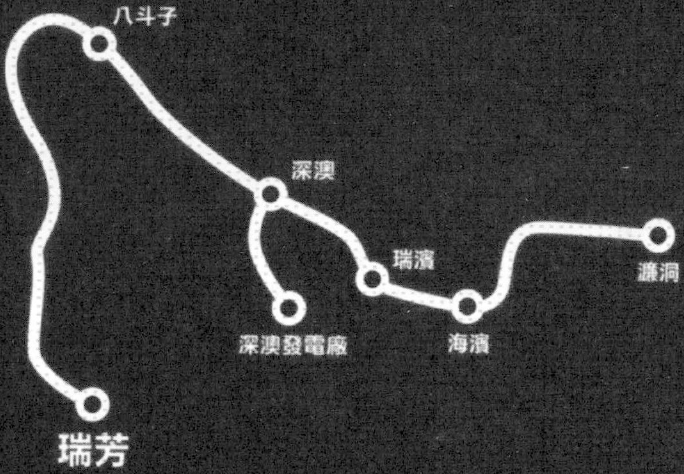

1936 年，金瓜石線完工，由基隆的八尺門—瑞芳街（今濂洞站）。

1962 年，金瓜石線廢線。

1965 年，以金瓜石線為雛形，開通瑞芳—深澳的深澳線。

1967 年，深澳線開通至濂洞站。

1977 年，濂洞站停止營運，其後有「幽靈車站」傳聞。

1989 年，深澳線停止載客，僅運送煤礦至發電廠。

2007 年，廢線。

2009 年，

西元二〇〇九年

序

都市傳說之夜

台北的夜裡潛伏著黑暗——

不，不是隱喻，是物質性、純粹無瑕的黑；是光子被拒斥，無緣進入之處。人來人往的地方，玲瓏剔透的路燈或許能像發燙的流星碎片，將光潑灑到人們溫熱的臉上，從城市高處俯瞰，街道像發光的血管汩汩而動，磅礴的熱力或許給人一種黑暗都被驅離的錯覺，但就算是最明亮的街道，也有燈照不進去的地方。

譬如，只要設置路燈時稍不注意，就足以形成無人關注的死角……但說到底，黑暗才是事物的「原貌」，混沌、無序才是自然狀態；在第一道光被點亮前，宇宙就是那樣，但人類的趨光性讓目光追逐光輝璀璨的事物，這才忽略了城市裡無處不在的黑暗。

不可視的黑暗，或許藏著不被光接受的邪惡生命，甚至黑暗本身就有生命；黑暗是可怕、陌生、危險的，人類不該停留。這不只是人類共通的恐懼，也是常識。

這位站在地下道中央的大學生也很清楚。

她從不接近黑暗。身為女性，她向來就被這樣教導。晚上不要一個人外出，不要走暗巷，一定要帶哨子、電擊棒。她聽過恐怖的傳說，有女孩子沒遵照這些規則，最後被殺了；所以她到這個年紀都戒慎警戒，不走暗巷，不離開光明，只走在最守規矩、光輝耀眼的大路上，她不可能主動走進黑暗。

所以她不懂這是怎麼回事。

這裡，是除了她以外，空無一人的幽暗地下道。

雖然有燈，但燈管相隔甚遠，光線極其微弱，細小的蟲子在燈管附近飛舞。漏水沿著天花板、牆面流下，在骯髒的磁磚地板上沉澱，那種暗赭色的堆積，遠看就像內臟皺褶，濕漉漉的水漬反射著破碎的燈，彷彿整個空間也被裂解——

自己是何時走進這地下道的？大學生暗忖。回家的路上，她有必要走地下道嗎？沒有。而且她不認識這個地下道，也沒有走進來的記憶。

恐懼襲來。

「這……是哪裡？」

她朝著無人處喃喃自語。當然，沒有回應。大學生臉色變得難看，猛然回頭，發現自己在地下道正中間，但無論是前方、後方，盡頭都不是向上的階梯，而是往兩側的岔路；大概是朝不同方向的出口吧？學校附近也有這樣的地下道。

在前方不遠處，地下道的中段，有個向右的通道。但她不敢動、不敢接近。

……不能待在這，要快點逃走！她腦中警報直響。既然剛剛面對前方，只要往回走，應該能回到她來的地方吧？她這麼想著，轉身往回。

然後愈走愈快，跑了起來。

啪、啪、啪，鞋子踩在略帶潮濕的地面上，讓聲音有些黏膩，迴蕩在無人的地下道，宛如追著她的怪物；地下道牆面繪滿滑稽的塗鴉，在昏暗的光線下讓人不安，雖然卡通人物張著誇張的笑臉，但遭天花板的漏水洗刷，它們像流淚般溶解。她到底爲何在這？就連知道位置的地下道，她都不會在晚上進去了，何況是見都沒見過的陰森地下道？

大學生很快抵達地下道盡頭。無論左轉還是右轉，應該能看到不遠處的階梯才對；只要走上去，就能回到地面，回到原本的世界！但她望著兩邊的景色，不禁臉色發白。

沒有階梯。

盡頭兩端依然是長長的地下道，兩端的盡頭依然是岔路；地下道不是供行人避開車輛、穿越馬路的嗎？怎麼可能這麼長、這麼曲折？這時，她發現左側通道的盡頭有人影。

看到人，大學生原本激動地要揮手呼救，但她才剛抬手就覺得不對。

雖然距離遙遠，但她瞬間覺得對方眼熟——不，那只是一瞬間的想法。下一瞬間，她就感到了不協調。

那人好像也在對誰招手。

不是對自己，而是站在地下道盡頭，對著左側通道的方向招手。

她的動作跟大學生完全相同。

注意到這點，大學生停下手，慢慢做出把手舉高的動作——那人果然也擺出同樣動作。

一陣惡寒。

她升起不好的預感，緩緩轉頭看向左方，也就是自己奔跑過來的方向；果然，地下道中間，那個她剛剛沒接近的通道前方，站著一個人。那人雖面對自己，頭卻盯著通道，彷彿通道另一端有人。她害怕地轉向那人，對方果然也轉身，朝著通道的方向。

那人就是**她**，是她的「鏡射」。

大學生全身顫抖，不爭氣地發出哀鳴。這怎麼可能？太離奇、太超現實了！她不斷在心裡祈禱，呼喚某個名字——或許能拯救她的名字——但爲何神不回應她的祈禱？難道這是神都無法介入的噩夢？

如果祈禱，神就會前來拯救，世界或許會和平點。不過在那之前，神或許要互相殘殺一番；畢竟世上這麼多人，願望彼此牴觸，最後能實現人們願望的，只有擊殺其他神、僅存的**終極之神**吧！

「碰！」她的左側突然發出巨響。大學生害怕驚呼。那是有人用力關門的聲音，音量之大，還讓回音在地下道持續了好幾秒！

接著是腳步聲，有誰正在接近。

——要求救嗎？

不。這情況極不對勁，不能輕舉妄動。她轉頭就逃。

但要怎麼逃？

這是「閉鎖的循環」。只要仔細思考就會發現，唯一稱得上出路的，就是剛剛傳來腳步聲的通道——她當然不可能過去。她不及細想，只想先藏起來，卻沒發現在這閉鎖的循環中，原本以爲可以逃開的方向，其實正讓她跑向「腳步聲的來源」。

一無所覺的她奔向地下道盡頭，正要轉彎，巨大的手伸出來抓住她。她嚇得尖叫：「放開我！」

大學生用力掙扎，但那隻手就像鋼鐵般紋風不動，這不是譬喻，是眞的完全不動，好可怕的力氣！仔細看，那不是人類的手。抓住她的怪物有兩公尺高，擁有人型，全身卻長滿深灰色的毛，臉像犬科動物般向前突出。大學生又推又踢，掙扎得更厲害，她自由的那隻手伸進側背包，尋找能保護她的東西。

「你是安律因吧？」怪物發出沉穩的男性聲音，「別掙扎，我不想讓你受傷。我來找你是要——」

怪物會講人話？牠怎麼知道自己名字？要是從這裡逃脫，怪物會找到她家嗎？大學生害怕到牙齒發顫，她掏出電擊棒，打開開關，驚人的電流聲迸出，接著就往怪物戳去。

他們距離如此之近，但怪物早有準備，另一隻手像趕蒼蠅般側擊電擊棒的柄，電擊棒輕巧地飛出去。

完了，安律因想。

眼淚終於無法克制地流下，她用盡全身的力氣大喊：「**獨無**！救我！」

突然間——

那眞的是瞬間的事。

理論上，電擊棒在脫手的瞬間就無法發電。但在極低的機率下，按鈕發生故障，即使脫手後仍處在發電狀態；接著它撞上周圍的東西，迅雷不及掩耳地彈回來，電擊端正好刺入怪物的肩膀。

「嘎！嗚呃咕……！」

怪物因劇痛而慘叫。就在此刻，「世界」崩潰了。就像被打破的萬花筒，地下道的景色碎成一片片，每一片又分解成更小的碎片；怪物失去力氣，放開安律因，她腳步不穩地後退，才發現自己根本不在地下道。身體直覺這麼告訴她，她在一個更寬廣的空間，但一時間視線還無法恢復，還留著地下道的殘影。

……幻……覺？可是，感覺好眞實——

「律因！你還好吧？」一隻蝙蝠飛近她，祂就是「獨無」，是安律因的**神祇**。獨無急切地說：「剛剛我一直都在，但我怎麼叫你，你都沒回應！還像是鬼打牆般地一直轉圈圈，我幫不上忙！幸虧你有想到用電擊棒……！」

作爲神祇，獨無的能力是操控機率——

不，這說法不夠精準。

祂能帶來好運，也讓厄運降臨；好運來時，丟一百次骰子，甚至能每次擲到六！換言之，無論好運或厄運，牠能在至少六的一百次方的「可能」中，找到僅此唯一的最佳可能。電擊棒開關故障，還有反彈的角度正好命中，這種巧合平常根本不可能發生，但獨無能實現它。

「我、我沒事……」

安律因繼續後退。她不知那怪物只是暫時無力，還是就這樣被電昏過去了。她撿起電擊棒，馬上跳開，沒勇氣檢查狼人的狀況。她只想趕快離開。

這時她總算看清環境。

她在一個廣大的建築工地中，或許是時間太晚，沒有工人，空氣中還有施工粉塵的味道。這裡應該是建造中的大樓吧？外面蓋上一層遮蔽物，夜色只能從零星的隙縫間透進來，爲何她會走進來？這種地方應該是封閉的啊。

「是……『神』嗎？我被別的『神』攻擊了？」安律因慢慢理解了事態。

身爲「神祇系列」這種高科技產品的試用者，她很清楚神的力量有多不可思議；獨無說不同神祇有不同力量，剛剛離奇的體驗，很可能是其他神操弄出來的。所以，那怪物也是「試用者」？爲何要攻擊她？

不，重點是——**對方怎麼知道她也是「試用者」**？

「別管了，我們快離開這裡。」獨無催促著。

「抱歉，安同學，我要請你留下。」

不是怪物的聲音。安律因心中一涼。她看向聲音方向，只見一個人影從高處落下——不確定多高，至少有三層樓吧！那肯定是會摔傷的高度，但青年落地極爲輕巧，甚至如雪花般無聲。

青年是人類？還是神創造出來的幻影？

「你們到底是什麼人！」安律因怒吼。

她確實害怕，直到剛剛都還很害怕。但知道對方也是「試用者」後，她很生氣。他們憑什麼攻擊她！他們無冤無仇啊！

光線實在太暗，她看不清青年的長相；只見青年拿著兩根「長棍」，將其中一支插進地面，發出可怕的聲響——安律因嚇了一跳。那塊地已經灌了混凝土，但青年卻輕而易舉地將長棍插進去，那是鐵棍嗎？怎麼如此堅硬？

而且青年怎麼有這麼大的力氣？

「眞厲害，安同學。」青年沒回答安律因的問題，而是看向倒在地上的怪物，「遇到那種都市傳說，我可是嚇到動彈不得。而你居然擊敗牠。不過我建議你不要逃，至少聽聽我們的要求；即使你能逃走，我們知道你的身分，會繼續襲擊，對你來說不見得是最好的選擇。」

都市傳說裡的怪物？安律因這才想起，最近確實聽過「台北市的怪物」這種都市傳說，躲在城市暗處襲擊人的野獸，難道就是剛剛那個……狼人？

或許是電昏狼人，安律因有了些信心，更別說她滿腔怒火：「那又如何？我們都是『神』的試用者，我不怕你！」

「我明白。可是，你在明，我們在暗，防不勝防。而且有些人會對試用者的家人下手，就算你能抵抗我們襲擊……」

「你們敢對我家人下手！」

「……我也不希望事情變那樣。希望你至少聽聽我們的要求，如果能不使用暴力——」

這時狼人虛弱地爬了起來。恢復得太快了吧？安律因一陣慌亂。狼人見青年站在安律因對面，立刻大喊：「喂！你在做什麼？快抓住她！」

「蘇先生，我說過，既然僱用我，就讓我用我的方式——請不要馬上將情況變成用暴力解決。」

「不行！讓她逃走，就很難再抓住她了！」

「我沒說要讓她逃走。」

當然要乘機逃走，安律因想。沒問題，獨無會讓好運在她這邊；離開後，她會立刻報警，讓警察保護家人……不，只要到製造神的公司討試用者名單，警察就能直接逮捕他們！只要離開這裡，一切就迎刃而解！他們什麼都不做則已，只要敢追來，獨無就能給每個行動帶來厄運！只要引發夠強的厄運，就一定能夠逃離，沒問題——

「律因。」獨無突然在她心裡說，「我沒辦法。」

「什麼？」

「狼人就算了。那個年輕人——我無法將厄運帶給他。」

「怎麼可能！是他的神嗎？」

「我不知道他的神是怎樣，但厄運也需要破綻；那個年輕人毫無破綻。律因，如果你要逃，我沒有百分之百的把握。」

律因駭然。這是什麼意思？

她知道獨無的力量不是萬能的。要是什麼都不做，機率就不存在，而當某件事的機率強悍到一定程度的時候，獨無也無法動搖；就像太陽必將升起，並不是所有「事件」都能引發極低機率。

也就是說，青年現在的一舉一動，都穩定到不容許「意外」發生，甚至比連續擲到一百次六還不可能。

「現在不是讓你任性的時候！」狼人對青年嚴厲地大吼，「我們需要所有試用者！漏掉任何一個都會功虧一簣，毫無意義！」

安律因下了決心。獨無，我要逃了，她在心裡說。就算沒有運氣介入的餘地，也不表示那青年能阻止自己；必須趁他們還在吵，等青年專心對付自己就來不及了。

「好。」獨無也下定決心，「你放心做吧，我全力協助。」

獨無還沒說完，安律因已朝著有光的方向衝去。她剛剛就已在尋找出口。青年離她至少有五公尺遠，短跑的話，她有機會——

「對不起。」

青年出現在她身邊。

不知道他做了什麼，安律因感到他觸碰自己，接著自己就翻了過去，頭下腳上；青年速度超乎常理，當他「對不起」三字的「起」字剛出口，安律因已經翻倒。

安律因雙手撐地，一個翻身，狼狽地雙腳著地。她沒受傷，因爲獨無的好運依舊庇護著她，但她茫然不知所措。這人是怎麼回事？他怎麼辦到的？

「安同學，」青年無奈地說，「如果你打算逃，我就不得不與你交戰，請理解。」

「理解什麼！我也不想打！是你們逼我的！」

「我明白，這是我們的錯。」黑暗中，青年的面貌還是看不清楚，但安律因能聽出苦澀，「但我確實不能讓你離開……這樣吧，我跟你約定，只要你戰勝我，我就讓你走。」

安律因哭笑不得。她是學過防身術，但她也很明白，在青年這樣的對手面前，防身術根本沒用。事實上，她的防身術老師也不斷耳提面命——有機會就逃。

「這不公平。」她沙啞地說，「你們有兩個人，有兩個神。」

「蘇先生不會出手。」

「喂！」狼人抗議。

「我說過了，蘇先生，」青年有點不耐，「請照我的方式。您承諾過了吧？不打算遵守承諾嗎？」

「……你輸了，我還是會出手。」狼人原本還想說什麼，但最後只說了這句就退開。雖然不必以一敵二，安律因多少有些放心，但她還是只想著逃。

「安同學，你用電擊棒嗎？電擊棒比較短，比較不利，但只要你將我電昏，就是我輸了。想換成對等的武器也可以，你自己選吧。」青年指著剛才被他插進地面的長棍，原來那是武器？如果自己沒帶電擊棒，就只能用那個長棍戰鬥了？

爲何這人要爲她提供武器？戰鬥狂？她根本不想戰鬥！

「我這個就夠了。」安律因喘著氣，握緊電擊棒，並將保險帶套在手腕上。

她沒其他選擇。就算用了對等的武器，自己也絕不是對手。就算打中又如何？對方就會認輸了嗎？如果逃不走，選擇只有一個：她只能將對方打到無法還手。

心跳得好快。

就算電擊棒的長度比較不利，就算無法帶給對方「厄運」，她也擁有「好運」。沒問題的。一定沒問題。

「好。」青年平靜地說，「謝謝你奉陪，安同學。我不會手下留情。」

黑暗中——不，仍有一點點微光照出青年輪廓，能辨識出他將長棍舉向身前，棍頭朝下。安律因按住電擊棒的開關，猛烈的電流聲響徹工地，冷光迸發，總算隱約照出了青年的面孔。

那張臉帶著些許憂傷。

「——獨無，幫我。」安律因暗自祈禱。

在毫無生命感的冷光中，兩人同時出手，隨著激昂的電流聲，勝負很快分了出來。

第一章

您需要神嗎？

「謝謝學長姊——」

完成收尾禮儀，劍道社社員紛紛站起。有人開始笑鬧，也有人抓起背包就要去洗手間換下劍道服。我拿著竹劍站起，心臟因剛剛的練習奮力跳動，但這嚴肅的氣氛太過迷人，我秤秤左手竹劍，忍不住想像前面站著強大的對手，做出拔劍動作，在心裡發出喊聲，踏步朝他擊出一劍。

當然，這一劍只擊中空氣，揮劍練習就是如此。我退回，準備再揮一劍。

這裡是台北公館某大學，體育館地下一樓的技擊室。前輩囑咐我們，要以最敬重的心對待道場，進來要鞠躬，尊重道場的一切——這讓道場產生某種魔力，不精進都有點慚愧。

就在準備揮個二、三十下時，有誰從旁戳了我。「一號。」我回過頭，阿輝站在我右後方，一手挾著面罩，一手用竹劍劍側抵著我，笑著問，「要對練嗎？」

他的頭髮因汗水貼在清秀的臉上，像剛走出蒸氣室，睫毛上甚至有水珠。我抹去額頭的汗：「都練三個小時了，阿輝你不累嗎？」

「這是NO的意思？」

聽來像挑釁，表情卻很爽朗。我笑了，誰能拒絕這麼爽朗的表情？我轉動手腕，讓劍尖在空中劃了個∞形，兩腳一前一後站好，將劍尖對準阿輝。

「好啊，我就來落井下石，你才輸給政胤學長吧？」

「喂，你看不起學長？好歹等你打贏人家再說，我先代替學長來教訓你。」

他退後幾步，取了適當距離，戴上面罩。在面罩遮蓋他表情的瞬間——氣氛變了。他不再是我熟悉的阿輝，而是哪裡冒出來的斬人狂魔。糟了糟了，雖然說得自信滿滿，看來我只是搬石頭砸自己的腳。

這傢伙是溫正輝，跟我的孽緣淵遠流長，甚至能追溯到出生前；我們父親是同事，關係良好，而他們的妻子，也就是我們各自的母親也早就認識。我父母會相識，就是阿輝母親當媒人穿針引線。總之，我們從小玩在一起，對彼此熟悉的很。住同個社區，幼稚園同班，國小、國中同校，基測也考到同一所學校，這種關係不稱為孽緣，還眞不知該稱為什麼。他口中的「一號」就是敝人在下不才我，我本名叫「程頤顥」，發音接近「一號」，才有這樣的外號。

說起來，「頤顥」這名字也太奇葩了吧！小學班導甚至念不出來，還問我怎麼發音。這名字是阿姨取的，她是國文老師，喜歡南宋時期開創洛學的程頤、程顥兄弟，就提議給我取這名字，爸媽居然同意了！多虧這名字，我從小就想搞清楚這兩字是怎麼回事，最後走上中文系的道路。

阿輝擺好姿勢，我也戴上面罩，做出拔刀動作，將竹劍的尖端指向他——瞬間，戰鬥開始。

我這種水準的人其實沒資格講，但劍道很特別，不只動，靜也很重要；我是透過劍道，才知道什麼是「蓄勢待發」。就算有「開始對決」的自覺，我們也不會像野獸般衝出，而是在細微的動作間捕捉對方破綻；我們會試探地交鋒，最初動作都是輕微的，直到發現破綻的瞬間——但破綻也可能是陷阱！如何判斷是不是陷阱，就是巧妙之處，舉例來說，我的話就會……

「面！」

被擊中的聲響伴隨著阿輝清亢的喊聲，迴響在技擊室裡。

連試探都來不及就輸了。

當然的吧！這傢伙從小練劍，高中時就作為主將代表學校出戰，我的主場是益智遊戲社，雖陪他混過劍道社，但像我這種玩票性質的，當然不可能是阿輝對手，能占便宜的也只有嘴。阿輝做出漂亮的「殘心」步伐，輕巧地在幾步外優雅轉身，瀟脫爽朗的笑聲從面罩下傳來：「知道不該小看政胤學長了吧？」

少來。一般情況下，政胤學長根本不是你的對手！但敗者哪能多嘴？我只能舉手同意。

換下劍道服已是晚上十點。這城市就像不會休息，銀澄色的街燈晶瑩剔透、閃閃發光，連已經打烊的店家也亮著招牌。我們從校園後門離開，雖沒什麼行人，略帶寂寥的風裡還是有著屬於人的溫暖。

「喂，阿輝，」我追上腳程較快的他，「剛剛社長問的問題，不會是發現我的身分了吧？」

「不會吧？嗯……也不是不可能。」阿輝露出壞笑，一副事不關己的樣子。

換衣服時我們遇見社長。他換好便服，看到我們點頭爲禮。他對我不怎麼友善，阿輝說是因爲他擔任社長壓力很大。離開洗手間前，社長隨口問：「一號，你這學期通識課選什麼啊？」

我下意識看向阿輝，阿輝說：「學長，他這學期沒選通識啦。」

「怎麼是你幫他回答？算了，既然正輝都這樣說，就當這樣吧。加油喔，一號同學。」

加油是什麼意思？我嚇了一跳。雖然可能只是隨口說說，但也可能是對我生了疑心，想看我如何在謊言中掙扎……看阿輝不在意的樣子，我忍不住搖頭：「你可要小心喔。要是我的祕密被發現，你就慘了。」

「關我什麼事啊？」

「我要是被發現，大不了拍拍屁股離開，你可是幫忙騙人耶？」

「哪有？你確實沒有選我們學校的通識課啊。」

要是眞這麼回答，只會被認爲在貧嘴吧？

說穿了其實根本沒什麼了不起的祕密。高中時，我們選了不同社團，卻也到彼此的社團廝混，所以我對劍道不算外行，阿輝也陪我玩過數不清的桌遊。後來大學聯考，我們考上不同學校、不同系所，但都在台北，就決定效法高中時期——即使念不同學校，也要參與彼此的社團活動。

桌遊社社長不排斥外校生，阿輝來當然沒問題，但劍道社不同。因爲劍道社要跟別的學校比賽，讓外校生利用其他學校的資源，有些說不過去。雖然沒人說不行，但我深知其中灰暗曖昧之處，因此一開始就僞裝成阿輝學校的學生，沒透露外校身分。

——爲何不參加自己學校的劍道社？因爲這是本末倒置，我想跟阿輝一起玩，可不是想在比賽中跟阿輝對決啊！不過，要是社長發現我是外校生，對阿輝多少還是有點影響，比起害他承擔異樣的眼光，說不定不再去社課更好。

「放心啦，」像是察覺我的想法，阿輝拍拍我的手臂說，「我好歹還算是這社團的重要戰力，社長不會拿我怎樣的。」

「靠，你少臭美，我沒擔心你。」我立刻回嘴。

「喂，中文系的，講話這麼不乾淨，不丟中文系的臉嗎？」

「關你屁事，中文系的臉不用哲學系的擔心啦！」

就讀兩個最沒用文組科系的我們走到公車站牌。阿輝住學校附近，但我得搭公車回宿舍，平常他都會在這陪我聊到公車來。不知爲何，這天我們半晌沒說話。天氣有點冷，或許他穿得有些不夠；他將竹劍揹在身後，怕冷般地緊捉著兩手的手肘。風吹亂他的頭髮，看來有些侷促。

「阿輝，我可以問一個問題嗎？」我開口。

「嗯？可以啊。」

「『忘心』怎麼了？」

阿輝看向我。路燈銀澄色的光照在他臉上，輪廓異常鮮明。他神情僵硬，接著裝出不在意的樣子反問。

「爲什麼問這個？」

「你看來有心事。不是還因此輸給政胤學長？」

「喂，就說不要看不起政胤學長……」

「少來，我沒這麼外行。政胤學長從沒贏過你，你們的差距就是這麼大。而且你今天不是沒帶忘心？這種事從沒發生過。」

這讓阿輝無話可說。他側過頭，表情有些複雜，然後苦笑。

「眼力也太好了吧？嗯，不過我也覺得瞞不過你。」

不，只要有眼睛，就不可能沒發現吧？

「忘心」是阿輝的竹劍，但不是普通的竹劍，而是相當高級——爲了慶祝他得到劍道比賽中的冠軍，他父親特別從日本訂製的，價值不言而喻。這幾年來，他也不是把忘心供在家裡，而是直接帶上戰場，如祈願勝利的吉祥物；那像是阿輝的分身，見忘心如見阿輝。

但他今天帶的是別的竹劍，拿出劍袋我就發現了，社課開始後不太方便問，後來忙於練習，不小心忘了，直到剛剛才想起。

「該不會——忘心壞了？」

那絕不是壞了再訂製一把就好的劍，它可是記錄著阿輝的所有勝負！

「別擔心，忘心沒事。」

「那就好。」我鬆了口氣，「那為何沒帶？它就放宿舍裡吧？」

阿輝不語。那種寂然不動的樣子，讓我聯想到羅丹的沉思者。他表情幾乎沒變化，看不出在想什麼，接著嘴角滑過很淡的笑：「謝謝你，一號。你注意到這件事，我很高興。但我不想討論。」

「為什麼？」

「有些原因。」阿輝呼出一口氣，頗為無奈，「對不起啦，我不希望讓你覺得我在瞞什麼，但眞的不想說。原本打算一直沉默，被你發現不是我的本意。不過這是一時的，事情結束後，我會跟你解釋。」

「事情結束後？」我有些不安，「怎麼回事，聽起來好像你惹上了什麼麻煩？」

「這就要看怎麼定義麻煩了。」

他想應付過去，我卻無法放心，嚴肅地看著他：「阿輝，你遇上麻煩，可以跟我說啊。要是有什麼能幫忙的地方，我一定幫。」

「別這麼擔心，這樣我很為難。你別放心上。」

「可是——」

——喂，我一直忍著不開口，但你這樣對朋友？他都說不想討論了，難道你聽不懂人話？

我背上寒毛豎起。

那是突如其來的質問，但此時此刻，公車站牌方圓幾公尺內，除了我跟阿輝沒有其他人。也就是說，現場沒人能說出那句話，是鬼魅的聲音。阿輝沒聽到，他見我停住，認眞地說：「一號，你擔心我，我很感謝。但就算你逼問我，我也不會說，即使如此你也要逼我嗎？」

我知道他不是怪我，但那聲音讓我無法將全部注意力放在阿輝身上，一時間竟僵在那。

——喂，你朋友在跟你說話喔。

「一號？」阿輝神情柔軟了些，「你生氣了？」

「不，沒有。」我立刻說，「我當然不會逼問你。我沒那麼不夠朋友。」

我灰頭土臉。事實上，剛剛的追問已經不夠朋友了，彷彿只有我能幫助他，他無法獨力解決。原本阿輝就沒必要什麼都跟我說，我也有不能跟他說的祕密——

那鬼魅般的聲音就是不能說的祕密。

「那就好。」阿輝鬆了口氣，拍拍我的肩膀，「不好意思啦，一號。我保證，總有一天會說清楚的，現在讓我們忘掉這件事好嗎？隨便換個話題……對了，前兩週你不是收到一封奇怪的信？後來你怎麼處理？」

「怪信？」我一時沒意會過來。

「你忘了？就是問你『需不需要神』的那個。」

——啊。

當然是那封信。我窘迫起來，一時不知怎麼回答。這時要搭的公車遠遠來了，我下意識迴避：「阿輝，我的公車來了。」

「喔，下週見。」他揮了揮手。我看著公車愈來愈近，心中有些不安，便走到馬路邊揮手，讓公車司機注意到我。我轉身跟阿輝說：「我沒回那封信，就放著而已，沒理它。」

「是喔，你不覺得可惜嗎？」

「不會啦！有什麼好可惜的？你不是也說了，那可能是有中二病的詐騙集團啊！」

公車在我前面停下，打開車門。我走了上去，阿輝在公車外向我揮手道別。我找到位子坐下，那鬼魅般的聲音再度出現。

——嘿，你居然裝傻，對朋友說謊不好吧？

「還不是你們害的？」

我在心裡回嘴，知道那聲音能聽見。

「因爲你們讓我簽了保密協議，我才不能說啊！不然我才不想那樣敷衍阿輝呢。」

——喂喂，難道有人拿槍逼著你簽？現在可是契約時代，請嚴肅看待契約！還是說，你是使用網路服務根本不看合約，直接按下同意的那種人？

這囂張的態度眞讓人又氣又笑，我忍不住瞪向聲音主人——對，只有我看得到那傢伙——那是個大約三十公分高的小人，手腳像陶瓷人偶般纖細，穿著像是民族服裝的寬鬆布衣。聲音是成年男性，但那傢伙戴著會遮住臉的奇怪帽子，無法判斷年齡。

神奇的小人無視萬有引力，停頓在空中，居高臨下地睨著我。

——這就無法回嘴了？頣顥，你的腦細胞可得再活躍一點才行喔！不過，原來你們認爲敝公司是「有中二病的詐騙集團」啊？哼哼，把眞相告訴他嘛！我也想知道，當他以爲是詐騙集團的東西居然是眞的，到底會有什麼反應。

「才不要呢。他又看不到，講了也沒用。」

我在心中回嘴，接著就不理那傢伙，轉頭看窗外。這時公車正因等紅綠燈停下，同樣等紅燈的機車騎士百無聊賴，看向公車內部，對上我的視線。他當然看不見「祂」。此時此刻，神奇小人彷彿只是我自己的幻想。我的視線越過機車騎士，看向遙遠的回憶——

不，其實不過是兩週前的事。

「你需要神嗎？」

電子信箱裡有一封未讀信件，標題這麼寫著。

什麼鬼。我心中升起厭惡感，不會是傳教信吧？怎麼會寄到這個信箱？都特別申請專門接收垃圾信件的信箱了，居然還讓這種信件混進來。我一邊反省自己在哪洩漏了個資，一邊不滿地點開那封信。

親愛的先生／小姐您好：

很高興通知您，您獲選本公司最新科技產品「神」的試用者。敝公司的新產品稱之爲「神」，有改變世界的力量；上市前不得不非常謹慎地研究對社會有何影響，這就是敝公司寫這封信給您的原因。

如您所知，「神」有著超越人智的力量，無論是上古傳說中的雷霆與洪水，或種種超自然能力，諸如飛行、心靈感應等，但凡種種奇蹟，都能透過敝公司即將推出的新產品實現；因此，敝公司將這擁有神之威能的系列產品稱爲「Deity Series」——神祇系列。也許您難以相信，但百聞不如一見，敝公司是否言過其實，您只需試用便能證實。

前陣子，敝公司已完成內部測試，我們決定徵選對「神」一無所知的一般人參與試用，透過各位試用者的經驗回饋，以進行最後調整，並將資料提供給政府，方便立法院擬定能夠限制神之影響的相關法律（請不用懷疑，敝公司的產品就是如此強大，推出後必然大幅影響社會的運作形式）。寄這封信，是想請問您是否有試用「神」的意願？如果有的話，請您將附件印出，簽署保密協議，以傳眞回傳給我們，我們會立即提供您試用「神」的機會。如果不願試用，也請回信告知，以便我們將此幸運機會轉讓給別的試用者。

署名是「廣世科技股份有限公司」，並附上傳眞號碼。

……？？？

其實用「啊？」之類的語助詞來表達就好，但困惑跟莫名感太過龐大，文字載體無法負荷。總之，雖跟最初猜的傳教信不同，但神什麼神，神經病嗎？還「神祇系列」，太尷尬了吧！改變日常生活、改變法律？八成是新型詐騙，我才不會上當！

我把信丟垃圾桶裡，並當成笑話講給阿輝聽。

阿輝的反應卻出乎意料。

隔天劍道社社課結束時，我跟阿輝在洗手間換衣服，並以取笑的口吻講出這件事，本想跟阿輝一起嘲笑，誰知隔間的阿輝相當認眞：「所以你不相信？」

……啊？

「當然不相信吧！實現神的威能的科技耶，是風神、雷神、耶和華，那種能夠改變世界的超自然力量喔？而且常識上，科技跟信仰不是不相容嗎？那一定是誇大之詞！」

「一號，科技跟信仰是不同體系喔，既然體系不同，就沒有相容問題，也有不少科學家是信上帝的喔。」

可惡，動不動就分析，所以哲學系的傢伙才讓人討厭。

「當然我也覺得是誇大，不過誇大不表示騙人，可能只是效果沒這麼誇張；我不是說新科技眞有其事，但一號覺得那封信在騙人，而且不證自明，而我看不出。」

「不不不，阿輝你仔細想想，神的本質不就是超自然？再怎麼誇大，超自然都是超自然，像呼風喚雨、點石成金、或用天火把整個城的人殺死，讓回頭看到這一幕的人變成鹽柱等等，這些事就算『沒這麼誇張』，也不是科技能做到的吧？」

「變成鹽柱是有些不可思議，但說到底不就是化學變化？」

不，阿輝，那不是化學變化，理組的人會生氣的。

「好，我不懂化學，就不逞強了。不過呼風喚雨、點石成金，科技說不定能做到吧？我聽說以前祈雨有效，是因爲儀式燃燒大量木材，讓懸浮物飄到空中，使雨水更容易凝結；所以判斷是不是超自然的標準，本就與科技水準有關。當科技進步到一定程度，超自然就會變成自然，那你要怎麼確認這個『神祇系列』無法辦到你心中的超自然？」

阿輝說著已換完衣服，打開隔間門。我加快速度，心裡還是不太認同。

「但能動搖社會、改變法律，太難想像了。」

「先聲明，我不是相信那封信。只憑直覺，的確很像中二病的詐騙集團。只是一號你這麼簡單就否定，太快了。況且什麼動搖社會、改變法律，以科技來說根本是常態！」

「有嗎？」

「當然不是所有科技，但近百年來，科技一直在改變法律，如果不是工業革命，讓勞工能出賣自己的勞力，也不會需要勞基法。不說別的，網路犯罪盛行後，難道不用制定相應的法律嗎？說起來，我們也不見得是喜歡才過著現在的生活，只是被過度發展的科技推著走，人們眞的有好好思考自己想要怎樣的生活嗎？如果我們被自己的造物剝奪選擇，那也太諷刺了。」

確實，近兩百年的科學一直以驚人速度躍進，每隔一段期間就出現足以改變生活的技術，阿輝的意思是，有什麼道理認爲「神祇系列」不是那種科技？這麼說當然有理，但要說人們只是被科技帶著走——

「我不這麼想。」我換好衣服，打開隔間的門，「科技不是恣意妄爲地擴張吧？像複製人或基改，就有輿論限制啊！身爲一般人，我們不了解技術，也無權對技術指指點點，但反過來說，正因我們沒有權力，也沒有責任，根本不用想這麼多。《侏羅紀公園》不是說『生命會找到出路』嗎？不管科技怎麼發展，人類都能適應的。」

阿輝微微一笑。

「確實可能是杞人憂天。」我們離開洗手間，他的聲音迴蕩在有些空曠的地下走廊，「不過自己想過怎樣的生活，是該好好考慮吧？懷抱理想的政治家最後放棄初衷，不是因爲追逐利益，而是被利益拉著走。我們彷彿是科技的主人，但要是一不小心，也可能被科技控制喔。雖說如此——」

他突然停步。

「要是有一封宣稱能改變世界的信寄到我信箱，我會躍躍欲試。」他在光線不足的走廊彼端回頭。「如果世界注定要改變，至少我想做好準備。一號，如果你不要這個機會，可以讓給我喔。」

「我才不會讓你被詐騙集團纏上呢。」

我裝出氣憤的聲音，笑著拒絕。但坦白說，阿輝的話重新勾起我對那封信的好奇。

和他一來一往地討論「神」跟「科技」，總覺得「神祇系列」這命名也沒這麼可笑了。回住處後，我把信從垃圾桶取回來，確認有沒有詐騙嫌疑，但看不出端倪；保密協議只要求試用者不得向任何不知情的人透露「神」的資訊，也不能洩漏廣世公司正在開發「神祇系列」產品的消息，除了簽名，也只是塡寫簡單的個人資料，並要求試用者於六月某日出席會議，回饋試用體驗，屆時也會回收作爲產品的「神祇系列」。

好像沒什麼危險。

但現在沒危險性，不見得不是詐騙。詐騙是有階段的，前幾個階段只是取信於人，等建立起信任才會開始騙錢；換言之，只要不走到ＡＴＭ前匯款給某個人，我就是安全的。

無論如何，好奇心獲勝了。當晚我就簽下保密協議，透過便利商店傳眞給廣世公司。兩天後收到包裹，改變世界的東西就在裡面！我趁室友不在，小心翼翼打開紙箱，滿心雀躍將手伸進緩衝用的保麗龍球，抓出拿到的東西——

老實說有些失望。

那是個沉甸甸，有點現代感的奇怪工藝品，不，說「實驗器材」更貼切。大概二十公分高，主體是金屬支架，用某種深灰色金屬組合而成。最上面是直徑三公分的金屬環，連結四根金屬柱，像鳥籠般固定到金屬基座上。基座是正方形，大約兩公分厚，長、寬各十公分，金屬柱穿過基座，成爲可供站立的金屬腳。我把它擺到書桌上。

金屬支架鉗住一個透明玻璃瓶，是常見的三角錐形，瓶頸延伸出煙囪般的柱狀通道，穿過支架的金屬環，看來環就是用來固定玻璃瓶的。基座也有穩定玻璃瓶用的突起構造，其中一面鑲嵌著小拇指大小，正方形的金色薄片，跟基座很貼合，有點像金箔。

這是什麼？晶片？不，晶片怎麼會暴露在外？但自己也不敢說多了解晶片。總之，別說「神」，甚至看不到科技的影子；把那東西翻過來，基座底部刻著某種圖紋，本以爲是說明書，但摸了半天，發現那根本不是中文，是某種不認識的字母充斥在幾何圖形旁……

就像魔法陣。

我有些毛骨悚然。

這樣簡樸的造型，或許能用未上市的實驗品來解釋，但魔法陣是怎麼回事？我喃喃自語著「什麼鬼」，把紙箱裡的東西統統倒出來，裡面飄出一張A４大小的印刷品。是說明書。

敬愛的試用者程頤顥先生，您好，

感謝您同意試用本產品。「神祇系列」擁有不可思議的力量，能充分顛覆您對科技產品的印象與使用體驗。本文件中任何超越您想像與經驗的操作，都是由機密高端技術達成，請不必大驚小怪。初次使用時，您必須透過隨包裹附上的儀器安裝神祇。我們希望神祇可以隨身攜帶，因此設計成可安裝於任何隨身物品上。請注意，神無法重複安裝，只能安裝於您最初選擇的物品上，請謹愼選擇。

安裝方式如下：請將您選定的物品放置到儀器基座的下方，如果大小超過基座的範圍，請確保至少有部分在基座底下。接著，請您以拇指按住基座側面的金色區塊，閉上眼睛，想像儀器中的神祇與您的精神相連繫，如此想像三十秒鐘即可。如果失敗，請延長想像的時間並重複進行。如果一直無法完成安裝，請撥打文末所附電話，將有專人爲您服務。

如何操作、使用神祇，將於安裝完成後，由神祇親自為您說明。此外，請將儀器寄回本公司，以確保敝公司能確實搜集使用資料。

提示一、對您有特殊意義的物品能提高安裝的成功機率。

提示二、請選擇能隨身攜帶的物品。

文末是「廣世科技股份有限公司」的署名，以及聯絡電話。

我沉默一段時間，這次心裡的「？？？」比最初看到那封信時還要強。

Excuse me，什麼意思？按住金色區塊三十秒就能「安裝」神？與精神連繫？中二病輕小說設定？比起信或不信，根本是瞠目結舌，過了一段時間後才慢慢覺得——

「幹！退貨！」我把說明書塞回箱裡，接著是那個奇怪裝置。但放回去的過程中，又逐漸覺得奇怪。

這到底是什麼「性質」的事件？

若是詐騙，他們沒騙到任何東西，只是白白把這個奇怪的實驗器材送到我手上。如果是惡作劇，也會看看對方反應吧？但此時此刻，旁邊什麼人都沒有——等等，該不會真的能看到我反應？我連忙彈到箱子旁，檢查裡面有沒有偷拍的攝影機。

沒有。我甚至將整個房間都搜查一番，同樣一無所獲。太怪了。或許真正的騙局還在後面，但把事情搞這麼古怪，真的有心騙人嗎？完全違反詐騙準則。不管了，當日下午有課，只能先去學校，但無論在公車或課堂，我滿腦子都是這件事；原本想傳簡訊跟阿輝說「嘿你說對了，真的是中二病的詐騙集團」，考慮了半天也沒寄出去。

雖然不甘心，但吃完晚餐回宿舍，我還是決定照說明書試試。絕不是相信那東西是高科技，但這古怪器材擺在那，該怎麼辦？丟掉有些不安，寄回去又不甘心，如果最後要寄回去，還不如先試一回，反正沒人看到，沒什麼好丟臉的——這幾個小時間，我腦中不斷盤旋類似念頭。

妥協就是這麼可怕。當心中天秤傾向「試試也沒差」時，我已決定好「有特殊意義的隨身物品」。我的手機吊飾。

這吊飾跟了我七年。大約三公分高，是西洋棋裡「士兵」造型的金屬飾品。這是某年生日「師匠」送給我的禮物——每次看到這飾品，我就同時感到溫暖與悲痛，即使我早已接受再也見不到「師匠」的現實。

「師匠」死了。幾年前病死的。她是我最早認識的「遊戲玩家」，也是讓我知道何謂遊戲的人；我會這麼固執地浸淫在桌上遊戲裡，毫無疑問是她的影響。她死後，我想過要怎麼稱呼她，因爲「師匠」是我們的祕密稱呼，透過這個稱呼，我們經歷的一些時光就像被施了魔法，所以我決定還是叫她「師匠」。

日本人稱「師父」，漢字就是這麼寫。兒時的我沉迷動、漫畫，覺得這兩個字好帥！服從某個人，遵從對方指導，這種師承的浪漫也令我心醉神迷——對，就是中二病。但她知道後沒笑我，反而說，好，既然我教你遊戲的一切，那在這件事上，你可以叫我「師匠」，平常不能這樣叫喔。能滿足這麼孩子氣的願望，我當然答應了。她被稱「師匠」時，也確實擺出截然不同的態度，就像能在各類遊戲中完美扮演不同角色。

她不只是「師匠」，還是我見過最完美的玩家。

送我「士兵」那天，師匠這麼說：

「頤顥，同樣是西洋棋，我也可以送你國王、王后、城堡、主教、騎士，但爲何送你士兵呢？因爲士兵抵達敵方底線，也就是棋盤最後一行時，能『升變』成國王以外的任何棋子。你能成爲你想成爲的人——這就是我對你的期望。雖然現在只是士兵，但好好學習，一定能成爲了不起的人。」

「我不能成爲國王嗎？」我問。

師匠聽了大笑，她說：「了不起，居然有這種想法！不過士兵想成爲國王，就必須放棄規則。如果你眞有放棄規則的氣量，就試看看吧。」

她說的氣量是什麼？至今我仍不明白。畢竟規則是遊戲的前提，捨棄規則的瞬間，遊戲就不成立了。但她有某種期待，那份期待化作金屬士兵的造型，就像物質化的記憶般留下，無疑是我最珍貴的寶物。

我將可疑的儀器擺好，拆下士兵，用手指推進儀器下方——連自己都覺得好笑，太傻了吧！接著是什麼？嗯，以拇指按住基座側面的金色區塊……好了。想像儀器中的神祇與我精神相連繫？這儀器有「神」？看不到要怎麼想像？不管了，總之先一切照辦。

我閉上眼睛，想像自己的意識穿越那個金色區塊，由儀器基座進入玻璃瓶。

突然腦中閃過師匠的影子。

如果眞有神，祂或許有著師匠的樣貌……

不可能。

我對自己生起氣來。別胡思亂想。每次閉上眼就浮現亂七八糟的念頭，我用力甩掉這些想像。不過，就想想而已，要是世上眞有神……能再見師匠一面嗎？如果眞有機會，老爸又會怎麼想……？

不，這太荒唐。

逆轉陰陽，復活死者，就算是神，也辦不到這種冒犯天理之事。不管再怎麼懷念師匠，也不能期待「神」做到這種事——不，根本沒有神，這都是惡作劇！我隱隱感到憤怒，意識到不該用虛渺的希望挑起人心的軟弱……

「好痛！」

像是拇指被咬了，我連忙抽回手。奇怪，沒有傷痕，甚至沒變紅。我看向金箔……金箔怎麼消失了？這時視野邊緣，玻璃瓶上方出現一道影子，我抬頭看向本該空無一物的地方——如果這是電影，接下來的影像恐怕是慢動作，強調我嚇到呆滯的表情吧。

那裡飄著一個小人，就在伸手能碰到的距離。

我向後把椅子撞飛出去，指著小人，不只聲音，連手都劇烈顫抖：「你、你、你是什麼東西！」

「什麼啊，人類都這麼沒禮貌嗎？」，浮空小人高傲地說，「當然是神啦，不然呢？」

最好是！腦中亂成一團，但第一個念頭是「幸好他跟師匠長得不同」。雖然那東西大部分的臉被奇怪的帽子遮住，但光看下巴輪廓就知道，那是男性的臉。如果這傢伙有著師匠的臉，褻瀆感肯定爆發出來，我會立刻像打死蟑螂般銷毀它。

說起來，這東西怎麼浮在空中？而且桌燈在那傢伙後面，理應在前方形成陰影，但別說陰影，那傢伙就像會發光，無法留下影子……啊，難道是立體投影？

「喂，你怎麼完全狀況外啊？」那傢伙不耐煩地說。

「什麼？」

「不是你召喚神的嗎？現在神出現了，好歹歡呼一下吧？」

這話讓我怒從中來。

「喔。所以你就是廣世公司的科技產品？那見鬼的『神祇系列』？」

「Yap，Deity series。如果你見了鬼，可能要去看醫生。」

硬要講英文？我忿忿不平地拿起說明書：「你看，你們公司的說明書上根本沒有說神是怎樣的東西，狀況外也是當然的吧！」

虧這傢伙能這麼爽快吐嘈自己公司！

那傢伙飄到紙前。明明眼睛被面罩遮住，眞的看得到？祂發出嗤笑：「哈，好簡陋，難怪你狀況外。」

「所以根本不是我的錯。你是不是該負起責任，告訴我到底『神』是什麼？」

「喔，你怎麼不去翻翻《增廣詩韻全璧》旁的《辭海》？」

不要隨便窺探隱私！我站過去擋住祂的視線：「我不是問標準定義，《辭海》不會告訴我變成商品的神是怎麼回事吧。所以呢？你眞是什麼高科技？像立體投影？」

「立體投影？你有看到投影裝置嗎？」祂嘲諷著轉向我，停頓片刻，「……原來如此，你眞的一無所知啊。好吧，我不是立體投影。立體投影是所有人都能看到，而我只有你——不，要是其他『試用者』在場，應該也能看到。與其說我是投影，不如說我是借用『試用者』的大腦產生形象，連語言中樞也是跟你借的，只存在你們的意識中，這麼說懂了嗎？」

不懂。而且還有讓我更緊張的事。

「借用了我的大腦？會、會有副作用嗎……」

那傢伙露出狡猾的笑，給人狐狸般的印象，「放心，你能看到我、聽到我的聲音，只是接收到訊號，跟平常使用大腦的方式沒什麼不同，只是沒經過感覺器官。要是真的覺得怪怪的，你需要的是醫生，那可不是我害的。」

我忍不住抗議：「好歹說明原理吧，你說接收訊號，不透過感官怎麼接收訊號？要從哪裡接收？我當然擔心你們對我做了什麼啊。」

「從哪裡？當然是從祭品啊！」祂有些詫異。

「祭品？」

「就是『神的容器』，」祂飛到古怪儀器旁，指著儀器底下的手機吊飾，「說明書上寫了吧？我們是被安裝在隨身物品上的，這不是你自己選的？」

我怔怔地看著金屬士兵，把它握進手裡，五味雜陳：「你是說，現在你的本體就在我的手機吊飾上，只是投射到我的意識裡，讓我看到你……？」

「可以這樣說。要是離『祭品』太遠，就看不見我囉！」

因爲離發射源太遠，大腦就接收不到訊號嗎？我握緊士兵，有點無法接受它被稱爲「祭品」，我可沒想要把懷念的心情獻祭啊！

「怎麼做到的？這吊飾有什麼改變，爲何能發出訊號，又爲何只有試用者能收到？」

「抱歉，無可奉告。」

我微微一驚，難道是有副作用才三緘其口？

「看你的表情，是在猜有沒有副作用吧？唉，凡人就是喜歡把事情複雜化！」那傢伙翹著二郎腿坐下——也就是擺出坐著的姿勢飄在空中，「別誤會，只是我對產品細節必須保密。凡人也能理解吧？要是你把我們的技術流傳出去怎麼辦？而且就算想告訴你，我也做不到，因爲我根本不知道。」

「啊？」

「這什麼臉。你想想嘛，我們『神』終究是商品，商品了解製造原理有什麼用？說到底，我們被給予知識，也只是方便溝通，這才灌輸了一堆常識跟自我認同用的官方設定。」

「自我認同？什麼意思，難道你有認同障礙？」

我帶著挑釁，這讓祂頓了頓，但祂沒有不快。

「……哼哼哼，不錯，我喜歡，這才算是我的主人嘛！太複雜的東西不說，總之我確實認爲自己是神，同時也知道自己只是廣世公司的科技產品；爲了消除兩種認知的矛盾，必須在知識體系進行細部調整。」

原來如此，如果只是工具，就沒必要理解自己是什麼；但祂能說話，還知道自己是高科技，彷彿有意識、靈魂，自然會有「我到底是什麼」的疑問……不對不對，重點不是這個——「主人是怎麼回事！」

這稱呼太時代錯誤，我不自覺露出嫌棄表情。但祂的態度相當冷靜。

「不對嗎？你把我召喚出來，我們就有了獨一無二的連繫。在一般情況下，只有你看得到我，我也只爲你效力，稱你主人不是很合理？」

有道理，但主人這個稱呼眞的難以接受！這也是「官方設定」？我說：「你不是神嗎？怎麼能接受自己被凡人使喚？」

「對啊！這問題眞的很大！」祂立刻叉起手，用力點頭，「要不是知道自己是商品，一定氣炸了。你以爲我願意啊？要聽一個活了二十年不到，人生經歷和智慧遠不及我的凡人的話，多難接受啊！」

這就是你講話這麼欠打的原因嗎！

「好好好，總之，你是神，但得聽我的，對嗎？」

「請容我糾正。你能發號施令，但我不會完全聽你的。因爲我比你知道更多規則，如果命令會導致不良後果，我有義務指出——別露出那種覺得很麻煩的表情，你該感謝吧？一般家電可不會提醒使用者的錯誤操作喔，這麼智慧的設計，眞希望你感激一下。」祂尖酸地說。

嗯，也是。雖讓人不爽，但不必看完幾千字的說明書，還能拒絕錯誤操作，眞是謝天謝地；仔細想想，這不是很厲害？原本我不懂爲何要透過人工智慧來跟使用者溝通，但正是精密的東西，才不放心讓使用者擅自操作吧！雖然祂對答如流，遠遠超越我對人工智慧的理解，但姑且就把這當成傻瓜科技的結晶。

畢竟已經出現在眼前的東西，我們只能接受。

「那我要下一個跟規則無關的命令。」我說，「別叫主人，我叫程頤顥，叫我本名就好。」

「喔？難道我叫你主人，你會覺得尷尬？」那傢伙見獵心喜地笑。

「對啊，怎麼樣？」我理直氣壯，「如果你眞把我當主人，就別這麼叫。」

「明白了，頤顥。」祂倒也沒爭論，而是在空中優雅地行了個西式躬身禮。

「那我怎麼稱呼你？」

「悉聽尊便，畢竟我沒有名字。」祂說。沒名字是什麼意思？我追問下去，原來神祇系統的命名權在試用者手中，就像電子雞或角色扮演遊戲的主角，我可以隨便取名。我聽了哈哈大笑。

「原來取名的生殺大權掌握在我手上啊！要是給你取了很奇怪的名字怎麼辦？」

「那我就可以繼續囂張下去、對你冷嘲熱諷了啊。畢竟主人你在命名上毫無品味又缺乏氣度嘛！」

這傢伙尖酸地強調「主人」兩字。想不到立刻被報復，我露出苦笑。

這樣啊，要自己命名。但老實說，我不擅長取名，幫我取名頤顥的阿姨還比我有創意；程顥、程頤兄弟的洛學……嗯，要是眞的沿這條脈絡去想，一定會一發不可收拾，宋明理學的英傑還少了嗎？但我作爲中文系學生，是隱約認同這樣命名。我考慮片刻，這才開口。

「……你覺得『文心雕龍』怎樣？」

如果阿輝在這，一定會噴笑出來吧？但這傢伙卻說：「好啊，聽來不錯。」

「你確定？」

「怎麼？不是你取的？還是你自己覺得有什麼不妥？」

「不不不，我覺得很好。不過文心雕龍太長了，每次都這樣叫有些拗口，簡稱『文心』可以嗎？」

「比起『文心』，『雕龍』比較帥吧？」祂微微抬頭，「麻煩用後兩個字叫我。」

「成交。」既然祂這麼積極爭取了，我也沒道理不同意；我伸出一根手指，祂了解我的意思，用小小的拳頭碰了我的指尖，這就算是握手了。

所以神祇系列到底能不能改變世界？

坦白說，看這跨時代的人工智慧，光這就足以改變世界了！我看完小說還能跟雕龍聊劇情聊一整天，這甚至只是附加的，據雕龍所說，廣世公司共推出二十名神祇，每個神祇都有不同力量。

比如，雕龍自稱「偷竊之神」，這稱號讓我想起希臘神話的赫密士、《被遺忘的國度》的盜賊之主麥斯克；但偷竊不是違法的嗎？還是用神的能力偷就不會被警察發現？譬如偷走金庫裡的大量金塊？

「是可以啦！不過我提醒一下，作為試用品，其中一個作用就是保存紀錄，作為將來立法或修改系統的參考。如果你做了犯法的事，回收我的紀錄後，敝公司會報警。」

「真讓人失望。用了你的能力就犯法，那誰要去試啊？」

「頤顥的想像力真差，誰叫你只把這種能力拿來犯罪？」

「偷竊本身就是犯罪吧。一般竊盜罪可處五年以下有期徒刑！」

「真無奈，雖然我的能力是竊賊夢寐以求的，但不表示只能用在偷竊上吧？」雕龍搖頭聳肩，「這樣好了，你把我的能力理解成瞬間傳送物體如何？雖然只能傳送到你手上。如果移動過來的東西不是別人的，也不算竊盜，像路邊的石頭，就算到你手上也沒人追究吧？我的能力就是這麼回事。」

原來如此，就像某種魔術技巧吧？我恍然大悟。為了確認所有細節，我繼續詢問祂的能力跟限制，進行種種測試——照祂所說，祂能將視線內的東西「移動」到手中，但那已不能稱爲移動，因爲沒有動能，就算東西到我手中，我也不會感到推擠的力道；正在移動的東西，雖然動能不會消失，但我能自由「選擇」動能前進的方向，譬如有東西正往下掉，我偷過來，能讓它從我手中往上飛，直到被地心引力拉回來，這一切只需起心動念，徹底違反物理定律，但離龍能做到。

我把這些寫成簡單的規則書。

雖然對物理學一竅不通，但離龍的力量違反常理，我還是明白的。因此不禁胡思亂想起來——該不會離龍眞的是「神」吧？我是說，不是高科技產品，也不是人工智慧，而是眞的「神」；或許廣世公司是開發了高科技產品，但不是扭曲物理法則的力量，而是捕捉神的工具……

我把這些妄想告訴離龍，祂意外的沒有冷嘲熱諷：「也許就像頤顥說的吧。」

「什麼？」我大吃一驚，「難道你有線索？像是被廣世公司抓走前的記憶？」

「有那種東西，我早報復廣世公司了。我知道的就跟公司賦予的一樣，不過這種被賦予的知識，誰知道眞假？說不定我眞是哪裡的神祇，只是忘掉一切——我知道你想說什麼，你一定在想，如果我知道自己可能被洗腦，怎麼能這麼冷靜？唉，果然是不到二十歲的凡人，想像力如此局限。不管眞相如何，現在的認知就是這樣，在矛盾出現前，有什麼必要懷疑或憤怒？」

有道理。不得不說，離龍不只體察人心，還善於言詞。時而挑釁，時而諷刺，給生活帶來很多樂趣。但也不乏困擾，平時只有我能聽見祂的聲音，有次我直接回嘴，而不是在心裡回應，差點嚇到室友。跟阿輝聊天也是，有幾次阿輝都用狐疑的表情看我了，他這麼了解我，肯定早就察覺不對。

……老實說，眞在阿輝面前說溜嘴也不錯。我可以藉機跟他坦白，譬如那封信不是詐騙集團，眞的有超強科技，這技術眞的能改變世界！要是知道這些，他會怎麼說？會羨慕嗎？好想跟他討論。

但我簽了保密協議。

要是他猜出來，就不是我的錯了吧？也許我可以故意露出破綻，遮遮掩掩，讓阿輝終於受不了，開口問我。但就算如此，阿輝也看不見雕龍。看不見的東西眞能證明嗎？就算展示雕龍的能力，也可能被當成魔術伎倆。就算他相信，光是無法看見我看見的東西，就讓我感到些許孤單；畢竟打從認識阿輝起，這是我第一次無法與他分享某件事物。

☘

「一號！你有看八卦板嗎？『台北市的怪物』有新證據了！」

晚上趕報告時，室友突然用力拍我肩膀，看來相當興奮，但我興致缺缺。

「呃……沒有耶。」

「那你快去看，這下就可以證明『台北市的怪物』眞的存在了吧！」

我深深嘆了口氣。會有這話題，是因爲室友熱衷於都市傳說，說什麼「台北市的怪物」就是台灣的尼斯湖水怪之類的，但我認爲是假的，根本沒有足夠線索證明這種怪物存在。

那是兩、三週前從PTT八卦板開始流傳的消息，很快演變成都市傳說；簡單說，就是最近台北市出現神祕的巨大怪物，會襲擊路人，好幾個人在八卦板宣稱自己看到了，還有人說自己被襲擊，拍了在醫院的照片之類的。最初有個假說，認爲是動物園的肉食動物逃離，但園方否認，後來又有新版本，說是某個有錢人非法進口大型野生猛獸，猛獸逃出去，因爲非法，不能報警，只能放任牠在城市徘徊——其實就是「下水道鱷魚」的變體。

傳言的起源只是張模糊照片。原本我也很有興趣，但仔細看八卦板的照片，不只焦距模糊，所謂的「怪物」還離鏡頭很遠，附近的陰影也擾亂了視線，如果不是有人把輪廓從照片上圈出來，根本看不出有個怪物……太考驗想像力了！雖然拍照片的人說親眼看到怪物，只是沒更好的照片，但比照旁邊建築比例，如果照片是眞的，就表示怪物超過兩公尺、全身長滿毛、兩隻腳行走——我覺得不可能。

如果當初敷衍過去就好了，但我對室友曉以大義，要他不要隨便相信這種東西，結果踩到他的地雷，他就開始跟我斤斤計較。嗯，是我的錯。

「就當眞的存在吧，但我眞的沒興趣。」

「別這樣，這次拍到的照片很清楚耶！」

我只能無奈地看他螢幕。拍攝地點是大馬路，附近滿滿高樓大廈，時間應該不到凌晨，有隻造型如同北美大腳怪的黑毛怪物，離拍攝者僅僅三公尺，大概兩、三公尺高，眼睛透出電影特效的紅光。很明顯是後製過的照片。

「這不是CG！」讀出我眼中的冷漠，室友口沫橫飛地辯解，「台灣有這種人才的話，不用等日本人，我們就能做出太空戰士了！不要不接受現實！」

到底多看不起台灣的技術？我聳肩：「如果是眞的，怪物都看到拍攝者了，拍攝者怎麼可能活著發照片？不然你讓我看看多少人推文。」我伸手到他的鍵盤，按左鍵退出，果然直接被噓爆，大家根本不相信。

「……就算這張照片不是眞的，『台北市的怪物』也肯定存在，都已經上新聞，還有專題報導！Youtube也有專題影片，我寄給你看。」

「眞的沒關係……」

「你有時間再看也沒關係，不過一定要看喔！」

室友坐回桌前，急火火地找了影片，說要寄到我信箱。我嘆了口氣，回到桌前打開收件匣。這時旁邊的雕龍已笑到說不出話，祂飛到我旁邊說：「你連敷衍都不敷衍耶，之前看你社團朋友討論，只有你興趣缺缺，原來有這個陰影啊？」

「你才知道，眞被這謠言氣死。」我在心裡跟雕龍抱怨。

其實最初我是有興趣的，還跟阿輝討論眞假，阿輝消遣我說「小心別被怪物抓走喔」，我也損了回去。這明明就是個有趣話題，現在我卻只想證明怪物不存在，甚至打開室友寄來的影片，也只是想找破綻。雕龍笑嘻嘻地說：「頤顥，你對怪物沒興趣是你的自由，但要是直接判斷怪物不存在，不會太武斷了嗎？」

「這是常識吧！」我有不好的預感，爲何祂語氣這麼像阿輝？「或許雛龍不知道，之前台北市哪個警察分局的局長就出面否認過，說沒有任何監視器拍到那怪物。你想想，如果眞有怪物，傳聞出現到現在已經過兩、三週，牠可能不吃任何東西嗎？如果進食，可能不留下痕跡嗎？排泄物呢？那種怪物又不可能有消除痕跡的智能。」

「這也算證明？就算有痕跡，也可能沒上新聞，或跟別的東西混淆了啊。」

「你不了解台北。你以爲這裡有多少監視器？如果那怪物到處移動，一定會被拍到！」

「好，我明白你的主張了。」雛龍露出狡猾的笑，「但你說的是常識吧？見到我前，你不也覺得『神』不存在？你覺得我們這種存在適用於常識嗎？」

我啞口無言。

「……你在暗示怪物跟『神祇』有關？」

「我沒這麼說喔，畢竟我也不知道其他神的能力。但所謂常識，原本就效力有限。就算跟神祇系列無關，也不表示那個怪物不存在，不是嗎？」

確實。要是跟神祇系列有關，無論多離奇的事都有可能，神祇系列儼然已成了世間不可思議的萬能解釋。我心動一念，難道怪物眞的存在？或是說，有試用者在製造怪物……？

不，就算如此也跟我無關。如果跟「神祇」有關就更不用擔心了，畢竟試用期會搜集資料，如果用神創造怪物是打算犯法，將來一定會曝光。而且就算眞有人拿神來犯罪，那也該由廣世公司負責，由法律、國家來處理，我只是試用者，沒有調查眞相的義務。

這時收件匣已打開，首先映入眼簾的是好幾行未讀郵件，室友寄來的在最上面，其餘是下午收到的。本想直接打開最室友的郵件，卻無意間瞥見其他信的標題。

「雛龍。」

我怔住，渾身起了雞皮疙瘩。

「怎麼？要聊都市傳說嗎？我也可以當反對者，積極證明怪物真的存在——」

「不是，你看這封信！」

我指向第二個標題，是稍早寄來的未閱讀信件。

「廣世公司科技的試用者，你可能在危險中，請盡快閱讀這封信。」

危險。

寫得煞有其事，彷彿赤裸裸的威脅正迎面而來。這是怎麼回事？雕龍看向螢幕，陷入沉默，顯然跟我同樣疑惑。連祂也不知道怎麼回事？我猶豫地點開郵件，不好的預感愈來愈強。

神祇系列規則（程頤穎整理）

關於神

一、只能以祭品為中心移動半徑一百公尺。

二、試用者離開祭品半徑一百公尺後，神會因無法借用試用者的大腦機能而停止作用。

三、除了召喚出神的試用者，其他人就算拿到祭品也無法看見神或使用神的能力。

四、如果祭品在試用者的半徑一百公尺外，試用者也無法看到其他神。

五、試用者可在心中默想，不經過聲音便與神溝通。

六、其他試用者能看見彼此的神，但神可以主動隱藏身形，令所有試用者看不見其身影。

七、如果試用者沒指示，神無法自行施展能力。

八、神擁有自己的感官，即使是試用者看不到的空間，神也能看到。（這點真是不可思議，如果神是使用我們的大腦，為何能感知到我們感官外的世界？還是說，神確實有獨立於試用者之外的本體？）

關於雕龍

一、所謂的偷竊，是將視線所及的事物，移動到試用者手中。

二、所謂的視線所及包含鏡子折射，但透過攝影機則不行。

三、雖然神只能在祭品的半徑一百公尺內移動，但視線所及可以超過這一百公尺。

四、可偷竊的對象沒有大小上限，但試用者可能無法承受巨大的物體。如果對象物體巨大到超過一定閾值，會視情況出現例外，需向雕龍確認風險。

五、如果確定對方身上有某個具體的東西，就算沒親眼看到，只要持有者在視線內，就能偷到。

六、就算不知道對方身上有什麼，也可以從看不見但知道存在的指定空間中偷竊，如對方口袋裡的東西。

七、偷竊對象必須是獨立的構造，譬如，無法偷竊單一內臟；如果執行，會將對象視為整體整個移動過來，而不會只有內臟（某種意義上令人安心）。

第二章

暗濤潛伏，卡美洛黯影

程頤顥先生您好：

請問是「神」的試用者嗎？如果不是，請當作沒看到這封信，並把它刪除。如果是，我有重要的事要跟您與其他試用者談。請您在四月五日（週日）下午兩點到公館的××大學圖書館多媒體服務中心四五四室集合，這很重要，甚至可能危及生命，請一定要挪出時間，我不是開玩笑。

請不要回信。這個信箱是可拋式信箱，即使你回信，我也收不到，因爲我不想留下可追查的東西；所以即使您不方便，我也無法改時間。但希望您能了解，這也許很嚴重，請務必前來。

看完這封信，我立刻離開宿舍，往圖書館走去。這封信的內容讓人緊張，我不想在房裡跟雕龍討論。說起來，今天是四月三日，對方突然就約兩天後，太倉促了吧？雖然信末沒署名，但××大學我很熟悉，那是阿輝的大學，我去過很多次。

「雕龍，你怎麼想？」我走到一盞路燈下，這才在心裡問。

雕龍叉著手，「我很好奇這個人怎麼知道你是試用者。就連我也不知道試用者有誰，更不用說信箱。事實上，應該所有神都是這樣。」

「或許有哪個神的能力可以知道別人信箱？」

「這很明顯涉及個資，如果眞是這樣，那敝公司的法務顯然沒在好好工作。」

創造偷竊之神就沒問題嗎？我忍不住吐槽。但要是相信祂，這封信就只可能是知情者寄來。是公司內部的知情者，還是外部？廣世公司沒必要偷偷摸摸的，所以是外部人士吧？但有能力開發出神祇系列的公司，怎麼可能沒能力避免情報外洩？

可惡，懷疑下去可能太多了，根本懷疑不完。不過眞正重要的問題只有一個——

所謂的「危險」，眞的存在嗎？

「雕龍，我眞的可以相信你嗎？」

雕龍「啊？」了一聲，我也嚇一跳。我在懷疑什麼？懷疑迄今累積的「規則」嗎？我硬著頭皮說：「你看嘛，寫這封信的人不是提到危險？既然如此，爲何不明說是什麼危險？該不會是怕被神看到吧？」

雕龍打量著我。比起言語，祂選擇沉默。明明那雙眼被遮住，我不可能感到視線，這次卻意識到比之前更強的「注視」。我嘆了口氣，不得不講出關鍵：「我需要你的保證，雕龍。寄信來的人沒交代身分，這封信也可能是陷阱。問題是，從哪裡開始是陷阱？我不希望你在關鍵時刻背叛我——雕龍，你是敵人嗎？」

說出「敵人」兩字，我意外地感到舒坦。

沒錯，雕龍可能是敵人。

雖然情感上難以接受，但毫無根據的信賴跟盲目差不多，而只要開始懷疑，就不得不思考祂從何時開始成爲敵人；我曾懷疑「神祇系列」是詐騙，如果確實如此，只是規模比我想的更大呢？或許祂一開始就是敵人，我早已落入網中，而這封信只是收網的機關。

雕龍靜靜地說：「如果我是敵人，就不會說實話，你知道自己的問題毫無意義吧？」

「在陣營遊戲裡，用攤牌換取情報的情況很多。」我逞強地笑，「你可以騙我，但你的反應也是我決定要不要相信的因素之一。」

雕龍陷入沉默。爲何不說話？我有些胃痛，難道被說中了？明明不希望如此——最後雕龍終於出聲，祂垂著肩膀，重重嘆了口氣：「眞不舒服，想不到你這麼認眞。明明我們作爲商品不可能有二心……但我無法證明。好吧，頤顯，告訴你一個方法。」

「方法？」

祂清晰地說。

「**殺害神祇的方法**——要是你覺得我不懷好意，就立刻毀了祭品。」

「什麼！」我嚇了一跳。

「很簡單吧？祭品是連繫我們與世界的通道，只要毀了祭品，神祇就會消失。你的祭品是那個金屬士兵吧？最好隨身攜帶錘子，至少要破壞形狀。我知道祭品對你很重要，但如果眞有危險，請當機立斷。」

當然我不想毀掉祭品，但祂說的情況，難道不是自身的消滅？我不安地問：「如果毀掉祭品，你會怎樣？你說的消失就是死，還是只是從這世界消失，我們看不到你而已？」

「坦白說，我也不知道，畢竟沒經驗嘛！」雕龍露出諷刺的笑，「不過這件事還輪不到握有生殺大權的你來緊張。放心吧！不會有那種事，因爲我不會、也沒想過背叛你。」

這只是雕龍一面之辭，我很清楚。

也可能在祂背叛，我被迫摧毀祭品的瞬間，才發現祂根本不受影響。

不過，我決定相信祂。

「所以你打算怎麼辦？」雕龍問，「這封信充滿可疑的氣息，你要赴約嗎？」

「我不得不赴約。」

「確認一下，頤顥應該沒有飛蛾撲火的癖好吧？」

「當然沒有！」我抗議說，「這可能是陷阱，但問題是敵暗我明，他知道我的信箱，會不會也知道其他事？就算我不赴約，對方也可能追蹤到我，到時連反擊的機會都沒有，我可不想這樣！」

「原來如此。你還懂得警覺，我就放心了。那你的計畫是？」

「……現在就是設定『勝利條件』的時候。」我沉思片刻後說。

所謂的設定勝利條件，是師匠教我的思考方式，我也用它解決了許多人生難題。

小時候我曾大發脾氣，原因記不清了，大概是得不到想要的玩具吧，死小鬼就是這樣。那時師匠把我帶到一旁，既沒有縱容我，也沒有懲罰我，而是平靜地看著我說：「頤顥，你想要那個玩具，對嗎？那你爲何不自己買呢？」

「我又沒有錢！」小時候的我哭著鼻子說。

「那誰才有錢？」

「媽媽……」

「所以你希望媽媽買給你，是嗎？」

師匠的聲音循循善誘，不知不覺間，我已經沒這麼激動，點了點頭。

「那要是你惹媽媽生氣，媽媽還會買玩具給你嗎？」

我想了想，搖搖頭。

「那你要怎麼做，媽媽才會願意買玩具給你？」

「讓媽媽開心……？」

「嗯，頤顥很聰明呢。所以你不該哭，對不對？你一直吵，媽媽會生氣，就不買玩具給你了。但要是你幫媽媽做家事，媽媽一時高興，或許就會買玩具獎賞你了吧？」師匠輕聲說，「這就是『設定勝利條件』喔，頤顥。知道自己要什麼，然後訂出合理、能達成目標的行動。你的勝利條件是得到玩具，方法有很多，可以自己存錢、賺錢，或請別人買給你。那人不見得是媽媽，但你要他們花錢，就得讓他們心甘情願吧？」

「那……要是不管我讓媽媽多高興，媽媽都不願意買給我呢？」

「那就表示你在挑戰一個高難度遊戲。」師匠微微一笑，「你有放棄遊戲的權利。記住，頤顥，就算設定勝利條件，這世上也沒有必勝的遊戲；懂得放棄遊戲，不被遊戲支配，也是優秀玩家必要的素質。」

那是非常小的事。對當時的我來說，這番話實在是太難了。

但這件事深深影響我，至今無法忘懷。「設定勝利條件」乍聽來簡單，但長大的過程中，我知道世上多的是連自己想要什麼都不知道的人。就算知道，很多也只會不斷大喊著「想要」，卻不思考怎麼得到；換言之，明明是這麼簡單的道理，真正受惠於此的人卻不多。更重要的是，設定勝利條件能幫助理性思考，既然目標明確，那只要不斷評估手段的效力即可，一切清晰可見，何時該放棄都清清楚楚。

這次也是。如果對方真是善意提醒，我的勝利條件就是得知危險的真面目。要是對方不懷好意，我的勝利條件就是確保獲得對方情報、不踏進陷阱。

「……或許可以提前半小時到一小時抵達。」我說，「我必須確認對方是善意還惡意，這會影響策略跟勝利條件；如果是惡意，那整封信都是騙局，換言之，雖然信裡說找了其他試用者，但可能只有我到場，到時就甕中捉鱉。這種情況下，要是現場有其他神，就表示真的找了其他試用者，證明信並未騙人。」

「不見得吧？就算現場真有其他神，也可能都是敵人啊。」

「咦？」我睜大眼，「會這樣嗎？神有這麼普遍？這次不是只推出二十個？」

雕龍的假設是有一群試用者聯合起來對付我。且不論爲了對付偷竊之神需不需要這樣勞師動眾，試用者有這麼容易遇見彼此嗎？

「你忘了嗎？寄信的人知道其他試用者的資訊喔。」

……確實，這表示寄信者有能力掌控資訊，混淆其他試用者的認知。寄給我的信寫著「你在危險中」，但他也可以在寄給別人的信中寫「這人是威脅你們的敵人，我們要合作打倒他」——這是極端情況，不過當天在場的神，確實不見得跟我同陣營。我喃喃自語：「看來就算遇見其他神，最好也不要急著認親呢。」

「認親？奇怪的詞。不過你不用擔心，頤顯。那天你大可不要露臉，一切交給我。」

「交給你？」我狐疑地看向祂，「你不是不能離開祭品一百公尺？」

「沒錯，所以當天你還是要到圖書館，但你不必進多媒體服務中心。我沒有形體，就算真有『敵人』也傷不了我。要是寄信者沒說謊，理論上會有其他試用者，試用者能看見神，出席與溝通都能成立，也能確保你的安全，如何？」

對喔！還有這招，我連點其頭：「好主意，雕龍。」

「不敢不敢，希望試用者大人對我們『神祇系列』超貼心的服務印象深刻。」偷竊之神優雅地行禮。

「不過我還是會去四樓，至少要在能看見聚會的地方——」

「啊？」雕龍把手放在耳邊，誇張地質疑，「我沒聽錯吧？你不是說你沒有飛蛾撲火的嗜好？」

「別誤會，我不是反對你的計畫，不過我怕對方有對付神的手段。」

「什麼意思？」

「只是胡思亂想，不過我覺得確實有可能……你想想，對方知道試用者名單，除此之外還知道什麼？會不會包括你們的設計機密？雖然你是無形的，但要是對方能停止你的機能呢？譬如說，用某種裝置發射特殊波長，讓你消失？要是眞有這種東西，我想應該是可操作的機械，而且能隨身攜帶；爲了避免你被攻擊，我必須在場，才能把那東西偷走。」

「你在說什麼，如果你被逮住，用我的能力就太遲了！」

「我會在事情變那樣之前動手。」

「太危險了！被停止機能又怎樣？你顧及自己的安全不是比較重要？」

「我不玩沒機會贏的遊戲。」

夜色籠罩，在圖書館朦朧微弱的燈光下，我能感到心臟的鼓動，就像面對高難度關卡。我認眞看向祂。

「我可以躲起來。但要是你機能中斷，我就會痛失王牌。無從得知對方情報，還失去了你，我不可能贏。但要是不去，很難防備後續的惡意，所以這也不在選項中——這是不得已的結論。」

離龍一時無語，半晌才聳了聳肩。

「……這種思考方式，眞不知道該說現實還是不現實。雖然我不想對凡人的價值觀指指點點，但你沒想過確保安全也是一種勝利？就算敵暗我明，也多的是方法吧？譬如跟警方求救之類的。」

「要怎麼跟警察說？有人毀了我的神？他們不可能相信的。而且既然設定了勝利條件，當然就要以『贏』爲目標，如果只採取消極對策，幹麼設定勝利條件？」

「雖然有很多想說的，不過算了。反正事情變這樣的機率很低。選擇圖書館作爲制伏試用者的地點，未免太蠢了，一定有更好的地方。」

「是啊，這只是最壞打算，很可能根本派不上用場。其實我還想過，就算被敵人抓住，也有保險方案；如果他們的目標是『神』，我可以把祭品藏在圖書館的安全之處，這樣就算制伏我，也無法得到神，還有談判的籌碼。」

總覺得雕龍好像翻了白眼。「祭品一定在一百公尺內，他們大可地毯式搜索。」

「圖書館裡有幾千本書耶！我隨便把祭品塞在厚厚的書裡，哪有這麼容易找到？他們又不知道我的祭品是什麼。就算我把東西放在失物招領，他們也認不出來！」

「拜託不要眞的放在失物招領。」

「我不會啦！這可是重要的東西，哪可能亂放？」

「……好吧，我理解你想要留談判空間，因此不把祭品放身上，雖然我不認爲事情眞的會發展成那樣。」雕龍扶額說，「但要是你找不到安全的地方，我建議你還是別這樣做。你說夾在書裡？要是好死不死，有誰拿起那本書，讓祭品滾到地上呢？如果那個人好死不死正在收集金屬飾品呢？只要祭品離你超過一百公尺，你可能會永遠失去它，你要爲了小聰明冒這種風險？」

「沒風險就行了吧？」我有些賭氣。「十分鐘，我把這件事搞定給你看。」

☘

「所以……你叫我來學校，說有非常、非常、非常重要的事，就是要我幫你保管這個，然後整個下午待在圖書館？」

週日下午一點多，阿輝將我的金屬士兵拿在手中，一臉不滿地站在圖書館前。他把「非常」強調了三次，都讓我不好意思了，但我厚著臉皮，「對，要是事情提早結束，我會提早來找你拿……」

這就是我的計畫。

還有什麼地方比阿輝身邊更安全？想想看吧！假使真的有敵人，想要地毯式搜索，也不可能把每個人都搜過吧！更不用說阿輝絕不會讓人拿走我的東西。他盯著我，嘆了口氣：「我可以知道原因嗎？」

「抱歉，現在還不行。但結束後保證跟你解釋。現在只能拜託你啦！千萬不要弄丟喔，這很重要。」

對這番不負責的話，他大概會吐槽「這麼重要就自己保管」吧？但阿輝沒這樣說，反而仔細地將金屬士兵放進襯衫胸前口袋：「我不會弄丟的。」

他知道那是師匠送給我的紀念品。

「拜託你了。」

「之後要請我吃飯，餐廳我選。」阿輝說。

雖然滿臉不悅，還是同意我的要求，不過他最晚只待到七點，之後就會去吃飯。很合理，到七點都過五小時了，我也不想麻煩他這麼久。我跟他討論在圖書館哪裡碰頭，這段期間雕龍一直旁聽我們對話，似乎有話想說，但最後只吐出一句：「你朋友對你太好了吧？」

「你才知道？阿輝跟我的交情非同一般！」我得意地說。

「我不否認，這段期間我都有看在眼裡，溫正輝根本就是你的保護者。」

「什麼？」我瞪著他，覺得這話眞是莫名其妙，「我也很常幫阿輝的忙好嗎！你根本不了解我們。好啦，快去做你的工作！」

「是是是，頤顥大大。」雕龍尖酸地說，隨即飛進圖書館。

作戰開始。我們的方針大致如下：

一、確認有沒有其他試用者。

二、如果有，以不接觸爲原則。

三、若有必要，由雕龍代理交流。

現在才一點半，但比較謹愼的試用者應該會先踩點，是否選擇讓神曝光，就反映出試用者性格。反過來說，如果這是陷阱，我就不會發現任何神，因爲隱藏起來襲擊我才合理。不過，敵人也可能刻意讓神現身，引誘我與之交談，但我會把所有交流都交給雕龍。

跟阿輝分別後，我申請了校外人士的臨時證，從一樓開始尋找神。其實寄件者約在這很令人玩味，我調查過，只有這所學校的學生或教職員能借用四五四室，換言之，這會曝光寄件者的身分……

都用拋棄式信箱了，卻在這種地方暴露？

「頤顥。」從最高層開始調查的雕龍叫我。

「怎麼了？」

「找到其他試用者了。」

「咦？這麼快！」從開始行動還不到五分鐘！

「在四樓樓梯間。不是前面，在圖書館後方。試用者一男一女，都是年輕人，你打算怎麼做？」

「他們的神都是現身的？」我還是不敢相信這麼快。

「不然我怎麼知道他們是試用者？」

呃，對啦。他們是什麼人？是跟我同樣，還是用來引誘我的陷阱？我沉默片刻：「你先別露臉。四五四室看起來如何？」

「裡面沒人。這附近是多媒體空間，人不多，但有個人值得注意；他是四、五十歲的男子，正在看架子上有哪些光碟，但顯然是偽裝——他一直注意四周，有人經過就抬頭。」

「難道是召集人……？」

「或是在考慮要送女兒什麼生日禮物的教職員。」

「最好是會在多媒體空間選禮物！」我正要狠狠吐槽，注意力突然被閃進視野的某個景色抓住。

這時我已走上圖書館二樓，二樓一角有個空間，被幾個研究小間圍起來，帶著點獨立感。窗外能看到枯樹與綠蔭，像畫一樣。空間裡有幾張大型桌，其他地方的閱覽桌多半是二人共用，中間以隔板分開，這裡卻不同，是多人共用的。

有位女性獨自坐在四人桌前，面前擺著西洋棋盤，窗外的光照在棋盤上，反射著溫潤的光輝。

在旁人眼中，大概會覺得她在跟自己對弈吧？她不像大學生。不是因為年紀，而是氣質。是沉穩感嗎？但也見過超級沉穩的學生。雖然第一印象不見得準，但她有著不尋常的氣息，就像所有的稜角都被磨掉，其結果卻不是變得謙虛軟弱，而是「毫無多餘」——

對。不是像不像大學生這種問題，而是她那仿佛「已經完成了」，反而失去可能性的印象，讓我覺得她不可能是學生。

她移動棋子，動作優雅而精準，仿佛有抑揚頓挫，像在配合某種旋律……但我會唐突地注意到她，不是下棋的動作，而是**對面的棋手**。

是「神」。

不會錯的。棋盤對面有個三十公分高、穿著銀色鎧甲的騎士，右手拿著與身高差不多的巨大盾牌，整個盾面光滑無比，就像鏡子。真神奇，那面鏡盾反射了周圍景色，怎麼辦到的？理論上，視覺影像是光子折射被眼睛受器接收的結果，這豈不是說神具有某種物理性，才可以反射光？

神看著棋盤，落子時也不說話，大概是透過心裡對話指示試用者吧？在這厚重的圖書館裡，穿著柔和現代服飾的女子與矮小的神祇分坐兩邊下著西洋棋，這景色實在頗有奇幻色彩。

女子是試用者，爲何她要在圖書館與神下棋？女子注意到我，抬起頭，微微一笑——

我毛骨悚然。這人是敵是友？像面對猛獸般，我的大腦急速運轉。

「頤顥？怎麼了？」雕龍的聲音問。

「……我也發現試用者了。」我擠出一點大腦資源回應。

「哎，沒想到大家都這麼大意。好啦你快閃，別忘了所有互動都由我負責——」

「你也是神的試用者嗎？」

雕龍還沒說完，女子那邊就傳來聲音。我忍不住抬頭看向那位女性——隨即意識到她根本沒說話。是她的神在說話。

——啊。

掉入陷阱了。我駭然。既然對神的聲音做出反應，就暴露出我是試用者；原本我以爲雕龍不在身邊就不會曝光，但她這招對隱藏神祇的試用者也有效！原來如此，故意讓自己跟神下棋，吸引其他人注意，無論對方是不是試用者，只要盯著這邊，就讓神發言探問……

「這招蠻厲害的，佩服。」既然曝光，我不得不開口回應。

「哪裡。」

女子笑著點頭。既然承認了，就表示這不是歪打誤撞，而是計畫過的；她起身行禮，接著壓低聲音：

「要是我猜的沒錯，您的情況應該跟我相同。不介意的話，要不要在兩點前簡單聊聊呢？」

「正有此意。」我說著便依言坐下，但那種顫慄感仍未消失，對方宛如某種眞相不明的怪物。

「頤顥，怎麼回事？」雕龍注意到我分心。

「沒事。我不小心被發現是試用者了。」

「……什麼？」

「別擔心，目前看不出敵意。」我在心裡說。事已至此，除了正面刺探，沒別的選擇，「是我的失誤。雕龍，你繼續調查圖書館，看有沒有別的試用者。」

「年輕人，你不透過你的神發言嗎？祂是不打算露臉，還是不在場？還是在找其他試用者？」女子的神開口，聲音鏗鏘有力，有種長者的威嚴。我有些困窘，沒想到被追問這點；祂是正確的，就算我們認出彼此，剛剛我那些話也該透過雕龍回應，不然在看不見神的普通人眼中，就是我沒頭沒尾冒出那句話。祂懷疑我的神不在場很合理。

「忒修斯，別這樣。」女子勸阻祂，「我們的朋友有自己的判斷跟自由，我們不必干涉。同學你好，我姓顏，這是我的名片，可以知道怎麼稱呼您嗎？」

「我姓程，叫程頤顥。頤是大快朵頤的頤，顥是一個景再一個頁。抱歉沒有名片，我還是學生。」

我接過名片，上面寫著「顏中書」，在某個會計公司工作。中書？好怪的名字。

「頤顥，」顏中書喃喃自語，「難道程同學的名字是來自程顥、程頤兄弟嗎？」

「你知道？」天啊，她是第一個立刻發現典故的人！

「偶然知道的。」顏中書微微吐出舌頭，做了個鬼臉，「我也是呢。以前歷史課本不是有教什麼『同中書省門下平章事』嗎？同學大家都取笑我，叫我宰相大人；長輩擅自給我們取這種彷彿在賣弄知識的名字，很困擾呢！」

隨著她自在的態度，氣氛緩和許多，我乘機打起精神。

「我也是，總被取一些奇怪的綽號。說起來，你們也巡過圖書館？」

既然忒修斯問了，表示他們考慮過這個策略。

「嗯，四樓有兩位同伴。」

「果然。不好意思，可以請教一下嗎？既然您已經知道四樓有別的試用者，怎麼沒跟他們會合？既然你跟我搭話，表示你本就打算尋找其他試用者吧？」

顏中書沒直接回答，她若有所思，突然伸手移動棋子，露出惡作劇般的笑。

「程同學，你會下西洋棋嗎？」

「會一些，那是我最早學會的遊戲。」

雖然接觸桌遊後，我就不怎麼下西洋棋，因為選擇太多了。師匠倒是很喜歡西洋棋，只是沒多少能與她對弈的人；以西洋棋為開端，師匠將各式各樣的遊戲教給了我。

「那要不要下一盤？不必太認真，只是我們面對一個棋盤，卻一步也不走，別人會覺得奇怪吧？」

在圖書館下棋就夠怪了吧？但我覺得這是個好提案。下棋是認識一個人的方式，我還摸不清這人的底細，她的棋路或許比對話更誠實。

「那要不要下超快棋呢？」我略帶挑釁。

「超快棋嗎？」顏中書揚起眉，看來很愉快，「沒問題。既然程同學坐黑子，我就不客氣先開始囉？」

我點點頭。她移動一步，走了穩當的開局。

「先回答程同學的問題。很簡單，那兩位朋友沒有隱藏神的打算，想會合隨時可以，但我想知道有沒有隱藏神的試用者。比起意圖明確的試用者，有所戒備的試用者更值得交流吧？程同學不也這樣想，才沒直接跟那兩位會合嗎？」

我跟著走了穩當的一步棋：「有道理，但顏小姐你不怕嗎？」

「怕什麼？」

「像這樣公開試用者身分，要是寄信者不懷好意怎麼辦？」

直到此刻，我都沒讓神現身。別說現在，直到有交流必要前，我都沒打算讓雛龍現身。換言之，顏中書的策略跟我有了分歧。她思考片刻，回應一步：「你覺得寄信者不懷好意嗎？願聞其詳。」

「沒有證據，但無法否定吧。畢竟對方知道誰是試用者——這不該發生。既然發生了不尋常的事，接下來無論多超乎想像都不奇怪。」

「那程同學沒考慮過嗎？或許我就是那位不懷好意的寄信者……」

我思考暫時中斷。是有這種可能。她的語尾懸在半空、嘴角似笑非笑地觀察著我。就在我手心冒汗時，顏中書笑了出來：「開玩笑的。我當然不是寄信者，程同學也不是吧？」

「……這個嘛，顏小姐有我不是寄信者的根據嗎？」

我盡可能冷靜下來，小心移動棋子。對熟悉桌上遊戲的人來說，這種撲克臉不過是家常便飯。

「沒有。」顏中書推進陣形，「不過我不擔心，是因為我曾試著推理寄信者身分。出席這場邀請有沒有風險？有，但不高。如果程同學是寄信者，就與我的推理略有不同，但這種發展沒什麼不好……所以，程同學是寄信者嗎？」

她有些挑釁地看著我。

我當然不是寄信者。不過她推理過寄信者身分？這是能推理出來的嗎？還是她收到的信件內容與我不同？正想問時，雖龍的聲音突然響起。

「頤顥，這邊有狀況。」

「怎麼了？」

「有試用者被困在圖書館一樓進不來。」

「……困在一樓？怎麼會？」我不懂，入口處不是能辦臨時證件？

「剛剛聽櫃檯的說法，是因為那個女孩子未成年，所以不能申辦臨時證件。」

我大吃一驚，試用者中有小孩？

……不，當然有可能。如果試用資格是隨機的，寄給小孩也不奇怪。但難道寄信者沒想過這種可能？我腦海浮現小女孩在圖書館大廳求助無門的樣子，既感到同情，又為寄信者不縝密的安排感到惱怒。

「程頤顥，」忒修斯見我沒回答，沒有感情地問，「你不說話，是在跟你的神討論怎麼說謊嗎？」

「啊？呃，」我嚇了一跳，「不，不是，只是這步有點難，我在思考。」

這什麼爛理由，但我就是不想承認被看穿，只好急急在心裡跟雕龍說：「那你先別管了，等一下我們要是平安見到寄信者，再跟他說有這情況。」

「你放著不管，那孩子可能會不知所措，直接回家喔。」

「那也沒辦法。」

「我們可以安撫她一下，讓她知道有人能幫忙告知寄信者——」

「怎麼安撫？難道要現形？」

我很想趕快結束對話，口氣不太好。雕龍嘆口氣：「頤顥，你要進行遊戲思考是一回事，但喪失幫助他人的能力，沒有半點值得驕傲之處。」

我困窘之極，明明下一步都沒著落，還要顧及那邊情況，而且憑什麼我要被這樣說？這根本不是大問題，大廳離四五四室也不到一百公尺，大不了等一下只讓她的神出席嘛。我沒好氣地想：「那你全權處理吧，不要節外生枝。」

「放心，我沒你這麼笨。」

「等一下。」我有些惱怒，但還是吸了口氣，緩緩傳達自己想法，「你對我態度差就算了。對小孩子要溫和點，不要嚇到人家，要像鄰家大哥哥那樣。」

我很怕等一下大廳傳來小孩子爆哭聲。沒等雕龍回應，我迅速移動棋子，假裝好不容易想到對策：「不好意思，這步比較久——就像顏小姐的推測，我不是寄信者，但我很好奇您做了什麼推理？」

顏中書看著棋盤，我不禁心虛，剛剛那步實在不像謹慎思考過，說好的超快棋呢？她舉棋說：「確實，那封信的訊息不足以得到明確的結論……抱歉，或許讓程同學有過多期待，雖說是推理，但不過是兒戲性質。」

「沒關係，還有點時間，交換彼此的推測也不錯吧？」

「那我就野人獻曝吧。」她落子說，「我先請教，程同學收到的信跟我一樣嗎？使用拋棄式信箱，無法追蹤，沒有自稱，只說跟『神祇系列』有關，有危險，並指定今天兩點在四五四室碰頭，是嗎？」

我點點頭。

「這樣一來，關於寄信者的身分和目的，至少就能列出四種可能。」

「四種？」那封信有這麼多線索嗎？

「是的。其實我的想法很單純。寄信者有試用者名單，不然無法寄信給我們，但哪些人有名單？最先想到的自然是廣世公司。」

「但不太可能是廣世公司寄給我們。」我馬上回應。

「對。如果是廣世公司，大可以官方身分來信，也沒必要約在圖書館。不過程同學不覺得奇怪嗎？先問我們是不是試用者，再說有危險，很明顯危險跟『神祇系列』有關，那爲何不直接警告廣世公司，由廣世公司出面跟我們這些試用者說明？」

……確實很奇怪。

雖沒明講「危險」是什麼，但跟神有關，廣世公司應該能處理，至少也該被告知，爲何寄信者跳過廣世公司？我默默聽著，思考著，移動棋子。顏中書的布局非常嚴密，讓我印象深刻。

「第二個可能，」她說，「寄信者跟廣世公司有關，卻不代表廣世公司。譬如，不是管理職的技術人員。如果信中說的危險是『神』所造成的，而廣世公司的管理階層早就知道呢？技術人員——也不見得是技術人員，總之就是知情者——這人對廣世公司隱瞞眞相的做法感到不安，因此瞞著廣世公司寫信給我們，這樣的立場，自然就不會事先警告廣世公司。」

……有道理，這也能解釋爲何那封信語焉不詳。要是被廣世公司發現，開始清查內部員工，信裡的訊息量當然愈少愈安全。不過「神」到底有什麼危險，需要這麼小心翼翼？

「剩下兩種可能呢？」我問。

「第三，有可能不是廣世公司的人嗎？那就只可能是外流，或用非法手段取得。但誰會特別去取得名單？只可能是原本就知道廣世公司在開發『神祇系列』的人。雖然是毫無根據的空中樓閣，但有沒有可能是與廣世公司競爭的科技公司？如果競爭公司意識到神的技術有危險，希望我們作證，自然就不會通知廣世公司……」

「但有說不過去的地方，敵對公司沒道理不表明身分，也沒道理不明講危險來自廣世公司。」

「是的，所以這個可能性並不高。」

「而且剛剛顏小姐提到了第二種可能，也就是非管理職的知情者，就算擔心被發現，應該也可以直言廣世公司隱瞞了『神』這種技術的危險性吧？」

「我承認。即使不想暴露身分，寄信者的說詞也太保守，多少減低了這個可能的強度……不過，採取保守態度的原因，我也已想到幾個。這些先放下，來說說最後的可能——寄信者是試用者，或其身邊的人。」

「但試用者不該知道名單吧？除非像顏小姐剛剛說的，是非法取得。」

「對，而問題在於非法取得的動機。對此我只想到這個人不懷好意，或迫不得已。」

「迫不得已？」

這時我們已各自推進好幾步，吃子的速度也愈來愈快。

「對，譬如這位試用者已遇上危險……」

「我懂了，要是這種危險只發生在試用者身上，確實有必要警告名單上的其他人——但這樣的話，為何不告訴廣世公司？」

「是啊，最合理的發展是由廣世公司來信，但並非如此。這樣的話，就只可能是不懷好意了。」

「但如果不懷好意，應該會選擇各個擊破，既然我們現在都在這——」

「嗯，所以也不成立。既然一、三、四的可能都不高，這件事很可能如寄信者所說，他要警告某個跟神有關的危險。所以我才說程同學不是寄信者，寄信者應該是跟廣世公司有關的知情者，是社會人士。」

非常合理。想不到光從那封信，居然能推到這個地步。

「那爲何約在這？能租借四五四室的，只有這所大學的學生或教職員。」

「因爲寄信者可能是這裡的教職員。教職員與產業有連繫、知曉某些技術並不奇怪。即使不是，嗯——只要寄信者身邊有在本校就讀的學生，就能借到學生證，總之，方法多得是。」

確實。要借這個場地，方法要多少有多少，但有必要做到這種程度嗎？既然是特定人士才能借的空間，寄信者或許是考量到保密性吧？但單就保密性看，多媒體教室難道眞是首選？恐怕「方便性」也在寄信者的考量中。

「原來如此，」我誠心地說，「眞厲害。」

「不，這只是兒戲，」顏中書搖頭，「全都是根據不足的假設。說起來，人的行動就是充滿不可預測性，或許最後寄信者的身分會出乎我們預料呢！程同學呢？你對寄信者的身分有什麼揣測？」

「沒什麼值得一提的，不過——」

我簡單說了「如果寄信者是敵人」的擔憂，以及現場就算出現別的試用者，也可能是寄信者同夥。此外，如果對方擁有神的機密，甚至可能將神停機。最後我說：「現在看來當然是杞人憂天，畢竟顏小姐都這麼光明正大地讓人知道自己是試用者，卻還安然無恙。」

顏中書神情嚴肅起來。

「程同學的擔憂也不是沒道理呢。原來如此，不懷好意的試用者可能不只一人，威脅我們的手段也可能很多元……這是我思慮不周。我讓忒修斯現身，現在卻沒事，不過是運氣好而已。」

「不過，運氣好也很重要啊，這也是遊戲不可或缺的一環。」

「遊戲……？」顏中書瞬間出現不解的神情。糟糕，我驚覺一般人可能不喜歡這種說法，正要裝傻，誰知顏中書已像是沒這回事般聳了聳肩，悠悠地說，「也是呢，運氣。那正是我最需要的東西。承蒙吉言囉，程同學。」

她露出苦笑。眞意外，像她這樣談笑風生、彷彿一切都在掌握中的人，居然也有苦惱？這時雕龍的聲音在我心中響起：「頤顥，樓梯間的兩位試用者已經開始移動，時間差不多了，你打算怎麼做？」

「我會出席。」

「你確定？你應該還記得，原本可以由我代你出席吧？」

「嗯。但這裡有別的試用者，寄信者有敵意的可能已經小很多，而且都跟試用者碰面了，再把自己藏起來沒什麼意義。比起這個，你有好好對待那個小女孩嗎？」

「當然，像我這麼溫柔善良的神可是很少見的喔。」

「啊？離龍你說你要改行當搞笑藝人？」

「跟你搭檔嗎？請容我愼重考慮。」

我心裡暗笑，卻沒反映在表情上。我說：「顏小姐，已經要兩點了。」

「程同學不介意的話，一起去四樓如何？」顏中書將棋子收好，棋盤也摺疊起來，「再怎麼說，我對自己的推理還是有點信心的，這應該不是陷阱。我們一起去檢證寄信者的廬山眞面目吧。」

她露出微笑，那是自信而光輝的神情。眞不可思議。其實事情仍無好轉的跡象——我是說，就算寄信者沒惡意，「危險」也還是讓人在意。但不知爲何，我不怎麼緊張。或許是因爲眼前這個人的論證有條有理，而且從對弈的棋風看，她不只嚴謹，主動攻擊的方式也十分巧妙，看似防守，其實已經做好進攻準備。有這樣的「玩家」在同一陣營，沒有比這更鼓舞人心的了。

「兩位是……收到信過來的嗎？」

四五四室裡，一位坐在沙發上的青年站起，他高大的體態相當驚人，應該有一百八十幾公分吧？在寶可夢圖案的T恤底下，能看出有在鍛鍊身體，站在他面前，就像與一頭精瘦的熊對峙。他似乎也知道這點，說話時刻意駝背，降低自己帶來的威脅感。

這人無疑是試用者，他旁邊飄著男性神祇，穿著簡樸的民族風服裝，揹著風格不搭的金屬扳手，那扳手跟神一樣大，看來更像是巨斧般的武器。

「是的，我們是試用者，兩位也是吧？」顏中書輕鬆地說。

除了青年外，四五四室裡還有一人坐在沙發上。那是位穿襯衫的女性，她皮膚黝黑，綁馬尾，以警戒世間一切的神情瞪著我們，兩手抱在胸前。她的神是旁邊的烏鴉吧，畢竟不可能帶動物進圖書館——原來有不是人形的神。

「那個男的眞的是試用者嗎？」女性瞪著我，聲音頗爲低沉，「神呢？」

哇，也太不友善了。我無奈地聳肩，讓雕龍現身。

「各位好。我是這傢伙的神。喂，主人，快跟大家打招呼啊。」雕龍顯然在消遣我，但我沒意見，這確實能驅散沉悶壓抑的氣氛。面向多媒體中心的方向雖有大片玻璃窗，但窗簾被拉下來，隔絕了視線，帶給房間不小的壓迫感，更別說還有人如此戒備。

那馬尾小姐看到我的神，便沒再說什麼，但仍瞪著門的方向。

「那，兩位先請坐吧。」青年用招待者的口吻說，接著便回到自己的沙發。他沙發後方擺了巨大的登山背包，上面放了棒球帽，很有體育風格。房間裡共有八張沙發，呈凹字形排列，我跟顏中書分別坐在彼此對面——除了我跟顏中書，寄信者可能在剩下兩人之中嗎？

感覺不太像。

「哈囉，大家好！哇，你們都是試用者？」

接著開門進來的人來勢洶洶，聲音纖細又高昂，是位服裝極爲華麗的女性。

我有些驚訝，沒想到現實中眞的有人穿這樣的衣服——她頭髮染成紅色，是誇張的大波浪捲，接著是繡著重重蕾絲的深色連身裙，腰帶滿滿的蕾絲蝴蝶結，裙子很膨，大約四十五度膨脹起來，腿上是條紋過膝襪，腳下有目測三公分的深紅厚底鞋。但即使加上厚底鞋，她也才一百五十公分左右。

根本是漫畫人物！

沒等大家反應，她劈里啪啦地說：「一、二、三、四……好厲害喔，第一次看到這麼多神耶！大家好，我叫莊曉茉，這是我的神，我都叫祂『貓』，因爲看來就是貓嘛！來，貓，快跟大家打招呼喔，嘻嘻。」

莊曉茉說著摸摸飄在一旁的黑貓，但黑貓躲開了，沒理她的意思。她毫不在意，很習慣這樣的互動。這般自說自話的氣勢，就連剛剛滿臉不快的馬尾小姐也只能目瞪口呆，氣不起來。

「你好，莊小姐，這是我的名片。」

「你好。顏姊姊名字好特別喔！我沒名片，莊是山莊的莊，曉是拂曉的曉，茉是茉莉花的茉。嘻嘻。」

「嘻嘻」是怎麼回事？小說中會用「嘻嘻」表示笑聲，但她發音精準到有種機械感，不像眞的在笑。

「我說，可以開始了嗎？」那位馬尾小姐突然打斷交流，凶狠地指向體育青年，「我們不是來閒聊的，這男的說他是寫信給我們的召集人，我們能不能快點進入正題，了解一下到底有什麼危險？」

這青年就是召集人？跟顏中書的側寫完全不同啊！

顏中書注意到了，對我做出鬼臉，用嘴形說「猜錯了」。體育青年突然被針對，顯得有些困窘：「呃，對，我就是寫信給大家的人。那個，其實我有寫信給更多人……抱歉，我好緊張，總之，現在已經兩點十分，超過十分鐘了，也許來的人就這些而已。呃，先自我介紹一下，我姓張，叫張嘉笙，是這所學校生物環境系統工程學系的三年級生，我找各位來是因爲——」

「請等一下，學長，」我連忙阻止他說下去，「還有人沒到。」

「呃，對，我知道，但現在已經十分了……」

「有試用者被擋在一樓，未成年，無法申請臨時證件，可以請學長協助處理嗎？」我說。

「什……呃，那我們該怎麼辦？」張嘉笙露出完全沒料到這種情況的神情。我忍住想要扶額的衝動，差點吐槽「你覺得我要問誰」，好險張嘉笙的神開了口，聲音十分穩重。

「嘉笙，你不是跟同學多借了學生證？」

「啊，對喔！」張嘉笙拍了一下頭，連忙翻找背包。這也要神提醒？張嘉笙拿出學生證後環視我們一眼，欲言又止。他的神又說話了。

「放心，這裡我替你看著。」

「嗯，謝謝，克拉克。」

張嘉笙一溜煙跑出門。他看來眞的很緊張，還沒進正題，就已冷汗直流。名叫克拉克的神飛到房間中央：「請各位稍等。在這段期間，我相信各位有很多問題要問，先問我無妨。」

「吶，同學同學，」然而莊曉茉沒理會克拉克，反而用力朝我湊過來，「怎麼稱呼你？你說一樓有未成年的試用者是怎麼回事？如果你不認識她，怎麼知道她是試用者？」

「呃，她旁邊有神。」這人對私人領域的認知很不一樣，我忍不住縮起身體避開。

「原來如此，很有道理耶！」她雙手歡快一拍，「那怎麼稱呼你？你是大學生？」

我還沒回答，馬尾女性已怒氣沖沖地打斷，瞪著每個人說：「能現在就說明嗎？剛剛我問你們，你們說等人到齊了自然會說明，現在差不多齊了吧？爲何你們會有其他試用者的情報？我問過黑羽，祂說試用者不可能知道其他試用者的身分！」

黑羽就是那隻烏鴉神的名字吧？烏鴉大聲附和：「不錯！『D計畫』是公司機密，別說試用者，連我們都所知有限，沒道理你們是特別的。你們不能解釋清楚，我們也會有所保留！」

「我明白你們的疑慮，」克拉克說，「但我們還要先迎接一樓的試用者，等大家會合，馬上就會說明。請各位相信，我們召集大家來完全是出於善意，只是我們無法確定實際情況，才一直有所保留。」

「什麼實際情況？」馬尾女性瞪著克拉克，氣呼呼地說。

「哎唷，別這麼緊綳嘛！」莊曉茉輕飄飄走到她身旁，「他們也沒做什麼壞事，幹麼生氣——」

「爲什麼你這麼輕鬆？」馬尾女性瞪著莊曉茉，將怒氣潑到她身上，「他們都說有危險了！你知道被不認識的人鎖定的感覺嗎？天曉得接下來會發生什麼事，爲什麼一副事不關己的樣子？」

她吼出一片寂靜，讓人感到憤怒下的恐懼。

「……對不起，」莊曉茉剛開始有點被嚇到，但她意外地沒有退縮，「哎唷，我只是想說不用這麼緊繃嘛。我當然知道有危險，但一直緊張也沒用啊！而且危險到底是什麼，也要等他們說了才知道嘛！」

馬尾女性意識到自己的反應太過頭，正囁嚅著，房間的門再度打開，張嘉笙走了進來。

「呃，我把樓下的試用者帶來了。」

我轉過頭，正想看看被拯救的小女孩長什麼樣子，卻呆住了。

跟著進來的可不是什麼哭腫鼻子的小孩子，而是長髮飄逸的清秀少女。

雖然這樣形容很俗，但看到她的瞬間，心頭眞的浮現「美少女」這個評價。

少女穿著有春天感的柔軟上衣，輕飄飄的長裙，清晰的雙眼皮和眉宇間有著淡淡的憂鬱感，讓她帶著不可思議的嫵媚。她的神也是女性，卻有一張外國人面孔，耳朵像精靈般尖細，一頭金黃色的頭髮，希臘式服裝，有種陶瓷般的精緻之美。

「我是加賀美靜香，與大家初次見面，請多指教。」

她的國語帶著點腔調，行禮的時候，長長的頭髮從肩上滑落。日本人？我有些意外。加賀美靜香抬起頭環顧房間，原本還有點畏縮、客氣，但她看到雕龍，然後看向我，竟像發現什麼驚奇般露出微笑。

我心跳微微加快，她爲什麼笑？應該是認出雕龍吧！但爲什麼也對我笑？加賀美靜香走到我旁邊的位子坐下，我緊張地保持距離。一想到直到剛剛都把她當成小朋友，羞恥感在心裡蒸騰。

「雕龍，這是怎麼回事？」我在心中質問，「我還以爲她是小朋友，但她看起來只比我小一、兩歲吧？你明明了解我的意思，怎麼不解釋清楚？」

「反正你們在我眼中看起來都是小孩子，有什麼不對？」

這算什麼回答啊？可惡。加賀美靜香看了我一眼，眼角微彎，帶著某種讓人感到青春無敵的笑容，我不好意思地報以微笑。莊曉茉看召集人回來了，便走到在顏中書身邊坐下，說什麼這裡沙發好小，裙子都落到地上之類的，我沒認眞聽。說來丟臉，此時此刻，我無法不去在意身旁的少女。

「呃，都這時候了，應該不會有人來……」

張嘉笙還沒說完，門外就傳來敲門聲，一位中年男子開了門。

「頤顯，他就是在四樓徘徊的中年人。」雕龍提醒我。男子穿著陳舊的衣服，帶著滄桑感，二話不說地坐在張嘉笙旁邊的沙發；如果他是試用者，顯然是沒打算讓神現身。

張嘉笙有些遲疑：「對不起，請問您是……」

「魏保賢。」男子沉聲說，他望向學長的眼神凌厲，「寄信給我的不是你嗎？還是這裡的其他人？」

「喔，對、對，是我寄的。抱歉，請坐。」

不知不覺間，這裡已有七人。

不知爲何，我有種奇怪的感覺——就像玩家到齊，遊戲主持人準備講解規則。用輕浮的說法，就是「準備完成，遊戲開始」的時刻。

馬尾小姐看向張嘉笙，忍著焦躁說：「可以了嗎？請你講清楚，你說的危險到底是什麼？又是怎麼知道我們是試用者的？」

「抱歉，突然像這樣把大家找來，」張嘉笙看來緊張到胃痛，他眉頭皺在一起，嘴角彎起安撫的笑意，變成一張奇怪的臉，「我怎麼知道各位是試用者，照順序說大家就懂了，但我要告訴各位，我們試用者很可能處在危險之中，已經有幾位被綁架了！」

——**綁架**？

我跟其他試用者面面相覷，只有魏保賢面不改色。坦白說，難以置信。普通人就算了，試用者應該很難被綁架吧？

「張小弟，這不是開玩笑吧？」莊曉茉嚴肅了些。

「他不是開玩笑。」克拉克幫腔，「我們正好認識兩位試用者，現在這兩位都已失蹤。」

「你正好認識兩位試用者？」我忍不住重複他的說法。「確定一下，試用者只有二十位吧？」

「據我所知是這樣。」雕龍說，其他神也沒有反對。

「程同學是想說……全台灣有兩千萬人，僅僅二十位試用者中，居然有三個試用者彼此認識，機率太低了嗎？」顏中書低語，「確實是有些難以置信。」

「呃，這是真的！」張嘉笙聲音大了起來，像是怕我們不信，「另一個試用者，我叫她佳美，因爲父母的關係，我們從小認識。我們平常都把神帶身邊，見面的時候發現對方也是試用者……還有另一個叫阿光，我原本不認識，是佳美逛街時看到他的神，透過神找到他，還交換聯絡方式，介紹給我。我也知道機率很低，但事情眞的是這樣！」

可能性確實不是零。

對試用者來說，神非常顯眼。在人來人往的地方，要是空間夠寬敞，遠遠就會注意到。但張嘉笙缺乏信心，又有點大舌頭，如果這是爭取信賴的遊戲，他已經被扣了很多分。

「繼續吧。」魏保賢做了個手勢，「信不信是其次，總得先聽過你的說法。」

「謝謝。」張嘉笙鬆了口氣，但他神情又陰鬱起來，「有一天……佳美突然失去聯絡。我跟她和阿光有開一個即時通群組，所以很快發現不對。我問她爸媽跟同學，知道那天她去學校，也有上課，但放學後就沒回家。我很擔心，她不是會突然失去聯絡的人……」

「有充分的理由相信她不是離家出走嗎？」

「不太可能。」克拉克插嘴，「高佳美跟他們約好了週末的計畫，就算是離家出走，她也有自己的生活，至少會告知行程變化。」

「對。她突然失聯很不尋常，很不像她。阿光也很擔心，但佳美手機一直沒開，怎樣都聯絡不上。我們擔心她出事，但佳美有神的力量，要說出事實在難以置信……」張嘉笙愈說臉色愈差。

我舉起手說：「不好意思，可以請教學長朋友的神有什麼能力嗎？畢竟每個神的能力不同，就算遇到危險也未必能應付。」

「佳美的神叫『Dark Book』，是拿著書的黑色人影，能力我只聽她簡單說過，跟幻覺或夢有關。她的神能進入人的心智，控制夢的內容，讓人誤以爲夢是現實，也能讓人在現實中看到幻覺、產生幻聽，誤以爲某物是別的東西，好像也能把人拉到幻覺裡，讓人在幻覺中鬼打牆。」

幻覺……嗎？

要對付依賴感官的敵人，自保綽綽有餘，但大概無法應付偷襲。要是遇上攜帶電擊棒的對手，被奪走意識，幻覺也派不上用場。不過，就算一時失去意識，只要清醒過來，應該都有辦法用幻覺脫困，除非——

我心中一震，不安襲捲而來。除非試用者死了，無法用神拯救自己。

「我跟阿光討論過。要是遇到壞人，佳美應該可以用幻覺對付，如果不是壞人，就是遇到意外了吧？」張嘉笙的聲音帶著滿滿憂慮，「或許她遇到什麼事，讓她失去意識很久，或被困在什麼地方。我跟阿光在佳美的放學路徑上巡邏，想找線索……卻什麼都沒找到。但幾天後，阿光突然傳簡訊給我，說『我可能知道佳美怎麼了』。」

「……她怎麼了？」

馬尾女性似乎有所共感，緊張地問，張嘉笙卻搖搖頭。

「阿光來不及說。他只傳訊說『我被偷襲，他們知道我是試用者』。我嚇一跳，連忙問阿光在哪，我要開車去救他，但阿光只傳了一張照片給我，就沒回應了。」

——對方知道誰是試用者？還有面對神也不會敗北的自信？我緊張起來。

「你說的照片……」顏中書問，「我們可以看看嗎？」

「當然。」

張嘉笙拿出手機，讓我們看簡訊寄來的照片。他手機螢幕的畫質不怎麼好，讓邊緣顯得頗爲銳利。照片是一條窄巷，四周很昏暗，但路燈下，有個怪物站在那，牠朝著攝影者跑來，正奔出光的範圍；雖然看不清臉部，但牠巨大、渾身是毛，顯然不是人類。

那是兩腳站立的猛獸。我暗自心驚，這怪物的樣貌，豈不是——

「啊！」莊曉茉驚呼，「等一下，我看過這個，這不是……最近很流行的都市傳說，台北市的怪物？」

「什麼意思？」馬尾小姐臉色鐵青，「你說是都市傳說在襲擊我們？」

「我不知道！我不在乎這東西是不是都市傳說，但牠知道我朋友是試用者，還因此襲擊他們！後來我一直聯絡不上阿光，跟佳美一樣，我想阿光一定也被綁架了！」

「你確定是綁架？」馬尾女性的語氣不再尖銳，卻有些無情，「也可能是被殺了吧？」

「我……」張嘉笙臉色慘然，一時說不出話。克拉克接著說：「我們希望是被綁架。這不是一廂情願。如果那怪物有意殺人，沒必要帶走屍體，現場應該會留下血跡之類的，但這段期間沒發現會驚動警察的證據，所以試用者還活著。」

「不好意思，我還想請問阿光的神有什麼能力。就算對手是怪物，也很難想像能這麼順利綁架試用者。」我是指，怪物頂多就是力大無窮，不是嗎？

「阿光……阿光的神叫『花和尚』，是巨大的五色鳥。其實我知道的也不多。花和尚好像能控制植物，憑空變出植物界所有物種的種子，讓種子快速生長，無視環境是否適合生存——」

「咦？」莊曉茉驚呼，「植物，是包括樹木嗎？」

「應該是。阿光說是植物界的一切……」

「我想到一則新聞。」莊曉茉站起身，像在努力回憶，來回踱步。真是個消息通。「我沒辦法想起所有細節，不過前陣子，台北某條巷子出現大量非台灣原生樹木的木材，而且都被暴力摧毀了！附近居民好像有聽到可怕的聲音，但聲音太可怕，沒人敢出去看看發生什麼事，只敢報警，警察到現場後，發現數量讓人歎爲觀止的破碎木材。」

張嘉笙呆住，激動起來：「難道是阿光？我沒注意到這新聞！」

「我是因爲工作才知道，」莊曉茉同樣有些激動，「總之，因爲沒具體損失，只被當成難以理解的怪事。警方說是有人運送木材時發生意外，但台灣沒那種樹，那種木材也沒人進口，甚至沒有走私的利益！我本來沒想到神，但看來是神吧？是那個阿光在對抗都市傳說！」

難以置信。

召喚樹木的神，與力大無窮的怪物開戰。在我們沒注意到時，台北發生了這麼稀奇離譜的事？要是繼續戰鬥下去，台北會變成密林嗎？不，更可怕的是擊毀密林的都市傳說。明明都在眼前創造密林了，那怪物卻不斷擊毀木材，發出可怕的摧折聲逼近而來。

這已不只是「力大無窮」。

「原來阿光反抗過……」張嘉笙沮喪地將頭埋進雙手，「阿光晚上有打工，他傳簡訊給我的時間，是打工結束回家的時間。我猜那怪物應該知道我們的行程，所以才能伏擊他們。我怕遇到跟佳美和阿光一樣的事，不敢回家，都睡在車裡，每天車子停不同地方，洗澡就借體育館的浴室，衣服用自助洗衣，上課的書全帶身上，總算是到現在都還沒事。」

我們都沒接話，被沉默、疑心、恐懼所淹沒，連雛龍也是。說起來，那怪物到底是什麼？既然能對抗神，應該有某種程度的智能吧？還是說，那怪物也是試用者，其實那是神的能力？就像奇幻遊戲裡信仰自然之神的德魯伊，能變身成動物？

「這場遊戲的難度比原本想得高。」我暗自呢喃。

「遊戲？」雛龍嚴厲的聲音在我大腦響起，「你最好別把這句話說出來，頤顥。這是現實，不是任何人都跟你一樣有顆遊戲腦！」

我知道這樣想太輕率了，但就是這種情況，才更該當遊戲吧？

將現實給遊戲化，或許在一般人眼中是不可取的，但我認爲這不過是世俗偏見。

人們並不理解遊戲的優雅。師匠說過，遊戲美學第一條就是「無我」——將「我執」給捨棄。遊戲有勝負，如果輸了苦惱萬分，就失去遊戲的意義；遊戲是享受人生的方式，爲遊戲而痛苦、憤怒，那不是一流玩家的氣度；其次，雖然師匠沒這麼說，但符合我的遊戲體驗——只有捨去「我」，才能將自己也資源化，以旁觀立場進行冷靜理性的評估。

說到底，如果不用遊戲思考，要怎麼思考「勝利條件」，要怎麼「贏」？難道就呆在這裡，僅僅震驚於「哇，原來試用者有危險啊」這樣？

加賀美靜香微微蹙眉，她雙手像是祈禱般緊緊握在一起。有怪物在襲擊我們，會覺得恐怖是理所當然的，但光是害怕不可能改變現狀。

為了存活，為了贏，就必須將一切視為「遊戲」。

☘

「——你還沒解釋你是怎麼知道試用者身分。」馬尾女性說。

她的名字是衛知青。由於魏保賢跟加賀美靜香晚來，未聽到眾人自我介紹，因此顏中書提議重新彼此介紹。在這個過程中，緊張稍微緩解，但衛知青很快又質問起張嘉笙，只是沒有最初那樣咄咄逼人。

「嗯，我現在解釋。」張嘉笙點頭，「阿光說怪物是針對試用者，克拉克說試用者有二十位，表示其他人也有危險，所以我打電話給廣世公司——」

「咦？」我不小心發出驚呼，「學長，難道你的名單是廣世公司給的？」

「不不，不是廣世公司。」

「那廣世公司做了什麼？」衛知青惱怒地揮手，「他們知道有試用者被針對，難道什麼都不做？」

「不是的。」張嘉笙像在為廣世公司辯駁，「雖然我打電話過去，但他們覺得我在騙人。我不是很確定，但他們好像把我當成競爭對手派來騙情報的間諜。我一直說不是這樣，但沒法證明，最後負責人說，就算真有人在針對試用者，神也一定可以應付各種狀況，我說的情況根本不可能發生。那個，沒有說服廣世公司是我的錯，對不起。不然的話，或許現在情況會完全不同——」

「不，學長，不是你的錯。」我說，「如果我是負責人，就算再怎麼有自信，多少也會確認一下試用者的情況，譬如，查證學長說的試用者是不是眞的失蹤，這只是舉手之勞。但他們沒這麼做，這沒道理。」

「你、你的意思是……」

「我是說，廣世公司一定有問題。」

我下結論，同時心裡浮現某種不安；爲何雖龍不反駁？祂自認是廣世公司的產品，應該是支持廣世公司的吧？不只祂，現場的神竟一片沉默——難道祂們眞的知道些什麼？

「我同意程同學，廣世公司的反應確實不合常理。不過，我想提出別的可能。」顏中書望向我，「首先，將廣世公司視爲一個整體，這種想法是危險的。我上來前也跟程同學說過某種可能，廣世公司把我們當成小白鼠，技術人員看不過去，試圖採取行動——但有沒有可能反過來？張同學打電話去時，接電話的人確實可疑，但他能代表整個廣世公司嗎？也無法排除客服跟某些人同流合汙，廣世公司高層反而一無所知。」

「可是這樣區分有何意義？如果我們不知道哪些人可信，結論直接等同整個廣世公司不可信啊。」

「不，」顏中書正經地說，「新的可能會帶出截然不同的視野與思考。說來我很好奇，大家眞的覺得廣世公司不懷好意嗎？」

「不是不可能吧？」衛知青說。

「在我看來有點匪夷所思。」顏中書搖頭，「如果廣世公司眞的不懷好意，想暗算試用者，一開始就不必讓『神』擁有意識。」

「爲什麼？不是有意識才能騙人嗎？啊，等等，貓，我不是說你騙人喔；但要是你騙人，眞希望早點告訴我呢。」莊曉茉自顧自地摸著她的神，她的神完美躲過。

「我不這麼想。」顏中書說，「都能做到有意識了，讓試用者誤以爲神是徹底服從的奴隸，更容易暗算我們吧？正因有意識，才會懷疑祂們有貳心。來此之前，我也跟我的神忒修斯好好談過，祂告訴了我，要是祂背叛我，要怎麼讓祂消失。各位難道沒問過這樣的問題嗎？」
我吃了一驚，我問過雕龍，因此我舉起手，衛知青也舉手。
「讓神消失的方法，就是毀掉祭品。」顏中書嚴肅地問，「兩位聽到的也是這樣？」
我跟衛知青對望一眼，點點頭。
「那麼我想問在場的神。」顏中書說，「聽完張同學的話，你們懷疑廣世公司嗎？」
——讓廣世公司的商品，自行思考廣世公司是否可疑？顏中書提出的問題相當離奇。眾神一直保持沉默，但隱約能感到某種浮躁；顏中書問完後，克拉克過了十秒才說：「之前沒想過。但程頤顯指出廣世公司可能有問題後，我覺得值得認眞考慮。」
「我也是，沒有檢查試用者是否失蹤眞的說不過去。」第一次聽到貓的聲音，祂的聲音如同少年。
「我想不通廣世公司爲何這樣做，」雕龍附和，「但張嘉笙打電話去的反應眞的很可疑，連我也無法幫他們辯護。」
雕龍聽來非常沮喪，甚至接近悔恨。
我這才醒悟爲何諸神都不講話——身爲廣世公司產品的祂們，或許對廣世公司也有一定程度的自豪吧？但祂們嗅到了廣世公司的可疑氣息，恐怕是尷尬到不行，甚至無地自容。
諸神中，黑羽意外地保持靜默，衛知青神色陰惡。魏保賢依舊沒打算讓神現身，或許他的神早已表態，只是我們聽不到。加賀美靜香神色憂慮，她的神卻毫無反應，甚至沒半點表情——不，與其說沒表情，不如說心思根本不在這。
顏中書說：「請看，讓神擁有自我意識，甚至懷疑製造者，對廣世公司沒半點好處。既然可以製造這樣的人工智慧，要讓各位的神一起表態支持廣世公司，或內建這種信念，不是半點不難嗎？因此，無論現在廣世公司的情況如何，我想最初的設計一定不是不懷好意的。」
這種說法乍聽來像悖論，但不失爲一理。如果廣世公司眞的有鬼，諸神就應該掩護廣世公司，但正因爲祂們同樣懷疑廣世公司，反而證明廣世公司是坦蕩的。這時魏保賢開口：「廣世公司可能有內訌、有分歧，顏小姐算是合理論證了。但大家是不是忘了什麼？張同學怎麼會有大家的名單，這問題還沒解決。」

「不，我沒忘掉，」衛知青看向張嘉笙，「張同學，請說明。」

「不好意思。被廣世公司拒絕後……我擔心其他試用者，而且佳美跟阿光出事的時間沒隔多久，我知道情況緊急，就拜託之前在網路上認識的朋友。那位朋友在澳洲，我請他幫我駭進廣世公司——」

「駭客？」莊曉茉看來有些興奮，「太戲劇性了吧！」

「他是怎麼做的？」魏保賢不動聲色，「我知道可以攻陷伺服器，但這些資料沒放網路上吧？」

「我不清楚，他好像是寄信給客服，誘騙客服點開某個連結，讓木馬進去，再通過後門從客服的電腦裡找線索，慢慢移動到其他人的電腦。但具體怎麼做我也不知道——不過，他沒拿到全部名單，應該是中途被對方發現，下載到一半，剩下的檔案就被刪除或移開了，所以只拿到十一人份。」

「是哪種形式的檔案？」魏保賢質疑，「通常名單不是Excel檔，一個檔案就有全部資料嗎？」

「這裡不是。」張嘉笙搖搖頭。「據他朋友說，每個試用者資料被壓縮成獨立的壓縮檔，還有特殊加密，單一檔案至少幾十MB，所以下載很久。解壓縮後，裡面有試用者姓名、電子信箱、保密協議的影本，還有神的3D檔跟設計圖……等等。」

「雖然剛剛沒說，但只要大家有讓神現身，我就知道你們是誰，因為可以透過神的外貌來辨識。除此之外還有幾個功能不明的檔案，其中一個副檔名是『D』，容量特別大，我朋友覺得應該是用特殊程式讀取，但我們沒那個程式，無法知道『D檔案』的作用。」

張嘉笙的說明意外有條理，顏中書沉思片刻：「張同學有帶這份名單嗎？」

「有，等一下。」張嘉笙翻找登山背包，把筆記本拿出來，翻到其中一頁。我們湊上去看，加賀美靜香在人牆外，她似乎有些生分，不好意思擠進來，我見狀讓個空間給她，她點頭致謝。這時我才想到，她一直沒說話，該不會是沒跟上我們的討論吧？畢竟中文不是她的母語。

……總覺得有點可憐，在異國的土地上，遇到這麼詭異的事。

莊曉茉將筆記本上的名單念出來，共十一個名字。

——五個人不在。高佳美以外的人是收到信卻不想來，還是**不能來**？我毛骨悚然。

「大家要看神祇設計圖的話，我電腦裡有，之後也可以分享給各位。這名單不完整，所以我不在上面，阿光也不在。包括我在內，我們已經知道十三人的名單。」張嘉笙說。

「今天沒來的人，應該再聯絡他們吧？」莊曉茉抬起頭，「其實啊，我覺得張小弟一開始的信實在有點……太太太可疑了。姊姊原本也是想過是不是不要來喔，或許他們也是擔心危險才不來的。但要是不知道會被襲擊，不就糟了？你要不要再寄信給他們講明白啊？」

「就怕他們不是不想來，而是不能來了。」我沉重地說，「而且，如果不是像這樣在現場聽過，可能很難取信於人……學長第一次寫信會這麼語焉不詳，是怕被敵人追蹤到吧？敵人有試用者名單，攔截到信件的機率不是零，如果再寄一封信，又寫得很詳細，不就等於把我們這邊理解的狀況告訴敵人？」

「會嗎？」莊曉茉叉著腰，那漂亮的裙子重重搖了一下。「如果可能被攔截，那今天的聚會早就曝光了吧！但現在什麼事都沒有，不就表示敵人根本不知道我們的動向？」

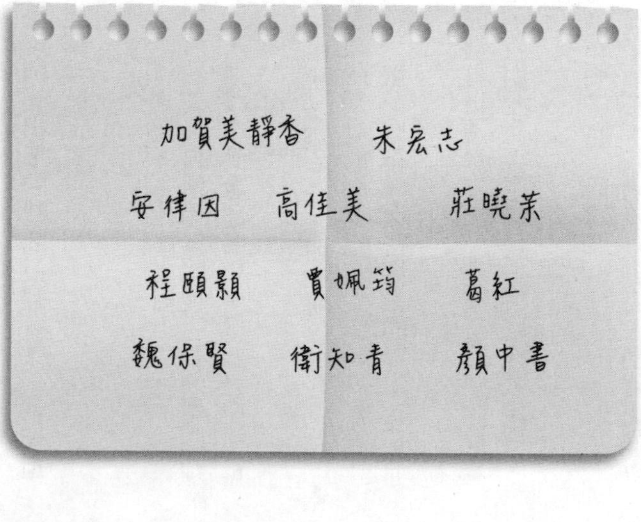

坦白說我沒這麼樂觀，敵人也可能判斷現場這麼多神，不能硬碰硬啊？但我沒堅持：「小心不是壞事，就算眞要寫信，也不能全說出來。」

「你們要不要Google？」魏保賢開口，「這份名單中有些名字比較罕見，或許能找到本人。只要面對面，就不用擔心情報走漏給誰了吧？當然，前提是這些人的立場眞的跟你們一致。」

你們。

他的話讓我難以釋懷，彷彿他跟我們立場不一樣。

「也是……」張嘉笙側頭思考，接著轉身翻找登山背包，「其實我之前有想過，只是擔心找到同名同姓，而且都已經有信箱了……不過試試也好，我開個機。」他拿出筆電，打開電源，並打開瀏覽器。莊曉茉湊到筆電旁。

「朱宏志……叫這個名字的不只一個人，先跳過。然後是……安律因……啊！好像只有一位！而且是出現在聯考榜單上，她是我們學校社會系一年級的學生！」

「這麼巧！既然是同一所學校，張小弟要找她應該不難吧？」

「我不認識社會系……但沒問題，我會去試試！接著是賈姵筠，這名字也很特別，說不定也——咦？」

他按下搜尋後，表情變得僵硬，旁邊的莊曉茉也露出詭異神情。

「怎麼了？」衛知青忍不住湊過去。

「你們看。」張嘉笙轉過筆電，面向我們。搜尋結果最上方是一則新聞連結，標題寫著「搶案嫌犯落網，追捕警員神祕失蹤」，下面預覽的內文赫然出現「賈姵筠」的名字。張嘉笙點進連結——

四月三日晚上十一點，警方在台北市○○區成功逮捕三名嫌犯，據信即是當天上午搶劫○○區○○銀樓的三人組。雖然嫌犯棄車逃進暗巷後被圍捕，但追進暗巷的員警賈姵筠至今未歸隊。警方表示，嫌犯似乎使用了某種會發出光亮的武器，但未在身上搜出，他們也宣稱沒有武器。至截稿時間，員警賈姵筠仍下落不明，由於暗巷中未發現屍體，犯人也沒時間藏屍，已初步排除遭殺害的可能。

「四月三日，不就是我們收到信的那天？」加賀美靜香罕見地主動開口。

「是被綁架了吧！被那個都市傳說！」莊曉茉恨恨地說。

「至少『不可思議的失蹤』與試用者名單重疊，已不能算是巧合。」魏保賢點頭。

「我再找找剩下的人！」張嘉笙連忙搜尋剩下的名字，但都有同名同姓的，難以鎖定。即使如此，同是試用者的賈姵筠神祕失蹤也是事實，果然有誰在綁架試用者！但這麼一來，有件事我反而難以理解。

「學長，我有個問題。就算沒證據，只要試用者名單與失蹤者重疊，就能展開調查了吧？難道不能報警，跟他們說廣世公司有一群試用者，其中幾個失蹤了，逼迫廣世公司配合調查嗎？」

「報警？」張嘉笙抬起頭，有些茫然。

「沒錯。不用提到神，只把重點放在試用者名單，應該能讓警察採取行動吧？」

「那是不可能的。」說話的是衛知青，我有些意外。

「嗯，不可能。」黑羽附和。

「確實不可能。」張嘉笙也說。

「爲什麼？」

「因爲試用者簽了保密協議。」克拉克說。

「現在不是執著於保密協議的時候吧！」我說，大家保守的態度讓我難以置信。

「我知道，但眞的無法報警。我是說，我當然想過要報警，但我打電話到警察局，對方接起來的時候，我什麼都說不出來；不是因爲緊張，我很清楚該說些什麼，但關於『神祇系列』跟『廣世公司』的事，我就算想說，也會像有人掐住我喉嚨一樣，什麼聲音都發不出來。」

——什麼？

「其實不只，」克拉克說，「嘉笙也試著用電子郵件報警，同樣是腦中有文字，也可以講給我聽，但手放在鍵盤上就僵住了。我猜，那個保密協議有使用『神祇系列』的技術，試用者會受到某種超自然的制約，無法將相關情況告訴無關人士。」

「至少我做不到。學弟，如果你要報警，請你試試。要是你成功，我們就得救了。」

「不用試，那是不可能的！」衛知青不客氣地插嘴，「我也試著告訴別人，就是做不到！我們不可能違逆保密協議，那可是『神』的力量啊；只要腦海中想著要『告訴不知道的人』，就什麼都做不到！」

什麼意思？即使陷入危險，也無法告訴任何人？要是我們一一失蹤，也沒人能知道眞相？連跟家人告別都不行？我握緊拳頭，感到些許胃痛。

「等一下……但我們不是可以溝通嗎！」莊曉茉有些慌張。

「因爲我們都是知情者吧？」顏中書沉吟，「對本來就知道的人，自然不構成洩密。問題是，有沒有可能利用這樣的漏洞——譬如說，無意識地告訴他人，有可能嗎？」

「或許吧，但只要對方問起細節，就一定徒勞無功，因爲你不可能解釋，解釋本來就是針對不知情的人！」衛知青嚴厲地說，「比起花時間在這上面，還不如想想怎麼處理眼前的難題！現在大家都知道有綁架者了，那該怎麼辦？要逃嗎？要躲嗎？還是要跟那些人對抗到底？有可能嗎？」

——不知爲何，衛知青的態度讓我覺得有點在意。

但她說得對，如果現況就是無法告訴任何人，那這就是遊戲規則；把時間浪費在爭論遊戲規則是否合理確實是浪費時間。

「……當然該對抗。」顏中書說，「但應該先確定那些人到底是誰，目的是什麼。」

「有必要嗎？」莊曉茉動作誇張地說，「現在我們已經知道那個都市傳說會找上門，何不埋伏他們？雖然我的神可能幫不上忙，但這裡這麼多神，一定有能對付牠的神吧！」

「沒這麼簡單，莊小姐說可以埋伏，但我們根本不知道對方會何時動手，也不知道要針對誰；難道我們要隨時隨地一起行動嗎？」

「不行嗎？」

「呃，也……不是，」我覺得價值觀被衝擊，「可是張嘉笙學長就算冒著風險，也還是借用學校的體育館，並繼續上課，我也有自己的課。我們大學生還好，能翹課，上班族該怎麼辦？加賀美同學應該是高中生，當然也不能隨便翹課。」

「而且覺得埋伏起來就能贏，未免太樂觀。」衛知青冷冷地說，「敵人八成，不，是百分之百也有神，還很可能知道我們底細；但我們知道什麼？甚至連敵人眞正的戰力都不知道。」

「也是。」莊曉茉頹然坐下，露出苦笑，「對不起，我是自由工作者，而且才結束一個大案子，沒什麼事……唉，眞是的，太久沒放假，都忘了還有上班上課；不過啊，我還以爲比起上班上課，顧一下自己的生命與自由是理所當然的吧？」

「那個，」加賀美靜香突然舉起手，「不好意思，我不怎麼聰明，提出的問題可能很怪，不過有件事我想不通……可以發言嗎？」

「當然可以。」顏中書說。

「聽各位討論，似乎認爲廣世公司有些可疑，所以張學長打電話到廣世公司才無法得到幫助。但剛剛雕龍先生說──」

「雕龍？」魏保賢皺眉。

「啊，就是這位學長的神。」加賀美靜香比了我的方向。對喔，雕龍還沒自報姓名……她叫雕龍也叫得太順口了吧！

「雕龍先生說，神有二十位，對應的試用者也有二十位；但只有試用者才能用神的力量吧？襲擊我們的人也能使用神的力量，不就表示襲擊我們的就是試用者？」

確實如此。

顏中書就提過「不懷好意的試用者」這種可能，只是廣世公司對危機毫無反應，要說完全沒有鬼，這也難以置信。顏中書說：「這是很好的問題。其實剛聽完加賀美同學的問題，我第一時間覺得沒什麼，廣世公司握有製造『神祇』的技術，就算不是這二十位試用者，也能用神的力量；但仔細想想——我不知道大家對試用人數有何想法，在我來看，這數字太少了，以試用數據來說嚴重不足，這表示神的製造資源可能相當稀缺。既然如此，能隨隨便便超額製造神的人，要不就是在廣世公司裡位階極高，要不就是這件事根本不可能。而我認爲不太可能是前者。」

「爲什麼？」

「因爲要是敵人在廣世公司裡的位階高到這種程度，就相當是我們在跟整個廣世公司爲敵，這麼一來，敵人能調度的資源理應更多；甚至不必動用神，在張同學提醒我們前，我們根本不會對廣世公司有戒心，何必偷襲、綁架？廣世公司以產品提供者的名義，寫信把我們約到某個地方去不就行了？」

「有道理。」張嘉笙點頭同意，「要是廣世公司說想了解朋友被綁架的詳細情況，我一定去！」

「那麼，如果情況眞的是廣世公司內部分歧，而幕後黑手不想讓廣世公司高層注意到他，又想利用神的力量綁架我們……各位覺得他會怎麼做？」

顏中書環視我們所有人。

「我認爲加賀美同學說的就是答案：既然沒有多餘的神，就跟試用者合作。」

「可是試用者會乖乖合作嗎？如果是我，才不會答應呢！」

「我同意，因爲我們是奉公守法的老百姓，但試用者全都是嗎？」顏中書頓了頓，「廣世公司知道試用者是誰，要是裡面有什麼不尋常的人物，他們也很清楚。而且要是有很強的誘因呢？譬如極高的金額——各位應該能想像『神』的經濟效益多大吧？如果幕後黑手打算把神的技術賣給願意出高價的競爭公司、甚至其他國家，報酬以『億』爲單位都不爲過。這價格是値得某些試用者冒險的。」

以「億」爲單位……！

對我來說，千萬就算多了，很難想像幾億幾億的金額流動。但不知是不是我多心，顏中書提到「其他國家」時，我身邊的日本少女似乎想說什麼，只是最後選擇沉默。

「這麼多錢確實蠻吸引人的。」莊曉茉眼睛發光，「但襲擊我們這些試用者幹麼？總不可能是要拿我們的祭品、控制我們的神吧？」

「沒道理，因爲拿祭品沒用啊。」張嘉笙搖搖頭，「我跟佳美試過，就算拿對方的祭品，也無法用彼此的神。不是本人拿著，祭品眞的沒半點用處。」

不，等一下，這難道不正是關鍵所在？顏中書也想到這點，立刻接話：「剛剛張同學說的，會不會就是非綁架不可的原因？」

「沒錯，」我點頭補充，「爲了讓神持續存在。」

「什麼意思？」

「神只能在祭品周圍一百公尺內活動，而祭品離開試用者一百公尺會失效，既然如此，爲了得到神，當然就必須同時得到試用者跟祭品；若是如此，那我們就可以排除最糟糕的結果——」我看向張嘉笙，認眞地說，「試用者沒被『殺害』，確實是被『綁架』。」

張嘉笙自語著「佳美和阿光沒事……」，顯然鬆了口氣，我則繼續思考——但綁走試用者有用嗎？畢竟神貫徹的是試用者的意志，不會因此就服從綁架者，還是說，他們有讓試用者聽話的方法？顏中書點頭：「正如程同學所說。當然，還有其他可能，像是『神祇系列』的技術不完全，需要我們身上的某些資料之類的，但無論動機爲何，廣世公司內部的某勢力買通試用者來對付我們的可能性很高。」

「等等，」張嘉笙突然有些緊張，「這樣的話，那位試用者有沒有可能在我們之中？」

他的話換來一片沉默。

也難怪。因爲當然**有可能**。算一下就知道了，駭客取得的名單是隨機的，現在出席人數七人，撇除不太可能聯合敵方的召集人張嘉笙、自知不是犯人的我，還有確定失蹤的高佳美、阿光、賈姵筠三人，共犯就在我們之中的機率竟高達十五分之七，接近一半了！

「雛龍。」我心想。

「我知道。但犯人應該不會輕舉妄動，現在動手的話可是以一敵六。」

「嗯，但趁人不備也能做到很多事。」我緩緩點頭，對四周充滿戒備。

「——我覺得不在。」莊曉茉打破沉默，「如果我是綁架犯，我就不會來。犯人也可能是收到信卻沒來的人。」

「為什麼？來了不是能打聽情報？」

「因為是自投羅網啊！要是現場有能壓制自己的神怎麼辦？他還需要什麼情報？反正有名單，總能慢慢去襲擊大家。」

「我有個提案，我們將神的能力開誠布公如何？」顏中書說，「根據張同學朋友拍到的照片，綁架者很可能可以化身怪物。如果在場的神沒有這種能力，至少我們可以不必互相懷疑。」

「那也要大家說的是眞話吧？」我說。

「是，而且無法排除神有複數能力。就算示範能力，也可以曖昧地將某種能力偽裝成另一種……但至少我們會有判斷依據。」

「——既然如此，就由我打頭陣，披露自己的神的能力如何？」

我們還沒開口，房裡就響起陌生的男性聲音。

只見一名穿著淺色西裝、戴著眼鏡的年輕男子出現在房間角落。他是何時站在這裡的？我們怎麼沒發現？我們全體帶著警戒站起，就連一直冷著臉的魏保賢都露出詫異之色。

但那男子只是張開雙手，像投降般將手舉在雙肩旁。

「請別緊張。」年輕男子說，「我不是壞人。我叫朱宏志，就在剛剛那份名單上；其實我一開始就在房裡，只是隱藏起來，一直錯過現身的機會，聽到要分享神的能力，才趕緊在各位面前現身。」

「我們怎麼知道你眞的是朱宏志，而不是看到名單假冒成他的壞人？」衛知青高聲質疑。

「不，他眞的是。」張嘉笙站起身，「我看過神的設計圖，那是朱宏志的神。」雖說如此，他也沒有鬆懈。朱宏志身邊的神看似人形，戴著巨大的帽子，有點像斗笠，斗笠外側罩著一層布，像蚊帳般垂下，把內部遮住，因此無法看見神的樣貌。布上寫滿某種文字，我猜是梵文。

「你的神……能力是隱身嗎？」我問。

「不盡然。」朱宏志像是有些害羞，「有點難解釋，但我想親眼看就懂了。可以請大家離開房間嗎？」

他做手勢請大家離開房間，但我們面面相覷，誰也沒動。第一個行動的是衛知青，她看我們都沒反應，露出鄙夷的表情，像風一樣地快速出去。見她如此，我們陸續跟上。

「到房間外了，你想給我們看什麼？」黑羽嚷嚷著。

確實如祂所說。房間外並無異常，就是尋常的多媒體中心，可是——

我走到多媒體中心正中央，聲音高了些，「你們不覺得太安靜嗎？」

眾人面面相覷，慢慢明白我的意思。除了我們，多媒體中心一個人也沒有，不只如此，圖書館靜到異常，甚至不講話就會安靜到耳鳴，彷彿耳朵還不習慣這樣的「虛無」。

「圖書館裡的人消失……不對，」顏中書喃喃自語，「其實是我們消失……？」

「正是如此！」朱宏志高興地點頭，「抱歉，我也不知道該怎麼說明『鳩摩羅什』的能力——」

「等等，鳩摩羅什？」我忍不住打斷他，「那位佛經翻譯家？」

「嗯，是啊，」朱宏志有些不好意思，「沒什麼深意，只是直覺就這樣命名了。」

哇……品味好微妙啊。但我好像沒資格說什麼。

「鳩摩羅什能創造現實世界的複製品……當然，只有半徑一百公尺的大小，」他繼續說，「祂也能決定要將什麼東西轉移到複製品中。現在只有我們進來，才誤以爲其他人不見了。」

乍聽合理，但有些說不過去吧？如果鳩摩羅什的能力是複製出另一個世界，對原本世界的人來說，藏在複製世界中的我們確實是隱身的，但我們也看不到原始世界的人們，那朱宏志怎麼知道我們的對話？顏中書也問了同樣的問題，朱宏志回答：「很簡單，因爲鳩摩羅什也能做到這種事——」

他彈了手指，多媒體中心瞬間出現原本應有的人群。這麼突然，難道他不怕嚇到別人？但這些人毫無反應，泰然自若做著原來的事，莊曉茉察覺有異，跑到一個學生面前揮手，對方無動於衷。

「原來如此，即使在複製品中，也能觀察原來的世界？」顏中書看向朱宏志。

「是的。複製世界就像現實世界的觀景台，我可以旁觀現實發生的一切，而不會彼此干涉。也不能說鳩摩羅什的能力就是複製世界，或許更接近空間隔絕的概念，因此還有其他運用方式——」

「朱先生，這是非常厲害的力量！」顏中書突然興奮，「謝謝你，有你加入對我們很有幫助。」

「是、是嗎？眞是不好意思。」朱宏志突然被認眞誇獎，看來有些害臊。衛知青潑冷水說：「但無法證明朱先生不是敵人吧？」

「可以。至少可以降低他的嫌疑。」我站出來說，「在朱先生露臉前，我們根本不知道他在場，也不知道鳩摩羅什的能力；他是敵人的話，根本沒必要現身，等我們自報神的能力，就可以判斷局勢，把最容易得手的試用者抓進複製世界裡制伏。」

不只如此，我也知道顏中書爲何這麼高興——只要有鳩摩羅什，就能實現剛剛莊曉茉提到的「埋伏」！把我方隱藏在複製世界中，就能讓敵人錯估戰力差，無論是拉進複製世界或從複製世界排除，有豐富的戰略變化！而且在知道可能遇襲後，朱宏志被敵人綁架的機率幾乎是零，只要他一直在複製世界活動，綁架者根本無法對他下手！

雖然還不知道其他神的力量，但以「遊戲」來說，鳩摩羅什根本是作弊般的存在；但我沒打算說出這些，畢竟還不確定這是不是一款**合作遊戲**——

就像「卡美洛黯影」。

這款桌上遊戲看似合作遊戲，但開始時，會隨機決定玩家中有沒有「叛徒」；所有玩家都知道叛徒可能存在，卻無法確定，只能在遊戲過程中疑心生暗鬼，揣測看似合作的玩家是否別有用心，是很考驗察言觀色的遊戲。

在確定沒有「叛徒」前，我不打算什麼都宣之於口。

「就當是這樣吧。」

衛知青沒繼續反對，莊曉茉倒是很雀躍：「一下放心很多呢！吶，我們趕快把神的力量說出來，確定我們中有沒有犯人吧！」

她的提案得到大家同意。回到四五四室，莊曉茉舉手說：「接下來換我！貓的能力，用通俗易懂的方式來說就是『觀落陰』，所以我才說面對那種都市傳說派不上用場，但要是大家有什麼話想跟死去的人說，我倒是樂於幫忙喔。」

「不是這樣吧！」貓忍不住抗議，「你這樣說有很多東西沒講到耶！」

「哎唷，別的部分太難了，講了反而讓事情變複雜嘛！」

「還是說明一下吧？」顏中書指出，「畢竟我們的目的不只是理解面對襲擊時能做什麼，還要確認襲擊者不在我們之中。」

「那我來解釋吧。」貓擋在祂的召喚者前，搶著說話，「我的能力跟『神聖領域』有關。所謂『神聖領域』……簡單解釋就是，有些地點在漫長的歷史、文化中，是具有神聖性的，譬如廟宇、教堂、聖地、聖山，只要到這些地方，我就能帶領大家進入神聖領域，跟相關的神靈見面。」

——啊？

每個字都聽懂，但湊在一起就很難想像。莊曉茉從貓身後探出頭：「你看吧，這樣說大家根本不懂！我幫忙舉個例子啦，大家知道希臘諸神住在哪裡嗎？」

「奧林帕斯？」張嘉笙抬頭。

「很好喔，那張小弟，你知道奧林帕斯是實際存在的嗎？」

「什麼？」張嘉笙一臉詫異，「你、你是說眞的有神界？」

「她說的是奧林帕斯『山』吧。」魏保賢說，「奧林帕斯群峰是希臘最高的山，在愛琴海旁。雖然在傳說中是希臘諸神的居所，但這個居所同時也存在於物理世界。」

「對對對。」貓說，「我的意思是，只要帶著我搭飛機到物理世界的奧林帕斯山，我就可以走進神話，讓大家見到希臘十二主神喔！所以某種意義上沒錯，眞的有神界。」

我怔住。不只是我，祂的話也讓其他人騷動起來。能跟神——神話裡眞正的神對話？那可以請宙斯把天雷劈在特定的地方嗎？可以請海神波賽頓掀起海嘯嗎？過去有很多神就是自然化身，要是跟神對話就能改變自然，也太強了吧！

但莊曉茉不以爲然：「唉，講得很好聽，見到希臘諸神根本沒用好嗎？只是見到，又不能要求祂爲我做什麼。而且這種神聖領域很遠！雖然台灣也有教會、有廟宇，但發生什麼意外時，哪有時間讓我跑到那裡去啊？少數隨時隨地能連接的神聖領域就是死後世界，因爲到處都有死者，但面對都市傳說，這沒什麼用。」

「難道不能召喚惡靈之類的來對抗敵人？」

「你們誤會了啦，貓又不是遊戲裡的死靈法師，就算眞的出現惡靈，我也只會跟著遇害啊。而且惡靈才不像恐怖電影說的那樣，想殺人就殺人，頂多讓人身體不舒服，或是在房裡製造噪音、讓東西飛來飛去，也就是騷靈現象——這在那種怪物面前根本沒用吧！所以我才說最實用的就是觀落陰。」

「莊小姐，」加賀美靜香突然認眞地問，「請問，貓只能召喚名人嗎？沒有在歷史上留名的人，也可以找到嗎……？」

——我想到師匠，但沒附和。莊曉茉說：「沒問題，只要你知道自己在找誰就好，貓的觀落陰絕不會出錯，像自稱諸葛孔明，其實只是路過的鬼魂假冒的情況，絕不會發生。」

「那莊小姐能證明『貓』的能力嗎？」顏中書問。

「貓，你能證明嗎？」莊曉茉看向自己的神，笑嘻嘻地問。

「眞是的……圖書館沒什麼神聖傳說，只能把靈界的朋友叫來喔。」

那也沒關係吧？我正要這麼說，旁邊的電視桌突然震動起來，發出「喀喀喀」的聲響。

地震？

不，顯然不是。這與地震的幅度完全不同，而是更密集、宛如動物痙攣般的顫動；不只桌子，整個房間都傳來細微的「喀喀」聲，尤其窗戶與窗框碰撞發出的聲響更讓人毛骨悚然。

「窗戶！」張嘉笙躲到沙發後。不用他說我們也發現了。原本透明的窗戶鋪上一層薄薄的霜，像毛玻璃般看不清外面，某種極微濕冷的寒氣在房裡流竄。震動聲中，蒼白的玻璃面上出現了一隻手印。

然後兩隻、三隻，爆炸性地增加，瞬間塡滿所有窗戶。

好噁心。像被冰冷的手搔著般反胃。手印以某種不自然的方式擴增，明明是人類掌印，給人的印象卻非如此，更像是蜘蛛、蜈蚣般的蟲！霧般的視野裡，窗外徘徊著無數沒有臉孔的幽靈，隨時要破窗而入。

「貓，這樣就可以了。」

莊曉茉聲音響起。像切換開關，那些靈異現象徹底消失；張嘉笙從沙發後探頭，其他人仍驚魂未定，朱宏志緩緩鬆了口氣：「幸好我們在複製世界裡，沒嚇到人。」

「我知道啊！就因爲在複製世界裡，我才放心這樣做的，嘻嘻。」莊曉茉笑著，簡直像是死靈國度的女王；那些靈異現象，就算沒殺傷力也很嚇人。她無動於衷，是已熟習神的力量，還是心智極其強韌？

「謝謝你，莊小姐。」顏中書吁了口氣，很快轉換了心情，「換我吧。我的神叫『忒修斯』，有複數能力，分別是隱形與飛行……像這樣。」

她一揮手就從我們面前消失，就像魔術一樣，接著揮手再度出現。

「不只如此，我也可以讓自己以外的人隱形——」

她指向張嘉笙，張嘉笙就從我們面前消失了。我毛骨悚然，就算無害，不需對方同意就能讓對方消失？

接著她手指在空中迴旋，指向電視桌，桌子也消失，電視彷彿飄在空中。

「忒修斯也能讓人類以外的無機物隱形。如各位所見，同時隱形的對象可以是複數的。我曾試著將半徑一百公尺內所有東西隱形，最後得到兩個結論；第一，如果指定對象有一部分在一百公尺外，就無法使其隱形，如整個地球。第二，隱形的東西離開半徑一百公尺就會現形，即使我再接近，也不會自動隱形。」

「哇！」張嘉笙驚呼，「我看不到自己的手！」

「對，張同學的發現也很重要。」顏中書笑了笑，張嘉笙隨著她的手勢重新現身，「隱形人無法看到自己，因此無法做出精準的動作；譬如我要拿桌上的杯子，但要是看不到手，就無法評估與杯子之間的距離，要拿杯子就變得困難。」

「那飛行呢？」衛知青問。

「其實比起飛行，用『反重力』來描述或許比較妥當。」顏中書站起身，慢慢浮起，「與隱形不同，忒修斯無法帶複數的人飛行，只有身爲試用者的我能抵抗重力；經過實驗，飛行的高度與速度沒有上限，但我的身體無法應付壓力、溫度帶來的劇烈變化，因此自然有限制。」

——非常簡潔的描述，我心想。就像精準的遊戲說明書，沒有無用資訊；而且顏中書顯然主動進行各種測試，光是想像她作爲遊戲玩家、與她交手的情況，就忍不住頭皮發麻。

「換我吧。」我說，「我的神叫雕龍，文心雕龍的雕龍，能力是偷竊。」

我簡單示範雕龍的能力，但也藏了一手，有些我自己測出來的規則沒有交代——不是刻意隱瞞，如果有人追問，我會說明。我之後的是加賀美靜香，她看來既緊張又不安。

「我爲自己的神取名ハープ，中文是豎琴的意思……不好意思，我一直不確定該不該說ハープ的能力，因爲跟剛剛聽到的比起來，ハープ的能力實在是很沒用。」

「沒關係，我相信沒有哪個神的能力是眞正沒用的。」

日本少女還是頗爲難，深呼吸兩次才開口：「ハープ的能力是憑空演奏鋼琴。」

「……演奏鋼琴？」

「是，就像這樣。」加賀美靜香坐直身子，雙手擺在前方，神情專注地閉上雙眼。

手指顫動，流水般的旋律湧進四五四室，猝不及防，讓我起了一身雞皮疙瘩；這旋律我聽過，是德布西的《月光》，高中時在音樂課上，老師曾經播放過。

我聽說現場聽演奏的質感跟音響傳來的聲音不同，就是這種感覺嗎？彷彿水庫洩洪，而翻越水壩而來的不是水，是會流動的光；那片如月光皎潔的清冷，暴力地吞沒此地，明明剛剛發生靈異事件，殘留著讓人感到不吉的毛骨悚然，加賀美靜香的音樂卻洗去了所有恐怖，甚至連我們被神祕人物盯上的緊張感都洗盡，彷彿身體的每個骨頭與韌帶的交界、每個毛細孔都甦醒過來。

加賀美靜香坐在光的中央。

沒多久，鋼琴聲逐漸隱沒，像躲到夜晚的樹葉後。短暫的春之風暴，加賀美靜香緩緩抬起頭，結束由音樂編織的幻境。我們熱烈鼓掌，不帶敷衍與客套，但與此同時，某個難以無視的疑惑也自心底升起——

就這樣？

不，當然不是說這沒什麼。她的琴聲很驚人，但不透過鋼琴進行演奏，這種技術，幾年之內平板電腦應該就辦得到；「神」的力量應該遠遠不止如此，我想任何人都能察覺到不協調。

「很厲害的演奏。」顏中書不動聲色，「演奏技巧也是豎琴的力量嗎？」

「不是。」少女搖頭，「豎琴能做的就只有讓我能夠隨時隨地演奏……啊，當然，我沒什麼怨言，我很開心。因爲我很喜歡鋼琴。」

「明明喜歡鋼琴，卻取名叫豎琴？」我一問出來就後悔了。這什麼失禮的問題啊？這讓我臉頰發燙，然而加賀美靜香沒有刁難我，而是露出微笑：「嗯！因爲祂的外型讓我聯想到豎琴，鋼琴的音色對ハープ來說太冷了。」

顏中書似乎沉不住氣，進一步追問：「豎琴怎麼說明自己的能力？可以請教豎琴本人嗎？」

很合理，畢竟試用者未必徹底了解神的力量，但加賀美靜香看向自己的神，搖搖頭：「豎琴不能說話。祂能在心裡跟我溝通，但無法直接開口……其實今天看到各位的神都能直接說話，我蠻驚訝的呢。」

——嗯？

「雕龍，這有可能嗎？」我在心裡問，「不會說話的神？」

「不是不可能。」雕龍說，「說到底，我對其他神祇的形象、能力、底細都一無所知，我也是今天才知道有動物型的神。或許豎琴有祂自己的設定。」

豎琴的人工智慧不完整——難道祂是未完成品，才跟其他神的力量有落差？原本我以為衛知青會質疑，畢竟她從一開始就不斷挑剔，但她此時意外安靜，看來若有所思。顏中書猶豫片刻，再度開口：「加賀美同學，你介意我問一些無關的問題嗎？」

「當然。」

「加賀美同學是來台灣旅遊嗎？還是移民？」

「我是來留學的。」她回答得很流暢，「雖不是移民，但已經在台灣住了一年多。家父因為工作的原因，被派遣到台灣，我則跟家父一起來，目前就讀於××高中二年級。」

「令尊工作結束後就回日本嗎？」

「目前是這麼安排的。雖然我想讀台灣的大學……但這只是我個人的想法。」加賀美靜香說。看來她無法自己決定要不要留在台灣，也難免，就連成年人都不見得能主導自己人生了，何況是她？

「原來如此。抱歉追問這些，因為只有加賀美同學是外國人。如果已經歸化，那也不奇怪，但留學生停留的時間有限，讓我很在意廣世公司的篩選標準。」

「——確實我不能說是了解台灣，」加賀美靜香像是被踩到痛腳，竟有些反抗情緒，「不過我也有努力融入台灣社會。在日本時，我就已學了中國語、繁體字，我會看台灣的網路新聞，也會上ＰＴＴ。」

「你有上ＰＴＴ？」張嘉笙瞪大眼，我也有些詫異，日本人居然知道ＰＴＴ！

「抱歉，沒有讓你不愉快的意思。」顏中書歉然，「只是我試著站在廣世公司的立場思考。既然是試用，應該盡量選擇不同階層、年齡的台灣人，才有多元性，所以才不能理解……不過，加賀美同學也無法代替廣世公司回答吧？讓你感到不舒服，我很抱歉。」

「不會……」

「那麼換我了。」衛知青開口。她態度沒有一開始那麼惡劣，但還是帶著距離感，說明神的能力似乎讓她抱著某種覺悟，「我的神叫黑羽，能力是『占卜』，必須用『要是如何如何的話是吉是凶』這類方式提問，祂會根據提問的條件判斷『大吉』、『吉』、『小吉』、『中平』、『小凶』、『凶』、『大凶』。」

「只能知道吉凶，無法預言嗎？」我問。

「不行。」

「占卜有多精準呢？」顏中書問，「我不是質疑，只是好奇細節。譬如，明天的天氣，能透過占卜問到很細嗎？十年後的運勢也能問嗎？」

衛知青沒看向她，像是在跟神溝通，片刻後才轉頭：「只要追問所有細節，而且有確切的定義，黑羽可以占卜出每一秒的氣候、溫度。但我不建議占卜十年後的運勢，因爲黑羽的占卜是絕對的。」

……絕對？

「絕對是什麼意思？」魏保賢質疑，「據我所知，占卜只是未來的某種趨向，甚至占卜的目的正是趨吉避凶，如果結果是絕對的，不就沒有趨吉避凶的意義了？」

「對，就是這樣，沒必要趨吉避凶。」衛知青頓了幾秒，「不，不對，錯了。剛剛我說不要問十年後的運勢，這樣說不精準。黑羽的正確用法是盡可能問出怎樣做才是『吉』；如果結果是『凶』，當然就不必嘗試，所以黑羽其實是保證絕對能趨吉避凶。但要是問某段時間的運勢，沒有給任何條件，只要結果出現『凶』，那就百分之百無法避免，所以我才說不能這樣問。」

「等一下，你是說，只要被占卜保證，未來的方向性就確定了？」

「對。只要結果出來，就絕對無法避免。」

「我補充一下！」黑羽嘎嘎叫道，「其實未來是由無數的抉擇構成的啦，還包括他人進行的抉擇，就算整體是凶，只要不斷確認所有細節，還是能得到吉的結果——」

「但那就來不及了！」衛知青打斷黑羽的話，「就算有部分結果是『吉』，勉強可以接受，整體的『凶』還是會發生，只是結果沒這麼慘烈。」

「……嗯，沒錯。」黑羽沒否認，咳了一聲，「因此我建議從細節開始問。」

等等，這什麼意思？也就是說，從細節開始問跟從大局開始問的結果不同？要是大局問到了凶，那不管行動多完美都還是會發生不幸，可是占卜所有細節，每次都選擇「吉」，就能抵達想要的結局？這不就表示未來會因爲占卜方式不同而改變嗎？這比起占卜，更像是無關占卜者意向地決定未來！

看衛知青的態度，難道她曾占卜到「凶」，甚至那個未來已經發生了？這就是她帶刺的原因？

「我不太確定我的想像是否正確，」加賀美靜香有點謹慎，「但這樣一來，是不是只要照『吉』的占卜行事，就能確保完美無瑕的人生呢？」

「理論上，是。但實行起來不見得這麼順利。」衛知青潑了冷水，「也有無論如何都占不到『吉』的情況。就算知道怎樣做的結果是『吉』，事到臨頭也不一定能照辦。就算能照辦，也不見得順利，譬如要是針對同一件事重複占卜，也可能帶來壞影響。」

「爲什麼？」我不懂，「既然占卜是絕對的，那重複占卜同一件事應該沒差吧？」

「那我問你，爲何要重複占卜？通常是爲了更好的占卜結果吧？爲了最好的結果，當然會一試再試，但要是持續這樣做——算了，小黑，你來解釋。」

「交給我吧！嗯咳，我問個問題好了，雖然情況不完全相同，但爲了幫大家理解，先從這裡開始。各位知道『蒙提霍爾問題』嗎？」

蒙提霍爾問題？那是什麼？我正要問雕龍，顏中書已開口說：「我知道。嗯……要是現場有誰不清楚，就由我代爲解釋，可以嗎？」

她看著我們，幾個人點點頭，她開始說明。

「有個遊戲節目的關卡是這樣，現在有三道門，其中一扇門後有獎品，另外兩扇門後沒東西。主持人請來賓選一扇門抽獎。來賓選擇後，主持人先保留這扇門不打開，並從剩下的兩扇門中，打開一扇沒有獎品的門。這時，主持人讓來賓做出選擇——要不要改變選擇？也就是放棄原來選的門，改選剩下那扇門？這個問題想問的是，如果來賓改變選擇，獲獎的機率會不會改變？」

應該不會吧？我心想。

三扇門只有一扇有獎品，獲獎機率是三分之一，那不管中間發生什麼事，機率都應該是三分之一啊？我正要說，張嘉笙已開口回答：「會吧。改變選擇後獲獎機率較高。」

「咦？學長，不對吧！無論哪扇門都是三分之一吧！」

「但已經知道其中一扇門肯定不會得獎了耶。」突然被我質疑，張嘉笙有些膽怯，但還是清楚表達了意見，「獎品一定在剩下的兩扇門裡，不是嗎？」

「但其中一扇門是你本來選的。」

「所以不改變選擇，機率就不會變啊！」

嗯？好像有道理，但又覺得哪裡怪怪的。這時顏中書介入爭論，她笑著說：「恭喜張同學，正確答案。不過程同學不用懊惱，這個問題原本就以違反直覺著稱，雖然我知道改變選擇會改變機率，但要怎麼解釋，我也不清楚呢。」

魏保賢接過話題：「這是所謂的『三門問題』吧？會覺得違反直覺，是因爲只有三扇門，但換成一百扇門就很清楚了。一百扇門中，只有一扇門有獎品。來賓選了一扇門，剩下九十九扇門。接著主持人打開沒有獎品的九十八扇門，只剩兩扇門沒開，而獎品一定在兩扇門的其中一扇，因此重新選擇的機率會顯著提高。爲何要討論這個？」

他看向顏中書。

「我說這個是希望各位了解，」黑羽莫名地得意洋洋，「採取行動，或占卜未來，得知未來趨向，是會改變機率的。回到占卜上吧！針對A問題，占卜A^1行動的吉凶，跟占卜A^2行動的吉凶，還有占卜A^1後再問A^2的吉凶，這三種情況的效果一樣嗎？答案是不同！如果只占卜A^1或A^2，其結果都明確對應到A^1或A^2，但要是先問A^1再問A^2，之後再採取A^1的行動，就無法完全對應到A^1的占卜結果。硬要說爲什麼，就是**占卜暗示了平行世界的存在**，得知多重世界後已經無法回到特定的單一世界，注定成爲多重世界的旅人。」

「意思是知道太多不同可能，會干擾原先占卜結果吧？既然如此，占卜就不是絕對的囉？」我說。

「不對不對，占卜當然是絕對的！剛剛主人說啦，就算知道怎麼做是吉，事到臨頭也不見得能做到，說到底就是這麼回事；被影響的不是吉凶的絕對性，而是擁有平行世界知識的占卜者，無法採取跟無知的自己同樣的行動。」

原來如此。某種程度上有點像蝴蝶效應，只是並非影響結果，而是知道多重世界的存在後影響了行動，使新的行動偏離原本結果吧？但就算如此，也很難想像結果會天差地遠，大概都在誤差範圍內。

「哎唷，好難喔。」莊曉茉說，「總之就是不能占卜太多次吧？這倒是跟塔羅牌、求籤差不多。」

「但結果是絕對的，這很厲害。」朱宏志思索著，「只要精通詢問的方法，或許能做到百分之百的趨吉避凶！衛小姐，剛剛我們不是討論在場的人中有沒有襲擊者嗎？雖然聽到現在，還沒有哪個神可以聯想到都市傳說的形象，但透過占卜詢問應該是最準確的，您可以幫忙占卜嗎？」

「這是個好主意。」顏中書衝著朱宏志笑，「我也正想請衛小姐協助。不過我們還是要先確認黑羽的能力是否眞如衛小姐所說。衛小姐，你能證明嗎？」

衛知青臉色有些難看，但她沉默片刻後還是點點頭，閉上眼睛，似乎在跟黑羽溝通。

「——顏小姐是巨蟹座的吧？出生時間是午時。有兄弟姊妹。」

「什麼？」莊曉茉莫名其妙地驚呼，「顏姐姐是巨蟹座！完全不像耶！」

「對，我是巨蟹的，不過比較晚，跟獅子只差了幾天……衛小姐，這些情報，是用吉凶去代替是非題，一個一個選項問的嗎？」

「差不多。這種將來也不可能改變的資訊，問起來沒風險，但要是答錯對我比較有利，我就會做出錯誤的回答。」衛知青臉色有些難看，她對著無人的地方說，「這也跟接下來要做的事有關……你們要問襲擊者在不在我們之中吧？我希望你們明白，黑羽的占卜結果跟事實無關，只關係到對我本人是否有利。」

「意思是，對你有利不見得對我們有利嗎？」朱宏志問。

「嗯。但直到事情發生前，我也不知道該怎麼解釋占卜結果。小黑，我要發問囉？認爲我們之間有敵人，這樣去懷疑的話，結果是吉是凶？」

黑羽一時沒回答。我有些緊張，要是黑羽說我們之中眞有敵人——

「小凶。」黑羽宣告。大家明顯鬆了口氣，張嘉笙如蒙大赦，連聲說「太好了」。

「也可能其實有，只是當成沒有對衛小姐比較有利吧？」莊曉茉做了個鬼臉，但她是開玩笑的，沒有認眞。朱宏志提醒：「要是懷疑這點，就永遠懷疑不完了吧？我覺得現在已經沒有彼此懷疑的必要了。」

但衛知青並未鬆一口氣，是之前占卜出了什麼事，讓她自己無法對占卜結果放心嗎？她像是要轉移注意力，抬了抬下巴示意張嘉笙，「換你介紹了。」被點名的張嘉笙措手不及，趕緊介紹克拉克的能力。

克拉克是機械之神，只要是機械，祂就知道如何運作，也能改造、破壞；只要有材料，就能製造機械，製造時間雖然隨著複雜度有差，但都能在十秒以內完成——就連汽車這樣複雜的構造，只要有材料，也能在一秒內完成。身爲使用者的張嘉笙也得到操作所有機械的智慧與精密度，只要體能允許。

值得注意的是顏中書提出的問題：機械的定義。

「懷著實現某種功能的意圖所製造的人造物。」克拉克如此回答。

「電器產品呢？」

「算，不過僅限硬體。只要有材料，克拉克可以把電腦改裝成超級電腦，但軟體就沒辦法，所以克拉克無法讓我成爲駭客。」張嘉笙說。

範圍非常廣。不如說，只要是人類世界的東西，從桌椅到門窗，從公寓到馬路，幾乎全是「機械」；破壞或改造這些東西都能在十秒內完成——令人驚異。神祇系列能改變世界，眞的不是開玩笑！

張嘉笙介紹完克拉克，所有人看向魏保賢，但這男子無動於衷，彷彿剛剛的交流無聊之至。

「我拒絕。」

他冷淡說出這句話。

「請問這是什麼意思？」

「你們沒看到我的神吧？這就是我的回應。」

瞬間房裡氣氛緊張起來。喂，太過分了吧？如果不打算公開神的能力，一開始就不該聽我們自報能力吧！不，等等，似乎不能這麼說，畢竟魏保賢從沒承諾公開，相信彼此同意分享情報，只是我們一廂情願。但他爲何不公開？難道他的神跟襲擊者——跟那個都市傳說能力相似？還是說，他就是襲擊者？

「您不願意交代？」顏中書反覆確認。

「對。因爲我不信任你們。」魏保賢叉著雙臂。

「可是……」張嘉笙有些爲難地環視我們，像在徵求同意，「這不公平吧？我們已經說了，你也知道我們的神的能力，但你卻不說——」

「公平？」魏保賢冷眼看著他，「你在向誰要求公平？如果我是你們的敵人，騙取你們的情報天經地義，你有何立場向我要求公平？會要求『公平』，就表示你根本還沒進入狀況。」

張嘉笙啞口無言，我聽了卻暗自點頭——對，我是同意的。不是說不該公平，畢竟公平是遊戲的基礎，但在賽跑中，能要求對手停下來等自己嗎？所謂的競爭遊戲就是這麼回事，既然身在其中，就要有「對手會盡全力」的覺悟。

朱宏志打起圓場：「魏先生，您說的沒錯，但張同學的抗議也很合理。您假設自己是敵人，但我們實際上是同伴吧？爲了將來的合作，知道您的神有何力量，對我們都有好處。」

「我沒打算當你們同伴。」魏保賢毫不掩飾敵意。朱宏志沒想到他的態度這麼決絕，露出了吃到黃蓮般的表情。

「魏先生，請您理解，如果襲擊者是針對試用者全體，我們就須團結。」顏中書誠懇地說，「如果您堅持不透露神的能力，我不能勉強。但我們在同一條船上是事實。爲了彼此，我希望至少維持同伴關係。」

魏保賢森然一笑，那是讓人起雞皮疙瘩的詭異神情：「我就直說吧，只有懷著共同目標，水準相當的人才算同伴。顏小姐說我們在同一條船？這艘船這麼危險，我就不搭了。」

面對這麼頑固的態度，顏中書也說不出話。朱宏志雖還是好聲好氣，卻已明顯帶著距離感：「請問，您說的危險是什麼意思？」

「我根本看不出各位身處危險的警覺跟覺悟。我簡單問一件事吧，有人在襲擊你們，那你們思考怎麼防範了嗎？賈姵筠甚至在執勤時被綁架，你們要怎麼對抗？」

我們陷入沉默，誰也說不出話。

「張同學不回家，到現在還沒被綁架，或許是逃掉了，但也可能是敵人還沒出手。你們之中，朱先生能藏在複製世界，顏小姐能隱身與反重力，衛小姐能趨吉避凶，大概能逃過一劫，但莊小姐、程同學、還有這位日本學生，你們要怎麼辦？剛剛莊小姐提議一起行動，程同學還堅持要上學呢！」

這番斥責讓我滿臉通紅。雖想抗辯，但我確實太天眞。既然是遊戲，就不該做這種膚淺的判斷；玩遊戲就是要贏，爲求勝利當然要不擇手段，不是嗎？我背脊冒出冷汗。

「還有，剛剛的討論毫無重點。敵人可能在我們之中？廣世公司有沒有涉入？全都是抽象分析，但具體怎麼做？你們想過怎麼找出襲擊者嗎？有試用者被綁架，想過怎麼救他們嗎？從各位坐在這裡悠閒討論的態度看，我只能認爲各位根本沒意識到事情多嚴重。」

「魏先生，您這麼說並不公平。」朱宏志冷靜地勸諫，「您提出的問題當然重要，但討論有程序，要建立對彼此的信賴也是，不可能立刻切入您的重點。」

「所以你很清楚嚴重性？你是以十二萬分的戒備在看待此事的？」

朱宏志呆了一下，似乎動了火氣：「要是沒戒備，我就不會躲在複製世界裡了。」

「哎，好啦！」莊曉茉舉起手，「大家不要吵，我承認，我沒有十二萬分的戒備。到底該怎麼做？我也說啦，我的貓派不上半點用場喔。」

「我有個提議，」我說，「要不要設定『勝利條件』？」

「勝利條件」四字脫口而出，心虛感也油然而生。我知道這個詞遊戲風格強烈，可能會引起反感，果然有幾個人露出「你在說什麼」的表情，我補充說：「要是沒有共同目標，討論不是無法聚焦嗎？既然有敵人，不是他們贏就是我們贏，那把我們的共同目標稱為勝利條件也沒關係吧？」

「有道理。」顏中書點頭支持，「不過在談共同目標前，我想討論魏先生提出的重點；襲擊者有名單，知道我們的私人情報，敵暗我明，首要之務就是避免被綁架。各位對此有什麼想法？」

眾人沉默下來，我也無法回答。連執勤的警察都遭綁架，敵人可能不忌諱出手地點；要徹底迴避風險，正確答案應該是連學校都不要靠近，當然也不該繼續住宿舍。

「我……因為有車子，所以睡車裡。」張嘉笙打破沉默，「但要是沒車，我可以推薦大家住便宜旅館。過去我追火車的時候，有在全台灣找便宜旅館的經驗，如果還沒經濟自主，或許我可以幫忙找。」

「追火車？」莊曉茉滿臉好奇，「為何要追火車？」

「啊，這個，該怎麼說，」張嘉笙突然結結巴巴，「我是**火車社**的，曾經到處拍火車的照片，鐵橋、鐵路、隧道、機廠之類的，在全台到處跑，當然也要過夜。呃，這不重要，我只是想說，我可以提供幫助。」

居然有這種社團？張嘉笙滿臉通紅，似乎不太想多談這個興趣。莊曉茉沒追問，而是看向大家：「其實呢，我還是覺得大家一起行動最好。既然占卜證明我們之中沒有敵人，表示敵人很可能還不知道被我們發現了，我們可以設下陷阱守株待兔啊？像是請鳩摩羅什把敵人關進複製世界裡，餓他三天三夜，就不相信他不把眞相從實招來。」

「怎麼守株待兔？」我提出疑問，「莊小姐的意思是大家乾脆住一起，集中戰力吧？但這麼多試用者同時改變住處，行蹤難以掌握，我要是敵人，一定會起疑心；而且敵人來襲前，難道我們全躲在半徑一百公尺的複製世界，什麼都不做？我不是反對，但要是敵人一個月沒來呢？總有一天我們會耐不住的。」

「對耶，顏小姐也說敵暗我明，只能放棄嗎……」

我立刻搖頭，「不是，我不是說不要待在一起。共同行動是爲了避開襲擊、彼此支援，這是正確的，但不是守株待兔。我們應該同步蒐集資訊，主動出擊。」

「可是集中的話，不是把雞蛋裝在同一個籃子裡，對方偷襲就全完了？」黑羽嘟囔著說。

「只要朱先生跟鳩摩羅什在，就不會被偷襲了吧？」莊曉茉說，朱宏志也點頭同意。

「不然我們請黑羽占卜，」我提議，「看結果是吉是凶。『凶』的話就不必考慮了。」

「喂！你不是我的主人，不准命令我！」

啊？我的意見合情合理吧！我啞口無言，雕龍「噗」的一聲竊笑，眞可惡。衛知青卻笑不出來，她一字一字說：「我再說一次，眞的、不要、過度、依賴、占卜。」

「但黑羽能在一定程度上確定未來，對我們很有幫助。衛小姐，可以麻煩你請教黑羽嗎？」顏中書柔聲勸說。衛知青鐵青著臉，盯著她許久，才像演舞台劇般用力嘆了口氣。

「小黑，找個根據地讓大家住在一起，這樣是吉是凶？」

「……吉。」黑羽停了片刻後說。

「謝謝。那我們朝這方向討論吧。」

「那個，不好意思。」加賀美靜香怯生生地舉手，「我沒辦法跟大家住，家父是不會允許的。我甚至不知道要怎麼開口……」

啊，確實呢，我心想。要是我跟家人同住，大概也很難解釋。而且對她來說，台灣畢竟是異鄉，要離開家人已經很爲難，如果事情發展成無法上學，她要怎麼解釋？或許比起那種壓力，她寧願承擔被襲擊的風險。

張嘉笙滿臉擔心：「可是不跟大家住，你遇到危險，我們就沒辦法幫你。豎琴不是無法抵抗偷襲嗎？」

「多謝關心，但我眞的沒辦——」

「學長，我覺得不用勉強。」我看張嘉笙又想說什麼，便打斷他，「要是有誰不方便，大家應該彼此體諒。不過，我們至少要有個網路討論區，這樣我們有什麼計畫，大家可以在上面交流，不至於將無法一起行動的人棄之不顧。」

「看來程同學很相信現代科技。」魏保賢冷冷地質疑，「那要是加賀美同學被襲擊，敵人得到她的手機或電腦，假冒成她，將你們的策略全部看光呢？」

「這不難解決，我們可以建立會員制的非公開討論區，只有本人知道帳號、密碼，就算拿到手機也無法登入。」朱宏志說。

魏保賢沒說話，顏中書補充說：「討論區確實有必要。找根據地沒這麼快，在那之前，我們可以透過討論區確認彼此安全，或討論適當的根據地。」

「交給我吧，」朱宏志一推眼鏡，「我的工作跟程式有關，很熟悉這些。現在討論區多半會記錄使用者資料，我會爲了安全關掉。」

「怕你們忘記，姑且還是提醒一下。」魏保賢冷笑著，再度打斷對話，「討論區由朱先生負責，也不是馬上會有，你們要怎麼知道網址？別忘了，只有張同學知道你們的聯絡方式，要是離開這裡，張同學立刻被綁架，你們就無法聯絡彼此了吧？」

「謝謝提醒，這的確是個問題。」顏中書沒有被挑釁，她看向眾人，「那我們現在交換手機號碼，在討論區成立前就先用手機聯絡，如何？」

大家同意她的建議，張嘉笙從筆記本撕下一頁，寫下自己電話，這張紙輪了一圈。最後輪到魏保賢，他也寫了電話。我看著他，不禁覺得這人眞是不可思議。

他比衛知青更不友善，但確實一針見血；明明跟我們處在同樣立場，卻口口聲聲「你們」，他到底有何打算？眞要將神的能力隱藏到底嗎？雖然他露出近似敵意的態度，我卻不覺得他是敵人，哪有敵人會釋出這麼明確的敵意？

以「卡美洛黯影」爲例，要是玩家抽到「叛徒」，當然會絞盡腦汁讓自己看來清白無辜，不可能像魏保賢那樣。黑羽的占卜已證明這場遊戲不是「卡美洛黯影」，但就算是，魏保賢也不像「叛徒」。

魏保賢在這場遊戲的位置究竟是什麼？他在遊戲開始前到底抽到了什麼卡？

「程小弟，叫你頤顥可以嗎？」莊曉茉抄完眾人的電話後說，「我有問題想問你耶。你說要主動進攻，但又不知道敵人是誰，要怎麼做？」

「我有想法，但要不要先討論共同目標？畢竟沒設定『勝利條件』——」我說到一半，魏保賢已將筆記紙跟筆塞給旁邊的張嘉笙，豁然起身，一副要離開的樣子。顏中書有些意外：「魏先生，您是要……」

「回家。」魏保賢冷冷說，「有價值的討論結束了。該提醒的我也提醒了，接下來是你們的事。」

他眞的打算跟我們劃清界線？這對他有何好處？朱宏志高聲說：「請等一下。您的意思是說，無論據點或討論區，都不必通知您嗎？」

「想通知就通知，沒人勉強你們。不通知也無妨。我說了，那是你們的事。」

「事到如今，魏先生還是不認爲我們是同伴嗎？」顏中書問。

「對。話說完了吧？」

他握住門把。

「魏先生，別急，我們還在複製世界裡。」朱宏志站起來，「複製世界是封閉的，就算走到盡頭，也不會自動回到原本的世界，所以走出去也無法離開——」

「是嗎？」魏保賢推開門，卻沒走出去，他回過頭，「所以你是在威脅我？」

「什麼？」朱宏志揚起眉，隨即冷靜下來，「不，我沒這個意思，至少原本沒有。但既然您這麼說——

如果我不讓魏先生離開，魏先生是否會改變心意，坐下來跟我們合作？」

「把我留下來毫無意義。我對你們的討論沒興趣，也不打算提供任何意見。」

「我還是有話直說吧。」朱宏志吁了口氣，「坦白說，在知道有人盯上我們之後，我實在想不通魏先生有什麼道理單獨行動。魏先生不認爲這很可疑嗎？我不希望懷疑您，但魏先生這麼急著離開，難道不是急著給我們的敵人通風報信？」

或許朱宏志說出了某些人的心聲，如此直接的指控，竟沒人起身反對。魏保賢哈哈大笑：「通風報信？眞是異想天開！」

但他一點笑意也沒有，重新看向我們時，視線也如暴風雪般寒冷刺人。

「你們不在現實世界，我通風報信叫人來這幹麼？看著空無一人的會議室發呆？不，我叫人來不是正好？你們正好可以『守株待兔』！無論我是不是敵人，都沒道理叫人過來。」

朱宏志臉頰有些發燙：「就算不叫人過來，魏先生也可以透露別的情報吧？」

「可笑。如果我是要帶情報回去，那高度配合你們，聽到最後一刻才合理吧？這所學校有邏輯課，我看你不用上班了，旁聽一下吧。」

「不然您有什麼理由急著離開？」

魏保賢睨著他，語氣厭惡之極：「我說過了，接下來的討論沒有聽的價值。不用說服我了。枉費你的神能複製世界，有你這樣的試用者，再怎麼無懈可擊的力量全都是白費；爲了這麼點無聊小事想把我困在這的人，能開啓什麼高品質討論？很遺憾，你想證明這個團隊的價值，但你自己就是反證。」

突然，魏保賢消失了。

怎麼回事？是神的力量，難道被攻擊了？我背脊發涼，朱宏志乾澀的聲音響起，憤怒到有些發顫。

「對不起，是我。因爲魏先生說到那個分上，所以我沒經各位同意，就將他請出複製世界……我想，反正他不稀罕這個世界。要是各位覺得不妥，我立刻把魏先生拉回來。」

他難忍羞憤，抹著額頭的汗坐下。顏中書面有難色，但還是表達了同情：「沒關係。我不贊同放逐魏先生，但他如此強硬，那也無可奈何。」

「是啊，道不同，不相爲謀。魏先生說的夠清楚了。」我說。

「沒錯，所以我們快來進行一場超高品質的討論，把魏先生氣死吧！」莊曉茉笑嘻嘻地說，「頤顗不是說什麼『勝利條件』嗎？大家有什麼想法？顏姊姊，你呢？」

「朱先生，可以知道你的想法嗎？」顏中書將問題丟給朱宏志，後者微微一怔。

「……我想不外乎就是找出襲擊者的身分跟目的。」

他臉頰還有些燙，但加入討論讓他轉換了心情。原來如此，顏中書把問題丟給他，也算面面俱到吧？我說：「那當然是目的之一，不過以勝利來說遠遠不夠。光知道沒用，重點是要他們無法再對我們出手。我的意見是，我們要擊潰他們，讓他們再也無法反擊。」

「哇，頤顗你比我想的暴力耶！」莊曉茉拍手說。

「不是暴力，我說的不是拳頭，是用神或是法律。」

「同樣是暴力吧？」雕龍吐槽。

「張同學，你覺得呢？你是召集者，我想知道你的意見。」

「呃，可是，我不聰明，又沒大家這麼厲害……」由於顏中書的話，所有人看向張嘉笙，高大青年一時困窘起來，他弓著背，不安地撥弄自己手指，最後還是接受顏中書交予的任務，露出眞摯的神情，「我當然是……希望救回被綁架的試用者，如果他們還活著。其他的，就像學弟說的一樣，絕對不能再讓他們對我們出手。」

「這就是我們的勝利條件。」顏中書總結，「得知敵人身分。救回試用者。並將敵人打擊到無法再針對我們。各位同意嗎？」

沒有異議。這就是我們接下來必須貫徹的目標。

☙

「結束了？」正在看書的阿輝見到我，便將手機吊飾交出，「三個多小時，比我想的快耶。我還以為要搞到傍晚。」

我本來也擔心事情變那樣，幸好進展順利；事實上，後來我提了攻略方案，獲得眾人壓倒性肯定——果然只要擬定勝利條件就簡單許多。

首先要取得剩下的試用者名單。

根據顏中書的假設，廣世公司內部人員可能與試用者合作，並透過該試用者的力量綁架其他人；如果這是真的，就表示襲擊者的名字肯定在剩下名單中！就算這推論不正確，至少也能避免其他試用者被綁架，得到更多戰力。

問題是廣世公司會給名單嗎？會不會打草驚蛇？接下來這個提案才是讓我成為ＭＶＰ的原因——用偷的。我建議利用鳩摩羅什的能力，潛入複製世界的廣世公司，直接偷走所有資料；這樣一來，別說名單，連廣世公司到底有沒有鬼也能知道。

根據占卜（衛知青還是一臉不情願），結果是「小吉」，於是全體通過，並訂好三天後傍晚突襲。

連我也覺得自己很棒。

在複製世界裡，跟現實世界的連結似乎會中斷，收不到電話、簡訊，鳩摩羅什把我們帶回現實世界後，衛知青的手機立刻響起，有人緊急聯絡她，她看到簡訊後臉色大變，立刻衝了出去。

這人真是靜不下來，一驚一乍的，但她有占卜之神，不會被抓，我們就不同了。

「謝啦，」我拍拍阿輝說，「我會請客的。」

「餐廳我選吧？我要吃王品。」

他用毫無心機、燦爛清爽的笑容說。可惡，故意選這麼貴的！但我畢竟麻煩了他，而且恐怕還會繼續麻煩下去，只好苦笑著說：「其實還有件事想請你幫忙。」

「還有？那你最好有請我兩餐的心理準備。」

「第二餐可以便宜點嗎？好啦，我問你，你認識你們學校的社會系學生嗎？」

「通識課同組的組員是社會系，怎麼了？」

「社會系一年級有個叫安律因的人，我想找她，你可以透過那位組員，幫我問一下聯絡方式嗎？」雖然張嘉笙會調查，但我也有這所學校的人脈，沒必要等他。只見阿輝把書放下，表情竟異常嚴肅，嚇我一跳。

「怎麼了？」我不安地問。

「程頤顥，我要鄭重跟你說，」阿輝語重心長地說，「要交女朋友，請從身邊認識的人開始。隨便跟朋友拿不認識的人的聯絡方式就算了，居然還把魔爪伸進別人學校？」

「不是啦。」我哭笑不得，隨即想起自己在圖書館，便壓低聲音，「我找她是因爲她可能有危險。」

——話才出口，我就想沒問題嗎？難道沒違反保密協議？但既然說了，或許沒提到「神祇系列」就沒關係。念及於此，我有些悲傷。原本是基於義務才沒說，但在超自然力量影響下，就算想說也沒辦法了。

「是喔。什麼危險，你說說看啊？」

「我不方便解釋，但你幫我問一下啦，拜託嘛——」

阿輝滿臉不悅，盯著我的眼神充滿鄙夷與懷疑，眞是太傷人了，但最後還是勉爲其難點頭，不愧是好兄弟。我千謝萬謝，拍拍他的肩膀，這才轉身往一樓走去。雕龍不以爲然的聲音在我心底響起。

「喂，頤顥，你拜託他這種事，難道沒想過可能把他捲進危險中？」

「如果他眞的被捲進來，我反而謝天謝地。雖然我被迫保密，但要是引起他的好奇，讓他自己調查，說不定就能知道我發生什麼事；那我就不用保密，什麼都可以說啦！運氣好的話，還可以請他幫忙報警呢。」

「我不是這個意思。」雕龍沉默片刻，「我不知道你有沒有自覺，但你太依賴他了。」

「我可不接受這種評價喔！我們是互相幫助。」

我不理雕龍，走出圖書館。這時太陽已快要下山，像沉在紅色水底的光球，佇立於橙色的天空。圖書館前，寬廣的大道被染成金紅色，兩排椰子樹拉出長長的影子，一切都像在燃燒。草地坐著好幾個人，有帶小孩來的家長，也有並肩而坐的情侶。世界明明這麼和平，卻有壞人潛藏在都市裡，不懷好意地襲擊我們這些試用者，真沒道理。那些人應該對整個世界道歉。

「學長。」

突然有聲音傳來，我往旁邊看，是加賀美靜香，她從圖書館的柱子後探出頭。門廊的陰影籠罩在她身上，但她給我的印象比最初明亮，或許是夕陽的餘暉連環反射，讓她白皙的肌膚閃耀著溫暖而朦朧的橘光。

加賀美靜香小跑步過來，向我深深鞠躬。

「謝謝學長！對不起，其實一直想找機會跟您道謝，但不是那樣的氣氛……如果沒有學長幫我進圖書館，我就要錯過這麼重要的事了。」少女又鞠兩次躬，抬起頭燦然一笑，「也謝謝你，雕龍先生！」

我嚇了一跳，原來她是這麼活潑的人？就在這時，我旁邊傳來禮貌溫柔到讓人起雞皮疙瘩的聲音，是雕龍：「沒什麼。與其感謝我，不如多謝謝頤顥，他要我特別照顧你。」

「嗯！真的很謝謝學長！」她又鞠躬了。等等、等等、等一下——

「雕龍，之前你們到底說了什麼！」我在心裡質問，雕龍竊笑著回應：「展現成年人具備的溫柔與體貼啊？放心，沒說你壞話。」那不是重點吧。我的內心混雜著惱怒跟……一些自己也不明白的複雜情緒。無論如何，總不能一句話都不回應，所以我趕緊對著少女說：「不會，沒什麼……是說，你還好吧？」

「您是指什麼？」少女側過頭。

「難得來留學，卻被捲入這種危險，希望沒給你留下不好印象。雖然有那種襲擊試用者的壞蛋，但大部分台灣人都是好人喔。」

「我明白的。不如說，大家都好厲害，我也想拿出勇氣，不輸給大家。」

她舉手握拳為自己打氣，眞的十分可愛。

「你也很厲害啊，看起來很有勇氣。是我的話一定怕死了，畢竟在異國。」

加賀美靜香一雙明眸眨了兩下，似乎想說什麼，但隨即搖頭：「也不是完全不怕……但得到豎琴時，我就想過會被捲入危險。而且我已經住了一段時間，不算異國了。」

「你想過可能被捲入危險？」

「因為太不尋常了嘛！」少女做了鬼臉，「在漫畫裡，這種劇情就跟『惡魔的契約』差不多，接下來一定會遇見其他跟惡魔簽約的人，發生不好的事——啊，我不是說神是惡魔，請雕龍先生不要放心上喔。」

我倒覺得雕龍眞的跟惡魔差不多，我心想，沒給雕龍反駁的機會就開口：「放心，這種程度雕龍不會放心上，祂平常跟我鬥嘴可凶了呢。說起來，加賀美同學——啊，抱歉，一直沒機會確認，這樣稱呼可以嗎？還是覺得其他稱呼比較好？」

「可以喔！學長呢？叫您學長會介意嗎？」

「不要用『您』啦！叫『頤顥』好了，學長沒什麼辨識性。剛剛張嘉笙學長提供的名單上，你有看到我的名字吧？那不是常用字，很多人都不知道怎麼念，要是不習慣，也可以叫我『一號』。」

「『一號』？啊，因為發音……」加賀美靜香掩嘴而笑，「原來如此呢。可是這樣會不會沒大沒小？再怎麼說您都比我年長……」

「我才大一，還在可容許誤差範圍內。」

「我知道了，那請容我僭越，稱呼『頤顥』了喔。」少女彎腰側頭，看來眞的很有活力。她重複了兩次「頤顥」，像在咀嚼正確的念法。我笑著點頭：「嗯。加賀美同學，可以問你一個問題嗎？」

「當然囉，請問。」

「『豎琴』眞正的能力是什麼？」

加賀美靜香像忘了呼吸，全身微微一顫，那雙明亮的眼緩緩睜大。

她像要否認，下一刻又露出做錯事的小貓般的神情，看來已準備要逞強辯解，又忍著沒開口。雕龍不以爲然的嘲諷在我的耳邊響起：「喂喂喂，頤顥，太不溫柔了吧！我好不容易幫你建立起親切、成熟，這些原先根本不存在於你身上的形象耶。」

不需要！而且我可是把她當成有主見、有謀略的玩家，明明懷疑還裝傻，那才失禮吧！

「……這麼明顯嗎？」少女低下頭，道歉般地小聲問。

「不。沒什麼證據，我也是猜的。」我說。雕龍飛到少女面前說：「加賀美，你太快承認了啦！其實你大可說『人家才沒有說謊，你怎麼不相信人家』，頤顥說不定也會信啊？他這人很好騙的。」

你到底站哪邊啊！我忍不住吐槽。而且祂直呼對方姓氏？他們關係何時這麼好的？

「我才不會那樣說。」少女抗議，「原本我就不想欺騙雕龍先生，也不想欺騙頤顥，其實我來，就是打算跟頤顥坦白豎琴的能力。」

她這話倒是在我意料之外：「爲什麼？」

加賀美靜香沒料到我這麼問，猶豫一會才扭扭捏捏地說：「……因爲我不想討厭自己。明明頤顥幫了我，我卻一直騙你，我不喜歡。這不是正確的姿態。」

啊，原來如此，也有這種思考方式，我重新審視眼前的少女——她不是遊戲玩家。

「請別說這些了。雕龍先生、頤顥，我們可以到人少的地方嗎？我不想讓豎琴的能力被太多人看到。」

少女彆扭的樣子也很可愛，我忍不住笑了：「好啊，沒問題。」

她燦然一笑，好閃亮的笑容。少女像小動物般四處張望，像在尋找人少的地方，我提示：「加賀美同學，我來過這裡，圖書館左邊有個往下的階梯，通往地下一樓的小廣場，因爲被一樓圍牆擋住，有蠻多死角的，要不要到那邊？」

「眞的？那，拜託頤顥帶路了！」

她再度鞠躬，我笑了，這時雕龍冷峻的聲音在我心底響起。

「顚顬，你眞的要跟她去沒人的地方？」

我如墜冰窖，全身僵住。

——對啊，誰知道豎琴的眞正能力對我有沒有威脅性！雕龍像在講風涼話：「我是說過要溫柔待人啦……但不是要你什麼都傻傻相信耶。你還覺得自己沒有很容易被騙，我都不知道怎麼吐槽了。」

「剛剛占卜不是證明我們之中沒有間諜？」我有些逞強地回應，同時往左邊廊道走。沒道理不相信占卜。如果黑羽是敵人，在討論中曝光自己的能力沒半點好處，衛知青也根本沒必要出席，她最好的策略就是在其他樓層派黑羽潛入四五四室，同時隱身，將我們的情報刺探得一乾二淨。同理，沒道理懷疑加賀美靜香。而且可以知道豎琴的眞實能力，對熟知情報重要性的玩家來說太有吸引力了。

我帶著加賀美靜香走下階梯。

地面滿是落葉，有種淒涼冷清之感。這裡被一樓的磚牆包圍，像深深的水井，昏昏暗暗，連日光都不願停留。少女四處張望，似乎很滿意。她把我拉進連圖書館窗戶也看不到的死角，要是在這死角發生什麼事，還眞的是誰都看不到。我突然害怕起來。

「顚顬，請你站在我身後，然後把手放在我肩膀上，可以嗎？」

咦？

呃，嗯？

「可、可以啊。這樣嗎？」我有點驚恐地將手搭在她肩膀上。爲什麼？爲何要我碰她肩膀？怎麼想都想不到答案，整個人戰戰兢兢。雕龍開口幫我確認：「加賀美，到底豎琴的能力是什麼啊？」

其實這已經算某種警告，但少女沒察覺，她露出神祕兮兮的笑容。

「親身體會就知道了。」

沒等我們回應，加賀美靜香抬起雙手，猛然落下。

碰！

暴風雨般的鋼琴聲響起。

不，不對。更像某種龐然大物從天而降，直接砸在我的耳內！密集的鋼琴聲像在挑釁，又像憤怒，或指控。情緒從琴鍵上爆發，最初還像是船隻在風暴的海洋中飄搖，但歡喜的秩序隨之出現，宛如加速的星空；那種歡喜不是正面的，更像譏嘲，在意識到旋律不懷好意的瞬間，所有的歡喜又轉爲咒罵，撕心裂肺。

我沒聽過這首曲子。但這曲子太難了吧。每個音都爭先恐後，像要把前一個音擠走般地迸出。但每個音清楚分明，極爲優雅，理智與焦躁的情緒雜揉，我的手搭在少女肩膀上，能明確感到她那纖細的肩膀肌肉隨著演奏運動。

我忍不住抓得更緊。不是被音樂感動，而是因爲天旋地轉，彷彿地面突然消失，被扔進沒有重力的空間！四周景色急速變化，像化成一條條光柱旋轉著，紅色、藍色、綠色，這些線條時而筆直，時而又像跳舞般扭曲。根本瘋了，這完全不是常人的世界，我沒有失控地抱住她已經非常堅強了！

「頤顥，冷靜點。」雕龍的聲音像穿透暴風雨般傳來。

「怎麼冷靜！你沒看到嗎！現在到底是怎樣！」

「我也不清楚，但你冷靜不下來，我就幫不上忙。麻煩振作點，頤顥，我們的安危都靠你了。」

——祂說的沒錯，雖然我仰賴祂的能力，但使用能力的只有我。我深呼吸幾次，意識到還沒有危險。無論眼前的感官錯亂是怎麼回事，加賀美靜香顯然正與我一同經歷。我們像飄在空中，但不是無重力地亂飛，更像是腳底變透明；要是試圖「踏」透明的地面……不，果然不行，完全沒施力處。周圍的光依然魔幻地變化，在這雜亂無章的世界裡，只有我跟她的邊緣是完整的。

突然視野恢復正常，琴聲戛然而止。天地歸位，但像是大風吹搶著歸位般的匆忙感，還留著不尋常的餘韻，宛如鐘聲。落日剛好落在前方，火紅色的圓球灼燒我的眼，我用另一隻手遮住光，慢慢適應周圍。視線恢復前，不對勁的感受已透過其他感官警告我，四周的聲音、溫度、氣味，都跟阿輝學校截然不同。

我把手放下，發現這是一座長滿草的山丘，能俯瞰台北一〇一；四周無人，但風景相當優美，是看夕陽的好地方。我呆呆看著台北盆地，地面籠罩著一層霧，在夕陽下呈現金色，一〇一在光輝中是一種寶石般的綠。從這個位置看，我才清晰地意識到它確實是台灣最高大樓，台北盆地實在太平緩了，讓一〇一以某種奇崛的姿態聳立。但這是什麼？幻覺？現實？怎麼會突然來到這裡？這是豎琴眞正的能力……？

「瞬間移動……不，空間傳送嗎？」我看向加賀美靜香，她也正看著我。不，是看著我掐著她肩膀的手。我趕緊放開，連聲說「對不起」。

「沒關係。跟顚顒說的一樣，這有點像空間傳送，我演奏的時候……該怎麼說，有點像空間被壓縮吧？我就像站在很高的地方，自由降落在半徑十公里內的某處——」

「半徑十公里！」我大吃一驚，「豎琴的能力範圍超過半徑一百公尺？」

「是……」加賀美靜香有些猶豫，還是決定把話說完，「今天聽到大家說半徑一百公尺，我有點驚訝，因為跟豎琴不同。」

「雕龍，」我開口問，「該不會你們的能力範圍也超過半徑一百公尺，只是你們不知道吧？」

「不可能，我很清楚自己的局限。」雕龍飄在空中，也像被夕陽染成橘色，「豎琴的情況相當不可思議……該不會『D計畫』也有α版跟β版的差異，只是我們不知道？」

「廣世公司告訴你們的事也太少了吧？」

「你在抱怨什麼？就說我們的知識只是配合商品化設置的啊。」

「要是情報錯誤，推理也會錯耶。」

「反正顚顒的推理能力也沒有眞的很好，說不定錯了還誤打誤撞喔？」

「少來，你倒是說說你認識哪個人的推理能力比我好？」我話剛說出口，立刻想到顏中書，便追加一句，「我是說今天以前，你說啊，有嗎？」

雕龍還沒回答，加賀美靜香「噗哧」一聲笑出來。啊，該死。我滿臉通紅。我忘了把這些話放在心裡說，直接跟雕龍對嗆起來。她笑著說：「雕龍先生跟顚顒的感情眞好。」

「不不不，這誤會大了。」我總算了解動漫作品裡，那些明明關係不好卻被旁人說關係好的角色是什麼心情了。加賀美靜香依舊笑著，看來卻有些寂寞。

「不是嗎？我眞的這麼想。我知道豎琴大概在想什麼，但我們無法鬥嘴。看到大家的神都這麼有個性，其實我蠻羨慕的。」

這樣嗎？想不到也有這種角度，我說：「也沒這麼方便喔？畢竟一般人看不到神，不小心跟神吵起來會被當成神經病的。」

「但我還是很想試看看，不覺得很好玩嗎？」

「看你們好像聊得很開心，但我還是有問題想問加賀美——爲什麼只將這件事告訴我跟頤顥，沒跟大家說呢？」雕龍冷淡地問，加賀美聞言猶豫起來。

「……對不起，我隱約覺得不該隱瞞，但最初實在無法相信大家。聽大家開始說神的能力，我就一直猶豫。可以嗎？眞的可以說嗎？最後還是決定隱瞞，我怕襲擊大家的壞人就在我們之中。」

「但後來黑羽的占卜否定了這種可能——」

「對！那時我就開始後悔。豎琴能讓我躲開襲擊，但這力量對大家有幫助嗎？而且才說了謊，好難開口，就一直煩惱著、沉默著，直到結束。」

不難理解她的心情，我也對雕龍的能力藏了一手。而且隱瞞的或許不只我跟加賀美靜香。「你不用自責，這是很自然的反應，我也沒把雕龍的能力完全說清楚。」

「頤顥！」雕龍不滿地警告。

「眞的？啊！不告訴我也沒關係。」少女像是證明自己清白般摀住耳朵。

「嗯，我不會說的。」我同時對她跟雕龍說。加賀美靜香鬆了口氣，微微閉上眼，接著做了個鬼臉：「老實說，有跟頤顥跟雕龍先生說眞的太好了。討論結束後，我一直很不安。無論原因是什麼，我終究騙了人，這違背了我的準則……所以，至少該告訴於我有恩的人。頤顥，如果你要把豎琴眞正的力量告訴其他人，我會接受的。我之所以告訴你們，就是希望由你們全權判斷這件事。」

——什麼？

想不到忽然丟個重責大任給我。我沒有立刻回應，而是在心裡問雛龍意見；雛龍沒理我，先安撫加賀美靜香，才切換成內心通話模式：「講或不講都沒差，反正大概沒多少人相信豎琴的能力就只是演奏鋼琴。不過在討論區裡公開，豎琴的能力就會成為策略參考。」

「我也這麼想，但策略已經擬好了，沒有需要豎琴的地方。既然如此，是不是真正需要豎琴時再提出？這樣也能讓大家對豎琴有好印象……你別急著吐槽，隱瞞能力是既成事實，大家多少還是有些壞印象吧？既然如此，找個好時機對我們比較有利。」

「你都找到這麼多藉口了，那幹麼還問我？」雛龍聳聳肩。

這都是很認真的考量好嗎？哪裡是藉口！而且她最初選擇隱藏情報的直覺，我不想無視。身為遊戲玩家，我很清楚直覺的重要性。

「這裡很適合看落日吧？」我跟雛龍討論時，少女突然開口，她的語氣溫和平靜，完全不像身在危險迫近的風暴之中。「這是我跟同學一起發現的，雖然我們發現的地方在更下面，那裡還有步道。但我想這裡風景一定更好，就用豎琴上來看，果然如此。有時心情不好，我就會來這裡散散心。」

「……風景確實很好。」我不得不同意，深呼吸山間的空氣。

雖然高中後我就住在台北，但很少上山，更沒有俯瞰台北盆地的經驗。山風吹來，滿山都是樹葉摩擦之聲，無數泛黃的葉片因風飛起，就像山神化作頑童，抓起一把黃葉亂撒。幾片葉子落到她頭上，我下意識幫她拿掉，小心翼翼地不碰到她的頭髮。她回過頭，兩眼濕潤潤的，彷彿有某種情緒正在湧出，我忍不住說，

「謝謝你，加賀美。」

少女驚訝地看向我。一時間我還沒意識到哪裡不對，接著才恍然大悟，把整句話講完。

「——我是說，加賀美同學。」

但少女露出微笑，夕陽照出很漂亮的輪廓，側臉的弧度如蘋果般小巧可愛。

「叫我加賀美吧。只有頤顥跟雕龍先生知道豎琴的力量，在這個團隊中，我們是特別的戰友喔！」

「戰友……嗎？也是。請多多指教囉，加賀美。」

「請多多指教，頤顥。」

像這樣跟她說話，總覺得非常放鬆，心裡癢癢的，是種很舒服的感覺。雖然我也在警惕，這該不會是「神」的力量吧？自從知道「神祇系列」那誇張的力量後，連自己的內心都無法輕易相信了。

——但事實是，內心原本就不能相信，因爲人心是不理智的。

這座山，夕陽，還有晚風，甚至少女頭髮隨風飄揚的背影，這都是非常舒心的。但要是問我是不是對這少女有意思？答案卻是「否」。

因爲這**不合乎理性**。

落日餘暉，晚霞是不可思議的奇幻色彩，我跟加賀美說著無關緊要的話題，直到天色眞正暗下，才以豎琴的力量回到市區。那時，我還不知道事情的嚴重程度。我是說，事態當然很嚴重，已經有試用者被綁架了，但這天聚會，難道不是反擊的契機嗎？敵人還不知道我們的動向，潛入廣世公司的占卜結果是小吉，從這個角度看，這天只是遊戲的準備階段，才剛宣告遊戲開始。

但不是的。

我直到後來才知道。那天討論結束，不，大概是我跟加賀美在山丘上欣賞夕陽時，遊戲的初盤就已正式結束，進入中盤了。

神祇系列筆記

試用者	神祇	能力	備註
顏中書	忒修斯	一、隱身，可指定複數對象。 二、反重力，但只能對試用者。	為何有兩種能力？而且看起來沒什麼關聯。
張嘉笙	克拉克	能改造、破壞、製造機械，且試用者具備操作一切機械的能力。	某種意義上說不定超強。
衛知青	黑羽	占卜，其結果絕對正確。	命中率驗證中，占卜結果真的不能改變嗎……？
莊曉茉	貓	可通靈，能與神聖領域相連。	目前看不出能派上什麼用場，但召喚死者說不定能用於情報調查。
朱宏志	鳩摩羅什	複製世界，並能切換指定對象所在的世界。	以防禦來說堪稱完美。
加賀美靜香	豎琴	空間移動。	範圍半徑十公里，為何跟其他神祇如此不同？

幕間：占卜的破綻

衛知青受夠了。

罪惡感、憤怒、自憐重重壓在她身上，幾乎將她壓垮。但她忍住宣洩的衝動，像用全身力氣將指甲掐進身體般，把那近乎發炎的情緒封在身體裡。她拎著手提包衝出多媒體中心四五四室，拋下「同伴」，閃進旁邊的樓梯間。

樓梯間裡有廁所跟飲水機，來來去去的學生也不少，但不表示這裡是安全的。她凝視著昏暗的寬廣樓梯，在心裡問：「小黑，走這條路是吉是凶？」

「吉。」

她的神很快給了答案。

……連這種小事都要問嗎？不知情的人或許會覺得太離譜，甚至譏嘲這種謹慎吧？但要是沒這種謹慎，衛知青就不會站在這了。

其他命運是什麼？被綁架，囚禁在不見天日的地下室？慘遭殺害？她不知道，只知道粗心大意的未來就是「大凶」。她走下樓梯，沿著「吉」的軌跡前進。

收到廣世公司的信時，她沒想到會有這麼一天。

那時她充滿希望。在見到黑羽、親身體會祂的力量後，衛知青有多雀躍啊！不是因爲有機會參與變革社會的嶄新科技，而是她覺得自己終於得救了——

那時她差點被另一個沉重的負擔壓垮。

說起來，其實不幸的源頭不是她。但不幸會擴散，會恣意從濃度高的地方流向低處，距離愈近愈是首當其衝；衛知青家裡是開傳統餐館的，雖不是什麼名店，但生意還過得去。兩年前，一場風暴襲捲他們家。原來她父親被人騙去開融資，結果期貨槓桿賠錢，竟偷偷找高利貸借錢抵給銀行，等家人知道時，已經連餐館都抵押給高利貸了。

太離譜了。開什麼玩笑？爲何什麼都不知道就玩期貨啊？還找高利貸！最初她也是大發飆，反而是母親很冷靜，或許是已有覺悟了吧？當她聽到債務金額——兩千萬——也像是被一桶水潑到頭，冷到沒有發脾氣的力氣。

這意味著他們餘生都要努力還錢。

衛知青是大姊，底下還有兩個正在念大學的弟弟，一個讀高中的妹妹，假設兄弟姊妹四人都在賺錢，每人一個月還一萬元，也要還四十幾年，更別說現在只有她在賺錢；算出這個數字時，別說冷水，衛知青覺得自己簡直在冰窖裡。

四十年？到時自己都六十幾歲了！身上揹著這樣的債務，還可能談戀愛、可能結婚嗎？乾脆嫁入豪門，讓老公幫忙還債算了。想是這樣想，但衛知青很清楚自己沒有這樣的條件。更讓她擔憂的是，二弟或許不用擔心，但大弟實在太廢，飯來張口，茶來伸手的，他有能力幫忙還債嗎？還是應該從現在開始培養小妹，讓她有機會嫁入豪門？

……她在想什麼？自己辦不到的，就叫妹妹去做嗎？衛知青第一次感到生存壓力帶來的人性醜惡。

得知負債後，大弟甚至不回台北，也沒打算參加家族聚會。大家多少是怨父親的。但怨恨根本沒用，總不能叫父親去死一死，讓他們拋棄繼承；最慘的莫過於此，這不是徹底絕望的金額，沒有自暴自棄的權利。

父親說了很多藉口，都是沒用的廢話，大家只能一起咬牙拚過去。但屋漏偏逢連夜雨，在龐大的壓力與悔恨中，父親身體撐不住，心臟病發住院，然而他保費沒繳，保險被停掉，住院沒排到健保病房，必須自費，當然開刀也沒保險理賠，那段期間衛知青跟母親輪流到醫院周旋，但費盡苦心還是欠了醫院一大筆錢。

而且父親是餐館主廚，母親向來是支援的角色，很少下廚，發病後父親身體不宜勞動，母親便自己勉強頂著，這種情況不可能支撐太久。但要是餐館結束營業，爸媽的生活費怎麼辦？弟弟、妹妹的學費該怎麼辦？衛知青殫思極慮，努力調整排班，硬擠出時間回餐館支援，妹妹也把放學後的精力都轉到餐館上。

讓衛知青差點氣死的是，在家裡如此風雨飄搖的處境中，大弟竟還想出國，跟母親拿錢！說什麼早跟朋友約好了，不能反悔。總之，他討錢時衛知青不在，母親居然眞的湊了幾萬塊給他；知道此事後衛知青氣到發抖，打電話向大弟追討，但大弟又賴皮又裝無辜，說不能退票，還說這是媽給的，又不是大姊的錢，大姊憑什麼討？衛知青氣到噴出幾乎撕破臉的話……

對母親也是這樣。

爲什麼要給錢？她拍桌痛罵「爸還比你好溝通」。爲何母親這麼偏愛大弟？毫無道理！但惹出這一切的老爸躺在床上裝病，根本不敢介入。

眞是亂成一團，很多細節她都不記得了。壓力就是這樣，會漸漸占用大腦的每個部分，直到記憶、情緒都裝不進去，將人變成殭屍。她憤怒的是，家裡經濟情況已經很糟了，爲何媽不找她商量？明明她一直在努力啊，她也可以丟下這些徹底不管！

不知不覺間，衛知青多了憔悴的白髮，皮膚粗糙，比以前更容易長痘子。她工作時想著家裡的事，幫忙餐館時想著工作的事，甚至沒有餘力發現自己在崩潰邊緣。

所以得到黑羽的試用機會時，她眞的哭了出來。

啊——得救了，解放了，終於。

爲什麼？難道占卜能變出錢？她要去當占卜師，幫人算命來海削一筆？當然不是。其實這提案是黑羽說的，祂有這樣的常識——祂說，從一到四十九中，依序問選擇這數字是吉是凶，然後拿這組數字去買樂透彩，她一定會中頭獎。要是那期頭獎只有她，就能領到將近兩億元。只要這計畫實現，兩千萬就成了微不足道的數字。

不公平？

對，不公平。但生死關頭的衛知青不想講公平。而且她犯法了嗎？沒有。現在根本沒有法令可以約束

「神」；還是說這會帶給任何人不幸？也不會。要是這期頭彩有其他中獎者，對方不過是少了一半金額，就算幸福的程度減少，不幸也不會增加。

但衛知青只要作弊這麼一次，就能將家人從負債的深淵中救出來，她義無反顧；於是在三月底的開獎時刻，她搖身一變，成了坐擁上億財產的有錢人——當時她的錢包只剩三百六十二元。

她得救了。

但就像童話故事的教訓般老套，錢不見得能帶來幸福。

得獎後，她立刻辦妥種種程序，並根據占卜避開可能帶來壞影響的行動，解除家庭債務。大家都放心了。父親精神爽朗，嚷嚷著要退休，僱個五星級大廚來掌廚，一副要擴張事業的樣子；妹妹只說很高興終於能去社團，雖然她已經快畢業了，身在外地的二弟傳簡訊來恭喜，大弟擺出諂媚的嘴臉，特別回台北道賀。對他這陰奉陽違、不懷好意的樣子，衛知青早看膩了。

事實上，擁有這麼多錢讓她提心吊膽。

為何大家這麼開心？當然，解除債務很好，但她聽過傳聞，中頭獎會引來黑道，像腐肉引來蒼蠅；那些人會把錢奪走，甚至讓中獎者比中獎前更慘！她自認能保密，但誰知道這消息會不會傳出去？誰知道彩券行是不是共犯？誰知道家人會不會大嘴巴地炫耀？她高興不起來。過去能跟家人說的話，漸漸也說不出口了，這個拯救家族的人，反而在胡思亂想的迷宮中喪失對家族的信任。

從那時開始，衛知青頻繁占卜吉凶。

小黑，走這條路是吉是凶？等這個紅綠燈是吉是凶？晚點出門是吉是凶？現在去上廁所是吉是凶？衛知青的人生只剩下絕對的「吉」，頂多接受「平」吧，至少「凶」她是絕對不選的。也就是在這種堪稱強迫症的情況下，她才能注意到——

她**真的**有危險。

一開始占到「大凶」，她以為是偶然。畢竟生存就是風險，她也占過幾次「凶」，避開就好。可是連續好幾次「大凶」，發生在短短一天內，就不可思議了；她避開了所有的凶，隔天卻又是同樣情況！這讓她心裡發寒。到底發生了什麼事？

——小黑，認爲有人在針對我是吉是凶？

——吉。

——認爲他們是想要錢的黑道，是吉是凶？

——凶。

——那他們到底是誰！

——對不起，主人，我只能根據具體的問題占卜……

衛知青絞盡腦汁問了好幾種可能，但始終無法推敲出對方的身分；根據占卜結果，要是她留在家，就會持續暴露在危險中，因此向黑羽確認吉凶後，她辭去工作，甚至沒交接，一邊避開「凶」的路線一邊往南移動。她用自己的名字預約大量旅館，隨便找幾家辦理入住，最後選一間住，希望能混淆視聽。反正她有的是錢，能保護自己太划算了。

在她的隱密之旅進行到一半時，她收到張嘉笙的信。這差點把她嚇死。最初她以爲是壞人寄來的，原本這趟旅行就草木皆兵，更別說這封信可疑到極點；但問黑羽赴約是吉是凶後，結果卻又是「小吉」……這是怎麼回事？

突然，衛知青想到了某個可能。

過去她一直以爲那些要傷害她的人是爲了錢。但張嘉笙這封信提到「試用者」，讓她想到自己身上還有另一個價值連城的東西，她終於想到要問——

——小黑，認爲那些壞人是爲了「神」而來，這麼想是吉是凶？

——大吉。

總算！

衛知青明白了眞相，卻高興不起來；對方是誰？怎麼知道自己有「神」？那封信眞的跟那些壞人無關嗎？畢竟兩者都知道自己有神，所謂「小吉」也可能只是結果論，事情可能與她猜測的截然不同。要赴約嗎？如果是陷阱怎麼辦？但結果是小吉啊！不，又不是大吉，說不定赴約不是上上之策。衛知青害怕又焦慮，不斷思考著該怎麼辦、怎麼占卜。然後，她接到了一通不顯示號碼的來電。

手機對面是一名年輕男性，聲音極其冷酷。

「衛知青小姐嗎？」

「你是誰？」

「你是不是收到了一封信，要你幾天後到某大學的圖書館赴約？」對方很不客氣。

「你怎麼知道？你是寄信者？」衛知青連忙問。

「這你不必知道。接下來有件事，請你照辦。我要你按照信中的交代赴約，而且那天要是有人請你占卜，你不能照實回答，必須照我們的意思回答。」

什麼？衛知青感到莫名其妙：「我爲何要這樣做？你到底是什麼人？」

「你非這樣做不可，不然我就殺掉你的一個家人。」

……什麼？

衛知青慢半拍地理解了這句話。她渾身顫抖，甚至無法回答對方；男人接下來的話也如機器人般冷酷：

「不相信的話，就問問你的神。我有沒有辦法殺掉你家人？不，你不妨直接問我會不會眞的下手。」

衛知青照辦了。是她最不希望的結果。

她腦中颳過寒冷的狂風，幾乎讓她窒息；背負債務的那段期間，她確實對家裡某些人充滿怨懟，中獎後，她也不喜歡那些把花她的錢當成理所當然的人。但她不希望任何家人死去！尤其是二弟跟小妹，他們是這麼天眞可愛，有著光明的未來！

——用鉅款收買試用者？

剛剛的討論中，顏中書提過這種可能，衛知青聽了差點笑出來，她眞的想笑；開什麼玩笑，錢根本不是問題！她開心的話，還可以炒股、買期貨、投資、隨便買其他彩券，錢算什麼？但要「收買」她簡單至極，只要拿家人脅迫她就成了。

對。與本人意願無關，衛知青就是**試用者裡的間諜**。

「你到底要我做什麼？爲什麼這樣做！」

意識到無法掌握自身命運時，衛知青顫抖地對手機怒吼。

「沒聽懂嗎？我要你赴約，並不准說出違反我們意見的占卜結果。」

「我怎麼可能做到？我又不知道你們想要我說什麼！」

「你可以問問未來的自己啊？」男子像是在獰笑，「如果你回答錯誤，我就隨機殺死你一個家人。錯誤兩次，我就殺兩人。你占卜未來，就知道什麼回答會讓我殺人了吧？只要你回答與那個相反的答案，我就保證你家人平安無事。」

好可怕的威脅。這男人甚至迫使她想像了一下家人的死貌，她絕不允許這種事發生；所以她才不斷強調不能倚賴占卜，衛知青知道眞正的結果，但她跟黑羽無法說出「敵人」不喜歡的答案。

根據占卜結果擬定的策略，從前提開始就會誤入歧途。

但有件事讓她慶幸。

在剛剛的討論中，眾人逼她占卜了三次，有兩次她無法說出眞正的答案。但有一次——僅僅其中一個結果——她說出了正確的吉凶。原因很簡單，敵人接受的答案，其實不等於對敵人有利的發展；只能在未來某個時間點威脅她的男子，無法準確預測自己的將來。當然，衛知青跟黑羽也不可能告訴他。

這是個反擊的機會嗎？她不知道。

不過多虧那些討論，她釐清了很多事。在眾人喋喋不休的時候，她也不斷暗自占卜，總算大概摸清了敵人的輪廓……她很清楚，除了她以外，剛剛的試用者中一定還有間諜。

不用占卜就知道。實際參與討論後，她解開了一些原本的疑惑：爲何那個男人知道她收到信？因爲敵人也收到信了。敵人就在張嘉笙竊取的名單中。這也理所當然，畢竟要威脅她，就一定知道她在會議上說了什麼，而不混進現場是不可能知道的——

透過占卜，她也確證了**誰**是間諜。

離開圖書館後，衛知青迅速走出學校，來到巷子裡的咖啡廳；這是剛剛收到的那封簡訊交代的咖啡廳。她才進去，就見到傳簡訊的人。那人對她招手。衛知青深吸一口氣，雖然她就像繃緊了的弦，但還是鼓起勇氣朝那人走去。

「既然你來這裡，可以當成你決定要協助我了吧？」

說話的是一名男子。他原本看著書，直到衛知青來到眼前時才拿下閱讀專用的眼鏡，並把書闔上，推到桌子中央。男子翹著二郎腿，以倨傲的姿態凝視衛知青。

這人就是魏保賢。

他渾身散發著不友善的風暴，像是要颳痛所有接近他的人。

衛知青面如寒霜，咬著下唇，不甘不願地說：「我有其他選擇嗎？」

「很好。你沒有選擇，我就放心了。」

魏保賢伸出手。

衛知青盯著那隻粗糙滄桑的手，沉默著，思考著，終於下定決心。

她把自己的手交到了那隻手上。

第三章

月下決鬥

三天後，我們在台北捷運「忠孝復興」站的二號出口集合。

這裡有十幾層樓高的太平洋百貨，大批人潮來來去去，稍不注意就會被衝散。兩條捷運路線在此交會，板南線與木柵線，木柵線是台北最早的高架捷運，板南線則在地底，為了連接地底到天空，本站有台北捷運系統最長的電扶梯——高達六層樓。

這裡就是「東區」。

我不算台北人，也知道「東區」是台北最熱鬧繁華又現代的區域。雖然近幾年最繁華的地帶往東擴張，這裡已不算第一線，但看看四周，都已經有一棟太平洋百貨，對面一個街區都不到的地方竟又有另一棟？是怎樣，這裡的商品需求多到一間百貨裝不下嗎？更別說還有東區地下街。

不過，我們並不是來逛街，而是來**掀起戰爭**——

至少計畫如此。

「什麼什麼？頤顥是射手座？」

這高八度的聲音來自莊曉茉，她氣勢驚人地逼近，滔滔不絕、旁若無人，「怎麼可能，你根本不像射手座！來來來，快把生辰八字報給姊姊聽，姊姊幫你看一下命盤，看是哪裡出錯了喔。什麼？不記得出生時間？沒關係～～來，只有出生年月日也可以喔！至少確定你的月亮、水星、金星……總之你身上一定有不對勁的地方，姊姊可以幫你好好了解一下喔！」

我向四周釋出求救訊號，但顏中書掩嘴而笑，完全沒有出手相助的意思。站在一段距離外的衛知青睨著我們，一臉「你們在幹麼」，旁邊的張嘉笙則乾笑著保持距離，他就是上一個被逼問星座的人。

唉，多虧這個占星術之鬼如花間蝴蝶般飛來飛去，還沒潛入，我們的緊張感就被吹到一點都不剩了。

廣世科技股份有限公司就在忠孝復興附近。

當初收到包裹，我沒注意地址，決定潛入後才發現在東區；這裡不是寸土寸金嗎？果然好野人。不過朱宏志調查到公司是在二十幾年前設立，那時東區還沒這麼發達。值得一提的是，最初廣世公司不是科技公司，中間改過幾次名，改爲「科技公司」是在幾個月前。

有夠可疑。

顏中書跟朱宏志提出種種假設，譬如廣世公司會不會是空殼公司？畢竟能開發出「神祇系列」，之前不可能無聲無息。或許眞正的開發團隊另有其人，只是因爲某些原因買下廣世公司，以廣世公司爲「殼」對外公開「神」這項技術。不過，這二十幾年來，廣世公司的董事長都叫「莊津鈺」，既然最高負責人沒變過，肯定擁有「神祇系列」的一切權利，但網路上沒找到多少「莊津鈺」的資料，顏中書說她會去查。

其實我跟不上這些討論。顏中書跟朱宏志似乎很清楚公司法規是怎麼運作的，不斷提出各種可能；但我是中文系的，不懂不會有人怪我吧？總之，這幾天大家以某個旅館的六人房爲據點，相處愉快，有參加社團活動的感覺。討論區也運作良好，任何結論都會立刻上傳，加賀美也有回應。

不過，也有些事不如預期。

圖書館會議當天，朱宏志就申請了封閉式的討論區，並用簡訊傳網址給我們。雖然他有將網址寄給魏保賢，但魏保賢沒註冊帳號，鐵了心跟我們保持距離。另一個不如預期的，則是朱宏志跟顏中書入住旅館後，仍打算照常上班。

莊曉茉大爲震驚，嚴正抗議「不一起行動不就沒意義了嗎」，但兩人都說不可能請太多假。朱宏志很愧疚，不斷道歉，他說他負責的項目無法短時間交接，爲了公司團隊，就算有假他也不能請；顏中書則說她在公司裡還是新人，要是請這麼多假，會給管理階層不好的印象——明明身在危險，卻還是維持「日常」，但這些現實的理由讓莊曉茉無法否定。

住進六人房的是加賀美、魏保賢以外的所有人，我以爲疑心病很重的衛知青不會同住，但她默默保持合作態度。占卜之神跟我們同住，表示我們與她共用同一占卜結果，只要占卜結果是吉，我們就是安全的。爲了幫大家破冰，我還帶許多桌遊到旅館，然而衛知青堅持不玩桌遊，一直在旁邊看手機；反而是莊曉茉破冰到沸騰，不斷從我帶去的桌遊拉出各種神話傳說典故……

我很佩服她的神祕學知識，但破冰的結果就是這樣，在我們等朱宏志時，她以常人難以理解的熱情要求幫人算命盤，打算窺探命運奧祕。我求助無門，只好無視：「那個，朱先生還沒下班嗎？雖然約好的時間還沒到，但要是他不來，我們就無法開始。」

其實加賀美也還沒到，但反正離七點還有時間，我只是用朱宏志轉移話題。

「我打電話給他。」顏中書說，拿出手機笑了笑，「希望朱先生不要加班。」

她說著走到人潮比較少的角落。莊曉茉擋在我面前：「程同學頤顥君？你不想講嗎？無視我？哎呀，還是已經有人幫你算過命了，你不喜歡那個結果？」

「……反正占星術也是占卜的一種吧？能比黑羽準嗎？要是不行，這種占卜就沒什麼價值。」

「哼哼，我聽到了喔！」黑羽得意地說，「我也覺得占卜沒人能勝過我，不過程頤顥，你說的不對，我的占卜跟占星術可不一樣。」

「對啊！你怎麼會覺得一樣？」莊曉茉像發現全世界最蠢的笨蛋，「給我聽好囉？黑羽的占卜接近求籤，硬要比較，也是跟卜筮、塔羅牌比較像，因爲都有隨機成分。但像紫微斗數或占星術，是根據整個宇宙的原理去推算耶！所謂整個宇宙跟程式一樣精準，沒有隨機成分，兩者是完全不同的！」

唉，我一聽到宇宙什麼的就頭痛。這時加賀美從捷運站小跑步出來，她看到我們，連忙鞠躬道歉：「咦？大家都到了？對不起，我這麼晚來……」

「沒關係的，」我乘機上前，遠離神祕學魔人，「朱先生也還沒來，我們是住一起才一起到的。」

「那就好，我還怕耽誤大家。」

今天她穿著民族風圖案的寬鬆上衣，下半身是帶著春天氣息的及膝短裙，頭戴酒紅色帽子，揹著手掌大小的側背包，有種大學生般的成熟感。由於她沒跟我們同住，我還擔心她會不會覺得被排擠，但顏中書一直在討論區裡關心加賀美，跟她說明我們討論的話題。顏中書還眞像會照顧人的鄰家大姊。

「加賀美同學——」莊曉茉的聲音從我背後響起，「哈囉，你是什麼星座的，可以告訴我嗎？」

神祕學魔人逼近！但加賀美還在狀況外，不知將步入恐怖的陷阱。她傻傻地說：「咦？好、好的，我是魚座，雙魚座。」

我擋在她跟加賀美之間：「加賀美，你不必理她。」

「顛顛你很掃興喔，」莊曉茉用看不出想法的笑容說，「看不起占星術，有一天你會後悔的，嘻嘻。」

「好了啦，主人你這樣是造成別人困擾耶！」貓終於忍不住插嘴。說得好啊！貓，這話該早點說的。加賀美有點尷尬地笑：「那麼……我們在等朱先生對吧？他下班了嗎？」

「下班了。」顏中書笑著過來，大聲說，「各位，朱先生說他已經到忠孝復興站，正在上來。」

是嗎？我久違地熱血沸騰。畢竟是我提的想法，還是有點驕傲的。當然，廣世公司可能是空殼公司，資料可能在別處，但應該不會完全沒線索；既然占卜結果是「小吉」，此行就不會一無所獲。

聽到顏中書的話，所有人集合過來。

莊曉茉也是。她蹦蹦跳跳地朝顏中書走去，開口說：

「對了，顏姊姊，我也想知道你的命盤呢！可以告訴我你的——」

突然，某種唐突的感受觸電般使我停下。

就像尖銳卻聽不見的聲音，或原本該在的東西不在，形成難以容受的喪失——不，不是比喻，而是確實不在了。剛剛還在我們身邊的莊曉茉，連話都沒講完，便毫無預兆地消失。

我渾身一冷，我知道這種消失方式。

周圍毫無變化，人來人往。在如此大量的人潮中，誰也不會注意到某個人消失。

但我們不同。顏中書甚至才剛回過頭，帶著微笑迎向莊曉茉的提問；目睹莊曉茉消失後，她反射性地退一步，駭然看向我。我也詫異地看著她。

……敵襲？

下一刻，顏中書扯開嗓子大喊：「跑！」

「各自散開，不要一起行動！逃進構造複雜的建築物裡！半小時後手機聯絡！」顏中書不顧形象地大喊，同時將我們全員隱身。混亂之中，張嘉笙緊張的聲音傳來：「等一下！我們要丟下莊小姐？」

「現在我們什麼也做不到！不要停留，快走！」

她就像司令官，我沒多想，當下發足狂奔！在全體透明的情況下，我無從知道其他人往哪裡逃，只能照著直覺行事。該死，這是怎麼回事？而且人潮怎麼這麼多？我也不管透明人會不會嚇到他們，硬是把他們擠開，往大馬路逃去。

那是神的能力，毫無疑問，但到底是何種能力？我馬上想到鳩摩羅什，但朱宏志不可能襲擊我們。如果他是襲擊者，昨晚趁我們睡著就可以將全員綁架了！或那是忒修斯？但隱身也能發出聲音，莊曉茉剛剛那句話卻沒說完。也可能是我們不知道的神，這不重要，重要的是——

為何是現在？

這表示**敵人知道我們的計畫**！怎麼可能？消息怎麼走漏的？占卜結果不是「小吉」嗎？

無論如何，現在不能硬碰硬。我跑出捷運站，對著馬路茫然四顧，接著回頭鑽進太平洋百貨。挑高的一樓是金碧輝煌的愛馬仕精品，我不敢跑太快，怕碰到旁邊高貴的裝飾物。「雕龍，你在嗎？」我在心裡問。

「在。頤顥，剛剛是鳩摩羅什。我不懂朱宏志為什麼這麼做，但他將莊曉茉抓進了複製世界。」

「你確定是鳩摩羅什？」

「只要見過面、看過其他神使用能力，就多少知道那是什麼感覺。剛剛的感覺跟鳩摩羅什發動能力時非常接近，其他神應該也有同感。我不是說朱宏志不懷好意，但那確實是複製世界。」

——可惡，怎麼會？朱宏志不可能襲擊我們。還是他並無惡意，只是我們擅自誤會？

我踏上電扶梯，將手機拿出來：「我要打電話給朱先生。」

「你確定？」

「沒問題，就算接通電話，他也不知道我在哪。」

「我不是這個意思。我是說，如果他有很好的解釋，你就會相信？」雛龍冷冷地問。我沒回答。可惡，我現在是透明的，雖然已把手機拿在手上，但要怎麼撥號？

然而下一瞬間，我的手，不，整個身體都現形了。在不好的預感湧現前，身後傳來尖叫。我知道自己嚇到人，連連說「抱歉」，顧不得不能在電扶梯上奔跑，加快腳步往下方樓層。

「隱身解除，表示忒修斯的能力消失了，難道……」

「不見得是這樣。」我快速回應雛龍，也像在說服自己，轉向下一個電扶梯，「也可能顏小姐和我們相距超過一百公尺。從顏小姐的角度看，這是最合理的。既然可以飛行，就該儘速飛離，我們到這時才現形，已是她努力的結果。」

「或許吧。」

我前額發汗，心亂如麻地往下走，撥打朱宏志的手機，對面傳來「您撥的號碼沒有回應，請稍後再撥」。嘖，如果他在複製世界裡，當然無法打給他！地下三樓是美食街之類的賣場，我注意到通往地下四樓的通道，地下四樓是停車場，敵人應該不會追過來吧？我跑進樓梯間，走到一半，有人跑了上來。

「頤顥！」

居然是加賀美。她看到我，急急地朝我跑來。

「加賀美！你還好嗎？」我也朝她跑去。

「還好。但現在不說這個，我一直在找你！」少女緊張地拉住我雙臂。

「加賀美，怎麼了嗎？」雛龍警覺地問。

「我本來想叫住你們，但大家馬上就隱形了，我來不及。我還在想該怎麼辦，幸好找到頤顥你……」加賀美快哭出來的樣子，我連忙壓著她的肩膀說：「沒事了，別害怕。」

其實我也不相信，但這種時候，總得說出一些讓人安心的話。加賀美搖搖頭：「不是的，頤顥，聽我說，豎琴可以進入複製世界！」

「什麼？」我大吃一驚，雕龍緊接著問：「眞的嗎？怎麼做的？」

「很難解釋，但我知道可以。」加賀美急到幾乎要咬螺絲，「可能跟空間傳送的原理有關，但當初鳩摩羅什製造出複製世界，把大家帶進去時，豎琴就已經知道祂能在現實世界跟複製世界間穿梭。剛剛是鳩摩羅什吧？現在或許還有機會把莊小姐帶回來，但我一個人無法做到！」

……原來如此，難怪她急著找我，因爲我是唯一知道豎琴眞正能力的人！我有些後悔，要是早點公開豎琴能力，情況會不會不同——不，大概不會。黑羽、克拉克沒有戰鬥力，忒修斯或許能讓莊曉茉隱形，避開敵人耳目，但最有力的當然是雕龍，只要我看見莊曉茉，就可以把她偷過來。由於豎琴的能力，複製世界無法困住我們，而且只要脫困，立刻就能移動到一百公尺外！

「知道了，我們立刻進入複製世界。」

「好。」加賀美臉色有些蒼白，「對不起，其實到現在我都很害怕，只有我們眞的做得到嗎……」

「一定辦得到。」我篤定地說，「你聽我說，在我們到處逃的同時，莊小姐一定也在複製世界裡奮力求生！但她是唯一的目標，一定比我們更早被抓到，所以我們不能再花時間去找別人了！」

——這時，我突然感到些許不自然。敵人爲何襲擊莊曉茉？莊曉茉的貓沒有戰鬥力，很好得手，但在剛剛那種壓倒性優勢下，應該優先襲擊較難對付的人吧？譬如我，或衛知青，就算是黑羽，也不可能從複製世界脫困，爲何不那樣做？不知道神的能力就算了，如果朱宏志眞是敵人，不可能不知道。

「我明白了。那請頤顥跟上次一樣抓著我的肩膀。」

沒時間多想了。我伸出手，就要放在她的肩膀上——

「等等，」雕龍在我心中警告，「頤顥，你確定不是陷阱嗎？畢竟要傳送，就一定要接觸加賀美。」

該死。爲何在這個節骨眼上提醒我？我瞪著祂，暗中咒罵這神太過聰明。但我還是把手搭在加賀美肩上。我在心裡回答祂：「雕龍，這太諷刺了吧？」

「諷刺？」

「不是你說的嗎？喪失幫助別人的能力，可不值得驕傲喔。」

雛龍呆了呆。

激烈華麗的演奏開始。這次比較習慣轉移的怪異體感。回過神來，我們已站在忠孝復興站二號出口。

——令人印象深刻的空曠。

我從沒想過擁擠的城市會這麼遼闊。從捷運到遠方大樓，每盞燈都亮著，但是沒人，路上的車全停在原地……不，其中有不少以離奇的方式撞在一起，部分是擦撞，也有撞得很淒慘的。

原本等紅燈的車大概沒事，但行駛到一半的就沒這麼幸運了。它們被抓進複製世界，隨即失去駕駛人，只能不斷往前，直到形成連環車禍；一般要是發生這種事，一定兵荒馬亂、吵得要命，現在卻連按喇叭的人都沒有。

複製世界充斥著詭譎、不自然的安靜。幾十輛機車像被擊倒的保齡球瓶，公車酒醉般撞上了安全島，後方車燈的機械性閃爍，讓人想到救護車。即將滿月的月亮高掛天上，被捷運高架橋微微遮住，看來意外龐大，就像城市自身的巨大號誌燈。

這路口宛如剛解凍過，冰涼、濕潤、帶著無機感。

突然有對話聲傳來，在高架橋對面。我跟加賀美連忙躲到捷運站的柱子後。只見東西向的大馬路中央站了幾個人，有誰倒在地上，看衣服是莊曉茉。雖然有點遠，但能看到其中某位身形極為高大，引人矚目；牠全身長滿灰褐色的毛、臉部像犬科動物般向前突出——是那個「都市傳說」！從這距離看，似乎是狼人一類的怪物。

果然是敵襲。

這裡就能將莊曉茉偷過來，但機會難得，我還是想多獲取些情報。我做了手勢，表示要接近他們，加賀美點點頭，我們借用高架橋的柱子擋住他們視線，往高架橋前進。全身緊繃，喉頭燥熱，這就是離魔王關不遠的感覺吧。

或許是複製世界裡沒有雜音，即使有段距離，還是能清楚聽到對話內容。

「……我不知道。鳩摩羅什，你知道那鋼琴聲是什麼嗎？」是朱宏志的聲音。

鳩摩羅什回答：「不清楚。但我只有讓你們指定的人進入這世界。」

不知爲何，鳩摩羅什聽來有點虛弱。

我們悄悄走到最接近他們的高架橋柱子底部。這時，我注意到捷運站周圍的景色不對勁，簡直像失去顏色般，捷運高架橋、街道兩旁的店面、還有撞成一團的車子們，表面都像是鋪了層霜；仔細一看，那層霜並不均勻，有著無數人臉與手印。

我有些激動，同時也心下讚嘆。

這不是好好抵抗過了嗎？這是莊曉茉召喚幽靈大軍的殘跡吧！就算貓毫無戰力，她也沒有坐以待斃，還是以某種方式拖延了時間！

狼人高聲說：「是從捷運站方向傳來的。這不尋常，我們該去確認一下。」

「可能是百貨公司的自動演奏吧？時間到了就會響。難道蘇先生不相信鳩摩羅什？」第三個人開口。

聲音好熟悉，我忍不住探頭，同時心底發出猛烈的警告——不要看。

來不及了。我已探出頭。

接著感到天旋地轉。

這裡確實能看清狀況。朱宏志跟狼人站在莊曉茉旁，倒地的她握著我再熟悉不過，在這裡出現卻無比突兀的武器——竹劍。

然後，幾步的距離外，站著一名同樣手持竹劍的青年。

是阿輝——溫正輝——我的童年好友。我把頭縮回來，無法抑制自己的情緒。

阿輝也是試用者？

我心臟劇烈跳動，強到幾乎堵住我的耳朵。怎麼可能？我怎麼會不知道？我一直帶著雕龍，怎麼可能沒看到他的神！這段期間我一直保住祕密，難道根本沒必要？不，就算在他面前，我也沒把雛龍藏起來，他應該知道我是試用者，爲何什麼都不說？

——他眞的不知道？可能嗎？

「頤顥，怎麼了？」加賀美小聲問。我的臉色一定很難看。

「我知道你的心情，但請你清醒點，好好把握現況。」雛龍以前所未有的嚴肅口吻說，「冷靜看，『敵人』有三位，現在卻有六個神；然後，貓不在現場。」

什麼？我再度探出頭。

確實如雛龍所說，朱宏志帶著鳩摩羅什，但他身邊還有另一個神，是拿著書的黑色人影，那純黑、缺乏光影變化的人影穿著流線型長袍，有點像迪士尼動畫《睡美人》裡的邪惡魔女梅爾菲森特；祂的長袍在底部霧化，消散在空氣中。狼人身邊跟著兩個神，一個看來是隻巨大的五色鳥，另一個則穿著誇張的華麗衣服，像宮廷丑角般。

阿輝身邊也有兩個神，一個穿著袖口很寬的東方服飾，身揹巨劍，另一個則是大型蝙蝠。哪個才是阿輝的神？直覺告訴我是拿劍的，我不確定，不過這情況讓我興起某種可怕的想像，內心發涼。

「那兩個神……是張嘉笙學長朋友的。」我小聲說。

「什麼？」加賀美睜大了眼，「張嘉笙學長的朋友是敵人？」

「不，三個人使用六個神，這本身就有違規則。」雛龍語氣帶著些厭惡，「這表示神被轉移了……好噁心，這會對我們神祇的自我認同造成巨大傷害啊。」

是啊。**神祇是不能轉移的**，這是我們迄今推理的基礎。但這個基礎在剛剛被打破了。我們認爲理所當然的規則只適用於我們的陣營，他們有不同的規則。這瞬間，我心中百轉千迴，閃過很多可能性，其中不少險惡到讓人反胃，但最讓我反胃的，果然還是阿輝屬於那個陣營。

雖然他陪我玩桌上遊戲時，這種情況已經發生過千百次，但這次是怎麼回事？這種像是心被挖出來的感覺是怎樣？我渾身發冷，甚至有些顫抖，沒法好好思考。

「神……可以轉移？這就是那些人的目的？他們想要得到神？怎麼可以！」加賀美說著，竟有些生氣。

「加賀美，」我吸了口氣，把金屬士兵從手機上拆下來交給她，「這就是我的祭品，請你幫我保管。」

「頤顥！」離龍在我心裡抗議。我沒理會。

「什麼？爲什麼？」加賀美也大吃一驚。

「對方可以奪走神，所以最壞的情況就是被拿走祭品。這是非常重要的情報。就算只有加賀美一個人離開複製世界，也一定要把這個情報帶出去。」

「頤顥，我不懂，我以爲只要把莊小姐偷過來就可以立刻離開，沒必要讓我保管祭品啊！」

——對，她說的完全正確。但知道阿輝的陣營後，我實在無法當成沒看到！要是今天逃離，明天再問他是怎麼回事，他會承認嗎？我太熟悉他的遊戲風格，他絕對會裝傻到底。所以能跟他在這個問題上對話的機會，只有此時、此地。

「我有話要問那個拿竹劍的人。」我壓抑著情緒，「我知道這有風險，很可能我也被抓，但就算出事，只要你逃走，我就不算輸，因爲祭品沒落入他們手中。」

「有風險？不對，是愚蠢吧！你眞的好好想過？」離龍嚴厲地說。

「頤顥，你……你認識那個人？」加賀美睜大著眼睛問。

「嗯。」

「是你朋友？」

我沒解釋，也不知該如何解釋，最後只說：「祭品就拜託了。要是情況不對，別管我，立刻逃走。」

我說著轉過頭就要行動，但加賀美拉住我。她滿臉擔心，壓低聲音說：「我……我明白了，我不會阻止頤顥。可是希望你知道，只要沒聽見鋼琴聲，就表示我還在這個世界，還沒放棄你……請你一定要小心，我會等你。」

「我會的。」

我有些感動，擠出一個笑容，雕龍搖頭嘆氣：「唉，眞是笨蛋。爲何我偏偏得奉陪這種笨蛋不可啊？」

我沒理祂，而是貼著高架橋柱子移動幾步。敵人看不見這裡，但我已能看到北方的一排柱子；我朝十幾公尺外的柱子伸出手，發動雕龍的能力——偷竊柱子上的某個「位置」，接著眼前一花，轉瞬就到那根柱子旁。我貼著柱子觀察敵人動向，朱宏志在莊曉茉身上搜尋，似乎在找什麼東西。

阿輝站在一段距離外。

這樣的瞬間移動，是我跟雕龍測試出來的「底牌」。

簡單來說，雕龍宣稱什麼都偷得到，那問個浪漫的問題好了，偷竊之神能偷到月亮嗎？

答案是可以，但結果跟想像的不太一樣。

雕龍的能力是將對象瞬間移動到我手中。但就像祂無法只偷取心臟，就算下這樣的指令，也只會將心臟的擁有者整個偷過來，偷竊無法將對象從整體中分離；如果我想偷旁邊的太平洋百貨，會發生什麼事？理論上會偷到整個太平洋百貨，但太平洋百貨不是牢牢嵌進地下嗎？這會使太平洋百貨與地球被視爲同一整體，而我能偷取地球嗎？

事實上地球是不必偷取的，因爲它就在我腳下。而且，雕龍說運動中的天體是極端龐大的整體，我不能顚覆它的構造，因此無法「將地球移動到我手中」。我站在地球上，無法將地球從宇宙構造中分解出來，又一定能偷到地球，這種矛盾該如何解決？答案是我本身移動，讓我的手貼到地球某處。

這就模擬出了「瞬間移動」。月球的答案也是如此，在我偷走月球的瞬間，我就會移動到月球，窒息而死，這樣的結局一點都不浪漫。但這不重要，重點是我跟雕龍測試出了「偷取某個位置」將自己移動過去的手段，雖然雕龍哀嘆這眞是邪門歪道，我卻覺得自己是天才。

移動到一段距離外，是爲了不將加賀美捲進來。我望向倒在地上的莊曉茉，將手伸向敵人的視線死角，以免將她偷到手後馬上洩漏位置。

「雕龍。」

下一刻，莊曉茉就出現在我的腳邊。我注意到她雙眼睜著，卻對外界沒有反應，眼球不斷顫動，像在尋找目標，樣子實在有點可怕；而敵方那邊，顯然是因爲人突然消失，陣腳大亂。

「怎麼回事？」「有其他試用者！」「鳩摩羅什，這是怎麼回事！」

無視連連驚呼，我瞬移到十幾公尺外的另一根柱子旁，再度用偷竊的力量搬運莊曉茉。雕龍近距離觀察她：「這反應，難道是快速動眼睡眠？」

「快速動眼？你是說她睡著了？」

「對，但這絕不自然。一般人睡著後也要一段時間才會進入快速動眼狀態，不可能這麼快，這是神的能力。」祂話還沒說完，貓已從空中現身。

「程頤顥！你怎麼進來的？」

「貓！你剛剛在哪？」

「主人遭到突襲，她被弄昏後我束手無策，只好隱身起來。你知道發生什麼事嗎？剛剛——」貓急切地說，我卻沒專心聽，因爲我正半跪著，努力喚醒莊曉茉。但無論推或是打，她都毫無反應。可惡，原本還期待增加戰力，行不通嗎？我急需情報，阿輝帶著兩個神，他是怎麼戰鬥的？那個丑角般的神有何能力？眼見叫不醒莊曉茉，我只好站起身：「貓，把敵人的情報告訴我。」

「好，不過我只知道那個拿劍的——」

突然「碰」的一聲巨響。

那聲音大到像是以音速抵達複製世界的終點，再折射回來，彼此共鳴，震醒了整個寂靜的空間。雕龍嚴厲的警告聲刺進我腦內：「後面！」

我連忙回頭，被眼前的畫面嚇到呆滯。

亮紅色烤漆的汽車正呈拋物線朝我飛來。它在空中翻滾，愈來愈近。

我正要瞬間移動，卻想起不能一走了之，莊曉茉還昏迷著，她閃不了！就在汽車快碰到我時，我急中生智，把汽車背對我的那一面偷過來，由於保留動能，汽車立刻從我手中噴射出去。龐大物體飛出掀起了氣流，「轟」的一聲。

危機暫時解除。但那是什麼？用念力移動物體？

答案很快揭曉。只聽「哐」的一聲，原本朝前方飛過去的汽車改變軌道，有誰像是打棒球一樣將汽車擊飛了出去。不，不是擊飛，只是視覺看起來像。這次我看到了經過。是阿輝。我目瞪口呆地看著他。

他拿著竹劍，像變魔術般地旋轉揮舞，算借力使力嗎？那車子被他手中的竹劍引導，居然在空中轉了個圈後往旁邊飛去。

不可能。汽車有幾噸重吧！阿輝的手是千斤頂嗎？我跟阿輝對戰過，很清楚他現在的技術、力道，都遠遠超越原本水平，甚至超越人類應有的範圍。

是神的能力。

還不及細想，阿輝已將竹劍移向前，微微蹲下，一蹬。

——喂喂，開什麼玩笑，這是動漫中的「縮地」？我跟阿輝距離至少二、三十公尺，但他只踏出一步。一步而已。

就將這段距離縮減為零！

阿輝揚起竹劍，氣勢洶洶，看來要打我的頭；我二話不說，一伸手就將竹劍偷進手裡。沒武器了吧？我站穩腳步，握緊竹劍，要等阿輝自投羅網，把竹劍朝他頭上打——

「面！」

咦？

回過神來，劍道社的成員們正在對練，十幾把竹劍彼此交錯，發出一連串劈里啪啦的聲音。我呆呆看著四周，發現正處在阿輝學校的地下技擊室，現在彷彿是社課時間，大家戴著面罩，就只有我沒戴。

我心跳加速，剛剛不是還在忠孝復興站？

「喂！程頤顥，專心啊！」社長發現我呆著，厲聲警告我。但我沒理他，太奇怪了！我緊緊握住手上竹劍，彷彿那是我的生命，一放開就會死；這時我聽到熟悉的笑聲。

「一號，你怎麼啦？」

阿輝從旁邊走過來。他抓著我的面罩，隨手扔過來，我連忙閃過。

「喂，你也太不專心了吧？」阿輝笑容依舊爽朗，爽朗到難以直視。我五味雜陳，不知該怎麼辦。我要譴責他、怪罪他嗎？大概沒用，這八成不是眞正的阿輝。高佳美的神能創造幻覺，這是祂的能力。

我聯絡雕龍，卻沒反應。這也是神的能力？幻境中的阿輝朝我走過來，他以手代劍，與我手中的竹劍交錯，露出苦笑：「想不到會在這裡遇到你。」

「在這裡？你說道場嗎？」

明知是幻覺，我還是忍不住回應，因爲他和平常的阿輝一模一樣。

「道場？原來你看到的是道場？」

我警覺起來：「什麼意思？不然你看到的是什麼？」

阿輝笑了笑，突然伸手將我推了出去，奪走我手中竹劍；他退後幾步，舉起竹劍：「林翼，把幻覺撤銷吧！這樣我們無法好好談事情。」

只見地下技擊室就像下雨般，從天花板到牆面、旁邊對練的社員、阿輝身上的劍道服，全像被水洗刷掉慢慢融化，露出淒冷的忠孝復興夜空。朱宏志跟狼人一左一右夾擊，我手上的竹劍已被奪走，雖然可以馬上偷回來，但以一敵三，怎麼贏？我擺出從功夫片裡學到的架勢，假裝能打。當然，只是紙老虎，但他們還沒見過瞬間移動，或許……等等，雕龍在哪？我有點慌，連忙在心裡問：「雕龍，你還在嗎？」

「我在。」雕龍不帶情緒的聲音響起，「我讓加賀美躲起來了。剛剛叫你都沒反應，我就叫加賀美躲到室內，以免你喪失王牌；現在我在加賀美旁邊，你可以直接透過我聯絡加賀美。」

「謝謝。」我心中放下一塊大石。雛龍貞機靈，確實是該隨時跟加賀美保持聯絡。但祂在我喪失意識時跑走，還是讓我有被孤立的感覺。貓不在這，大概又隱身了。

「你是怎麼進來的啊？」朱宏志用奇妙的高亢聲音問，比起質疑，更像好奇的小孩。

「幹麼把他弄醒！」狼人語氣粗魯，看向朱宏志，「林翼，讓他回幻覺，跟莊曉茉一起帶走！」

我肌肉緊繃起來，準備瞬間移動，阿輝卻冷峻開口：「等等，林翼。蘇先生，你忘了跟我的約定嗎？我會協助你們，但要照我的方法來，你想要背棄約定？」

「現在不是那種時候！這傢伙能進入複製世界，很可能其他人也來了！」

我左前方的兩人爭論起來，右邊的朱宏志置身事外，這或許是個機會……說起來，林翼是誰？難道是朱宏志的本名——等等，難道這人不是朱宏志？既然Dark Book是幻覺之神，就表示「感官」不可信，這外貌可能是神創造出來的幻象！要是朱宏志也被綁架，並被奪取神，就能解釋現在的古怪狀況。雖然難以置信，朱宏志應該是我們中最不可能被綁架的人啊！

「放心吧，我很了解程頤顥。」阿輝看我的眼神跟平時截然不同，「如果資源充分，這傢伙絕對會傾巢而出，現在只看到他，就表示他是自己手中唯一的棋子。」

「還真敢說。」我瞪著他虛張聲勢，其實已經準備好瞬間移動。

「正輝哥，你們認識？」林翼問阿輝。

「嗯，是孽緣。我們從小就是對手，還有些恩怨未解。」阿輝說。

——！

不撤退了。他在說謊，我們沒有難解的恩怨。問題是他想幹麼？這是什麼策略？

「如果只有他，那他怎麼進來的，難道鳩摩羅什放水？」狼人緊咬著這點不放。

「你們也知道這不可能。」鳩摩羅什帶著憎惡，「如果能放水，我早就做了，你們應該很清楚。」

「蘇先生，你放心，程頤顥絕對沒有自由進出這個世界的能力，不然他早就走了！而且不必擔心我手下留情，剛剛說了，我們有恩怨，我還沒動手只是貫徹自己的準則，其實我比你更想趕快打敗他，一對一，堂堂正正。」

「喂，都多久的事了，溫正輝你也記恨太久了吧？」我配合他演出。

「就是這種態度才讓人記恨啊，程頤顥。」

「所以呢？要是他打敗你，難道眞的要放他走？不可能！」

「那您打算違背諾言囉？」阿輝瞥向狼人，「用所有神的力量全力壓制，連半點道義都不講？蘇先生，這樣一來，我會立刻站在程頤顥那邊。雖然我很討厭這樣，但爲了我的準則，我別無選擇。」

「不可以！」林翼幾乎是驚呼著阻止，「那樣的話……就**無法復原**了！」

無法復原？什麼意思？

阿輝顯然知道林翼在指什麼，他繼續對狼人說：「我也不想變那樣，但堂堂正正是我的底線，要是連這都做不到，恕我不奉陪。如果我輸了，我會放他走，但請您仔細想想，我哪次讓您失望了？一直以來不都是這樣嗎？我接受您的安排，也保證結果如您所願，但這是有前提的。希望您不要反悔。」

狼人瞪著阿輝，用全身的力氣壓制怒氣，片刻後才咬牙切齒地說：「……是我理虧。但你要知道，要是因爲你的任性讓我們無法齊聚所有神，後果會非常嚴重！」

「我不知道啊。因爲您一直都沒解釋清楚。還是您要現在解釋清楚？」

這話像是挑釁，但語氣不然，只是平淡說明事實。狼人被踩到痛處，瞪我一眼，放狠話說：「十分鐘內解決。超過十分鐘我就介入，這也是我的底線。」

牠抱起莊曉茉，我瞪著牠。沒關係，只要莊曉茉沒離開視線，隨時可以偷回來。阿輝緩緩開口。

「程頤顥，接下來你有三條路。一條是什麼都不說，直接跟我們走，服從我們的指示……但你不會選這條吧？剩下兩條就是跟我對決，你贏了，我就不再出手，但要是你輸了，我們就用神的力量強行把你架走，有疑問嗎？」

「對決？用劍道？」

「沒錯。」

「開什麼玩笑！你現在的能耐根本不像人類吧！」

「別擔心，要解決我們的恩怨，當然不會用神的力量。」阿輝淡淡地說，「只要你不用神的力量，我就不用。我們堂堂正正地分出勝負。」

——坦白說，我搞不懂。

要是沒猜錯，阿輝的陣營、目的、策略都沒有表面這麼單純，所以這個要求一定有其道理。但他到底期待什麼？假裝敗在我手上？但那狼人也說了，他不會允許我離開，阿輝也不會這麼天眞才對。

讓我在意的還有一點，他跟狼人說「一直以來不都是這樣嗎」。

「問你一件事，」我說，「你說什麼堂堂正正，是對每個試用者都這樣？你也跟莊小姐決鬥了？」

「沒錯。」

「你這劍道社主將，去欺負外行人？」

「夠堂堂正正了。不然用神的力量，根本不能算是對決。莊小姐最後也用了神的力量，我才沒手下留情。如果你希望直接比拚神的力量，我也能接受喔。」

不行，果然還是不懂！

阿輝假裝跟我有仇，使這場對決勢在必行，表示對決藏著某種目的；但若只是想趁對決放我走，爲何要跟所有試用者都決鬥一次？還是說，這是阿輝的道德感？雖然他襲擊試用者，但還是希望堂堂正正，給試用者勝出的機會？沒道理啊！這種對決只是形式上公正，不是他的作風。

我只能見機行事：「好吧，你說的喔？堂堂正正。」

「當然。你用的竹劍在——在剛剛莊小姐倒地的地方，我們過去拿吧。」

「不用。」我伸出手，看向忠孝復興站前的十字路口，竹劍瞬間出現在我手中。阿輝臉色有了些變化。

他站穩姿勢，做出還劍入鞘的動作，把劍貼在左側腰間，開口問說：「剛剛我就有點好奇了，那是你的神的力量？祂的能力是什麼？」

「不關你事吧？反正等一下用不著。」我效法他做出入鞘的動作，這時——

我突然覺得不對。

我知道這把劍，這不是「忘心」嗎？

「怎麼了？程頤顥，連基礎禮儀都不做嗎？」阿輝注意到我在猶豫，冷冷說。

「呃——不，我們要不要交換竹劍？」

「你以爲我會在劍上動手腳？也太瞧不起人了。我拒絕。擺好架勢吧！」

我默默擺好架勢。好吧，看來這就是他的目的。我決定不急著判斷，靜觀其變。

其實光是這樣拿著竹劍，就有種奇妙的感覺。

我們不是沒對戰過。但像現在這樣沒穿護具，卻是第一次。本該緊張的場合，我卻意外地不怎麼緊張，或許是禮節的儀式性所致吧？不管是不是在道場，身上有沒有護具，這就只是純粹的戰鬥，只關係到我跟阿輝，別無他事。

夜晚的涼風沿著空無一人的街道而來，發出某種能掏空情緒、淒涼恐怖的聲響。

瞬間，戰鬥開始了。

阿輝大喝一聲，猛然欺進。這是尋常的速度，沒用神的力量。

但我才不管。我放開左手，伸向前方，將阿輝的背部偷過來；他瞬間轉了一百八十度，我立刻朝他的背踢出一腳，讓他失去平衡。

對，我卑鄙，第一秒就放棄劍道對決。我當然知道阿輝有什麼策略，但既然是對決，就要以贏爲前提！

而接下來的變化著實不可思議。

被我一腳踢向前方的阿輝，他沒往前倒，而是身體一扭，整個人騰空起來，彷彿把動能捲在一起，像甩毛巾般分散出去，硬生生止住了往前跌的力道。這些全是一秒內的事：他在空中飛出一腳，踢中忘心，我根本握不住，竹劍脫手而出，他依然沒落地，第二腳已經踢了過來。

這是人類的動作嗎！但我用了神的力量，他跟進也合情合理。千鈞一髮之際，我將忘心從視野邊緣偷回，顧不得恢復架勢，只能將竹劍橫在前方，擋住這一腳——

什……

開什麼玩笑，這力量是怎麼回事啊？竹劍整個被往內壓，我下意識伸出左手支撐，結果兩隻手都遭到巨震。我不由得倒退——不，是被這一踢逼得往後飛出去！眞的假的啊？這傢伙沒著地，空中可是沒半點施力點！只聽狼人破口大罵，顯然不滿我破壞規則，明明現在是我陷入危機！

阿輝漂亮落地，立刻像子彈般彈射而來；我伸出還很痠痛的手，看向不遠處的大樓，偷走它的樓頂。

「唰」的一下，我到了頂樓，狼狽地摔在地上。

雖然沒直接看見，但雕龍能偷到確定在那的具體某物；沒有大樓是沒頂樓的，所以我才能瞬間移動到此。這種情況下無法用帥氣的姿勢落地，深感遺憾。

站起來後，我心臟依舊狂跳，但現在不是休息的時候。我跑到圍牆邊往下看，果然阿輝還在下面。狼人跟林翼亂成一團，我二話不說將狼人懷裡的莊曉茉偷過來，轉眼間莊曉茉已躺在我腳邊。雖然這高度看不清狼人的表情，但牠想必氣到跳腳。

啊，眞的跳了。

「程頤顥。」我身邊突然出現沒聽過的聲音。

我回過頭，只見阿輝的神飄在那裡，身上的東方服裝隨著頂樓的疾風舞動——我難掩心中激動，知道自己猜對了！

「你們到底想做什麼！」貓再度出現，看來祂一直跟著莊曉茉。但我阻止了祂。

「這是阿輝的計畫吧？他把自己的祭品交給我，就是為了讓我跟你接觸。」

所以阿輝才想方設法讓我拿到忘心。雖然不確定阿輝協助那些人的原因，但他顯然不想讓那些人知道我們是朋友，也不想當著他們的面解釋；既然如此，其他人代替他解釋就行了。忘心九成九就是他的祭品，而神與祭品的緊密連繫，讓他的神緊隨著我。

「你的理解大致正確。初次見面，我叫『忘心』，跟你手上的竹劍同名。」

「阿輝的計畫到底是什麼？他希望我怎麼做？」

「他希望你不要跟他接觸。從現在開始，溫正輝會不計一切地追殺你，絕不會手下留情；請你將他理解為戰鬥機器，不要想著能與他溝通。」

「……這是怎麼回事？」我鐵青著臉。什麼意思？難道祂不是來協助我的？

「沒時間解釋了。請把我當成溫正輝的代理者，由我代他擬定策略。我問你，你能離開複製世界嗎？隨時能離開，還是需要準備？」

「我有同伴，只要跟那位同伴碰頭，隨時能離開。」

要是離龍在這，想必又要怪我大嘴巴。貓聽了馬上問：「是誰？有辦法帶我主人一起走嗎？」

「當然可以，我們就是為此而來。」

「原來如此。雖然還想確定一些細節，但現在不是時候；你先逃，溫正輝馬上就要來了。」忘心說。

我連忙往下看。只見阿輝一手拿劍，一手攀著大樓牆面的突起處上來。這棟大樓下半部有往上打的強光，那是為了照亮巨大廣告布幕設置的。現在燈光照著阿輝腳底，讓他有如暗影。他不是慢慢爬，而是踩住某個突起，一口氣往上蹬好幾公尺，單手抓著別的突起，再重複一次；照這樣子，他再十秒就會抵達。

這種如履薄冰的行進方式，真虧他做得出來！不覺得危險嗎？在這種地方，不就只有沒拿劍的手能自由活動？可他面無表情，居然真的像機械一樣；我腦中閃過忘心的話：把他當成戰鬥機器——

我無法接受。

是憤怒嗎？但阿輝不是戰鬥機械。這種想法光是存在於世上一秒就讓我反感。從這次見面起，除了在幻境裡不知是真是假的片段，我沒看過阿輝露出真正的樣子，現在又要說把他當戰鬥機器？

別開玩笑了。若在平常，剛剛我用那種卑鄙手段，他不但不會生氣，還會笑著吐槽，說很像我呢！為何不這樣做？我有種感覺，要是真將他當成戰鬥機器，就會永遠失去他。我跳到頂樓邊緣的圍牆上，對著貓說：「貓，保護好你的主人。」

「我當然也想這麼做，但……」

我沒等祂講完，已對著下方大喊阿輝的名字。

「溫正輝！」

風吹得我搖搖欲墜，那圍牆比鞋底的長度還窄，阿輝看到我做出這麼危險的動作，不由得停下來，但還是面無表情。

「程頤顥，你要做什麼？」忘心大惑不解。

我沒回答，而是舉起忘心，站在阿輝的正上方，深深吸口氣，接著向前傾倒九十度，讓重力把我拉下去。我緊緊將竹劍握在前方，像在垂直的牆面上疾馳，朝阿輝殺去一樣。

——我在做什麼？瘋了嗎？或許是瘋了，在這種情況下，別說戰鬥，我根本兩隻手都在發抖！但就算是自由落體，只要在墜地前一瞬間將地面偷到我手上，我就能夠取消動能，這是之前實驗過的。

總歸一句，我就是不爽！

來吧，阿輝。現在我朝你衝去，你會怎麼做？你還要把自己偽裝起來嗎？在這樣的空中，像這樣跟你面對面，就只有我跟你，你還能裝出那樣戰鬥機器的面孔嗎？

阿輝有些驚訝，奮力一躍，像背離重力般在牆上奔跑；他每一步都極其精妙，剛好能在向上的衝力中支撐其重量，就像真的違背物理法則。我任由物理法則把我帶下去，轉眼間，我們在牆的上半部重逢。這棟大樓幾乎整面都是玻璃，上下強光照耀，將我們的身影映照在鏡子般的玻璃牆上；兩把竹劍相擊，阿輝的劍抵住我，向上的衝力中和我的速度，但無法完全抵銷下墜的力道，我稍微偏離，繼續向下墜落。

視線交會。

他看著我，我也看著他。我不知道自己是什麼表情，但一瞬間，阿輝露出了震撼、恐慌的神色，隨之而來的——他當然知道我不會放任自己被重力殺死——他無可奈何地苦笑，那是我熟悉的溫柔神情。

下墜中，我瞥向旁邊的捷運高架橋，伸手將自己偷到捷運軌道上；這時阿輝已飛越到剛剛那棟大樓的頂樓，他站在頂樓架起的巨型廣告底下，回頭跟我對上眼。

「程頤顥，可以解釋一下嗎？」忘心難以置信，「你的性格似乎跟溫正輝告訴我的不太一樣。」

「抱歉，只是任性！」我彈起身。

如果只是逃跑，我不認爲可以理解阿輝眞正的想法。但眞是太好了，阿輝還是阿輝。雖然很短暫，但我總算有了彼此理解的感覺。這下可以不必煩惱，放手逃跑了。

高架橋兩側被隔板擋住，大概是避免捷運脫軌的圍欄。還眞是逃到有風險的地方，這條高架橋是直的，往前往後都超過一百公尺，要是胡亂使用能力，不小心移動到離雕龍太遠的地方，就會瞬間喪失能力。

身後傳來落地聲。

是阿輝？他是從十幾層樓高的大樓頂端跳到這裡？是一次就跳到這，還是中間經過幾個落腳處？無論如何，這體能已經跟動畫人物差不多。我把手舉高，瞬間移動到捷運站站體上方的空橋外側，自由落體到高架橋上。這時後面傳來「碰」的一聲巨響，我回過頭，原本站的位置——兩條軌道間竟被竹劍砸出一個大坑，阿輝站在對面，揮動竹劍將掀起的煙塵揮開。

「喂！要殺了我嗎！」

我忍不住大喊，同時伸出手，把自己移動到捷運站裡的柱子旁。

「別擔心，程頤顥。就算死了，也有神可以把你救活。」忘心說。

「謝天謝地，快告訴我接下來要怎麼做！」

我幾乎驚叫出來，因爲不過講兩句話的時間，阿輝已躍過自己打碎的高架橋，快步走進捷運站站體，我們間的距離不到五公尺！他一手拿劍，一手扳住捷運的玻璃門，並把腳塞進去，要強行開門；我連忙移動到下一根柱子，四處張望，無視捷運的出站裝置，直接傳送到太平洋百貨裡。

二樓看來都是高貴精品的櫃位，似乎還有挑高；我三步併作兩步逃到電扶梯旁，抬起頭看著三樓的天花板，接著伸手偷竊，就這樣落到了三樓。得避開他把莊曉茉偷回來，我心想。這時忘心問：「你的神的能力到底是什麼？瞬間移動？」

「差不多，就是讓東西瞬間移動到我手上。在特定的條件下，可以讓我的手帶著我的身體移動到某個地方。」我說，同時四處張望，最後決定移動到右側的盡頭。正要再度右移，我注意到後方不遠處有另一座電扶梯，我跑過去，看到四樓的天花板，把自己傳送過去。

「移動到某個地方，最遠可以多遠？」忘心問。

「視線所及之處。」

「只要一離開複製世界，你可以在第一時間脫離這附近，遠離鳩摩羅什？」

「對！」

其實就算不用離龍，豎琴也能帶我們離開，但我沒多加解釋。來到四樓後，我不確定自己的位置，就在眼花撩亂的商品中奔跑。雖然空無一人，但這裡畢竟是複製的現實世界，仍迴響著熱鬧而有現代感的西洋流行音樂。我問身後的神：「忘心，阿輝會幫那邊，是因爲被威脅了嗎？」

「對。但你不需要擔心，那是溫正輝要去煩惱的事。既然你隨時可以離開，不怕馬上被抓回複製世界，那可以準備脫身了。你要做的事很簡單，就是把我帶到外面去。」

果然，這樣他種種不合理的行徑就說得通——等等，忘心說什麼？我驚訝地停下腳步：「帶到外面？可是這樣一來，阿輝不就不能用你的能力了？」

「對，溫正輝跟我都是如此希望的。」

「等等，等等，」我有些慌了，「爲什麼？與其如此，阿輝爲何不跟我一起逃走？」

忘心還沒回答，我身後已傳來聲響，難道是阿輝？太纏人了！這時我已來到另一座電扶梯附近，只要一伸手就能把自己偷到其他樓層；但面對這個童年友人，我決定拖延一下時間。

阿輝走到我能看到的位置，那是櫃位包夾出的通道。他將劍舉向前，殺氣騰騰；我將手伸向他——

把所有我看到的衣服、包包、擺放它們的架子、安置衣服的假人全都偷到手上。

無數的擺設從我手中噴出，比較重的東西紛紛發出墜地的「哐啷」聲，還有在天上亂舞的衣物、內衣褲；阿輝正攻過來，卻也像被這一幕嚇呆了。我手伸向前，環視能看到的所有精品，不過兩秒，那些東西就全堆在我面前，成了一座價格昂貴的路障，直接將整個通道塞滿、擋死，只留下最上面一點點縫隙。

很好。我立刻跳到電扶梯邊，瞬間移動到三樓去。忘心這時才回答我的問題。

「阿輝不能跟你一起走。」

嗯，也是。

仔細想就知道了。逃了又怎樣？雖不知道阿輝是怎麼被威脅，但只要能拿來威脅他的東西還在敵人手裡，逃出去反而對阿輝更不利；對阿輝來說，最好的情況就是喪失能力，好讓他有藉口從最前線退役吧？

——後來的事實證明，我比自己想的還笨。

這時樓上乒乒乓乓的，聲音綿延不絕。果然啊，那種充滿空隙又有一大堆柔軟衣物的障礙物，不是這麼簡單都能清除的。我照忘心說的開始規劃撤退的步驟，便問雕龍：「雕龍，你們跟加賀美躲在哪裡？」

「在地下三樓跟地下四樓間的樓梯間，原本你們相遇的地方。」雕龍頓了頓，「沒事吧？雖然知道你還活著就是了。」

要是試用者死了，神會有感覺嗎？多少有吧。畢竟我們能透過思緒溝通，要是突然斷線，一定會察覺到。這段時間祂這麼安靜，大概是怕我分心。我在心裡說：「嗯，我去找莊小姐，再跟你們會——」

突然地板下沉了一些。

怎麼回事？地震？我連忙抓緊電扶梯。但不是地震，沒有一直晃來晃去。某種可怕的聲音從四面八方傳來，尤其是樓下，我心中升起非常不好的預感。

「頤顥，你有聽到嗎？」雕龍問。

「有，但我不知道是什麼。」看來這聲音大到連地下三樓都能聽到，我跟忘心站在電扶梯邊緣往下看，大吃一驚。二樓地板不見了。不是消失，而是上面布滿了爬藤植物！不是常春藤那種可愛的東西，全是木質的，至少有籃球這麼粗！它們盤據在二樓的地面、牆壁，伸進櫃位內部，正沿著電扶梯攀爬而上，或許是跟內部的機械糾纏在一起，電扶梯甚至停了下來。

喂喂喂，這是怎麼回事？我猛然想起，這是張嘉笙朋友的神——花和尚。花和尚在那狼人身上，是牠！牠打算用植物占據整個太平洋百貨，把我逼出來嗎？不，不只是逼出來。剛剛那個下沉，該不會是因爲植物鑽進牆裡，扭曲了建築結構吧？不好的預感愈來愈強。不能往下，誰知道碰到這爬藤會發生什麼事？因此我瞬間移動到通道盡頭，再移動到另一個盡頭。我在附近瞥見過一間餐廳，那裡有窗戶可以看到外面，我決定觀察一下外面的情況。

果然。

餐廳窗戶外，那狼人正站在太平洋百貨前方的馬路中間，像在指揮什麼般聚精會神。我這裡看不到，但在牠眼中，或許是無數綠色、褐色的枝蔓正在緩緩蠶食這個龐大的建築體吧！

「程頤顥，」忘心提醒，「溫正輝來了。」

我回過頭，阿輝站在餐廳對面的走道盡頭。有那堆麻煩的障礙物，他居然這麼快就通過了？我大聲說：「阿輝，你看到那些藤蔓了吧？不趕快逃出去就糟了。」

事實上，在我說這些時，藤蔓已蔓延到三樓，沿著地面與天花板而來。

「確實如此，但只要這些藤蔓包圍你，也是『將軍』了。」

阿輝說的是西洋棋術語，「將軍」指的是王受到威脅的情況，要是無法解除威脅，就會被「將死」，也就是敗北。「程頤顥，你要認輸嗎？」

「我拒絕。而且我會救你的。」我用手中的「忘心」指著他。

一瞬間，阿輝露出詫異的表情，但隨即態度冷淡：「那也要你能從我手下存活才行。」他擺出上段的姿勢，無視身旁愈來愈近的藤蔓，向我一躍而來。

我舉起手，猛然轉頭看向落地窗外，把大馬路上的狼人偷了過來。

「什……」

狼人一時間還沒意識到被我當成了擋箭牌，但我也不等牠回神，瞬間就把自己偷到外面大馬路中間。

晚風中，身後的太平洋百貨突然傳來劇烈的「劈里啪啦」聲，就像被點燃無數的小鞭炮。我回頭一看，驚訝地發現那些藤蔓像是痛苦扭動著，原本已經占據一、二樓的植物們失控地瘋狂生長，難道是狼人在激憤的情緒中，讓花和尚的力量抓狂了嗎？

「那傢伙在搞什麼啊！」我幾乎呆住，這也算是天地異變等級的災難了！

我無法分心，身體強迫我把注意力放在那棟岌岌可危的建築上，果然，只聽某種轟然巨響，捷運站月台整個垮下來，砸在地上，二號出口也塌了。隨著二號出口那個角落坍塌，整個太平洋百貨也像站不住，朝著捷運站的方向斜著倒去，轉眼間高架橋就被壓垮、擠扁，我整顆心忍不住提了起來——阿輝他們所在的三樓可說是首當其衝，他們可不會瞬間移動。

就在我緊張到手足無措時，已經崩毀的月台殘骸突然傳來聲響，一瞬間，無數的樹木突破柏油路衝出，轉眼就成了茂密的巨木林！那些巨木撐住太平洋百貨，不，甚至過剩地以捷運站為中心爆發出來，幾乎就要長到我面前！由於生長太快，無數的樹木彼此摩擦，噴濺出來的樹枝跟樹葉滿天飛舞，掃過了一波樹枝雨。

我抱住頭以免雜物噴到眼睛，但聽旁邊的聲音，太平洋百貨應該是停止崩塌了。

我抬起頭，看著這座宛如原本就在這裡的原始密林。花和尚的力量也太離譜了吧？要是用在正途上，八成能減緩全球暖化……

不，我突然意識到，這不是逃走的最好時機？阿輝跟那狼人都還在百貨裡，而且那裡恐怕亂成一團！我立刻跟雛龍說：「雛龍，準備好。」

「我就先不追究剛剛那陣聲音是怎麼回事吧，你要做什麼？」

「我要把加賀美偷過來。」我說。

既然已經知道加賀美的具體位置，就算看不到也能偷取；我先看向高架橋對面的高樓頂端，將莊曉茉偷過來，貓跟在她旁邊，祂一見到我就抱怨：「不要把我留在那裡！你明明知道我什麼都辦不到！」

嗚，也是，而且對莊曉茉很抱歉，拉著她來來去去的，但都這樣了居然還沒醒，這幻術實在可怕。我看向太平洋百貨，準備把加賀美偷到手，逃出複製世界——

咦？

我突然渾身發冷。

當然囉，因為這裡是喜馬拉雅山嘛，應該攝氏零下幾十度，而且隨時有機會爆發高山症。說起來，我怎麼會突然想攀登喜馬拉雅山？

——不對不對不對！

我心裡發寒。不，不只心裡，身體也感覺到寒冷；我又陷入幻境了。沒看到林翼，就徹底把他忘了，但他當然還在附近！這下完了，我會在喜馬拉雅山上被凍死……不對，這是幻覺，不會眞的凍死。

但知道是幻覺又有何用？會冷的還是會冷。要是我在精神上凍死了，身體會怎麼樣呢？空寂的雪山中，雛龍的聲音徹底消失，忘心也不在。我手上拿著「忘心」，但在幻覺裡，這不過是一把普通的竹劍，我用竹劍撥動冰雪，竟留下了雪痕。

至少林翼沒在這座山上吹起暴風雪。在這近乎潔白的世界中，我甚至能看到星空。

幻覺正不斷在說服我這是眞的。

我的腳被埋在雪地中，那眞的是徹骨的寒冷，冷到想把腳剁掉。但很快地，腳失去了知覺。我甚至想著，啊，能在死前看到這麼美麗的星空眞是太好了；那道亮到刺眼的光是金星吧？據說因爲太明亮，在日出時被稱爲「晨星」，落日後被稱爲「晚星」。小時候老爸忙於工作，師匠教我各種知識，那時我對星座有興趣，看來毫無關聯的光點，居然能被線連在一起，這令我著迷。但師匠說，不能只看星座喔，星座是太過遙遠才會成爲星座，但眞正接近我們的，是太陽系內的行星。

美麗的事物會讓我們忘記眞正與我們親近的事物，她說。從此之後，她指給我看的第一顆太陽系內行星，就成爲無法抹滅的記憶。我朝金星舉起凍僵的手，指尖已失去知覺。

接著，星空粉碎，宛如鑽石的粉塵。

「林翼！」

阿輝近乎怒吼的聲音響起。

我清醒過來，轉頭看向聲源，只見阿輝拿著竹劍，在太平洋百貨對面的大樓底下。

他不斷朝林翼揮劍。

噹、噹、噹。林翼身邊就像有透明的護盾，劍到了一定距離外就會停下，留下擊中無形護盾的聲響。那聲音像雷鳴，又像撼動人心的鼓聲；明明阿輝的一劍能砸碎高架橋啊！現在居然被那護盾給擋住？

不，不對。阿輝的劍確實離林翼越來越近。恐怕他每一劍都摧毀了護盾吧！而林翼爲了自衛，不得不連續創造透明護盾，無法分心製造幻覺，這才讓幻覺瓦解；事實上，朱宏志的外型也正在模糊，雖然看不清面孔，但林翼本人是個少年吧？他看起來比加賀美更年幼。

「不要！不可以！」林翼童稚的聲音像是要哭了，「正輝哥，快住手！再這樣下去就無法回頭了！」

無法回頭？什麼意思？

「頤顥！」

突然一陣鋼琴聲，加賀美從虛空中現身。

我咬著牙暗罵自己。肯定是她跟雕龍一直等不到，決定自行過來了，她是王牌，不該輕易露臉！

少女看到阿輝對著林翼揮劍，忍不住睜大眼。

「加賀美！」雕龍大喝，「演奏！」

「是！」少女連忙跑過來。我把忘心夾在腋下，一隻手搭上加賀美的腰。同時，爲了抓住莊曉茉的手，我不得不彎下身體。加賀美準備演奏，在這緊要關頭，我卻猶豫起來。

「一號，你快走！」阿輝彷彿聽到我沒說出的話，幾乎用吼的，「事情就交給你了，詳情你問忘心！」

他總算用原本的語氣說話了。但問忘心是什麼意思？離開複製世界後，作爲祭品的忘心與阿輝的連結便會中斷，那就消失了啊！還來不及開口，我的手突然被劇烈拉扯，莊曉茉飛了出去，只見那片原本是捷運站的密林中伸出了藤蔓捲著莊曉茉的身體，轉眼間就將她拉進密林之中！

「幹！」我罵了髒話。

「主人！」貓彷彿受到很大的震撼，祂飛也似地跟著莊曉茉飛去。我伸出手，想偷回莊曉茉，但太遲了。琴聲開始，視線已經模糊，雖然還留著捷運站的影子，但我所處的物理空間已不是忠孝復興，我什麼都沒偷到；在加賀美略帶緊張感的琴聲中，整個世界就像換幕般被扯掉，露出截然不同的景色。

那裡很清幽，就是光線有點暗，像在井裡一樣。只有旁邊大樓的窗戶透出光。

我馬上認出這是阿輝的學校，是加賀美第一次讓我知道豎琴能力的那個小庭。

聽著晚風吹著樹葉的聲音，總算鬆懈下來。

雖然一直在逃，還用了大量的瞬間移動，其實沒有眞的運動到，放鬆的瞬間還是渾身痠軟。幸好這團混亂都發生在複製世界，不然誰知道會死多少人。

作戰失敗了。我沒有成功救回莊曉茉。

但我遇到了阿輝。

沒想到會在這種情況下見到他，更沒想到他最後爲了將我從幻境中救出，直接背叛那些人；要背叛的話怎麼不跟我一起走？不知道那些人怎麼對待叛徒，早知道不要聽他的，就算硬上也要把他偷走——

「頤顥，這是怎麼回事？」一回神，雕龍冷森森盯著我。

「說來話長，」我苦笑，「阿輝不是壞人，他是被迫的。」

「我沒有懷疑。」雕龍說，「我是問，**祂**是怎麼回事？」

祂指著我右邊。我順著祂指的方向看過去，忍不住被自己看到的東西震懾住。

怎麼可能？

怎麼會這樣，這不該發生啊！

在那裡的是另一個神。祂穿著東方服裝，短髮，身後揹著巨劍。祂是阿輝的神——忘心。

祂看著自己的雙手，像在確認自己眞的存在。

接著祂看向我們。

「請容我再度自我介紹。我是『忘心』，溫正輝的神；既然我在這裡，就表示一切已如溫正輝所想。」

忘心鞠躬爲禮，接下來的話讓我背脊發寒，「程頤顥，我的主人溫正輝已成了不歸人；他沒有能力對付那些惡者，現在，這責任落到你身上了。」

不歸人？我有一種非常不好的預感。

第四章

真正的占卜師

「你……你怎麼會在這？」

我毛骨悚然。現在忘心跟阿輝絕對在一百公尺以上，神不可能現身！但——

沒錯，理論上這辦得到，那些人不就示範了？可事情不對勁，這不是奪走神這麼單純的事。說起來，朱宏志怎麼了？他的神被奪走了，他本人呢？如果拿走祭品可以得到神，大可把試用者放回家啊？反正試用者簽了保密協議，不可能說出相關的事——

「我的主人溫正輝已成了不歸人。」

忘心剛剛說的再度浮現，我起了雞皮疙瘩。

「忘心老兄，我確定一下，你不是敵人吧？」雕龍說。

「如果你們把我當成敵人，我會很困擾。爲何我離開溫正輝身邊還能存在，聽我解釋後自然明白。」

祂看向我，我這才回過神，看了雕龍跟加賀美一眼，麻木地對祂點頭。於是忘心講起另一個版本的故事——追溯源頭，甚至不到一個月前，我卻覺得已經很遙遠；原來在我渾渾噩噩的時候，阿輝早已被捲進很嚴重的事，我卻沒發現。

阿輝確實是試用者。

他收到試用邀請，是在我收到邀請後快一週的事，那時他本想告訴我，卻忍住了。據說他是想，要是「神」眞的這麼厲害有趣，何不當著我的面展示「神」的力量，嚇我一跳？這實在讓人笑不出來，阿輝想對我惡作劇，就是這一念之差，他再也沒有親口告訴我的機會。

阿輝以竹劍「忘心」爲祭品，與他的神同名。忘心說：「各位應該知道了，但我還是重新說明吧。我是戰鬥之神，能提升身體素質與技術，賦予超常的體能與反應力，感官對環境的覺察力也會大幅提升……」

簡單說，就連「殺意」那種無法證明的東西都能察覺。

雖然親身經歷過，但忘心眞的很破格。不只提升體能與耐受力，連技能、技術都能被「安裝」進身體。忘心之主能靈活使用所有武器，深知所有武術的精要，也擁有全世界武術的知識。爲了避免武器被過高的身體性能破壞，忘心會給予武器某種「超自然的庇護」，確保武器不會受損。

「我有疑問，」雛龍說，「既然連『殺意』都能察覺，你們是怎麼被綁架的？」

「他被綁架的時候，我不在場。」

祂說，原本竹劍就不是會隨身攜帶的東西，阿輝不知道會被襲擊，更沒有每天帶著竹劍的道理；等那些人綁架阿輝，再放他回來，忘心已無用武之地。我聽到這忍不住開口：「……那些人還會把人放回來？」

怎麼可能？這樣阿輝根本沒道理繼續跟他們混。

「我知道你在想什麼。」忘心看著我，「那是因爲他們已經掐住溫正輝的要害。」

阿輝最初被關在一個工廠般的地方。他醒來時全身赤裸，陷入慌張；因爲敵人不知道祭品是什麼，就剝下所有東西，放到一百公尺外。之後，綁架者向他說明情況。綁架者的代表叫「蘇育龍」，就是我們剛剛看到的狼人。那時蘇育龍沒變身，西裝筆挺，頗有威嚴，像面試的主管。他解釋綁架阿輝的理由——爲了蒐集所有神——而且他們擁有能將神從試用者的精神「剝離」的技術。只要有這種技術，就能讓祭品擺脫與試用者的距離限制，並讓「持有」祭品的人成爲新的主人。

到這裡爲止，還跟我預想的差不多，但忘心接著轉述的話卻讓我渾身發冷。

「這種技術，我們稱之爲『抽取』。」蘇育龍說，「但我們還不打算抽取你的神，溫同學，至少現在還不想。因爲『抽取』有嚴重副作用，會讓你們這些試用者喪失意識，成爲植物人。」

「植物人？」加賀美大吃一驚，「忘心先生，難道至今爲止被綁架的那些人，他們都……」

「是的。」忘心點頭。

果然如此。我握緊雙拳。不只阿輝，張嘉笙的兩個朋友跟朱宏志都被抽取了。今早朱宏志趕著上班，我們還隨口說晚上要潛入廣世公司，不要加班，結果十二小時不到，他就被抽取，成了植物人——

「那阿輝呢？」我聲音乾澀，「阿輝還能動，表示他沒被抽取吧？既然那些人放他回去，他怎麼不帶著你殺回去，把他們消滅？」

「我明白你的心情。但就像我說的，他們已掐住溫正輝的弱點。」

原來被蘇育龍等人抽取的「神」中，有位「公正之神」。

在「公正之神」的力量下，不能違背承諾，不然就要付出代價；蘇育龍跟阿輝說，他給阿輝兩條路，一是讓他們抽取，變成植物人，但他要阿輝不用擔心，就算成爲植物人，他們也會照顧他的身體，因爲他們並非喪心病狂之徒。二是協助他們，幫他們綁架其他試用者，並在「公正之神」的保證下絕不背叛。只要不背叛，公正之神就會確保他不被抽取，反過來說，要是他背叛，公正之神就會降下懲罰。

「還說什麼不是喪心病狂？都把人變植物人了！」我氣到揮舞竹劍。所以剛剛那一刻，阿輝是被判斷爲背叛，才被抽取？林翼說「無法復原」就是這麼回事？

「我不明白。」雕龍說，「爲何那些人要溫正輝協助？直接抽取不是最快，風險也最低嗎？」

「溫正輝也問過相同問題。」忘心說，而蘇育龍是這麼回答的。

如果讓每個試用者都變植物人，維持生命的成本太高，他們的經費並非無限。其次，神被抽取後會隨時間衰弱；他們最終目的不是神的能力，但衰弱到一定程度可能造成計畫失敗，他們希望盡可能避免。

最終目的不是神的能力……？

不懂。說要用神統治世界還比較好理解。

「下個問題。」雕龍說，「那些人對每個試用者都會這樣問嗎？我是說，如果溫正輝這種情況才是常態，應該有不少試用者被放回去吧？」

「據我所知是的。不過鳩摩羅什除外，據說祂的主人被直接抽取，因爲祂的力量太棘手，不能給祂機會。但我不清楚詳情，因爲溫正輝沒參與那場襲擊。」

「但我們知道的試用者，大部分被綁架後就失蹤了，難道他們都沒選擇投降？」

「不，他們選擇投降。」忘心冷漠地說，「不過他們太小看『公正之神』。我們目睹過好幾個人剛投降就起了背叛之心，立刻被抽取。程頤顥，溫正輝不得不像個戰鬥機器般追殺你，就是這個原因。」

我胸口像被錘子重擊一般悶痛。是啊，我明白阿輝的用意了。只聽雕龍說：「原來如此。你現在在這，就是溫正輝期待的結果吧——他把『背叛』託付給你了。」

「對。我沒有在『公正之神』面前立下誓言，這是我們的機會。爲了避免被抽取，溫正輝決定全心全意協助那些人，我則負責思考背叛的時機、方法、策略，並將這些僞裝成建議。溫正輝會放棄思考，徹底執行我給他的建議。在他被迫發誓前，他曾跟蘇育龍說要與試用者公平對決，既然要做壞事，至少要公平地做。表面上這是道德準則，實際上是爲了**拿兩把竹劍上場**；畢竟身爲我的主人，他被奪下竹劍的可能性近乎於零——他事前就做好了將我交給程頤顥的準備。」

「……太殘酷了。」

加賀美低下頭，聲音有些顫抖。

我緊緊握著忘心，感到暈眩；阿輝違背信念，忍受良心折磨，就是爲了把忘心給我。明明他都想到這份上了，我在做什麼？連他的痛苦都沒注意到！在那邊說什麼遊戲啦、規則啦、勝負啦，眞這麼厲害，阿輝會落到這田地？眞氣什麼都沒發現的我！

「但我不懂。」雕龍說，「你們的計畫是把祭品交給頤顥，但這個計畫的前提，是頤顥確實是試用者，不然就只是將無關的人牽連進來。頤顥沒對溫正輝坦白，爲何溫正輝不把你帶在身上，直接確認此事？」

聽祂這麼說，我猛然想起那天社課結束後的對話。對啊，那時我在等公車，阿輝陪我，除了他沒帶忘心外，一切跟平常沒什麼兩樣；阿輝問，前兩週我不是收到一封奇怪的信？後來我怎麼回答？

我說自己沒回那封信。阿輝笑著接受，原來那時他就被脅迫了？

「因爲就算帶著我，程頤顥也可能將神藏起來。」忘心說，「他也可能沒將祭品帶在身上，畢竟我們不確定他選了什麼。更重要的是，自從被威脅後，溫正輝就很抗拒帶著我。」

……原來如此。那些人竟把阿輝逼到這種境地，甚至對象徵他榮譽的忘心產生反感了嗎？我低聲問：

「所以，阿輝發現我說謊了？我說沒理那封信……」

「嗯。最初他不確定，但前幾天，你把祭品交給他，還請他幫忙打探安律因的消息，他就確定了。因為安律因就是敗在我們手上。」

「原來如此。」離龍說，「既然溫正輝已經確信頤顯是試用者，那他大可早點將你交給頤顯，不是嗎？只要把忘心拿到頤顯面前，然後把這當成背叛就成了。」

我猛然瞪向離龍，這聽起來就像把阿輝當成好用的工具，怎麼可以這樣？

「我也想過。」忘心平靜地說，「但考慮到風險，我沒這樣提案。如果公正之神的判斷很嚴格，溫正輝也可能還沒見到程頤顯就被抽取，我沒把握讓自己安然轉移到程頤顯手上。還有一點，溫正輝希望在那些人面前被抽取。如果變成植物人，他不希望麻煩程頤顯或家人。」

「所以阿輝真的相信那些人會好好照顧他的身體？」我難以置信。

「在邏輯上成立。目前尚未發現試用者被遺棄在某處，也沒發現他們的屍體。」

即使如此，麻煩我們也沒關係吧！他家境並不差，問題不是錢，而是他不想造成我們麻煩。他恐怕不期待得救，直接把退場當死亡吧。從「遊戲」的角度看，確實合理，我也會這樣做。但我是遊戲玩家啊。阿輝不是，也沒必要為我做到這種程度！捨棄我、保全自己，不也是一種選擇？我也可能被偷襲時靠自己倖存啊，他根本不用幫我！

但埋怨也沒用，阿輝已選擇，完全沒有插手空間。

這時我跟加賀美的手機同時震動。

加賀美拿出手機，小心翼翼地瞥了我一眼：「是顏小姐。」

聽了她的話，我檢查手機。確實是顏中書傳的簡訊，裡頭只有兩行字。

「台北車站南二門會合。請衛小姐占卜吉凶。」

我怔怔盯著手機，腦中還在想剛才的事，無法好好思考。明明志得意滿地逃離忠孝復興，現在卻像被推入地獄，未免太沒用了。

雕龍飛過來說：「到台北車站嗎？嗯，的確應該將剛剛得知的情報告訴大家。」

「可是……」加賀美有些猶豫，她看著我說，「頤顥，這眞的是顏小姐寄來的嗎？會不會是別人用她的手機……」

我搖了搖頭。

如果顏中書是冒牌貨，就不該要求占卜，除非占卜之神也落入敵人手中。但要是占卜之神連自己都保護不了，也太無能了。選擇台北車站而不是回旅館也很合理，被偷襲就表示情報走漏，既然如此，或許據點位置也曝光了。但我沒說出口。沒那個心情。

我只想把那些害了阿輝的人抓出來千刀萬剮。

手機再度響起，衛知青的回覆來了，是「吉」。我想到潛入廣世公司的占卜結果是「小吉」，開什麼玩笑，這哪裡小吉呢？我怒上心頭，忍不住想質問衛知青，便說：「走吧，去台北車站。」

「請、請等一下。」加賀美突然揚聲說，我停下腳步。

「有件事我一直想問。忘心先生，變成植物人後眞的無法復原嗎？我是說，『神』是這麼不可思議的存在，難道沒有哪個神能拯救大家？」

——確實。加賀美的話像是一桶水，一下子讓沖昏的頭清醒了些。我轉向忘心：「對了，你不是說就算我死了，也有神能把我救活？那個神有機會嗎？」

「沒辦法。那個神能讓物體恢復成毀損前的樣子，被殺害的死者也是，但植物人肉體並未毀損。」

「那其他神呢？你們對剩下的神了解多少？」

我著急地問，忘心沉默片刻才說：「如果你是問有沒有神能做到，我只能說有可能。如果完全沒救，蘇育龍沒理由維持試用者們的生命。但我無法給你保證，因爲我不清楚所有的神，就連醫療之神也是他們覺得有必要才跟溫正輝說的。」

「頤顥，你這樣追究毫無意義！」雕龍斥責我，「這是該問，但好歹要問對人吧？」

「不問忘心要問誰？只有祂知道那些人的情報……」

「但你要問的是那些人的情報嗎？不是吧？是溫正輝還有沒有救吧！」我的神厲聲說，「這麼明確的方向，難道不該問占卜之神？當然，前提是你能夠承受結論，因爲占卜之神的結果絕對正確。」

……對，祂說的沒錯。但與此同時，我心底有一股強烈的抗拒情緒。要我相信占卜之神？占卜真的可信嗎？要是黑羽說救不回來，難道我要放棄？乖乖接受？

「難道你覺得可以信占卜之神？祂說今天是『小吉』喔。」我下意識頂嘴，但大腦也知道這指控不夠強；雖然事情完全沒照計畫進行，但占卜的但書是「吉凶只適用於試用者本人」，從這個角度或許有其他解釋——雖然依目前手中的情報，無法得出對衛知青有利的結論。

「不相信也行啊，」雕龍冷冷地說，「不過，追究忘心老兄絕對是錯的。」

「……我知道了。占卜能不能信，反正等下肯定會追究。總之先跟大家會合。」

我壓抑自己心情。加賀美點頭，我們便一起走向捷運。這段路上，我反覆思考整件事，在失去阿輝的氣憤稍微退去後，我幾乎被悔恨壓垮；仔細想就知道了，要是當時直接救走莊曉茉，阿輝就不會被抽取，不只如此，其實我有很多機會不讓事情變這樣。

最顯而易見的，就是**可以贏**。

不是在與阿輝的對決中獲勝，是眞正的勝利，我可以擊敗那個狼人跟林翼！根據剛剛的情報，被抽取的神是綁在祭品上，換言之，只要拿到祭品，我就會成爲持有者。這有何難？雕龍可是偷竊之神！不用管祭品是什麼，只要把兩人偷光，他們就無法用神的力量。雖然無法阻止阿輝被抽取，但至少能俘虜蘇育龍，逼問拯救試用者的辦法吧？

儘管忘心該想到這點，但我明白不能怪祂，祂想必是認眞構想著同一套計畫，並力求準確實踐。何況，就算我將東西偷到手上，忘心也無從判斷我能不能偷走看不見的東西，畢竟說明能力時，我只曖昧地說「讓東西瞬間移動到我手上」，要是直接說「我的神可以把人偷光」，情況就不同了。

一想到錯失這樣寶貴的機會，我便懊悔地難以自已。

但這麼一來就更不懂了。他們應該知道雕龍是偷竊之神，是他們的剋星，而且當時也具備壓倒性的優勢，爲什麼他們選擇偷襲莊曉茉，而不是我？

捷運車廂搖搖晃晃，我身邊的加賀美突然開口，小聲說：「頤顥，等一下見到大家，你可以跟大家說豎琴的能力，沒有關係。」

我望向她，她沒看著我，那句話像自言自語，但她睫毛微微顫動，顯然有些不安。對喔，要說明複製世界裡的事，不可能略過豎琴的能力；也難怪她不安，要是事前知道豎琴的能力，大家可能有不同判斷，或許有人會怪她。

但她還是提出來，這無疑是她的體貼。畢竟，在複製世界裡，她照雕龍的指示躲起來，而我跟敵人直接交手，稍後也應該由我說明整件事，如果不用顧慮到哪些祕密需要保留，確實輕鬆許多。

「我知道了，我不會讓大家怪你的。」我說。

加賀美還是沒看我，但她點了點頭：「沒關係。原本就是我隱瞞了這件事，這是我該承擔的。」

她似乎已有覺悟。

「程同學，加賀美同學，幸好你們沒事！」

到了南二門，顏中書、張嘉笙、衛知青看來已等了一段時間，前者看到我們鬆了口氣，連忙迎過來，但她隨即停住腳步，表情微變。看顏中書視線方向，是見到忘心了吧？她露出警戒的神色，張嘉笙也睜大眼。

「顏小姐，我等下解釋是怎麼回事，有重要的話要說。」我舉起一隻手，「在此之前——」

我看向衛知青，這個彷彿暴躁集合體的女子看來神態自若……不，也沒那麼自若吧，但在我眼裡差不多了，至少那是事不關己的表情。我朝她走過去，不太客氣地開口：「衛小姐，這算什麼小吉？」

「頤顥，等等，別這麼衝動……」雕龍想阻止我，但太遲了。衛知青直視我，沒想到我會直接問這個問題。她沒說話，也沒退縮，迎上我的視線。我更生氣了。

「這怎樣也算不上小吉吧？如果沒有小吉做保證，我們就不會實施計畫，莊小姐就不會被抓走了！」雖然沒救回莊曉茉，我也有責任，但如果無法抵達更好的結局，要占卜之神何用？

「我一開始就說了，不要依賴占卜，不是嗎？」衛知青冷冷地說。

「你是說這種情況對你而言是小吉？還是占卜本來就是沒屁用的東西？」

「別胡說八道，占卜是準確的！」黑羽拍動著翅膀，嘎嘎亂叫。

「學、學弟，你先冷靜……」張嘉笙慌慌張張地過來，我厲聲說：「學長，難道你不覺得奇怪嗎？如果那算是小吉，之後我們要怎麼參考占卜結果！」

「那你就不要參考。」衛知青立刻回嘴。顏中書站到我們之間：「好了，程同學，我能理解你的心情。但現在你也很可疑，畢竟你帶著……雖然這樣問可能沒意義，不過你跟加賀美同學不是敵人吧？」

我冷靜下來。確實，現在我不像是有立場質疑他人，回過頭一看，連加賀美都有些畏縮，似乎被嚇到了。我像被潑了桶冷水。其實原本沒打算咄咄逼人，只是看衛知青事不關己，才氣到失去理智。

「我們當然不是敵人！」加賀美說，「而且知道了很重要的事，事情比之前知道的還要嚴重……」

她看向我，我附和她說：「嗯，我跟她都不是敵人。」

「好吧。」顏中書停頓片刻，緩緩地說，「那我先說說個人的見解。我不認爲衛小姐有惡意，或是背叛了我們。如果衛小姐是叛徒，就該連續成功占卜幾次，取得我們信任，然後在關鍵時刻背叛——初戰就占卜失利，對她沒半點好處。我們剛剛討論過這件事，結論是，或許這件事在未來某個時間點會有好的影響。」

——我無法接受。這解釋太萬能了吧？要是這種解釋可以成立，吉凶還有意義嗎？我們就是針對單一事件占卜吉凶啊！掙扎片刻後，我說：「我同意她不是叛徒。」

畢竟叛徒確實有更好的做法。

「謝謝你，那我們有共識了。」顏中書換上親切的態度，「兩位要解釋一下嗎？加賀美同學說重要的事是什麼？」

「要換個地方嗎？這裡人這麼多，某些話恐怕說不出口。」我說，畢竟有保密協議。

「那到人少的地方吧。要是找不到適合的，我就把大家隱身起來，別人不會注意到也比較好說話。」

我們依言走出南二門。門外是寬廣的廣場，鋪滿單調、沉悶的茶色地磚。由於被圍繞車站的建築群籠罩，就像某種甕城，遮蓋了大部分天空。這裡幾乎沒人，鐵路、捷運都在地下，廣場也隔開車水馬龍的大馬路，雖然有地下道出入口，但人流量遠遠不及站內。

我將複製世界裡的事，還有後來忘心告知的情報詳細說出來。

爲何能進入複製世界？我只簡單說是豎琴的能力，祂突然察覺到自己能夠穿進複製世界。張嘉笙臉色陰沉：「所以佳美跟阿光都變成植物人了……？確定了嗎？」

「嗯，而且朱先生也……莊小姐一時三刻大概沒事，但只是時間問題。」

衛知青意外地大受打擊，她視線亂移，慌張地喃喃自語：「我……只知道是『小吉』，沒辦法知道會發生什麼……」

「忘心，」克拉克問了跟加賀美相同的問題，「試用者還有救嗎？如果敵人會照顧他們的身體，是否表示還有機會？」

「或許有，但他們沒提到過。」忘心說，「對他們來說，我的主人只需要知道變成植物人的恐懼，沒必要知道得救的方法。不過，程頤顥跟雕龍似乎知道如何確證此事。」

「對。」我點點頭，深深吸了口氣，轉向衛知青，「衛小姐，你說過占卜是絕對的吧？我再相信一次——被抽取而成為試用者的植物人還有救嗎？」

這次衛知青沒擺臉色，她看向黑羽。

「小黑，認為我們能救回試用者，並以此為目標採取行動是吉是凶？」

黑羽拍著翅膀，沒馬上公開結果。這短短的時間對我來說極其漫長。如果是「凶」呢？要爭辯占卜是否值得信賴嗎？如果真的無法救回阿輝——我該怎麼辦？

「吉。」

我鬆了口氣，這下總算比較踏實。顏中書像在全力消化這些資訊：「我大概明白了。雖然對不起程同學，不過，這次占卜結果是正確的……對我們來說，這確實是小吉。」

「什麼意思？即使失去了朱先生跟莊小姐？」

「我知道程同學不滿，可是，既然敵人發動襲擊，就表示情報洩漏了。這是怎麼發生的？我暫時沒有結論。但在情報洩漏的情況下，無論有沒有實行今天的計畫，朱先生必然遇襲。」

顏中書異常冷靜。我有些詫異，她對朱宏志跟莊曉茉的遭遇毫無感覺？

「請想看看，要是沒這個計畫，事情會如何發展？恐怕是敵人假冒成朱先生，直接襲擊旅館。比起那種結局，現在兩位不但帶回重要情報，還一定程度削減敵人戰力——請原諒這種說法——考慮到這些，現況可說是小吉。加賀美同學，可以問一個問題嗎？三天前，你沒交代豎琴真正的能力，為什麼？」

「……對不起，當時我無法相信大家。但知道敵人這麼可惡，我改變想法了。我會全力協助的，我保證。」加賀美不安地扭扭捏捏。

「我沒有怪你的意思。」顏中書溫柔地說，「其實我們要謝謝你。既然情報已洩漏，當時你說了，敵人就會有對策。這次的小吉可以說是加賀美同學促成的。」

——確實如此。我一直擔心加賀美被怪罪，沒想到還有這種角度。張嘉笙舉手問：「豎琴的能力到底是什麼？對抗其他神的能力嗎？這麼厲害？」

「豎琴是——」加賀美正要說，我卻打斷她。

「等一下，有必要說出來嗎？」

「頤顥，沒關係，我剛剛說了，我會盡全力協助大家。」

「不，不是的。顏小姐也說了，我們還不確定情報是怎麼洩漏的。」

「你……認爲是我們中有人洩漏？」張嘉笙目瞪口呆，「但占卜結果不是說我們之中沒有壞人？」

「對，但情報洩露是事實，或許敵人是透過某個神得知我們的情報。我不是說加賀美不能說，而是請大家先考慮這件事，如果還是覺得必須知道，那我沒意見。」

其他人面面相覷，最後顏中書拍一下手，用比較有精神的語氣說：「如果無法下決定，先擱置吧。我有個提案，明晚想現場開個會，可以嗎？雖然竊取名單的計畫失敗了，沒有鳩摩羅什，大概也很難潛入廣世公司，但對敵人的身分，我有一些想法，需要給我一個晚上來證明。」

……什麼？我瞪大眼。

敵人的身分？怎麼可能？行動不是失敗了？

「跟剛剛收到的簡訊有關嗎？」張嘉笙問。簡訊？我滿臉疑惑，張嘉笙說，他們在南二門會合，我跟加賀美還沒來時，顏中書收到了一封簡訊，當時她就說或許有機會弄清敵人的眞面目。

「還很難說。」顏中書苦笑，「但我有線索。沒跟大家說，是我的專斷獨行，但也多虧如此，敵人大概還不知道我做了什麼。總之，請再給我一些時間。」
不可思議，這人也太厲害了吧？
「明天就有機會逆轉嗎？」衛知青看來有些疲憊，「我們不可能回旅館，因爲情報洩漏了。今晚大概要各自找地方住，這樣的逃亡生活要持續到什麼時候？」
「我了解你的心情。現況讓人灰心，而且敵人可能加快攻擊步調——但我保證會盡快結束這一切。如果我的專斷獨行有了回報，那我們就有機會直攻敵人核心。」顏中書篤定地說。
「那我們該怎麼辦？」張嘉笙憂心忡忡，「我不是想潑冷水，但就算顏小姐查出敵人到底是誰，我們能抗衡嗎？克拉克不擅長戰鬥，黑羽跟忒修斯無法主動攻擊，雕龍也差不多，只有忘心……可是，敵人說不定已經把剩下的神都蒐集全了！」
「我明白你的擔憂，」顏中書柔聲說，「但請別忘了，雖然我們失去鳩摩羅什，忒修斯還是能隱形，滿足偷襲的條件。在我看來，只要我將程同學護送到敵陣中心，事情就瞬間結束了，因爲只要祭品被奪走，敵人就無法使用神的力量。」
張嘉笙望向我，我點點頭：「對，剛剛沒把握機會，下次不會犯錯了。」
沒錯，下次絕不再犯。
由於鳩摩羅什落入敵手，住同一據點不再具有優勢，我們說好各自尋找安全的住所，這計畫也得到占卜支持。離開前，顏中書過來向我道歉：「程同學，你朋友的事，我衷心感到遺憾。很抱歉剛剛把他說成敵人的戰力……其實我是很敬佩他的。」
我不知道該說什麼，顏中書神情變得溫和。
「對不起，我也不知道要怎麼表達自己的感受。我想說的是……我們非贏不可。」
「嗯，非贏不可。」我點點頭，淚水幾乎要流出來了，但勉強忍著，轉移話題，「顏小姐，你究竟做了什麼調查，眞的不能先透露嗎？」

「不行。我還沒檢證，可不敢把沒結論的事拿出來講。不過，那其實是非常理所當然的懷疑——要是眞沒人懷疑過，那才在我的意料之外呢。程同學，我們明天見。」

☘

「程頤顥，你居然逃家！不行，作爲成年人我要好好勸勸你。」

桌遊店的和室裡，丹尼故作驚奇，但我知道他根本沒認眞。

「最好是逃家，你也知道我住宿舍吧？」

「是喔，那你幹麼要住我們這邊？啊！你該不會跑路吧？唉，我早知你會走上歪路，只是沒想到這天來得這麼早……」丹尼用指尖輕拭眼角，抹去根本不存在的淚，要不是情緒低落，我已經巴他的頭了。

丹尼是桌遊店「Yggdrasil」的店員兼總管，跟我是老交情；這間Yggdrasil在內湖，是台灣最早經營的桌遊店之一，我因爲師匠的教育方式，在桌遊還不流行時就已經在玩桌遊，因此當台灣終於開起桌遊店，我就到處踩點，認識了店長阿虎跟總管丹尼。丹尼大學畢業都不知道幾年了，卻還是一張娃娃臉，跟大學生一樣。近幾年桌遊比較熱門，Yggdrasil需要工讀生，我時不時會來這打工賺錢。

不過，今晚我不是來打工，而是來過夜。一般來說，在別人的店裡過夜是不可能的，但我跟阿虎和丹尼的交情就是好到這種程度。當然，之前打電話確認過。我沒心力找旅館，住宿費對學生來說太高了。

「好啦，不開玩笑了。」丹尼說，「那麼過夜費兩萬元囉？哎唷，這當然也是開玩笑，一號你今天心情不好喔？我就不追究怎麼回事了。總之，這件事我會跟阿虎說，不用擔心。但別忘了，你住幾天就要免費幫我們帶幾天的桌遊教學喔，我會寫進下個月班表。還有，餐具你可以隨便用，但今天的杯子就給你洗，鑰匙我放這裡囉。唉，爲了你我特別留到這麼晚，你應該請客才對。對了對了，明天地下室沒人訂位，你想用也可以，當然，要付所有的包廂費。」

「沒問題，會有人付的。」我說。

包下這裡的地下室，是因爲顏中書說明天要開會，我想到可以把地下室包下來，當巨大包廂，大家也在討論區同意。丹尼拉下鐵門後，店內只剩下我，我到廚房幫忙洗杯子，順便理清頭緒。但我左思右想，腦袋卻像打結。顏中書到底要公開什麼？要是不知道她擁有的情報，一切構思都是徒勞。

「雕龍，」我忍不住喃喃自語，「你覺得顏小姐到底知道什麼？」

「你何不自己問她？」雕龍飄在窄小的廚房裡說。

「我只是好奇，我們到底錯過了什麼重要資訊，爲何她的推論領先這麼多？」我把洗好的杯子收起。顏中書是很厲害，但也太強了吧？明明跟敵人交手過，爲何我就沒看到「眞相」？到底錯過了什麼？

「喔，所以頤顥只是不甘心被搶先了？我倒是覺得你錯過什麼也不奇怪。」

「什麼嘛，我是有犯錯，但眞的這麼不可靠嗎？」我有些沮喪。

「看到溫正輝後就毫無計畫暴衝的人，還好意思問自己可不可靠？不，溫正輝的事就算了，你居然把祭品給加賀美——程頤顥，你到底在想什麼？」

「你爲了這點生氣？」我停下手邊的工作，驚訝地問。

「我是想確認你還會不會有這種失控行爲。別忘了，你可是把**我**交出去。」

「……沒說明是我的錯，但說失控就太過分了吧？聽好了，把祭品給加賀美，策略上是完全合理的。」

「喔？」

「既然知道敵人能奪走神，保護祭品就是首要之務吧？對此有三種方式。第一，放自己身上。第二，把祭品藏在複製世界某處。第三，交給加賀美。而這三種情況，隨著加賀美是敵是友會有不同結果。」

我在空中畫了個表格。

「如果加賀美是敵人，在進入複製世界的瞬間我就輸了，因爲無法自力逃出。這種情況或許該藏起來，但加賀美在旁邊看，能藏哪裡呢？雕龍偷東西很方便，藏東西卻沒優勢啊。至於放身上，只要無法逃出結界，遲早會被打敗。也就是說，如果加賀美是敵人，這兩個選項跟直接把祭品交給她差不多。

「那如果她是盟友呢？這時祭品最可能落入對方手中的管道，就是我被打敗，且加賀美無法救我。這樣的話，放身上就不是首選。將祭品藏起來也是，戰況瞬息萬變，我也可能爲了脫逃，來不及偷回祭品。要是複製世界解除後，裡面的東西也會跟著消滅，那我就永遠失去祭品了。但把祭品交給加賀美，可以避免以上兩種情況。綜合這些，把祭品交給加賀美不是理所當然嗎？」

雛龍沉默片刻，最後嘆了口氣：「老實說，不知道你是眞有在思考，還是擅長耍嘴皮子。算了，就當成這樣吧，我還以爲你被ＤＮＡ沖昏頭，終於什麼蠢事都做得出來。」

「這關ＤＮＡ什麼事？」

「就求偶本能之類的。」

「你在說什麼啊！」這太荒謬了，我翻了個白眼，「我們認識才幾天，實際見面不過兩次，根本了解不深！何況現在是那種時候嗎？」

雖然這麼說的時候，腦中確實閃過加賀美的笑靨，還有她擔心我的神情。這些記憶確實牽動我。但我搖搖頭說：「而且喜歡加賀美**不合乎理性**。身爲遊戲玩家，我不會做不合邏輯的事。」

「喜歡哪有合不合理性的？」

「因爲這不切實際。」我壓抑湧現的情緒，感到喉頭有點乾澀。

畢竟，加賀美畢業後可能回日本。假設——只是假設——假設眞的交往，到時會變成遠距離戀愛。就算她念大學沒交新男友，之後呢？我到日本，或是她來台灣？又不是《海角七號》。我不認爲自己能賺大錢，不可能移民；自己都做不到的事，沒有資格回頭來要求她。以遊戲來說，這是不合理的難度，付出的成本不如收益，理性的玩家是不會玩的。

我把這些告訴雛龍，卻愈說愈後悔，因爲聽起來有點厚臉皮。這種八字沒一撇的事，怎麼討論得如此頭頭是道。雛龍飛近，雖然隔著遮住臉孔的布，還是能感到祂的視線穿透而來，聲音不帶情感。

「我懂了。頤顥，你說那是理智或理性，其實不是吧？你只是放棄。說成本不如收益，收益是怎麼算的？價值這種東西是主觀的，說穿了，你只是覺得沒這麼大的價值。換言之，比起可能付出的成本，你根本沒這麼喜歡加賀美。嗯嗯，那我放心了，你確實沒有被沖昏頭。」

「……嗯，沒錯。」

話是這樣說，但不知為何，聽雛龍這樣講，卻有種心被踩了一下的感覺。明明是自己說的，卻像整顆心蒙上一層灰。沉默著洗完杯子後，我回到和室。這是Yggdrasil的包廂之一，拿來放日用品庫存，也是今晚過夜的房間。

忘心放在角落，我盯著它，自我厭惡再度襲來。現在當務之急是救回被抽取的試用者，我真的辦得到嗎？在這樣接近凌晨十二點的深夜，自我質疑帶來的沮喪鋪天蓋地而來。我伸手去拿忘心，想知道阿輝有沒有怪我，或有什麼期待——這時，手機響起。

是加賀美。

我下意識要按鍵接聽，手卻僵著按不下去，腦中浮現雛龍說的什麼「求偶本能」——我清醒過來，已兩邊臉頰發燙。

雛龍的聲音從心底冒出：「頤顥，你怎麼不接？讓別人等可不是什麼好習慣。」

「還不都你……」我差點說溜嘴，連忙咳了一聲，改口說「沒事」，然後按下接聽。

「喂？」

「頤顥嗎？不好意思，這麼晚打來……沒打擾到你吧？」

少女的聲音傳過來。這是我第一次在電話中聽到她的聲音，有些纖細，也有些沒精神。我下意識坐直身體：「沒有，沒打擾。有事嗎？」

「沒什麼特別的事……只是有點擔心。」

「擔心？」

「因爲頤顥朋友遇到的事。」加賀美頓了頓，「其實在台北車站時就有點擔心了。對不起，或許是我多管閒事，但那時頤顥的表情很可怕。不是嚇人的那種可怕，而是……」

她停了下來。「而是？」我問。

「我也不知道。嗯，我怕頤顥會傷害自己，可能是想太多，不過——」

我很驚訝，自己看起來這麼糟嗎？她的聲音像一股暖流。如果隨便回答「我不會做什麼可怕的事」，就像在糟蹋她的關心，也無法表達自己眞正的心情。猶豫一會，最後只誠懇說了兩個字：「謝謝。」

「如果頤顥有什麼需要幫忙的，可以跟我說，只要我能幫上忙，一定盡力而爲！像是頤顥想要去哪裡散心，只要在半徑十公里以內，我都可以帶頤顥去……」

我在心中笑了出來，這也太可愛了吧？「不用，眞的不用。」

「眞的不用嗎？」

「嗯，沒關係。」

「或是有什麼話想聊聊也可以。譬如頤顥那位朋友，他是怎樣的人呢？啊，要是頤顥不想談這個話題，當我沒說！」她慌了起來。

怎樣的人？

突然被問這個問題，我愣住了。阿輝是怎樣的人，過去我從未認眞思考過。因爲他的存在太過理所當然，我只是單純習慣這件事而已。對空氣般自然的事，不去深思也是當然的吧？正因如此，突然注意到他不在，才讓人頓失方向。

我想到一件往事。高中時我交了女友，是網路上認識，對方先告白的。坦白說，雖然不知道自己好在哪，但我就讀的高中還不錯，或許這就是原因？其實，我對她也不到喜歡的程度，只是相處感覺不錯，想說試看看也好，就答應交往了。

沒有拒絕她，是太年輕，也是虛榮心作祟。「有女朋友」是個Buff，尤其在男校這種單純的社會，對身分地位有增益效果。但交往後可不得了，我的生活重心大偏移，她不喜歡阿輝，說阿輝占了我太多時間，可她對桌遊沒興趣，拉著我過所謂的「現充」生活，半年我就無法承受了。

我跟阿輝抱怨：「交女朋友很不划算。雖然像得到了成就、頭銜之類的獎章，但每回合付出的成本太高了。根本壓力搵米遊戲。」

壓力搵米是日文音譯，指破關以外的高難度挑戰。阿輝聽了不以爲然：「一號，你要是不打算維持男女朋友關係，就快點分手，不要耽誤人家。至於剛剛的比喻，因爲我了解你，知道你爲何這樣說，但你不要到處講，很得罪人的。」

遊戲思考很功利，但也很理性優雅；大家無法理解這種思考方式，不是遊戲的錯。事後我跟前女友分手，她不斷追問原因，我答不出來。雖然累，但交往過程中，我們沒有太多爭吵。

事後想想，她或許很不能接受這點。連吵都沒吵過，究竟該如何爲自己辯解？後來這件事鬧大，將我的朋友圈都捲進來，阿輝自認是他勸我分手，對這事有責任，就出面調解，誰知她竟將整件事怪到阿輝身上，阿輝私下解釋，還被她截圖扭曲，差點一發不可收拾，至今還有不少共同朋友覺得我提分手是阿輝在背後讒言。諷刺的是，因爲砲火被轉到阿輝身上，我這始作俑者竟反而置身事外。

離龍說得對，我是依賴阿輝。阿輝是那種看到有人不成材就出手幫助的人，所以我才這麼相信他。

國中時，阿輝班上有人被霸凌，他看不過去，維護那個人，幾次以後，那群人轉而霸凌他。那時阿輝已嶄露劍道上的才華，但他沒用暴力，而是見招拆招。但說到底，霸凌這種事就不是力量能解決的，光是蒼蠅飛舞般的小動作就夠煩人。我聽說這件事，想說一天到晚被這樣搞，還要念書嗎？所以我到處打聽他們班的人際關係，抓他們的弱點挑撥離間，甚至誣陷他們。他們也沒想到我這個隔壁班的人這麼閒，直接進他們班翻書包栽贓嫁禍。

後來那個霸凌團體從內部瓦解，霸凌也大幅減輕。我當時的手段很幼稚，但有些事隨便說說，大家也信了，國中生就是這樣，那種等級的東西就能變成八卦流傳。

我曾經跟阿輝說，你不要幫他不就好了？阿輝卻說他無法忍受袖手旁觀，每次看到都對自己生氣。那些人轉而攻擊他，他心裡還好過一些。他就是這種人。

後悔湧上。我們不只是總角之交，還知道彼此的弱點與專長，彼此分擔困擾，一起渡過許多時光。我把那些回憶告訴加賀美，除了剛剛想到的，還有連帶想起來的，不知不覺講了很多。加賀美安靜地聽著，幾次甚至講到哽咽，她也沒笑我，只是靜靜地聽。

「……對不起，頤顥。」加賀美小聲說。

「為什麼道歉？」

「頤顥那位朋友……對你來說很重要吧？如果我遇到這種事，一定也……老實說，我很羨慕你們，我也有一起長大的朋友──不，說熟人可能比較好，因為我們不是那種能掏心掏肺的關係。不過，要是那個人發生什麼事……對不起，那時明明我也在場，卻只是躲著，一點用也沒有。」

才不會呢──沒有比怪隊友的遊戲玩家更爛的了。我來不及開口，加賀美已繼續說：「如果那時我做些什麼，像是把狼人帶回原本的世界，不然那個假的朱先生也可以，這樣說不定就能瓦解複製世界──」

「不是你的錯。」我著急地打斷她，「太危險了。而且那時是雕龍在指揮吧？就算眞的有錯，那也是雕龍的錯。」

雕龍在不遠處對我比中指，加賀美笑了出來：「你這樣說，雕龍先生難道不會聽到？」

「這個嘛，祂可是我的神啊。」我也笑了，不小心牽動了眼角，擠下一滴淚。

「我沒怪雕龍先生。不如說，我很感謝祂。」加賀美放鬆下來，「要不是雕龍先生陪著我，我一定受不了。但一想到頤顥在看不見的地方戰鬥，正在危險中，我就又緊張又生氣。我能做什麼？就這麼沒用嗎？不過，下次我不會逃了。絕對不能縱容那些人的行為。」

她是說，自己也要戰鬥嗎？

雖然很感激，但太危險了。豎琴的能力必須碰到別人才能生效，這會給敵人機會。就算忒修斯將她隱形，在演奏的瞬間也會曝光。

我說：「加賀美能這樣想很厲害，但我還是不希望你涉險。」

「請不要擔心，我不會亂來的。只是……我從未想過自己能有貢獻。原來我也有幫助人的能力，第一次有這種心情。接下來我會全力以赴。啊，當然一定會先跟頤顯討論的。」

「那就好。」將心情全傾倒出來，我平靜了點，「對了，你還好嗎？你住的地方安全嗎？」

「不用擔心，就算遇襲，我也可以瞬間逃走。而且我不覺得他們知道我住在哪。如果他們是透過廣世公司的資料。我留給廣世公司的資料大多是假的。」

「咦？」沒想到她這麼警覺，「那地址呢？沒有給正確地址，怎麼收到試用包裹？」

「……我自有辦法。總之，我不怎麼擔心。如果他們能調查到我住哪，就表示情報來源不是廣世公司，我只是想表達這點啦。說起來，本想早點打給頤顯的，但才剛回家，爸爸就打電話來，問一些根本沒心情回答，又不得不回答的問題，耽誤了時間，所以我才這麼晚打來，不好意思，不是不關心頤顯的狀況喔。」

她正在轉移話題。但聽她語無倫次地辯解，心情莫名輕快，幾乎能想像她的表情。

「令尊沒跟你住一起嗎？不然爲何要打給你？」

「沒有。幸好沒有！要是每天都看到他，我可無法忍受。因爲對工作的關係，他另外找了間房子。這樣也好，反正沒有任何不便。」

這是什麼意思？不管是什麼工作，住一起不是比較好照應嗎？我問：「令尊是做什麼的？啊，要是不方便說也沒關係，問太多了，抱歉。」

「不會啦！但我也不是很清楚，嗯……最近才稍微有一點接觸——頤顯可能覺得有點怪，不過，父親是只重視工作跟家族的人。我說的家族是家族名聲，不是真正的家人。爲了工作或家族名聲，他什麼事都做得出來，我不喜歡那種做法。雖然最近開始覺得，原來他也會做些好事，但肯定是工作之餘順便做的，不是他的本意。我是說，總之他做的不是什麼讓人高興的工作。」

她聽來很不喜歡父親。我也曾在日本漫畫中看過很僵的父女關係，難道這是常態？加賀美說：「頤顥不用擔心我。我只想跟你說，希望不要把情緒都壓在心裡面，雖然因爲保密協議，頤顥可能沒辦法跟家人或朋友談，但你可以跟我……我、我是說，當然也可以跟顏小姐、張學長他們談，但如果頤顥不排斥的話，跟我談也是可以的。」

「謝謝你，加賀美。」我說，「坦白說我好多了，眞的。雖然直到現在，我都還有點……這是眞的嗎？還是在夢裡？畢竟你看，太巧了吧？爲什麼是阿輝？全台灣有兩千萬人，試用者卻只有二十個，我們同時都是試用者的機率——」

——等等。這說法怎麼有點熟悉？

我全身涼了起來。

當初張嘉笙說他認識兩個試用者時，我們不也覺得機率太低？當時張嘉笙是怎麼說的？他說他跟另一位試用者高佳美從小認識——我跟阿輝也是。二十個人中連續出現兩組總角之交，這眞的只是偶然？

「頤顥？怎麼了嗎？」加賀美問。

「Missing Link……」

「什麼？」

「或許我們二十個人**不是毫無關聯**！」我有些激動，連雕龍都看過來，「你看，我和阿輝從小就認識，學長跟他朋友也是，機率太低了！推理小說中，有些連續殺人案的死者乍看來毫無關聯，其實有某種隱藏的連結，這就被稱爲Missing Link，失落的環節！我們間有這種關係！」

「……對喔！Missing Link，《恐怖的人狼城》也提到過！」加賀美驚呼。

「廣世公司寄試用邀請給我們，不是隨機的！」

但是什麼關聯？我跟阿輝、張嘉笙、加賀美年紀差不多，以隨機來說確實不尋常，但年齡顯然不是關鍵因素，比如魏保賢就是中年人。我抓著頭，想不到什麼可能性，在此之前，我沒見過阿輝以外的任何人啊！

更別說加賀美，她甚至不是台灣人。

「——頤顥，我覺得你說得對。」加賀美沉默片刻，「不過，或許把我剔除比較好。我可能不在Missing Link裡，畢竟我之前在日本，太遠了。」

「是嗎？這應該是個切入點。正因你很特殊，才能成爲關鍵的線索——」

「不，我眞的……覺得把我當例外比較好。」少女堅定地說，「請你答應我，要是你無論如何都想不通，請把我當例外；如果我眞的是例外，我不想拖累你們，害你們錯失找到線索的機會。」

找到線索的機會？

知道彼此的關聯，對這場戰爭有什麼幫助？應該有。知道我們間的連結，說不定能找到其他試用者；當然，前提是他們還沒被綁架——我跟加賀美討論種種可能，直到深夜，後來連雕龍都加入了，卻還是沒結論。不過，要是告訴其他人，或許能從各自的背景中找出線索吧！

懷著這種期望，我跟加賀美互道晚安，準備迎接第二天的作戰會議。

會議時間是晚上七點。地下室裡，我就像招待客人的主人到處走動，準備飲水、坐墊等等；忘心揹在身後——除了洗澡跟部分瑣事外都隨身攜帶，連睡覺也放身邊——我可不希望阿輝託付給我的祭品發生意外。

不過我發現雕龍很喜歡跟忘心聊天。就算帶著忘心，有時也看不到祂，因爲被雕龍拉到別的房間去了；事到如今當然不會懷疑祂們心懷不軌，其實之前住旅館，試用者聊天時，神也會在一旁閒聊——眞有趣，神需要社交嗎？或許對有意識的存在來說是必要的，不過人工智慧也是如此？直到現在，我仍不確定「神祇系列」是怎樣的技術，如果這種智能表現不是人工智慧，那到底是什麼？

最先抵達的是加賀美，她一走下樓梯就驚喜地說：「哇！這裡好大喔，比圖書館的會議室大多了。」

「還好啦。這間店我很熟，管事的店員特別通融。說起來我現在跟店員差不多，昨天還睡上面呢！」

「在這裡過夜，好厲害。」加賀美看到我身後的神，神情嚴肅起來，「雕龍先生，忘心先生，兩位好。」

終於到這時候了。」

「這時候？」

「是啊，其實一整天我都好緊張。不知道顏小姐查到什麼，又會提出怎樣的計畫。」

原來是這個意思，我點點頭：「是啊。還有『失落的環節』，不知道有沒有幫助。」

但有種奇怪的預感，很難用筆墨形容，就像螞蟻爬滿全身。我很期待顏中書能帶來新局面，卻也有些不安；只有顏中書知道自己在調查什麼，要是她出意外，不就沒人知道關鍵線索了？雖然占卜之神沒警告，但也不是說百分之百信賴占卜。

幸好這只是多餘的擔心，很快大家就到齊了。我馬上報告「失落的環節」，張嘉笙跟衛知青都感到意外，只有顏中書面不改色：「很好的觀察。雖然我早有預感。」

「顏小姐早就知道我們間有某種連繫？」我吃了一驚。

「在圖書館就注意到了。雖然台灣有兩千萬人，但我們多半住在北部，連已知的失蹤者也是如此；換言之，我們不是從兩千萬人中隨機抽選。」

「難道是廣世公司比較重視台北縣、台北市的居民，所以只從這裡面找？」張嘉笙說。

「不對，我跟阿輝現在在台北念書，但我們是新竹人。」我說，「而且就算只有台北縣市，那也有幾百萬人，隨機選到兩組彼此認識的人，機率似乎還是太低了。」

「我同意。但追查下去可能沒有太大的意義。」顏中書說。

「為什麼？」我看向她，有些不服。

「程同學，如果要從所有台灣人中抽選二十人，你會怎麼做？」

「……取得全台灣人的名單？」

「對，但如何取得？去政府部門？我不認為政府部門會洩漏這種資訊。就算眞有全台灣人名單，廣世公司寄的是電子郵件，政府部門會有所有人的電子信箱嗎？這也不可能。換言之，廣世公司透過電子郵件邀請試用者，本就不可能是從全台灣人裡隨機抽選。」

我慢慢理解她的意思：「顏小姐是說，廣世公司可能從哪裡得到了一組電子信箱清單，然後從這份清單裡抽選二十人？」

「是的。這份清單確實會指出某種連繫，但這種連繫可能無益於現況；譬如我們都參加過什麼抽獎，這也算是連繫，卻沒意義。」

──說得對。我有些沮喪，原本以爲至少有些幫助。

「顏小姐，」加賀美舉手說，「頤顥的意思是，或許可以透過隱藏的連繫找到其他試用者。這樣一來，對抗敵人的陣容不就能更強大嗎？」

「確實，這是種做法，但調查下去曠日廢時，效率太低了。」顏中書搖搖頭，「如果各位在意名單，請不用擔心，我已有取得名單的計畫。如果我的推測正確，最晚下週工作日就能取得名單。」

──什麼？全部的人詫異地看著她，不，說驚駭也不爲過。

「怎、怎麼辦到的？有這種方法，之前顏小姐爲什麼不說？」張嘉笙有些激動。

「這是消去法。我這幾天一直在爲此努力，今天才確定。進入正題吧。程同學，出口只有這個嗎？」原本坐下的顏中書站起身，緩緩走到樓梯邊。

「嗯。」不知爲何，我有種不好的預感，「就只有那個樓梯。」

「那就好。」顏中書走到樓梯旁，回頭環視我們，緩緩深呼吸，像在做心理準備，「我想提出一個理論，可以合理解釋一些不解之謎，像情報怎麼洩漏，擁有鳩摩羅什的朱先生是怎麼被擊敗的。聽來或許難以置信，但請各位先少安勿躁──在公開這個理論前，加賀美同學，可以再問你豎琴真正的能力是什麼嗎？」

加賀美嚇一跳，瞄了我一眼。不好的預感愈來愈強，我警戒地說：「有必要現在說嗎？不是討論過，不確定敵人怎麼竊取情報前，不必公開豎琴的能力？」

「確實如此。但要是敵人已經知道了呢？」

敵人怎麼會知道？當然，那個狼人跟林翼親眼看到了，但他們只知道豎琴能穿越複製世界，不知能瞬間移動，更不知道能移動十公里吧？

顏中書見我沒說話，搖搖頭：「沒關係，這問題往後延吧。不過在說下去前，有件事想先說明。接下來我要做的，是檢證結論的工作，如果檢證失敗，表示理論是錯的。但在檢證完畢前，希望各位能保持開放的想法；我要說結論了——我們之中有間諜，**加賀美同學，就是你吧？**」

什……

我瞠目結舌，難以置信。

「你、你在說什……」加賀美也很震驚，忍不住站起身抗議，「我不是間諜！」

「我們中不可能有間諜，」我說，「黑羽占卜過，不是嗎？」

「我知道。」顏中書說，「但請各位回憶一下，衛小姐不是說過嗎？占卜結果與眞相無關。當著所有人的面宣告我們中有沒有間諜造成的影響，當然也在吉凶的考量內。占卜說沒有間諜，或許是爲了讓間諜大意，又或是占卜已經預測到我會採取某個行動，所以不靠占卜也能得到線索。」

「某個行動？」

「沒錯，」顏中書點點頭，「週日會議結束後，我沒有回家，而是馬上委託徵信社，請他們調查××高中二年級是不是眞的有加賀美靜香這個人。如果有的話，就請他們調查加賀美同學的來歷，並跟蹤她。」

「爲什麼這麼做？」我邊問邊看向加賀美。意外的是，她表情陰晴不定，與其說被冒犯，更像心虛。

「不能說有明確的理由，只是有點疑心。會議當天，我就注意到試用者多在北部，地域性如此明顯，那住在日本的加賀美同學爲何被選上？」

加賀美昨天說過，如果要考慮失落的環節，最好排除她——她**知道**自己在失落的環節外？但這理論不夠完備，我說：「也可能是廣世公司發試用邀請時，加賀美剛好住台灣北部，在範圍裡，不是嗎？」

「或許。不過程同學，你就這樣無條件接受加賀美同學的話？至少我當時就懷疑過，或許她根本不是

××高中的學生。無法進入圖書館不是未成年，而是沒有合法的證件。她可能前幾天才抵達台灣，甚至根本不是加賀美靜香。」

「但學長不是看過神的設計圖？他知道豎琴的主人是誰，不可能認錯。」

「爲什麼不可能？雖然當時不知道，但現在我們知道了。敵人有抽取的技術，只要將豎琴抽取，任何人都能假冒成加賀美靜香。」

……確實如此！

「但不是這樣，對吧？」加賀美臉上雖然沒有血色，但她沒顯露出絲毫軟弱，「我確實就讀××高中，要是徵信社員的有好好調查，就會知道我的入學時間。我在台灣留學的身分都是合法、正式的，沒有半點可疑，沒錯吧？」

「是。」顏中書點頭，「如果只是身家調查，加賀美同學沒什麼可疑。不過週一放學時，你跟某位男子見面了吧？你可以否認，但徵信社員拍了照片。你們在學校附近的咖啡廳聊天，用的是日語，徵信社將你們的對話偷錄下來，當然，檔案我也帶來了。我請懂日語的朋友翻譯你們對話，昨天才出來——就是昨天收到的簡訊；加賀美同學，你把我們在討論區裡的計畫，還有圖書館的事，全部告訴那個男人了吧？」

所有人望向加賀美，她大驚失色，顫聲說：「不，可是……我、我不是說沒這回事，但我不是間諜！那個人……他不是壞人……」

「夠了。」顏中書打斷她，「對方是不是好人不是重點，重點是，你承認把跟神有關的事情告訴別人了吧？如果簽過保密協議，這是不可能發生的，除非你能破解保密協議，或本來就跟『神祇系列』的技術有關。無論是何者，你已經承認自己**不是普通的試用者**。」

「不，我……我是……等一下，不是的！我不是大家的敵人！」

加賀美的樣子讓我不忍卒睹。她爭取認同般看向其他人、看向我。但我能說什麼？重點是她沒有否認顏中書的質疑——她隱瞞著什麼。

但是——敵人？她跟那些抽取阿輝的混帳是同夥？我不接受。我說：「顏小姐，加賀美同學沒有完全坦白，但如果她是間諜，有些事說不過去。像昨天，爲何她要幫我？她大可放我在複製世界裡自生自滅。但事實上，她不但救了我，還讓我帶回了重要情報，不是嗎？」

顏中書有些同情地望著我：「是，我們表面上有不小的收穫。但我很意外程同學對加賀美同學毫無警覺。你不是親眼看到加賀美同學帶你進入複製世界了？如果還沒意識到，請容我提醒你，如果豎琴能帶人進入複製世界，那就算有鳩摩羅什，朱先生也會失去防禦手段。如果加賀美同學是敵人，就能合理解釋朱先生爲何被擊敗、被抽取。」

「不對！」加賀美激動地解釋，「我根本不知道朱先生發生了什麼事！對了，你們昨天早上有看到朱先生吧？那不就表示朱先生被綁架的時間，是早上到下班時間之間？這段時間我有不在場證明，我一直在學校上課，我同學可以證明！」

「那麼，加賀美同學能證明放學後到七點間的行蹤嗎？」

「五點後……我是吃過晚餐才到忠孝復興的，哪有時間又吃晚餐又去綁、綁架他？我又不知道他在哪裡上班！」她講綁架這個詞時似乎有些抗拒，但顏中書不動聲色。

「不知道朱先生在哪上班，只是加賀美同學單方面的宣稱。不在場證明也是，就算所有同學都說你在學校，也不能證明什麼。還記得敵人已奪走高佳美的神嗎？那個神能讓一名少年看起來像朱先生，要偽裝成你也輕而易舉。」

「不是的！」加賀美忍不住搥了桌子，她不斷搖頭，卻說不出任何解釋，「不是這樣，請你們相信我，我沒有傷害任何人……我不可能參與那些壞事！」

她的表情太揪心了，但張嘉笙望著她的神情已充滿戒備，至於衛知青，她微微蹙著眉，眼神中竟流露著些許同情。我呢？我是什麼表情？我該做什麼？我有立場做什麼嗎？

「加賀美同學，你說自己不可能這樣做——這就是所有供詞了？要是這樣，我連同情你、相信你都辦不到。我說了，這是檢證的過程，只要你能提出任何解釋，我的指控就不成立。我質疑你的地方，是你不受保密協議限制，還將我們的事告訴他人，你何不試著說明理由？不行的話，我就只能針對我調查到的事實，提出假說了。」

顏中書緩緩看向我們，就像審判台上的法官，語氣冷酷無情。

「以下是我的假設。先前說過，『神祇系列』有很高的經濟價値，涉及其他國家也不奇怪；如果在試用階段前，廣世公司有想把技術賣給日本企業的主管級人物呢？爲了方便行事，他一開始就安插了日本間諜在試用者中，讓這位間諜得到神的力量，以此爲基礎綁架其他試用者。

「程同學可能不同意，覺得這個理論無法解釋加賀美同學在複製世界裡的行爲，但眞的無法解釋嗎？請記住，複製世界的事情走向不如敵人預料，既然忘心已落入程同學之手，要是拖延下去，忘心遲早會發現雕龍的能力，並指示程同學偷走祭品；加賀美帶著程同學脫逃，乍看來是好意，難道不是爲了避免這種情況嗎？她幫程同學，得到程同學的信賴，都是爲了讓程同學放下戒備，好讓她有機會偷襲——程同學，你能否定這種可能嗎？」

「不是的！錯了！」加賀美不斷搖頭，像被逼到絕境，「我確實……有所隱瞞，但不是這樣！我昨天才第一次看到那些人，知道他們在做什麼！」

「如果加賀美同學眞的是敵人……」這乾澀的聲音是誰？是我。我無意識間開口了。但我想說什麼？連自己都不太確定，「她帶我進複製世界後，何不直接把我交出去？那時敵人還說聽到鋼琴聲，顯然不知道豎琴的能力。如果這是他們的計畫，何必演這一齣給我看？」

「爲何要演這一齣，理由只有他們知道。而且程同學沒必要反駁我，加賀美同學都承認自己有所隱瞞了。加賀美同學，何不說出你在隱瞞什麼？要證明自己不是敵人間諜，這是唯一的手段。」

「她也可能沒辦法說啊！」我找到了口實，高聲說，「就像阿輝，加賀美也可能被敵人的公正之神挾持了，一說出眞相就會被抽取，不是嗎！」

「頤顯。」雛龍說，「冷靜點。」

我何嘗不知道冷靜？但都出口了，我瞪著顏中書，等她回答。

「要是那樣，就只好委屈加賀美同學被抽取了。」她嘆了口氣。

什麼？

「我不懂程同學提出這點是什麼意思，難道打算停在這裡？在加賀美同學承認隱瞞後？如果加賀美同學眞的被抽取，那就是我錯了。但只要我們最後贏得勝利，就能救回加賀美同學。那時，加賀美同學，我會誠摯地向你道歉。坦白說，我很後悔——要是我動作快一點，朱先生跟莊小姐是不是就不會出事了？所以我不會退縮。如果加賀美同學眞的被抽取，至少祭品會留在這，我保證善用豎琴的一切能力擊敗敵人。因此，請加賀美同學掀開你的底牌，證明我是錯的。」

雖然顏中書氣勢驚人，但她並未提高音量。

加賀美安靜地坐在那。

她低著頭，眼睛已經紅了。是委屈的關係吧？呼吸的時候，甚至能聽見她如絲般鼻子被塞住的聲音。

少女閉上眼睛，吸了口氣，像是做好心理準備。

「我知道了，我把隱藏的事全部說出來。」

「要是我錯了，我會跟你道歉，請原諒現在我不打算這麼做。」顏中書總算沒這麼咄咄逼人，「但如果加賀美同學打算繼續說謊，請做好準備——我一定全部擊潰。」

「我沒打算說謊。」

加賀美吸了一下鼻子，露出苦笑，但意外堅定。

「我從一開始就這麼打算，能不說謊就不說。豎琴的能力也不是祕密，我只是一再錯過說明的機會而已。算了，從頭開始說吧，其實我不是『神祇系列』的——」

「そこまでです。」

——咦？

雖然是日語，但不是加賀美，而是陌生男性的聲音。

下一刻，地下室唐突地響起鋼琴聲，那是宛如在深海底下引爆的炸彈，充滿不協調的怪異感。不是加賀美在演奏！她坐在那裡，甚至連手也沒有舉起。我又詫異又茫然，因爲一名身穿黑西裝、戴眼鏡的青年憑空出現在加賀美身邊。他抓住加賀美的手，用力將她拉過去。

「せ、せんせい（老、老師）？」

加賀美驚呼，是認識的人？我跟其他人忍不住跳起來。顏中書高聲指示「大家小心」，並將加賀美跟那名男子以外的所有人隱身。

男子一臉平靜，完全不把我們放在心上，淡淡地對加賀美說：「いきます（走了）。」

「待って（等一下）！頤顥！我沒說謊！我——」加賀美朝我原本的位置大喊，神情懇切，但男子將手掌伸向空中，手指像接觸到什麼，發出清脆、高亢的鋼琴聲，那聲音就像穿石的水滴，冷冽而有力。

他也是試用者？但爲何這能力跟豎琴一樣？

只聽鋼琴旋律響起，空間震動，男子跟加賀美消失了。

我心跳加速，額頭流下些微汗水。但莫名地不怎麼害怕，可能因爲聽得懂他們在講什麼吧。そこまでです——到此爲止。那男人顯然要阻止她說出眞相。爲何剛好這時出現？難道一直在監視？坦白說，無論加賀美怎麼想，這多少坐實了間諜的指控，因爲那個男人很明顯知道我們在談什麼，她的確洩露了我們的情報。

好奇怪。

我沒有沮喪，沒有生氣。加賀美被帶走，我甚至有些許慶幸；有短短一刻，我其實可以將她偷過來，然而，少女盯著男人的眼神毫無恐懼，這使我覺得將她搶過來是錯的。這是玩家——不，是個人的直覺。

顏中書解除隱身。

「那個男人……就是加賀美同學洩露情報的對象，我在照片上看過。」她臉色鐵青，「既然他特地來救人……我只能認爲自己判斷正確了。大家沒事吧？對不起，我準備不足，讓加賀美同學逃了。」

「那個鋼琴聲……是豎琴嗎？」張嘉笙心有餘悸，「豎琴的能力到底是什麼？爲什麼他們突然出現、突然消失？」

「豎琴的能力是移動到不同空間，有點像瞬間移動。」我開口解釋。雖然他說加賀美逃走有些刺耳，但現在隱瞞這點沒意義。顏中書吸了口氣：「原來如此，出入複製世界也是那種力量的特殊用法？我還以爲是演奏時可以取消其他神的能力。如果早點知道，我用的策略就會不同——抱歉，我沒在怪程同學。」

眞虧她說得出這種話。如果是我，大概說不出口吧？是我主張隱瞞豎琴的力量，對顏中書的計畫來說，我無疑是一級戰犯。

「不過，剛剛用神的力量的，是那個男人，不是加賀美同學，不是嗎？」衛知青指出這點。不知爲何，她今天的態度比較平和，沒有一直以來的緊繃感。

「是……所以事情也可能如我所猜測，豎琴已被抽取，所以才能由別人使用。」

「顏小姐，接下來怎麼辦？」張嘉笙不安地來回踱步，「那些人逃走了，這下我們不就失去線索？」

「抱歉，讓我緩一下。」顏中書拍拍胸口，深呼吸才慢慢開口，「放心，不是說過嗎？我有得到剩下試用名單的方法。根據我的理論，廣世公司內部有管理人員背叛，但最高階的管理者不可能涉入其中；換言之，我們只要聯絡最高階管理者，請他成爲我們的友方就好。」

「你是說莊津鈺？」我說出廣世公司董事長的名字。

「對。既然確定襲擊我們的另有其人——或說另有其國——那直接警告廣世公司的最高管理者，就是合理的。除了得到名單，莊先生也一定比我們更清楚誰是敵人，更別說他還能直接動用『神祇系統』的核心技術。張同學，從這邊切入，一定可以得到線索。」

我理解，卻沒點頭。現況有點令人抗拒。她的方案的確爽快俐落，但眞的會這麼順利？

「有道理！顏小姐，爲何之前我們不直接這樣做？」張嘉笙的情緒跟我完全不同，他興奮地握拳。

「因爲在確定敵人是日本人前，無法斷定廣世公司董事長是清白的吧？」衛知青不帶情緒地說。不，比起不帶情緒，不如說是毫無興趣；她的冷漠與張嘉笙的興奮成了鮮明的對照。顏中書笑了笑。

「正如衛小姐所說。不過我這個粗略的計畫是否值得採用，也得請黑羽占卜。能否麻煩衛小姐呢？」

「黑羽，將事情告訴莊津鈺是吉是凶？」衛知青像是早就知道有此一問。

「吉。」

——不知爲何，聽到這個結果，我心中一片空白。

我自問怎麼了。要是事情順利進展，就能把阿輝救回來了啊！但從顏中書質問加賀美開始，我就鬱積著難以言喻的暴躁不安，無法冷靜思考，彷彿有什麼怪異難明，連我也不知道眞面目的東西哽在胸口。

其他人繼續討論，但我只是聽著，沒再表達意見。顏中書已經知道莊津鈺的聯絡方式，說回去就會聯絡，她不會再用討論區，因爲加賀美也在討論區內，有什麼情況，她會用電子信箱通知。

她掌握了整個局勢。

張嘉笙雀躍得不得了，顏中書離開後，他還不斷地讚嘆她心思縝密。衛知青不置可否，她將行李留在地下室，說要到一樓上廁所，張嘉笙跟著離開，會議結束了。我直瞪著偌大的地下室，心裡五味雜陳。

該死，我搞不懂自己。

「程頤顥，你還好嗎？」忘心的聲音傳來，「抱歉，我不清楚你們的人際關係……你在跟剛剛那位日本少女交往嗎？」

「並沒有！」我忍不住大聲抗議。離龍就算了，連你都這樣說！

「嘿，忘心老兄，別拿這個問題刁難他，他現在可苦惱了。」離龍說。眞意外，祂居然沒乘機嘲笑我。

我在地下室來回踱步，終於開口：「離龍，你怎麼想？」

「你問哪件事？」離龍冷淡地說。

「你覺得加賀美是敵人嗎？是綁架阿輝的一分子嗎？」

祂不以爲然地冷笑，「眞意外，經過那些事，你就沒自己的想法？」

「就是不知道，才想知道你的意見啊！」

「喔，是啊，我可十分清楚你在想什麼。好吧，反正我是神嘛，怎能不大發慈悲給予信徒指點？頤顥，你看到那面牆沒有？去撞個幾下，清醒一點。」

「雖龍，我是認眞的！」我抬起頭，惱火地說。

「我也是認眞的。嗯，雖然也不是不了解你的心情啦！你啊，八成是想加賀美明明有可疑之處，你卻沒發現，開始質疑自己的判斷力了吧？但這是停止思考的理由嗎？告訴你，程頤顥，只要放棄思考，接下來就會全面棄守；問一次別人的意見，接下來就輕鬆了，你會拿『反正我想的不一定正確』當藉口，開始對別人言聽計從。很輕鬆對吧？要是錯了都是別人的責任，你只是聽別人的判斷——我可不允許你變那樣。」

祂的話有如五雷轟頂。無法反駁。

如祂所說，我無法相信自己的判斷了。事態危急，我應該誰都懷疑才對，爲何這麼輕易相信加賀美？更讓我挫折的是，都這樣了，我還是想相信她。難道只是因爲直覺？若是如此，就沒資格繼續這場遊戲。

我想逃避這個關鍵選項：**要不要相信加賀美靜香**。

「是我錯了。」我緩緩坐下，嘆口氣，「眞丟臉，阿輝都託付了忘心，我還這樣。」

「人類就是這樣啦，愚蠢又自私又軟弱，但人類好歹有一個優點，就是知錯能改。哼哼，雖然不期望你堅強到那種程度，畢竟才活了二十年不到嘛。但抱歉啦，我不想提供你軟弱的機會。所以你想問我的想法，我的回答是——『去把臉洗乾淨』。」

「謝啦。」我苦笑，「我知道的，這事不能靠你，不，事實上我不能靠任何人……」

要不要相信加賀美靜香？這就像電腦遊戲選項，破關前，永遠不知道對結局有多大影響。但我有預感，這個選擇會大大地影響故事結尾；我期望Happy Ending，正因如此，才不能背叛自己的心情。

我——

相信她。

我相信加賀美靜香。她不是敵人。

深呼一口氣，我重振精神，理清思緒。

「就算她有隱瞞，也不表示她是敵人，至少不是綁架試用者的那群人。」

「她說謊的可能性並不是零。」離龍陪著我一起思考。

「別忘了，我的祭品就在加賀美手裡，她只要自己離開複製世界，我就會失去你的力量，所以顏小姐的理論說不通。」

「有道理。但她也可能有別的目的，不能證明她無辜。」

「不能。但作爲反駁顏小姐的證據夠了。而且她昨天不是警告我說自己可能不在『失落的環節』中嗎？現在想來，那難道不是善意的提醒？她早就知道自己不在裡面，卻怕我想錯，才刻意警告。」

我愈想愈覺得眞是如此。她有隱瞞，但她的行爲都是善意的。離龍在空中鼓起掌：「很好啊！你還是有思考能力嘛。能立刻整理出來，表示你之前就這麼想吧？怎麼剛剛沒用來反駁顏小姐？」

「我也不知道。」正如祂所說，我本來就有這些念頭，但沒有說出來。「大概是覺得沒立場吧！跟我不同，顏小姐第一天就擬定了策略、積極行動。但我只是動動嘴巴而已。而且她也眞的抓出加賀美隱瞞的事實。這種行動力和判斷力，我只能拜服，有什麼資格將我單方面的信任加在顏小姐身上？」

離龍冷笑。「少來了，頤顯。這都是藉口。」

「什麼？」

「眞正的理由，是你怕被顏小姐駁倒吧！」離龍哼了一聲，「你想相信加賀美，也有理由相信加賀美。但如果顏小姐將這些完全駁倒了，你又該怎麼說服自己相信她？」

我一愣，隨即浮出無奈的笑意，苦澀湧上心頭。

「是啊，是這樣沒錯。跟她正面衝突，也許我的主張就維持不了了。差勁透了。」

這場遊戲剛開始時，我還興致滿滿地編排著各種策略布局；現在居然連論戰的勇氣都沒有。這樣的我，眞的有能力將阿輝救回來嗎？然而，只有救回阿輝這件事無論如何都不想讓給別人。我不想輸。

「離龍，忘心，請你們幫助我。」我喃喃道，「我還不成熟，但也有無論如何都不想放手的事物。爲了達成勝利條件，非借助你們的力量和智慧。」

「坦白說，智慧非我所長，」忘心飛過來，「但要力量，多少我都能給你。」

「嘿，這時我好像就該強調自己的智慧了，但很可惜，我這麼謙虛，是不會這麼說的。話說回來，」離龍露出詭笑，「頤顥，我隨便問問，你也隨便回答吧。你不想放手的東西，到底是溫正輝還是加賀美？」

「你在說什麼，當然是阿輝啊。」我答得理所當然，忘心卻對我投來冷淡的視線，祂說：「程頤顥，雖然剛認識你不久，但我也察覺到你對那日本少女有某種感情。要是你放棄溫正輝——」

「不可能！當然不可能！你不要陪著離龍鬧啦。」

我大肆埋怨，離龍哈哈大笑。我正想揍祂，手機振動。拿出來一看，是簡訊，來自加賀美靜香。我大吃一驚，連忙打開，裡面寫著六十六個字。

「頤顥，我不是敵人，希望你相信。但現階段，我無法證明。爲了取回你的信任，在找到證明我清白的證據前，我不會再度出現。請保重，不用擔心我。」

我連忙給離龍跟忘心看，離龍摸著下巴，一副感興趣的樣子：「有意思，她明明那樣消失了，卻還傳簡訊給你。」

「你要回簡訊嗎？」忘心問。

不用祂們說，我正在輸入簡訊：「你要不要先試著解釋看看？」寫完，送出。但等了片刻，卻沒收到預期的回覆。我有些困惑，她不打算解釋嗎？我問祂們：「要再傳一封嗎？」

「別這樣，男人糾纏不清是很難看喔。」離龍說。

「才不是糾纏不清。如果她不打算解釋，幹麼寄這封簡訊來？」

「你難道不懂，沒回應就是她的回應？」雕龍一副受不了的樣子，「何況她也可能沒時間，或還沒看到這封簡訊……總之，想說的話一次就夠了，難道多寄幾封能改變她的回應？啊，抱歉，說不定會改變啦，像你很煩之類的。」

我正要反脣相稽，樓梯傳來丹尼的聲音：「一號，你的朋友都走了喔？唉喲，你們把整個晚上給包下來了耶，居然這樣就走了。怎麼樣？你要付全部的錢嗎？還是就當成只訂一小時？」

我看向衛知青的行李，心想她可能上完廁所就離開了吧？正想答應，衛知青的聲音卻從上面傳來：「等等，店員先生，沒關係，我會付全部的錢，請把這裡保留給我們。」

「這樣喔？」丹尼看了我，又瞥了衛知青一眼，「那就交給你們囉？有任何需要都可以跟我們說——不對，你就去跟一號說，反正他跟我們的員工差不多。」

他說完就上去了。我有點困惑：「衛小姐，為什麼要保留？包廂費整個晚上加起來也不便宜。」

衛知青一言不發地盯著我，慢慢走到行李旁，突然蹦出一句：「加賀美靜香不是敵人。」

她說得突如其來，我一臉茫然，黑羽以為我聽不懂，拍著翅膀說明：「占卜『相信加賀美靜香是吉是凶』，結果是『吉』。」

……這是怎樣？現在才來說這種話？如果有這種占卜結果，為何不反駁顏中書？但衛知青了然地盯著我：「我要跟你道歉。其實之前的占卜結果，有些我沒說實話。我被威脅了，要是說出眞正的占卜結果，家人就會被殺，所以不得不說謊。」

衛知青的告白來得猝不及防，我甚至說不出話。當初就覺得不可思議，明明擁有占卜之神，她卻不斷強調「不要太相信占卜」，原來是這樣？雕龍冷冷地說：「黑羽，可以解釋這是怎麼回事嗎？」

「會的，請再等一下。」衛知青說，「我在等能交代現在眞正現況的人。」

能交代眞正現況的人，誰？不，比起這個——

「衛小姐，」我忍不住問，「你說你受到威脅，所以謊稱了占卜結果。那為何現在你願意說了？你的家人……他們沒事吧？」

她那鎭定的樣子讓我恐懼，我好怕她是因爲家人被殺，索性豁出去了。

「謝謝關心，他們沒事。」

這時樓梯傳來聲音，下來的人是張嘉笙跟克拉克。他們不是離開了，爲何又趕回來？難道張嘉笙就是能交代一切的人？我這麼想著，張嘉笙卻滿臉疑惑：「衛小姐，爲何要我回來？顏小姐呢？」

「等等……難道這話題不能在顏小姐面前說？」我警覺地問，這背後的意義是什麼，不言而喻。衛知青沒回答張嘉笙，而是看向我：「程同學，你有玩桌上遊戲吧？那你知道『汝等是人是狼』嗎？」

當然知道。

這款遊戲的官方名稱是「Lupus in Tabula」，「汝等是人是狼」是日文版，在網路很流行，規則也略有不同；遊戲背景是，某個小村莊潛入了一定數量的人狼，狼會假冒成村人，如果不把所有狼殺死，狼就會每晚咬死一名村民。爲了殺死狼，村民會在白天投票，吊死一名可疑人物。

雖然有許多無辜村民死去，但只要最後吊光人狼，村民就贏了。反之，只要有一匹狼隱藏到最後，牠就會在最後一晚咬死最後的村民，贏得勝利——爲何提到這個？

「就在剛剛，加賀美靜香差點要被吊死了。」衛知青說。

我臉色大變。加賀美確實失去信任，和被吊死的村民一樣。

「不只如此，『汝等是人是狼』每天會死兩人，在晚上被狼咬死，在白天被村民吊死。一開始我們有八個人，也覺得自己占優勢吧？但現在朱先生被抽取，莊小姐被綁架，加賀美同學行蹤不明，你不覺得太快了？等到了夜晚階段，大概又有誰要消失了。所以我們要讓回合停在這裡，不讓夜晚到來。」

要比喻人數減少的危險性，確實沒有比「汝等是人是狼」更合適的了！尤其聽她用遊戲玩家術語，我不禁振奮起來。然而張嘉笙滿臉疑惑：「現在到底在說什麼？什麼村民，什麼狼的……如果我們在危險之中，爲何不跟顏小姐討論？沒有顏小姐，我們能討論出什麼嗎？」

衛知青瞥我一眼，「就算不被信任，我也是占卜師。程同學應該明白現況多危急吧？」

——占卜師。

這也是這款桌遊的角色之一，能查出「這個人是不是狼」，是村民陣營最重要的人物。

我壓抑著顫慄感，吸了口氣：「你在暗示什麼？會說這種話，難道你占到狼了？」

「正是如此。」

這不是衛知青的聲音。一名中年男子走下樓梯。

這次他冷靜穩重，沒有初次見面時的戒備森嚴。

來者是我們見過的人——魏保賢。

他隨意找了張椅子坐下，緩緩開口：「抱歉之前不歡而散，請容我這樣開場白——占卜師ＣＯ，顏中書是狼。」

程頤穎的「汝等是人是狼」規則筆記

一、在八到十五人時，有村民、人狼兩個陣營。

二、遊戲進行方式。主持人喊「天黑請閉眼」，不同陣營的職業在夜晚行動，像人狼可以在夜晚咬人；白天時，玩家們選一位可能是人狼的玩家吊死。由於白天吊死一人，晚上狼咬死一人，人數減少的速度會異常地快。

三、村民方的勝利條件是將人狼全員吊死。

四、人狼方的勝利條件是，只要人狼數量與村民相同，即可將村民全部吃掉。

五、如果毫無線索，對村民來說，能否將人狼吊死只是純粹的運氣遊戲；因此這款遊戲隨人數不同配置了種種職業，村民最重要的職業是「占卜師」，能在夜晚階段調查指定的玩家是人是狼。

六、隨著玩家人數增加，還有「獵人」（能在夜晚保護自己以外的玩家不被狼咬死）、「靈能者」（能知道昨天被吊死的是人是狼）等職業。

七、雖然狼只有兩、三匹，但因為彼此知道對方身分，在前期很容易集票將無辜村民推上絞刑台，因此人數少並不表示屈居劣勢，高明的人狼還會詐騙職業，假裝是村民側的職業，爭奪信任。

八、在年輕人間很流行的網路版，宣稱自己是某職業會「CO」，即是Coming out的意思。像「占卜師CO」，就是宣稱自己是占卜師。這是因為網路版要求以最精簡的文字量傳達訊息。

九、十六人以上，多出「妖狐」陣營。

十、妖狐不會被狼咬死，只要不被村民吊死存活到最後，即是妖狐的獨贏。

第五章

妖狐的回合

看魏保賢走下樓梯，我大吃一驚。雖然覺得他一定藏著什麼，但他拒絕溝通，也沒加入討論區，我已經不當他是玩家。張嘉笙滿臉警戒，坦白說我也差不多。

不過，「占卜師CO」嗎？我不禁問：「魏先生，你有玩『汝等是人是狼』？」

「之前有學生推薦我網路版，優美的邏輯性讓我印象深刻。我對桌遊稱不上了解，只是認爲程同學能馬上理解，才提議用這種說法。」他說。

「既然魏先生自稱『占卜師』，應該明白信用的重要吧？沒有第二日就跳出來的占卜師，我們老玩家可是一律覺得沒有相信的必要。在你拒絕交流這麼多天後，憑什麼信任你？」

魏保賢泰然自若，沒有受到挑戰的困窘。

「如果程同學希望現在就看到鐵證，恐怕是要失望了。就像『汝等是人是狼』，占卜師無法自證，只能靠規則與狀況證據進行推理；我來這裡，是想提供另一套不同版本的合理邏輯推演，但誰是誰非，兩位可以自行判斷。在此之前，我想先確立推理的基礎——兩位覺得占卜之神黑羽是敵人嗎？」

張嘉笙皺起眉，猶豫著沒回答。我試探著說：「我覺得不是。如果黑羽眞的是占卜之神，而且是敵人，我們早就全滅了。」

因爲敵人知道的情報比我們更多，在我們還沒搞清楚狀況前殲滅我們應該一點也不難。

「好，那接下來所有推論，都建立在『黑羽跟祂的試用者不是敵人』的假設上。但衛小姐不是敵人，不表示她一定會誠實說出占卜結果；衛小姐，你的事由我代你說明，還是你自己說？」

魏保賢語氣溫和，跟那天簡直不像同一個人。

「我來說吧。」衛知青有些僵硬，她坐下看著我們，我們也坐下，她說，「先跟大家道歉，包括不在這裡的朱先生、莊小姐。尤其是程同學。其實第一次見面時，我就被人威脅了，他們逼我不能講出正確的占卜結果，所以那天的占卜，還有之後的幾次，我都沒辦法完全講眞話。」

「等、等等，這是什麼意思？」張嘉笙瞪大眼，慌慌張張地問，「所以我們一起制定策略的基礎，全都是錯的？這就是昨天作戰變成那樣的原因？」

「衛小姐，可以請你講清楚嗎？爲什麼你會被威脅？除了占卜結果，還有什麼沒跟我們說？」我問。

衛知青吸了口氣，將她的故事全盤托出——那可說是波瀾壯闊，超越想像。

這人竟是億萬富翁，在負債累累時用黑羽的力量一夕翻身，因爲怕有錢太醒目，利用黑羽趨吉避凶，才發現敵人企圖綁架自己……她的親身經歷讓人毛骨悚然，尤其敵人打電話來威脅那段，根本惡魔般的行徑！不過這情報很重要。敵人知道黑羽是占卜之神，難道有人知道所有神的能力？明明連我們的神都不知道！

「那些王八蛋，居然連這種事都做得出來！」張嘉笙聽到後來忍不住暴怒，他滿臉通紅，露出像要哭出來的表情，像隻巨熊般站起來，來回踱步。我雖然沒這麼大反應，但有同感。抽取就已經很惡質，拿別人家族的生命來威脅，這眞是難以原諒。

「那當天眞正的占卜結果，可以告訴我們嗎？」克拉克說。

「當然。」衛知青看了魏保賢一眼，像在示意什麼，接著交代了三個結果。

認爲我們之間有敵人，這樣去懷疑的話，結果是吉是凶？——結果，吉。

找個根據地讓大家住在一起，這樣是吉是凶？——結果，小凶。

我提出的計畫是吉是凶？——結果，小吉。

「程同學提出的計畫眞的是小吉？」張嘉笙吃驚地說。

我還是……無法坦然接受。是因爲對我來說無論如何都稱不上「吉」的事，對衛知青來說不然嗎？難怪她向我道歉。且不論這點，爲何大家住在一起是小凶？那幾天不是什麼事都沒發生？我提出這點，魏保賢回答：「這不好判斷。但我猜直接與大家同住，或許讓間諜掌握了更多情報。」

間諜，這身分再度被提及。

「你剛剛說顏小姐是狼，是說她就是敵人的間諜吧？」

「占卜是這麼說的。」衛知青面不改色。

「可是，」張嘉笙有些猶豫，「顏小姐不是抓出了間諜？剛加賀美同學也承認了……」

「那位日本少女嗎？她不在這裡，發生什麼事了？」魏保賢問。

「對了，還沒說剛剛發生的事，因爲有點複雜，用簡訊很難說清楚。」衛知青將顏中書逼問加賀美的事說了一遍，魏保賢挑起眉，叉著手臂沉思：「嗯，有意思。要是我沒猜錯，顏中書想用那些話撬開加賀美靜香的嘴，逼她說出自己的祕密；加賀美靜香跟顏中書不同陣營，而且顏中書心知肚明，才有這場表演。」

「等等，我還是很難接受。」在一段距離外踱步的張嘉笙走回來，「我不是懷疑衛小姐，但占卜結果不等於眞相吧？至少顏小姐的行動合情合理。我反而不懂，爲何占卜沒發現加賀美同學後面有鬼？」

「你這麼想也無可厚非，」魏保賢指出，「但衛小姐想用占卜找出的間諜，當然是針對打電話威脅她的那個陣營。」

「我補充一下。」衛知青說，「雖然把顏中書當間諜的結果是大吉，但加賀美靜香其實也只是中平，其他人都是凶或小凶，我有注意到加賀美同學跟其他人不太一樣。」

「那爲什麼不跟我們說？」我舉手問。要拆穿顏中書並不難，用簡訊跟大家說，另外建立一個排除顏中書的討論區或聊天室不就好了？衛知青說：「我當然想過，但共同居住期間，我一直被監視。」

「但顏小姐會去上班，你應該有機會跟我們說吧？」

「顏小姐八成在房間留下監視裝置。威脅者叫我不要隨便離開房間，也不要亂講話，他都會知道。」

我呆住了。原來如此，如果她跟我們同住是遭這種待遇，難怪占卜結果是小凶。

「也不只如此，黑羽說把間諜的事告訴你們是小凶。這我能理解，原本就很難證明，就算找出監視裝置，你們也可能懷疑是我自導自演；而且根本不能找，在找到的瞬間，那些人就會對我家人動手了。說到底，我本就不覺得我這樣說你們會信，所以在找到證據前，我什麼都不想說。」

「證據？」張嘉笙不安地看向我，又看向衛知青，「所以有證據了？」

「對。」「沒有。」衛知青跟魏保賢同時開口。前者驚訝地望向後者，魏保賢說：「還沒有。那不算證據。但，對，證據是存在的，只是存在於未來，而且需要程同學協助。」

「如果能說服我，我當然會協助。」我凝視著他，「不過目前我只知道，衛小姐主張之前的占卜結果不正確，但情況可能相反，不是嗎？也可能之前的占卜爲眞，魏先生才是威脅者，現在出來威脅衛小姐，逼她說出這些話。」

「對喔！這也符合邏輯！」張嘉笙又露出警戒的表情。

「說得好。那我再提供一些情報吧。要是我說謊，情報就可能出現矛盾。首先澄清一件事——」他毫無停頓，轟然道出一項震驚的眞相，「我不是魏保賢。」

我說不出話。張嘉笙也嚇到講話結結巴巴。

「那你、你、你是怎麼收到信的？難道是攔截……」

「不是。」眼前的男子搖頭，平靜地回應，「我是魏保賢的哥哥，叫魏保志。我弟弟是試用者，上個月失蹤了，我調查他失蹤的原因，猜想他的數位足跡會留下什麼線索，就請朋友幫忙調查，才看到那封信。信裡不是說有危險嗎？爲了確認危險與他的失蹤有沒有關係，我假冒他出席——換言之，我的立場與二位相同，都想救回被綁架的試用者。」

我怔怔地看著他。接著想到一件事，忍不住彈起來。

「等等，所以你不是試用者？」

「不是。」

「你也沒有神。」

「沒有。」

雕龍吹了聲口哨，顯然明白了。我難以置信：「所以……你看不見神！」

「沒錯。」魏保志點頭。

難怪他始終不公開自己的神，因爲**根本不存在**！

第一次見面時，他就一無所知地聽我們在那邊說什麼「神」、「能力」、「試用者」？他居然沒當成角色扮演的詭異聚會，還聽完了？不，他沒聽完，他提前離開了。

「放心吧，我看不到神，但不覺得你們是在胡言亂語。」魏保志看穿我的內心，「再怎麼說，看到朱先生那樣憑空出現，又展示複製世界的力量，也只能相信了吧。該不該用『神』來稱呼是一回事，但我就入境隨俗吧。」

「嗯？」張嘉笙這才反應過來，「魏先生看不到神，不就有很多討論沒聽到？」

「沒錯，我無法跟神互動，要是神說了什麼重要的事，請轉述給我。」

「那爲何魏先生不說清楚？不相信我們？」張嘉笙追問。

「嗯……以結論來說，確實如此。」魏保志用手指敲擊桌面，沉聲說，「不論你們中有沒有間諜，就算沒有，也不見得所有人都心懷善意吧？我不打算在情況還不明朗時就掀底牌。不過那天我急著離開，是因爲我發現有件事，只有我能做到，你們做不到。」

「我們做不到？」

「你們都簽了保密協議吧？所以不能對不知情的人吐露消息，」魏保志悠然說，「但我不是試用者，當然沒簽那種東西。」

我猛然醒悟：「魏先生你……可以報警？」

他緩緩點頭。眞想不到！這麼說來，原來保密協議是「心證」？我們不知道這人一無所知，所以才能洩密！也是，不管保密協議的運作原理是什麼，要一一追究對方到底知不知道神的事也太困難了。

「哇！」張嘉笙不禁手舞足蹈，情緒激昂，「那魏先生報警了吧！他們調查了嗎？」

「沒有。」魏保志語氣冷淡，「我還沒報警。」

「爲什麼？」我連忙問。

「我來解釋。」衛知青接下話題，「因爲報警的占卜結果是『凶』。」

「爲什麼啊！」張嘉笙大受打擊，看來竟有些悲憤。魏保志說：「我們當然占卜過原因。直接說結論吧。敵人是政府機關——中華民國的某個部門——報警會將消息傳到敵人耳中。要說有什麼值得慶幸的，就是敵人不在總統府。」

……什麼？

他是故意用輕鬆態度講出這麼嚴重的事嗎？我跟張嘉笙啞口無言。所以繼續抵抗，最後會與國家爲敵？面對有著偌大權力的國家機器……就算擁有神，也是螳臂擋車吧？這完全超出我習慣的「遊戲勝負」。

「所以我們只能坐以待斃？」張嘉笙氣焰消沉，我也差不多。之前不管發生什麼事，我都隱約把國家當成最終救濟手段。也不是說國家眞能幫上忙，畢竟有保密協議，但那是種直覺——如果有不公正的事發生，至少國家能主持公道。

但當國家就站在對立面，我們能怎麼辦？

「眞意外，你們害怕了？」魏保志不以爲然，「是因爲太年輕嗎？聽好了，就算敵人是政府部門又如何？目前爲止，敵人採取任何政治手段了嗎？沒有。也就是說這件事根本無法公開，更不可能出動國家機器；敵人在公部門，只說明他們有相關資源可以用，但反過來說，會有更多綁手綁腳的地方。這種不能公開的東西，我都可以想像預算多難寫了。總之，那種不知變通的笨重對手根本不足爲懼。」

或許沒錯，但要接受這種觀念，不是一時三刻能辦到的。

「我不太懂什麼人類的法律啦，」雖龍一直沒說話，這時才開口，「不過頤顗，別忘了敵人是把試用者變成植物人的傢伙。政府做出這種事，你不該害怕，應該生氣才對。」

「我也這麼想。」克拉克說，「敵人顯然不能直接出動軍隊、警察，所以出此下策，用綁架的。這是非法行爲，應該會是他們的軟肋。」

衛知青將祂們的話轉達給魏保志，他聽了微笑點頭：「兩位的見解很好，請容我致意。你們聽好了，敵人是不是公部門，對我們根本沒什麼影響，要做的事跟之前沒兩樣。」

「我們該做的事不會變嗎？」張嘉笙細聲問。

「當然不會！神不在法律控制下，這場戰爭是法外之爭，終究是以蒐集神並善用祂們的能力爲主軸；我們要做的是修復那些人造成的錯誤與傷害，奪回被抽取的神，拯救試用者。」

修復錯誤……嗎。比起與國家爲敵，這角度我更能接受。而且雕龍說得對。敵人抽取試用者，傷害了阿輝，光這點就沒退路。「我懂了。該怎麼跟政府機關作戰，這點再慢慢討論。我姑且接受魏先生的身分與立場，但有些事我不明白，爲何衛小姐會跟魏先生合作？難道兩位之前就認識？」

「當然不，我也冒了一點險。」魏保志笑了笑，「會議當天，我意識到將消息帶出去是我的第一要務，因此，自保就是最優先的。雖然對各位有些失禮，但我確實懷疑過各位。要是會議結束後有誰用神的力量試探我，像把我困在複製世界，那就不妙了。所以我那天才向各位挑釁，讓自己有機會提早離開。」

「啊，所以才用那種態度──」

如果間諜存在，這人很可能知道「魏保賢」不是本人。假設間諜就是顏中書，她當時勸對方不要離開，就是這原因嗎？爲了把這個身分不明的人物放在監視範圍內？

「離開會議室後，我立刻躲起來，打電話給我一位朋友。這是以防萬一。要是我發生什麼意外，那位朋友會幫我報警。我知道自己需要盟友，就傳了簡訊給衛小姐，請她問她的神『跟我合作是吉是凶』，如果是吉，就到學校外的咖啡廳找我。」

原來當時的簡訊是魏保志傳的！張嘉笙想了想，這才點頭：「好……吧，我了解了。不過，爲何魏先生在這麼多人中選了衛小姐？我是說，您怎麼知道衛小姐值得信賴？」

「所以說是冒險啊。如果衛小姐不懷好意，我就認了。但就算最壞情況，我朋友也會代我把弟弟救回來。而且這不是困難的決定。這麼多試用者，只有能占卜未來的衛小姐有理由相信我，她是唯一的選擇。」

而且占卜之神沒有殺傷力，對魏保志的威脅也最小。衛知青無奈地笑：「我還是要抗議一下，當時我很害怕呢。你們知道嗎？這人在咖啡廳裡見到我，就直接問我是不是決定好要當他的協力者了，我回答我有選擇嗎，他居然說『你沒有選擇，我就放心了』，根本是反派的台詞。」

「我解釋過了。」魏保志不動聲色，「你說沒有選擇，不就表示占卜結果是吉嗎？這對你我來說都是好事，當然值得放心。」

「好啦，隨便，就當是這樣吧。」衛知青誇張地聳肩。那個渾身帶刺的衛知青竟擺出這種輕鬆態度，這才是她眞正的性格嗎？

「總之，衛小姐將她受到威脅的事告訴我，我立刻意識到這事得盡快解決，我有個朋友，剛好很擅長做一些遊走在法律邊緣的事，我就請那位朋友幫忙規畫拯救衛小姐家人的辦法。就在這幾天，我們動用所有的人脈、財力，總算是在敵人監視下神不知鬼不覺地將她的家人藏起來，轉移到安全的地方。」

張嘉笙恍然大悟：「所以衛小姐才在今天說出眞相！」

魏保志瞄了衛知青一眼，淡淡地笑：「說起來還眞是大工程。針對衛小姐每個家人，我們至少擬了三、四十個不同版本的計畫，還有無數細節。這幾天衛小姐在間諜監視下，不可能跟她解釋，所以我傳簡訊給衛小姐，問她執行A計畫是吉是凶？B計畫是吉是凶？如此反覆檢討，等排除了種種不利因素後才執行。」

「可以完全不說明內容，只用A、B、C占卜？」

「當然可以，」黑羽說，「因爲問的人自己知道A、B、C在指什麼啊！」衛知青將黑羽的話轉述給魏保志。張嘉笙皺起眉，抱頭苦思，最後求助般地看向我。

「學弟，你覺得呢？」

張嘉笙無法坦然接受。我可以想像，不久前我也有類似心境，只是他相信的是顏中書。就像「汝等是人是狼」，乍看是邏輯遊戲，實際玩起來卻是政治、社交遊戲，考驗的其實是誰更能讓人信賴。

「不必急著相信我。」魏保志說，「但話還沒說完，這些不過是釐清現況，我還沒說到證據——這麼說吧，剛剛顏中書是怎麼對付那位日本少女的，眞巧，我們也做了同樣的事。這不算證據，但如果將來眞的有證據，這會是一塊重要的拼圖。」

魏保志取出手機。

「我現在給你們看的影片檔，是我請朋友監視顏中書——就是跟我一起討論怎麼幫忙衛小姐的朋友——這位朋友目擊了顏中書與朱宏志見面、並抽取朱宏志的過程，還把這一切錄了下來。」

說什麼不算證據，難道不是關鍵證據嗎！我跟張嘉笙連忙湊過去看。魏先生打開影片，畫面是大馬路，攝影者正在右側拍攝馬路中央，路上人來人往。

「是顏小姐跟朱先生……」張嘉笙指著螢幕上兩個人影。雖然距離很遠，但兩人服裝跟昨天相同。他們穿越馬路，走進較窄的巷道。鏡頭開始移動，看來攝影者是騎著機車跟蹤，我有些心驚膽戰。

「這麼明目張膽，不會被發現嗎？」

「放心，是用機車行車記錄器拍的，稍微改裝過，不怎麼引人注目。」

這位朋友到底是怎樣的人啊？又遊走法律邊緣，又會跟蹤，難道是徵信社？鏡頭跟過去，騎到一旁的騎樓暫停。這時顏中書對朱宏志比了比手勢，似乎在說什麼，朱宏志像是開了個玩笑，讓顏中書笑出來，兩人相處得十分愉快。沒多久，兩人走到一個停車場。顏中書從包包裡拿出鑰匙，帶朱宏志到一輛車邊，開門進入駕駛座，朱宏志進入副駕駛座。

他們要去哪裡？其實看到這裡已差不多五分鐘，我有些不耐：「魏先生，影片很長嗎？如果他們要去其他地方，要不要先快轉到那裡比較省時間？」

「不，沒那個必要。」

聽他這麼說，我不說話了。我等車子發動，但十幾秒過去，車子卻靜靜停在原地。我正感到疑惑，鏡頭忽然劇烈晃動起來。

「怎麼回事？」

張嘉笙緊張地問，擔心偷拍者出事了。但鏡頭很快穩定下來，上下晃動地朝車子前進，顯然偷拍者放棄機車，改用跑的。他想做什麼？明明車子沒有任何變化——忽然，我心中升起答案。對啊，這不是很明顯？

只見鏡頭逼近車子，朝車內一照，裡面空無一人。

果然，他們進了複製世界！

「我朋友當時嚇了一跳。」魏保志解釋，「鏡頭明明沒離開車子，進去的人卻消失了。不過，那位朋友知道鳩摩羅什跟忒修斯的能力，所以很快下了判斷。」

眞虧那位朋友這麼快想到！車子沒馬上發動是很奇怪，但才過了十幾秒，可能性很多，這人卻當機立斷，馬上判斷爲神的能力，豪賭般地殺進可能被神攻擊的範圍，太大膽了。

爲何兩人要從車子進入複製世界？其實不難想像。

雖然鳩摩羅什能在任何地方進入複製世界，但朱宏志不可能在大庭廣眾之下消失，一定要找隱密的地方，譬如從外面看不太清楚的車內——而車是顏中書的，恐怕是顏中書說有事想討論，邀請他上車吧？朱宏志沒有拒絕的理由，因爲鳩摩羅什可以保他安全。

這時，畫面移動到副駕駛座旁，再度晃動，等固定下來時，已緊貼在車窗旁。偷拍者似乎是將行車記錄器黏在車上，大概打算捕捉兩人從複製世界回來的瞬間。

盯著螢幕上的平凡車子，我有些戰慄，知道這個牢籠確實適合困住鳩摩羅什。

就算鳩摩羅什能帶人快速進出複製世界，一旦進入車子，顏中書鎖上副駕駛座的門，朱宏志在哪個世界都無法輕易離開。接下來，只有「如果兩人在不同世界，要如何對另一個世界的朱宏志出手」這個問題。

辦得到嗎？乍看很難，但準備充分就有機會。

譬如事前在空調動手腳，釋放有毒氣體。如果朱宏志在複製世界遇襲，應該會將對方趕回現實世界吧？畢竟複製世界更安全；如果顏中書先啓動空調再攻擊朱宏志，就算被趕回現實世界，空調也啓動了，朱宏志聞到刺激性氣味，又無法馬上打開車門，就可能被迫逃回現實世界。甚至不必是眞的有毒氣體，只要讓朱宏志聯想到有毒氣體即可。

當然，這手法的不穩定要素很多。也可以直接用催眠氣體，讓自己跟朱宏志同時迷昏，之後由同夥來接手。甚至不用這麼麻煩，顏中書可以直接帶著抽取神的工具——如果那跟祭品一樣能隨身攜帶。

我們屏氣凝神，盯著畫面大概十分鐘，顏中書與朱宏志終於回到現實世界。

顏中書雙手放在方向盤上，若有所思，而朱宏志昏迷在副駕駛座。是被抽取了吧？我心頭火起——顏中書早就知道抽取，甚至親手抽取過試用者！畫面中，顏中書露出苦笑，說了句話，只看唇形看不出什麼。她啓動引擎，換檔，放開手煞車，開始移動。畫面從車子飛離，天旋地轉，跌落在地，被慢慢拖行著，大概是偷拍者黏上去時綁了繩子，方便回收。

魏保志按下停止鍵。

張嘉笙呆呆地坐到椅子上。他臉色鐵青，聲音隱含著怒氣：「學弟，看來我們眞的一直被騙了。」

「這可不一定。」我看著手機螢幕。

「喔？你覺得哪裡有問題？」衛知青看向我。

「魏先生也說這不算證據吧？」我深呼吸，總算想通爲何這不算證據，「影片可能是假的。既然製造幻覺的神在敵人手中，就無法否定造假的可能。魏先生，可以說說你的本意嗎？你說要我協助才能得到證據，那個證據到底是什麼？」

「這個嘛，我認爲程同學必須靠自己想出來。」魏保志悠悠地說。

「爲什麼要賣關子？」

「我不想誘導你，不想讓你覺得是被我誘導。聽好了，直到現在，我們的立場也尙未被證明。跟你說的一樣，只要有幻覺之神，要做出這麼精巧的影片絲毫不難，所以現在有兩套邏輯同時成立——」

他舉起手，伸出食指與中指。

「一個是，敵人在最初就威脅了占卜之神。顏中書是間諜，抽取了朱宏志；另一個是，我威脅占卜之神幫我做僞證，並用幻覺之神僞造影片栽贓顏中書。因爲我跟顏中書都是當事人，我們出示的證據缺乏效力，那請問程同學，怎樣的證據才有效，而且無法造假？」

這問題並不簡單。兩種邏輯都成立的情況下，幾乎沒辦法說哪個是假的。

但可以肯定一件事，魏保志心中有預設的解答。

「為什麼不問學長這個問題？」我問。魏保志笑了笑，卻沒回答，不過這已經算是提示。最初我就感到奇怪，為何強調需要「我」的協助，不是其他人？這是在暗示我的能力——不，是雕龍的能力，換言之，證據是個**能偷到**的東西。

但是從哪偷？偷什麼？那一定是會形成「破綻」，雖然存在卻不該存在的東西。有這種東西嗎？有什麼是我偷到了，那人立刻有重大嫌疑的？我低著頭把整件事重新順一遍，腦中閃過一種可能……

我抬起臉宣告。

「雕龍，把魏先生跟衛小姐身上的×××偷過來，功能類似的東西也可以。」

「收到。」雕龍說。

我向前張開雙手——然而空無一物，什麼都沒偷到。

「很好。」魏保志愉快地笑了，舉起雙手，「謝謝，程同學。既然我身上沒有那類東西，就證明我的清白了吧？」

「大概是吧。」我其實很緊張，因為這完全是我的判斷，要是弄錯了，無法怪任何人。我說，「魏先生說無法造假，是指由第三方來驗證，而不是你們雙方提出證據吧？我同意，要是顏小姐身上眞有那種東西，她就非常可疑。但下次見面時，她眞的會帶著嗎？」

我的意思是，雕龍眞有機會證明嗎？然而衛知青篤定地說：「會。因為占卜結果是『吉』。」

聽到這裡，我眨了眨眼，恍然大悟。

眞是的，他們都計畫好了，只是來告知結論。不過也沒什麼好抗議的。如果顏中書眞的是間諜，照這樣下去，我們只會全滅，他們阻止了這種結果。張嘉笙的表情愈來愈陰沉，顯然也意識到嫌疑的天秤已嚴重往顏中書的方向傾倒。

「那接下來該怎麼辦？」我問，「我猜我們要盡快跟顏小姐碰面，以免她發現無法繼續威脅衛小姐。但我們今天才有共識，說要請顏小姐聯絡廣世公司的董事長，突然再開一次會，有點可疑吧？」

「我同意。但有個明顯的餌，顏中書一定會咬。」

魏保志看向我，我懂他的意思。

——是加賀美吧？

其實從剛剛開始，我就一直想傳簡訊給加賀美，跟她說她的嫌疑已經洗清了，不用生氣，也不用難過。但理智上我知道不能這麼做，因爲其實尚未洗清。

「加賀美被帶走後，我有收到她的簡訊，說希望給她一點時間證明清白。收到簡訊是事實，但如果順水推舟，讓顏小姐覺得我們願意幫她設局抓住加賀美，或許她會同意再度聚會……魏先生是這樣想吧？」

我手心出汗。聽起來很像在利用加賀美，但不是。只是以牙還牙。顏中書那樣逼迫加賀美，讓她爲此付出代價，不是正好嗎？魏保志揚起眉。

「原來如此。我還想怎樣的說法才能說服那位警戒心重的顏小姐……既然有這麼優秀的材料，當然沒道理不好好利用。好了，要是沒有反對意見——」

他傾身向前，對我們淡淡地笑。

「是時候換我們進攻了，對吧？」

☘

「對不起，我遲到了？」

顏中書走下樓梯，見我跟張嘉笙、衛知青都到了，便笑著道歉。她依然理智而優雅，但這次我保持警戒——雖然我知道，還不能說她是「敵人」。

計劃已箭在弦上。

昨天我們聯繫顏中書，說加賀美傳簡訊給我，希望我相信她，我認爲應該利用這個機會釣出加賀美背後的陣營云云，顏中書馬上同意，並說這件事有一定的急迫性，希望能儘早重新開會，她上午可以請假。我說，那就一樣約在Yggdrasil。

想不到特地請假，畢竟她過去的行事風格一直帶著餘裕。顏中書找了張椅子坐，指著天花板說：「我看到門開著，但店員不在，所以——程同學是偷鑰匙闖進來嗎？」

「當然不是！」我連忙說，「鑰匙是店員借我的，我們關係不錯。」

事實上我住在這，當然有鑰匙。這裡下午才營業，我偷偷開門放人進來。顏中書做了個鬼臉：「開玩笑的。不過很感謝程同學。我以爲就算加賀美同學聯絡你，你也會隱瞞，因爲你似乎很相信她……但最後你選擇相信我吧？謝謝你——不，謝謝各位。我向你們保證，這件事絕對會有圓滿的結果。」

她欠身，向我們微微鞠躬。如果她是間諜，這番話也太讓人毛骨悚然了吧？

我擠出一個僵硬的笑容，在心裡說：「雕龍，動手。」

「是是，Mission Accomplished。」祂說。

下一刻，我放在身後的兩隻手各多出了一樣東西，其中一個是火柴盒大小。我五味雜陳——顏中書果然是「黑」的。她若無其事地說：「那麼，我可以看看加賀美同學傳來的簡訊嗎？我相信加賀美同學不是壞人，要是她能對我們敞開心胸，那當然最好。」

「當然。不過顏小姐，有件事想先說——」我咳了一聲，「其實我們還找到一個線索。」

「線索？」顏中書有些意外。

「嗯，雖然可能跟顏小姐想的不同。學長，把那個給顏小姐看。」我對張嘉笙擠眉弄眼，暗示他我確實偷到了。他臉色微變，拿出手機——喂，別這麼動搖啊！雖然我也差不多緊張。因為直到此刻，顏中書還沒眞正露出破綻。

張嘉笙操作手機，把昨天魏保志傳給我們的影片調出來。顏中書看著螢幕，似乎在認清影像中的東西——接著表情變得嚴肅。

這表情什麼意思，我摸不透。因爲身分暴露而緊張，還是意識到自己被懷疑而變得謹愼？在那十幾分鐘間，誰都沒說話，只是靜靜等顏中書看完。不是我說，她的演技太高明了，光看她的神情，我甚至能猜出她看到哪。影片播完，顏中書平靜地將手機還給張嘉笙，說道：「確實是重要的線索。」

張嘉笙像是想說什麼，卻忍住了。

「首先，程同學，」顏中書望向我，不動聲色，「我必須說，如果你因爲影片就認爲我是間諜，那我就太失望了。」

她不是在譴責。但光是這樣平靜、理智的口吻，就有種威壓感，讓我差點說不出話。但我想起雕龍說的，沒有捍衛加賀美，是因爲我怕被駁倒，要是繼續屈服於恐懼，不可能對抗顏中書。我鼓起勇氣。

「我明白。」我開口，努力讓聲音不顫抖，「如果有誰光憑這樣就覺得顏小姐是間諜，我會認爲那人是笨蛋，完全不可信賴。既然敵人有能改變外貌的神，這影片就沒什麼意義。」

「正是如此。所以我猜你說的『線索』，指的是從影片中發現的破綻，譬如是誰拍攝這影片，留下什麼線索等等……我當然有自己的想法，但在此之前，讓我先聽聽程同學的推理吧。」

「不，沒這個必要。」

「為什麼？」

「我不認為這影片能證明顏小姐是間諜，也沒推理出什麼。給顏小姐看影片，只是讓顏小姐了解自己為何被逼到這種處境。」我頓了頓，「真正證明顏小姐是間諜的，是這個——我從顏小姐身上偷到的東西。」

我舉起右手的東西，顏小姐盯著它，面色毫無變化，彷彿不知道那是什麼。

但我很清楚，光帶著「這個」，就足以證明她有嫌疑。

那是**竊聽器**。她一直將我們開會的資訊即時洩漏出去。

「我把我被威脅的事說了。」衛知青站起來，好像終於等到這一刻，「要威脅我，你們就一定有竊聽器，才知道我有沒有講出不利於你們的話！這就是證據！」

「我們討論過，也徹底理解這件事。」我把竊聽器放到桌上，「敵人的間諜在出席會議時很可能帶著竊聽器。不只是威脅占卜之神，把消息披露出去也對敵人很有幫助。你帶著這個，讓你有了嚴重嫌疑。」

「沒想到吧？」衛知青冷笑，「你們已經無法威脅我了。喂，竊聽的人，你有聽到吧？我的家人已經安全了！你什麼都做不到！從現在開始，我一定善用黑羽的力量，毫不留情地把你們抓出來！」

她愈講愈激動，大概是忍很久了吧？但顏中書鎮定地看著她：「衛小姐，其實我不知道您說的威脅是什麼，如果真有其事，希望您能早點說出來。不過我算是明白現況了。總而言之，帶著竊聽裝置的人有嫌疑，因為衛小姐主張敵人有監視衛小姐的必要，這樣理解沒問題吧？」

……咦？

我有些意外，意識到她似乎想採用某種邏輯來反擊。我來不及深思，衛小姐已大聲說：「沒錯！」

顏中書嘆了口氣。即使這種時候，她仍是八風吹不動。

「想不到我也會被逼到這樣。昨天才抓出加賀美同學，今天就輪到我，真是風水輪流轉。」顏中書抬起頭，溫和地說，「各位的這個策略，一定經過黑羽占卜，判斷對找出間諜來說，這麼做是吉吧？」

「當然！抵抗是沒用的，竊聽的人也不要輕舉妄動，別忘了顏小姐已經是人質——」

「請等等。大家聽到了嗎？」顏中書伸出一根手指，「剛剛衛小姐同意，對這個計畫，她占卜的結果是吉喔。」

衛知青呆住，不懂顏中書為何這麼自信。張嘉笙滿臉狐疑，我沉默不語。不可思議，明明處於劣勢，顏中書卻仍是一副掌握全局的樣子。她就像舞台上的主角，所有舞台燈都打在她身上。

「從現在開始，我和衛小姐必有一人是間諜。」顏中書環視我們，「坦白說，我一直沒懷疑衛小姐。因為衛小姐若是敵人，我們沒道理倖存至今。但現在情況不同了，既然我知道自己不是間諜，那就只能是衛小姐。因此，我可以推出黑羽的眞正能力不是占卜。」

「胡說八道！你才是間諜！」衛知青瞪著她，像炸毛的貓。

「衛小姐，我固然還沒證明清白，你也一樣。既然無法證明自己立場，你的指控就是無力的。」

「胡說，你不是帶著竊聽器？那就是證據！」

「這是事實。但我帶著竊聽器的理由非常單純——是為了保險。」

衛知青怔住，顏中書緩緩說：「從我涉入這件事開始，就知道自己有一定的機率不能全身而退；那麼，至少要讓親友知道我發生了什麼事。所以這個竊聽器，只是將會議的內容記錄下來，如果我一段時間沒聯絡，我的親友就可以從紀錄中知道我發生什麼事。我會選擇竊聽器而不是錄音筆，是因為我遇害的場合才是最有必要記錄的；如果我用錄音筆，就無法把事發現場的錄音帶回去。」

果然如此，我隱約察覺到她會如何反擊。衛知青啞口無言，她當然會說這是謊言，但如何證明？只要顏小姐的說法合乎情理，出現反證前都無可奈何。但我反而不緊張。基於桌上遊戲經驗，能看出顏中書正在尋求盟友——這讓我處在有利的位置。

「顏小姐說自己與衛小姐必有一方是間諜，你能提出對方是間諜的證據嗎？」我刺探顏中書手中的牌。

「稱不上證據，但邏輯上很合理，也能說明占卜之神至今為止的可疑表現。我帶竊聽器不是為了監視衛小姐，事實上我也能解釋，所以衛小姐不該占卜到『吉』。明明是占卜之神，怎麼可能犯錯？但要是衛小姐說謊就合理了。

「還記得最初的會議嗎？當時我就覺得奇怪，占卜之神明明這麼強悍，爲何衛小姐不斷警告我們不要過分依靠占卜？但要是黑羽不能占卜，那就不難理解，要是我們占卜太多次，很可能會拆穿占卜效力。我想衛小姐的目的，是透過虛構的占卜結果來改變我方策略，至於說自己被威脅，則是知道我身上有竊聽器，爲了栽贓我而編出來的。」

「騙子！是因爲你威脅我，我才知道要找竊聽器，要是沒人威脅，我怎麼知道有誰帶著竊聽器？」

「恐怕這就是黑羽眞正的能力。雖然具體是怎樣的能力無法判斷，但當初猜到我的星座，或許是某種掌握資訊的能力吧？如果衛小姐是敵人，那黑羽是占卜之神就說不過去了，因爲我實在想不到什麼理由我們能殘存至今……測知他人身上的物品，或窺探他人的情報，說黑羽有這些能力，應該不算太荒謬的推論。」

「太離譜了，不然大家問個問題啊！要證明黑羽是占卜之神，多的是方法！」衛知青沒料到會被反駁，氣到快發笑了。顏中書只是淺淺一笑。

「我不會中計的喔，在知道黑羽眞正的能力之前，多的是方法把它解釋成占卜。說起來，衛小姐的指控結束了嗎？如果就這種程度而已，那眞是太遺憾了，因爲我的反擊還沒結束——」

「不，沒必要說了。」我打斷她的話。

「怎麼了，程同學。難道你已經有結論了？」顏中書看向我。

我迎向她的眼神，毫無畏懼：「沒錯。顏小姐，如果這是『汝等是人是狼』，您剛剛的話，等於承認自己是狼了。」

想不到顏中書會下這著棋。

不是說這著棋多麼精妙，而是相反。這無疑是自找死路。

顏小姐首次露出疑惑的表情：「『汝等是人是狼』？你在說什麼……」

我裝出自信的微笑，同時心臟劇烈跳動。啊，所以我才無法抗拒桌上遊戲啊！從對手羅織的難題中找出生路，還有比這更愉快的嗎？「我就直說吧，顏小姐剛剛主張『竊聽器的作用』，其實說不過去。如果是眞的，就表示你做了不可能做到的事。」

「什麼不可能做到的事？」張嘉笙連忙問。

「你想想，學長，我們之所以到現在還不報警，不就是因爲做不到嗎？那顏小姐怎麼可能讓她的朋友知道有這些錄音？如果做得到這種事，那『保密協議』就太不保險了。」

「對啊！你怎麼解釋？」衛知青逮著機會，怒瞪顏中書。眞諷刺，這也是顏中書指控加賀美的說詞。

但顏中書還是不動聲色。

「你這麼說並非沒道理。不過程同學，我就是這麼做了。我只說如果沒聯絡，要他到我房裡找線索，並沒有透露關於神的事。也許對保密協議來說，這不算違反契約。」

「也許吧，但還是不可能。」

「爲什麼？」

「因爲這做法眞的很好，很聰明。如果經實驗證實有效，而顏小姐你又是我們這邊的，那最好的策略就是把這方法也告訴我們，並要我們照辦。要是眞有間諜，聽到我們用這種方法，也能產生一定程度的遏止力吧？但你什麼都沒說，以你的聰明才智，只有一種可能——就是竊聽器的作用跟你說的不同。」

怎麼樣？我瞪著顏中書，手心微微出汗。

只見顏中書垂下眼簾，默然不語。我異常緊張，如果她再度抬起頭時仍是那副自信的表情，我該怎麼辦？我能抵抗她的反擊嗎？然而，當顏中書再度望向我時，臉上卻是無可奈何的苦笑。

「原來如此。看來如果要證明我的清白，就必須承認我犯下極愚蠢的錯誤呢。」

「沒錯，」我吞了口口水，繼續說，「但就算你承認犯錯也沒意義。你抵抗的目的只有一個，就是爭取我們信任。但衛小姐不可能信任你，而我根本不相信你會犯這種錯，張嘉笙學長也是吧？本來你全無破綻，但只要開始懷疑，要相信你就變得極爲困難，因爲你的話術太高明，我們不得不提防你。」

「是嗎……想不到這也是缺點，眞是自作孽。說起來，你們懷疑我的起因是那段影片吧？影片記錄了時間，我在那段時間沒有不在場證明……早知道就試著製造一些了。這影片怎麼來的，能告訴我嗎？」

「對不起，無可奉告。」我壓抑著澎湃的情緒，坐到椅子上。

——贏下一回合了！

我幾乎要舉起雙臂高呼！但還沒，還沒眞正勝利，計畫才到一半。

「坦白說，我很意外顏小姐會犯下這種錯。」

「程同學是指什麼？」

「剛才我拿出竊聽器，你一定是面臨關鍵選擇吧？在那種情況下，到底是要栽贓我還是衛小姐。但栽贓我不是比較容易？只要說你沒有竊聽器，那是我從其他地方偷來的，我才是間諜，這不就行了？我無法證明自己清白。何況我昨天還援護加賀美，既然你主張加賀美是間諜，那栽贓我不是很自然？」

「那是不可能的。」

「爲什麼？」

「如果剩下的人夠多，我也許還會這麼做。但只剩下我們四人，就不可能這麼說。因爲你和衛小姐不可能同時是間諜，如果是那樣，團隊早全滅了。你若是間諜，則衛小姐必然不是，那麼只要占卜，張同學就會相信她，我還是會失去所有人的信任。」

……啊。

還眞是這樣！我愈想愈感到心驚：「也就是說，選我或衛小姐都不行，從一開始你就注定輸了？」

在西洋棋中，這被稱爲「雙重將軍」，棋手無法靠截斷攻勢求存，非得移動國王，等於白白放棄一回合。我們都沒預見到這局面，只有占卜預測到了。

——占卜是「絕對」的，甚至超越預測與推理。我起了雞皮疙瘩。

「既然衛小姐占到『吉』，這不就是當然的？我只是想碰碰運氣，看能不能絕處逢生。畢竟，直接向命運屈服太難看了。」顏中書說。她看來依舊理智而優雅，彷彿這種處境也沒什麼……她到底是怎麼辦到的？

「所以這是眞的？」張嘉笙低聲問，「你騙了我們？」

「嗯，我承認。」

「你們把佳美跟阿光抓到哪去了！他們眞的變植物人了？」張嘉笙起身，完全不打算壓抑怒氣，連呼吸都像野獸的喘息；我嚇了一跳，想不到他發出這麼懾人的氣勢，連忙說：「學長，你先坐下……」

「別攔我！你也想知道你朋友的事吧！」他大吼。當然。我當然想知道阿輝的情況，但不是現在。

「試用者都在適當的保護之下。」顏中書直直看著張嘉笙，接著嘆了口氣，「也是，雖然是透過占卜就能知道的事，但聽我們親口承認的意義還是不同。說起來，那個，你們要繼續開著？」

她指著桌上的竊聽器。坦白說，這上面沒有開關，就算想關掉也不知道怎麼關，難道要毀掉？克拉克說：「要毀掉隨時可以。可是顏小姐，這該不會是陷阱吧？竊聽器停止發送信號，會不會引發什麼反應？」

「這你們可以放心，我確實是你們的人質，而且沒想到竊聽器品質太好也是缺點，這是利用基地台遠程竊聽的類型，就算現在他們亂成一團，也來不及趕來。那麼當我沒說吧，總之張同學可以放心，我們會負起責任照顧試用者，況且目前都還在預算內。」

「放心？」衛知青高聲說，「怎麼可能放心，你們可是有必要就殺人的組織！你說預算夠所以沒關係，那是不是沒預算就放大家去死？」

「……有必要就會殺人嗎？也是呢。但事實上，我們到現在還沒殺過人不是嗎？」

「你、你好意思？」衛知青睜大了眼，「你知道你們做的事多過分？拿我家人的生命來威脅我，你以爲我怎麼渡過這段時間的？我每天晚上都要問黑羽明天會不會平安、家人會不會平安啊！你覺得自己很聰明？對，你或許把這當成遊戲，覺得玩弄那種卑鄙無恥的策略很好玩，但這是我的人生，是眞正的人生啊！」

衛知青咆哮著。聽到「遊戲」二字，我渾身一僵，感到自己也是她責怪的對象。顏中書看著她，平靜點頭：「是啊，所以衛小姐要對我、對我們展開怎樣的報復，我都無話可說。不過這樣不夠吧？」

「什麼？」

「衛小姐要善用黑羽的力量把我們抓出來，這當然很好，那接下來呢？」

「接下來？當然是讓你們付出代價啊！」

「怎麼付出？要殺死我們嗎？」

衛知青啞口無言，她當然沒想過要殺人。顏中書等了片刻才說：「果然呢，剛剛我就覺得是這樣。衛小姐有權利憤怒，但你沒想過怎麼爲事情收尾吧？借用程同學的說法，就是衛小姐不知道自己的『勝利條件』是什麼。你想復仇是很自然的，但要是不思考『勝利條件』，要怎麼對我們打出致命一擊？」

她在說什麼？難道在**給建議**？我駭然看著她，好像見到陌生的怪物。顏中書注視著衛知青，誠懇地說：「你說這不是遊戲，我同意。但責怪我們用卑鄙無恥的手段毫無意義。如果衛小姐能挫敗我們，迫使我們投降，那就算是卑鄙無恥的手段，我也歡迎。然而你連要我們付出什麼代價都不知道，我只能認爲，衛小姐並未眞正關心過『勝利』。」

……衛知青或許討厭遊戲心態，但以遊戲玩家自居的我，知道顏中書的意思。

顏中書理解了「敵人」的本質。如果將現實世界比喻成競爭遊戲，每個玩家必然彼此爲敵，因爲每個人的利益都與別人衝突，合作也不見得永遠持續。但知道這些就要悲憤地對全世界發起抗爭、征服眾人嗎？

當然不是，答案是接受事實就好。

「敵人」無可避免，必然存在，只要接受就行了。這就是「遊戲」，藉此理解「敵人當然會不擇手段」。戰鬥不是出於仇恨，而是理解，這樣就能冷靜下來，用更精準致命的手段回擊，顏中書說的就是這麼回事。她在鼓勵衛知青用卑鄙手段，希望衛知青成爲她的對手、敵人……

可是爲什麼？身爲敵人，爲何要給這樣的建議？

「你……」衛知青整張臉揪在一起，「怪我嗎？如果你們不做這些事，我……你以爲我想被捲進這種莫名其妙的事嗎！」

「將你捲進來，我很遺憾。但事實就是你被捲進來了。那麼，何不下出最精妙、最卑鄙無恥的一著棋，來讓我們啞口無言呢？」

「憑什麼不是你們住手！」

「衛小姐，我不是在跟你吵架，不過……」顏中書苦笑，「我知道自己不值得信任，那你何不問問黑羽，相信我建議是吉是凶？」

衛知青還想說什麼，我連忙介入她們。「到此為止，好嗎？」再這樣下去，一定會被顏中書牽著鼻子走，話術這種東西眞是可怕，「顏小姐，謝謝你的建議，但要是你覺得還有對話空間就大錯特錯了，現在是我們單方面的質問。」

「合理。」顏中書正色，「不過程同學接下來打算怎麼做？雖說被拆穿，但我還沒束手就擒。」

「我知道。忒修斯能隱形和飛行，在這樣廣大的地下空間，守在樓梯旁也不一定能抓住你。」

「其實我沒這麼樂觀，畢竟你有溫同學的神。那麼，你們打算怎麼將我逼到絕境？如果只是這樣半吊子，想賭個機率，就不能怪我企圖掙扎——」

「顏小姐，你把祭品放在哪裡呢？」我打斷她的話。顏中書全身微微一震，表情慢慢改變。但那不是被逼入絕境的表情，而是若有所思：「嗯，這也是合理的發展。」

我舉起手，拿起剛剛偷到的另一個東西，她的錢包。

「既然你是『那些人』，用的就是被抽取的神，換言之，要是祭品到了我手上，顏小姐就不能用忒修斯的能力了。祭品就在顏小姐的錢包裡——這點，我們已經用窮舉法，透過黑羽問出來了。」

情報類的問題，問再多次也不會對未來造成影響，所以可以窮舉出最終解答，就像試密碼。雖然昨天問到最後，黑羽已經筋疲力盡。

顏中書陷入長長的沉默。她在想什麼呢？其實我已能預測接下來的發展——不，不是我預測的，是黑羽的占卜；正因如此，我才不明白顏中書為何猶豫，她應該很清楚該怎麼做。

「——程同學。」

她抬起頭，視線就像一道光般貫穿我。

「什麼事？」

「很可惜，五十九分。」

我還來不及問「什麼意思」，顏中書就從我眼前消失了。是忒修斯！

緊接著手上一輕，錢包被奪走了，她動作之猛實在讓人吃驚。我跳起來：「大家小心！」接著不由自主地後空翻兩圈，碰到屋頂後手一撐，迅速彈到角落。老天，我幹麼後空翻啊？這動作也太彆扭了！看來我還沒熟悉忘心的力量。

張嘉笙和衛知青退到牆邊，我抽出忘心，飛過去保護他們。

地下室寂靜無聲。

連針掉在地上的聲音都能聽到。

顏中書在哪？就在戒備時，樓上突然「噹」一聲，是鐵門打開的聲音。如果那是顏中書，她一定是全速逃離——不，也可能只是發出開門聲，讓我們以為她已經走了。

衛知青猜到我在想什麼：「黑羽說，認為顏小姐離開是『吉』。」

「好，謝謝。」我點點頭，把桌上的竊聽器丟到地上踩爛，「走吧，跟魏先生會合，計畫還沒結束！」

明明才過半小時，卻像經過一場漫長的戰役，但誰也沒鬆懈，衛知青打電話給魏保志，我跟張嘉笙迅速收拾手邊東西。其實我有點敬佩張嘉笙，明明他的情緒已在爆發邊緣，卻沒有失控，而是嚴格照計畫來。

忘心的聲音傳來：「程頤顥，這下確定了，顏女士是**二十個試用者之一**。」我心情複雜地點頭。忒修斯不是被抽取的，所以我偷到祭品也沒用，這表示顏中書跟我們一樣，都是最初被選上的試用者。

其實早就知道了。昨天「偷走顏中書的神」沒占到吉，讓我們很焦慮；占卜結果出來的瞬間，未來就固定了，重複占卜同一個問題會讓結果失效，將命運推回不確定的模糊地帶，風險太大，因此重點就變成釐清

「為何占卜結果不如預期」，透過更進詳細的占卜修正行動。我們反覆追問各種情報類問題，最後終於問到顏中書是不是試用者——然後得到了意外的答案。

所以我是真的有點怕。因爲在眾多占卜結果中，有個行動是注定失敗的。

爲何顏中書站在敵人那邊？如果她也是試用者，立場不是應該跟我們相同嗎？我們問黑羽她是不是跟阿輝相似，結果也不是；她不是受逼迫，而是照自己的意志行動。她身上還有很多難解的謎。

離開Yggdrasil，我鎖上門，這時魏保志的車子正好駛入巷子，時機抓得太好了。我們上了他的車，魏保志開車向前，並說：「跟朋友確認了，已經追蹤到顏小姐的位置。」

我點點頭。這也是當然的，畢竟這個計畫已得到黑羽的保證。

知道偷了祭品也無法阻止顏中書隱身後，我們立刻擬定新的計畫。最早我們打算綁架顏中書，逼問情報，甚至跟敵人交換人質，但要是她能用忒修斯的力量，成功率太低，既然如此，不如反過來利用；剛剛偷走錢包不是爲了奪走祭品，正相反，是爲了「放進什麼」——

我把GPS定位器跟竊聽器放了進去。

市面上沒有任何尺寸的竊聽器能放進錢包，但克拉克是機械之神，這種奇蹟般的改造可是不在話下；最後我放進錢包的兩個東西，都只有小拇指指甲的一半大小。這些儀器是魏保志那位朋友給的，因此由他負責監視，接下來，這位遊走法律邊緣的朋友會潛進顏中書的住處，放滿監視器、竊聽器，翻找電腦與行動裝置，將她的祕密全部揭露。既然顏中書被拆穿，敵人團隊一定會採取行動，跟她討論接下來的計畫——

只要順利攔截這些情報，就有很高機會暴露敵人的核心。

來吧，顏中書。就像魏保志說的，攻守要開始逆轉了。

☘

隔天下午，我用雕龍的力量傳送到東區的一處頂樓。

風吹得頭髮凌亂，而這裡空曠到可以用「寂寥」來形容；除了水塔跟一些我不知道的器材，就只有用來展示巨幅廣告的鐵架。天色陰鬱，但透著微光，是台北市常有的氣象。

圍欄邊，有個比成人略矮的東西用塑膠布跟塑膠繩綁著。

我拆開繩子，拉下塑膠布，露出底下瘦長的機械。那東西看來就像極簡風機器人，下半身是細長、用來增加穩定性的優美金屬支架，承載著如E.T.般，有著巨大雙眼的機械頭部。

事實上，這雙眼睛是厚重的巨大玻璃透鏡。從旁邊看，還能見到裡頭歪曲變形的機械構造；雖然早就看過，我還是忍不住讚嘆這機械的造型美。「希望沒有偏移啊。」我喃喃說。這機器極爲精密，要是吹整晚的風造成零點幾公釐的偏差，那就功虧一簣了。

我將頭湊到透鏡前，看到「大樓內部」──太好了，沒有任何偏差。

透鏡底下，呈現的是本不該曝光的會議室。

房裡有七個人，他們閒聊著，好像還在等誰，這段期間把我們要著玩的顏中書也在其中。或許是深信我看不到，所以大意了，我露出放心的微笑，已經可以想像他們接下來的反應。

昨天晚上，衛知青用一句話奠定了策略基礎。

「敵人就是廣世公司。」

「已經確定了嗎？」

「占卜結果是這樣，稍早的竊聽內容也證實了。」

這些話是在某間高級旅館裡說的。早在迎擊顏中書前，衛知青就訂了這間對學生來說極爲奢侈的旅店，當成臨時據點。魏保志載我們到旅館後就離開了，據說是去協助那位跟監顏中書的朋友。

「我有點不懂，之前不是說敵人是政府機關嗎？」張嘉笙縮在風格高雅的沙發上，「還是廣世公司是政府部門假冒的？」

「我也不知道。之前朱先生不是懷疑廣世公司是空殼？也可能廣世公司是以廠商的身分涉入這件事——唉，我不知道。法規的事我不懂。」她悔恨地說，「要是朱先生平安無事就好了，感覺他懂這些。」

「不是主人的錯！」黑羽立刻說，「當時主人能做的有限，救不了他也沒辦法！」

是擔心衛知青自責吧？我跟著同意：「沒錯，而且廣世公司與公部門是什麼關係根本不重要，重點是，魏先生說敵人明天會在廣世公司開會，對嗎？這是個好機會。」

「你們打算怎麼做？」忘心出聲，「程頤顥打算偷走祭品，但敵人也知道，一定有防備。」

但他們不可能永遠躲著。這裡的難題是，敵人躲在大樓裡，我要怎麼「看到」他們？我們已失去鳩摩羅什跟忒修斯，就算有偷襲的機會，也沒有實行的手段。

「借助加賀美同學的力量如何？」衛知青看向我，「程同學，加賀美同學之後還有聯絡嗎？」

「沒有。」我無奈地搖頭，「我有傳訊息給她，但沒回應。我覺得這就是她的回答，不能勉強。」

我借用離龍的說法，祂的話總是如此正確。

「但這是唯一的機會，難道不該積極點？」衛知青急切地說，「不然我占卜看看——」

「別這樣！」我語帶抗議，「如果有她幫助是吉，那我們要勉強她嗎？要怎麼勉強？這樣好像把她當工具，有利益才求助於她，我不希望她這麼想！」

「哎唷，不錯的想法嘛？」離龍在我心裡說，「那個最擅長遊戲思考，將包括自己在內全人類當成工具的程頤顥，居然主動說出不要把人當工具耶！」

我無話可說，因為對此感到不舒坦是事實。衛知青一時語塞，不滿地解釋：「我沒那個意思。但我說過，相信加賀美靜香是『吉』，無論她的目的是什麼，我們都可以合作；如果是合作關係，借用彼此的力量也不為過，沒必要解讀成那樣吧？」

「如果加賀美有跟我們合作的想法，自然會聯絡我們。現在打電話給她，我不覺得她會接。而且要怎麼開口？因為占卜結果是吉，所以才打這通電話？」我僵著臉說。

「呃，有些事我一直不好意思問，可以問嗎？」張嘉笙滿臉猶豫，但好奇心贏了，「學弟跟加賀美同學到底是什麼關係？我是說，學弟好像跟她很熟，但我們都是上週才認識的不是嗎？」

我怔住。我們是什麼關係？

我想起被加賀美帶到山上看黃昏時的台北一〇一，彷彿有人打開心門吹了口氣，讓台北盆地在記憶裡熠熠生輝；那是我從未見過的景色。她把這樣的景色介紹給我，像推薦自己私藏的寶物。某種溫暖的情緒流進我心扉，宛如發光的河流。

「——其實沒什麼特別的。」我僵硬地說，「就像衛小姐與魏先生私下結盟，事前我們也被蒙在鼓裡；我跟加賀美有些往來，但就只是這種程度，我對她的了解不會比你們多多少。」

意識到這些話是事實，心頭也閃過些許失落。「是嗎？但我總覺得……」張嘉笙吞吞吐吐，這時克拉克突然開口：「抱歉打斷一下。我想確定，現在計畫的關鍵，是讓雕龍偷到敵人的祭品吧？」

「對。」我乘機轉移話題，「事情就難在讓他們進入視線範圍，我們也不太可能破門而入還不被發現……如果我知道祭品是什麼，那就是『確定存在的某物』，就可能偷走，但目前不知道。」

之前偷走百貨公司裡的加賀美，是因為我知道她確實在裡頭，也知道位置。現在廣世公司就像看不見內部的盒子，就算知道有東西，匱乏與模糊的資訊也會阻撓雕龍的能力——不，真正的原因是我無法想像吧？假使整個宇宙的事物都能被偷走，我也需要將認知的船錨丟到具體化的想像上。想像是抽象的，而「視覺」能使想像具體；神的超自然能力得以實現，無疑與試用者的心智能力有某種正相關。

張嘉笙問要不要直接用忘心的力量闖進去，我不以為然。正面對決的風險太大。對方有哪些神？能力是什麼？我們所知太少。要是對方有反應時間，就算一秒，我也可能瞬間敗北。理想狀況當然是在對方察覺前偷走所有神。克拉克說：「如果只需要看到，我或許有辦法。」

「咦？」我睜大眼，「要怎麼做？」

「很簡單。但需要時間。我想請你們把一整晚借給我。當然，是否奏效，還要請黑羽確認吉凶。」

克拉克說出祂的計畫。我們聽著，不得不承認簡潔有效；衛知青問黑羽「照這個規畫進行是吉是凶」，也得到「小吉」的結論。拍板定案，立刻行動。

方法很有意思，克拉克打算製造一個「望遠鏡」。

不過，不只是單純的望遠鏡，而是將廣世公司內部的影像連續折射，並在某處顯像的裝置。這東西精巧到難以置信，第一個折射鏡在廣世公司的開會場所，首先在隱密處裝設一個極小、難以發現的曲面鏡，將會議室的景色收納其中，並折射到其他鏡子，經過一連串精密折射，最後在接收端的裝置放大還原。

如此微小精緻，又能反射整間會議室的曲面鏡，眞的打造得出來嗎？這就是克拉克大顯身手的時刻——祂是機械之神！只要有材料，多難的裝置都能立刻完成；只須看一眼廣世公司，大樓原本的構造、格局便盡爲反射所用，顯像裝置只是末端，實則整棟大樓都已化爲「望遠鏡」自身。

怎麼設置鏡子？沒有鳩摩羅什，又如何潛入廣世公司？這些都不是問題，只要是人造的機械物，克拉克就能使其癱瘓，攝影機、警報裝置全喪失機能，甚至光明正大走進去就好；人的問題，靠占卜之神解決，何時安全、敵人又選擇哪個房間開會，一個一個占卜即可。至於巨大顯像裝置的材料，費用支出靠衛知青的財力、移動搬運靠雕龍的能力，最後由克拉克固定在正確位置——我們三個試用者就這樣順利潛入廣世公司，一晚搞定這個大望遠鏡！

這怎麼看都離喊「Call Game」只有一步之遙了吧？

多虧這些夥伴，胸中湧現難得的滿足感。遊戲到此已差不多是終盤，雖然還有謎團沒解開，但雙方的手牌都翻得差不多了，要解決那些謎團，把敵人擊敗再逼他們說出來就好。只是——

強勁的風吹起，冷得將我從回憶中喚回。我窩在望遠鏡旁，一抹不安盤據心頭。

昨日潛進廣世公司時，我們討論突襲以後可以用克拉克的力量封鎖大樓，讓電梯停止，或打不開門窗，但占卜結果卻是「凶」。後來經過種種測試，才發現「小吉」的條件，是我必須要單獨行動。

難以理解。

這大樓本身就是巨大機械，只要克拉克在場，要變密室、棺桶、甚至遊樂園的旋轉木馬都沒問題，憑什麼結果是凶？這暗示有我們不知道的變數，只是有最初的「小吉」保證，沒道理不進行計畫——何況，拖愈久對我們愈不利，資源豐富的一方，光時間流逝就能累積豐厚利息。所以就算張嘉笙和衛知青頗為擔憂，我還是自己一人行動。我繼續看望遠鏡。

顯像裡的七個人分別坐在會議桌旁。

除了顏中書，還有四男兩女。坐在主位的男子看來相當年輕，跟顏中書差不多，他戴著眼鏡，身高偏矮，穿著西裝。當他說話時，旁邊年紀較大的人也要停下來，難道這個年輕人是敵方老大？

——是不是都不重要。我對雕龍下令。

「雕龍，將他們全身上下，除了衣服外的東西全部偷走。」

嘩啦啦地，大量物品撒落在地。

那些人很快就有反應，因為我連眼鏡都偷了。一看地上，還真是琳琅滿目！錢包、手提包、手機、領帶夾、鑰匙、髮夾、耳環、戒指……還有幾個不像隨身物品的。

我蹲下隨手亂摸，果然立刻出現幾個神的身影。

「程頤顥？」鳩摩羅什立刻認出我。

「嗨，又見面啦！」我高興地說。神祇們像七彩霓虹燈般閃現，就像演奏鋼琴時，手指放到正確的位置，就能發出那個音；我努力摸到盡可能多的祭品，維持祂們存在。這些神裡，有些在那天的複製世界見過，也有沒見過的，而且我沒看到莊曉茉的貓。

不是所有祭品都在嗎？沒關係，這些祭品都是談判籌碼，沒必要全部回收，量多就好。

鳩摩羅什的祭品是隻短小的毛筆，上面寫著「魁星筆」。這不是祈求金榜題名的符咒？朱宏志最重要的祭品竟是這種升學時代的象徵物，這種人生未免太好想像了吧。

這時鳩摩羅什嚴厲的聲音傳來：「程頤顥，別浪費時間，快走！」

「什麼？」我抬起頭。

「別問了，快走！」一個我沒見過的神揮手大喊，「到一百公尺外！」

我意識到這肯定就是昨天隱藏在占卜中的「不安因素」！但怎能撤退？至少得把祭品帶走！我將魁星筆塞進口袋，躲在圍牆邊說：「你們的祭品是什麼？幫我指出來，我把你們帶走！」

「不行！沒那個時間了，你快——」

鳩摩羅什急切的聲音到一半就斷了。

我雙手冒汗，不敢相信眼前所見。

祂消失了。

不只鳩摩羅什，那些神、祭品、還有其他隨身物品全都消失了！怎麼可能？難道被抓進了複製世界？明明祭品已經在我手上了，對方仍能使用鳩摩羅什的力量？

「頤顥，」雕龍說，「時間倒退了。」

「……倒退？」我茫然地重複。

「沒錯，」忘心在望遠鏡旁，「會議室裡的時鐘倒退了一分鐘。是神的能力。」

時間倒退，居然有這種神？我古怪地鬆了口氣。原來如此，這不是複製世界，除了顏中書外還有別的試用者，所以偷走祭品也沒用，而且那個神能夠控制時間——

這不是根本沒有鬆一口氣的餘裕嗎！

我陷入混亂，要撤退嗎——但占卜結果是「小吉」，要是空手而回，就是我主動放棄「小吉」。衛知青說過，不照著占卜結果行動，就算占出「吉」也沒用，所以我要順從占卜，這裡一定有什麼收穫！

我回到望遠鏡前，會議室裡六個人消失了，可惡，一定是躲進了複製世界！但顏中書還在。恐怖感油然而生。只見她慢條斯理地喝了口茶，優雅起身，從手提包裡拿出手機，按了幾個鍵。

「Ah, ha, ha, ha, stayin' alive, stayin' alive——」

手機鈴聲響起，我嚇到差點驚叫，但還是按下通話鍵，瞪著望遠鏡裡的顏中書。

「你好啊，程同學。」手機裡傳來她的聲音，「看來我不得不稱讚你呢。」

她歡快的聲音讓胃翻騰起來。

「這是嘲諷嗎？」

「不，是認眞的喔。昨天說你五十九分，我道歉。你是故意放我走的吧？看來一切發展都在你們的預料中。」顏中書的聲音毫不緊張，「不過現在呢？你應該預想過這種情況吧？我很期待你接下來的策略。」

不，我才沒料到，只能不甘心地在腦中排列著種種可能，努力找出發展謀略的空間。我問：「顏小姐，爲何要打這通電話來？你覺得跟我對話，我就會把自己的策略告訴你？」

「不行嗎？」

「當然不可能！」

「從你的角度來看或許眞是如此，但有件事我是認眞的——我是眞心期待你有打敗我們的策略。」

顏中書的聲音聽不出什麼情緒，讓人頭皮發麻。

「你現在就得擊敗我們吧？在偷襲失敗的瞬間，你就沒優勢了。要是你撤退，給了我們行動的機會，情勢會對你們壓倒性不利。所以你一定有所準備，偷襲失敗後，肯定還有B計畫、C計畫……既然如此，我希望節省時間；只要你證明自己能贏，我立刻投降，並把我知道的情報全數告知。」

「……什麼？」

這人在說什麼？

「這是相當合理的提案喔。神的力量是壓倒性的，如果你有必勝的策略，還來不及準備的我們必輸無疑……我不想輸得如此狼狽。」我沒回應，顏中書繼續說，「事到如今，我們差不多都要翻底牌了吧？勝負不過是轉眼間的事，就算輸了我也沒什麼不甘心，但如果有得選，我寧願站在勝利者那邊。怎麼樣？程同學，你能證明自己即將勝利嗎？要是你能證明，我們就不必浪費彼此的時間。」

「恕我直言，顏小姐，」我忍著惱怒，「其他人只是進了複製世界吧？他們應該能聽見你的聲音，難道你當著他們的面說要投降，他們會沒動作？光憑這點我就不可能相信你！」

她以爲我會爲了證明自己就乖乖把策略告訴她？更何況根本沒什麼必勝的手段。顏中書的聲音傳來：「是啊……我沒必要騙你，他們確實能聽到我的聲音。所以當著他們的面說出這些話，對我來說是個賭注。難道程同學不能體諒在這樣不友善的環境下，還冒險提出這種提案的我嗎？」

「當然不行。」

「那麼談判破裂？」

「沒錯，別小看我們了！」

瞪著望遠鏡，我要將顏中書偷到頂樓。

她打給我，肯定不是冀望我把策略告訴她。所以是拖延時間？目的是什麼？思考到一半，顏中書已被傳送到我掌中。

這瞬間，我心頭閃過一個模糊的想法。

——要是克拉克在就好了，可以直接拿旁邊的金屬架當手銬，銬住顏中書。說起來，爲何占卜結果不同意張嘉笙同行？我沒深思，應該說來不及深思，因爲不能給她機會隱身，我立刻抓住她持手機的手：「抱歉，顏小姐，不接受投降。我要俘虜你。」

「謝謝你，程同學。」她轉過頭，說出我難以理解的話。

突然「呲」一聲，我眼睛一陣劇痛，痛到像是有人把我的眼睛挖出來。

「什、咳咳、你——！」

這什麼東西！我慌慌張張地退後，某種「感覺」撲到我臉上，剛開始還有點涼，但很快整張臉就變得又麻又燙！我想揮走面前的東西，但那種「感覺」如影隨形，根本不放過我。我呼吸困難，彷彿氣管、咽喉都在燃燒，並劇烈咳嗽。

「頤顥，冷靜點，這不會致命！」雕龍的聲音壓過來。

「是防狼噴霧，」忘心接著說，「成分是濃縮辣椒水，沖洗掉就沒事了。」

「沒錯！可我要提醒一下，顏中書已跑到上風處，看來是要打電話通風報信，我們得快點離開。」

張不開眼睛，是要怎麼離開？

冷靜，冷靜。我努力整理思緒。該死，原本想就算抓不住她，忒修斯也是無害的，但居然用防狼噴霧！真蠢，光想著神的能力與規則，卻忘了自己是普通人類；要封住雕龍的力量不需要神，封住視線就好！我悔恨至極，此時忘心冷靜命令：「程頤顥，把身體給我。」

「給、給你？」

「從現在開始，不要想操控自己的身體。」

祂才剛說完，我就感到自己的身體猛然站起，往某個方向衝去，步幅愈來愈大，然後飛身一躍！我大吃一驚，什麼都不敢想，但嘴裡還是不小心噴出髒話。猛烈的風從腳底下拂過，一直沒踩到地，不知道在空中飛了多久，腎上腺素爆發讓時間感被放大了。

然而，我平穩落地。怎麼回事？忘心竟能控制我的身體！難怪毫無武術基礎的人都能使用武術，我現在是飛越忠孝東路，到對面的樓頂了吧？

忘心繼續讓我往旁邊大樓逃離，就像飛離水面的鳥，從未想過自己能達到這種速度；這種感覺與失速相似，令我恐懼。與此同時，眼睛痛到不斷流淚，就像有人把碎玻璃扎到眼睛裡，光轉動眼球就劇痛。不只如此，臉又熱又辣，不斷聞到嗆辣的氣味。身不由己的不安與辣椒水造成的劇痛占據大部分思考，但我還是在大腦中闢出一點思考現況的空間。

——情況很糟，但不至於絕望。不過顏中書要怎麼通風報信？手機信號應該無法穿進複製世界才對啊？腦海中閃過剛剛見到的景象。

會議室不見其他人，但桌上似乎遺留了一隻手機；原來如此，是在複製世界監視現實世界的手機嗎？手機一響，就回現實世界接聽。敵人早就料到我會將顏中書偷走。

完全中計了。

顏中書不是拖延時間，是用自己當誘餌！好想把十分鐘前的自己丟下樓。多一個步驟，偷走隨身物品不就沒事了？我怎麼這麼天真。

突然間，肌膚發麻，某個奇妙的聲音從身後傳來。

不，其實不該說聲音，更像是接近某種預兆；最初彷彿是陣悶雷，又像是數十公里外發生了核試爆，某種波動推開空氣，朝這個方向席捲而來——這都是一秒內的事。

接著聲音爆發了。

那是真正的聲音，就像蝗蟲過境般令人戰慄，我的身體差點失去控制。那是什麼？簡直像廚房裡所有金屬廚具同時砸在一起，發出刺耳可怕的巨響，而其中又藏著細微聲響，像被擠扁的生物吐出最後一口氣。

忘心帶著我的身體轉彎，根據細微的感官變化，我似乎進了光照不到的地方，是讓我躲起來了嗎？這段期間，外面的聲音仍不打算休止。怎麼回事？大怪獸經過嗎？好幾輛車子的防盜警報聲此起彼落，還有奇怪的「嘶嘶」聲，我問：「雕龍，發生什麼事了？」

「發生了連環車禍。」雕龍早就飛出去看了，「馬路上的車子同時失控，全撞在一起，消防栓也被撞壞——這下糟了，頤顥。」

我心中一寒，明白祂的意思。我對這情況有印象。前幾天月夜，我跟阿輝對峙之前，那些被抓進複製世界的車子失去駕駛者，也是全都撞在一起。

「……這裡是複製世界？」

我手心流汗，心跳加速。難道被鳩摩羅什看到了？太快了！我以爲憑忘心的速度就能在敵方神祇趕來前衝到一百公尺外。不，只要飛得比頂樓還高就看得到我，祂只需要穿越大樓飛向高空的時間。

「抱歉，」忘心語氣僵硬，「我應該逃進大樓裡。」

「不是你的錯，是我思慮不周。」我忍著痛思考，「忘心，能幫我找個有水的地方嗎？我想洗一下眼睛。要是能看到，就有機會反擊。」

沒錯，就算被困在複製世界也一樣。我知道鳩摩羅什的祭品了，只要恢復視力，敵人也留在原來的大樓，我就能偷到——念及於此，我不禁苦笑。他們怎麼可能不動？又不是笨蛋！

「好，」忘心頓了頓，提醒我說，「不過用冷水清洗，至少要持續十五分鐘——」

「總比什麼都不做好吧！」我煩躁地打斷祂，又後悔起來，「抱歉。」疼痛讓我失去了判斷力。

「知道了。」忘心沒有怪我，莫名地讓我想起阿輝。

身體開始移動，看來忘心已經找到哪裡有洗手間；我閃進某個頂樓的樓梯間，溫度因缺乏日照而驟降，空氣也較爲凝滯，我感到自己一口氣躍下，接著抓住扶手迴圈，再度飛躍而下。我盤算著接下來的計畫。這種情況眞的能贏嗎？愈想愈沒底。敵人能逆轉時間，如果他們能無限地修正歷史，我要怎麼贏？

我忍不住思考——這算什麼「小吉」？

雖然不是第一次，但再度覺得被占卜背叛了。哪裡做錯了？可是偷襲失敗後要是眞的撤退，絕不可能是「小吉」！當然，沒先偷走顏中書的隨身物品是我的錯，但如果無法算進我的失誤，還算什麼占卜之神？

這讓我浮現最糟糕的想像：該不會占卜沒問題，但結果只對衛知青有利吧？

理性告訴我不可能。

要是在這裡失敗了，不只雕龍，還會失去我方的重要戰力忘心，怎樣都想不到這結果對衛知青有利！就算未來我可能對衛知青不利，所以才要排除我，但在這裡損失兩個神，還有未來可言嗎？但我又想起張嘉笙一同參戰的結果是「凶」，如果這次的占卜結果只是爲了陷害我，現在的事情發展不就理所當然了……？

停止，不可以這樣想——還沒輸，還有機會！只要恢復視力，就可以利用瞬間移動在大樓間進行游擊戰，只要有忘心，近戰下我不可能輸。就算敵人能逆轉困局，只要每次都贏不就好了？我必須相信占卜。要是連這都不信，還能相信什麼？

忘心帶我走進洗手間，我感到自己的手打開水龍頭，卻沒傳來熟悉的「嘩啦嘩啦」聲。

什麼都沒有。沒有水。

不會吧？我失去耐性，在心裡說：「該不會剛好這棟大樓停水吧？」

「我不這麼樂觀。」忘心說，「或許鳩摩羅什有將『自來水』排除在複製世界外的能力……程頤顥，辣椒水的效果大概會持續一小時，反過來說，只要能撐一小時就行了。在那之前，我可以一直逃。」

撐一小時？光是現在就痛到想把臉撕下來了。我下意識伸出手碰臉，忘心連忙說：「不行，不要碰，眼睛也不要動，讓辣椒水擴散會更痛。」

謝謝你的建議，但眼睛因疼痛而轉動是本能。

「頤顥，這邊有不樂觀的消息。」雕龍的聲音在我心裡響起，「我一直在監視馬路，應該還有別的神在行動，因為我一直聽到某種古怪的聲音……等等，那是什麼？頤顥，準備迎擊，有大批敵人接近中。」

「大批？怎麼回事？」

我渾身發冷。

「不確定是怎樣的神，我猜是賦予物品生命吧！百貨公司湧出大量玩偶，有大有小，現在都是你的敵人了。修正，不只玩偶，連廣告上的巨大人臉也離開廣告看板，大概還有別的東西混在裡面。聽著，頤顥，他們有明確的前進方向，敵人知道你的位置。」

「玩偶就算了，巨大人臉能幹麼！」我忍不住吐槽。

糟透了。敵人大概還忌憚著雕龍，才派出「軍隊」遮蓋視線吧。它們不必有殺傷力，光靠數量就能讓我陷入資源安排上的泥沼；就連軟綿綿、模樣可愛的娃娃大軍，也能壓上來讓人窒息。我滿頭大汗，不確定是緊張還是辣椒水造成的。

「……忘心，盡可能遠離廣世公司。」

「好，」祂停頓片刻，「但你應該知道，最遠也只能走到複製世界的邊界吧？」

「我知道，沒關係，這樣就好。」我心想，同時將竹劍抽出劍套。

敵人知道我在哪，八成是最早看到我的鳩摩羅什一直隱形跟著吧？所以才能將自來水移出這個世界。但無論持有祭品的那些人現在在哪，都不會離廣世公司太遠；因為人類肉體的移動速度不可能媲美忘心。這樣一來，鳩摩羅什就不可能一直跟著我們。

祂無法離開祭品一百公尺。

只要逃離監視，我們就能躲進東區這個水泥森林，伺機反擊。很好，我總算冷靜下來。

「離龍，你留在大馬路上，隨時回報。」我心想。

「我知道。」

「忘心，身體交給你了，你想拿來做什麼就做什麼吧！」

「知道了。」

身體像射出去的箭，猛然竄出洗手間。我不知道這大樓的空間構造，但能清楚感到自己的身體如何奔跑與跳躍；心跳聲充滿整個世界，來到樓梯間，一跳就是半層樓。

「頤顥，」離龍警告，「那些玩偶快要到你所在的大樓了。」

沒關係，忘心一定更快。

「等等，忘心老兄，停下！」

離龍厲聲警告，我身體瞬間停住。不，其實沒停。我的身體瞬間後躍，像是垂直站在牆上般，揮舞竹劍擋開什麼，接著雙腳一蹬，往更低的位置撤退。我驚訝地問：「那些娃娃趕上了？在頂樓？」

怎麼可能，難道它們會飛？

「不，」忘心說，「是藤蔓！頂樓突然出現藤蔓，是『五色鳥』！」

我恍然大悟，隨即對計畫受挫感到惱怒，跟阿輝對決的事掠過腦海，操控者該不會又是蘇育龍！

要是不能從頂樓離開，難道要在大樓裡打？如果搶占走廊盡頭，或許可以與娃娃大軍一戰，因為敵人無法全方位進攻。但困在一處，會讓敵人源源不絕地將兵力送來，絕非上策。還是且戰且走？我有多少時間？說起來，娃娃大軍的速度到底多快？

「程頤顥，」忘心邊逃邊問，「你打算怎麼做？要離開大樓，還是守株待兔？」

「不能在這裡等，敵人會把我困住！」我說。可是要怎麼離開？不可能從正門，頂樓有藤蔓，大門一定也有。就算沒有，娃娃大軍八成也趕到了。無論忘心再怎麼快，到一樓也需要時間。

「好，那我離開大樓。」

「要怎麼做？娃娃大軍應該已經到正門了——」

我還沒說完，就感到自己停下腳步，伸手推開什麼。窗戶打開——是樓梯間的窗戶？還是闖進了某戶人家？無論如何，我大致猜得到接下來會發生的事。

我的身體踏上窗框，一躍而出。

風從腳底竄起。

這裡有多高？我不知道，但有十幾層樓吧！在這種高度以自由落體的速度下墜，比失速更可怕！腎上腺素不是在分泌，簡直是用噴的！

但我的身體絲毫不畏懼，甚至在空中揮舞竹劍——我是擊中什麼？敵人是誰？這種感覺好怪，有忘心控制我的身體，這軀殼想必是自由自在，不斷做出超人般的舉動！但到底發生了什麼事？似乎不斷有東西撲上，忘心不只將它們擊飛，還借力使力，改變我在半空中的位置。我不時翻身、迴轉，兩腳一蹬，居然在空中跳向更高之處。到底落地了沒啊？不過十幾層樓，可能在空中滯留這麼久嗎！

全身肌肉都在動作，汗水在極端動作中被離心力掃出去，但什麼都看不到，搞不清上下左右；混合了恐懼與憤怒的情緒，讓我忍不出嚎叫，像劍道的「氣合」——擊中時發出的吶喊。

什麼東西快速從身邊竄過去，刮傷了我的臉。

擊打聲不斷。我揮劍迴旋，藉著擊中的力量回彈，又打中別的什麼；我縮起腳，像在閃躲，接著用力踏出。啊，總算著地了，這踏實感完全不同。著地的瞬間，甚至感到雛龍在我心中鬆了口氣。

「頤顥，報告一下，我們的脫身方向被封死了。」雛龍像是怕我分心，現在才開口，「藤蔓封住整條路，築起十幾層樓高的綠色城壁。忘心本想趁藤蔓徹底封鎖前突圍，沒成功。還有，剛剛是娃娃大軍的前鋒，現在主力快抵達了，不只娃娃，所有人型、動物型的裝飾都混在裡面，數量至少上千——」

來不及聽祂講完，忘心再度行動。

該死，來了嗎？左、右、左，旋轉，翻身！我一邊毆打什麼，一邊跳舞般地閃躲，中間還有後空翻。空氣中似乎飛滿棉絮，拂過臉頰與手腕，顯然忘心不只是打飛那些娃娃，而是直接打爛。

複製世界很安靜，安靜到能聽見窸窸窣窣的聲音朝自己圍來，好多東西在摩擦蠕動，殺氣騰騰。雖然看不到，但我意識到被包圍了，所有視覺外的情報都在傳達這個訊息。

「忘心！有可能硬闖嗎？」我在心裡大喊。

「硬闖娃娃大軍？」

「不是！是那面牆，你能飛越它嗎？」同時，手中竹劍猛然撥開什麼東西，發出金屬撞擊之聲。這讓我頭皮發麻。這力道，要是直接打在我身上，肯定重傷！

雛龍說：「頤顥，因爲你看不到才不知道，但那些藤蔓可不只是結成城壁而已喔，它一直在攻擊，你根本就在綠色觸手間跳舞。」

原來如此，這就是動個不停的原因吧？原本我想忘心應該能跳很高，就算一次不夠，重複幾次也夠了。但有藤蔓干擾另當別論。「東區地下街呢？附近有地下街入口嗎？」

東區地下街就在這條忠孝東路底下，兩邊都有入口。

雕龍立刻回答：「有！不過要越過那些人造物大軍。」

「去地下街！」

就算藤蔓眞能碾碎柏油路，挖進地下街也需要時間！我要在之前突圍。「知道了。」忘心說。

我的身體一躍而起。現在正前方，或許有數十個擺飾飛來阻止我吧？忘心正面揮劍，將其中一個不知是什麼的物品往下打，借力往上。到底爲何這些得到生命的擺設能飛這麼高？忘心讓我硬在空中翻滾，踩著另一樣東西往上騰空。有什麼從身後襲來，忘心轉身以竹劍擋開，突然，有東西纏著腳，將我往下拖。

是藤蔓嗎！

而且這根本不是拖，而是像摔東西一樣把我朝地面甩！完了，死定了，腦中閃過跑馬燈。只聽轟然巨響，彷彿是我被砸成肉泥的聲音……但我還能思考，難道沒死？

鼻子聞到粉塵的味道。

忘心揮劍，粉塵被疾風吹散，纏著身體的藤蔓也被劍身碾碎。

雖然只是竹劍傳來的觸感，但覺得這東西已經超越竹劍了。身體繼續奔走，大腦則慢半拍地理解現況；忘心大概是利用武器不會受損的能力，硬生生用竹劍打向地面，抵銷把我砸扁的力道吧？幸虧身體被大幅強化，不然絕不可能承受這兩種力道，而試圖抵銷的結果，就是路面被打碎。

不過這短短的時間，敵軍襲來的頻率明顯提高，我透過自己的動作感覺到了。如果原本是一波一波的海潮，現在就是不間斷的海嘯吧！這時雕龍聲音響起：「壞消息！顚顥，地下街也出現擺飾軍團！」

「什麼？」

我大驚失色，它們什麼時候進去的？不對，該死，我怎麼沒想到？地下街當然有賣娃娃的店家、也有擺飾啊！數量還不見得比百貨公司少！

「放棄地下街嗎？」忘心揮舞著竹劍問，這力道之大，覺得今晚肌肉一定超級痠痛！到底該怎麼辦？要是放棄地下街，能往哪裡逃？我看不見，要怎麼判斷？

「如果你還沒想法，」忘心說，「我想試一件事。」

「你試吧！我想想該怎麼辦。」

忘心的動作明顯變了。祂空出左手，改由右手持劍。祂要做什麼？我不得而知，但我把思緒獨立出來，忘掉身體的動作，專心思考。

認眞想想啊，程頤顥，這種情況該怎麼辦？

但手上的牌只有忘心，只能用暴力解決。可能嗎？譬如直接打敗試用者？可是忘心不可能同時與這麼多神祇戰鬥，而且打敗持有祭品的人，也不表示解除神的能力。

但我眞正的底牌——雕龍——眞的不能用嗎？就算超級痛，我難道不能用手勉強把眼皮撥開，換取瞬間的「目擊」？我問雕龍：「雕龍，你有看到敵人嗎？」

「你說廣世公司的人？」雕龍說，「沒有。他們也沒必要在現場，透過神監視這裡的情況就好了。」

「但他們一定在半徑一百公尺內！」我心想，「知道位置，就有機會偷走祭品！」

「你眼睛好了？」

「我用手撥開都要看到，反正沒有永久性傷害吧？」

「妥善處置的話，當然沒有，但要是你勉強……算了，我這就去找。不過頤顥，你知道忘心老兄在嘗試什麼嗎？」

「不知道，祂在幹麼？」

我聽見某個巨大聲響。很沉悶，有點像巨石掉進水裡，又是一聲。我意識到自己身體極其忙碌，卻不知道在做什麼。

雕龍解釋：「忘心老兄正把所有金屬製的裝飾當成棒球一樣打出去，已經把藤蔓城壁打穿了。」

——什麼？打穿了？可以做到的話爲何不早做？不，剛剛都是我在發號施令！我還不夠了解忘心，讓祂照自己的意思辦事好像比我指揮更好。雕龍繼續說：「但別高興太早，藤蔓很快就把洞補起來了。只是忘心老兄進攻速度極快——你無法親眼看到真可惜，這可是神技啊！總之，敵人顯然也忌憚這件事，開始用藤蔓干擾被忘心老兄擊打出去的東西。不愧是忘心老兄，真是暴力的化身。

「所以可能將城壁打到來不及復原？」

「有機會。」

居然有這種事……我啞口無言，但這不正是暴力的正確用法？我在心裡說：「我知道了。不過雕龍，你還是去找敵人，如果要贏，這是必要的情報。」

「好。但你做好準備，可能隨時就會衝過藤蔓之壁。」

「差不多了。」忘心插嘴，祂冷靜地說，「原本很難接近城壁，但將『士兵』當成砲彈，藤蔓就接應不暇了。程頤顥，衝過城壁後要怎麼辦？你先專心思考這件事。」

「明白，身體跟闖過去的時機就交給你了。」

我熱血沸騰起來。不，是真的很熱，這大概是人生中身體運動最激烈的時刻，要是神能不讓我肌肉痠痛就好了。

如果這是盤棋，下回合會怎麼樣？敵人恐怕會讓神搜尋複製世界，跟我命令雕龍做的事一樣。他們神的數量比我多太多，單論搜尋能力，這邊是壓倒性不利，但只要撐到恢復視線，就能取回優勢。有機會。

「不會讓你們得逞的。」我身後突然響起一個聲音。

「咦？」

我正在想這聲音是誰，眼前閃過猛烈的光——不對，我閉著眼睛，不可能看到光，這光是從我身體裡爆發出來，直通神經！就像被迫直視太陽，強大的光濃縮成一團，在意識中爆炸！我覺得自己碎成破片，神經、肌肉、骨骼全都支離破碎，連自我都在濃烈的光中焚毀。

沒有跑馬燈的時間，連感慨「這就是死亡啊」的時間都沒有，思緒就消滅了。不知過了多久，我才恍恍惚惚回過神。怎麼回事？二十年過去了嗎？但我的臉依舊熱辣，眼睛還是張不開，顯然連一小時都不到。

「——顥，頤顥！有聽到嗎？」雕龍的聲音傳來，但連在心中回應的力氣都沒有，只能掙扎著呼吸。發生什麼事？爲何半點力氣也沒有？我想問忘心，卻發現手上空無一物。

沒有竹劍。

我如墜冰窖。

「聽著，頤顥。」雕龍察覺我醒來，「你被雷擊擊中，電流癱瘓你的行動……唉，敵人就躲在擺飾軍團裡，是變形能力，我太大意了。聽好了，雖然忘心老兄被奪走，但只要張開眼就能偷回來。」

我哭笑不得。別說眼睛，現在一根手指都動不了。難以言喻的羞憤湧上心頭，我怎麼能讓阿輝託付給我的東西被奪走？

兩組不同的腳步聲接近。

「等等，你要幹麼？」不遠處傳來一個女性的聲音。

另一人到了我身邊，能感到他的體溫。那人似乎轉向身後回答：「看也知道吧？我要挖掉他的雙眼。」

是蘇育龍。我怒火中燒卻動彈不得。要是眞這樣任他擺布，難道就要被挖走雙眼？

恐懼陡然升起，但渾身仍然發麻，連手指都動不了。

「你在說什麼！」女子高聲質問，同時有高跟鞋靠近的聲音，「有必要這樣嗎？」

「當然有，這傢伙一見到我們就會偷走祭品，他是我們的天敵！」蘇育龍把手放到我眼睛上，毛茸茸的，看來是狼人型態，「怎麼啦？你在怕什麼？眼睛什麼的，之後再復原就好啦。」

「不是這樣！」女子厲聲說，「就算能復原，你怎麼能像那樣……而且一定很痛好嗎？不，我不是開玩笑，蘇育龍，停下來——你給我住手！」

「你認眞的？」蘇育龍放開手，聲音遠了些，「這種時候，你想用神對付我？」

「我才要問你是不是認眞的！你以前不是這種人！」

他們爭吵起來，我卻是難以言喻的心安。繼續吵，最好吵到我能夠行動。他們已經現身，就算割掉眼皮也要看到他們、偷走祭品。這時手指總算恢復到能動，緊接著是貫穿全身的強烈痠痛，難道不只電擊，還有忘心能力的後遺症？

「別鬧了！」蘇育龍嚴肅地道，「難道你忘了我們的目的，要讓他有機會偷走神？」

「我沒這麼說，但方法很多不是嗎？像是拿眼罩遮住視線。」

「他張開眼睛，就可以把眼罩偷到手上啦！」

「那你用手壓住他眼皮不就好了？我就不信力氣他能贏過你，現在他又沒這把劍！」

是忘心。劍在她身上？

「算了。」蘇育龍蹲下，像是抱嬰兒一樣將我抱起來，右手按住我的雙眼，「我用手按著眼睛，要是他想張開，我就立刻捏爆他眼球，這總可以了吧？」

我下意識縮起脖子。蘇育龍發現我的動作，志得意滿地說：「哎，你醒啦？聽好了，你要是想張開眼睛，我立刻把你的眼睛挖掉，聽到了嗎？」

我裝成沒力氣回應。

「對不起，很痛吧？」女子溫聲說，「眞的很抱歉，我們也不想這樣子的，雖然不是要你原諒我們，但我們其實一點也不樂意做這些事——」

那就不要做啊！我在心裡說。想不到蘇育龍也開口喝斥：「夠了吧！說這些有什麼用？做都做了！」

「那是不得已。爲了修復整件事……」女子悲鳴，「我不希望事情更糟！我的專業不是拿來害人的！」

蘇育龍沒理她，抱著我移動。我有種說不出的心情，蘇育龍雖然耀武揚威，但我是手下敗將，只能認了，這女子卻一副希望我理解她有苦衷的樣子……就算退一萬步，眞的有什麼苦衷，難道我就能諒解她？

當然不能。但她聲音透露出的悲傷，讓我有些猶豫。

「雛龍，告訴我現況。」

「還需要說嗎？」離龍老樣子地語帶嘲諷，「山窮水盡就是用來形容這種時候吧？蘇育龍正帶著你往廣世公司走，看來敵方也知道你被打敗，剛剛躲起來的人都現身了。坦白說我也不知道該怎麼辦，只能見機行事。你眼睛跟身體怎麼樣？」

「勉強能動吧，但肌肉痠痛，無法靈活動作。眼睛沒這麼痛了，要是這個毛茸茸大叔沒有壓住我的眼睛，說不定可以睜開個半秒鐘……只是說不定。」

「是嘛，我想也是啊。我不希望你眼睛被毀，還是別輕舉妄動。唉，這下連我也想抱怨——黑羽那傢伙到底怎麼好意思說這是『小吉』啊？」

就是這樣！離龍終於承認了。可惡的占卜之神，最好這能說是小吉啦！就在我自暴自棄埋怨之時，一道清亮的聲音從前方不遠處響起。

「蘇先生，辛苦了。我們是安全的吧？他看不到吧？」

某個年輕的男性邊說邊拍手，是那位坐主位的人嗎？

「放心吧，莊先生。要是他想張開眼，我就挖掉他的眼睛。」

莊先生？我背脊一涼。

他是——莊津鈺，廣世公司的董事長？可是，莊津鈺不是從二十年前就擔任廣世公司的董事長了嗎？怎麼可能這麼年輕！還是說，這是神的力量？

「沒問題嗎？」姓莊的男子走到近處，以帶著憂愁的天眞語氣說，「只是壓住眼睛，不保險吧？反正最後都會復原，難道不該直接弄瞎他嗎？」

他語氣誇張，帶著挑釁，令人惱火。蘇育龍身邊的女性揚聲說：「怎麼連你也這樣說！是我要阿龍哥住手的，沒必要做到這麼絕啊。」

「桂姊，就算你這樣說也不行啦！要是我們計畫失敗怎麼辦？我們的目標是將一切復原，要是無法復原，不就眞的變成壞人了？」

「別再說了。」桂姊似乎眞的生起氣來，「說什麼可以復原，一個人是不是壞人，從他做下那件事就算了！我奉陪你們的計畫，也算壞人吧？反正我本就不是什麼好人，沒差，但做了一件壞事就可以壞到底嗎？我做不到。別忘了，我是研究組的，要我來做這種事根本是濫用職權！」

「好啦，桂姊別生氣，」男子口氣輕佻，「我們誰都不願這樣啊，但最早不也是你說非修復不可嗎？」

「說什麼不願這種事發生，事實上不就是做了嗎？」

再也聽不下去，我用盡全身力氣擠出這些話。

「哎呀，程同學，你醒著啊？你比我想的有精神。但我倒是希望你沒精神，要眼睜睜看著自己被抽取，太可怕了，果然還是失去意識比較好吧？」

我心涼了大半，後悔衝動開口，還嗆了對方。

「莊先生，你剛剛說要抽取他？」另一位男子說，他聲音低沉，是沒聽過的聲音。

「你聽到了，立刻去找『尙書先生』。」

「等一下。」我勉強出聲阻止，雖然搞不清狀況，但現在好像無法馬上抽取，我要多爭取點時間，「你們也不想抽取吧？神被抽取後不是會愈來愈衰弱？難道我們不能先談談，找出對雙方都有利的情況？」

「你怎麼知道神會愈來愈衰弱？」蘇育龍問。

「那把竹劍說的吧？」男子語氣總算沒這麼輕快，「可是程頤顥，我不可能將你視爲合作對象。你是麻煩人物。你讓我們失去溫正輝，徹底打亂節奏，光這點就該找你算帳，怎麼談得出對雙方都有利的情況？」

「屁啦！」我聽到阿輝的名字就無法抑制憤怒，「什麼叫失去溫正輝，你從來沒眞正得到他的幫助！你只是用神的力量控制別人而已。王八蛋，怎麼不去死一死啊？」

「喂喂喂，頤顥。」雕龍想阻止我，可是來不及了。姓莊的男子笑了出來。

「你看吧，怎麼可能合作？就算用公正之神控制你，你也會像溫正輝一樣，在最壞的時間點背叛我們吧？建軍哥，我再說一次，找尙書來。」

「尙書怎麼了？」某個熟悉的女聲響起。

是顏中書。

對敵人安心，實在很丟臉，但我竟然鬆了口氣。

顏中書愈來愈近：「抱歉花了點時間。莊先生，爲什麼要找尙書？你打算抽取程同學？」

「是又如何？」

男子語氣與剛剛完全不同，帶著某種警戒。

「恕我直言，這麼做沒有好處。」

「也恕我直言，中書姊有這麼說的立場嗎？如果不是你的失誤，我們早就成功了。」

——我沒來由地怒從中來。

我們親自跟顏中書交手過，非常清楚她多難纏，這傢伙卻說她失誤？連前線都沒上的人，好意思這樣指指點點？顏中書不動聲色，連聲音都沒怯弱：「我知道莊先生想說什麼，但直到此刻，我都不覺得自己判斷失誤。也正是如此，我才覺得不能抽取程同學。」

「爲什麼？」

「因爲我們眞正的敵人不是程同學，也不是占卜之神，而是那些來歷不明的日本人。」

她的話令我膽寒。什麼意思？

「還在說這種事？」姓莊的男人不以爲然，「無論那些日本人有何打算，我們早點完成自己的任務不就好了？別忘了，眞正不等人的是**深奧現**，無論何時停止都不奇怪！」

深奧現？我一頭霧水。

顏中書緩緩說：「即使我們連日本人手中有哪些牌都不知道？請各位想想，爲何那些日本人有試用者名單？是林冰美洩漏出去的？但林冰美本就不是我們的人，是法國派來的，爲何法國人跟日本人有關聯？這段期間，我們有多少資源是跟外面借調的，他們都說了眞話嗎？還有多少個林冰美？要是不知道這些，誰知會不會在我們達成目的前殺出個程咬金?」

「頤顥,看來敵人不是鐵板一塊。」雕龍在我心裡說,「顏中書的話是對在場所有人說的,有些人看來支持她,但她無疑挑戰了領導者權威,那位莊先生可不怎麼樂意。」

但對方沒有斥責,或許是忌憚其他人吧。他冷靜地說:「這裡是中華民國,我不認爲那些外國人可以在這亂搞。就算退一步,你說的沒錯好了,爲什麼我不該抽取程頤顥?」

「程同學是我們跟加賀美同學間的橋梁。透過程同學,我們才有機會掌握日本人的動向。」

她在說什麼?我掙扎起來。

「頤顥,別輕舉妄動。」雕龍立刻說。

「我知道。」眞的知道。我不會再刺激他們。重點是渡過眼前這一關,只是被人抱著很不舒服而已。我絕對不會成爲他們對付加賀美的工具。

姓莊的男子沉默片刻:「在下決定前,有件事我想先確定。雖然現在事情還算順利,但你在會議室裡說的是眞的吧?要是程頤顥能說服你,你就會投降,對吧?」

「坦白說,沒發生的事怎麼說都沒意義。」顏中書有些無奈,她很清楚對方不信任自己。「但沒錯,只要我判斷沒有獲勝的手段,我就會投降。你們要怪我也無妨,但投降不妨礙我們的目的。而且事情發生時,除了我,還有其他人提出反擊手段嗎?」

「這有什麼了不起?我們也可以躲在複製世界,渡過這次襲擊。」

「是嗎?我們花了一個多月還無法逮到占卜之神,甚至被逮到機會反擊,如果再讓相當於天敵的偷竊之神逃走,他們肯定會比日本人還棘手,莊先生確定要這樣?別忘了,占卜之神之所以難以對付,就是因爲祂總是能找到最好的手段來保護自己——」

顏中書突然語塞,奇妙的靜默霎時籠罩四周。

「怎麼了?」我有些疑惑。雕龍還沒回答,顏中書再度開口,聲音急切。

「抱歉，我太天眞了。我提議跟程同學合作，盡可能配合他們的需要。」

「啊？」對方大惑不解，「你到底在說什麼？」

「程同學會行動，肯定是因爲占到『吉』。」顏中書迅速回答，「現在我方占優勢，這不合理，一定有什麼我們不知道的因素。如果我們繼續仗著優勢將程同學推入困境，占卜結果的反撲就愈大。與其如此，不如直接跟程同學合作——」

「夠了！中書姊，不可能！」男人厲聲喝止，他調整一下情緒，慢條斯理地說，「太離譜了。照你這樣說，我們早就輸了，剩下的只是時間問題；但怎麼可能？我們封印了程頤顥的視線，此時此刻，這裡差不多就是我們的全戰力，我甚至能逆轉時間，有六十秒的時間改變行動，太充裕了……」

他沒把話說完。

因爲唐突的聲音出現——是鋼琴聲。

我抬起頭，彷彿頭頂有光照下。

「是日本人！」蘇育龍大聲警告，更用力地壓住我眼睛。我沒抵抗，而是靜靜傾聽。婉約的旋律帶著淡淡哀憐，美麗至極，也與劍拔弩張的氣氛極不相稱。我難以遏止地揚起嘴角。

情況還是糟透了。就像那個姓莊的傢伙說的，這裡就是他們的全戰力，換言之，這差不多是決戰時刻！明明如此，心中卻逐漸被滿足之情塡滿。

原來還眞的是小吉啊？仔細一想，事情必然如此發展。當顏中書作爲間諜潛進來，我們就已處於壓倒性不利，但爲何還沒有輸？爲何顏中書會放任我們，用這麼迂迴的手段來對付我們？

因爲她有顧慮。

就像「汝等是人是狼」。原本狼只要咬光村人就贏了，但當玩家數到十六人，「妖狐」就會登場；妖狐是很特別的職業，狼咬不死妖狐，而只要遊戲結束時妖狐存活，人狼陣營就敗北。所以，人狼想要獲勝，就非先處理妖狐不可。

沒錯，這場遊戲——

有妖狐。

「頤顥！我們來了！」

加賀美靜香清脆的聲音響起，她在很遠的地方，我卻不可思議地覺得很近。

我掙扎起來，蘇育龍立刻冷酷警告：「別亂動，我可會挖掉你眼睛！」

還來不及回應，突然有一隻冰涼的手握住我，接著我登時摔落地面。怎麼回事？

「你還好嗎？」加賀美就在身邊。她的關心讓我把一切疑惑丟下。

旁邊響起此起彼落的驚呼：「怎麼回事」「莊先生哪去了」。

搞什麼，難道那個男人逃了？講得這麼豪氣干雲，結果居然丟下自己手下？

「沒事。」我努力站起，調整一下呼吸，便用大拇指推開眼皮。此時不睜眼更待何時——

啊啊啊啊啊痛痛痛痛痛！超痛的！一碰到，眼皮就因劇痛而不自覺闔上，第一次知道眼皮的肌肉這麼有力！離龍在心中大喊：「頤顥！八點鐘方向，忘心在那！」

我立刻轉身，再度試著撥開眼睛。要是奪不回忘心，哪有臉去見阿輝？我用指甲掐住眼皮上緣，幾乎用扯地拉起眼皮，好痛，太痛了，就像拿千萬根針去刺眼珠，眼睛因疼痛而顫抖，光又太強，一時間什麼都看不清。但我忍著。

短短的一瞬間，我捕捉到了「影像」。

四周亂成一團，根本不像我熟悉的忠孝東路！

天上閃著妖異的紅光，旁邊圍滿擺飾大軍，雷霆像是電漿燈一樣遊走在大樓、捷運、路燈之間。

我在半秒不到的時間內努力辨識。

眾神攻擊的中心，正是之前把加賀美帶走的西裝男子！

他不知為何飛在半空中，而一位穿著碎花連身裙、留著短髮、戴眼鏡的中年婦女高舉忘心，正飛向空中要斬殺敵人；她是剛剛幫我說話的女性吧？我在心中說了聲「對不起」，將忘心偷到手中。

——不行！撐不下去了！這感覺跟有人拿金屬棒插進我大腦差不多，我眼皮滑落。

那女子發出慘叫，她不會摔到骨折吧？雛龍說：「別擔心，西裝男救了她，大概。」

「大概？」

「他利用豎琴的瞬間移動戰鬥。眞不可思議，他是凡人吧？但在瞬間移動下，他的戰鬥靈巧程度跟忘心差不多；他將那個女子瞬間移動走，應該是到安全地帶。其實他原本就是用這種方法將敵人送走，減少敵人戰力，只是被忘心纏住，直到你偷走忘心。」

難怪鋼琴聲綿延不絕，彷彿全都是三十二分音符。

雖然我很在意爲何他能用豎琴，但現在不是追究的時候。

「せんせい（老師）！」加賀美勾住我的手臂大喊，「いきますよ（要走了）！」

她要西裝男子跟她一起撤退，爲什麼？西裝男子能分散戰力，這不是擊敗敵方的好機會？

——不對。

就算豎琴能穿越複製世界，也要額外時間。爲了持續吸引砲火，西裝男子就算將敵人轉移走，也一定還在複製世界裡。換言之，敵人遲早會回到戰場。可惡，這麼好的機會，難道什麼都不做？我得做些什麼，就算偷一兩個祭品也好！

加賀美跟西裝男子同時演奏，精巧的四手聯彈，我心中浮起「不能輸」的感覺——毫無邏輯，但就是這種心情。在鋼琴旋律的風暴下，我一手拿著竹劍，另一隻手伸向前，爲了抓住接下來要偷的東西。

我奮力呼吸，動用臉部肌肉硬是擠開眼瞼，暗紅色的光輝湧進角膜、瞳仁、水晶體，刺激視神經，狹窄的影像總算在大腦內成形，我在魔境般的忠孝東路看到了某道身影。

啊，是你嗎？沒時間找別的對象了，連眼睛能撐多久都不知道。這就是命運吧！不知爲何，腦中閃過這樣戲劇性的說法。鋼琴聲宛如洩洪的水流將我淹沒，我在心中向雛龍下令。

「雕龍，將顏中書偷過來！」

手掌多出了觸感。我抓緊她的衣服，絕不放手。轉眼間，就像電視螢幕的畫面被壓成扁扁一條線，忠孝東路的影像擲在遠方，我們傳送到了一個景色截然不同的地方。

我們離開了複製世界。

幕間：Gnossiennes No.1

被帶回住處，加賀美靜香甩開「老師」的手，退後幾步，怒氣沖沖地問：「老師，爲什麼介入？你不是說不會干涉嗎？」

其實她也知道這是小孩子脾氣。但不宣洩出來，不知要如何排解這煩悶的心緒。幸好對方是能夠接受她小孩子脾氣的人，戴眼鏡，相貌清秀的西裝青年整理了一下領帶，面無表情。

「非常抱歉。但小姐您正打算公開我方資訊，基於我方利益，不得不阻止您的行動，還請見諒。」

這是青年公事公辦時的語氣。加賀美無畏地直視對方：「有什麼不可以？他們也是被那些竊賊欺騙的人，我們應該合作才對啊！」

「這要由令尊決定。小姐也明白吧？**您的工作在圖書館就結束了**，接下來交給我們也沒問題，您已經……涉入太多不必要的事。」

這點加賀美也明白。

在赴圖書館之約前，她就知道廣世公司不是什麼好人，但爲何有人寄信召集廣世公司的試用者？爲了確認，她被分派了潛入調查的任務。坦白說，原本她有些抗拒，又沒受過訓練，憑什麼當間諜？所以被擋在圖書館前台時，她一度覺得算了，自己就是做不來。

但程頤顥跟雕龍幫她進了圖書館，讓她帶回重要情報。

那些人不是敵人。加賀美鬆口氣。但他們顯然遇上危險。有人被綁架了，她驚訝又憤慨。沒錯，她的任務完成了，因爲她只是來確認圖書館召集人是不是要搶奪技術的第三勢力。但面對那些陌生人，她產生一種奇妙的心情——那種心情跟第一次到台灣很像。

那是去年夏天的事。

因為母親之故，她對台灣懷著複雜而濃烈的情感。這幾年，她不只學了台灣華語，也在網路上看了很多台灣的觀光資料與照片，她覺得自己已經很懂台灣；但直到她下飛機、走進海關，看那些繁體字躍進眼內，耳邊傳來柔軟溫和的台灣腔，才真正有了實感。

自己終於到了台灣。

這件事也是。她知道自己在台灣有任務，一定會被推去做些什麼，但直到在圖書館聽大家分享情報、沙盤推演，看那些被稱作「神」的技術開口說話，她才首次覺得自己真的不是「無關者」。

因為她知道技術的內幕。

所以她想知道更多，想見識大家的「神」！她沒想過採用同樣系統的技術，實作的結果居然差這麼多。她很羨慕廣世公司改造的系統有這麼強的人工智慧，能直接說話，相比之下，豎琴跟工具差不多，徒具人形。父親應該要引進這種技術。

她還知道「敵人」有多邪惡。

居然將試用者變植物人，怎麼能這樣？在忠孝復興時，頤顥被迫與摯友對決，雕龍帶領她躲好，安撫她的情緒，但雕龍應該比她更擔心頤顥吧？她還記得那種置身事外帶來的挫折與憤怒，親眼見到頤顥痛失摯友時的悵然若失。就在那一刻，她決定要幫這些人。

這肯定是「正確的」。

「……我認為是必要的喔。」加賀美知道自己在逞強，卻面不改色，「老師，你不覺得奇怪嗎？廣世公司偷走技術，說到底也只是為了賺錢吧？那到底是誰襲擊試用者？而且那些人有抽取技術，表示他們已經鑽研『物自身』一段時間……老師，我覺得沒這麼單純，要是不釐清這些，回收任務說不定會遇上困難。」

「我明白小姐的顧慮，但請容我重申，這要由令尊決定。」

低沉而帶著磁性的聲音，就像鄰家哥哥在安撫妹妹，但還是公事公辦的語氣。這讓加賀美更生氣，即使這份憤怒帶著委屈。

「我說的話，那人根本聽不進去，他就想要我置身事外！」

「令尊的心情是可以理解的。」

「才不，他根本不關心我！他單方面說完就算了，結果不是放任我繼續接觸他們？如果怕我遇上危險，就該更強硬阻止我！」

「因爲令尊信任我的能力。」

「我也信任你，但對方擁有『物自身』喔？」加賀美急促地說，「或許哪個『物自身』可以克制豎琴，這種事沒有百分之百的吧？那人的做法根本矛盾！老師，我不是抗議他不管我，他不管我才好呢，但既然不想管我，能不能就徹底一點，乾脆完全不管我了？」

「這實在是做不到。」西裝青年的語氣有些冷酷，「您的資訊是我們告知的，那份知識並不屬於您，是公司的資產。」

「那一開始就別告訴我。」

「要是不告訴您，您會協助令尊嗎？」

那倒是不會。

「這不是重點。眞要公事公辦，當初就該讓我簽下契約。老師，我不會坐視我的朋友被抽取，顏小姐的推理你也聽到了，她大錯特錯，要是不阻止她，事情就糟了！」

「這不是我們要關心的事。」西裝青年有些無奈，「小姐，我們不會再讓您做危險的事，您來台灣也有自己的打算，就當作沒被捲進這件事不好嗎？我們保證您衣食無缺，什麼都不必煩惱。」

加賀美不敢相信老師竟說出這種話，他是認眞的？不，再怎麼說，他都是父親……都是加賀美家的手下，地位只比傭人高一些。以他的立場，也只能講出這種話吧？即使如此，加賀美還是有點失望。

「水上先生，你會保護我吧？」

加賀美抬起頭，擺出加賀美家成員的姿態，即使這令她羞愧。

「這是我的職責。」

「那我自己跑進危險中，你也不得不出手相助囉？」

西裝青年沒生氣，表情毫無變化，只是緩緩點頭：「是的。只要這依舊是我的職責，我會盡力而為。不過您打算怎麼做？」

「我要把一切告訴他們，讓他們……」

「小姐，不能這樣做。」西裝青年打斷她的話，「那位顏小姐是廣世公司的人。」

「什麼？」

加賀美瞪大眼，吃驚到說不出話。怎麼會？那位邏輯嚴密，把自己逼入絕境的顏中書？西裝青年繼續說：「合作對象將廣世公司的成員名單寄給我們。顏中書雖然沒有正式職位，但她確實為廣世公司服務。」

「為何不告訴我？」

「因為我們本就不希望您涉入太深。既然無法阻止您，至少要控管情報，要是您之前知道此事，您有信心不在顏小姐面前露出破綻嗎？」

那倒是。但這樣不就糟了？加賀美想。自己被老師帶走，不就證明顏中書推理正確？接著她一定會掌握大局，把大家帶向毀滅之境！不行，得提醒頤顥，加賀美也顧不得回應老師，連忙拿出手機——

但她怔怔地盯著手機，心想，她能說什麼？

她想起頤顥最後的表情。那是覺得被背叛的表情。這讓加賀美害怕又心碎。但要是自己處在頤顥的位置，恐怕也很難相信對方吧？所以，加賀美無法接受事情到此為止。

她不是玩弄他人感情的壞人，至少不希望頤顥跟雕龍這樣看她。

但她能怎麼做？在剛剛那件事後，她有什麼立場說顏中書是間諜？要是真這麼說，只會讓頤顥他們更相信顏中書吧？要讓頤顥相信自己，方法只有一個：由自己證明顏中書是間諜。

加賀美收起手機：「老師，廣世公司是敵人吧？」

「依照現有情報，是的。」

「那爲何我們還不出手？父親……那個人在做什麼？」

「令尊自有考量，請恕我沒有立場告知。」

果然是這種話。加賀美覺得遭到背叛，她有點想哭。少女轉過頭，帶著些許氣憤：「吶，你聽我說，我要闖入廣世公司，找到證明顏中書是間諜的證據，如果水上先生不希望我被敵人抓到，最好是來幫我。」

「令尊不會同意的。」

「我不需要同意。豎琴是我的，要怎麼用豎琴的力量是我的自由。只要我還有一根手指能動，他就無法束縛我。水上先生，我不管你怎麼跟父親報告，總之我心意已決。你要幫我嗎？」

西裝青年沉默不語，但最後還是低下頭，推了一下眼鏡。

「……明白了。還請小姐不要擅自行動，作爲代價，廣世公司有任何動作，我會立刻告訴您，並與您同行，這樣的安排您同意嗎？」

「眞的？」加賀美睜大眼，坦白說，她沒想到會這麼順利。

「因爲掌握小姐的行蹤優先於任何事。」西裝青年總算露出不是公事公辦的笑容，「我會保護您的。」

「謝謝你，老師！」加賀美幾乎想跳過去抱著青年，但身爲少女的矜持阻止了她，「那個，對不起，我也不想像這樣威脅你。剛剛用『水上先生』叫你，請你原諒我。」

「小姐，那是正式的稱呼。」青年表示這樣稱呼毫無問題。

「不是的！老師也知道吧？」加賀美噘起嘴說，「老師就是老師！」

她知道對方明白自己特地稱呼他「老師」的原因，而且西裝青年也確實知道，因此他露出少女熟悉的笑：「我知道。」

他說要去確認廣世公司的情況，便離開了。公寓雖有許多房間，卻只有加賀美住在這，西裝青年住別的地方，因爲她父親不許。然而，青年的工作卻是時時刻刻注意加賀美的狀況，就連加賀美也覺得這不合理。

她回到自己房間，回想剛才發生的事。

被逼問的窘迫感，得知顏中書是間諜的驚駭……但最恐怖的，是頤顯漠然望著她的神情。她擔心被頤顯瞧不起。前夜，她擔心頤顯，特地打電話給他，兩人意外聊了一整晚。雖然可能是她想太多，但她覺得被託付了某種信任，那是種暖暖的、沉甸甸的情感，就像內心深處放著一個溫水瓶，光觸碰就能覺得溫暖。這一夜的心情，她不希望變成虛假。她拿出手機，寫下要傳給頤顯的簡訊：「頤顯，我不是敵人，希望你相信。但現階段，我無法證明。爲了取回你的信任，在找到證明我清白的證據前，我不會再度出現。請保重，不用擔心我。」

送出。

——頤顯會怎麼想？加賀美有點擔心。

他會堅信她是騙子，回訊息罵她嗎？她是不是根本不該傳簡訊？但要是不傳簡訊，她又放不下心。那些文字雖然簡短，卻是她斟酌再三才送出去的。她很怕哪段文字沒寫好，讓頤顯覺得她是壞人，但話說回來，她要怎麼證明自己是好人？

加賀美心煩意亂，坐在床上，開始演奏艾瑞克·薩堤的〈葛諾辛尼首部曲〉。這是一首懸疑、神祕、帶著點憂愁的曲子。那種猶豫，踟躕，不是一氣呵成的韻律感，正可說是加賀美此刻心境的寫照。

每當她有心事，她就會演奏鋼琴，宣洩自己情緒。

音符像躲在門後，趁人不注意連忙溜進房間，鑽進床底下。

手機振動，加賀美連忙停下旋律，拿起手機一看。果然是頤顯傳來的。

「你要不要先試著解釋看看？」

加賀美將這短短一行字看了好幾次，好幾種情緒如霓虹燈般在她心中閃耀又黯淡。

她當然想要解釋，但現在解釋有何意義？她拿不出任何證據。雖然跟頤顯認識沒多久，但她覺得比起自己說，頤顯更相信證據；她腦海中甚至浮現頤顯「你有證據嗎？」的聲音，連表情都有。光這樣想像，加賀美臉上就青一陣、白一陣，有些胃痛了。

所以她沒回覆。

鋼琴聲再度響起。加賀美伸出手，指尖敲打隱形的琴鍵，設法讓自己沉浸在欲語還說的旋律中。這時她突然想到，〈葛諾辛尼首部曲〉的原文是「Gnossiennes No.1」——這個NO.1（第一號），不就是頤顯嗎？

眞是莫名其妙的聯想。但這聯想讓她笑了出來。

旋律停駐，在房間裡反反覆覆，像是沒有結束的時刻。

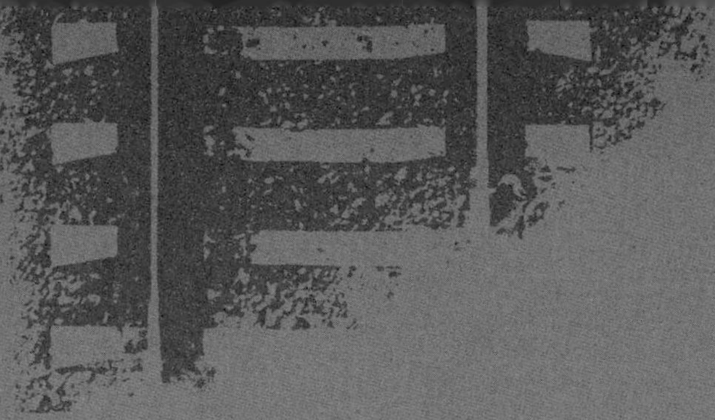

第六章

世界的人形介面

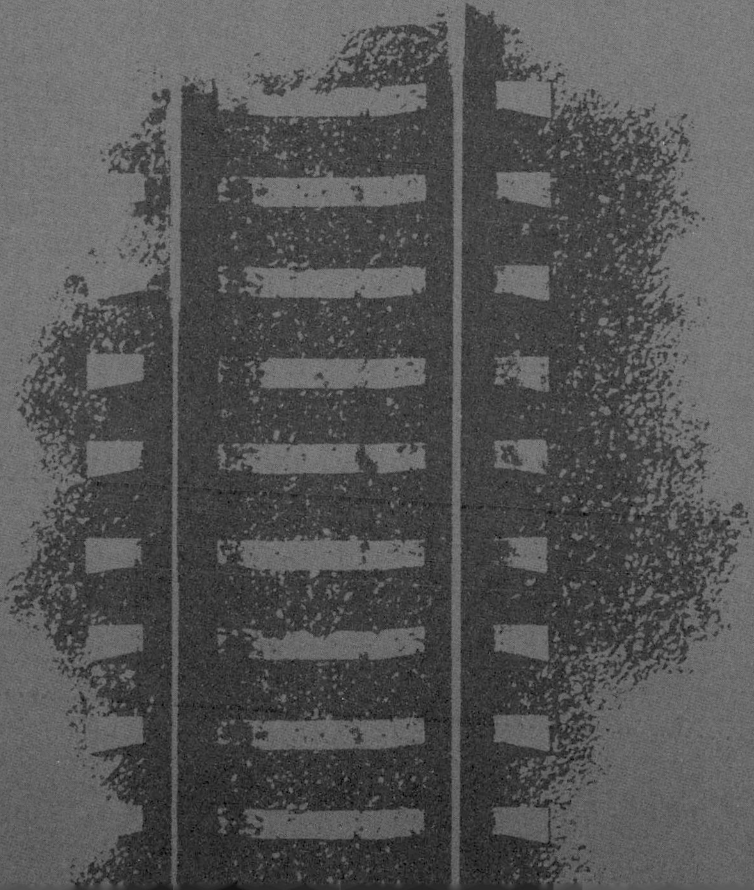

我把頭埋進裝滿水的洗手檯。

有夠痛！但不斷清洗後，讓整張臉揪在一起的針刺感確實和緩了。我用肥皂反覆洗臉，總算能睜開眼睛。看向兩邊，雕龍跟忘心都在，安心了。轉頭看向鏡中的自己——有夠狼狽。不只臉，連眼睛都紅的。或許流太多汗，衣服濕成一片，沾滿髒汙；我拿著毛巾，不知道該不該擦衣服上的髒汙，但還是算了。

走出洗手間，加賀美立刻離開沙發走來。

她穿著細肩帶的一件式洋裝，光線從落地窗照進來，反射在衣服上，讓她閃閃發光，好像陽光照在結滿露珠的草原。她剛剛也是穿這樣闖入戰場的？

「頤顥，還好嗎？」她關心地問。

「還好，呃，謝謝你借我毛巾，我把它放在……洗、洗、洗手檯旁邊。」

我突然結巴，雕龍發出嗤笑，可惡！加賀美也掩嘴而笑：「不客氣。」

明明才兩天沒看到她，卻有種好久不見的感覺，很難抓彼此的距離。我有太多事情想說，卻不知道該從何開始，她也是，某種尷尬的氣氛瀰漫著。

我們錯開視線，一時半刻不知道要看哪，就在我要開口時，加賀美搶先了。

「頤顥，我做到了。」

「什麼？」

「證明我不是你的敵人。」加賀美比出勝利的手勢。這笑容也太燦爛了吧？我像是受到感染，也笑著點頭。我想起剛剛被帶到這裡的事。

「抓住她！不能放手，她會隱身、會飛！」

我知道已傳送到另一個空間，但看不見四周的不安，讓我只能緊緊揪著顏中書不放。某個人握住我的手，是男人的聲音：「交給我吧。」

顯然是之前帶走加賀美的男子，居然會說中文。加賀美扶著我後退，我還在著急：「她是試用者，光拿走祭品沒用，要拿到一百公尺外！祭品在錢包……不，或許在別的地方了，要把全部東西拿走！」

「頤顥，不用擔心，我們會處理。」加賀美輕聲說，接著對別的方向說，「老師，你先把顏小姐帶去書房，等一下我就去幫忙搜身。」

她匆匆帶我去洗手間，幫我放水，遞給我毛巾，將我安頓好後，便去協助那位「老師」。我大概沖了二十分鐘左右才冷靜下來。出來見到加賀美，寒暄幾句後問：「顏小姐還好嗎？」

其實應該不好。但我跟「老師」不熟，總覺得無法放心把顏中書交給他。

「應該……還好，她在那個房間裡。」加賀美指向一扇門。順著她指的方向，我瀏覽整個空間。這是很舒適的公寓，看裝潢應該價格不菲。想不到他們的行動據點是這麼居家的地方。

「頤顥不用擔心啦。我們好好搜過了，我連內衣、鞋子、襪子都找過……」她把我帶到沙發旁，「除了衣服，老師已經把所有東西拿到一百公尺外。保險起見，我也請老師把顏小姐銬起來。現在老師在看守她，有些事想問她。頤顥要喝什麼嗎？果汁？咖啡？水？」

「水就好了，謝謝。」我坐了下來。真意外，加賀美彷彿對顏中書沒興趣，難道她不好奇顏中書怎麼會變敵人嗎？就在她轉身去拿水壺跟杯子時，我說，「謝謝。你們怎麼知道我遇到危險？」

「其實是偶然。知道頤顥襲擊廣世公司時，我嚇了一跳呢。」她拿著水杯過來，語氣有些興奮，「原本老師就在監視廣世公司，知道有臨時會議，我們一大早就潛進去放竊聽器。後來聽到他們慌慌張張，說偷竊之神攻擊他們，我好驚訝，沒想到頤顥這麼快採取行動！後來他們躲進複製世界，我就跟老師趕去了。」

「原來如此。」我沉默片刻，掌心流出一些手汗，「那麼……你們到底是什麼人？可以跟我說嗎？」

加賀美神色有些變化。我不確定這樣問會不會傷到她，但不可能略過不談。

「也是……我也想跟頤顥你們說。那個，雖然有點像藉口，因爲從結果來看，我確實騙了頤顥。但我眞的沒想騙你，應該說，至少我沒打算害你……對不起。」

「嗯，不用緊張啦。」我盡可能讓語氣溫柔，「加賀美已經救過我幾次，我沒這麼忘恩負義。只是釐清彼此目的是合作的前提——我們應該會合作吧？」

「我是這麼想的。那我開始說囉？頤顥，其實我們是——」

「等等，兩位，等一下，」雛龍突然插嘴，「頤顥，你是不是忘了什麼？」

「忘了什麼？」

「是什麼呢？大概是忘了我們是一個團隊吧。」雛龍尖酸地說，「剛剛發生這麼多事，不該報個平安？衛知青他們一定在等我們回報吧。我們的遭遇跟預測不同，不該說一下嗎？而且加賀美接下來要說的事極其重要，應該等大家會合再說吧！」

「放輕鬆點，雛龍，」忘心說，「程頤顥想乘機跟加賀美靜香多說些話，這種心情也不是不能理解。」

「等等等等你別亂說！」我滿臉通紅。不是，眞的不是好嗎？而且你用這麼正直的口吻說話要怎麼反駁啊！我尷尬地說，「那個，加賀美，方便讓大家過來嗎？如果不想洩漏據點的情報，我可以理解，還是你想到我們的據點？」

「沒關係的！請大家過來。這裡根本不是祕密據點，是我在台灣的住處，老師跟父親工作的地方才是祕密，連我都不知道。乾脆把這裡當成新據點怎麼樣？還有空房間，不怕沒地方睡，而且這裡應該也比其他地方安全。」

「你住在這？」我有些驚訝，再度環顧清淨敞亮的客廳，她一個人住這種高級公寓？

還是說，她與那位「老師」同住——

……唔。

爲什麼呢？心底默默湧現某種酸楚的感情。

「是啊。」加賀美沒察覺我心情，「我覺得是好主意。顏小姐被囚禁的書房，我平常沒在用，鋪張床墊就能過夜。至於另一個房間……糟糕，還沒整理。啊，說起來要幾張床墊？要是不夠的話……」

她就像要去遠足的少女，雀躍地思考著背包裡要放哪些東西。雖然她很開心，我還是不得不打斷，確認這裡的地址，聯絡張嘉笙。這間公寓位於大安區南邊，離剛剛發生激戰的忠孝復興不遠；我們住的旅館在松山，比忠孝復興更北，但就算如此，趕來這裡也不超過一小時。

我在電話裡沒說太詳細，只說計畫不如預期，但已經跟加賀美會合，還抓到顏中書。光是如此，張嘉笙就已驚訝到說不出話，最後他問：「學弟，幸好你平安無事，但你要我們過去，加賀美同學貞的可信嗎？」

「這應該問黑羽吧？」我露出苦笑，小聲說，「要是占卜結果是凶，麻煩趕快用簡訊告訴我，好讓我逃離這裡，拜託了。」

「頤顯！你聽我說，我有辦法了。」看我結束通話，加賀美跑過來拉著我的袖子，像介紹自己作品般比劃，「你跟張學長可以睡書房嗎？衛小姐跟顏小姐可以睡我房間，我們都是女生，沒問題的，而且我的床可以睡兩個人，顏小姐是俘虜，就委屈她睡床墊！」

「等等，你要把顏小姐放在身邊？不危險嗎？」

「但要是沒人看著顏小姐，不是更危險？我跟衛小姐可以輪流看守，別擔心，我很擅長晚睡喔！」

「倒不是……我是說，難道你們不想把顏小姐關在更牢靠的地方嗎？」

「嗯……」加賀美低下頭，「確實，老師或許有辦法，我還沒跟他商量。不過，要看守顏小姐，一定會增加老師他們的負擔，既然如此，還不如我來……啊，等一下喔。」

是她的手機。加賀美瞥了我一眼，拿起手機，用中文說：「老師，怎麼了嗎？」

那個青年打來的？只聽加賀美應了幾聲，結束通話看向我：「頤顥，顏小姐好像有話想對我們說。」

「對我們……嗎？」

我聽見自己吞嚥口水的聲音。

明明沒必要害怕顏中書。都搜身過了，無論她的祭品是什麼，肯定也已被拿走。但要面對她，我還是感到莫名的壓力；加賀美大概也有這種感覺吧？我站到她身邊說：「走吧，去聽聽顏小姐想說什麼。」

我們打開書房的門。

書房右邊書櫃裡沒多少書，前方則是深色的木質書桌。盡頭窗戶敞亮，窗簾卻頗厚重，壓制了照進來的光。房間擺設給我一種結合現代與古典的印象。

青年站在顏中書不遠處，顏中書坐在古典雕花的木頭椅上，雙手被綁縛在背後，前額頭髮因汗水沾在額前，看來有些狼狽。但她的坐姿端莊高雅，連笑容也相當從容：「加賀美同學，看來你的同伴很擅長不留痕跡地折磨人呢。」

……拷問？加賀美措手不及，她看了青年一眼，有些猶豫地說：「難道不是顏小姐自作自受嗎？如果全部如實招來，老師是不會動手的。」

「還眞是天眞的說法。抱歉，我沒有貶義。不過我疑心病重，在確保自己平安前，我什麼都不會說；要是失去利用價值後立刻被殺，不是太不值得了？」

「才不會！」加賀美強硬地說，「我們跟你們不一樣！」

「我們怎麼樣？」顏中書搖搖頭，「加賀美同學，你跟程同學都有很大的誤解。確實有試用者因我們失去意識，但我們比任何人都希望救回他們。我們的最終目的不是製造災難，而是修復錯誤。」

「什麼意思？」我問。修復錯誤，之前也有其他廣世公司的人這麼說。

「在確保安全以前，請容我先保持沉默。」

「我保證你不會有事，不行嗎？」加賀美問。

「當然不行。可以的話，我希望得到占卜之神的保證。這就是我找兩位來的原因。衛小姐跟張同學會來嗎？不然把我押到他們那裡也行。只要得到保證，我知無不言。」

「就算如此……」我說，「顏小姐，你知道我們能騙你吧？就算占卜結果說不能保證你的生命，衛小姐也可以說謊。」

顏中書抬起頭，與我視線交會。她肯定知道，但她到底在想什麼？或是說，她的自信從何而來？顏中書沉默片刻，突然提問：「程同學，我想問一件事。在廣世公司時，你為何不將我身上的東西偷光？我是說，偷到一絲不掛。那不是最安全？你爲何沒這麼做？」

什——

我滿臉通紅，用眼角餘光瞥向加賀美，她顯然不知道顏中書在說什麼，疑惑地看著我，我連忙說：「我才不會做那種事！我是知廉恥的。」

「廉恥對策略來說一點用都沒有。爲了廉恥捨棄合理策略，甚至敗北，你打算主張這是對的？」

爲何問這個！我當然反省過爲何沒偷走防狼噴霧，我就是太依賴神，不認爲忒修斯是威脅，沒想到日常用品就能傷到我。但要是多一個念頭，我也不會偷到一絲不掛啊！就算事關勝利，也是有底線的，爲求勝利不擇手段是一回事，但不顧美學與姿態，不就跟飢餓的野狗沒兩樣？

「……這問題沒有意義。要是我眞偷走你衣服，你絕不會開心吧！」

「當然啦，但那與程同學的目的無關。我再問一次。程同學，爲了廉恥捨棄合理的策略，你認爲這是對的，是嗎？」

「我有自己的做法。」我強硬地說。

「眞遺憾，程同學就是這點讓人無法信賴。我說過，如果可以選，我希望站在勝利者那邊；但程同學總是在臨門一腳的地方讓人失望。如果不是占卜之神跟你同一陣營，我不會考慮合作。」

「什麼意思？」我無法當成沒聽到，「難道那時將衣服偷走，你就會眞心投降？」

「要是各位眞的有必勝的決心與手段，我早就放心了啊。對了，不用擔心我說謊，我已經決定在占卜之神面前如實以告，畢竟要提供價值，才會讓衛小姐在乎我的命嘛！反過來說，只要占卜之神不在，不管各位用多殘酷的手段拷問，都無法從我口中榨出什麼。」

她的意思很明確。談話到此為止，在衛知青跟黑羽抵達前，她不會再開口。

「……我知道了。衛小姐會過來。等她抵達，我們再繼續談。」

我不怕她要什麼手段。既然占卜結果是「小吉」，抓到她就肯定是好事。

「啊，等一下。」加賀美看我打算離開，連忙拉住，轉過頭看向青年，「那個……老師，能麻煩你繼續監視顏小姐嗎？還有，既然顏小姐打定主意不開口，請你也不用費心去拷問什麼了，可以嗎？」

坦白說，這讓我安心了些。或許對他們來說眞的有用刑的迫切性吧？但顏中書不是陌生人，我無法坦然接受她遭到刑求。青年沉默片刻，緩緩說：「わかりました（我知道了）。」

是日語。這讓我注意到即使對方是日本人，加賀美也一直用中文說話；那位青年顯然會說中文，偏偏用日語，或許是要刻意劃出界線。加賀美蹙起眉，認眞地說：「老師，請用中文，可以嗎？用別人不熟悉的語言可能造成不必要的誤會。我知道事情最終是由父親定奪，但要奪回『物自身』，跟他們合作是合理的吧？我不想先埋下什麼不安要素。」

物自身？那是什麼？但比起這個，加賀美要求他講中文，莫名地讓我有些開心。

「知道了。我為自己的失禮致歉。」青年面無表情，以優雅的自制對我說。

「謝謝你，老師。」加賀美似乎對自己突然嚴厲有些不好意思，她對著我招手，「頤顥，我們到外面等衛小姐他們吧。」

「啊，嗯。」

這下我察覺到了。聽加賀美跟青年的對話，兩人似乎有地位上的落差，所以他們關係並不親密？另外，加賀美難道是地位尊貴的大小姐？不知為何心中湧起某種自卑——有什麼好自卑的？又沒什麼好比的！想是這樣想，卑微感卻揮之不去。

為什麼呢？好不容易見到她，卻覺得距離更遙遠了。

☘

「程同學，這些你怎麼不在電話裡好好講清楚？」

聽了我的話，衛知青沒好氣地抱怨。

「電話很難講清楚嘛，當面講比較輕鬆。」我說。在他們抵達前，我正跟加賀美解釋這幾天的事，像衛知青被威脅、魏保賢不是本人之類的。說到精采處，衛知青他們就來了，還氣勢洶洶地逼問，我只好說明剛才的事……當然是以讓加賀美也能了解前因後果的方法說。

「或許吧。但要是知道『小吉』這麼麻煩，我會考慮別的做法——來這裡跟你們會合的結果是『小吉』喔。啊，謝謝。」衛知青接過加賀美倒的果汁。

什麼意思？小吉隱藏著什麼不安嗎？

我有些心虛：「那不然怎麼辦？撤退到原來的旅館嗎？還是再找另一間旅館？」

「不必。占卜的重點，就是照辦肯定有相應的收穫，不上不下反而危險。而且小吉也是吉……抱歉，我知道不該怪你，畢竟我自己也不清楚小吉的性質。現在看來，小吉就是對事情有利，但有相應的損失或風險，像剛剛那樣，是程同學獨自去面對風險。」

「難道之前沒注意到？」

「我之前動不動就面對凶跟大凶，哪會斤斤計較吉的風險啊？而且事件規模也有差，之前的小吉沒這麼多神介入，就算有風險，也沒你遇到的這麼誇張。」

也是。如果今天是世界大戰，小吉跟吉這種差異看似微不足道，死者說不定會差個幾千、幾萬人。

「這不是不太妙嗎？」張嘉笙老樣子縮著身體，「如果『小吉』有風險，我們在加賀美同學的據點裡，難道不會把風險帶給她？」

對喔，這值得擔心。衛知青搖搖頭：「不，就算有風險也是『小吉』，而且剛剛說了，不上不下才危險。說到這個……加賀美同學，我一直想跟你道歉。」

「咦？道歉？」加賀美嚇一跳。

「對。」衛知青面向加賀美，認眞地說，「之前我占卜過能不能相信你，所以很早就知道你是可信的。但因爲某些原因，我不方便說出來，結果害你被顏小姐逼成那樣。我一直覺得是見死不救，抱歉。」

「千萬別這麼想，」加賀美連忙搖手，「我聽頤顥說了，衛小姐被威脅了吧？那您就算落井下石也不奇怪。您沒有這樣做，我還要謝謝呢！不如說，衛小姐眞的好厲害，重要的人被當成籌碼，您卻連這樣的壓力都能扛下了，相比之下，逼問眞的是小事。」

「……謝謝你的諒解。」衛知青沉默片刻，這才露出親切的笑，「對了，顏小姐被關在哪？」

「書房。」我說，「現在是之前在Yggdrasil帶走加賀美的那位先生看守她。」

「了解。顏小姐希望在占卜之神的保證下回答問題嗎？」衛知青若有所思，「雖然才道完歉有點那個，可是加賀美同學，在問顏小姐前，可以先知道你們爲什麼跟廣世公司爲敵嗎？我想先聽你們的說法，這樣才知道全局。」

「嗯，我也這麼想，那……我去請老師出來好了。」

「老師？」

「啊，就是看守顏小姐的人。我稱他老師，有很多原因啦！」她看來有些彆扭。

「爲什麼要找他？有什麼事只有他知道嗎？」我提問。

「嗯……雖然我也能說明，但老師確實比較清楚。他是家父最信賴的左右手，而家父是這次任務的負責人；坦白說，我原本就對任務沒興趣，有很多事不清楚，所以老師比我更適合說明。」

——原本就對任務沒興趣，所以不清楚？總覺得讓人在意。

衛知青說：「但那位先生不是正在監視顏小姐？她也不能沒人看著吧？」

「不然我去監視吧。」克拉克說，「要是有異狀，我立刻通知你們。而且比起人類製作的手銬，我有信心做出絕對無法逃離的道具。」

「好，就這樣辦。」衛知青頓了兩秒後點頭，「占卜結果也贊成。」

於是加賀美跟克拉克朝書房走去，沒多久，「老師」便跟著回來。這位俊俏的青年面無表情，有點像機器人，連動作都沒有絲毫多餘。他說：「情況我聽小姐說了，但我必須坦白告知，我不認為我方有說明現況的義務。因爲即使沒有各位幫助，對我方也沒有影響。」

我們僵在那裡，沒想到會被拒絕。加賀美滿臉尷尬，想補充些什麼，但男子很快說：「不過小姐提案與各位合作以降低我方付出的成本，斟酌利害後，我同意她的觀點。只是，如果事涉我方利益與商業機密，我不會據實以告。請問各位可以接受嗎？」

「可以」「聽起來很合理」，我們陸續同意。

「敝人先自我介紹。敝人是みずがみとよや，漢字寫成『水上豊也』。本次來台灣，是爲了協助加賀美正人先生，也就是小姐的父親，取回我方被竊取的技術。」

「技術，也就是『神』嗎？」

「這與我們的稱呼不同，但，是的。我們將這種技術稱爲『物自身』，由ＪＭＭ株式會社開發，加賀美家是ＪＭＭ社主要股東，在技術未公開的情況下，由加賀美家出面調查，並研擬後續處理。」

情報量好大。衛知青開口詢問：「ＪＭＭ是間怎樣的公司？你們是怎麼發現技術遭竊的？」

「ＪＭＭ社是以研發金屬材料爲主的高科技公司，類似半導體，只是這種技術被母會社的產品獨占，外界很少知情。『物自身』是研發部門改良某項舊技術時發現的副產品，公司也沒料到技術會遭竊；關於遭竊細節，恕我不便說明，但廣世公司的產品與ＪＭＭ社的技術極爲雷同，各位已親眼見到。」

我們看向豎琴，兩者確實非常相似。

「這個ＪＭＭ社是民間公司嗎？」

「是的。」

我們面面相覷。廣世公司背後有政府機關支持，我還以爲日本方也是同樣層級的事；這麼一來，不就是我國政府竊取了他國民間企業的技術？感覺有點丟臉。

「那爲什麼不公開處理？」張嘉笙猶豫地問，「如果我們的企業眞的竊取你們的技術，應該是影響外交的重大事件吧？交給國家處理不好嗎？」

「技術是機密，上級希望知情者愈少愈好，而且我國政府不能說是以果斷高效聞名的機關，外交手段反而可能失去先機。回收遭竊技術的任務由加賀美家執行，是因爲ＪＭＭ的利益直接影響加賀美家，由加賀美家出面，洩漏情報的風險最小。」

——是這樣嗎？總覺得他有所隱瞞。我問：「你說技術可以『回收』，是指某種實體的東西被偷走了，所以可以拿回來嗎？」

「這是機密，請恕我不便告知。」

機密？我眨了眨眼。其實那是隨口一問。都說要回收了，肯定有某種能回收的東西，這也算是機密？

「水上兄，你能看到我們嗎？」雕龍朝水上豊也揮手，後者瞥過去，算表態了。雕龍繼續說，「其實我有點懷疑，你說的那個技術跟我們相同嗎？」

「如果技術不同，我就不該看到各位，各位也不該看到豎琴；恕我直言，廣世公司竊取了ＪＭＭ的技術，這點無庸置疑，各位的所見所聞就是證據。」

「那可不見得。」雕龍說，「用相似的原理刺激同一腦區，就算是不同技術也可能有相同效果；哎，我不是說廣世公司沒竊取技術，但在我看來，豎琴確實跟我們不同。譬如豎琴的能力範圍是半徑十公里，面積是我們的一萬倍——爲何有這種差異？」

「豎琴的能力範圍這麼廣？」衛知青嚇了一跳。

「比台北市面積還大！」張嘉笙也有些震驚。加賀美猶豫地說：「那個，我也有意識到豎琴的不同，不只距離，豎琴不像大家表現的這麼生動，但要說是不同技術也……會不會是廣世公司擴張了人格表現的技術，才壓縮到範圍？」

「嗯，也可能純粹是技術力有落差。光是能看到彼此的神，兩種技術就不可能毫無關係吧？」我說。就像再怎麼相似的桌遊，配件也不可能共通，除非是同一系列。

「水上先生，請問你說的『物自身』是哪三個字？又是什麼意思？雖然可能問得太深入，但我也想知道你們打算怎麼運用這種技術。這不只有經濟價值，甚至足以發起戰爭了。」衛知青說。

「日本打算發動戰爭？」張嘉笙表情陰沉。

「單純只講有沒有辦法用於戰爭，果然是有吧？」雛龍點頭，「過去我們神的認知是，『神祇系列』處於測試階段，廣世公司提供資料給國會，透過修法約束、縮減我們的能力，讓我們合法。正式發行的我們，會比現在的我們更無力。但如果技術是偷來的，且我國無法發展出對技術本身的實質約束，情況就不同了。這確實能用於戰爭。」

「我無法回答。與我方利益無關，而是我沒有獲知相關訊息的權限。但既然ＪＭＭ會社未透過我國政府採取行動，或許算某種徵兆——ＪＭＭ社不打算出讓技術給政府部門。而且我國受憲法第九條約束，沒有發起戰爭的能力，各位不必多疑。至於這項技術——」水上豊也拿出一枝筆，找張紙寫出「物自身」三字，「Thing-in-itself，事物表象內的事物自身，可以這樣理解。」

「等等，」忘心突然開口，「你說的是Ding an sich，康德哲學？」

「這是哲學名詞？」衛知青皺起眉。

「的確源於康德。」水上豊也看向忘心，「不過沒必要深究，比喻罷了。但只談比喻，就不會涉及技術，也好；這麼說吧，我們稱爲『物自身』的技術，是以某種合金開啓連接宇宙本體的閘門，並容許『思考』往來閘道，攜帶命令前往宇宙本體，以改變現實的技術。」

……啊？

聽來像中文，卻難以理解。宇宙什麼的，太虛幻了。但忘心一副理解的樣子，祂沉思片刻後說：「原來如此，將我們描述爲『物自身』或『本體』，作爲比喻確實貼切。如果眞的存在『宇宙本體』，那我們能違反物理法則也不奇怪。」

到底理解了什麼！而且爲何忘心懂康德哲學？看祂了然於心，我卻難以接受。是阿輝曾告訴祂，還是廣世公司連這種知識都提供？

「……您理解得眞快。」日本青年應了一聲，卻不怎麼相信。我雖然不懂，但看他不相信忘心，還是有點不爽，就說：「忘心，能解釋一下嗎？」

「我不便代水上先生解釋——」

「不，請別客氣。我也很好奇您如何解釋我剛才的話。哲學不是我的專長，剛剛說的也只是賣弄我聽到的解釋。如果需要補充或修正，我會再說明。」

「那僭越了。但請各位理解，康德哲學是極其複雜、概念區分既嚴格又繁多的理論，我所知的都是現學現賣，還極其粗淺……」

忘心緩緩降落到加賀美身旁，看向我們。

「關於『物自身』，首先要理解『**物自身不可知**』。聽來有些離奇，事物明明存在，爲什麼不可知？因爲人們認識到的不過是感性直覺，而非事物本身。」

「感性直覺，什麼意思？」

「就像光子撞擊物體表面反射，被眼睛所看到，或聲波傳到耳膜，讓耳膜振動，形成聽覺。我們對事物的認識，其極限就是我們的感覺器官允許我們接收的形式，但我們感覺到的這些就是事物本身嗎？譬如說，各位能看到程頤顥，聽到他的聲音，也能摸到他，但這些就是程頤顥嗎？」

別拿我當例子啊——雖然這麼想，但確實有哪裡對不上。要說我的外貌、聲音、觸感就能代表我，是我的全部，總覺得難以接受。

「大家也不認同吧？說到底，這根本無法窮盡程頤顥的全部。至少也得把他切開來，看他的肌肉、血管、骨頭、內臟，凡此所有器官；要是連這些都沒認識到，恐怕離程頤顥還差太遠。」

「可以……不要隨便把我分屍嗎？」我甚至不知道該用什麼態度抗議。

「開玩笑的。」

原來忘心的幽默感是這種方向？祂繼續說：「將程頤顥解剖只是想說明，我們甚至無法挖掘物質組成來尋求程頤顥是怎樣的存在。要是眞的切割到分子層級，那程頤顥是什麼也會失去意義。我們感知到的表象不能代表程頤顥，切割他來確認物質構造也不能，但他明明存在，他到底是什麼？又在哪裡？這讓我們不得不接受一個結論：程頤顥不只是表象，還有一部分是**無法透過感官認識到的**——那就是『物自身』。」

……嗯？好像能理解，但又覺得哪裡怪怪的。

衛知青有些不耐煩：「我聽不懂。這跟『神』有什麼關係，能不能用最簡潔的話告訴我們？」

「簡單說，物自身可用來比喻、描述我們『神』的狀態。因爲我們跟物自身一樣超越感官，不會帶來感性直覺。」

「等一下，」張嘉笙舉手，「但我們能看到、聽到你們啊？」

「但我們沒有物質性。無法反射光，不會產生聲波，只存在於各位大腦中；那我們到底存不存在？我認爲自己存在，明明存在卻不具可感性，這種情況確實可比擬爲物自身。」

原來如此。我也好奇過神怎麼出現在我們的腦海，只有我感覺到的話就是幻覺，但試用者都能看到，證明了某種客觀性，祂們是怎麼同時顯現於我們的大腦？祂們到底是怎樣的存在——超越表象存在之物，那就是「物自身」？

「我不是問這個。」衛知青搖頭，「你說物自身違反物理法則很合理，我想問這哪裡合理？」

「請見諒，對物自身的理解之所以重要，是因爲它是表象的**前提**。宇宙不可能無中生有，既然有什麼被認識到，就一定有物自身。要是程頤顯不在這，就不可能看到、聽到、摸到他，程頤顯的表象與物自身彼此保證，是不可分割的一體兩面。有這樣的認識後，我想請各位重新回憶一下。水上先生說『物自身』這種技術讓思考能往來於通往宇宙本體的門道，本體是什麼？在康德哲學中，那與物自身相近，這裡我們姑且當成相同，宇宙的本體就是宇宙的物自身。這裡有個提問，如果有門道可以通往宇宙的物自身，也就是超越感官的那一側，那門道的這一側會是什麼？」

「宇宙的表象……也就是大爆炸後持續擴張的物理空間？」

「是。但如剛才所說，表象與物自身是一體兩面，宇宙的物自身發生變化，表象也會隨之改變，原本只能認知到表象世界的人類，要是可以透過某種技術，將思考以命令的形式傳送給宇宙的物自身，改變其性質，那表象會發生什麼事？」

我不禁呆住。

一個念頭就能顛覆宇宙既有法則——原來是這樣的技術！那本是人類不可知、不可能觸碰到的領域，神祇系列卻能扭轉此事；物理規則之所以被無視，不是被超越，而是因爲規則本身被改寫了。

但宇宙允許這種事？要物理法則改變，世界不會有瓦解的危機嗎？譬如光子或電子的性質發生改變——不，「神」有能力範圍，再怎麼樣也不會拖整個世界下水。但察覺「神」觸碰了赤裸裸的宇宙本體，讓人忍不住膽寒。

「了不起。」水上豊也總算開口，「雖然有些細節不吻合，但命名『物自身』確實是基於這特性。想不到只聽那樣的說明，您居然理解到這種程度。」

「因爲我也思考過這些問題。」忘心輕聲說，「神是什麼，能力的原理是什麼……我跟溫正輝討論過，水上先生的話是很好的線索。」

「等一下，我還是不懂。」張嘉笙舉手，「這樣聽起來，存在被分成兩個部分。那邊是超越表象的物自身，這邊是表象，也就是感性直覺。但兩者缺一不可吧？如果神是物自身，那你們的表象在哪？」

「恐怕——」雕龍說，「是祭品吧？」

祭品。神不能離祭品太遠，確實可說是一體兩面。這時加賀美打岔：「對不起，其實之前在圖書館我就很好奇……大家口中的祭品到底是什麼？」

咦？她不知道什麼是祭品？但也是，畢竟技術細節不同，稱呼也不同。我們簡單說明，加賀美立刻拍手說：「啊！那個我們也有！我們稱爲『媒介物』——」

「小姐。」水上豊也制止她。

「沒關係的，老師，這又不是祕密。」加賀美氣鼓鼓地說，「反正就算現在不說，我之後也會說。一直藏東藏西的，要別人怎麼信賴我們？老師是相信我的判斷才透露這些事吧？既然如此，請老師更頑固一些，徹底相信我的判斷！」

她氣勢驚人。明明是有些耍賴的話，那位冷酷的青年竟無言以對。

「——明白了。我有不能退讓的立場，但這裡就先交給您吧。」

「好，總之呢，」加賀美像是憋了很久，神采奕奕地說，「就像剛剛雕龍先生的猜測，我想祭品跟媒介物確實是同一種東西，也就是物自身的表象。不如說，其實分開兩者才是ＪＭＭ技術的重點，也就是**物自身的擬人化**。」

「擬人化？所以像這樣擁有人形或動物外貌，是刻意的？」

「是的。老師說過，物自身無法被感知，我們能看到物自身，是因爲ＪＭＭ設計了物自身的容器……會有這樣的需要，是因爲我們跟『宇宙』無法溝通，就算打開通往『宇宙的物自身』的閘道，也沒有共通語言，必須由其他物自身來轉譯，因此這些物自身必須能理解人類的語言與思想。爲了模擬人類心靈，ＪＭＭ的作法是把某種機器放在媒介物上，這個媒介物對啓動者來說能喚起強大情感，在反覆回味情感的過程中，將人類的心靈模組複製給物自身。」

祭品的原理也一樣。這就能解釋爲何神能在試用者的心裡溝通，畢竟心靈模組就是來自試用者。張嘉笙還是有些猶豫：「可是，這在科學上……我是說，哲學上說得通，但科學要怎麼實踐？通往宇宙本體的閘道什麼的，說不過去啊？」

「當然說不過去。」水上豊也冷冷地說，「這只是譬喻。如果涉及科學原理，那就是我們的機密，請不要試圖探究我們的機密。」

「我、我沒有這個意思。」或許是水上豊也眼神太可怕，張嘉笙嚇了一跳，連忙澄清。我怕氣氛更僵，便開口問：「你們接下來有何打算？既然知道竊取技術的是廣世公司，也已經跟廣世公司正面衝突了，應該有進一步的作戰計畫吧？」

「這我不便透露。」

我怔住。什麼意思？要是不知道他們的打算，要怎麼合作？

「老師！」

「小姐，您想說什麼是您的自由，但我方接下來的計畫涉及機密，我沒有擅自說明的權限。」

加賀美有些手足無措，衛知青卻翻了翻白眼：「等一下，我開始不懂我們爲何在這裡談話了。水上先生還說同意加賀美同學的提案，我也以爲我們有共同敵人；如果你們沒有合作的意思也沒關係，那我們擅自行動囉？不會告訴你們要做什麼，要是造成麻煩，也是哎呀抱歉純屬意外，這樣子水上先生也沒關係？」

「老師，」加賀美語氣軟化了些，「我知道父親沒同意，你無法保證任何事，但至少不要拒人於千里之外……」

「我沒有。最初就說了，如果事涉機密，我不會全部告知。」

「那個，其實不合作也沒關係，這種事勉強不來。」我忍不住說，「但現況是連要不要合作都不知道，像這樣不上不下的，會讓我們綁手綁腳，對雙方都不利。如果水上先生沒有決定的權限，要不要讓我們跟有能力做決定的人談呢？」

理論上就是加賀美的父親吧？我也好奇她父親是怎樣的人。誰知說完這句話，兩個日本人都面有難色。加賀美就算了，我知道她跟父親關係不好，但爲何水上豊也也是那種表情？

「我……不太建議這樣做。」加賀美唯唯諾諾地說，「父親很頑固，而且——」

「小姐，我來說吧。」水上豊也制止她，緩緩說，「老實說，正人先生還不知道各位來此。幫助程君的事，其實是小姐自作主張，所以正人先生也還不知道我們跟廣世公司交手了。」

「什麼！」

我們大吃一驚，難怪水上豊也的態度這麼保守！恐怕跟廣世公司衝突根本不在計畫內，更別說跟我們合作了。兩人看來都很忌憚加賀美父親的權威，如果水上豊也草率地洩露情報，甚至答應合作，會被迫擔起難以想像的壓力吧？明明如此，他卻禁不起加賀美的請求，將陣營與目的洩漏給我們，從這點看，水上豊也對加賀美已是極其寵溺。

「抱歉。」自知說得太過，衛知青低頭道歉，匆匆地說，「要是不方便叨擾，我們跟顏小姐談完後會馬上離開，還請水上先生盡快跟加賀美同學的父親報告現況。」

「沒必要離開。」加賀美擺出強硬的態度，表情卻有些僵硬，「這是我住的地方，跟父親無關，也跟機密沒半點關係。請不用介意！」

「原本我就打算交接俘虜後向正人先生報告。」水上豊也點頭，「既然各位來了，請恕我先離開回報，稍後再透過小姐告知正人先生的決定。」

當然當然，我們連忙說。轉眼間氣氛改變，大家都認爲他應該立刻離開。我有些尷尬，覺得對不起他，他應該很急著向長官報告吧？剛剛刑求顏中書，或許也是力求彌補擅自行動造成的損失，即使我還是不怎麼贊同。

「離開前，程君，」他突然轉向我，「可以跟我聊聊嗎？」

「我？」我不禁警戒起來。

「老師？」

「沒事，我只是想跟這位差點讓小姐陷入危險的人好好談一談。」

我嚇了一跳，沒想到會被這樣針對。加賀美臉紅起來，急切地說：「老師，別這樣！頤顥是客人，而且我根本沒怎樣——」

「沒關係，加賀美，我也想談談。在這裡談嗎？還是換個地方？」我說。不知為何，我不太想被加賀美祖護。日本青年說：「換個地方吧，請握住我的手。」

——瞬間移動？我有些猶豫，卻不想表現出任何遲疑。我握住水上豊也右手，他抬起左手，食指落下，發出冰水般清澈的鋼琴聲。轉眼間，我們就到了某個大廈頂樓。這時陰鬱的烏雲已漸散去，後面是湛藍的天。由於身處台北盆地，舉目所及都是山，以雕龍的力量，我能一口氣逃到十幾公里外，沒什麼好怕的。

「這是豎琴的能力吧？」我放開手，故作開朗地問，「為何你們都能用豎琴的能力？還是你們的『物自身』能力相同？」

「這點還請你自己問小姐。」水上豊也兩手放在身後，毫無感情地看著我，「程君，接下來的話可能很沒禮貌，但我認為你已經將小姐置於險境之中。」

我沉默不語。

沒什麼好辯解的。剛剛的情況怎麼想都不安全，那些人可是覺得挖掉眼睛也沒關係的惡棍。但我感到不解，你們有資格說嗎？

「把加賀美帶進危險的是你們吧？為何給她『物自身』的力量，讓她站到前線？要保護她的話，讓她在家裡等你們不就好了？」

疑問不只如此。加賀美跟水上豊也對任務的認真程度，或是說「戰鬥意識」截然不同；而且忠孝東路上，水上豊也邊戰鬥邊瞬間移動，戰力遠勝加賀美，既然他也能用豎琴，那為何把加賀美扯進來？

「小姐有來台灣的理由。先不論風險，我希望能盡量讓小姐自由，不受任何限制；既然我不會改變小姐，就只好勸諫程君了。」

「水上兄，這麼說不公平喔。」雛龍插嘴，「這傢伙有這傢伙想做的事，加賀美也有她想做的事，那你是要勸什麼？勸頤顥不做危險的事？不可能，他可是爲了自己的朋友在戰鬥。」

「所以讓小姐身陷險境也沒關係？還是程君就這麼想利用豎琴的能力？」

我呆了一下。利用加賀美？我？不，豎琴當然很厲害，可是——

「我才沒這麼想！」我本能地吼出來，連自己都嚇一跳，「我不會說什麼沒有豎琴我們也能贏！豎琴當然給我們很大的幫助。但豎琴是豎琴，加賀美是加賀美，我又不是爲了豎琴才當加賀美的朋友！」

說出「朋友」二字時，我心臟怦怦地跳；我們是朋友吧？不是我自作多情吧？水上豊也沉默片刻，緩緩說：「程君有冒險的理由，但小姐沒有。如果你把小姐當朋友，請告訴我，你將小姐置於險境的心態是什麼？有人這樣對朋友嗎？」

「水上先生，或許我還不了解她，遠遠不及你，但加賀美說過，她無法原諒廣世公司的所作所爲，所以才幫助我們。我不認爲她在說謊。難道我要拒絕她？過度保護就是對她好嗎？」我可能太一頭熱了，說完這些才勉強冷靜下來，「——如果她害怕了，不想牽扯進這些事，我一定會尊重她的意願。但你們有好好了解她的想法嗎？如果想讓她照你們的期待去活，就別裝出想讓她自由的樣子！」

我在大放厥詞什麼勁啊？說完都覺得丟臉，憑什麼擺出比他們更了解加賀美的態度？但意外地，水上豊也沒說話，只是緩緩露出清爽乾淨的微笑。

這是我第一次看到他的笑，想不到這麼溫和。

「我知道了。就接受『朋友』這種說法吧。」見我仍未放鬆，他又補充，「我相信程君不是單方面想要利用小姐。不過，程君，你主動置身險境是事實，把小姐扯進來也是事實。在我看來，這不是小姐的自由意志就能開脫的，你能爲把小姐扯進危險中負責嗎？」

這不是我一個人的事。加賀美不只幫助我，是幫助這個團隊——首先浮現的是這個回答。但這太像撇清關係。不是因爲澄清這件事不對，而是我不想撇清關係。

「你說的負責是指？」我正面迎上他的問題。

「小姐是眞誠地協助你們，所以我希望你不要背叛小姐的眞誠。如果你背叛的話——那也沒關係，只是我會殺了你。這不是誇飾，我做得到。」

水上豊也原本帶著溫和的表情，但說到最後一句，那份溫暖就像墜入冰窖，我起了一身的雞皮疙瘩。

「……未來的事我無法保證，但至少現在，我沒有半點背叛加賀美的想法。」

「那就請你記住現在的心情。」水上豊也伸出手，這是要我握手的意思。

我握住他，一鍵琴響讓空間像拆禮物一樣展開、變形，我們又回到加賀美的客廳。

其他人在聊天，張嘉笙正驚呼：「居然有間諜？你們組織也蠻龐大的！」

「啊！老師，頤顥！」加賀美連忙站起來，但水上豊也沒說話，只是點頭爲禮，接著舉手演奏旋律後消失了。實在是直到最後都很酷的男人。我走向他們，加賀美不安地問：「頤顥，還好嗎？老師沒有說什麼失禮的話吧？」

「沒事。你們在聊什麼？」

「我們問加賀美同學當初爲何會到圖書館。」衛知青說，「因爲她不是廣世公司的試用者，理論上張同學那位駭客朋友偷到的名單上不應該有她。答案是，廣世公司裡面有ＪＭＭ的間諜，發現駭客入侵時，就混了加賀美同學的資料進去。」

「不知道是誰要偷名單，也不清楚目的嘛！據說那位間諜當時很緊張。」加賀美笑著補充，「已經來不及反制，只好藏一個假的情報，算是放個特洛伊木馬。」

「雖然是歪打誤撞，但幸好偷到的名單有加賀美同學。」張嘉笙感到安心，加賀美則做了個鬼臉：「不是有句成語說『多行不義必自斃』？就算沒有我，他們也會自取滅亡。」

顏中書確實提過廣世公司有間諜，好像叫林冰美，是法國派來的。ＪＭＭ社跟法國單位有關嗎？他們一開始就鎖定廣世公司？

「好了，既然程同學回來了，」衛知青把綁馬尾的束帶拉下，再重新綁回去，「那就讓我們進入正題——審問顏小姐吧。」

☙

「你好，衛小姐。雖然有些厚顏無恥，但能請你幫我占卜嗎？」。

才剛進書房，顏中書就不疾不徐、開門見山地提出要求。衛知青冰冷地瞪著她。

「為何我要幫你？」

「因為這對我們雙方都有利。衛小姐只要占卜『相信我的話對你們來說是吉是凶』就好。如果是吉，你們就不必浪費時間懷疑我，我的安全也能得到保障；如果是凶，那也有價值。因為根據我的判斷，把眞相告訴你們，會讓你們相當接近勝利——如果反而導致凶，就表示哪裡出錯了，事情跟我想的不同。這對我們彼此都是重要情報。」

衛知青不置可否，對黑羽點了點頭，接著沒感情地說：「相信你的結果是吉。好了，你可以說了。」

喂，太敷衍了吧！顏中書視線在我們身上轉了轉：「還有一個請求。」

「要求眞多，顏小姐眞的清楚自己立場嗎？話說在前，我還沒原諒你們拿家人威脅我，用我的占卜，陷害朱先生、莊小姐！」講完，衛知青激動的口吻轉為冷酷，「但你說吧，反正我們不見得會同意。」

也難怪她這麼生氣，當時的決策幾乎都是由占卜裁決，戰況失利時，我第一時間也是怪她。

「我明白。但既然成了俘虜，還請各位善用我的價值。我不會逃走，也沒有陰謀詭計。剛剛的占卜是吉吧？那我的供詞就有聽的價值。即使是接下來的請求，我也是為各位勝利著想才提出的。」

「所以你想說什麼？」

「希望接下來的談話能排除日本人。對加賀美同學有點抱歉，但現在不是我向她道歉的最佳時機。」

加賀美沒說話，我卻怒從心中起，這種時候都還要挑撥離間？我說：「這沒有意義，就算現在排除加賀美，等一下我們也會把事情告訴她！」

「無妨。你們聽完後，可以自行決定要交換哪些情報。如果不知道該講哪些，請照占卜結果進行判斷。但要是加賀美同學在場，我就會有所保留，這樣好嗎？」

「這是加賀美住的地方，身爲客人，哪有把主人趕走的道理？」我指著整個房間。

「頤顥，沒關係。」加賀美壓下我的手，「我可以離開。」

「可是——」

「謝謝你，但眞的沒關係。我不想後悔，像是日後覺得要是當時離開，顏小姐就會說更多之類的，我不想留下這種不愉快的可能。」加賀美說完，沒給我們機會阻止便退到門邊。她回頭看顏中書，像是不安，但隨即鼓起勇氣。「顏小姐，這次我照辦。但請不要再戲弄我們了。」

「請放心，我不會說謊，占卜已經擔保了。之後我會再鄭重向你道歉。」

「我等著。」加賀美說。她看了我一眼，微微點頭，俐落離去。雖然想說些什麼，但我知道自己沒那個立場。顏中書的聲音再度響起。

「接著，雖然各位可能覺得我這個俘虜要求過多……張同學，你能請克拉克把房間裡除了電燈、空調以外的電器全部破壞嗎？等我們談完後再將它們還原。」

「爲什麼？」張嘉笙語氣生硬，似乎不怎麼相信她。

「因爲可能有竊聽器。」

「顏小姐也太小心翼翼了吧！你就這麼怕他們？」我瞪向她。剛剛在忠孝東路，她也說日本人才是眞正的敵人之類的……嗯？等等，我突然注意到，她那時似乎說了什麼，會讓某件事變得矛盾——還來不及深思，顏中書已開口回應。

「可能是我小人之心。但我方也用過竊聽器，要是在這件事上失足，就笑不出來了。」

「只是試試的話。」張嘉笙略帶不滿地搖頭，對自己的神揮手，「克拉克，有那種東西嗎？」

當然沒有，我在內心低語。

「有。」克拉克在空中飛了一圈，「驚人的是，不只書房，這一戶的每個房間都有竊聽跟錄音裝置。雖然沒有傳送視覺情報的監視器……但這數量還眞是意想不到。」

眞的有？我毛骨悚然，難道加賀美是知道這些才——不，不可能。我立刻說：「我們抵達這裡後，他們不可能有時間裝竊聽器！這些竊聽器只可能是用來監視加賀美的，不是嗎？」

「結論確實會變這樣。」顏中書點頭，「但加賀美同學眞的是受害者嗎？還是她巧妙地利用了現況呢？這我不多加推測，反正現在也不會有解答。克拉克，可以麻煩你嗎？」

「破壞了。嘉笙也不希望這些話被聽到。」克拉克說。我一陣煩悶，怎麼弄得像是全如顏中書所料？

「謝謝。坦白說很感謝各位配合我的任性。爲了讓各位放心，我想表明投降的理由。各位打算拯救被抽取的試用者吧？我也有自己的目的，而且當各位達成目標，我也會同時達成，所以我決定協助各位。」

我不置可否，張嘉笙卻沉著臉否定：「你是廣世公司的人，我們達成目標跟你有何關係！要是我們達成也可以，之前幹麼出賣我們？」

「抱歉，那不是出賣。身爲你們的敵人，我本就該那樣做。不過張同學的質疑很合理。這麼說吧，如果廣世公司達成目標，我同樣也能達成，所以在對各位沒信心，或意識到各位之間埋藏著不安因素時，我自然會爲廣世公司出謀獻策。」

「不管怎樣你都贏？有這種事？」

「只要任何一方勝利時，我跟他們站在同一邊，對。但反過來說，要是我不向各位投降，最後卻是各位獲勝，那我就輸了。現在說這些，就是因爲我判斷各位能獲勝。」

對這番話，我雖沒有馬上接受，但冷靜想想，這可以解釋一些事。

以遊戲思維來說，顏中書就是獨立陣營，只是勝利條件跟廣世公司與我們重疊。前期她認為廣世公司會贏，所以與之合作，但不受其控制。因此那位莊先生才這麼忌憚，顏中書不是手下，不能信賴。

至於戒備她，卻讓她潛入我們之中當間諜的理由，恐怕是「不得不然」。如果駭客竊取的不完整名單上，只有顏中書是自己人，他們就沒得選；而且雕龍能偷走祭品，當然是讓真正的試用者出席聚會最保險。

「難怪你幫助廣世公司，」雕龍摸著下巴，「之前就很好奇你的立場，明明是試用者，為何主動協助廣世公司？如果跟他們有相同目的就能理解了。」

「嚴格說來並不相同，所以才背叛了啊。」顏中書苦笑，「我算無恥的牆頭草，但借用程同學的說法，我的勝利條件就是這樣。坦白說鬆了口氣，莊先生動不動就想用抽取解決問題……我實在不能苟同。」

「為何顏小姐判斷我們會贏？」克拉克問。

「其實現在誰立刻宣告勝利都不奇怪。我不希望變延長賽，雖然莊先生很有信心，認為時間倒退能確保不敗，但只要跟占卜之神對決，肯定會延長；等雙方慢慢把資源耗盡，就會讓第三方有機可乘。」

「你說的第三方是日本人嗎？」我問。又來了，腦中閃過難以言喻的矛盾感。

「程同學認為只有日本人？在我看來，還有第四方、第五方躲在暗處；所以就算廣世公司還有機會贏，我也必須做出選擇，不能拖下去了。」

「我想確定一件事。」雕龍說，「你最後被頤顥偷走，是刻意為之嗎？」

只見顏中書揚起眉，詫異地說：「想不到被看穿了，這麼明顯嗎？」

我吃了一驚。雕龍說：「因為這不合理。偷竊的前提是視覺，忒修斯能隱身，我不認為你想不到。」

對喔！難怪他們對偷竊之神的戒備這麼輕忽。這麼一來，如果不是顏中書決定背叛廣世公司，忠孝東路之役的結果可能完全不同；忒修斯只要將廣世公司的人全部隱身，別說我偷不到，水上豊也恐怕也很困擾。

沒察覺這麼明顯的事，我不禁坐立難安。衛知青冰冷提醒：「不要被牽著鼻子走。此時此刻，顏小姐祭品被搜走，手被銬住，孤立無援，這才是事實。顏小姐，好好交代吧，廣世公司的目的是什麼？要怎樣才能贏？怎麼拯救那些被抽取的人？」

「問得好，其實這三個問題密切相關……」顏中書說到一半，突然啞住。

「怎樣？你不會後悔了吧？」

「沒有。只是覺得，幸好剛剛有請占卜保證，不然各位一定覺得我一派胡言。直接進正題吧，請問各位聽過Homunculus，也就是『瓶中的小人』嗎？」

……嗯？

瓶中的小人。我聽過，卻沒想到會在這樣的場合聽到。還是聽錯了？衛知青跟張嘉笙面面相覷。我厚著臉皮問：「你說的是神祕學或鍊金術的那個……裝在燒瓶裡的人造生命？」

「沒錯。」顏中書淡然一笑，「幸好程同學知道，不然還眞不知該從何解釋。」

「學弟有接觸鍊金術？」張嘉笙大感驚奇，大概以爲我講的是眞的鍊金術吧？我連忙澄清：「沒有沒有，但動漫畫中還蠻常見的，學長沒看過嗎？」

「我不太看漫畫。」

眞的假的啊，這樣人生樂趣不是少了大半！

其實在各類桌遊中，以魔法、鍊金術爲主題的還眞不少，我產生興趣後，也接觸了一些神祕學史，像什麼黃金黎明、薔薇十字，這些多多少少聽過，當然也包括「瓶中的小人」。且不論這個，最近不是有部鍊金術漫畫超有名嗎？明年還要二度動畫化！因觸犯鍊金術禁忌而付出代價的兄弟，爲了找回失去的身體，踏上與「瓶中的小人」的對決之路，「瓶中的小人」不該是同世代的常識嗎？

「所以呢？瓶中的小人是什麼？誰要解釋？」衛知青催促我們。我說：「雖然只是道聽塗說……瓶中小人是用鍊金術製造的人造生命，跟試管嬰兒不同，剛出生就是成人體型，不用學習就知道各種知識，事實上是全知，瓶中小人知道宇宙一切眞相。這種人造生命很小，用燒瓶就裝得下，而且無法離開燒瓶。十六世紀時，有鍊金術師成功造出來過。」

「十六世紀？這麼早？」張嘉笙皺著眉，難以置信。

「其實沒人知道有沒有人造生命，只是那個鍊金術師如此自稱，我是認爲當時沒有這樣的技術。」我說。衛知青皺起眉：「但人造生命跟廣世公司有什麼關係？難道神祇系列是從燒瓶做出來的？」

「雖不中，亦不遠矣。」顏中書說，「廣世公司設計『神祇系列』，就是想再現這種十六世紀的技術，不，應該說改造……總之，廣世公司的目的就是創造人造生命Homunculus。」

——神是**生物科技**？我大吃一驚，但神根本沒形體啊！而且廣世公司的技術是從JMM社偷來的，JMM社的技術是類似半導體的金屬研發技術，又不是生物科技——等等，金屬研發技術……難道就是鍊金術？不不不，不可能吧。我陷入混亂的風暴，顏中書溫聲說：

「抱歉，這樣說可能讓人混淆。廣世公司確實打算造出瓶中小人，但不是要研發生物科技，如人造生命，而是像程同學說的，瓶中小人擁有全宇宙的知識——他們的目的是全知，也就是包括過去、未來，這個宇宙的所有情報。」

眾人驚呼出聲。轉述瓶中小人的傳說時，我只當成逸聞。這種事眞的可能嗎？不只得知整個宇宙，還包括過去未來？

「不可能。」張嘉笙用力搖頭，卻又兩眼發光，壓抑著情緒。「全知應該是不可能的！觀測這種事就像聲納一樣，需要過去再回來。首先相對論就是個限制，因爲沒有東西能超越光速，而且要捕捉微小粒子的運動，發出的能量要夠強，要這樣到宇宙盡頭。不論來回的時間，光是被這麼強的能量掃到，宇宙就要毀滅，這樣一來全知就沒意義了！」

「那拉普拉斯的惡魔呢？」顏中書問。

「拉普拉斯的惡魔已經被現代物理學否定，熵是不可逆的。」

衛知青惡狠狠插嘴：「又自顧自講下去！可以解釋一下嗎？」

「抱歉。」顏中書看了她一眼，緩緩說，「拉普拉斯的惡魔是種假設，如果能按物理法則計算宇宙中一切粒子的動態，就能推算出過去與未來的宇宙全貌……但就像張同學說的，這假設只在古典物理學成立。不過，說全知是建立在『觀測』上就不對了。**瓶中小人一開始就知道**，根本不必觀測。」

「什麼意思？」

「原理不同罷了——到底什麼是瓶中小人？從生物科技來想只會誤入歧途，瓶中小人不是生命，而是**人形的宇宙本體**。各位聽過『大宇宙與小宇宙類比』嗎？簡單說，就是認爲人體構造與宇宙構造雷同，因此人類是宇宙的複製品。這種思想在人類文明相當普遍，不只西方，中國也有。」

「妳是說天人感應？」我思考片刻後問。

「是的。天有四時，人有四肢，天與人體相似，所以人間的失德、失和會造成天地異變。又或是朱熹的月映萬川，不管哪個河流裡的月亮，都是同個月亮的複製，就像萬物有共通原理。在西方，赫密斯主義的『如在其上，如在其下』，鍊金術的『一元世界』，這些都指出同一件事：局部即全體，全體即局部。」

「這跟全知有什麼關係？」

「答案已經出來了啊。既然人體是小宇宙，那只要創造出**完美的人體**，不就等於複製出大宇宙？既然等同於大宇宙，自然不必觀測，只要『回想』就好。鍊金術做的，其實是在燒瓶裡將局部昇華爲全體，或將全體捕捉到局部中；瓶中小人之所以是人形，除了『大宇宙與小宇宙類比』原本就圍繞著人體構造的想像，也是爲了跟宇宙本體溝通；畢竟，要是沒有與人類相同的發聲與聆聽器官，不能交流，全知就沒意義。」

我們面面相覷，難以置信。水上豊也解釋的康德哲學只是比喻，顏中書卻主張這些神祕學理論是事實。

「不可能。」張嘉笙臉色很難看，「這種說法，跟目前已知的科學理論都不吻合！簡直就……」

「這本就不是科學理論。你們見識過『神祇系列』的力量，還執著於用科學、物理學來解釋？」

我一愣。這段時間我們已經經歷太多超越常識的事物，而且和宇宙對話，跟加賀美解釋的ＪＭＭ技術也有相似之處；爲了跟宇宙的物自身溝通，ＪＭＭ賦予物自身擬人化的介面——既然都可以接觸到宇宙的物自身了，那全知似乎也沒這麼不可思議。顏中書的理論，就是給宇宙的物自身一個人形介面，只是這個介面被放在燒瓶裡。

那就是瓶中的小人，Homunculus。

「所以，你們是瘋狂科學家或瘋狂鍊金術師？」衛知青的反感表露無遺，「就算是眞的，憑什麼爲了這麼虛無飄渺的東西把我們捲進來？」

「虛無飄渺？」顏中書苦笑，「無法否認呢。但我要幫廣世公司說話，他們不是在象牙塔裡鑽研科學或鍊金術，動機是非常現實且合理的。」

「什麼動機？」

「為了幫助中華民國。」

連驚訝的餘裕都不留給我們，顏中書繼續說：「我國一直有很現實的困境。各位應該知道，我們在國際上長期處於弱勢，無法加入聯合國或世界衛生組織，陳水扁當總統時，雖有跟個別國家建交，但更被許多國家斷交了，說我們是國際孤兒毫不誇張。要突破這個現實與困境，大概已經無法靠一般手段達成，所以才需要『瓶中小人』這種旁門左道。」

我倒吸一口涼氣。

「爲什麼？」張嘉笙皺眉，「『全知』有什麼用？全能就算了——」

「不，學長，幫助可大了！」我說出心中所想，「都擁有全知了，不就能揭發其他國家政治人物的醜聞、知道他們的軟肋，甚至操控他們？發生戰爭時，可以知道敵人所有動態，就算是與我們無關的戰爭，也能出賣其他國家的戰略情報，爭取盟友——這可是瞬間讓全世界情報戰變得毫無意義的力量啊！」

我愈說愈激動。但比起興奮，更感到反胃。握有這種力量，長久下去會怎樣？

對國外可以情報控制，國內不也一樣？譬如說，執政黨可以控制在野黨吧？僞裝成民主國家，其實是極權統治，根本不可能有反對勢力存在，剛有苗頭就被捏死。這不是人類、不是「國家」該得到的力量。

話說回來，如果是日本先得到這股力量呢？不，我阻止自己想下去。擁有這份力量——根本不該出現這種前提，無論是國家還是個人，瓶中小人根本不該出現。

「……這就是廣世公司背後有政府撐腰的原因？」衛知青僵硬地問，好像在壓抑什麼。

「你們知道了啊。嚴格來說不是政府在撐腰……不過，沒錯，廣世公司背後的組織確實是政府機關。但沒什麼，在神祇的短兵相接中，政府協助不過是杯水車薪，更別說那是沒什麼權力的研究部門；各位不用擔心報復，以這個機關的性質，是沒什麼報復能力的。」

「別說廢話！」衛知青突然大步上前，冷眼睨著顏中書，與其說語氣僵硬，不如說不這麼做就要爆發了。「我只想知道一件事情——關我們什麼事？你們在實驗室裡面怎麼做都可以，為何把我們捲進來！」

「沒錯。」我也同意，「這跟神祇系列有什麼關係？難道瓶中小人會從這些神裡選出來，像煉蠱一樣？」煉蠱是指將眾多毒蟲放在器皿相爭，唯一存活的會成為超自然的魔蠱；難道要讓神祇廝殺？顏中書聽了搖頭而笑，似乎覺得這猜測很荒謬。我皺起眉頭。

「抱歉，因為煉蠱太浪費了。每個神都很珍貴，因為所有神祇都是**瓶中小人的屍體**。」

什麼？一瞬間，不只我們，連神祇們都有些動搖。克拉克問：「屍體是什麼意思？」

「大概二十年前，我國某個政府機關曾創造出瓶中小人——」

顏中書娓娓道來的語氣，就像親眼見過。

「那時，燒瓶裡的宇宙本體已出現人形，實驗無疑成功了，但祂只在燒瓶裡存在幾微秒……由於無法承受大氣壓力，瓶中小人剛出生就死亡，身體被壓扁，四分五裂。在那之後，雖然重複了上萬次實驗，每次都成本高昂，卻從未成功；到了最近，廣世公司能創造瓶中小人的客觀條件很可能在近幾年內消失，所以他們改變作法，不再創造新的瓶中小人，而是將當年標本化的瓶中小人屍塊拼湊起來。」

我頭皮發麻。

「難道，瓶中小人的屍體剛好有二十塊？」

顏中書點頭：「各位召喚神的時候，祭壇上不是有片金箔？那就是被壓扁到只有一層原子厚度的瓶中小人屍塊。爲了縫合瓶中小人，廣世公司須先讓死去的屍塊活性化。細節不多談，總之是以試用者爲觸媒，加上某種技術，賦予屍塊虛擬的人格……神祇就是金箔，也就是屍塊的活性化。各位已經見識過神的力量，但如此威力，也只是瓶中小人分裂的結果；根據推測，完整型態的瓶中小人很可能不只全知，甚至在一定程度內全能。」

「一定的程度內全能？既然有限度，不就不是全能嗎？」

「完全的全能在邏輯上是行不通的。全能者能不能創造一個連祂自己都無法舉起的石頭？如果可以，祂就無法舉起石頭，因此不是全能。如果不行，當然也不是全能。」

「所以只要不違反邏輯，瓶中小人什麼都能做到？」

「現階段無法證明。但各位體驗過神的力量，應該知道並非不可能。」

忘心曾轉述蘇育龍的話，說他們最終目標不是神的能力，如今答案終於解開。神確實是其次，畢竟得到了瓶中小人，顛覆整個世界根本輕而易舉——

張嘉笙沉默片刻，按捺情緒問，「要是廣世公司成功，神祇們會怎樣？」

「會消失。」

短暫的沉默。但我感到了各種情緒，只是沒有人說出口。

顏中書繼續說：「虛擬人格本來就是暫時性的。神祇存在不會超過半年，時間到了就會逆轉爲未活化的金箔。」

神遲早會消失。試用就是這麼回事。但完成瓶中小人後，虛擬人格就不需要了吧？換言之，神祇系列沒有將來，我們再也無法見到這些神。雕龍用漫不經心的口吻打破沉默：「哎呀呀，難怪試用期只到六月，原來是技術無法支撐啊！這沒什麼，原本我就覺得自己會在試用期結束時停止運作，其他神也是吧？」

「是的。雖然原因不同，但結論是一樣的。」克拉克說。

「比起這個，還有很多事無法解釋。」忘心說，「假設顏女士說的是事實，爲何這件事會以『試用』的名義進行？爲何欺騙我們跟試用者？如果只是要將屍塊活性化，應該有別的作法。而且抽取的目的是什麼？難道抽取後的神才能重組成瓶中小人？」

「不。只要最後神祇齊聚在某處即可，是否被抽取不是重點。」

「那這種做法很沒效率。」我說，衛知青也點頭。「直接說眞話，把我們聚集在一起不就好了？」

這話似乎戳到顏中書的軟肋，她猶豫片刻才說：「我沒有推卸責任的意思。不過這是莊先生的決定。他認爲試用者不見得會配合。」

「那不會找好配合的人來嗎？」衛知青不耐煩地說，「說起來，廣世公司爲什麼不自己當試用者？政府機關隨便找都有二十人吧！這樣不就能自己創造『瓶中小人』了——」

這個瞬間，某個放置已久的疑問重回腦海，我高聲大喊：

「因爲不能隨便找！我們成爲試用者並不是隨機，是有原因的！」

「失落的環節」！試用者間眞的有聯繫。

「……程同學，你懷疑過我們之間有某種關聯，後來有去調查嗎？」顏中書問。我呆了呆，搖頭否定。事情發展這麼快，誰有心力去調查這些啊？我提出這點不過是前天的事。顏中書欲言又止，最後搖了搖頭。

「算了，這不重要。沒錯，成爲試用者是有前提的。廣世公司之所以選上我們，是因爲我們的**基因**能讓屍塊活性化。」

「……基因？」話題又回到生物科技？

「嗯。但這眞的不重要。雖然出於歷史因素，我們擁有活性化屍塊的資格，但跟隨機差不到哪裡。總之，廣世公司沒辦法任選試用者，也不信任試用者，只想祕密進行，所以才變得這麼荒腔走板……我知道各位無法苟同，但我能理解。不只試用者可能拒絕配合，要是有人想占據活性化屍塊的力量怎麼辦？神的力量太強了，黑羽占卜吉凶，就讓追捕變得幾乎不可能，能躲在複製世界的鳩摩羅什也是。正因神祇又強又難以控制，才讓說明眞相這個選項被排到最後。」

「還是沒效率啊。」我說，「說到底，重點是活性化後湊齊瓶中小人的屍塊吧？不說眞話也沒關係，我們當初簽保密協議，就同意會出席意見回饋的會議，既然有『公正之神』介入，我們非出席不可，到時把我們一網打盡不就好了？」

「是。那個補充條款就是爲了捕捉漏網之魚，但那是最後一道防線。因爲事情發展到那一步，試用者就會意識到廣世公司另有所圖——而他們只打算隱身幕後。如果能隱密解決，爲何要浮上檯面？所以他們決定什麼也不說，直接抽取試用者，再放試用者回家，不引起騷動，只留下些許謎團地回收所有屍塊……」

「被抽取後就會變成植物人，哪裡還能回家！」張嘉笙怒斥，聲音讓人耳朵隱隱作痛。

「對，所以那只是最初的計畫。」顏中書望向默不作聲的我，「程同學，你還記得在忠孝復興，有位假冒朱先生的少年嗎？他是少數在計畫施行前就協助廣世公司的試用者。他家裡有些情況，很需要錢，所以長期配合廣世公司實驗，最先被抽取的**試用者**也是他，沒有公正之神介入——你明白我的意思嗎？」

「他被抽取了？但他不是好好的——」我忽然領悟，全身冰冷。「**難道說，廣世公司一開始不知道被抽取會變成植物人**？」

顏中書點頭時，有人發出悲鳴，有人驚呼，我心頭一片冰涼，既憤怒又驚愕。

「林翼是當時唯一的樣本，由於他平安無事，廣世公司根本沒想過會有什麼嚴重副作用。最初的評估中，抽取的成本是很低的。等發現試用者可能變植物人，廣世公司才慌成一團。報告書已交出去，長官們都知道試用者是誰，要是知道試用者變植物人，很可能會斷尾求生，把責任推過來……不，當然是我們的責任，但莊先生極力避免事情這樣發展。」

「那你們怎麼好意思繼續抽取？」我厲聲質問，「都知道會變植物人了，爲何還不停下！」

「因爲就算停下也無法幫助變成植物人的試用者。現在我們對植物人這件事可說是束手無策。廣世公司也開了很多會，大家都不想一味增加植物人，結果就是綁架流程變得患得患失，比起直接抽取，更傾向威脅試用者，所以才有用公正之神控制試用者的提案——」

「等一下。」我大聲打斷她，她剛剛說了什麼？我顫聲問，「你說你們對變成植物人的試用者束手無策？你們無法復原他們？」

眾人震驚地看向我，臉色鐵青，我大概也差不多。占卜不是說能復原嗎？難道其實沒辦法，只是相信能復原對我們比較有利？我們一齊瞪著顏中書，氣氛險惡起來，但顏中書臉色不變，她看向衛知青。

「衛小姐，你問過廣世公司的目的是什麼，怎樣才能贏，還有怎樣拯救那些被抽取的人，當時我說三個問題密切相關——這裡就直接講結論吧。對，廣世公司現階段無法拯救試用者。但只要你們勝利，或廣世公司勝利，這個問題自然就會得到解決。」

「爲什麼？」

「因為勝利者會得到全知全能。」

——我終於領悟敵人的邏輯。瓶中小人可以辦到很多事，包括拯救受害者，所以現在造成傷害都僅是幻夢，再狠毒都沒關係；這樣想，廣世公司的行爲便能理解了。

「對莊先生來說，只有盡快得到瓶中小人才能遮掩失態。反正最後會復原，自然也不必在乎倫理與矜持。最好事情結束時，一切都還在五里霧中，任何線索都無法追究到他；最初他規畫隱密行動就是爲了擺脫責任，他也決定貫徹這種做法。」

「自私的傢伙。」忘心冷冷地說，「既然犯了錯，就該承擔責任。就算一時逃避責任，也可能在十幾年後被追究，人是無法永遠逃避過錯的。」

「這種想法……雖然能理解，但我不同意。惡有惡報只是理想論，世上確實有逃過一劫的惡人。不過，莊先生決定祕密進行確實是缺乏覺悟——他沒想到事情會變這麼麻煩，而且我們的運氣也很差。」

「運氣差？不是因爲一系列錯誤決策嗎！」我尖銳地說。

「或許吧，但請想想看……」顏中書尷尬苦笑，「要是占卜之神沒發現我們準備綁架試用者呢？要是試用者不認識彼此，沒發現自己被襲擊呢？要是沒有駭客協助，試用者沒被聚集起來呢？明明我們動用了所有資源來威脅衛小姐，還是被她逃了，就算運氣也是策略的一部分，眼睜睜看著這些事發生……唉，命運是不是對我太差了啊？我都忍不住這麼想了。」

命運……嗎？我想起她在圖書館說過類似的話。

「我不同情你。」衛知青瞪著她，「小黑造成你們這麼大的困擾，我倒是挺痛快。」

「嗯，被憎恨我也無話可說。」顏中書淡淡地說，「不過事情這樣發展，倒也不壞。」

「什麼意思？」

「因為張同學召集了試用者，我才發現有其他勢力。唉，各位大概很難想像我當時的心情，不該出現的魏保賢出現了，各位知道他不是本人嗎？加賀美同學更是讓我嚇出一身冷汗，她到底是誰？明明不是試用者，為何擁有神？名單上怎麼有她的名字？她到底想做什麼？雖然多虧加賀美同學，我們才能找到間諜，但出現不該存在的間諜，就表示計畫很可能從基礎開始崩盤——」

「怎麼可能不知道加賀美是誰？」我打斷她，「廣世公司偷走他們的技術，他們才來奪回啊……」

我猛然停住，總算意識到哪裡奇怪。在忠孝東路，顏中書說「來歷不明的日本人」時，廣世公司沒人否定，彷彿真的對日本人一無所知；而且那不可能是事先準備好的說詞，我怎麼看都敗北了，他們也不可能知道加賀美會來，要騙誰呢？明明如此，那些話卻跟水上豐也的說法矛盾。

不會吧？我毛骨悚然。

「廣世公司偷走他們的技術——原來如此，他們是如此宣稱的嗎？」

顏中書開口。糟糕，對上她的視線後我心生不妙。那是極其靈活，充滿生命力的眼神——有所圖謀的眼神。我忍不住反駁：「難道你們沒偷？」

「衛小姐，」顏中書轉向衛知青，「雖然應該是多餘的，但根據占卜結果，那些日本人可信嗎？」

黑羽占卜過了，相信加賀美是吉——我差點這樣說，卻忍住。我相信加賀美。但要是有什麼疑慮，現階段就必須摘除；衛知青看著顏中書，片刻才說：「我占卜過，相信加賀美同學的結果是吉。」

「這樣啊，那從我的角度來看，就只能得出加賀美同學他們被利用的結論。」

「你是想說都是別人說謊，或別人被騙嗎？」

「我當然也可能被騙，或擅自誤會，所以黑羽的占卜才重要啊。但我沒有說謊的必要，我只能這樣宣稱。保險起見，能問問加賀美同學說廣世公司偷了誰的技術嗎？」

我們面面相覷，誰也沒說話。我懂，因爲現在的節奏，有種即將被顏中書牽著鼻子走的感覺。顏中書說：「那我猜猜看吧。是日本金屬礦業株式會社，ＪＭＭ社嗎？」

「果然是你們偷的，所以才知道吧？」

「很意外張同學會這麼想，如果廣世公司眞的偷了技術，我應該裝傻才對。ＪＭＭ社跟廣世公司的前身有些淵源，說到日本，自然就想到它。但那都幾十年前的事了。如果加賀美同學認爲是我們竊取ＪＭＭ社的技術……嗯，我可以提出幾種假說，但這些假說能不能爭取到各位的信賴，就是另一回事了。」

「你很清楚嘛，」我冷冷說，「再說一次，只要開始懷疑，要相信你就很難了。」

「唉，明明相信我的占卜結果是吉。不過加賀美同學被利用，這不是無中生有的懷疑。第一次見到加賀美同學我就起疑了，因爲理論上，加賀美同學不可能擁有神。」

「因爲你打算主張神祇系列是你們發明的？」

「不，是因爲那樣會多出一個。」

我一怔：「因爲瓶中小人的屍塊只有二十個？」

「對。那時所有屍塊都已活性化了，不可能有第二十一個神。理論上，豎琴只可能是系統外的別的東西。明明如此，它卻眞的很像神祇系統……這讓我起疑。」

「爲什麼？這難道不是偷技術的證據嗎？神祇系列的試用者能看到彼此，而加賀美能看到我們的神，就表示豎琴跟我們是用相同技術吧！」

「程同學是這麼想的？也難怪，但這很好解釋，跟剛剛提到的間諜有關。在說明之前……不知道大家是否覺得奇怪？瓶中小人是西方鍊金術，爲何是我們台灣人去實踐？如果連我們都能造出瓶中小人，爲何第一世界的西方諸國不去做？」

當然奇怪。坦白說，如果不是占卜結果顯示該相信她，她提到瓶中小人時我就聽不下去了。中國煉丹術還能理解，台灣道教也有丹鼎派，鍊金術就太離譜了！

「——因爲這些事原本就有西方勢力介入，對吧？」衛知青說。

咦？我看向她。

「沒錯。」顏中書點頭讚許，「眞厲害，這麼快就回答出來，是占卜的結果嗎？」

衛知青沒回答。

「就像衛小姐說的，這項技術原是西方……算投資嗎？先當成這樣吧。其實廣世公司背後的政府部門一直透過各種手段從不同團體獲取資源，畢竟我們在技術、理論、哲學體系方面全面性不足。這些當然都祕密進行，畢竟覬覦這種技術的人很多，不過現階段，最主要的技術協力是法國的當代鍊金術師。我說的技術，是將活性化的屍塊包裹在『神祇』設定中，以免活性化後變成純粹的放射能，引起核事故等級的爆炸。」

「神有這麼危險？」張嘉笙嚇一跳。

「當然，就算不爆炸也很危險。」顏中書頓了頓，「對我們來說，這是必要，也是非常珍貴的技術。但發現有人讓名單外流，並把加賀美同學加進名單，甚至多出第二十一個神，這讓我們不得不懷疑前來協助我們的法國鍊金術師。」

「結果那人眞的是間諜？」她指的是之前提到的林冰美吧。

「嗯，她的個人電腦裡留下了痕跡，不只僞造名單，還流出了很多重要情報。她到底在跟誰通信？受限於合約，我們無法追究。現在想來，八成跟加賀美同學背後的ＪＭＭ社脫不了關係。所以爲何加賀美同學能看到神祇系列的神，我們也能看到豎琴？答案是法國鍊金術師也支援那邊的技術，就像我們跟ＪＭＭ社購買同一套軟體，能讀取彼此的檔案，也是理所當然。」

也就是說技術不同，但「介面」一樣嗎？可是——

「我還是難以置信，」我說，「爲何那些西方國家要協助我們？瓶中小人很危險吧。就算是台灣這樣的小島，只要有全知全能就能夠動搖世界，他們怎麼會幫我們？」

「這背後有很多政治算計。我講的不是國家，而是團體或組織——有很多組織比國家更古老。選擇台灣是種降低成本的投資。就像美國從卡納維爾角發射火箭，是因爲能更好地利用地球自轉，成本較低。同樣的，台灣有某種環境優勢，造出瓶中小人的可能性更高，這就是台灣的價值。」

「不，我不是說這個。我是說，他們怎麼放心把這麼危險的東西交給我們？」

「這些當然也考慮過。廣世公司接受技術支援，爲此簽了很多合約；各位可能覺得，都能行使全知全能的力量了，哪有遵守合約的必要？但相關防範措施早就在進行，最先得到的『神祇』是公正之神，就是這個原因。廣世公司要用神的力量保證自己會遵守約定，以換取其他組織提供關鍵協助。」

換取其他組織的協助？我沉吟一會，驚呼：「難道瓶中小人的使用權早就被瓜分殆盡了？我們不可能用瓶中小人稱霸世界，因爲在公正之神的約束下，能做的事非常有限？」

顏中書苦笑：「一開始就沒打算稱霸世界啊！就算瓶中小人被保存在台灣，也不能隨便使用，要經過臨時組成的委員會……當然，要是順利發展，就不是臨時委員會了。不過，光持有瓶中小人就能擁有莫大好處喔。而且現階段，台灣是唯一短暫讓瓶中小人存在的地方，光是曾憑一己之力完成這件事，就足以作爲談判條件了。以結論來說，那些合約並不吃虧。」

原來如此。對那些鍊金術組織來說，如果瓶中小人是可行的，長期來看根本無法遏止，與其害怕抗拒，不如一開始就協助以得到談判空間。儘管還是難以接受瓶中小人，但到這個地步，我沒這麼抗拒了。這其實只是再現世界平衡，總比誰獨占這種力量好。

「那個法國鍊金術師是叛徒，但她怎麼能兩邊通吃？不會違背契約嗎？」衛知青問。

「當然違背。法國的合作團隊說那是個人行爲，將間諜抓回組織囚禁，我們也不知眞的還虛應故事，但對方願意重擬一份對我們更有利的合約，莊先生就不追究了。問題是，各位覺得是怎樣的誘因讓間諜行動？」

「拿更大的利益去引誘……之類的？」

「是的。不過，都得到全知全能了，有比這更大的利益嗎？到時我們可能沒發現她是間諜嗎？違約的懲戒是很嚴重的。但要是我們失敗，沒能成功打造出瓶中小人，就另當別論。」顏中書頓了一下，確認眾人有跟上她的話語，「加賀美同學認爲是廣世公司偷走ＪＭＭ社的技術，而且他們的目標是把技術奪回去，要是他們成功了呢？認爲那是失竊技術的試用者——譬如各位，多半會歸還活性化屍塊吧？假設最後創造瓶中小人的團隊不是廣世公司，而是ＪＭＭ社，我們擬定的所有合約就會作廢。」

我明白顏中書的暗示。「你指有人對合約不滿，所以煽動日本人來搶你們的技術？」

「有可能。甚至原本跟我們簽約的團體，跟ＪＭＭ或他們背後的人簽了另一份合約，內容對他們更有利，這也不是不可能。當然，他們也可能沒背叛，是其他人——多的是沒參與這些合約的組織——畢竟，如果沒機會分一杯羹，重新創造能分一杯羹的機會，不是很合理？所以才說，不只第三勢力，甚至可能有第四、第五勢力。」

「但還是有地方說不通。」我說，「顏小姐說台灣是最可能造出瓶中小人的地方，還說是環境優勢。這樣的話，日本人奪走技術也沒用吧？」

「確實。」顏中書猶豫一會後承認，「現階段，我也很難想像排除廣世公司要如何前進。但我並未掌握一切資訊，或許ＪＭＭ社有充分的理由這樣做。無論如何，從我的角度看，如果日本人可信，就表示他們被利用了，無論是ＪＭＭ社，或是背後另有什麼陰謀——都不能讓他們得逞，我們必須盡快結束這件事。」

我沒回應。不知爲何，總覺得有些難以接受。

「我懂顏小姐的意思了，不過你到底有何打算？」衛知青問，「你是爲了快點結束這件事才刻意被抓，總不會只是告訴我們情報吧？你的計畫是？」

「將情報告訴各位，就是給予各位籌碼——我強烈建議你們威脅莊先生合作。現階段，除了我被搜走的祭品外，廣世公司加上各位的神祇，屍塊已經齊全。我們雙方的目的都在眼前，沒道理再拖。」

「但要怎樣威脅？」張嘉笙說，「這些事，廣世公司不是早就知道了？」

「……不，不對。」衛知青突然抬起頭，兩眼發光，「我懂了，廣世公司早就知道這些，但這不是重點。重點是讓廣世公司知道我們也知道了！」

「正是如此。」顏中書笑著點頭，「莊先生最害怕什麼？不就是被各位知道他的身分跟目的？但現在已經知道，他沒有不合作的理由。要是他不想合作，還可以跟他長官告狀。長官是神祇系列的知情者，不違背保密條款。需要的話，我可以立刻告訴各位要寄信給哪個單位。」

簡直像喊「將軍」，此時此刻，我們已在**規則上**勝利。就像西洋棋終盤，即使還沒將死，也能推算在幾步內完結——唯一的疑慮是，最後的關鍵，也就是忒修斯的祭品，現在不在我們手中，而是在日本人那。

但這跟勝利無異吧？畢竟占卜都證明日本人可信了。

「我同意這個方針。」衛知青看向我跟張嘉笙，「不過我有事想跟你們討論。透過神，不要直接說。」

「好，但為什麼？」我有些疑惑。

「因為我不想讓顏小姐聽到。」

顏中書不置可否，但我不是這個意思。我是問，為何不出去講？顏中書耳朵沒這麼靈光，我們也該將剛剛知道的告訴加賀美——但衛知青大概有理由，所以我還是點點頭，比了「ＯＫ」的手勢。

「那我就說了喔？我的主人說，等一下有什麼話就透過各自的神講。首先——」

黑羽頓了頓。

「占卜結果，相信日本人的結果是『小凶』。」

——什麼？

我跟張嘉笙臉色大變。克拉克說：「怎麼會？如果占卜結果是凶，剛剛為何不講？」

「我的主人說不想什麼事都讓顏中書知道。」黑羽說。

「但相信加賀美不是吉嗎?」我有些胃痛，雕龍代我發問。

「對，現在也是吉!我們可以相信加賀美靜香，但不能相信日本人，不能把消息告訴他們。我跟主人剛剛一直針對這些矛盾占卜，這裡只講結論:恐怕顏中書的猜測沒錯，日本人背後有幕後黑手，而且幕後黑手有監控日本人的方法。」

「監控?」

「不確定具體辦法，但只要把情報告訴日本人，無論他們有沒有向上呈報，幕後黑手都會知道，所以不能相信日本人。」

我驚訝無語，雕龍擅自問出我內心的疑問:「所以這層樓才到處都是竊聽器?」

「或許吧!但肯定不只竊聽器，還有別的手段。」

也就是說，並不是日本人有惡意，而是情報流向那邊就會帶來危險?我心跳加速，不禁慶幸顏中書有讓克拉克破壞竊聽器!但這樣——「也不能警告加賀美嗎?」雕龍又代我問。

「最好不要。主人沒問太細，因為要避免重複占卜，但大方向是盡可能不讓日本人知道我們的策略跟決定。不過都跟日本人合流了，要是不告訴他們將來策略或現況，可能要有個拖延的好理由。」

「這樣一來，忒修斯在他們手上不是很麻煩?」忘心問。我點頭，問題比想像的嚴重;就算加賀美他們沒惡意，光是表明想回收忒修斯，就可能讓幕後黑手警覺。我們陷入沉默，最後衛知青對黑羽比了個手勢。

「這個晚點討論。」黑羽說，「既然不能把我們的計畫告訴加賀美靜香，那就必須想個藉口。」

藉口——我又胃痛了。雖然勢在必行，但實際上就是說謊。加賀美是相信我們才退出房間的，哪有臉去騙她?為何其他人這麼快就接受?

忘心說:「整理一下，現在我們要做的就是私下跟廣世公司聯繫，並瞞著JMM方，是嗎?」

「還有忒修斯的祭品。」克拉克說，「湊齊神祇是跟廣世公司談判的前提，或許要先請雕龍偷回來。」

「不是不可能。但水上兄保密到什麼程度，大家也看到了。我不覺得他會帶我們到他們的據點。要是偷偷去，恐怕會造成難以挽回的裂痕。」雛龍說。

「難道不能光明正大說我們想拿祭品嗎？」

「結果是『小凶』。」黑羽說。果然，我心想。連說都不行，看來幕後黑手的魔掌已經介入很深。克拉克說：「那麼最壞情況，果然還是要潛入日本人據點，但這樣我們必須知道祭品是什麼。」

光聽他們這樣說我就有些頭暈目眩。真的要背叛他們對我們的信任嗎？忘心飛到身旁：「那麼，要直接問顏女士嗎？」

祂看來是問大家，其實是在確認我的意見。要偷祭品就要靠雛龍，我這個主人的意見當然很重要。但我臉色鐵青，沉默不語，害怕參與這個背叛加賀美的計畫。

「程頤顥，就算你不想問，」黑羽說，「我的主人也會問。」

我話還沒說，大家就覺得我不想幫這個忙嗎？衛知青瞪著我，像用完耐性，直接轉向顏中書：「顏小姐，忒修斯的祭品是什麼？」

「各位是在想怎麼取回祭品吧？」顏中書很快進入狀況，「坦白說，這是我的底牌，我不想說。既然相信日本人是吉，不如請他們歸還我的東西，祭品就在那些東西中，不明講是哪個也無妨吧？」

「就算日本人可信，背後也有幕後黑手，甚至祭品可能已被藏起來，我們想謹慎行事。」

「也是。那麼各位可以放心，我有辦法讓祭品回到我手上，各位只要思考怎麼跟廣世公司談判就好。」她看來就像在說「跟服務生說，餐點就會送來」一樣，我難以置信：「回到你手上？怎麼做？」

連我們都不知道水上豊也的據點，更別說顏中書是在囚之身，連離開這裡都做不到！但顏中書神色不變：「怎麼做不重要，重點是能不能做到，不然請黑羽占卜如何？」

「小黑。」

「——相信她的話是『吉』。」聽黑羽的語氣，連祂自己都很難相信這個占卜結果。

「就是這樣。我是自願被抓的，當然也考慮過保護祭品的方式。」

既然如此，我們不再煩惱此事，話題自動轉到如何隱瞞加賀美。

我明白。畢竟顏中書的故事與占卜結果，不可能都說出來。我們得想個不痛不癢的說詞——但我沒參與這段討論，只想吐。我知道這無可奈何。不是不相信加賀美，而是加賀美正被某個強大的勢力監控與欺瞞，我們保護自己，或許也算是保護她。但等塵埃落定，她怎麼看這件事？

背叛者。我只能想到這個詞。但又如何？在桌上遊戲裡，我不是背叛過無數次了嗎？遊戲就是這樣的東西，想贏就要不擇手段，更別說贏不了就救不回阿輝。但光是想像她知道自己被騙後的表情，就覺得有根鑽子插進心臟，左右轉動，自我厭惡之情汩汩而出。

半個多小時前，我才信誓旦旦地向水上豊也保證不會背叛加賀美。但此時此刻卻連阻止密謀的能力都沒有。因爲密謀是正確的，非這樣不可，唯一的抵抗只有不參與。

但光是沒試著改變事情走向，就已經是背叛。我終究還是成了背叛者。

第七章

讓我哭泣吧

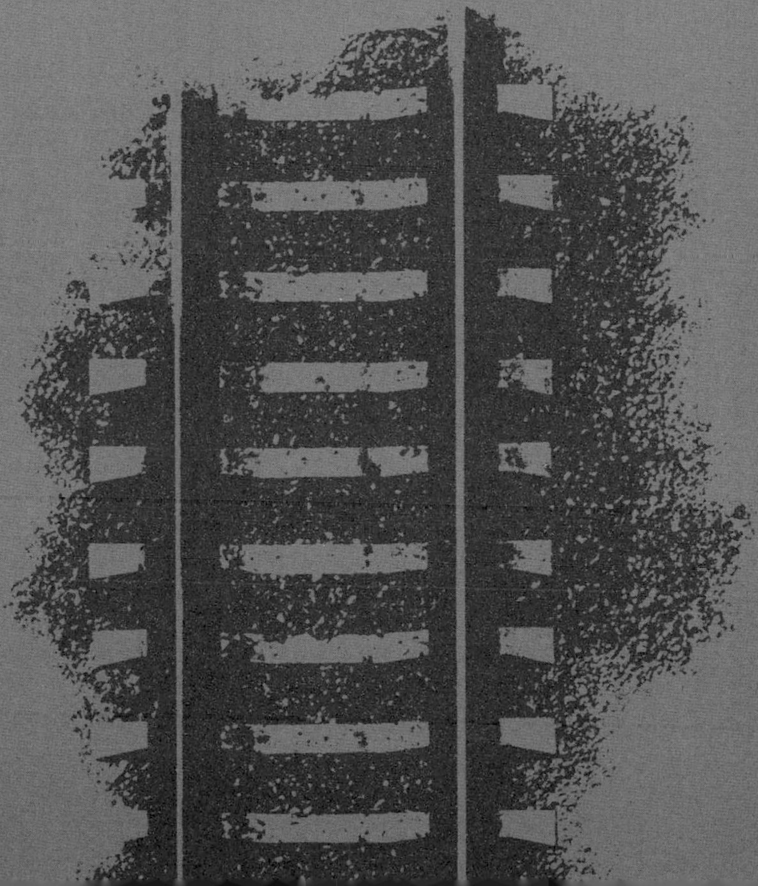

洗澡時，外面傳來優美而哀傷的旋律，是加賀美的鋼琴，溫婉哀切到像在心頭的傷口灑鹽，我將蓮蓬頭的水流開到最大，試圖蓋住琴聲。嘩啦嘩啦地，水沿著頭頂滑下，我張開嘴巴呼吸，全身浸在暖流裡，卻沒有感受暖流的心情，簡直像身體的感覺器官被割離、拋棄到很遙遠的地方，而大腦懸浮在沒有重力的空中，被各種情緒塡滿。

下午就開始食不知味，做什麼都心不在焉。但很諷刺地，**一切都按照計畫進行**。

離開書房時，我們先恢復竊聽器，接著告訴加賀美拯救試用者的方法就是湊齊神祇，閉口不談「瓶中小人」。要是提起，免不了揭露更多，像二十幾年前出現過瓶中小人，絕大部分跟加賀美說的資訊衝突。不用等她問我們相信誰，說不定還來不及回答，幕後黑手就已將我們判斷爲「危險人物」，瞬間出手。

加賀美沒懷疑我們，單純到讓人受良心折磨。她保證會將這些告訴老師，救回被抽取的試用者，神情之認眞，都發出耀眼聖光了；衛知青比我想的還會演，她跟加賀美說話時神態自若，應對進退都天衣無縫，不愧是被威脅還面不改色的人。張嘉笙則閉口不語，大概是知道自己沒有演戲天分。

不斷背叛加賀美的善意，與她漸行漸遠，讓人倍感煎熬。

大家接受加賀美的建議將據點從旅館搬來——坦白說不合理。這裡到處是監視器，還暴露在幕後黑手的監視底下；但占卜結果建議如此，反常到令人不安。至於顏中書，最後照加賀美的提案與我們同住。

假使顏中書沒說謊，通關遊戲須齊聚二十個神，實在沒理由把試用者放到視線外；於是我們帶行李過來，顏中書在女生監視下得以吃飯、洗澡、上廁所，我跟張嘉笙則說好晚上輪流在客廳監視，確定她沒有趁大家睡著偷偷離開。

對日本人，我們主張合作，等待加賀美的父親聯絡。與此同時，張嘉笙用筆電寫信給廣世公司，要求談判。對方沒回信，也沒有「已經收到信」的提醒，或許是不想在週末打開信箱吧；這種時候了，居然還貫徹公務員風格？

我把自己埋在冒著蒸氣的水流中，試圖逃避背叛加賀美的愧疚感。

「喂，頤顯，你差不多該冷靜了吧？」雛龍在我心裡說，但我沒有理祂，祂嘆了口氣，「要是你沒注意到，我還是提醒一下好了。加賀美在擔心你。」

「擔心？」我在心裡問。

「果然沒注意到。我說啊，你這樣太明顯了，任何人都看得出來！你不覺得後來加賀美說話變得小心翼翼嗎？就是你造成的啊。」

是這樣嗎？我吸了口氣，也不覺得自己藏得住。我知道「藏住」是怎樣的感覺，畢竟在桌遊裡辦到過無數次。不過真的想藏嗎？恐怕是忍不住向衛知青、張嘉笙表達不滿吧。真沒用。既然在書房裡沒有反對，就表示認同這種做法，應該將決策貫徹到底，結果在這種無關痛癢的小地方不乾不脆，反而讓加賀美擔心，真是太沒用了。不過——

「雛龍你就能接受？」我帶著點怨恨，「你跟加賀美關係也不錯吧？」

「頤顯，你最好把事情想清楚。你覺得加賀美是壞人嗎？」

「當然不是！」

「那就對啦。且不論幕後黑手帶來的風險，要是加賀美知道自己被利用，你覺得她會怎麼做？」

我呆住，腦中浮現她皺著眉忿忿不平的神情。

「你懂了吧？她要不是夾在中間左右為難，要不就是反過來幫助我們。這樣真的好嗎？我們甚至不知道那個幕後黑手是怎樣的勢力，你不覺得把加賀美捲進來太危險了？」

確實如此，可是——「這種事應該讓加賀美自己決定吧？」我忍不住說。

「你想說這樣是過度保護？聽好了，頤顯。把毫無準備的小貓丟到車來車往的大馬路上，這不叫給牠自由，只是不負責任罷了。我們還不知道幕後黑手是怎麼監控加賀美他們的喔，換言之，也可能在加賀美了解情況的瞬間，她就被幕後黑手當成礙事的存在了，加賀美根本沒得選！」

這些我都想過。衝動下決定是不負責任的。尤其知道這件事牽涉多廣，加賀美背後的勢力很可能不限日本，還牽扯到不知道哪個國家；那種盤根錯節，我們或許連冰山一角都沒見到，只見到表面微生物。

「幕後黑手」是誰？目的是什麼？跟JMM社是什麼關係？他們利用JMM社的最大股東加賀美家，爲何加賀美家會這麼簡單被騙？還是說，他們有相信對方的理由？坦白說，這些都**不重要**。

因爲只要遊戲結束，幕後黑手就會自動喪失目的——這就是現在的策略，合理至極。

問題是，勝利以後呢？

我洗著頭煩惱。就算被騙，對加賀美來說，事情會在我們勝利的瞬間結束嗎？難道不會繼續被利用，甚至被殺人滅口嗎？如果跟廣世公司簽約的鍊金術師組織察覺到有其他人想爭奪「瓶中小人」，難道不會在完成計畫後進行報復？到時候，最先犧牲的就是加賀美這樣的馬前卒——

所以不是贏了就好，還要考慮加賀美將來的處境；我下定決心不讓她受到傷害，這就是新的**勝利條件**——既然要說謊，就要保護好她。雖然我不想跟雕龍說，不敢說。因爲要怎麼在這麼短的時間內找出幕後黑手，又想出對抗的方法？如果能用瓶中小人的力量就算了，但我對瓶中小人沒有任何權利，就算眞的完成瓶中小人也幫不上加賀美的忙。

我把頭臉的泡沫洗掉。管他的，做不到是一回事，想都不想也太沒用了。默默擦乾身體，把髒衣服跟毛巾塞進塑膠袋，換上整套乾淨衣服，盡可能還原浴室後才出去。

鋼琴聲還在繼續。

客廳只開了一盞小燈，能隱約看到落地窗外的夜景。加賀美坐在沙發上，兩手懸空，追著看不見的琴鍵，身體隨旋律搖擺。下定決心後，總算有心情聽她演奏。

這是什麼曲子？沒有她之前彈的這麼華麗，有種委婉又深切的情感，就像行走在河裡，速度被流水拖住，某種情緒被困在胸口，用盡力氣都抒發不了。

但那份無法傾訴的哀切，正是旋律優美的原因。

加賀美的倒影映在落地窗上，從這個角度，能清楚看到昏黃的小燈在她臉上拉出的影子，那是有著希臘雕像般完美弧度的陰影。旋律重複——不，不只重複，力道也加重了——這能從她的表情看出。她像無言地控訴，睫毛微微顫動，彷彿下一刻就要落淚。我放下塑膠袋，站近一點，我們的身影半透明地疊在落地窗上。看著她身影與夜空重疊，我不禁著迷。想起上次聽她完整演奏是在圖書館，不過一週，恍若隔世。

「頤顥，洗好了？」曲子結束了，加賀美跟我打招呼。

「嗯。你在彈什麼啊？很好聽。」

「〈Lascia ch' io pianga〉，『讓我哭泣吧』，出自歌劇《里納爾多》。聽過嗎？是韓德爾的。」

她向旁邊挪了挪，空出讓我坐下的空間。我不好意思，雖靠近一步，還是站著：「韓德爾我知道，《哈利路亞》那個吧？《里納爾多》就沒聽過了。」

「嗯，就是那個。《里納爾多》是十字軍東征時的故事，英雄里納爾多與戀人阿米蕾娜幽會，阿米蕾娜卻被穆斯林的魔女抓走；當時耶路撒冷在穆斯林手中，耶路撒冷之王阿甘特愛上魔女帶回來的阿米蕾娜，向她求愛，阿米蕾娜懇求阿甘特放了她，就唱了這首歌。」

她娓娓說著，我看著她的側臉：「都一城之王了，隨隨便便愛上敵方，沒問題嗎？」

「那時代的故事都是這樣吧？光看基督教徒跟穆斯林打來打去也沒意思啊。當然還是要有戀愛、冒險，還有魔法。」加賀美燦爛地笑。

「原來如此。」我總算坐下，與她保持著禮貌的距離，「這首歌為何叫〈讓我哭泣吧〉？光聽曲名，想不到跟放她自由有什麼關係。」

「就算渴望自由，在那種情況下，阿甘特也不可能放她走，所以阿米蕾娜只能宣洩無法得到自由的悲傷。歌詞是這樣的——」

少女舉起手，鋼琴聲再度響起，用纖細的聲音唱起歌。

「Lascia ch'io pianga mia cruda sorte，『讓我為悲慘的命運哭泣吧』，然後，e che sospiri la libertà，『我渴望自由』。阿米蕾娜哀嘆自己的命運，不相信阿甘特能保護自己，所以——」

她重新演奏，歌唱。那聲音並不驚人，沒鋼琴這麼精采，她顯然也知道不是自己強項，卻還是紅著臉解釋。那是纖細的，微微發抖的聲音。我的心隱隱作痛。

「這是什麼語言？」

「義大利語。」加賀美停下歌唱，演奏卻沒有停。

「你除了中文還會義大利語？」

「學音樂當然要會義大利語！」她看向我，像在責怪外行人，「頤顥，這裡歌詞不同囉，你聽——」

突然室內對講機響起來。我們嚇一跳，對望一眼，加賀美連忙走到門邊拿起對講機。不知道對方說了什麼，她恍然大悟，連連道歉。張嘉笙從書房探出頭，用表情問怎麼了，我聳聳肩。

「抱歉，有其他住戶覺得鋼琴太吵了，就請管理員警告我……」加賀美放回對講機，做了鬼臉。

「什麼嘛！」我鬆了口氣，裝出憤怒的態度，「眞沒品味，你明明彈得很好。」

「人家可能不想被打擾，或許家裡有人在準備考試。」加賀美羞赧地走回來，對張嘉笙點點頭，張嘉笙也點頭爲禮，縮回書房。我看著加賀美，心裡突然湧現某個念頭。

「加賀美，那要不要去別的地方？到彈鋼琴不會打擾別人的地方。」

「別的地方？你是說用豎琴——」

「嗯。」

她有些意外，但很快點頭：「好啊。我去拿外套，怕外面冷。頤顥也穿保暖衣物喔！」

她跑回房間，我這才意識到自己說了什麼。

——心跳加快，彷彿全身血液都停了，現在才一口氣加速；我在約她出去？似乎自然而然變這樣了，畢竟是我提案的，總不能她自己去，很合理。雛龍呢？每次祂都在這時跳出來，不是嗎？但到處沒祂的影子，也沒聽到聲音，我鬆了口氣。

沒什麼，只是覺得話題停在鋼琴聲被打斷很可惜，沒其他意思，雛龍不在就不用解釋了！

我拿著塑膠袋回書房。「哈囉。」張嘉笙正在用筆電，他點了點頭。

「嗨。你可以用浴室了。」我放下塑膠袋，從行李中翻出薄外套，「我出門一下，很快就回來。」

「出門？這種時候？」他瞥向我。

「就一下下。」我拿起手機，把雕龍的本體塞進口袋，接著拿起忘心。碰到竹劍的瞬間，忘心現身了，但雕龍還是不見蹤影；模模糊糊的預感篤定起來——雕龍八成一直都在，也都看到了，只是不想現身。也好，不必應付祂的嘲弄或刁難。

「大概多久啊？」張嘉笙問。半小時吧，我說，其他細節也隨口敷衍，說完就溜出書房。這時加賀美已站在客廳等我，她多披了一件淡綠色襯衫外套，笑著對我伸出手。我走過去握住她，她彈了五個音，由低而高，像夏天的風鈴。轉眼間，夜色被投放到我們上空。天氣很好，即使城市的光害像從海平面底下浮出，也能看到些許星空。

「頂樓？」我環顧四周。

「嗯。」加賀美放開手，在風中回應。我問：「在這裡彈琴，住戶還是聽得到吧？」

「嗯，但他們沒辦法透過管理員警告我，畢竟頂樓不可能有鋼琴嘛！」少女露出惡作劇的笑。我睜大眼，跟著笑了。原來是她小小的反擊，但不會吵到別的住戶嗎？算了，光是想像告狀的住戶爲這幽靈般的琴聲苦惱焦慮，就夠痛快了。我們笑成一團，不一會加賀美才說：「太好了，頤顥終於笑了。」

「咦？」

「跟顏小姐談過後，頤顥的表情一直很難看。我明白的。湊齊所有物自身沒這麼容易。但不用擔心，我們一定會讓試用者甦醒。」

我啞口無言。雕龍說她關心我，卻沒想到這麼放在心上。羞愧感湧上，沒說實話的我，有資格接受關心嗎？怕表情要扭曲，連忙轉移話題：「下午時，水上先生也是把我帶到這。」

「是嗎？當時你們說了什麼？」

「他說我把你捲入危險。」

她一怔：「……沒這回事。頤顥，這是我自己的選擇。」

「我也說這是加賀美自己決定的。」我頓了頓，還是無法釋懷，「不過你不害怕嗎？我有戰鬥的理由，你呢？不是想嚇你，但最壞也可能死無全屍。」

「我——」少女剛開始有些猶豫，隨即蹙眉搖頭：「不是不害怕，只是無法當成不知道。我在忠孝復興就下了決心。這事跟我不是毫無關係，我不是局外人。」

她表情非常認眞。從她的角度看，JMM社最大股東加賀美家或許是有責任跟義務吧。雖然顏中書告訴我們的版本並非如此。我說：「就算你不冒這個險，令尊跟水上先生也會完成任務，我反而不懂他們爲何把你捲進危險。」

「不是的，頤顥，」加賀美說，「是我硬要跟來的。」

確實水上豊也說過「小姐有想來台灣的理由」，但那理由跟任務有何關係？

「坦白說……我不知道父親他們要做什麼，也不在乎，但我一直想來台灣做某件事。所以聽老師說父親要來台灣長期出差，我就說我也要跟。其實沒想過他會答應，原本還考慮要怎麼威脅才好……」

她絞著手指，考慮著該怎麼說。

「可是……想來台灣做的那件事，我差不多放棄了。就在這時，我發現廣世公司這麼邪惡，終於知道父親在對抗什麼，而且，原來我也可以爲別人做些什麼。要是來台灣卻什麼都沒做成，我就白來了，我不想這樣。所以這是我的願望喔。父親他們沒有勉強我。就算勉強，我也不會照辦，我不是什麼乖女兒。」

她微微吐舌，不知爲何，那表情看來有點哀傷。

「你原本打算來台灣做什麼？」我問。

少女沒說話，一時間，月光在她臉龐投下青色的陰影。

「原本……我在尋找母親的蹤跡，或容身之處，但現在已經放棄了。」

加賀美背對我，輕輕走向無風的地方。

「其實我以前很討厭台灣，因為……那時我無法原諒母親。」

加賀美靜香是混血兒，母親是台灣人——

我嚇了一跳，沒想到她跟台灣有這樣的淵源。這就是她中文講得不錯的原因嗎？但她說不是這樣，母親在她很小的時候就消失了，別說語言，她甚至不記得母親的臉。

她從遙遠的記憶彼岸說起。

還記得很小的時候，她跟父親一起生活，印象中是很小的公寓，窗外有棵樹，夏天的蟬鳴聲很擾人。上幼稚園後，她發現其他人都是母親或女性家長來接送，只有自己不是，她也不感到奇怪。

跟其他人不一樣，也沒什麼吧？那些來接小孩的家長，也是每個都長得不一樣啊！其實她不是沒問過，但唯一的一次，父親露出不知怎麼回答的表情，之後她就不問了。父親對她很好，要是追問「為什麼我沒有媽媽」，好像在怪他做得不夠好。

那時「母親」像神祕的空白，是有著女性輪廓的迷霧，卻無法引起她的好奇。不存在的母親毫無意義，也不必勉強產生意義。直到有一天，父親帶她回加賀美大宅，她甚至想不起父親是怎麼說的，為何他們非得搬回老家？總之，從她成為加賀美家的成員起，她就不得不時常意識到「母親」……以鮮明尖銳的方式。

加賀美家龐大又古老，據說能追溯到江戶時代，光大宅裡就四代同堂，住了二十幾人。打雜的僕役來來去去，少說也有五十人左右。不過那個被圍牆圈起來的莊園，並不是傳統日式宅邸，而是好幾棟西式房屋，本館是一家之主與繼承人家庭住的，其他兄弟姊妹的家庭住在別館。即使如此，家裡的人還是很常見到彼此，每週也在固定時間共同聚餐。

那是加賀美最痛恨、最糟糕的時光。

因為那些加賀美不認識的親戚動不動就辱罵嘲弄她的母親，將少女還不能理解的尖酸刻薄，像砲彈般砸向她。最初或許只是隱微的諷刺吧?還是小孩子聽不懂的程度。但發現少女不懂後,那些親戚竟像是被激發了憤慨之情,用詞逐漸惡劣,終於連小孩子也能明白被汙蔑了。

——身為那種女人的孩子,還真不幸呢。可不是嗎?如果小孩可愛一點,或許那個女人不會離開。開什麼玩笑,不管怎樣都會走吧?最初就是看上我們家的錢不是嗎?別說了,小孩子還在這裡呢。說到底,正人最初就不該跟外國人結婚,還是台灣那種落後地方的野女人,一開始正人不回來,不也是那女人唆使的?哎唷別說了,反正那女人已經消失了不是嗎?是沒錯,正人也回來了。哎,如果那個女人離開時把孩子帶走就好了,孩子怎麼能離開母親呢?是啊是啊,把養孩子的工作推給男人,不負責要有限度嘛!

事到如今,她已想不起最初聽明白時湧起的情感,只記得一直是這樣——那些鄙夷與蔑視從未停過。言語用盡了,就用態度,簡直像餐桌上長出叢叢荊棘,不,荊棘太軟了,說是千根針也不為過。雖然隨時間過去,也沒這麼多貶低的話題可談,但加賀美在餐桌的地位從未改善,也沒資格拒絕出席家族聚餐。開什麼玩笑?這算什麼?她甚至沒見過母親,更不知道母親為何打從一開始就不在!既然如此,憑什麼是她來聽他們講這些?最讓她不解的是,為何父親什麼都不說?為何不保護她?在那些親戚前,他就像啞了一樣——不,更可怕,他就像默認。

但不在餐桌時,父親跟原來一樣,溫柔地牽著她的手回別館。父親那親切的態度,就像餐桌上什麼事都沒發生,宛如雙重人格。加賀美花了很多時間才明白,作為她父親的那個人,確實跟加賀美家族的「加賀美正人」不同,就像在不同場合戴著不同面具。

問題是,哪個才是真正的「那個人」?有理由相信「父親」才是真正的他嗎?

那時她不憎恨父親。她沒有憎恨這個選項。在那個偌大的家族裡,她只有父親能依靠,作為替代,她憎恨起從未見過的母親;要是沒有母親,她根本不會遭此待遇!而且她敏銳地察覺到,那些親戚不喜歡她,不只是因為母親消失,也因為母親是「低賤的外國人」,自己身上流著「玷汙了加賀美家」的血。於是憎恨母親的她,連帶地討厭起母親的家鄉,台灣。

聽了這些，我不知道該說什麼。

她厭惡台灣，就算是過去式，我心情也難以平復。如果是誤會或偏見還可以辯解，但那是憎恨，我能說什麼？身爲在這片土地上成長的人，我心情複雜。但比起辯解，不如說希望回到過去，擋在那些企圖否定她的人面前，告訴她那都是錯的，他們沒有資格貶低她！

但就連瓶中小人也無法改變過去吧，會引起時間悖論之類的。

「可悲的是，我還試著討好那些人過，甚至比我小的同輩……就算他們看不起我、討厭我，我也想討好他們。不然太痛苦了啊。我想抱著一絲希望，希望自己有個容身之地。」

「那明明不是你的錯，你不必承受這些的。」

「嗯，**老師也這樣說**。」加賀美淡淡地說，「我是後來才想通的。」

想不到會提起水上豊也。他對加賀美畢恭畢敬，就像僕役面對主人，同時，無論是加賀美對他的信賴，或他對加賀美的保護與溺愛，都像是超出這種表面關係。

「說起來，爲了帶頤顥過來，我口口聲聲說是爲了加賀美家的任務，其實最討厭加賀美家了。我根本不在乎這個任務。因爲那是加賀美家要父親——要那個人執行的，我覺得怎樣都好。要是頤顥誤以爲我是什麼大小姐，可能要失望了。」

我有些羞愧，畢竟這樣想過。單就名詞解釋來說，她是大小姐沒錯，但重點是她怎麼想吧。我搖搖頭：「無論加賀美是什麼身分，我都沒失望。」

加賀美看向我，微微一笑。「謝謝。」

笑容背後有著看不穿的情緒。

「我對母親的怨恨持續了很長一段時間。眞沒道理，怎麼會恨沒見過的人？我也好奇過，母親爲何消失？現在在哪？我問過父親，他不回答，說只要我還在加賀美家，就不能問這個。但也不可能問其他人。雖然我有些猜想……最合理的是母親外遇吧？對家族來說，在外招惹男人的野女人當然是恥辱，父親迴避這話題也很合理。愛過的人投入別人懷抱，說不出口吧？我一直這麼想，但眞相不是這樣。」

「你知道令堂離開的原因了？」

「不知道。」加賀美吸了口氣，彷彿有些冷，「但我知道不是那樣。沒那麼單純。」

她是國中察覺端倪的。

那是她父親生日，加賀美想給父親驚喜，就趁父親不在時偷偷潛入書房，尋找哪裡可以藏東西，又不難發現。這時，她發現書櫃裡有個小箱子。箱子在幾本書後面，直立地放著，看來很陳舊。這無疑是被藏起來的，加賀美禁不住好奇心，打開了箱子。

裡面擺滿信件、明信片，還有幾張照片，是父親跟某個女人的合照。照片裡的父親很年輕，沒有她看慣的皺紋，旁邊的女人笑得很燦爛，她的輪廓與鼻子的形狀，讓加賀美覺得眼熟——少女如遭雷擊，她意識到這女人就是自己母親。

她忍不住拆閱信件。有幾封是中文寫的，她看不懂，但中文信也有父親的字跡。原來父親會中文？也對，他跟台灣人交往，大概也會對方的語言，只是從未聽父親說過。至於沒見過的字跡，大概是母親的字吧？有幾封是日文的，能感到文法拙劣，語彙量不足，但字裡行間透著某種甜蜜的熱情——

那個外遇的女人，也曾這麼喜歡父親嗎？加賀美想。而且她的表達方式好直接，日本人是不會這樣表達的，加賀美默默在心裡評判她，她果然不像日本人，不適合嫁給父親。在信堆中，有個彷彿被打開過很多次的信封。這封信不一樣，加賀美心頭閃過預感，抽出裡頭的信紙。

由於她看了好幾遍，印象深刻，所以過了好幾年，她還是記得信件的內容：

正人先生，我是在台灣寫這封信給您。您或許嚇了一跳吧？請不用擔心，靜香跟我在一起。無法跟您一起養育她，我非常的……但我已經不能相信您了。您對我說的話，那些讓我愛上您的話，哪些是眞的，哪些是您背後的人吩咐的，我已經不知道了。但只要開始懷疑，我們的愛情就已消亡。

請別說服我，我不會給您機會，也不會再度出現在您面前。您知道的吧？我聽過母親大人是如何評論靜香，即使您能愛她，將她留在加賀美家也是非常殘忍的事，我會自己養育的。不用擔心，我有人脈，學歷也不差，我已經找到願意幫我的人，她會好好成長。

也許您誤以為我是拿靜香威脅您，但不是的。我沒這麼想。這是一封告別信，意義也只有告別而已。但我想懇求您一件事。請不要來找我，如果您想見我，我會逃到地球上任何一個地方，徹底消聲匿跡……我做得到。但只要您不對我們出手，有一天我會讓您跟靜香見面。這依然不是威脅。我不想見您，但我不會剝奪靜香見父親的機會。

您利用我作為跳板得到的東西，我帶走了。不用擔心，我會物歸原主。您或許會被追究責任吧？請原諒我已顧不上這些。這是我為靜香考慮，所想出的最好方法。無法與您商量眞的非常遺憾……但我不會道歉。我做了決定，這封信只是告知。如果您對我的甜言蜜語有任何一句話是眞的，您應該能懂。

看完這封信，加賀美傻在那，徹底忘了原來的目的。

她重看好幾次，好不容易才接受信裡的內容，渾身發冷。原來自己到過台灣？那為何最後是在日本長大，還是被父親養大的？母親發生了什麼事？而且利用母親當跳板得到的東西是什麼？

父親利用了母親——這跟她知道的不同。不，仔細一想，她知道什麼？她什麼都不知道！從來沒人眞正跟她說過母親的事，都是自己的猜想！

那天凌晨，父親回到家，加賀美拿著那封信去質問父親。剛開始，父親還面無表情，只是問她有沒有其他人知道她讀過那封信了？加賀美說沒有，接著——

父親當著她的面把那封信撕掉，塞進口中吞下去。

加賀美嚇壞了。

父親警告她忘掉那封信，不許跟任何人提起，但她本來以為父親會掏心掏肺，說出母親的事！因為父親一直是這種形象。他慣著她、寵她，只要事情跟加賀美家的其他人無關，父親幾乎能滿足她一切要求！她本以為那是揭開真相的機會。

之後，加賀美下定決心要弄清母親後來怎麼了。因此她學中文，透過網路尋找跟母親有關的線索。那封信有署名，雖沒姓氏，但她知道母親名字。即使如此，一切仍像大海撈針；而且加賀美出生時，台灣的網際網路才發展幾年，留在網路上的資料極少。

不知不覺中，加賀美愈來愈了解台灣，也開始與父親疏遠。

不是因為父親虧待她。父親跟過去沒兩樣，但加賀美還是覺得有什麼崩潰了，那個「跟過去一樣」，反而讓她意識到一堵高牆；父親是對她好，但那就像是把好父親該做的事表演一次。父親是沒凶過她，但即使她抗議，父親也不會改變，只是頑固地演出想像中的好父親的男人。又不是什麼小貓、小狗，難道只是照顧就能軟化她？

她對父親感到失望。

無論如何，她在日本能做的事到了極限。要調查母親下落，只能親自來台灣一趟；但短期旅行是不夠的，黃金週來台灣一趟能做什麼？得是長期旅行，至少兩、三個月，但要能這麼做，至少要成年後，還要有經濟能力，那是多久後的事啊！就在這時，她聽說父親要在台灣長期出差，可能會待個一、兩年的事——

聽到這裡，我總算明白加賀美為何來台灣。少女站起身，在清涼的風裡輕到像要騰空而去。她獨白般地開口：「我曾經很喜歡父親。小時候我看一位鋼琴家演奏，那是個大姊姊，穿著非常漂亮的禮服，那次的演奏好精采，從此我迷上鋼琴，想成為跟那位姊姊一樣厲害的鋼琴家……結果一週不到，父親就把別館的空間清出來，給我買了一台鋼琴，那時他就是疼我到這種程度。」

「原來如此。所以豎琴的能力才跟鋼琴有關嗎？」

「其實豎琴的媒介物就是那台鋼琴，它也被帶到台灣了。」加賀美轉過頭，尷尬地做了鬼臉，「我有點後悔。老師要我選擇最重要的東西，我想到的就是鋼琴，可是也太大、太不方便攜帶了吧？要是清楚狀況，就會選其他方便攜帶的了。」

雖然知道技術不同，但聽到媒介物居然是一台鋼琴，我還是驚訝到不知道該說什麼。那台鋼琴就在台北某處，作爲瞬間移動的中心嗎？我說：「也沒什麼不好吧。畢竟加賀美是眞的覺得那台鋼琴重要……說起來，水上先生的物自身也是豎琴，難道，他也選了那台鋼琴作爲媒介……？」

才開口就後悔了，加賀美不好意思地說：「嗯，我知道時也很意外。眞是的……到底那台鋼琴對老師來說有什麼重要的。」

但看她的表情，其實是知道的吧？我胸中湧現虛無感，加賀美朝我走來。

「其實……我會叫他『老師』，是因爲他是我的鋼琴老師。」

咦？那人居然會彈鋼琴？我說：「呃，我還以爲他是……功夫高手？」

我擺出武打動作，加賀美笑了。

「對，老師會武術，可能比鋼琴還專業。但對我來說，他就是鋼琴老師。」

水上豊也是加賀美的青梅竹馬。

他比加賀美更晚出現在他們家，所以確實是一起長大。但加賀美也不清楚他爲何會來。旁敲側擊的結果，似乎水上的老家欠了加賀美家一個重大的恩情，大到他們把水上的人生「賣」給加賀美家。水上有點像養子，但他沒有養子的身分，加賀美家也不是以養子的方式對待他。

他們更像是把他當工具——不怕壞掉的工具。

加賀美見過好幾次水上遍體鱗傷、需要急救的樣子。爲什麼會這樣？水上閉口不談，但久而久之，加賀美意識到這跟家族有關。不正常，她忍不住想。雖然她姓加賀美，但這個家不把她當一分子，這個家裡很多祕密都跟她絕緣，其中一個，就是他們差遣水上豊也的方式。

太過分了。

憑什麼這樣對一個人？爲了反抗，加賀美刻意跟水上豊也拉近距離，總算水上豊也會在她面前露出比較多表情。當加賀美說要學鋼琴時，長輩知道了，說「豊也君不是學過鋼琴嗎？讓他去教就行了」——這其實是侮辱，想嘲笑加賀美靜香連請正式的鋼琴老師的資格都沒有，但少女求之不得。

在那之後，她就稱水上豊也「老師」。

就算是不受寵的女孩，也是加賀美家的一員，卻對奴僕之輩畢恭畢敬，尊稱對方「老師」；即使是那些長輩提的，也把他們氣到說不出話。爲了消去這種醜態，他們讓加賀美接受更正式的鋼琴教育，但她嚷嚷著「一日爲師，終生爲師」，硬是稱水上爲「老師」，那義正辭嚴的樣子，讓她的處境更艱難。不過，本來就夠難了，她也不怕，不如說她總算找到對抗家族的方法。

不，不只是家族——只要做「對的事」，就能對抗這個不講理的世界。

這將她跟水上豊也綁在一起，成爲共同承受苦難、彼此扶持的兄妹。

所以那個青年才覺得鋼琴是最重要的東西嗎？我無法想像他的心情，不願想，又情不自禁地想。整個王國裡唯一善待自己的公主。他將自己與公主深刻交集的象徵物，當成最重要的媒介——我忍不住問。

「加賀美，你覺得水上先生……喜歡你嗎？」

我聽見雛龍「嘖」的一聲，祂果然在。唉，我也想「嘖」一聲啊。

加賀美有些訝異，她低下頭，小聲說：「我不知道老師怎麼想。我喜歡過老師，但是……我也很清楚老師的性格。他是絕對不會越界的人，所以我們之間不可能。頤顥，我喜歡過他，那是過去式了。」

——啊……果然是這樣嗎？

該怎麼消化這份心情呢。對情同兄妹的青年的嫉妒，以及對少女放棄戀慕的安心，但這是需要消化的嗎？現在加賀美說的，無疑是對她來說很重要的事，我正面承擔下來不就好了？我沉默片刻：「……你說是來尋找母親，有找到線索嗎？」

她說放棄了，也不難理解，畢竟是大海撈針。

「也不是毫無線索……目前唯一知道的，就是母親去世了。」

「抱歉，很遺憾聽到……」

她搖搖頭：「很久以前的事了。因爲老師知道我想做什麼，私底下給我很多幫助，也幫我瞞著父親……總之，我知道母親全名，也從報上找到當年母親過世的新聞，事發時我才兩歲。」

新聞？不好的預感。加賀美走到我旁邊坐下。據她所說，那是場離奇的事件。林雅君——這是她母親的名字——她最後一次被人目擊，是在朋友的面前搭上計程車，最後沒回家。幾天後，有農民在果園裡發現林雅君的屍體。奇怪的是，那個計程車司機的屍體在三十幾公里外被發現，車子開進海中。警察推測犯人是想殺計程車司機，林雅君不幸搭上了那輛車，才被捲進這場不幸的事故。

據最後見到林雅君的朋友說，當時她帶著自己的孩子搭車，最後卻沒找到小孩，推測已被犯人殺害，只是沒找到屍體。警方循著犯人針對司機的理論展開調查，沒得到更多線索，這事就成了懸案。

我毛骨悚然。

加賀美沒什麼強烈情緒，但當初得知這些事，肯定對她造成很大的衝擊；因爲林雅君帶著孩子搭車——她就在現場！犯人說不定是當著她的面殺害母親，只是當時年紀太小，不記得了。更重要的是，她說過自己被父親養大，理論上，她應該會落入殺害她母親的犯人手中，這不就表示——

「雕龍，」我緊張地在心裡說，「難道說……」

「我勸你不要想到什麼就宣之於口。」雕龍警告我，「無論你在想什麼，加賀美一定都想過了。」

但如果她的父親眞的是殺妻者呢？她該怎麼調適？雖然她父親保留跟妻子的通信這麼多年，甚至將充滿怨懟的最後一封信留下，不太像殺妻者——不，也有所謂的由愛生恨。不然要怎麼解釋被父親撫養？太不合理了。或許是我臉色太難看，加賀美像要緩和氣氛般地笑了：「很離譜吧。當然，我不認爲父親對母親死去的眞相一無所知，但很難想像他殺了母親。他不是能下手殺人的人，而且……」

她頓了頓，我靜靜等她。

「我想過很多。他是爲了要奪回我，向母親報仇嗎？但要是怨恨母親，我不覺得他會保留分手信。很難說爲什麼我會這麼想，只能說是一種感覺。」

「但他撫養了你，理論上——」

「我知道，頤顥，我想過！但我們只看到報紙的結論，中間可以發生很多事啊！像是，或許母親下車過一次，將我交給別人，母親死後，那個人就把我交給父親。我很難想像母親遇害時我就在旁邊……如果發生過那麼可怕的事，我會沒記憶嗎？要是我目擊父親下手殺了母親，我應該很害怕，根本不可能親近父親！」

……她說得也沒錯。

兩歲是很小，但不笨，他們是能記得身邊人際關係的。要是加賀美目睹那樣血腥暴力的場景，就算不記得細節，也不太可能親近父親。雖然不覺得加賀美推測正確，要是眞有人將她交給父親，那人應該會出面跟記者或警方說明失蹤幼童的去處。但中間確實可能發生了大家不知道的事，讓加賀美合情合理地回到父親身邊——這樣想比較幸福。

本想提議請黑羽占卜，但察知眞相未必更好，便忍住了。我說：「你問過令尊嗎？」

「沒有。不可能問啊。」加賀美苦笑，「這些調查都是瞞著父親做的，要是問他，他就知道我在做什麼，可能會阻撓我，甚至懲罰老師。就算要問，也得在更接近眞相的時候……我只能到此爲止了。」

「沒有其他線索？」

「沒有。其實，我已經找到母親的家族了喔，但他們聽到我是誰，只說不會原諒我父親，也不歡迎我。他們不信任姓加賀美的人。雖然本來就沒期待受歡迎……嗯，或許有這麼一些期待吧？」她看著遠方，纖弱的聲音卻飽含情感，「加賀美家不歡迎我，那林家呢？或許我可以改姓林，當個台灣人。但看來沒這麼簡單。總之，林家拒絕交流，我就無計可施了，要是能找到當年見到母親最後一面的朋友，或許有線索，但我不知道是誰……所以，我差不多放棄了。」

望著她的表情，心像是被挖了一塊。

其實加賀美認眞考慮過吧。如果林家接納她，她就逃出加賀美家。這不是臨時起意，也不是異想天開，那是非常非常渺小卻存在的希望——但這扇門還是關上了。

可以理解林家的反應。突然冒出一個親戚，恐怕造成不小影響，但拒絕得如此徹底，太殘酷了。她只是個少女，至少聽聽她成長至今的處境吧。信不信任之類的，聽過再下判斷不好嗎？就算無法接納她，至少讓她覺得被理解吧。

我不願見她露出這樣的表情，但該怎麼做？要說什麼才能轉移她的悲傷，又不失嚴肅？有那種話題嗎？我沉默片刻，不知不覺間說：

「其實我母親也過世了。」

剛說出口就有些後悔。難道要說自己不難過了，所以你也不要難過嗎？明明我還沒有眞的釋懷。但這不是說停就停的話題，加賀美都已看向我，露出關心的表情了。

「大概是三年前……其實我也不知道爲何要說這個。」我臉頰有些發燙，「我是說，我知道我們的心情肯定完全不同，但失去重要的人的心情，我多少可以想像。」

不，這不是完全不同嗎？我跟我媽都在一起生活多久了，加賀美卻沒有這個機會。加賀美像是知道我心中的懊惱，走到身邊坐下：「謝謝你，頤顥。頤顥的母親是怎樣的人？可以跟我說說嗎？」

我稍稍鬆了口氣。

「她很不像一般想像的母親。有段期間她是家庭主婦，還蠻符合外面對賢妻良母的想像，不過……」我突然哽咽。想不到開始回想後，許多回憶一口氣湧進腦海，激起胸中的海潮。她眞的對我影響深遠。我的價值觀，人生美學，幾乎都浸淫在她的影響裡。

她很厲害，是個不平凡的人。

「我媽是……我知道的第一個遊戲玩家。」我戰戰兢兢，不知道該不該把這些說出口，「在桌遊還不流行的時代，是她教我西洋棋、益智遊戲、桌上遊戲、紙上角色扮演遊戲。她透過遊戲陪伴我，也透過遊戲讓我認識這個世界。在我認識的人中，沒人比她更厲害。」

我媽就是我口中的「師匠」。

當年我說「好想要一個師匠」時，我媽大可斥責或挑剔說「師匠」是日文，我們不該用日語，或說「這麼喜歡老師就去補習班啊」之類的。但她沒這樣做，而是同意在某些情況下，我可以叫她「師匠」。

她不只是母親，還是我人生的指導者。阿輝知道這些。我平常不太講的，因為一定有人不懂，覺得是戀母情結；也有人覺得奇怪，為何需要「母親」以外的另一個身分？這樣難道不會教壞小孩、讓小孩錯亂？但這哪有什麼問題，如果她讓我稱她「師匠」，卻還是擺出「母親」的態度，那才奇怪吧。

說到底，師匠只是不符合一般人對「好媽媽」的想像。

人本來就會在不同情境下扮演不同角色——甚至不該用「扮演」來敘述，因為就是**不同**角色。玩過遊戲就知道，玩家有個別差異，但在明確的遊戲規則下，確實存在「最佳解」；所謂的社會面具，就是遊戲規則跟資源分配磨合而成，最不浪費資源的「最佳解」。人們不是因虛偽而扮演，而是採取了能讓遊戲順利進行的行動；社會就是遊戲，是遊戲的原型與最終成品。

我媽製作了遊戲規則，靠規則切換「母親」與「師匠」的身分，她示範「遊戲」和「社會」各自是什麼。但對大部分人來說，這根本無關痛癢、無聊透頂。但這是我心中最柔軟的部分，因此盡可能不去談論。

「原來如此，這樣就更了解頤顥的想法了。」加賀美說，聽到我反射性地回應「真的嗎」，她溫柔地笑了：「也只是我擅自這麼想，希望不會冒犯。不過之前通話時，我就感到頤顥對遊戲有種執著，不是執著遊戲，而是，頤顥彷彿透過遊戲來理解世界，而且是自然而然這麼想。如果是母親的影響，那也是當然的吧。」

咦，我還以為自己藏得很好。

「雖然我媽深深影響了我，但價值觀還是不同。譬如，她說不能把真實人生當遊戲，我卻覺得當遊戲也沒關係。」

「沒關係？這是……遊戲人生的意思嗎？」

「不是。在我看來，把人生當成遊戲，才能理性分配資源——」

就像判斷喜歡上加賀美是不理性的。

而且把人生當遊戲，才能把自己當棋子；這不是犧牲自我的意思，而是成為自己的棋手，才能看見整盤遊戲的布局。雖然事到如今也微微動搖了——把人生當遊戲真的好嗎？

小時候跟師匠玩，輸的時候總是很生氣，甚至跺腳翻桌。但師匠說，不能生氣喔，遊戲是帶來娛樂的，要是追求娛樂卻生氣，就本末倒置了。後來我也學會這樣的態度，把遊戲當成發生在一個小箱子裡的事，跟我，跟玩家毫無關係。就算輸了，玩家也不會受傷，所以能瀟灑接受。人生也是這麼回事。

但這種距離感，似乎讓我誤判重要的事物。

像阿輝被抽取時，我幾乎要瘋了。後悔、憤怒、痛恨，那些我討厭的激動情緒全湧了出來。明明已盡我所能，有什麼好後悔的？但這大概就是「遊戲」與「現實」的落差。遊戲可以輸，但阿輝是不能輸掉的，那不是該在遊戲裡失去的事物，他不是「資源」——保持著嬉戲耍鬧的餘裕，卻在勝負間被奪走重要事物，別開玩笑了，哪有這種遊戲！

我好像懂了。這就是師匠的理由嗎？不把人生當成遊戲，是為了不要後悔——

不要後悔。

我恍然大悟，甚至豁然開朗。怎麼現在才發現？明明這麼理所當然。突如其來的頓悟讓我滿臉通紅，加賀美見我啞住，喚了一聲：「頤顥？」

「……謝謝你，加賀美。」

「咦？」加賀美困惑地睜大眼。

「你讓我想通一件事，也讓我下定決心。所以……要謝謝你。」

「什麼？我說了什麼？」

「祕密。」

「告訴我啊！」加賀美起身抗議，但藏不住眼裡的笑意。「跟剛剛說的遊戲人生有關嗎？」

「是有關，但現在不想說。以後有一天會告訴你。」這是眞的。此時此刻，還無法把那份決心說出口；但要是有一天能夠實踐自己的決心，我會告訴她……胸口下的心穩定溫柔地跳著，讓全身溫暖起來。她側過頭看我，總算接受了。

「嗯——好吧，那就只好等了。請不要讓我等太久喔。」

她的笑容像能吹散所有不安，綻放出讓人臉頰發燙的光。

當晚在客廳獨自守夜時，我把「保護加賀美」這個勝利條件告訴雛龍跟忘心。原本不想說的，但跟加賀美聊過以後，決定坦然面對這份心情。忘心沒表示什麼，雛龍卻「喔」一聲，竟有些不屑。

「喔什麼……你要是想勸我或阻止我，就直說啊。」

「我是你的神耶，就算反對，最後還不是要協助你？唉，我也想抗議這種不人道的宿命啊！」雛龍用力嘆了口氣，在空中跺腳。

「雛龍，我喜歡加賀美。」

我瞪著祂。雛龍先是沉默，接著慢慢歪過頭，像聽到難以置信的話。

「有什麼好驚訝的，你沒發現？明明你一直慫恿我。」

「不，你難道今天才有自覺？全世界都知道的事，現在你在這邊鄭重發表？Seriously？」

「什、你別亂說，之前哪有——」雛龍聽不下去，截斷我的話：「亂說？來，忘心老兄，你怎麼說？」

「我對人性不能說有充分的了解……但我原本以爲自知之明是人類的基本設置。」

「應該連張嘉笙都看出來了吧？這世上到底有誰沒發現啊！」雛龍追加攻擊。

「爲什麼！」我忍不住在心中大喊，「我一直很冷靜地認爲不該喜歡上加賀美，不是跟雛龍解釋了？以遊戲來說，喜歡她並不合理！」

「但你還是喜歡不是嗎？」雛龍聳肩，「那時我也說了，你找了很多理由，說到底就只是不夠喜歡她，反過來說，要是夠喜歡，那些理由就不算什麼。所以呢？爲什麼這麼突然？雖然你這麼說連一微米的意外性都沒有。」

我沒有猶豫，答案非常清楚。

「因爲不該再把這一切當成遊戲了。」

不是說當成遊戲是錯的。

遊戲思考對釐清現況很有幫助，我也依然認同遊戲思考的理性與美學。但現在總算明白，身爲「玩家」或「棋手」的我，其實並沒有共感自己的心情。設定勝利條件後，身爲玩家的我就只需當個思考工具就好，要是能達成勝利條件，怎樣的手段都能使用出來。但就算達成目的，我的心情又如何呢？我的悲傷，我的憤怒，我重視的事物，對身爲「玩家」的我來說，也不過是資源而已。

就連戀情也不例外。

身爲遊戲玩家，我斤斤計較著資源分配，連勝利條件都斤斤計較；但這樣眞的能得到想要的東西嗎？難道不能去追求不合理的勝利條件，只因爲我**想要**？不知不覺中，我居然變成一個窮極無聊的玩家——只玩一定會贏的遊戲，太丟臉了！

坦白說，這是非常簡單的事，我居然現在才想通，實在是哭笑不得。

「你覺得遊戲思考是錯的？」雛龍問。我說：「也不是，只是人生不見得全都要遊戲思考吧。」

雛龍摸摸下巴：「容我提醒一下，頤顥，你還記得你的目的是什麼吧？我指的是過去被你稱爲『遊戲』的那件事，而不是你恍然大悟的戀情，你懂嗎？」

那還用說。「救回阿輝，對吧？」

「沒有潑你冷水的意思，但要是你眼前出現兩個選擇，一個是拯救阿輝，一個是幫助加賀美，只能擇一，不能全拿，那你該怎麼辦？」

我像是遭到重擊，渾身發冷。「不會的。完成瓶中小人跟幫助加賀美不衝突。」

「如果幫助加賀美需要『神』的力量呢？完成『瓶中小人』後，我們就會消失，到時身爲一般人的你要怎麼幫助加賀美？頤顥，聽好了，我不是說兩者一定衝突，但監視加賀美他們的勢力一切不明，你必須考慮種種可能。所以我問你，如果你的目標眞的衝突，那你打算怎麼做？」

爲何要提出這種刁難人的問題啊。我咬牙說：「……現在無法回答。判斷條件太少了。但我會做出不讓自己後悔的決定，放心吧。」

「是嗎。」雖龍沉默一會，點點頭，「好啊，我接受你的答案。」

「這樣回答也可以？」

「當然。你不後悔就夠了。坦白說，如果你現在決定，我還想打你呢。」

「太不講理了吧！」

「人生就是不講理的喔，不然幹麼要遊戲思考，不就是適當地整理人生嗎？話說回來，你其實沒有放棄溫正輝的選項。忘心老兄這段期間爲何把力量借給你？如果最後變成你白白利用忘心老兄的力量，我是會看不起你的喔！」

「我知道。」祂說得沒錯，我感到些許羞恥。

「沒必要給他壓力，雖龍。」反而是忘心開口安慰，「溫正輝相信程頤顥，我也是，這樣就夠了。」

「謝謝你，忘心。」我篤定地說，「我一定救回阿輝。」

半個夜晚很快就過去。我跟張嘉笙交接後，躺在書房地板上，卻亢奮得難以成眠。總算有了踏實感，重生般的清爽在我腦中徘徊，像不懂得睡眠的魚。上次這麼期待「明天」是什麼時候？想不起來了。但我不動聲色地雀躍著，期待著未來。即使滿布陰霾、凶險萬分，我也有坦然面對的勇氣。

目標近在眼前時，意外就會發生。

隔天早餐，眾人聊著無關緊要的瑣事，跟顏中書處得意外融洽。也許是加賀美、衛知青與她相處了整晚吧？大家沒什麼隔閡。但就是這種日常氛圍——讓我意識到已進入「最終局面」。

我們只是本能地迴避。這裡被不明勢力監聽，彼此也有事瞞著，就算討論計畫也只能透過簡訊。暗潮中，我們裝作若無其事，焦急地等廣世公司回信，那封信會決定未來分歧。

不只是救阿輝。要幫上加賀美的忙，也要跟廣世公司談判。對方會怎麼回應？強勢以對，還是有討價還價的空間？雖然創造瓶中小人不像是個好主意，但如果那是唯一能救阿輝與幫助加賀美的辦法，就要最大限度利用。

加賀美態度輕鬆，這也是當然的，畢竟她被蒙在鼓裡。她在電話中被父親說教，轉述給我們聽時卻一臉得意。她自作主張來救我，把水上豊也拖下水，讓ＪＭＭ陣營跟廣世公司的衝突躍上檯面，這些都讓她父親非常頭痛；但事情已發生，她父親決定不追究，只是必須重整旗鼓，因此會在週三晚上跟我們見面，討論是否合作、怎麼合作。

終於來了。

她這麼高興，是因爲合作有了苗頭吧！但我與她相反，只希望在那之前就跟廣世公司達成共識，我已經不想再敷衍或說謊了。

事後回想，這天竟是最後的和平，山雨欲來。

週一早上，加賀美吃完早餐就去學校了。其他人留在客廳，我握著忘心坐在沙發上，張嘉笙用筆電上網，衛知青在落地窗邊看風景，顏中書則在讀書。有必要的話，我們會透過神交談，以免被顏中書跟竊聽裝置聽到。

張嘉笙每半個小時確認一次信箱，每次都搖頭。我不安起來，廣世公司到底在幹什麼。或許是注意到我的毛躁，顏中書把書闔上：「各位不用急。要得到結論，是需要時間的。比起焦躁不安，何不做些事打發時間？我被關在書房時就看到幾本有趣的書，需要推薦嗎？」

她口吻很曖昧，大概是忌憚竊聽器吧？我苦笑：「那本書好看嗎？」

她手上的書是《冷たい密室と博士たち》，想不到她看得懂日文書。我辨識漢字跟助詞，知道是「冰冷密室與博士們」。她看向我：「程同學看過森博嗣的推理小說嗎？」

「沒有。日本推理只看過東野圭吾，還有金田一一系列漫畫。西方主要是看阿嘉莎．克莉絲蒂、約翰．迪克森．卡爾，還有傑佛瑞．迪佛的作品。」

「意外有些偏食呢。我認為森博嗣很適合程同學，不過這不是他最好的一本，這裡也沒有我想推薦的……走吧，程同學，我直接推薦你。」

她將書擺在茶几，走向書房。最初有給她戴手銬，但太妨礙日常生活，問過占卜，確定沒問題就解除了。我跟進書房，顏中書打開書櫃的門：「你也沒讀過伊坂幸太郎或乙一吧？那我推薦這本，《夏天，煙火，我的屍體》——想不到加賀美同學會買中文版，既然會讀乙一，應該早就看過了才對啊……」

接著，她迅雷不及掩耳地抓住我的手。

我嚇一跳，迅速抽開。

我帶著忘心，她以為能對我做什麼？但我看向她，卻見她滿臉驚訝，看似嚴肅又有些慌張，我突然意識她是**看到了什麼**，便立刻像蟋蟀般地彈跳開來。力道之大，甚至在空中滯留了兩秒。某個蠍子尾巴般的東西「咻」地滑過腳邊，戳刺我原來的位置；要是我還站在那，已經中招了。

我落回地面，冷汗直流。

飄在空中的，是邊長三十公分左右的機械立方體，表面有許多凹凹凸凸的塊狀構造，底部有個倒金字塔形，伸出將近一公尺長的機械鞭，前端尖銳，是注射器般的形狀，有點像蠍子尾巴。那東西見攻擊落空，迅速向上飛起，穿越天花板，消失無蹤。

沒有形體。是「神」，還是「物自身」？我心跳加速。

「敵襲！」

顏中書大喊，隨即衝到書房門口。我正要跟上，突然發現不尋常——

我看不見自己的手。

「雕龍！」我在心中驚呼。

「沒錯，頤顥，」雕龍也難以置信，「是忒修斯。」

怎麼回事？既然忒修斯在，就只有一種可能——顏中書的祭品回到她手上了。什麼時候？怎麼辦到的？這兩天除了洗澡跟上廁所，她無時無刻都在我們的監視下啊！

「各位，敵人帶著能抽取神的裝置！」忒修斯穩重的聲音響起，果然是祂，「大家不要開口，以免暴露位置，透過神溝通就好，不要把神放在自己身邊。」

「程頤顥沒事嗎？」黑羽的聲音傳來。

「沒事！顏小姐幫頤顥躲過了攻擊，是敵襲。」雕龍立刻大聲回答。

我花了一秒釐清狀況。

原來那個跟神類似的東西就是抽取裝置。

差點中招了。不過，既然顏中書能認出來，表示那是廣世公司派來的。他們不想談判，要強奪我們的神？但對方不是擁有剩下的所有神嗎？那為何不用雷擊癱瘓我們，或把我們困在幻覺中？而且他們怎麼找到這裡，難道是顏中書……

——為何顏中書沒隱身？

她跑到門邊，應該是為了確認張嘉笙跟衛知青的情況，順便讓他們隱身。但她不隱身，不是將自己置於危險？克拉克的聲音傳來：「代嘉笙提問。我可以將門窗全部焊死，讓敵人逃不走，有必要嗎？」

「不用！」顏中書走進客廳，依然維持現身狀態，「正相反，張同學，把敵人逼到絕境不是好事。你能讓克拉克在不存在門的地方創造出離開這裡的門嗎？抽取裝置只有一個，要是有很多出口，敵人就無法伏擊隱形的我們。」

我跟著她進客廳，她像在安撫什麼般半舉著手，環顧四周，警戒向前。客廳看來與平時相同，窗外是陰天，卻依舊敞亮寧靜。然而除了顏中書，現在這裡還藏了許多人。草木皆兵，大概就是這種情況。

「忘心，你隱身去找敵人跟抽取裝置的位置。」我在心中說。剛剛抽取裝置躲到樓上，表示它無法像其他神一樣隱形，不然大可隱身偷襲。既然如此，只要知道它在哪，以忘心的敏捷就能百分百迴避。

忘心點頭，隱身飛走，雕龍則跟我保持一段距離。

「只是要製造離開的通道，那很簡單。」克拉克說。只聽旁邊傳來搓揉膠質般的聲音，我看過去，原本是大門的地方竟空無一物；不只大門，整面牆都像泥巴般融化，只剩骨架！

原來如此，把整面牆變成出口，對敵人來說也算是防不勝防。

我正驚訝於克拉克的大手筆，突然風吹進來，落地窗竟然也融化了。克拉克說：「窗外的梯子也準備好了，材質調整過，就算壓上去，梯子也不會發出聲音，不會被發現。」

厲害。就在我驚嘆之時，一個男子聲音響起。

「最好是會讓你們走。」

轉眼間，消失的牆與落地窗被藤蔓與樹幹遮擋，憑空生出的植物逐步吞噬外面的自然光，將黑暗帶進客廳；我大吃一驚，在複製世界就算了，你在現實世界這麼幹？等等，難道我們在複製世界？我靠想像力偷竊鳩摩羅什——

不行。鳩摩羅什不在場，這是現實世界。

「果然是尚書。」顏中書顯然認得這聲音，她像是鬆了口氣，大聲說，「你在做什麼！你們有收到信嗎？還是你不知道信的事？」

「……果然啊，那邊叫我下午回去開會，大概就是因爲你口中的信。姊，你背叛他們了吧？你出賣他們的情報，逼他們跟你談判，對不對？」

姊姊？這人是顏中書的弟弟？

「沒錯，他們有獲勝的機會，所以我投靠他們。」

「機會？這些人是很難纏，但他們半個祕密社團的人脈都沒有，別開玩笑了！姊，讓這些外行人介入是天大的災難！」

男子的聲音從四周傳來，一時竟分辨不清來源。忘心的聲音響起。

「程頤顥，找到抽取裝置了，要是它採取行動我會立刻反應。」

「好。雕龍，你把這件事告訴其他神。」我在心裡說。抽取裝置的動向極爲重要，有必要讓其他人都知道。這時顏中書張開右手，語氣尖銳，不以爲然。

「不必說這些，你不可能贏。如果你有聯絡廣世公司，大家群起攻之就算了，但你沒有吧？尚書，你到底在想什麼？」

男子沉默片刻後回答。

「……我猜到那封信的內容了。就算找到你，他們也不會冒險帶你回來，公部門就是這麼保守。所以我寧願假裝不知道。下午開會前，我想冒點險，把你帶回去。」

「沒必要，這裡不需要你，請離開！」顏中書說，忒修斯接著開口，「這裡有竊聽器，我們還不知道竊聽者是誰，但他們什麼時候趕來都不意外。你姊姊要你現在離開是爲了保全你。」

顏尚書冷笑：「要是沒有神，誰來都不値一提。聽說日本人裡有個能打的傢伙？好啊，要是他來，就看抽取對那邊的假貨有沒有效。只要抽取他，就算他不變植物人，也不會是我的對手。」

我怒從心中起。就算能恢復，把人變成植物人可以用這麼輕鬆的態度嗎！顏中書厲聲叱責：「尚書，你現在就走！你以爲我是爲什麼才投靠這邊？不要再抽取了，誰知道你的身體還能撐多少次！」

我驚訝地看向顏中書。想不到她會露出如此激動的情緒。她說過自己不滿廣世公司動不動就抽取，原來不是指策略，而是抽取本身也有副作用？在忠孝東路時，他們也說等顏尙書來才抽取，難道他是必要的？

「姊，你老是這樣。」顏尙書忍著某種情緒。

「現在不是討論的時候。」

「我偏要說。你眞的很討厭，總是擅自決定事情該怎麼發展。這次也是，你覺得事情會照你預期的展開吧？對你來說，這是最好的選擇，但有跟我討論過嗎？沒有。所以別說是爲了我。」

「你不在場，我當然只能自己下判斷……」

「這不是重點，姊！重點是明明我也有份，憑什麼都是你決定怎麼做？每次你都擅自把自己捲進危險中，你要我怎麼想？爲我好這種話還是省省吧！」

「我主人有個提議。」黑羽大聲叫道，「你們姊弟要不要先找個地方吵一下？我們先離開，把這裡讓給你們，你們慢慢吵。」

很有道理。顏尙書冷笑一聲：「不勞費心，衛小姐。姊，你說我不可能贏，是哪來的自信？現在這層樓已經是個牢獄，除非我解除植物屏障，不然沒有人可以離開。」

不知不覺間，就連沒融化的牆也覆蓋上藤蔓了。

「就算無法離開，我也讓大家隱形了。這裡有足夠的空間躲開襲擊。你是用變形潛伏在某處吧？找到你只是時間問題。尙書，再說一次，沒有戰鬥的必要，現在撤退。」

「話說夠多了，姊。」

他話才剛說完，視野突然一片白濛濛的。是霧。室內湧出異常的濃霧。

霧來得非常突然，轉眼就淹到胸口；雖不到伸手不見五指，卻也讓客廳的盡頭變得模糊。這是什麼？毒氣？我正要憋氣，卻發現濃霧中有兩處陰影，看來沒這麼濃密——

該死。

我恍然大悟。那是霧進不去的地方，換言之，就是有「隱形的東西」擋在那；這不是毒氣，而是顯示我們體積的方法，位置曝光了！我腦中念頭急轉，知道抽取裝置就要行動。如果襲擊我還可以靠忘心閃過，但要是攻擊那兩人的話……！

我不及多想，立刻拿起忘心，用力一揮。

龍捲風席捲客廳，將霧吹得亂七八糟，能被吹起的東西都飛起來，遮蓋了視線。雖然有一瞬間我會很醒目，但有忘心！顏中書發出驚呼，說「等一下」，我沒理她，直接往旁邊一跳——

「很聰明嘛。」男子的聲音響起。

突然強烈劇痛。忠孝東路遇到的電流再度穿過身體，我渾身抽搐，口水不受控制地垂下，跌落地面，忘心也脫手而出。

耳朵像被塞住。意識模糊中，顏尙書歡呼著，雕龍不斷叫我，但我動彈不得。電流正在大腦裡刺激所有神經元，連自己的聲音都控制不了。迷迷糊糊中，我感到某種溫暖，彷彿有人抱著我。難道被抽取是這種感覺？我眼睛沒睜開，卻看到五顏六色的幻象，所有聲音在腦中不斷重複，彼此交疊在一起。程頤顥……頤顥……頤顥……好多人的聲音混在一起，好像有雕龍的，有阿輝的，有加賀美的，還有一個女人的聲音。

「程頤顥，」那熟悉聲音迴盪著，「右手的東西就給你了……你給我振作點！」

等我能夠再度思考時，發現自己躺在地上。

身上壓著一個人。我什麼都看不到，那人是隱身的，動也不動——

我呆在當場，像被倒了一桶冷水。

「頤顥！有聽到嗎！」雕龍著急地在心裡喊著，但無法回應。這時濃霧已經消失，顏中書站在客廳中央，忒修斯、克拉克、雕龍飄在空中。但黑羽不見蹤影。

「喂，太誇張了吧？」尙書怒道，「你連霧都能隱形？」

顏中書沒回答。我逐漸理解這幾秒內發生的事。千鈞一髮之際，有人代我被抽取，然後顏中書消除了霧，避免我們成為目標。也就是說，剛剛只要再等一、兩秒，顏尙書就無法偵測我們位置。

……是我的錯。

都是我不相信顏中書，沒考慮到忒修斯的能力。我滿心自責，卻沒喘口氣的時間，只能推開壓在身上的身體，盡快振作。

該死，這下該怎麼彌補啊，衛知青！

我從附近的地板找回忘心，雖龍在我心裡說：「頤顥，找到敵人了。」

「在哪？」

「克拉克發現的，敵人變成靠近落地窗的那個火災警報器。」

我抬起頭，確實有兩個火災警報器。克拉克是怎麼發現的？不知道。但我站穩腳步，二話不說將火災警報器偷到手中。某種堅實的觸感。我忐忑不安，彷彿那是手榴彈或炸彈。突然，火災警報器長出兩隻毛茸茸的腳站到地上，顏尙書化身為奇幻故事裡的巨人，迅速揮手，單人沙發飛了過來。

我輕而易舉閃開，將忘心從右手交到左手，跳進攻擊範圍，右手一拳轟出。只聽「碰」一聲，伴隨著肋骨斷裂的手感，巨人向後飛去。只聽一聲哀號，他巨大的身形撞在落地窗那側的巨大藤蔓叢，陷了進去，滾落在地。

還不夠。還沒發洩夠。

我跳過去，朝他的頭踢出一腳！那一腳十分暢快，就像在踢石頭，要是沒有忘心，腳趾應該已經骨折。

我朝他胸口又是一腳。

「夠了！住手！」顏中書喊道，「你會殺了他！」

顏中書從後面拉著我。我滿頭大汗，這才發現顏尙書已變回原貌，他是個跟顏中書面貌相似的清瘦男子。要是以這種身體承受我一腳，肯定會死。

藤蔓凋零，光與風透了進來，看來持有祭品的人昏迷後會失去對神的控制力。顏中書蹲下查看弟弟的傷勢，其他人解除隱形。結束了，整個過程連五分鐘都不到。我回過頭，衛知青倒在地上，張嘉笙跑過去，顫抖著說：「學弟，學弟！衛小姐她……」

我說不出話。張嘉笙流下眼淚。這是我們第一次親眼見到同伴被抽取。張嘉笙發出怒吼，他咬牙切齒地說：「怎麼會……占卜不是小吉嗎？爲什麼變這樣！」

我無法回答。轉念間，已將衛知青右手的東西偷到我手上。黑羽再度出現，果然如此。

「我主人已有心理準備。」黑羽僵硬地說，「小吉就是事情會變有利，但有所犧牲。就在剛剛，她已確定自己必須在此犧牲。」

……是這樣嗎？

開什麼玩笑，犧牲也太大了吧！到底要換取多大的順利，這才算是小吉？有必要嗎？只要拿著忘心，誰都可以擊敗顏尚書，爲何不是犧牲我？我沒有自我犧牲的美德，但不懂爲何是衛知青！

我憤怒回身，要奪走顏尚書身上的祭品，卻發現對方消失了，顏中書蹲在落地窗的位置旁，風呼呼地襲來，她頭髮凌亂地飛舞著。我感到不對勁：「顏小姐，你弟弟呢？」

「兩位，很抱歉，」顏中書輕聲說，「你們可能覺得我出爾反爾，但我決定退出你們的陣營。」

「爲什麼！」

我握緊拳頭。在顏中書沉默時，忒修斯代她開口。

「她一開始就沒讓日本人搜走祭品，所以你們的對話，她全聽到了。日本人背後有其他勢力，所以不能讓顏尚書落入他們手中，此時此刻，只有她能把他帶走。」

「我不能失去廣世公司這個陣營勝利的可能。」顏中書說出敷衍竊聽者的話，但她的苦笑可能有些許眞誠，「非常遺憾……對我來說，這不是最有利的發展，但我必須選擇。」

我腦中亂成一團。可以理解，卻無法原諒，這兩種心情幾乎將我絞碎。

「沒問題嗎？要是我們勝利了，你不在我們陣營，那你不就輸了？」

狂風中，我的聲音有些顫抖。

「我只能期盼各位高抬貴手，把我算成你們陣營的了。」顏中書無奈的表情甚至帶著淚水。弍修斯接著說：「跟廣世公司合作的事，她會盡力說服對方，也請你們保留這個選項。不過義務上，她必須回報這個據點的位置，因此建議各位在兩小時內撤離。」

「等……」

話還沒說完，顏中書已從失去落地窗的灰色天空前消失。

均勻而完整的天空，此時卻像殘缺了一般。

此時此刻，顏中書大概已揹起顏尙書飛向空中了。弍修斯的飛行速度沒有上限，剛剛瞬間改變的氣流，或許是顏中書高速飛走捲動的。

我望著天空，說不出任何話，只有「殘缺」感仍堵在心裡，讓人不快。

幕間：之後，之前

救護車把顏尚書載去醫院，莊天河瞪著顏中書，厲聲說句「你上來」，讓她在心中嘆了口氣。看他的臉色，她很清楚對方要說什麼。

——都是些徒勞之事。

結果正如她所想。莊天河質疑她是不是故意被抓。當然不是，這種死無對證的事當然否認到底。莊天河說眞的不是？難道不是爲了儘早結束而背叛？都出賣廣世公司的事給對方了！顏中書反問有什麼不好？順利的話，本週之內就可以實現數十年間的宿願。

「說得好聽，讓他們知道我們的身分，到時候出面解決、安撫的又不是你！長官那邊就已經應付不完了，現在連試用者也要應付……」

「那麼莊先生沒有跟他們合作的打算？我是不推薦繼續拖延下去。」

「我倒想問，被你弟這麼一搞，我們怎麼合作？」莊天河不滿地說。這戳中顏中書軟肋，看她的表情，莊天河痛快了些。她嘆道：「我倒是很意外，你們居然就這樣讓尚書拿走祭品，祭品的管理實在堪慮。」

「不要轉移話題。」

「好，不轉移話題。但我的建議沒有變。跟試用者合作，是最快、最安全達成目的的方式。」

「你是說你的目標吧？」

「我想你說的是我們的目標。」

莊天河盯著她，主觀認爲她在說謊，但沒證據。

「下午開會討論。你也要出席，這幾天在日本人據點發生了哪些事，你必須一一報告。」莊天河做了個手勢，請她離開。顏中書走出房間，默默嘆了口氣。

在這個牽涉甚廣的計畫中，莊天河是不是太看重他的自尊了呢？執意隱瞞身分，只是想保全自己，甚至不惜用神去控制部分長官，壓下這件事。剛剛也是，明明用治療之神能讓顏尙書痊癒，他卻說要懲罰他，不用神治療，叫救護車送他去醫院。懲罰是合理的，但這樣折磨人，只是滿足他想懲罰人的心情。

「中書姊！」突然有孩子叫她，是林翼，「你還好嗎？我聽說你被抓走了！」

「別擔心，我平安無事喔。」顏中書擺出開朗的表情。她不想讓這個少年擔心。

「日本人可怕嗎？有沒有傷害你？」

「嗯……他們跟我們一樣，都是為了自己的目的而努力喔。不過我確實受了傷。沒辦法，我也做過傷害別人的事，這是我們該承擔的風險。」

站在教育的立場，她知道自己不能宣揚大義，必須擺出邪惡組織的樣子。

現在顏中書所在之處，是「他們」真正的根據地。廣世公司位於市中心，對核心成員來說比較方便，所以在那開會，但整個單位運作有大量行政事務，這裡就是幕後行政人員上班的地方。就像顏中書猜的，被日本人發現後，莊天河不敢繼續在廣世公司活動，便讓全體撤退到這。這也好，她想，這樣也方便照顧林翼。

林翼是不幸的孩子，從小失去父母，又被養父母家暴；諷刺的是，由於廣世公司要做人體實驗，發現那些不自然的傷口，這件事才揭發。雖然他們早就做過不少遊走法律邊緣的事，但發現林翼受虐後，倒像是「善人」一樣立刻將少年保護起來。

D計畫尚未完成，還需要林翼，因此不方便幫他找新的養父母，所以他們讓林翼住進這裡的宿舍。原本顏中書以為像他這樣受虐的孩子會封閉心靈，但他意外純真，當然，也可能只是擅長看人臉色。這段期間，辦公室的人都已習慣林翼在上班時間來玩，把他當成「同事的孩子」，少年無疑帶來了歡快氣氛。

——要是達成自己的目的，肯定能扭轉林翼不幸的命運，顏中書想。但現在不行。還不得不利用他。

跟幾個辦公室的人打過照面，委託他們照料林翼後，顏中書到醫院探望弟弟，路上買了弟弟喜歡的豆花。這時顏尙書才剛被緊急治療過，醫生說沒必要開刀，但要住院幾天，休養幾個月。來到病房，顏尙書正在病床上發出鼾聲，似乎睡著了。

醫院蒼白的光照在青年臉上，看來有些淒慘。

「別裝了，我會不知道你睡著的鼾聲是怎樣嗎？」

顏中書低聲說，語氣嚴厲。鼾聲瞬間停了，顏尚書張開眼睛，面無表情。

「……對不起。」

「要道歉的話，就別這麼做。」

「抱歉沒講清楚，我不是後悔去救你，但你被莊先生罵了吧？算是替我被罵的。」

「放心吧，他主要是針對我。」顏中書坐下。沒錯，都是針對她——這個計畫會如此不順利，與莊天河、顏中書間的隱然對立有關。顏中書明白，對莊天河來說，他才是莊津鈺的姪子，是D計畫的內定繼承人，顏中書算什麼呢？但事實上，莊津鈺長年來對顏中書的關照眾所皆知，當顏中書說出連莊天河都不知道的祕密時，莊天河就無法坐視顏中書繼續提高影響力了。

無聊透頂。明明莊天河也知道很多她不知道的事。其實莊天河不笨，他很狡猾，但那種能力都用在自戀上，要是能挪一點到D計畫上多好？顏中書將裝豆花的塑膠袋放在弟弟觸手可及之處：「我幫你買了豆花，是你喜歡的綠豆口味。」

「我都這樣了，一動肩膀就痛，要怎麼吃豆花？」顏尚書語帶挑釁。

「我買豆花的時候還不清楚你的情況。看你嘴巴還能動，要我餵你嗎？」

顏尚書一怔，有點掃興：「不用了。又不是小孩子。」

「那我放冰箱。」

她將袋子放到病房冰箱裡，同時思考將來走向，盤算著剩餘的幾種可能。關上冰箱門後，總算確定情況並不樂觀。自己是在哪裡犯錯的？她回到病床邊：「尚書，你是怎麼找到我的？我的隨身物品被日本人搜走，包括手機，你應該無法定位。」

「那又不難。就像考試時用鉛筆倒下的方向猜答案，只要運氣夠好，就能每次都猜對吧？」顏尙書似乎還會痛，聲音有些隱忍。原來是獨無啊，顏中書想。用棍子占卜，有好運加持，每次都會指向正確方向，接著只要位置夠近，讓神來穿牆搜索即可。

「那還眞意外。有獨無的話，你好像沒善用祂的力量。」

「又不是我的錯。」顏尙書抱怨，「被抽取的神就是這樣，主人沒指示就不會行動，剛剛很多事都措手不及。而且同時操作三個以上的神，本來就很難反應啊！我倒是沒想到姊姊的祭品還在身上，原本應該跟隨身物品一起被搜走吧？」

「這就是我的厲害之處。」顏中書淡淡地說。但事實上，她冒了很大的險。

既然是刻意被抓，當然想過會被搜身，所以她將祭品隱形藏在口中——要是敵方夠謹愼，理應也該檢查，大概是小看她了——躲過搜身後，她乘機將祭品吐出，用腳勾到椅子底下，等手腳恢復自由再回收。整個過程裡，要是哪個環節出錯，祭品就會落入敵方之手，她知道自己只是運氣好，但沒打算解釋給弟弟聽。

沉默片刻後，她冷淡地說：「所以，尙書，爲何干擾我的計畫？」

「你的計畫？姊，你確定？」青年立刻瞪著她，有些反應過激。

「好，我們的計畫，但差不多。我是爲了我們的目標努力。爲何阻止我？」

「我以爲我說得夠清楚了，你可以不要老是自作主張，多信任我一點嗎？」

「我沒有不信任你。」

「最好是。你什麼都沒說，自己就擅自做這做那，都是事後才跟我解釋，連莊先生知道的都比我多……這種事要發生多少次？拜託，不要把我當小孩子了！」顏尙書愈說愈大聲，甚至還牽動傷口，露出苦悶的神色。顏中書表情複雜，用手勢示意他降低音量。

「你自己知道，尙書。繼續抽取下去，可能會引起多重器官衰竭，你已經代謝異常，不能再冒險了。」

她看著消瘦的青年。抽取裝置不是以瓶中小人的屍塊爲核心，而是遵循別的原理，只是借用類似介面，副作用是內分泌失調造成的代謝異常。爲了保護弟弟，她無法接受莊天河以抽取解決一切的方針。

但顏尙書的想法不同。他跟莊天河同樣，認爲抽取最快、最保險、最可控。只要把所有祭品都拿到手，就沒有什麼事需要擔心了。

「那也沒關係吧。」顏尙書輕佻地說，「反正是我們都不滿意的人生，死了也沒差。」

「別開玩笑，」顏中書心頭火起，她壓低音量，語氣卻相當尖銳，「要是你死了，我就不知該爲什麼努力了。難道你就不能讓我安心點？」

這話似乎刺到了顏尙書。雖還是不心服，但他語氣軟化，也認眞了些。

「姊，如果你做決定前跟我討論，我就不會這麼不信任你。而且我非常討厭你把我當局外人。你想保護我，我知道，但我不需要保護。別忘了，我已經殺了人。」

「你還沒有。」

「不，我已經下定決心會殺人。我是沒機會下手，但有差嗎？既然會影響占卜結果，就表示在某個平行世界裡，我確實殺了人！」顏尙書冷冷地盯著姊姊。她知道他的意思。爲了控制衛知青，他們不只口頭威脅，還必須下定決心殺死衛知青的家人，才能影響占卜結果，甚至不能用治療之神救回來。雖然廣世公司做了這麼多違法行爲，但大家多半懷著「反正最後都能修復」的心情——唯一例外是衛知青的家人。

這些人中，只有顏尙書表明自己有殺人的覺悟。

殺人這種行爲不是單向的。不只是有人被殺，殺人者做好殺人的心理準備，表示他允許自己的靈魂墮落；就算沒殺人，確定能在未來殺人時，他也已經改變了。顏尙書說自己殺了人，是因爲光是讓自己的精神越過那條線，強迫自己接受對殺人細節的想像，他就已不再無辜。

但顏中書不明白。弟弟擁有跟抽取裝置相容的體質，已確保對團隊有價值，爲何要努力到這種程度？問了他，也是不要保護他、不要把他當小孩之類的回應。沒有人會把下定決心殺人的人當小孩，顏中書也不例外，但顏尙書突然如此激進，還開始親近莊天河，讓顏中書一度過分擔憂，考慮停止計畫。

——但是，不可能吧？要是事到如今還認爲自己有停止的資格，未免太天眞。

「我沒把你當小孩。」她沉著氣說，「但我在乎你。既然你會讓自己受傷，我只能什麼都不說。」

「喔，我就不在乎你嗎？我的要求也只有一個，就是跟我討論！」顏尚書高聲說。他聲音實在太大，讓顏中書心煩。眞是沒意義的溝通。事到如今，她甚至感謝程頤顥把弟弟打到骨折、莊天河不給他治療；要是他不得不休養，就不會衝動了吧？

「……你好好休息吧。這幾天會忙起來，我會再告訴你進展。」

顏中書站起身要離開，顏尚書忍痛從病床上爬起：「等等！我還沒說完！」

「別忘了吃豆花。」顏中書只落下這句就隱身了。

她沒心情糾纏下去。無論原因，現況就是顏尚書形同出局，不必再考慮他的影響力。要思考方案，只能根據無法改變的現實。既然潛藏其他勢力，善用占卜之神加快節奏就是唯一解；投靠其他組織不在選項中，因爲實力與信用都不足，但——

她最初極不願與擁有占卜之神的勢力合作。

因爲只要占卜之神在，就有機會在最後關頭察覺顏中書的意圖，進而阻止她。占卜是最大的敵人。將眾多情報告訴衛知青時，雖然她有所隱瞞，卻也有信心占到「吉」；有利資訊太多，只要簡化成單一占卜結果，就能隱藏顏中書本人的危險性。現階段，她知道自己還不會成爲占卜結果的「凶」。

衛知青被抽取雖然是意外，但長遠來看不是壞事。被抽取後神會劣化，要是善用現況，占卜之神也可能不再是威脅——不會曝光她的眞實目標。

盤算著這些，顏中書再度確認自己是卑鄙殘忍之人。她露出苦笑，走出醫院。事到如今還在想什麼？原本她的計畫，就是很可能在最後關頭將其他人的目的搞得亂七八糟。她不是早就下定決心了？只要能達成目的，別人怎麼樣都好。反正運氣好的話，說不定連這場鬧劇都不會發生——前提是運氣好。

但顏中書已不再相信運氣。

她朝根據地飛去，知道下午開始有得忙了。她得盡力說服其他人跟試用者合作，這表示團隊全員都要負一定程度的責任；要是說服不了那些頑固的傢伙，就只能努力構思擊敗試用者的計畫。雖然對不起程頤顥他們，但邪惡就是要有邪惡的樣子，不能容情。

還有需要考慮的事。

既然日本人後面有某些勢力，那她所設想的最壞情況，可說已經發生；既然如此，就要留有後著，避免事情眞的難以收拾。感受著台北高處的風，她就像抓住虛無飄渺的未來般，在風中伸出手，思考、整理無數可能。她決定先把備用手機找出來，接著還要確保留言的發送方式——

第八章

背叛者們

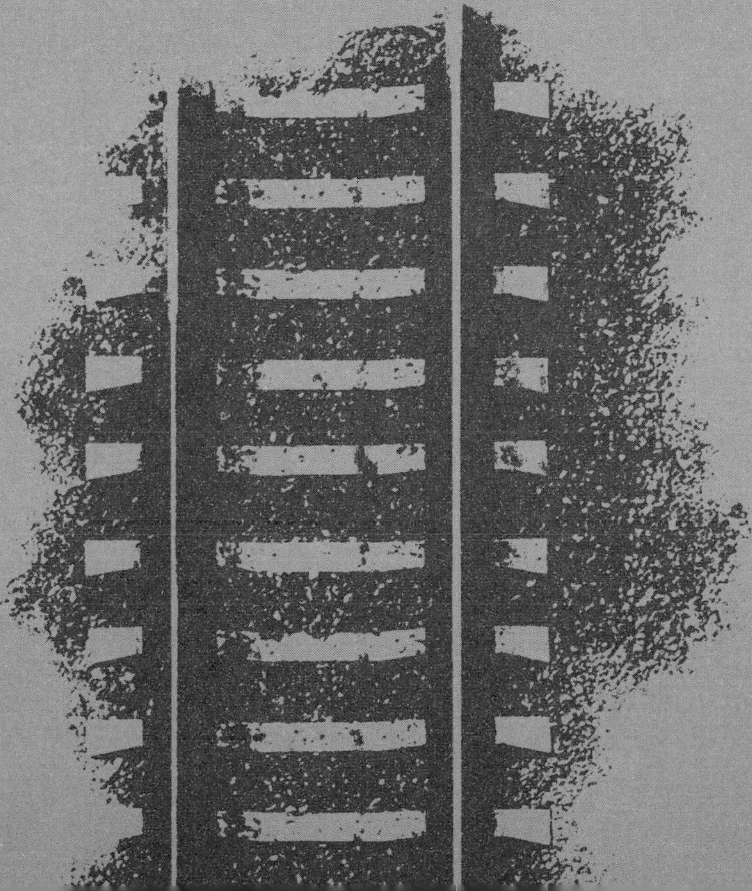

氣氛低迷到了極點。

衛知青被抽取後，我們將她扶到沙發，克拉克恢復牆與落地窗，張嘉笙高大的身體蜷縮起來，像要把憤怒跟悲痛都往肚裡吞，卻還是忍不住發出野獸受傷般的聲音。我茫然不知所措，片刻才說：「學長，我們要聯絡魏先生跟加賀美。」

他抬起頭，發紅的臉皺在一起，沾滿淚水，用乾癟的聲音同意了。他通知魏保志，我則傳簡訊給加賀美。放下手機的張嘉笙如斷線魁儡般垮在沙發上，我想安慰他，他卻失魂落魄地說：「學弟，你不會受打擊嗎？為何你這麼堅強？」

我一怔。怎麼可能？我不堅強，不如說胃痛得要死。衛知青是因為我才被抽取，不只如此，回顧這幾場戰役，我還犯了很多愚蠢的錯；這樣還敢自稱遊戲玩家？真想鑽進土裡。我含糊地說：「受打擊也沒用。相信占卜吧，學長。還有希望。」

張嘉笙勉強擠了個表情，聲音顫抖。

「這就是堅強啊。我一直在想，為何是佳美跟阿光被抽取？他們都比我厲害，如果是他們倖存，肯定比我有用。剛剛也是，明明我離學弟更近，我來犧牲也可以，但我嚇得站在原地，動彈不得……」

「不對。如果不是學長，我們也無法這麼快發現顏尚書。」

「那不是我。克拉克在找能利用的機械，發現警報器是偽裝的……」張嘉笙兩眼空洞，「對不起，學弟。我知道不該抱怨，但這種事什麼時候才能結束？我已經受夠了。」

——不知該說什麼。同是被無端捲入，我多少還抱著遊戲心態，張嘉笙卻不同，他對遊戲對抗毫無興趣；而且在圖書館會議前，他就已飽受恐懼。朋友被綁架，自己遭受威脅，好不容易跟同伴會合，同伴又一個個被抓、被抽取。最重要的是，被顏中書用話術擺布過，恐怕連該相信什麼都不確定了。

我輕聲說：「要是沒有學長，我們無法走到這一步。不只是在圖書館把我們召集起來，入侵廣世公司的望遠鏡，還有警報器，要是學長不在的話——」

「那也是克拉克。就連找你們來圖書館，都是克拉克建議的。」

他說都是克拉克，大概是悔恨自己的無力吧。我望向克拉克，克拉克搖搖頭。我誠懇地說：「不過想救朋友的是學長吧？神只是輔助。我也是爲了朋友使用神的力量。學長，離終點只差幾步了！我們一定能成功，一定能完成我們的勝利條件。」

說這些好無濟於事，但想安撫眼前唯一的盟友。而且，更多是羞愧吧，原本我還怪張嘉笙不積極，但這才是正常的。他不想被捲進來，更不想戰鬥、算計，光是能在圖書館聚集我們，就已經是很大貢獻了！張嘉笙兩眼泛紅，發出努力隱忍的哽咽，我拍拍他的肩膀，也有些想哭。

眾神沉默。

加賀美下課才看到訊息。她請了假，也叫來水上豊也；她怪他怎麼沒注意到這邊出事，水上豊也卻說他只關注小姐的安全，既然小姐去學校，他當然只會注意學校那邊。他質疑爲何敵人知道加賀美住處，說著以不友善的視線瞥向我們，語氣冰冷。

「瞬間移動不會留下任何蹤跡，他們沒理由知道這裡。」

我也不懂。原本我懷疑是顏中書，但她與顏尙書對峙時滴水不漏，不像是洩漏地點的犯人；也不像是某個神祇的力量被用來索敵，有這種能力早該大舉來攻！還是那能力沒這麼直覺，是非正規的應用？水上豊也同意這種可能性，他說：「這就麻煩了。我們已引起那些人注意，要是他們隨時能找到根據地，我們就要採取相應行動。」

簡直像在怪加賀美擅自救我，害他們被廣世公司察覺。加賀美咬著下唇，卻無話可說。水上豊也面不改色地問我們有沒有別的根據地，我說衛知青幫我們訂的六人房可以住一週，他就建議我們回旅館。

「加賀美呢？不可能繼續住在這吧？」我問。

青年沉默不語，這時加賀美站出來：「我到頤顥那裡去好了，如果他們不介意的話。」

我嚇了一跳，更意外的是水上豊也沒反對，只是看著她，眼神閃爍。加賀美認眞地說：「老師，我知道你在想什麼，但我不想跟父親住。如果父親有意見，請他自己來找我。」

「我知道了。」日本青年嘆了口氣，「週三會討論合作方向是否維持原議，我會請教正人先生。為了應對，接下來會非常忙，即使小姐來根據地，也不見得能顧及您的安全……程君，你能保證小姐的平安嗎？」

「……交給我吧。」

「請信守承諾。」青年在琴聲中消失，偌大的客廳便剩下我們。在豎琴的幫助下，我跟張嘉笙帶著衛知青回旅館，這時他精神也好多了。魏保志一小時後抵達，他一進房間就問：「加賀美同學也在？」

加賀美起身行禮，魏保志將外套脫下，掛到衣架上。

「既然你在這裡，想必兩位已經解釋過我的立場了吧？」

「是，聽頤顥說了一些……」

魏保志點點頭，走到床邊，看著沉睡的衛知青。他眼神有些改變，低聲說：「得送她去醫療機構。這事我稍後處理。程同學，黑羽呢？」

「這裡。」我走上前，將衛知青的祭品交給魏保志。

那是張小小的拍立得照片，上面是前幾年很紅的男演員。這張照片對衛知青來說有何重要？我不便揣想。轉交祭品後，黑羽飛到魏保志肩上，有點像北歐神祇奧丁肩上的烏鴉。

魏保志是黑羽的新主人——這是衛知青的安排，她在被抽取前命令黑羽。魏保志一直是衛知青堅實的同盟，衛知青說把右手的東西交給我，只是確保敵人無法奪走祭品。魏保志看著肩上的黑羽，環視我們的神。

「原來是這種感覺。黑羽，你知道衛小姐的戶頭密碼嗎？」

第一個問題居然是這個？

「知道。」黑羽有氣無力，「提款卡在錢包裡，她說資金就隨你用。」

「果然。放心吧，我會善用的。」魏保志哼笑一聲，緩緩坐在沙發上，不疾不徐地說，「現在我想請各位幫個小忙。既然繼承衛小姐的資源，我會盡我所能利用。各位能跟我說說這幾天的事嗎？雖然衛小姐說過，但不同角度可能有不同觀察，我希望重新了解現況。」

我們當然沒理由拒絕。

由於加賀美在，所以顏中書的說詞、提案都含糊帶過，但除此之外盡可能說明所有細節，包括跟顏尙書的衝突。魏保志認眞聽完，沉思片刻後開口說：「好，我也分享一下這邊調查的結果。」

這幾天，魏保志不跟我們一起行動的原因很簡單。沒有神，連互動都需要轉達的他只是累贅，因此他另闢蹊徑：調查廣世公司。

不是直攻背後的政府機關，而是釐清公司留下的線索。從廣世公司所在的商業大樓打聽，廣世公司一直都在，只是長年下來都荒廢著，直到半年前才有人進進出出。照他推論，那個跟神祇系列有關的計畫，恐怕是這半年到一年間開始籌備的。

是政府機關借廣世公司的殼來掩飾嗎？這樣的話，應該有什麼人脈，最可能的當然是董事長莊津鈺。根據調查，莊津鈺已經六十多歲，二、三十年前還有他在台糖、台金等公營事業任職的紀錄，之後離職，突然成立廣世公司，然後銷聲匿跡，再也找不到檯面上的資訊。

追蹤莊津鈺的人脈，都說至少十年沒見過他。這人還活著嗎？要是死了，廣世公司怎麼跟政府牽上線？就在此時，魏保志從衛知青處得知顏中書的供詞。二十年前就有「瓶中小人」，這跟莊津鈺成立廣世公司的時間吻合，如果莊津鈺本就跟瓶中小人有關，牽扯進這件事就很合理，問題是——爲何是「現在」？

已經停滯二十幾年的瓶中小人計畫，爲何突然動了起來？照顏中書的說法，廣世公司甚至沒確定「抽取」的安全性，以科研來說太不尋常；都二十年了，這事應該沒有這麼急才對，除非**發生了什麼事**，迫使廣世公司背後的政府部門不得不行動。

半年到一年前，或在那之前，有什麼事大幅推進了「瓶中小人」計畫的進度，所以他們才決定以神祇系列的假象誘騙試用者……不過，這只是推測，只是提出作爲參考。

至於他的朋友則調查了「失落環節」之謎。

「我那位朋友是從台金公司開始調查。」魏保志說，「莊津鈺曾在台金工作，台金公司是台灣金屬礦業股份有限公司的簡稱，位於金瓜石，一九八七年倒閉。家父也曾在台金工作，這是偶然嗎？我朋友懷疑，失落環節的關鍵可能不是我那被選爲試用者的弟弟，而是家父，便以此爲切入點進行調查。」

「結果呢？」張嘉笙緊張地問。

「結論是，目前已知試用者的雙親裡，一定有誰一九八五到一九九〇年間在金瓜石；或是在台金工作，或是在附近的時雨中學教書，或是住在附近，或親戚住附近。唯一例外是顏中書，找不到她跟金瓜石的連繫，但她老家在基隆，離金瓜石並不遠。這就是失落的環節——我們的父母至少有一位與金瓜石有關。」

我們駭然相視，沒想到切入點在這！但師匠確實在時雨中學教過書。那時我還沒出生，不過我跟阿輝到過金瓜石幾次，因爲他外公住在金瓜石的祈堂老街。我們兩人的母親會相識，是源於金瓜石教書那段歲月。

「我在金瓜石住過一段期間，」張嘉笙喃喃說，「那時是住在爺爺、奶奶家，大概小學才搬走。原本很多親戚住那附近，後來也搬走了。爺爺死後，叔叔還幫忙把老家改成民宿……對了，佳美也是金瓜石人！她爸在台金公司工作，台金倒閉後就搬走了，但我跟她一直保持聯絡……」張嘉笙喃喃自語。

「這是怎麼回事？」雕龍似乎有點毛躁，「難道神祇系列是在金瓜石創造出來的？」

「一定有某種連繫。但線索不足，沒必要勉強討論。這些只是共享情報。」魏保志用手指敲了幾下太陽穴，瞇起眼睛，「回到眼前的問題。其實聽你們說完，我一直在想一件事——張同學，之前我只知道克拉克能製作機械，卻沒想太多，但聽你們說，克拉克製造了零誤差的反射鏡，這是難以想像的奇蹟。我想問一個問題，克拉克能製作槍械嗎？」

「……能。」張嘉笙臉色微變，看來有些慌亂，又像是早知有此一問。

「製作一把射程十公里的槍，並在十公里外狙擊，可行嗎？」

這種怪物等級的武器也做得出來？我忍不住看向張嘉笙。

「可以。不只射程，還有超遠距狙擊鏡，克拉克能讓我精準操作機械，就算距離再遠也能命中，可是……」張嘉笙面如死灰，「之前我不想那樣做。光想像子彈射進別人身體，貫穿過去，那皮開肉綻的樣子，我就難受想吐，所以……」

果然如此。其實我也不是完全沒想到槍械，但直覺沒把這當選項。日常的教育和常識都在抗拒這種暴力，況且槍枝聯想的不只是暴力，而是殺害！魏保志的問題，等同於「你能不能成爲殺人者」。要張嘉笙拿起槍，不會太勉強了嗎？

「我懂了。放心，不會勉強你。只是確定克拉克能做到什麼程度——」

「等等。」張嘉笙依舊臉色慘白，但他堅定說下去，「剛剛說『之前』，是因爲我改變想法了。衛小姐當著我的面倒下時，我什麼忙都幫不上，如果能戰鬥、派上用場的話……我可以製作槍械，要多少都可以，只要學弟跟魏先生認爲有必要。」

儘管這麼說，張嘉笙卻是一副被判死刑的表情。魏保志苦笑：「抱歉，是我的錯。我沒有勉強張同學的意思，如果你要拿起槍、製造槍械，希望你是照自己的意志這麼做。現在知道有這個可能就夠了，話題到此爲止。現在最緊迫的問題是，要不要繼續跟廣世公司的合作？」

——啊。

我跟張嘉笙愣住，不知所措，果然加賀美注意到了。

她來回看了我們一眼問：「跟廣世公司合作是什麼意思？」

糟糕。

加賀美說要跟我們在一起時，我也多少感到不妥，但那種情況下不可能拒絕；雖然跟魏保志說明時，迴避了不能在加賀美面前說的事，想不到魏保志直接切入重點，將我們隱瞞的事攤開來。也不能怪他。他問過我們是不是把情況告訴加賀美了，自然當成情報已經共享。魏保志揚起眉，嘆了口氣：「看來我們有些情報沒徹底交流……不過追究這點沒意義，黑羽。」

他看向黑羽，黑羽沒說話，但魏保志顯然跟祂交流了一些意見，並得到占卜結果。

「加賀美同學，」他望向加賀美，「有些事我們沒告訴你，這是有原因的，我之後再說明。但現階段，只要廣世公司同意跟我們合作，我們的勝利條件就滿足了——因為實現廣世公司的目的，是目前所知，唯一能夠拯救被抽取的試用者的方法。」

他接著極其簡潔地將顏中書陳述的「真相」交代出來，沒想到顏中書花了這麼多時間交代的事情，他居然在幾分鐘內就摘要完。加賀美有些動搖，她站起身說：「這跟我知道的不同……我不相信！顏小姐的話怎麼能相信？就算她沒說謊，她知道的也可能不是真相啊！」

「但根據占卜，相信顏小姐的話是吉。」

沒想到這話是由雕龍開口，加賀美像是遭到背叛。魏保志說：「就像——這位是雕龍吧？就像雕龍所說，我們的行動是根據占卜結果。但加賀美同學不相信也很合理，只是對我們來說，真相如何並不重要，重要的是怎樣的行動能讓我們達成目標，即使是謊言也沒關係。」

加賀美還是無法接受，她搖搖頭：「這樣的話……為何不告訴我？我可以跟顏小姐對質，或是釐清彼此還不清楚的地方，說不定這樣可以更清楚真相啊！」

「因為把這些事告訴你們是『凶』。」我小聲說。

加賀美驚訝地望向我，臉上閃過痛苦的神情。

「……父親就算了，只告訴我也是『凶』？」

「加賀美，雖然說這些於事無補，」雕龍飛到加賀美身旁，「但占卜結果是只要告知你們中任何一個人，都會帶來不利。就算你們沒惡意，也一定會發生壞事。頤顯掙扎過了，他是最抗拒隱瞞這些事的人。」

「既然我沒有惡意，怎麼可能會不利？我又不會告訴任何人！」

「那正是重點。」雕龍顯然顧及加賀美的情緒，「明明不會告訴任何人，卻同樣有不好的結果……這表示有什麼超越個人意志的事正在發生。像某種監聽方法，會讓你聽到的情報直接被某人知曉。」

「監聽……」加賀美臉色微變，「可是，監聽的人又不見得有惡意……」

這是什麼意思？我看向加賀美，她有些不知所措。

魏保志說：「加賀美同學，莫非你對監聽這件事心裡有底嗎？」

加賀美低著頭說：「我是剛剛才注意到的。那個……顏小姐說的所謂眞相，是在書房裡說的吧？那樣的話，老師跟我父親應該已經知道了，因爲那裡有竊聽器。」

——她知道竊聽器的事！

我跟張嘉笙面面相覷，加賀美連忙解釋：「那不是爲了監聽顏小姐！是父親怕我遇上危險，用竊聽器確認我的情況。我原本也不願意，但要是不同意，就不得不跟父親一起住，那樣壓力更大，我也沒辦法做自己想做的事，才勉強接受……我是說，雖然我不知道爲什麼占卜結果是那樣，但顏小姐的說詞，父親他們應該已經知道了。」

就算是出於保護心態，也太過頭了。與此同時，我這才明白爲何加賀美會怪水上豊也沒有立刻發現敵人。從她的角度看，都放竊聽器了，怎麼會沒發現？水上豊也的回答也是奠基於此。他沒注意住所的異變，是因爲加賀美在上課，比起她，我們這些人是死是活根本不值得放在心上。

「不用擔心，」克拉克說，「那時我暫停了竊聽器，所以沒人聽到顏中書的話……不過，要是他們有認眞監聽，應該會發現不對勁。」

「原來如此……總之，我現在知道了。當然我沒打算告訴任何人，可是光是讓我知道，就會發生什麼事吧？」加賀美有些自虐地苦笑。早知如此，嚴正拒絕她與我們同行是不是更好呢？這時黑羽突然開口。

「其實聽了顏中書的話，我跟主人懷疑起某件事，但那時討論不出結論，趁剛剛提到吉凶跟眞相有沒有關係，我想公開提出來。」

我們看向祂。

「過去我一直覺得占卜結果是從占卜者的角度出發，我是說，對某人來說是『吉』，對其他人可能是『凶』嘛！所以一定有判斷標準……至少我的認知是這樣。但知道『瓶中小人』存在後，我突然懷疑，占卜的『吉』、『凶』該不會與持有者無關，而是以『瓶中小人復活』這件事爲前提吧？也就是說，占卜出來的結果並不是對主人有好處，而是對瓶中小人有好處。」

毛骨悚然。簡直像在說瓶中小人有自己的意志，從未來操縱著我們一樣。這樣我們豈不只是掌中人偶？

「所以……明明是小吉，衛小姐卻犧牲了，就是這原因？」張嘉笙震驚地說，「但眞的嗎？如果一切都只對瓶中小人有利，應該會占卜到一些沒這麼吻合的結果吧？像顯然對我們不利之類的……」

「瓶中小人才沒這麼笨，」黑羽不耐地說，「大家對我的占卜的信賴度，一定在祂的考量中，當然會適當修正！但要是這些都在瓶中小人的控制下，等祂復活後，試用者就沒用了，到時眞能救回試用者嗎？」

沉默。

要是如顏中書所說，神祇只是瓶中小人的一部分，那瓶中小人爲了讓自己順利復活，從未來影響過去的占卜也不是不可能。但黑羽也是瓶中小人的一部分，卻質疑瓶中小人，瓶中小人眞的能從未來操縱現在？不，這種想法可能也在瓶中小人的意料中，比起我們自己猜到，不如由黑羽提出，好讓我們否定。但這樣一來就是無限後退，不管哪種情況，都可以提出新的解釋來合理化……！

「現在還不用擔心。」魏保志說，「不用擔心占卜不準。要是沒占卜，我們現在根本不可能在這。別忘了，我們在情報、資源上都壓倒性的居於劣勢，走錯一步就萬劫不復，能進展到此已是奇蹟；既然如此，直到復活瓶中小人前，占卜都還有充分的可信度。」

「可是，就這樣一直照著瓶中小人的計畫走，眞的沒問題嗎？」

「沒什麼不好，畢竟沒理由懷疑瓶中小人無法拯救試用者。不過我不是說黑羽的懷疑沒意義，這表示我們不能盲目相信占卜結果，還要尋找眞相；這樣至少在最後關頭，無論占卜結果是什麼，我們都能做出無愧於心的判斷。反過來說，要是占卜妨礙我們尋找眞相，就能確定背後並不單純。那也是得知眞相的方法，到時我們可以選擇不去依賴占卜。」

這都是黑羽的猜測，無從證明；既然眞相不明，就只能盡快得到超越占卜的判斷根據——那會是什麼？

恐怕是，**就算占卜結果是凶，我們也非做不可的事**。

如果因爲吉，就什麼都做得出來，那只是吉凶的傀儡，世上總有就算吉也做不出來的事。爲了得到根據，我們只能盡快弄清事件全貌，才能做出自己也能接受的決策。

「我……其實不認爲真的有瓶中的小人。」聽完這些，加賀美抬起頭，「這跟我知道的完全不同，但我同意應該弄清眞相，而且抽取是廣世公司的技術，我也不清楚父親能不能幫助試用者……不過，魏先生，對你們來說，我回父親那裡比較好嗎？要是占卜結果如此，請告訴我。」

我五味雜陳。我們隱瞞了這麼多，甚至可說是背叛了她，她卻還是爲我們著想。魏保志說：「不用擔心，我們偏離了原本制定的計畫，但告訴你這些也有我的考量。接下來的行動或許需要暨琴，所以我個人表示歡迎，但要是你不滿我們的欺瞞行爲，決定回到令尊那邊，我能理解。」

「如果我能幫上忙……可是，眞的沒有洩密的問題嗎？我不覺得是老師或父親在監視我們，但ＪＭＭ社一定有其他物自身，或許，有某個物自身能即時知道我們的動態……」

「如果只是知道我們動態，那還算是好的。」魏保志說。

「什麼意思？」

「神祇——或物自身——這種技術的可怕之處，就是超越當代科技常識。監視我們行動，這種事現代科技就能做到，我擔心的是在那以上的力量……不過，煩惱這種可能性太多的事沒什麼意義，所以先回主題，各位認爲要繼續跟廣世公司合作嗎？」

「有什麼不繼續合作的理由嗎？」克拉克問。

「廣世公司的人襲擊我們，抽取我們的同伴，我們有理由不相信他們。」

「可是聽顏尚書的說法，廣世公司好像不知道他的行動，或許他們還有合作的意願？而且顏小姐離開前，也說會努力說服廣世公司跟我們合作。」我說。加賀美看向我，這也是沒告訴她的事，我有些心虛。

「對，當然。但從對方的立場看，是他們的人搞砸了，他們也知道這會破壞雙方的信任，進而擔心合作的後果。他們沒有占卜之神，會比我們更謹慎。無論雙方意願如何，合作這件事已沒有這麼理所當然。不過，如果各位覺得該合作，我們就該主動寫信，表達我們不介意這場意外，釋出善意。」

「如果廣世公司還想合作，我投合作一票。」張嘉笙搖搖頭，有氣無力地說，「雖然無法原諒他們的做法，但我只想趕快把朋友們救回來。」

「好，程同學呢？」

「黑羽有占卜過跟對方合作的吉凶嗎？我知道相信顏小姐是吉，但跟廣世公司合作的結果呢？」我說。

「有。結果是小吉。」

「哈啊……」我跟張嘉笙幾乎同時嘆息。又是小吉。可以接受小吉，但過程也太慘痛了吧。忘心說：「不這樣做，有別的選擇嗎？聽魏先生的語氣，彷彿我們還有別條路。」

「有。跟前一個階段的規畫差不多，由我們發動攻擊，得到所有神。」

我嚇了一跳：「等等，這樣最後還是要跟廣世公司合作啊？畢竟我們沒有復活瓶中小人的技術——」

「對，但我們會握有主導權。而且顏小姐很可能知道復活瓶中小人的細節，所以廣世公司的領導者才心有忌憚；既然她願意押注在我們身上，表示最後不見得非依賴廣世公司不可。」

「但要怎麼做？他們不會繼續用忠孝復興的辦公室，我們連有沒有其他根據地都不知道。而且顏小姐可以把敵人隱藏起來，讓雕龍無從下手，要是我們有忒修斯或鳩摩羅什，還可以用偷襲——」

「他們有其他根據地。」魏保志打斷我，「顏小姐說他們需要討論，就暗示她知道廣世公司有其他的開會場所。而且程同學，你錯了。我們有鳩摩羅什。」

「什麼？不，我們沒有啊！」

「你知道鳩摩羅什的祭品吧？你說只要在視線內，就算沒親眼看到，只要知道那東西存在也能偷到。換言之，只要站在廣世公司的根據地前，你就能偷到鳩摩羅什。接著只要用鳩摩羅什進入複製世界，隔絕顏中書與忒修斯，再慢慢偷走祭品就好。」

他在說什麼？哪有這麼容易！但我靜下心思考……咦？好像，真的可以做到？不對不對，別忘了敵人可以逆轉時間！但轉念一想，只要偷到鳩摩羅什後等時間過去，敵人就無法逆轉了，只要他沒發現鳩摩羅什被偷……不會吧，這麼扯的事，難道真的可行？

「但我們不知道廣世公司的另一個根據地在哪啊。」張嘉笙說。

「這不難。假設廣世公司的根據地確實存在地圖某處，在地圖上選一個點，問黑羽認為廣世公司在那個點的東邊是吉是凶，如果是凶，就確定在西邊，如此不斷重複，就能像十分逼近法一樣找出根據地。」

……確實。其實這些策略不難，但我跟張嘉笙卻完全略過；我們已被顏中書說服，相信跟廣世合作是正確的，進而放棄思考。話術果然很可怕。黑羽說：「是可以。不過我失去跟原本主人的連結，力量逐漸流失。要是過度占卜，準度會降低。」

「還能再精準占卜幾次？」

「大概兩百次左右。」

微妙的數字。如果只在重大事項上占卜，絕對綽綽有餘，但要是不斷確認細節，會用得非常快。即使如此，要在地圖上找出廣世公司的根據地，兩百次絕對夠用。

「我只有一個問題。」克拉克問，「這個方案的占卜結果是？」

「……吉。」黑羽說。

那還需要選嗎？我立刻跳槽。張嘉笙最初有點猶豫，後來也同意。加賀美滿臉驚奇，她聽我說過魏保志的事，但親眼見到如此雷厲風行的謀劃能力，感受還是不同吧。魏保志站起身。

「最佳入侵時間是明天下午四點，今天他們會全力戒備，不適合行動，這點我已占卜過。我先把黑羽交給你們，麻煩計算位置，我要處理衛小姐住院的事。有事電話聯絡，別忘了把靜音關掉，以免沒聯絡上。」

他將黑羽的祭品給我，走到床邊將衛知青抱起來。我連忙走到門邊幫他開門：「需要幫忙嗎？」

我對自己的無能生氣，希望能多做些什麼，但魏保志搖搖頭說「不用」，走到門邊小聲說：「好好照顧那位日本少女，程同學。別讓她不安，接下來我們會需要她的力量。」

……當然，但為何特別跟我說？我茫然點頭。魏保志離開後，我關上門，跟房裡的兩人對望。張嘉笙掀開筆電蓋子，打開網路地圖，顯然已做好準備。我握住黑羽的祭品，吸了口氣：「好了，開始占卜吧。」

☘

先說結論。我們很快就找到另一個根據地，在汐止區，而且只占卜了十次。那地方在地圖上沒標記，從衛星雲圖看，有許多占地甚廣的建築羅列，像某種工廠；Google那附近，找不到什麼有價值的官方資料，只是用「工廠」當關鍵字，能在某些論壇中找到那間工廠的事。簡單說，是停業好幾年的鐵工廠，但位置相對偏遠，沒太多訊息。

就算是鐵工廠，也會有行政單位，或許廣世公司就是借用那種地方當據點。不過廢棄多年，不知道怎麼處理水電問題，但大家也同意沒必要為此浪費占卜次數。

下午兩點左右，廣世公司來信了，署名是「莊天河」。

他表示明白我們的想法，也認同這是對雙方最好的做法，但顏尚書的行為破壞了我們的信任關係，雖然他已懲戒顏尚書，但不確定這是否影響我們的意願，所以寫這封信來確認我們的意願是否改變。如果沒有改變，廣世公司會與我們研議碰面的時間地點，可以的話，希望在今天以內回信。

……真可惜，這封信早幾小時來，或許情況就大不相同。我們可能已經在顏中書的引薦下展開談判、商討拯救試用者的事——但現在決定大鬧一場。最後我們虛與委蛇地回了封信，沒必要讓他們察覺計畫。

比起這些，我實在很難不去在意加賀美的態度。她表面上如同往常，但帶著疏離的客氣，說話時會跟我對視，但沒多久就迴避。看不穿她的心情讓我深感不安。回完給廣世公司的信，我們甚至一度陷入沉默。好尷尬。

不行。非說些什麼不可。正這麼想時，張嘉笙突然站起：「那個……對不起，學弟，加賀美同學，我剛剛才想起來，其實今天非去學校一趟不可。」

「去學校？」打破沉默讓我鬆了口氣，「有什麼急事？」

「呃，有、有些文件要去行政大樓申請，」他聲音微妙地抬高，視線飄忽不定，「因爲今天是最後期限……啊，筆電我留在這裡，有需要直接用沒關係，我等一下傳簡訊告訴你們密碼。」

他邊說邊後退，急得跟什麼一樣，身體都到走廊了，還探頭回來繼續把話講完，講完才一溜煙消失。太可疑了吧！我看向加賀美，想跟她交換意見，但她走到沙發旁坐下，全身散發生人勿近的氣息。唉，明明昨天也是這樣只剩我們兩人，今天氣氛卻完全不同。

「喂，頤顥。」雕龍督促我說些什麼，我手心冒汗，茫然地朝她走去。

「魏先生好厲害。」加賀美唐突地開口，「爲何他之前沒跟你們一起行動？」

「呃，因爲魏先生沒有神，敵人來襲無法馬上反應。雖然我也覺得有點可惜，他在的話，討論戰略大概會快很多。」我也坐到沙發上，加賀美卻稍微挪動位置，離我遠了些。我手足無措，這時手機響起，我連忙說，「啊，等一下，應該是張嘉笙學長傳密碼來。」

拿出手機一看，果然是張嘉笙的簡訊。

「抱歉沒辦法繼續留在那，我覺得超尷尬。你們有話要說吧？我在旁邊你們可能很難開口。需要我再叫我，我就在附近。筆電密碼是××××××。」

……我整張臉都紅了。謝謝你，學長。但他製造機會讓我能跟加賀美談談，難道眞的看出我對加賀美的心意？我轉頭看她：「加賀美，我想跟你道歉。」

「頤顥爲什麼要道歉？」她語氣毫無起伏。來了，我心想。其實也不知道什麼來了，但有種預感，要是無法好好回答這個問題，下場會很慘。

「程頤顥。」黑羽聲音突然在心裡響起，「如果你敢占卜怎麼回答會比較好，雖然我不得不回答你，但絕對會鄙夷你一輩子。」我不會問啦！

我看著少女，不安地說：「就是……跟廣世公司合作的事。還有顏中書說的那些。我不該瞞著你。」

「爲什麼？你是照占卜的結果做事，我能理解。」

「可是——」

「我眞的能理解。」加賀美直勾勾望著我，加重語氣，「要是頤顥對我說眞話，結果眞的發生什麼壞事，我也不會原諒自己。所以我眞的能理解。」

「但你還是生氣吧？」

「對，我——」加賀美一時說不出話，皺著眉搖頭，「我是……不高興。但也不知道爲何不高興。」

「就算知道對方有那麼做的道理，被騙還是會不高興，我也可以理解——」

「眞的不是，我沒有這麼不知輕重。」她焦躁地站起身，來回踱步，「對不起，我也不想這樣，如果能清楚地講出來就好了，但我不想被誤會，我眞的不是因爲你們瞞著我才生氣。我只是……感覺不值得。我沒辦法接受你們跟廣世公司合作。」

爲什麼？因爲ＪＭＭ社跟廣世公司對立嗎？加賀美走向另一張沙發，慢慢坐下，沉默片刻才開口。

「其實廣世公司怎樣都好，我隨時可以抽身，但我沒退出。知道廣世公司抽取神，讓人昏迷不醒時，我是眞的非常生氣喔！更不用說他們派出間諜，用詭計讓朱先生跟莊小姐變植物人，怎麼可以這麼邪惡？」

我心中一涼，逐漸了解她的意思。

「這樣不把人當人看，讓我想起自己的家族。所以無法原諒。而且你看，他們憑什麼把ＪＭＭ社的技術用在邪惡用途上？我們有資格，也有能力制裁他們。但在我爲你們生氣時，你們卻轉過頭要跟廣世公司和解，還要合作了。我就像笨蛋一樣……」

我的臉因慚愧而發燙，難怪她說不值得。問題不在隱瞞，而是我們跟萬惡的淵藪和解，這種做法本身就……不「正確」。當然，我可以羅列各種理由，但都只是在爲妥協找藉口。

「我知道的，」她賭氣地撇開頭，「爲了救試用者，當然會這麼做。但廣世公司不必受任何懲罰，眞的可以嗎？我一直在想這件事。所以魏先生說要積極進攻時，我總算有些安慰，總不能讓事情一直照他們的期待發展吧？」

直到此刻，我才敢直視加賀美的臉。啊，原來是一副快要哭出來的樣子。整個心被揪住，陷入自厭的浪濤。就算非我所願，我們終究背叛她的信賴，把她的好意置於一旁；我拿了張衛生紙給加賀美，她猶豫地接過，用它吸取眼角淚水。

「對不起。我夠成熟的話，就不會把這些說出口了。」

「加賀美是高中生，不成熟也沒關係吧。」

「但把話講出來，大家會不開心吧。」

「不用擔心，這裡的『大家』只有我、雕龍、忘心，還有黑羽。而且我不會不開心，我……我也很想知道你怎麼想。你願意說出來，讓我安心了。」

「所以我們不開心就沒問題嗎？」雕龍吐槽。

「我又沒那樣說！而且你有不開心嗎？」

「那倒是沒有。」

加賀美破涕爲笑，她搖搖頭：「不過我不喜歡。爲這種事生氣，感覺想幫助大家的心情就沒這麼純粹了……其實我不在乎眞相，就算顏小姐說的是眞的，JMM社確實有陰謀，我就當學了個教訓。反正原本就是家族強加在我們頭上的東西。頤顥，比起JMM社，我更認同你們——我眞的想成爲你們的同件。」

她不是祈求認同，只是單純表述心情。我一愣，對這樣樸素的心願，曾經背叛她的我有資格說什麼嗎？我的臉微微發燙，小聲地說：「對不起。」

「不要道歉。只是……如果我們不是同件的話，頤顥，希望你早點告訴我。」她望著我，那是準備好被捨棄的眼神。但不是悲慘或絕望，而是有所覺悟。我感到自己有某種回報她的義務。

「我保證，」我舉起一隻手，對天發誓，「無法爲其他人保證，但我從今以後不會再隱瞞你了。就算占卜結果是凶，也不會違背諾言。我會承擔『凶』的後果，努力找出避開最壞結果的解決方案——我保證不會再背叛你。」

加賀美睜大眼，呆呆地看著我。

「我、我沒有要頤顥說到這地步……」

「沒關係，是我自己要說的。」

「……嗯，謝謝。」

「等一下。」雕龍語氣冰冷地插話，「剛剛這個承諾可不太好喔。」

「雕龍你不要管，我已經決定了。」我不滿地說，揮手想要趕祂，但什麼都沒碰到。

「不對，不是你，」雕龍飛到加賀美面前，「加賀美，請你想想，那個承諾會迫使程頤顥主動把自己置於險境，你要接受嗎？如果你接受，就表示你也對程頤顥的遭遇有責任喔？承諾並不是單方面的東西。」

「……沒錯。我也不希望頤顥因承諾而陷入危險。」

「沒關係，那是我的決定，你沒有責任。」

「不對，有責任。」雕龍說，「給我用大腦想一下，程頤顥。加賀美跟你們這些試用者不同，她背後有不同技術，另一組資源，換言之，至少在這件事上，她不是獨立於組織外的個人。我不是說那個組織是壞人，但你的諾言難道不會混淆不清，把她所處的組織也包括進去嗎？加賀美也是，難道你接受這樣？」

……也是。我的承諾是爲了她，跟背後的組織無關，但不太可能將一個人與組織徹底切離。加賀美思考一會，點點頭：「這樣是不太好。而且占卜說將事情告訴我會讓你們陷入險境，這個謎還沒解開，就連我都覺得相信自己太危險……但我明白雕龍的意思。如果接受頤顥的承諾，我也要做出承諾才對。」

承諾？

「很簡單啊，頤顥。」她望著我，露出微笑，用小拇指勾住我的小拇指。

「ゆびきりげんまん、嘘ついたら、はりせんぼん飲ます！（切手指打一萬拳，說謊要吞千根針）」加賀美像唱歌一樣，說了起誓的咒語，「頤顥——我不會背叛你，絕對。不過這一點也不難，因爲我原本就沒想過要背叛頤顥嘛！」

盯著她的笑容，某種強烈的情感湧上。我什麼都沒說，只是簡短吐出一句「謝謝」。

「沒這麼簡單。」雛龍扶額說，「加賀美你太衝動了，幸好『公正之神』不在。聽好了，雖然你說不在意眞相，就算ＪＭＭ社是壞人也沒關係，但你有想過令尊跟水上老兄的立場嗎？要是事情演變成我們跟ＪＭＭ社起衝突，令尊跟水上老兄該怎麼辦？」

「我不是沒想過，但我不認爲ＪＭＭ社是幕後黑手，至少沒打算做壞事；要是眞的有什麼陰謀，他們根本不可能讓我父親帶我來啊。我是個累贅，只會礙手礙腳。」

我也認爲對方的態度散漫，加賀美的父親帶女兒來留學，跟度假差不多。不過，這無法排除有誰在利用他們。果然雛龍說：「也可能令尊跟水上老兄被利用，如果他們得知眞相，不想乖乖聽話，說不定就會被幕後黑手肅清了。」

「就算是被利用，我也不認爲他們有危險。」

「爲什麼？」

「加賀美家是ＪＭＭ社的主要股東。在加賀美家生活這麼多年，我也隱約感到老師對加賀美家來說有特別的價值，就算有誰欺騙了父親或加賀美家，加賀美家也不太可能捨棄老師，更不用說父親。」

雛龍摸著下巴，似乎還是不滿意。「好吧，加賀美都說到這地步，我不便再說什麼。我還要謝謝你照顧我們家頤顥呢。」

「幹麼這樣說？」我忍不住起雞皮疙瘩，「感覺很噁心耶。」

「你最好學著感恩。聽好了，頤顥，別人照顧你，可不是理所當然的喔！」雛龍指著我的鼻子，加賀美見狀忍不住掩嘴而笑，見她的樣子，我總算有種海闊天空的暢快感。

晚餐前，張嘉笙回到旅館，魏保志則是晚上十點多回來。他沒多說衛知青的事，但眉宇間有種陰鬱。他囑咐我們今天早點睡，為明天的決戰準備，我們也照辦，十一點多就寢。

不過——決戰嗎？

我難以成眠，在腦中組織各種可能，還有應對神的辦法。如果真偷到鳩摩羅什，我想把顏中書帶進結界。不只是為了控制忒修斯，我想跟她把話說清楚；她身上還有太多祕密，要是解開來，或許我們會離真相更近一步。在這些紛紛擾擾的思緒中，我進入夢鄉。

☘

「各位都準備好了嗎？」

吃完午餐，魏保志邊收拾餐盒邊問，我們互相看一眼，點點頭。午餐是在六人房裡吃的。魏保志買了外面的便當回來，或許是把房間當成我們鎮守的堡壘，能不離開就不離開。

「真的嗎？現在立刻出發也沒問題，準備到這種程度了？」他再度確認。

「沒問題。」張嘉笙點頭。經過一晚，他決定先不製造槍，但克拉克可以封閉敵營，至少不會讓他們逃走。魏保志點點頭。

「那麼，請各位隨機應變——我們立刻出發。」

咦？

「……您說現在，不是下午四點嗎？」加賀美問，但魏保志面不改色。

「不能等到下午四點。昨天說了謊，現在才是最佳進攻時間。」

我微微訝異，隨即理解原因。

「——是怕被監聽？」

魏保志點了一下頭：「不是針對加賀美同學，但在確定監聽方法前，所有情報交流都有風險，所以我騙了所有人。再說一次，現在，或是這半個小時內，就是占卜得到的最佳進攻時機。準備好了嗎？要上廁所的話，快點把握最後機會。」

太突然了。但沒理由拖延，我們紛紛起身。突然眾多不同的手機鈴聲響起，是簡訊。這種時候竟傳來不祥警報般的聲響，讓我心驚。我打開手機——是顏中書？

「是顏小姐！」張嘉笙驚呼。

「我也收到了！」加賀美驚奇地說。不只她，魏保志的手機也響了，明明她不知道魏保志跟我們是同伴啊。雖然有不好的預感，但我還是打開訊息。

「××療養院，基隆市××區××路××號。」

這是什麼？沒頭沒尾的，爲何傳個療養院地址過來？但正因沒頭沒尾，才讓人不舒服。顏中書應該不會傳錯對象，怎麼不講清楚什麼事？可以直接打電話來啊。

「那個……你們是收到一個地址嗎？」張嘉笙問。

「對。想不到我也有份。顏小姐提過這間療養院的事嗎？」魏保志將手機闔起，我們搖搖頭，他不置可否地說，「那稍後直接問她。這種時候傳這種企圖不明的訊息，很可能跟占卜判斷現在是最佳進攻時刻有關。我們應該立刻行動。」

「好。請大家抓著我，我移動過去！」加賀美說，我們從兩旁抓住她肩膀，清亮的鋼琴聲響起，腳下地板崩解，只有身體浮在空中；四周風景陸續變換交融，像翻閱一組明信片，彼此疊上了殘像，大概幾個小節的時間，我們已來到有著鄉間氣息的山邊。

蟲鳴，風聲，正午太陽照耀下有著濃濃悶熱感。

連交通標線都沒塗的柏油路旁，是水泥砌成的高牆，頂部還有鐵絲網，後面則是高大的建築群，應該就是鐵工廠。爲了避免敵方聽見琴聲，我們落地的地點跟鐵工廠還有段距離，大約兩百公尺。

這就是廣世公司的根據地。

遠遠看著，高牆有某部分是中斷的，應該是正門。不可能大搖大擺地從正門進去，但經過正門就能瞥見裡面，問題是，如果從正門看不到放置祭品的建築，到時要如何潛入呢……？

「各位，」克拉克猛然開口，「你們有沒有感到——」

「有。」雛龍彷彿忍著痛楚，「有什麼不對勁。」

「怎麼了？」我連忙問。

「這地方，有某種非常強的壓力……」忘心也在逞強，「我很難說明，像有強勁的風在吹散『自我』，光維持自我就要用盡全力。程頤顥，抱歉，等下恐怕沒辦法靠我，我無法分心去使用能力。」

我正要追問，黑羽也說：「我也是，無法占卜。感覺會在占卜的瞬間四分五裂……！」

「我也差不多。」克拉克小聲說，「雖不到完全不能使用能力，但最多一次……要用第二次，可能間隔個一、兩分鐘比較好。」

「同上。」雛龍說，「恐怕這是廣世公司的防禦系統，神在防禦系統面前是無力的。」

防禦系統？廣世公司有這樣的設備，之前怎麼不拿出來？意外的情況讓我們手足無措，加賀美悄聲說：「豎琴沒事！祂能力依然有效，好像也沒感覺到各位說的那種壓力……」

「如果是防禦系統，或許設計時沒考慮防禦ＪＭＭ社的方法。」魏保志低聲沉思，「嗯……豎琴是唯一正常運作的戰力嗎？加賀美同學，請先將我送回旅館，至於其他幾位，請繼續行動。」

「魏先生，你不來嗎？不對，都遇到防禦系統了，還要繼續？」張嘉笙有些著急。

「占卜結果是吉，我建議繼續。黑羽跟忘心無法發揮力量，可能是因爲被抽取的神原本就會弱化。但雛龍跟克拉克還能行動一次，就表示能有所作爲。」

「但這樣一來，偷走鳩羅摩什就沒意義了，防禦系統會壓制祂！」

「對，但至少能剝奪敵人使用鳩摩羅什的機會。不過短時間只能偷一次的話，這未必是最正確決策。總之請隨機應變，當然撤退也行，但只有前進才會得到答案。」

「要討論計畫的話，魏先生眞的不留下嗎？」張嘉笙問，魏保志嘆了口氣。

「我留下來毫無意義。在防禦系統範圍外，我才能占卜；你們遇到什麼狀況，用簡訊通知我占卜，我把結果告訴給你們，這才是善用黑羽的辦法。」

——確實，黑羽不在現場才算戰力。張嘉笙恍然大悟，點頭表示理解。加賀美不安地說：「好，我先送魏先生回去。頤顥，學長，你們等我一下。」

她開始演奏，魏保志搭著她肩膀，兩人轉眼消失。

我望向圍牆，這算出師不利嗎？雖然不覺得廣世公司會毫無防備，但戰力被壓縮太多了。雕龍說：「再報告個壞消息，頤顥，我也不能離你太遠。在這種壓力下，十公尺就是極限。」

嗯，好，這是出師不利。只有十公尺，就連隱身偵察也很有限。

「學弟，我們該怎麼辦？」張嘉笙小聲問。

「先到正門看看吧。」

「要先占卜一下嗎？」

——被打亂陣腳，確實需要一個好的開始。於是我傳了簡訊。加賀美再度出現，她小跑步過來。

「有什麼計畫嗎？」

我正要說，魏保志的簡訊就來了。

「吉。黑羽剩下的占卜次數有限，請好好把握。」

……看來不歡迎頻繁占卜。好啦，可以理解。既然結果是吉，我們就一鼓作氣，假裝是偶然路過的大學生！來到圍牆邊，克拉克叫住我們，祂說雖然神祇不能離太遠，但穿進圍牆還是做得到。我們同意這計畫。

「祂說裡面蠻大的。」我們邊走，張嘉笙邊轉達克拉克所見，「工廠有好幾間，離我們比較遠，在離正門不遠的地方……有個看起來像行政空間的建築，三層樓高，附近有人行道，還種了好幾棵樹。克拉克覺得廣世公司開會的地方就在那裡。」

「能進那棟大樓看看嗎？」我問。

「不行，雖然離門比較近，但也在十公尺外。嗯？」

張嘉笙的表情有些古怪，我們盯著他。

「呃，沒有。克拉克說，大樓的正門是開著的。」

「開著？」

「很奇怪。那好像是老舊大樓，還用木門，不是現在常見的玻璃自動門。那個門是開著的。這樣不會有蚊子進去嗎？」他說。雖想說蚊子不是重點吧，但這附近蚊蟲很多，開著大門的確有些……不尋常。

「頤顥！」

雕龍在我心裡大喊。

「怎麼了？」

我轉過頭，雕龍在我們前方十公尺，已經到正門那裡，也就是說，祂可以看到內部情況，理論上不會跟克拉克看到的差太多，但祂態度詭異：「有狀況，你快過來！」

「怎麼回事？這樣呑呑吐吐不像你。」我加快腳步。

「正門這邊有個崗亭，外面的警衛室這邊……」

祂將自己目睹的景色告訴我，我不禁停下腳步。「哎唷」一聲，身後的張嘉笙直接撞上來。我沒道歉，因爲腦中還在處理雕龍告訴我的事。我渾身發冷：「你確定沒看錯？」

「如果我沒被其他能力影響的話。」雕龍說。

大概是我臉色太難看，加賀美忍不住抓著我肩膀：「頤顥？怎麼了？」

我沒回答，只是搖搖頭，以難以置信的心情朝崗亭奔跑。還沒到崗亭，就知道雕龍沒說錯，空氣中瀰漫著怪味，既新鮮又腥臭。

崗亭最外側是警衛室，裡面原本有看門的警衛——其實他還在，只是失去看門的功能。

他死了，死於槍擊。

我僵在當地，想吐的感覺湧上。警衛室的窗戶打開，大概是警衛想問來者身分吧？但一顆子彈貫穿他的頭顱，衝擊力將他壓到牆上，血從額前流出，頸部跟胸口制服都染滿了血，從牆上的血痕，能看出他是如何慢慢滑落。他眼睛沒閉上，死不瞑目。我不想讓加賀美看到這一幕，正要警告，但兩人已經趕來；加賀美摀住口，遏止自己發出驚呼，張嘉笙嚇得退開，虛弱地呻吟。

「怎麼……」克拉克飛過來，很快看到警衛室裡的情況，也說不出話。

這他媽的到底怎麼回事？

我渾身起了雞皮疙瘩，肌肉僵硬。這是我第一次看到被槍殺死的人。是誰殺了他？突然腦中浮現了答案——顏中書說的第四、第五勢力！她的預感成眞了？那些人用暴力介入，直接搶奪神？

可是廣世公司的防禦系統還在。這個系統是要保護自己。壓制敵方神祇的力量時，己方神祇應該還能行動吧？槍械不是神祇的對手，哪個勢力會突擊這種地方？還是說，這防禦系統會無差別地同時壓制敵我兩方？那也太荒謬了！就算退一步，防禦系統眞的是無差別的，廣世公司的人爲了保護自己，也該解除防禦系統，用神祇反擊啊——

但當我望向那棟大樓，它只是在不遠處靜立著，沒有閃電、沒有藤蔓、沒有任何超自然的反擊跡象……

「報警……我、我、我們該報警吧？」張嘉聲壓低聲音說。

「等一下，不確定警察來了會怎樣。占卜結果是吉，我們應該得到點成果才對。」

「那我問占卜。」張嘉笙拿出手機，匆匆忙忙選字。

就算不報警，眞的要繼續深入嗎？對方有槍，可以讓雕龍偷走，但要是不只一把怎麼辦？或是戰爭已經結束，我們來這裡，只是爲了從遺留物中尋找資源——

資源？我在想什麼，都死人了！

「頤顯，」雕龍出聲，將我從動搖中叫回來，「接下來也由我跟克拉克探路。忘心老兄，你留在頤顯身邊，以免過度消耗。加賀美，要是有什麼情況，你立刻把大家帶走。這裡全靠你了。」

加賀美點頭。她呼吸急促，顯然還沒平靜下來。

「……報警的結果是小凶，繼續前進是吉。」張嘉笙難以置信，他苦著臉，「這到底哪裡是吉，對誰來說是吉啊！」

是啊，到底對誰來說是吉？我忍著不適感說：「那就前進。雕龍，克拉克，麻煩你們。」

從崗亭這邊觀察，大樓的門正如克拉克所說，已被打開。我們悄悄溜到大樓邊，雕龍跟克拉克率先進去。祂們表示沒事之後，我們來到門邊，也往裡面看。裡面是空無一人的走廊，左右有幾扇門，與牆壁垂直的牌子寫著該房間是什麼單位。

詭異的是，所有門都開著。安靜異常。難道沒人了？或許廣世公司已經撤退，這裡是安全的。這時，克拉克從其中一扇門飛出來，做了「噓」的手勢，指指門內。我們躡手躡腳地過去，在門前停下——

唔。

我知道自己看到了什麼。同時，大腦無法馬上接受。首先出現的是生理反應，像噁心、反胃，接著是思考，當機的思緒重新開始出現詞彙，理解現況；對，這裡發生的事——

毫無疑問是屠殺。

這間應該是辦公室，大概十幾張分隔開的辦公桌，有些人就被槍殺在桌上，也有人倒在桌邊，血到處亂灑，白色的文件上飛濺血滴，都還沒氧化變色。根據死亡的位置，開槍處就在門口。

終於解開答案，這裡會如此安靜，是因爲大家都死了。

血腥味跟崗亭的味道混在一起，我們一時間竟沒發現。他們眞的是廣世公司的人嗎？爲何毫無防禦？神呢？占卜說這裡是廣世公司的據點，但也可能**只是將這裡當成廣世公司的據點來發動進攻**的結果是吉，也許這裡根本不是。

我試著辨識死者，看有沒有在忠孝復興見過，但很快放棄了。那時我跟瞎了差不多，根本認不出來，而且要看清死亡的表情，太可怕了。我忍著反胃摸一具屍體，雖然雞皮疙瘩就像千萬根針刺出來，但屍體顯然還很溫暖，跟我差不多。果然，他們遇害的時間不會太久。我渾身僵硬，該不會犯人還在——

「頤顥，二樓有人。」

雛龍的聲音把我嚇一跳。我滿頭冷汗，同時用手勢提醒保持安靜，在心裡問雛龍：「什麼人？」

「不知道，只聽見聲音。我不能超過十公尺，你在那，我就無法進一步確認。」

是要我移動嗎？我正要回應，加賀美卻突然用力揪著我的袖子，驚恐地指著什麼地方。在辦公室的角落，有人倒在那。是認識的人。我如遭重擊，暈眩感讓我差點忘了呼吸。

我心跳加速，腦袋混亂，甚至希望是看錯了。怎麼可能？面帶哀傷的臉掠過記憶，因爲那時她罕見地流露出有人情味的一面——現在同一張臉，卻是使人震撼的空白與虛無。

顏中書死了。

她手裡拿著手機，額頭正中央被開了一槍，顯然是即死。

該死，我搞不懂！這強烈的感情是悲傷還是憤怒？我不能接受，就算是敵人，顏中書也不該是這種下場！最後一次見面，她和弟弟消失在灰色的遼闊天空裡，爲何現在會被丟在角落，毫無意義地死在這？

張嘉笙也看到了，他發出細小的呻吟。

顏中書拿著手機。從發現凶手進入房間起，她肯定沒太多時間，不太可能是跟某人通話。這麼說來，我們收到的簡訊，很可能就是顏中書留在世上的最後訊息。那是這麼重要的訊息？

腦袋好像糨糊。難以思考。好想吐。明明昨天還見過，今天卻以這種方式死去，太難受了。但正因認識，我才有義務正確理解。所以我沒有迴避，而是直直地盯著她的屍體。

顏中書額頭的槍傷旁有一圈焦痕。

我在推理小說看過，這表示射擊時手槍抵著她的頭，槍口的高溫讓皮膚灼傷。犯人不是從遠方射擊，而是走到她面前，當著她的面槍殺她。這死法跟其他人不同，爲什麼？

搞不懂。我觀察片刻，沒有其他發現，又不敢碰屍體，只能雙手合十，表示對死者的尊重。不知為何，我覺得對她的死有責任，但還有什麼能做的？無論如何，既然她在這，這裡應該是廣世公司的據點無疑，為何他們任由持槍的犯人殺害自己？難道——

「奇怪。」忘心突然說。

「哪裡奇怪？」張嘉笙鐵著臉，克拉克代他問。

「忒修斯沒被抽取。所以祂應該跟離龍和克拉克一樣，至少能隱身一次。就算在這種壓力下無法全體隱形，至少也能讓顏中書隱形，為何她沒逃掉？」

——確實。如果事發突然，敵人拿著槍大開殺戒，那倒是有可能。但顏中書是在至近距離下被殺，凶手接近她需要時間，甚至他們可能對話過，明明如此，為何顏中書會死？她死前到底做了什麼？

「頤顥？」離龍在我心裡問，「怎麼回事？你不移動，我沒辦法監視那個房間。」

我感到厭煩。理解離龍需要我配合，但還沒從震撼中恢復。

我在心裡說：「樓下發生了大屠殺，顏中書死了。」

「什麼？」離龍難以置信，祂大概也覺得顏中書是無論如何都能活下來的人。我沒回應，對旁邊兩人做手勢，忘心代我說明情況，表示要悄聲朝二樓前進，並跟加賀美說：「請隨時做好撤離準備。」

沒錯。如果這是第四勢力所為，我們非得得到他們的線索，不然幾乎不可能回收神！離龍能偷走槍械，克拉克也能癱瘓槍枝，或用其他方式干擾，即使我們被發現，加賀美也能迅速帶我們離開。我們要做的，就只是移動到夠近的地方，讓神祇能辨識對方身分……！

我們離開辦公室。克拉克在前方探路。來到樓梯間，像離龍說的，能聽見對話聲。

「我沒……這種情況下我怎麼可能……」

聲音太小了，只能聽到片段，甚至無法辨識聲音特徵，只知道是男性。除了他之外還有一位男性，聲音更小，聽不出說了什麼。加賀美跟張嘉笙待在比較低的位置，後者滿臉緊張，前者則有些不安。

再往樓上走就太危險了，我在心裡問：「雛龍，進房間了嗎？」

「……嗯，剛進房間。」雛龍說。不知爲何，我覺得祂有些動搖。

「房裡有什麼人？」我問。

接下來的事——

是轉眼間連續發生的。

沒時間占卜，也來不及阻止任何人。雖不是同時發生，但我的時間感在情感衝擊下被壓縮，無法確定整件事花了多久。總之，在雛龍回答我前，我聽到二樓傳來鋼琴聲。

加賀美臉色大變。

毫不打算遮掩的輕快話語從二樓傳來：「我調查過了，也已經在**深奧現**盡頭的結界驗算過，他給我們看的是眞貨。」

那是水上豊也的聲音。我呆在當地，冷汗直流。

「我就說吧！我沒有說謊！我怎麼可能說謊！」男子激動地說，這時聲音大到已能清楚聽到，還充滿恐懼。相對的，另一個聲音比較沉穩，那是中年男子的聲音：「看來是的。願意把這樣重要的東西給我們參考，謝謝你。」

「可以了吧！能放過我了嗎？你們答應的！」

「嗯，我不會殺你。但其他人殺你跟我無關。みずがみ、やれ（水上，動手）。」

「不要！拜託不要！」那男人哭喊起來，接著——

「對不起，」張嘉笙表情扭曲，在我旁邊低吼，「我要用能力了。克拉克！」

我還來不及理解，房裡已傳來騷動。

「——おい！なにがおこってるんだ（喂！發生什麼事了）？」

中年男子質疑，水上沒回答，取而代之的是鋼琴演奏——他準備瞬間移動！這時加賀美推開我往樓上跑去，同步演奏鋼琴。雖然只是瞬間，但她臉上充滿驚訝、氣憤的神情。

兩個旋律重疊在一起。無論水上彈了哪個音，加賀美都能立刻纏上，演奏出一模一樣的旋律！是用豎琴抵銷彼此的效果嗎？雙方的琴聲像在比拚般，宛如連環爆炸，互不相讓。我跟張嘉笙追上去，加賀美已站在某個房間前，喘著氣，渾身顫抖，雙方的演奏停了下來。

少女神情凶惡，有如鬼魅，我從沒看過這種表情。

「沒有槍了，我們走！」張嘉笙說，拉著我到加賀美身邊。

房裡有三人。

一個是莊天河。他臉上都是瘀青，顯然被折磨了一頓；另一個是水上豊也，他有些手足無措，手上是被分解的槍。顯然是克拉克做的。最後一個人在莊天河旁，是我沒見過的中年男子。他穿著襯衫、西裝褲，捲起袖子，像上班族一樣。他很消瘦，緊緊皺著眉，神情甚至有些悲傷，那是一張完全無害的臉。我在他臉上看到與加賀美相似的輪廓。

時間彷彿停滯，率先打破停滯的是加賀美，她臉色鐵青地問：「為什麼？」

對方像是被嚇到，愣愣地注視著她。

「吶，我在問你為什麼啊！爸爸！」

消瘦的男子——加賀美正人張開口，像要說什麼，卻沒說出口。他瞪了水上豊也一眼，像在怪他，接著嘆了口氣：「其實我是很不想讓你看到的。」

中文？為什麼？才剛感到疑惑，加賀美正人就像變魔術般掏出小刀，輕巧抹過莊天河的咽喉。那動作實在太自然，就像嬉鬧，沒半點魄力，但對方甚至沒機會抵抗，鮮血就從頸動脈泉湧而出。

加賀美正人看起來有些困擾與無奈，但並非出於殺人一事。

「不能把重要消息留下。不得不違背諾言，真的很不愉快，對小孩來說也不是正面示範。」

鮮血狂噴，加賀美發出尖叫，中年男子像怕被血噴到，抓住莊天河的頭髮，把他噴血的頸部轉到另一邊，推向一旁，動作極爲粗魯。

「みずがみ，把靜香帶走，別讓其他人逃了。」他說。

「是。」水上豊也彈了一個音，瞬間出現在加賀美身邊，箝制住她。加賀美用力掙扎：「你放手！」

日本青年像是難以撼動的大樹，準備演奏。

「住手！」張嘉笙要撲上去阻止，我卻拉住他。

「等等！」我將他往後扯，張嘉笙大吃一驚，嚷著「你幹什麼」，我沒理會，一個勁往前走，拉他到樓梯旁，接著立刻朝加賀美伸出手，將她偷過來。

前一秒還在水上身邊，加賀美沒回過神。「加賀美，演奏！」我大喊。

她用力點頭，馬上開始演奏。我跟張嘉笙擠在她身邊，等著被轉移，但水上豊也轉眼間欺近。我把加賀美拉進懷裡，忘心繞過她左側，向前疾刺而出；這是虛張聲勢，但水上豊也見過忘心的威力，他不確定忘心是否仍有同等力量，本能地閃開。

就這麼兩秒的時間，夠了。

加賀美已完成兩個小節的演奏，空間開始躍動，水上豊也想抵銷效果，但來不及，我們很快墜入豎琴轉移用的異空間；光影變幻間，已回到旅館六人房，魏保志有些驚訝，或許是我們的表情相當可怕。

「怎麼回事？」他站起身。我們正要說話，加賀美已將隨身包甩到地上，發出好大一聲。她從口袋裡拿出手機，也扔到地上。我們嚇了一跳，只聽加賀美朝魏保志大喊：「沒時間了！我們現在就要離開！」

原來如此。既然加賀美正人跟水上豊也對我們懷著敵意，那加賀美的私人用品有竊聽或定位裝置也不奇怪！魏保志沒追問，過來搭住加賀美的肩膀。這次的琴聲微微紊亂，多花了一些時間，但幾個小節後，我們已到野外，附近都是雜草。

我知道這裡，這裡就是能俯瞰台北一〇一的地方。

也是我第一次知道豎琴眞正能力的地方。

午後的豔陽下，整個盆地就像蒙著塵土般泛黃。少女背對著我們，喘著氣，一時說不出話。她後頸都是汗水，纖弱的身子顫抖著，像是一碰就壞的糖紙；突然，她哽咽一聲，轉過身，撲到我懷裡，嚎啕大哭。

「他騙了我……頤顥，他背叛了我！」

她口中的「他」，到底是加賀美正人還是水上豊也？誰的背叛對她的傷害比較大？我不知道。

我拍著她的背安慰，心情十分複雜。

我逐漸理解占卜的意義。

——這是何等的冷酷無情啊。雖然加賀美三番兩次說不在乎ＪＭＭ社的任務，甚至不在乎他們是不是在利用她，但應該不是認眞的吧？她打從心裡相信父親跟水上豊也。反過來說，就算我們懷疑他們不懷好意，也不可能說服加賀美，因爲在親眼看到前，她是不會相信的。她的輕鬆，來自她全心相信他們，知道他們會是自己的後盾。

但她見到了眞相。

她知道他們做了什麼，因此不得不做出選擇。

這就是我們此行最大的收穫。我方在沒有損失戰力的情況下，眞正得到了加賀美靜香的協力。

理解的瞬間，我幾乎要哭了；可惡啊，何等讓人生厭的「吉」啊！

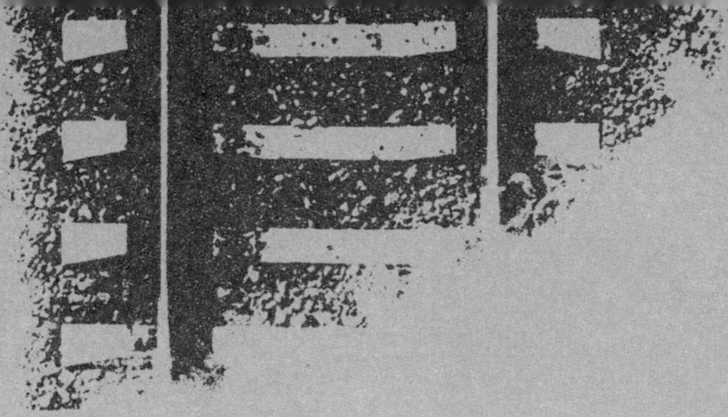

第九章

顏中書的最後一回合

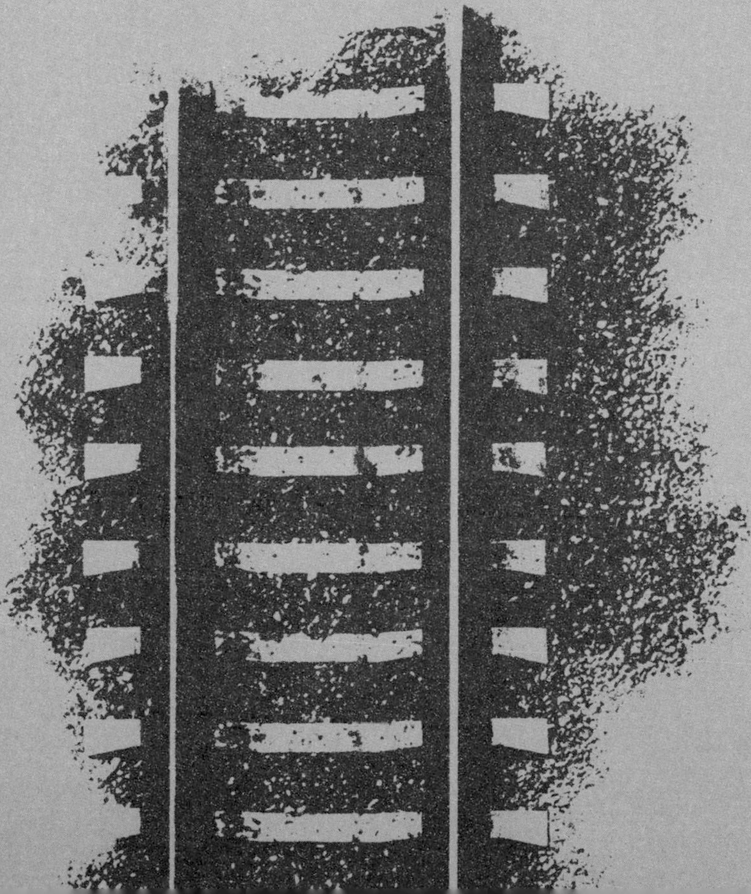

我安慰加賀美時，張嘉笙將發生的事全告訴魏保志。對話聲傳來，我卻覺得一切很遙遠，像夢境般不眞實。魏保志聽完後走來：「加賀美同學，我想轉移到其他安全地方，可以協助我嗎？」

我擔心她沒那個心思，但少女打起精神點頭。魏保志指示她把我們傳到某間飯店，那間飯店通常只在外賓入住時才會聽到。之後，我們馬不停蹄在櫃檯辦好入住，安頓下來，他才沉重地道歉：「是我的疏忽，雖然懷疑過加賀美同學的父親——要不是有占卜之神，我們也可能落得跟廣世公司同樣下場。」

我們聚在客房的客廳沙發區，魏保志雖泡了咖啡，但沒人碰杯子。

「魏先生懷疑過？」張嘉笙不安地問。

「我懷疑很多，但沒針對誰，只是有些難以置信。加賀美先生和水上先生這麼放任加賀美同學，讓我們保護她，等於變相讓她成爲我們的人質；我不是懷疑你們親眼所見，但要對他們的行動提出合理解釋，還缺一些拼圖。」

說起來是有太多難解之處。執行殺人任務需要即戰力，爲何帶狀況外的加賀美來留學？就算她想來台灣，他們大可拒絕。而且豎琴的能力非常方便，怎麼就這樣讓給我們？有時過分保護，有時又放心將她交給外人，難道沒想過發生剛剛那種事？不在乎加賀美的話另當別論，但水上豊也在頂樓說的話不像違心之言。

「我得確定一件事，」魏保志的語氣有些無情，「加賀美同學，你不打算回去嗎？雖然你帶我們逃離那裡，但可能是一時衝動。如果你選擇父親，我能理解。」

加賀美默然一會後搖頭，抹去眼角淚水：「我不回去。我不知道怎麼面對那個人。就算廣世公司不是好人，也不該是那種下場；那個人也許有理由，畢竟連老師都……但要我當沒看到，我……會無法原諒自己。」

少女低下頭，抱著自己雙臂，肩膀微微顫抖。

「我懂了，那這麼說吧——JMM社的加賀美先生是我們的最終敵人。不過這只是暫時的結論，因爲還有疑點。」

「沒關係，就當成這樣吧。他們是敵人。」加賀美臉色慘白，聲音愈來愈小，「不過……其實我不見得能幫上忙。從剛剛開始，我就感覺不到豎琴了。」

我們大吃一驚。確實，不知何時開始，豎琴的身影已經消失。我難以置信：「要讓加賀美無法用豎琴的力量，只能將媒介物移到她半徑十公里外，但這樣他們也無法用豎琴在台北移動吧。」

「或許他們能單方面壓制加賀美對豎琴的控制。」雕龍摸著下巴，「雖然用同樣介面，系統終究不同，不見得能直接比照神祇系列。」

「也可能媒介物確實被移走。是因爲就算不方便，也要阻止加賀美同學用豎琴的力量嗎？或是……」魏保志陷入沉思，沒把那句話講完。加賀美露出慚愧的表情。

「對不起，我也不知道豎琴怎麼了。沒有豎琴的力量，或許我會是累贅……」

「不要這麼想，這裡也沒有這麼想的人！」我說，同時看向另外兩人，魏保志跟張嘉笙點頭，前者說：「豎琴的事放一邊，關於顏小姐的簡訊——」

「是收容試用者的療養院吧？」我沉痛地開口。那是顏中書留給我們的最後訊息，考慮前因後果，沒別的可能了。換言之，阿輝就在那。

「我已經請朋友調查情況，就等回報吧。」魏保志點頭，眼神溫和起來，低聲說：「恐怕顏小姐是擔心廣世公司全滅後沒人知道試用者下落，特地留下指引。」

「你說她……是在爲我們著想？」張嘉笙難以置信，不知道怎麼看待顏中書的所作所爲，「接下來怎麼辦？廣世公司都那樣子了……只有他們知道怎麼製造瓶中小人，就算找到試用者，也無法幫他們啊！」

「接下來——」魏保志看向我們，頓了頓，聲音平靜而穩重，「我們要擊敗加賀美先生，借用他們的知識完成瓶中小人。」

「他們知道怎麼做？」張嘉笙驚呼。

「很可能知道。」魏保志點頭，「你們在那個時間點出現，想必不是他們樂見的；就算當著加賀美同學的面，也要立刻滅口，表示某個情報有重要性，他們想獨占——自然很可能跟瓶中小人有關。」

「說起來，那個壓制神的力量，是他們的物自身吧？」我苦澀地說，「我們剛靠近廣世公司就感受到，範圍肯定比半徑一百公尺更廣。」

「等等，那不是廣世公司的防禦系統？」

「恐怕正如程同學所說，不是防禦系統。或廣世公司雖有防禦系統，卻被他們用物自身奪去。無論如何，必須做好神在特定範圍內都無法發揮功用的準備。如果赤手空拳不是他們的對手，就只有一個選擇：在能力範圍外做好準備。」

能力範圍外——

那是多遠？目前已知最少兩百公尺，最壞是跟豎琴一樣，半徑十公里，那豈不是束手無策？連狙擊槍都沒有——不，我猛然想起昨天的對話，魏保志確認克拉克的能力時，具體問過十公里射程，難道他預想過這種可能？但這樣不只要知道狙擊對象的位置，中間還不能有障礙物……

我心驚地止住思考，望向加賀美。她楚楚可憐，一副失魂落魄的樣子。

我在想什麼。難道爲了勝利，我們就非得殺人？不能讓事情變那樣！不只是不想令她傷心，既然加賀美無法原諒殺人，我們怎能犯下一樣的罪？好好想想，一定有不靠殺人突破那種力量的方法！

「話說在前，目前我不傾向狙擊敵人。」魏保志像是察覺我的想法，「我們需要情報，殺人或狙擊無法達成這個目的。」

「他們會想談判嗎？」張嘉笙看來不太相信。畢竟他們不吝於殺人。魏保志食指抵著太陽穴輕輕敲擊，陷入漫長思考。

「……線索不足呢。坦白說，我考慮過拿加賀美同學當人質，但占卜結果不鼓勵。要累積談判籌碼，就要有更多情報，推敲他們的企圖。各位與他們相處時，有沒有發現什麼值得在意之處？加賀美同學有想法也歡迎提出，但這不是義務，不必勉強。」

在意之處？我們接觸的時間不長，跟水上豊也只見過兩次，甚至直到剛剛才初次見到加賀美的父親。這樣想來，說不定他們是刻意保持距離，減少我們能得知的情報——

「深奧現。」我喃喃自語。

「深……什麼？」

「水上先生曾說『深奧現盡頭有結界』之類的。」我抬起頭，將莊天河被殺前的對話重複一次。在忠孝東路時，莊天河也說「眞正不等人的是深奧現」，或許「深奧現」很關鍵，日本人才會追查那東西。

「我也有聽到，」張嘉笙附和，「那時就在想，他們說的深奧現會不會是我知道的那個……」

我吃了一驚：「學長，你知道？」最初我還以爲是神祕學的略語，譬如「深奧的祕密在此顯現」之類的。張嘉笙發現我們望向他，緊張起來：「呃，我不知道是不是喔。只是……有點在意，搞錯了不要怪我。我知道的深奧現——」

他在空中比劃。

「深度的深，澳是奧妙的奧加三點水，線是路線的線。**深澳線**，這是目前已廢棄的鐵路支線，在台灣東北角，起自瑞芳，終點是濂洞站。」

廢棄鐵路？我皺起眉。這事不會跟廢棄鐵路有關吧？但魏保志沒否定，他問：「在意的點是什麼？」

「可能只是巧合，」張嘉笙畏畏縮縮，「因爲我是火車社才這樣聯想。剛剛說過，深澳線的終點是濂洞，也就是水湳洞，那裡有個『十三層遺跡』，很有名，就像動畫《天空之城》的空島拉普他。水湳洞就在金瓜石下方，所以日本時代，深澳線又被稱爲『**金瓜石線**』——那不就跟失落的環節有關？」

什麼？我跟魏保志對看一眼，魏保志點頭：「我知道水湳洞。但都是開車經九份去金瓜石，不會經過那裡，記得在陰陽海旁？」

「對，濂洞舊車站就在陰陽海出海口附近。」

陰陽海，這我倒是知道。

從阿輝外公家的祈堂老街下去有條小溪，這條小溪跟黃金瀑布會合；黃金瀑布聽來好聽，其實是重金屬汙染，將河床染成黃銅般的顏色。小溪出海後，出海口附近也被染成金色，與湛藍大海壁壘分明，所以稱爲陰陽海。

由於是重金屬汙染，也有人將這奇異的景色視爲恥辱，但近幾年有研究認爲那是自然現象，因爲清代文獻就有陰陽兩色的紀錄。陰陽海旁的濂洞站，那就是「深澳線的盡頭」？我也聽阿輝說過十三層遺跡，那是濱海公路旁，依山坡而建的**超大型工業遺跡**。

十幾層樓的高度，幾乎占據整片山坡。過去似乎是什麼工廠，所以建築規模跟高度與一般民宅完全不能比，偌大的工業廢墟處於半毀狀態，裡面構造暴露出來，長出茂密的樹叢，工業感與自然混雜，是很多廢墟迷朝聖的景點。

那裡有某種結界。加賀美的父親從莊天河那裡挖出這個情報，確認眞僞後，判斷沒必要讓他活下去。我毛骨悚然，那裡到底有什麼？

「確實很難認爲是巧合。不過金瓜石與水湳洞還是有段距離，眞要說有什麼共通點……」魏保志說到這裡陷入沉默，他抬起頭，「難道是台金公司？」

「跟台金公司有什麼關係？」我問。

魏保志像在思考怎麼解釋：「現在金瓜石有個黃金博物館，就是過去台金公司的礦坑與辦公室。剛剛說的十三層遺跡，則是台金公司的工廠。但台金公司早已倒閉，理論上沒辦法……張同學，請你幫我個忙，你可以查一下現在十三層遺跡的土地在誰手上嗎？」

「好。」張嘉笙有些不解，但還是打開筆電。克拉克問：「現在有必要調查這點嗎？就算深澳線眞有什麼，也是日本人早就知道的，就算調查也可能只是做白工。除了狙擊跟談判，應該還有不殺害就擊敗他們的方法，難道不該先討論這些？」

我也這麼想。

冷靜思考後，不只克拉克可以遠距狙擊，只要有望遠鏡，我也可以遠距偷窺；將敵人引到某個地方，在十公里外偷竊的可能性並不是零。當然，我們還是對製造瓶中小人的方法一無所知，但這個策略的重點不是偷走神的祭品，而是偷走「媒介物」——

如果神祇系列跟物自身原理相同，毀滅媒介物就能終止物自身；只要他們無法壓制神祇，就可以逆轉戰局！這想法可能有點天真，但至少指出了不殺人就降伏對方的可能。

「我同意那也很重要，」魏保志說，「但對最終敵人了解太少，很可能造成誤判。無論談判或戰鬥，情報都是必要的，而深澳線盡頭是僅知線索；晚一步也無妨，只要能捕捉敵人的行爲原理，就有價值——」

「那個，大家！」張嘉笙突然大喊。

「怎麼了？」

「我打開瀏覽器時收到一封信，你們看！」張嘉笙激動地把筆電轉過來，讓我們看打開的電子信件。

各位好，

大約一個小時前，我收到顏中書小姐的囑託，希望我與你們聯絡，將我知道的事告訴你們。其實我還沒理解情況，但我對中書有所虧欠，所以不會拒絕她交代的任何事。中書說只要報上我的名字，各位就明白了。我的名字是莊津鈺，不知是否足以取信各位？不過我現在不在台灣，跟各位的交流，是否方便用視訊通話？要是不方便，也可以回信告知其他聯絡方式。

莊津鈺

我有些震驚。莊津鈺，廣世公司的董事長、公司負責人，這號人物居然在這時登場！但他好像有點狀況外，怎麼回事？魏保志兩眼發光：「接受吧。占卜的結果是吉。張同學，這台電腦有視訊用軟體嗎？」

「有，我立刻回信！」

張嘉笙風風火火地處理好。不久，自稱莊津鈺的人就跟我們連上線。視訊影像放到全螢幕，畫面上是位六十幾歲的長者，滿頭白髮，眉毛是黑的，他穿著粉紅色的襯衫與毛線背心，感覺既穩重又有些時髦。

「嗨，各位好。不好意思，你們那邊幾點？這裡是英國，時間是上午七點，如果你們那邊是晚上，我會盡可能長話短說；哈，雖然我也不確定要說什麼，中書應該比我更清楚，但她看起來不在？」

老人笑著說，我們如遭重擊，不知該如何回應。

「嗯……不在也沒辦法。我想各位已經知道我的名字，能請你們自我介紹嗎？另外，這是你們全部的人，還是有些人在畫面外？你們那邊有神吧？雖然我看不到，如果有神說話，還請轉告我。」

神祇彼此對視，卻沒說話，看來是打算把對話交給我們人類。魏保志說：「這是全部的人。」他頓了頓，再度開口。「如果弄錯了，我向您致歉。莊先生，我們見過嗎？」

……什麼？

「有可能。」莊津鈺開朗地說，「中書說的不清不楚，但我知道自己爲什麼被找來。的確，我應該最適合說明這一切。請問您叫什麼名字？」

「魏保志。」

「那見過。你是魏建功的兒子吧？小時候，你父親曾帶你們兄弟到工作的地方來。其他幾位呢？」

魏保志神色複雜，我也坐立難安。我們依序自我介紹，莊津鈺微笑聽著，聽到加賀美時，他臉色微變。

「加賀美……？等等，這位小姐，你是林雅君的女兒？你還活著？」

加賀美大受震撼，握住我的手腕，好像想獲得一些力量：「莊先生，您認識我母親？」

「當然。」莊津鈺還在震驚，「我在台金工作時，令堂是我最得力的助手……這樣啊，你還活著。但爲何你在這？這裡人這麼少，看來事情跟我預想落差很大。各位，可以告訴我情況嗎？爲何中書不在？」

我腦中浮現顏中書最後的樣貌，苦澀到不知如何是好，只能說：「這是很長的故事。」

不，眞的很長嗎？從圖書館聚會到今天，明明連十天都不到，我卻覺得已過了好幾個月。我們輪流說明，各自補充，大概說了兩個多小時，總算講到中午過後的慘劇。莊津鈺臉色慘澹，受了很大的打擊。

「……天河居然被殺。」他微微喘著氣，「唉，我……我就說不要趕這淌渾水，眞的是，怎麼不懂呢？還有中書……早知是這樣，我肯定阻止她！唉，所以她才沒告訴我。傻孩子，難怪最後是用那種方式……」

「您說哪種方式？」

「其實我不是直接收到她的信。」莊津鈺用手帕拭淚，嘆了口氣，「上週，她寄了封信給我，裡面有份附件，說要是我收到她的國際漫遊簡訊，無論內容是什麼，都請我打開附件。今天早上我被簡訊吵醒，雖然裡面是某個療養院的地址，但我想起那封信，就打開附件，那是個文字檔，要求我寫信給幾個信箱，說對方是『D計畫』的關係人士，請我將知道的事告訴對方，也就是你們……唉，抱歉，請給我一點時間平靜。」

老人又擦起眼淚，起身離開畫面。

——原來如此，我怔怔地想。早在上週，顏中書就已預料到最壞結局，是因爲見到加賀美，意識到第三勢力存在嗎？那時她就考慮各種爲事情收尾的方法，就算死了，也有人爲我們指引方向。我忍不住抓自己胸口，這鬱悶、氣憤的心情，實在是難以消解。

過了一段時間，莊津鈺回到螢幕前，他已恢復冷靜。

「我非常、非常抱歉，但我需要處理一下自己的情緒，不然無法幫上忙。總之，我明白了，中書找我來，就是讓我幫廣世公司這些狗屁倒灶的事擦屁股，我也確實有責任跟義務。之前中書跟各位說的都是實話，即使是Homunculus這種荒誕不經的事，只要了解背後脈絡，也沒什麼奇怪的。」

眞的嗎？雖然之前的討論、推理都是根據這套說法，但那不過是占卜結果鼓勵我們這樣做，我內心深處還是存疑。在台灣製造西洋錬金術的瓶中小人，到底要在怎樣的脈絡下才會成立？莊津鈺繼續說。

「至於加賀美先生……ＪＭＭ社的目的，其實我不清楚。加賀美小姐從父親那裡聽說的並非實情，雖然也不算說謊，我們的技術確實跟ＪＭＭ社有關，但那是完全合法的，至少在當時的時空背景下毫無疑問。」

「所以那眞是同一種技術？」張嘉笙問。

「同一根源，但很久以前就發展成不同技術。這麼問吧，各位覺得製造瓶中小人的這個計畫，相關單位至今花了多少時間？」

顏中書說二十年前製造過瓶中小人，所以至少進行了二十年嗎？我提出這個數字，莊津鈺卻搖頭：「是六十幾年。從一九四三年，第二次大戰期間就開始了。」

我們面面相覷，誰也沒想到這個答案。魏保志最快反應過來：「等一下，二戰期間我們還是日本殖民地。但顏小姐說製造瓶中小人是爲了振興中華民國……所以瓶中小人的技術是來自同盟國，隨國民政府一起撤退來台嗎？」

對喔，中華民國是同盟國的一員，與英美等國結盟；既然如此，那些鍊金術大國給予援助也不奇怪，原來瓶中小人技術是這麼來的？但莊津鈺搖搖頭：「不，我們的技術是來自軸心國。」

「原來如此。所以這技術一開始就在台灣？」魏保志像是明白了，我反而大惑不解。

「等等，軸心國是同盟國的敵對陣營，他們的技術怎麼會落入同盟國成員國的我們手中？」

「那時台灣是日本殖民地，我們就是軸心國。」魏保志有些不耐，他往下問，「莊先生，既然瓶中小人是二戰期間的軸心國技術，那爲何在台灣實行？就算日本也是成員國，有什麼道理不在歐陸？」

莊津鈺像在回憶很久以前的事，最後點頭：「我從頭說吧。想不到還有機會講這些事。不過了解廣世公司追求什麼，或許能幫各位確認JMM社的目標。爲何軸心國想製造Homunculus？答案當然是終結戰爭。各位可以想像，要是全知，哪裡還需要密碼戰？預知就好了，甚至不會有變數，絕對正確。」

魏保志沉思後點頭：「也是。據說德軍的恩尼格瑪密碼機非常強悍，卻被圖靈破解了。從原本占優勢的情報戰中落後，自然很想打破困局。」

「對，但他們不是加強密碼學，而是借助神祕學；早在二戰前，納粹就已有熟知神祕學的重要幹部，最有名的就是海因里希·希姆萊，這人熱中於鍊金術、占星術，與許多祕密組織都有聯繫……」

「神祕學？」張嘉笙疑惑打斷，「是認眞研究，不是謠言？」

「坊間當然有很多可疑的流言，不能囫圇吞棗，但希姆萊有多認眞？從他派人尋找聖杯就能知道。」

「聖杯？」我皺起眉，「亞瑟王傳說的聖杯？眞有人把聖杯當一回事，眞的去找？」

「所以才說希姆萊是認眞的。」

莊津鈺說，希姆萊不只是神祕主義者，還在納粹中握有大權，現在人們熟知的納粹罪行，如集中營、屠殺猶太人等，許多都跟希姆萊脫不了關係；這樣的人說要尋找聖杯，底下的人就得照辦，同樣的，他說要製造Homunculus，也不可能有人反對，只有在哪裡、以什麼形式進行的差別。

「所以爲何不在歐陸？您說從一九四三年就開始，那時軸心國還沒有明顯頹勢，沒必要擔心研究被奪走而移到亞洲吧？」

「坦白說，沒有人知道眞正原因。原本最可能的地點是韋維爾斯城堡，那裡被希姆萊改建成黨衛軍學校，裡頭充滿神祕學元素，當時還有個預言，說那裡會是戰後『世界的中心』……可能是權力鬥爭，或希姆萊聽信別的預言，不過最可能的說法，是瓶中小人只是眾多計畫之一。檯面上是聖杯、維利會社、幽浮，私底下卻同時運作好幾個計畫，既然要隱密進行，自然就不可能在韋維爾斯堡，太顯眼了。」

「所以就交給盟國日本？會不會太冒險？」

「嚴格來講，沒有交給日本，只是在盟國的領地上選擇適當地點而已。日本人沒有主導權，因爲他們沒有鍊金術專家，只能聽從指示。」

換句話說，不是技術交流，只是在別人土地上做實驗。既然都是自己人，自然降低情報洩露的風險。

「而且說是日本，也不是哪裡都可以，有種種條件。雖然關於Homunculus，坊間文獻能找到的多半是Paracelsus的製作法，但那本就是贗品，是欺騙外行人的紅鯡魚；其實這項技術早已大幅前進，跟工業技術結合。實驗室裡的燒瓶不夠用，必須是工業層級的機具才能辦到，實驗室必須是工業基地。此外還有地方原本孕育的能量，像Ley Line——能量線之類的東西。好不容易找到吻合這些條件的地方——」

就是水湳洞選煉廠，十三層遺跡。

我有些意外。台灣有這項技術不是因爲中華民國，而是日本殖民，甚至殖民地這個身分，更能將祕密藏在檯面下。張嘉笙聽完在胸前交叉雙手，還是難以置信：「但我以為日本更多那種地方？空氣好，風景美，像富士山、青木原樹海之類的。」

「這是考量眾多條件的結果。而且台灣不用妄自菲薄。包含水湳洞在內，金瓜石的產金量是當時日本最高，有『日本第一金礦山』之稱，理所當然投入了最先進的設備；金色溪流與陰陽海也是神祕力量的顯現，更重要的是在西方神話裡，黃金本就具有魔力，所以《尼伯龍根的指環》裡，矮人才會偷走萊茵的黃金。選在盛產黃金的金瓜石一帶不是亂槍打鳥，而是精密計算的。」

「日本第一的金礦山竟然在台灣？」加賀美驚訝地看向我，說來慚愧，我也是剛剛才知道，甚至不能為她進一步說明。

「殖民地本就是榨取資源的地方，金礦也不例外。德國的鍊金術師們來到金瓜石，借用當時台灣礦業株式會社的工業機具，並要求新的設備；這是帝國命令，會社當然只能照辦。但直到戰爭末期，鍊金術師都沒成功。雖然因為跳島戰術，最初台灣受到的空襲不多，但後來就連台灣也遭受猛烈空襲，鍊金術師無法離開台灣，只能拚死一搏。據說戰爭結束後，這項任務被視為某種愚行，包括日本跟德國在內，都認為是毫無意義的嘗試，只是在戰爭末期被當成起死回生的絕招，才不得不繼續。」

畢竟無論戰況多糟，只要瓶中小人的實驗成功，就能一舉扭轉戰局。

我說：「但戰爭結束後，那些鍊金術師該回國了吧？日本人也離開台灣，這些技術怎麼會留下？」

「難道是……留用？」張嘉笙喃喃自語，見我不解，他補充說，「就是移交技術。日本在台灣有很多建設，像鐵路、水庫、工廠、電廠，甚至大學教育等等，這些東西涉及專業，如果遣返所有日本人，建設就會變空殼，因為沒人知道怎麼用，所以會留用專業人士，台鐵也有這種情況。」

我難以置信。「但瓶中小人的技術跟器材就是為了對付同盟國，怎麼可能留給敵國？」

「身為戰敗國，日本恐怕沒得選。」魏保志說，「當時被遣返的日本人不能攜帶財產返日，所有東西都得留下。就像台鐵、台電，都是直接繼承日本時代的建設成果，瓶中小人的技術跟機具可能比照辦理。哼，就算沒打算技術交流，那些鍊金術師要使用和改造大型機具，不可能沒有日本人配合，日本人想必還是學到了部分技術。」

「對，而且當時納粹德國都戰敗了，日本反而是最後戰場，鍊金術師想復興祖國，哪可能藏私？雖然跟計畫不同，但戰爭結束時，絕大部分的技術都已留在台灣礦業株式會社。」

「即使如此，戰後也被當成是無謀的愚行，所以他們認爲移交也沒關係吧？解釋一下，莊先生說的台灣礦業株式會社在金瓜石，也就是公營企業**台金公司的前身**，所以這些技術等於直接落進國家手中。」魏保志看向我們。

「沒錯。」老者頓了頓，「同時，那也是**ＪＭＭ社的前身**。」

什麼！我們大吃一驚。沒想到在這時聽到ＪＭＭ社的來歷。

莊津鉦解釋，日本時代的台灣礦業株式會社，母公司是×××株式會社。台灣留用的技術人員回日本後，當然也把Homunculus的技術帶回母公司。數十年來，這間公司經過合併及改組，到現在還在營運，ＪＭＭ株式會社是他們的子公司，專門繼承Homunculus的開發技術。

但我還是不懂：「莊先生，您說瓶中小人的研究被認爲是戰爭末期的垂死掙扎，連日本跟德國都覺得沒價值，那爲何中華民國要繼承？戰爭都結束了……」

「當然要繼承。」莊津鉦有些驚訝，「我不清楚現在課本怎麼教的，難道沒教這些？世界大戰結束了，但沒過幾年，中華民國就陷入比戰爭更絕望的困境——」

「國共內戰。」魏保志沉聲說，「因爲敗給共產黨，國民黨撤退來台。爲了反攻大陸，蔣氏政權當然有理由得到瓶中小人。」

對喔！儘管知道這段歷史，但實在離我太遠，無法聯想在一起。

魏保志問：「但會這麼順利嗎？遷台都已經一九四九了，別說留用的技術人員歸國，連紐倫堡審判都結束了，至少德國的鍊金術師早該回去。這種情況下，蔣氏政權眞的有辦法重啓研究？」

「單靠我國技術人員是不容易，但我們累積了一些成果。只是關鍵的Homunculus研究停滯十幾年，所以才有民國五十二年的明德專案，政府祕密聘請德國軍事顧問，由這條線重新聯繫西德的鍊金術師——」

據說那些鍊金術師還很驚訝，沒想到我們會繼續這種荒謬的研究。不過，那時正在冷戰高峰期，世界被分成以美國與蘇聯爲首的兩個陣營，分裂的東西德正是冷戰最前線，北約組織爲了對抗華沙公約組織，在西德鍊金術師的引薦下，對Homunculus的力量產生了濃烈的興趣。這段期間，台金公司獲得了大量來自北約組織的知識、技術支援，建造新的鍊金術機具，甚至在水湳洞選煉廠蓋了巨大煙囪——

「等等，」張嘉笙睜大眼，驚訝地跳起，「你說的是廢煙道？」

「廢煙道？」我仰頭看他，加賀美也被他的大動作嚇一跳，身體微微移開。

「學弟不知道？」張嘉笙十分激動，「十三層遺跡後面有幾個沿著山坡建造的超巨大煙囪，總共三條，最長超過一公里，被稱爲全世界最長的煙囪！雖然造成汙染，促成水湳洞人口外移，不過現在是很有名的景點……那是鍊金術遺跡？」

「是的。」莊津鈺溫和地說，「當代鍊金術早就進入工業機具層級，巨大煙道也是爲了配合鍊金術所需的時間、空間長度，才造成這樣的巨大煙囪。當然，對外不是這麼說的。當時國民政府成立一個沒有法源的影子機關，隸屬於台金公司，專門負責這項研究，並管理對外說詞，譬如解釋廢煙道的功能——我也差不多是在那段時間加入台金公司。」

魏保志眼珠轉動，將情報組織起來。「所以台金公司繼承了二戰時期軸心國的瓶中小人研究，並在戰後接受北約組織的鍊金術支援，他們不只是冶鍊金屬，還必須製造全知全能的超自然怪物——台金的人都知道這些祕密？」

「只有影子機關，其他員工不知道；如果在意令尊立場，不用擔心，建功是普通職員，他沒隱瞞你什麼。我加入台金時也不清楚，但國外留學時，我學了五種外語，所以被組織吸收，讓我翻譯鍊金術文獻。」

聽到父親的事，魏保志欲言又止，最後搖搖頭：「但北約鍊金術師不是無條件協助吧？反攻大陸，或說中國的政權轉移，雖然可以重創共產勢力，但重點還是在蘇聯。六〇年代後，中共就與蘇聯決裂，就連美國也希望聯中抗蘇，在這種情況下，協助蔣氏政權反攻大陸有何好處？更別說瓶中小人是破壞世界平衡的危險存在，且不論影子機關，北約鍊金術師不可能毫無警覺。」

「你說的沒錯，畢竟得到Homunculus的國家很可能會成爲地球第一強國。」莊津鈺想起往事，仍是心有餘悸。正如魏保志推測，北約當然不允許中華民國壟斷、獨占實驗結果，所以曾發生多起明爭暗鬥，甚至死了人，沒人敢追查內幕。多年來，台金公司也培養出一批鍊金術專家，已有足夠專業認清北約鍊金術師隱藏機密，也考慮過完成研究後立刻被北約奪走的可能。

「這是當然的，瓶中小人本就不是能夠跟其他國家共享的技術，除非有超自然的契約。」魏保志冷冷地說，「但北約鍊金術師爲何要協助台金？台灣不是冷戰最前線，爲何他們不自己研究？二戰時以金瓜石爲研究基地固然有什麼考量，但就算金瓜石、水湳洞產金，有超自然能量流動，也只是提高成功率，難道西方國家沒有類似環境？北約贊助台金有很大的風險，台金是國營企業，實驗結果很可能被國家奪走。如果我是北約，發現東亞某個獨裁國家還在研究瓶中小人，立刻就會奪走那些研究成果。既然瓶中小人的一切都是祕密進行，中華民國當時又很依靠美國，他們應該能輕鬆摧毀研究。」

魏保志語氣尖銳，莊津鈺嘆了口氣。

「摧毀，即使對北約鍊金術師來說都太可惜了。請容我提醒，我們繼承的是傾帝國之力鍛造的最高技術，還有當時第一流鍊金術師提出的理論與設計。在力求逆轉戰局的時刻，他們的研究確實夠先進！雖然後來被認爲是愚行，但正因是愚行，後來的鍊金術師沒有認眞看待，也不會去嘗試；戰後十幾年間，即使我國嚴重缺乏鍊金術人才，但光憑繼承的技術，我們還是抵達了西方鍊金術師從未抵達的成果——那些鍊金術師理解這些成果的價值。」

「所以……」魏保志思考著，「後來已經不是單方面援助，而是技術交流？」

「是的。他們想要我們的機密，我們需要他們的知識，那段期間會這麼爾虞我詐，就是彼此不斷刺探的結果。後來我們下定決心關閉台金公司，跟那些鍊金術師斷絕往來，就是因爲彼此關係已太過危險。」

「台金公司不是經營不善才倒閉的？」

「是，但還有很多複雜因素。」莊津鈺頓了頓，透過他的追憶，我彷彿也看到時代巨輪的轉動。在台金高層決定結束營業前，雖然民進黨還沒成立，但要求解嚴的聲音愈來愈大，社會氣氛改變了。如果解嚴，他們這些祕密組織、影子機關就難以隱匿，改組勢在必行；此外還有蘇聯解體的前兆，一旦蘇聯解體，台金就會失去戰略位置，造成鍊金術師撤離——撤離沒什麼，但當時雙方已經緊張到撤離或許不會和平進行。

「有什麼徵兆嗎？」魏保志問。

「其實不明顯。但如果你處在那個情境，就能明白我們爲何緊張。我們決定下手爲強，放火燒了台金總辦公室，乘機沒收鍊金術師的器材，銷毀相關文件，裝成受害者，將影子機關隱藏起來。」

或許是小題大作，但幾年後，核子工程學家張憲義帶著中華民國暗中發展核武的機密情報出逃美國，美國派出特工，強行奪走反應器、燃料棒，阻斷政府發展核武的路線——這證明美國確實會介入，台金公司搶先藏起機密是對的。台金結束營業後，所有資料被轉移到台糖，其資產也由台電、台糖繼承，這是因爲瓶中小人涉及生物科技，需要台糖支援，他們都盤算好了。

那些往事層層疊疊積攢在老者的臉上，彷彿所有皺紋都能找出對應的歷史細節，他嘆了口氣，從記憶中解放出來。「雖然這會切斷北約的挹注，但我們好歹也進行了幾十年，也培養不少專業人才。而且那不是衝動行事，多虧ＪＭＭ社的引薦，我們在八〇年代中期接觸了不少鍊金術團體，資源並未斷絕。」

ＪＭＭ社終於登場。我瞥向加賀美，她正認真聽著，不想錯過任何線索。

ＪＭＭ社是民間企業，爲了商業利益而研究瓶中的小人，至少他們如此自稱；台金公司接觸的鍊金術師都經過國家篩選，確保受國家意志控制，但ＪＭＭ社透過國際貿易，接觸到超越國家意志的組織，有些歷史甚至比現代國家更古老，打開了台金公司通往神祕學世界的大門。

「你是說……像是共濟會一類的，就像《達文西密碼》說的？」我問。

「唔，」莊津鈺露出不以爲然的表情，「當然包括共濟會。不過共濟會沒這麼神祕，《達文西密碼》有很多地方不符事實。我們確實接觸了著名組織，但名不見經傳的也不少，這不表示他們在歷史上的資歷較淺，而是因爲更神祕。」

「請問……爲什麼JMM社願意分享人脈呢？」加賀美小聲問，「獨占這些資源，不是更有利嗎？」

「他們似乎遇上了瓶頸，聽說我們在北約鍊金術師的協助下進展順利，便主動接觸。當然，這是他們的說法，我們一開始也很戒備。但想想看，過去我們擁有相同技術，經過這麼多年，究竟會有怎樣的變化？沒有學者能抵抗這種好奇。既然涉及雙方理論發展的原理，自然就發展成分享彼此人脈，我們天眞地認爲JMM社跟我們沒有利害關係，他們不像北約的鍊金術師跟我們糾纏二十年，動不動就因爲利害關係彼此傷害。而當時代表JMM社與我們交流技術的人，就是後來與雅君結婚的加賀美正人，加賀美小姐的父親。」

加賀美臉色蒼白，但仍堅強地問：「莊先生，那個人……父親他，果然就是這一切壞事的元凶吧？」

「我不會說令尊是一切的元凶。」儘管隔著螢幕，莊津鈺注視著加賀美，語氣格外愼重。「因爲你們遇到的事，我們不可能沒責任；二十年前，我們與JMM社技術交流，實現過瓶中小人，就是那次實驗將各位牽扯進來的。」

加賀美不安地握緊雙手，而我有某種預感，失落環節的謎團即將解開。

「——那時出現的Homunculus，與你們有血緣關係。」

「血、血緣關係？」其他人還不及反應，張嘉笙已大喊著彈起來。但我懂，莊津鈺到底在說什麼啊！

「雖說有血緣關係，但跟你們想的不同。」莊津鈺很快補充，「所謂的Homunculus，原本是對『精液裡有人類原型』的想像，最初人們以爲精液裡有小人，在子宮內長大才成爲人類，所以最初鍊金術師也是模擬子宮環境來培養人工生命。但隨著大宇宙小宇宙詮釋，或Macranthropy這種人型宇宙的想像與之結合，人造人成爲與人造宇宙相近的工程；在這樣的工程裡，人類只是一種形式，像柏拉圖說的理型，就不需要精液了。但要怎麼描繪出抽象的人類？答案是人類的藍圖，也就是基因，現代的Homunculus技術是用基因序列來描繪其身體……」

「你、你在說八〇年代的事？」張嘉笙難以置信，他瞪大雙眼，「那時候已經能基因定序沒錯，但完整的人類基因定序到現在還沒完成啊！你、你們怎麼藉此定義人類？」

魏保志同意張嘉笙的說法：「以特定組合排列A、T、G、C，最後會成爲特定某人的基因，根本稱不上『抽象』。還是你們追求優生學？我很難想像人類擅自定義出來的優秀肉體能夠被瓶中小人接受，既然你們成功了，應該是另有辦法。」

「優生學太原始，當然不是。Homunculus是宇宙的人類身體，必然具有普遍性，最理想的方法，是蒐集全人類的基因進行整合，計算出人類整體的平均值——但說到底，平均值只是沒特色的個體。我們的工作是欺騙宇宙『抽象的人類』存在。如果將兩個人的基因放在同一個燒瓶裡，宣稱那是一個人的基因，各位會如何理解？」

「如何理解……」我遲疑著回答，「不是同一個人的基因，檢查一下不就知道了？」

「但要是不論方法，各位確實有理由相信那是同一個人的基因呢？」

是指親自在某人身上做基因檢查？因爲自己做的，無法懷疑結果，只能承認不同的兩人是同一人——

「原來如此。」魏保志點頭，「且不論是怎麼欺騙的，讓複數的存在昇華爲單一存在，確實是『抽象』。所以你們將好幾個人的基因並列……難道正好是二十個？」

莊津鈺緩緩點頭，我心中的響鈴不斷發出嗡嗡聲，敲打我的腦袋：「所以跟瓶中小人有血緣關係的不是我們——是我們的親人。」

這就是失落的環節。將我們連在一起的不是金瓜石，而是瓶中小人自身！

「是的。這麼久了，我依然記得那份名單。」莊津鈺懷念似地瞇起眼睛，「爲了逼近『抽象人類』，基因組愈多愈好，但受限器材，二十組是上限。我們跟祈堂老街的理髮店合作，以免費理髮吸引金瓜石居民，採取保有毛囊的頭髮，蒐集大量基因並留下紀錄，確定基因的擁有者。其結果，就是在上萬次實驗裡，我們成功了這麼一次。」

螢幕裡的莊津鈺喝了口茶，臉上浮起近乎苦笑的追憶之情。他望向我們。

「張同學的父親是住在酒保口附近的張春生吧？程同學的話，令堂是在時雨中學教書的黃慧文，我記得雅君說過，後來黃慧文跟竹科的程先生結婚……Homunculus裂成二十塊後，各自對應原本的基因擁有者，所以你們的部分基因才可以活化停止活動的屍塊。」

我瞥向離龍。祂的性格跟師匠完全不同，也沒有她的記憶，但祂居然是因師匠的基因才存在於世，我五味雜陳。

「既然如此，直接找本人不是更直接，為何找後代？」魏保志問。

「八成是不想被察覺其中關聯吧。當年名單上的人大部分認識彼此，但各自後代就不同了，即使偶然遇見彼此，也會形成一份看似無關的名單；反正後代能活化再好不過，要是不行，可以再找當事人。」

「但還是有隱藏的連繫，我們也發現了。」我低語。我跟阿輝的母親離開金瓜石後還保持聯絡，所以我們從小認識，張嘉笙跟他的朋友也是如此。就算過了一個世代，人際網絡的痕跡也不會這麼簡單消滅。

「可是，」張嘉笙舉手，「瓶中小人曾經成功吧？既然知道基因來源的名單，何不再進行一次？」

「因為辦不到，那次成功無法複製。畢竟是欺騙宇宙的伎倆，或許宇宙不會再上一次當。不過成功還是帶給我們極大信心，接下來只需解決讓Homunculus存在物理空間的問題就好，因為真空是不夠的，現有的物理法則會排斥縮小宇宙。我也是在那時創立廣世公司。影子機關為了應付解嚴，會在台糖底下正常化，但有些事在公家機關難以進行，以企業運作比較方便。但我們再也沒有成功製造Homunculus。」

這樣看來，「廣世公司」恐怕是被莊天河當棄子，為了隱藏真正組織披上的外殼。最好的情況，是試用者沒發現綁架跟神祇系列有關，要是不巧發現關鍵在神祇系列，追查到廣世公司，也可以金蟬脫殼。但這樣的話，不會由董事長莊津鈺承擔問題嗎？還是說莊津鈺在國外，所以沒關係？

總之，我們只是無端被捲入，家人也是，可笑極了。但即使這一切真的亂七八糟、狗屁倒灶，我卻不後悔遇到雕龍。那些不全是壞事。我遇到值得信賴的人，也遇到改變我的人。有生以來，我第一次湧現這麼強烈的情感，希望爲他人做些什麼——

我看向加賀美，心中充滿情感。

「那麼加賀美先生做了什麼？」我轉向螢幕，「台金曾經完成瓶中小人，瓶中小人的屍塊也屬於台金，甚至可以透過我們的基因重新活化。那JMM社呢？他們得到了什麼？當時肯定發生了什麼事吧！」

「……直到現在我還是難以置信。加賀美先生給我的印象非常好。他有禮貌，積極，爲了跟我們交流，能講非常流利的中文。他跟雅君戀愛時，我很爲雅君高興，相信加賀美先生能好好照顧她。結婚後，夫妻倆還回台灣好幾次，每次都來拜訪我。」莊津鈺嘆了口氣，像停駐在回憶中，「直接說結果吧。加賀美先生從雅君那裡探聽內幕，偷走了我們能完成Homunculus的關鍵。」

「母親在信上提到過。」加賀美痛心低語，「她說父親拿走了不該拿的東西。」

「難道是哲學家之石？」我問。哲學家之石是鍊金術裡另一則很有名的傳說，據說能實現各種奇蹟，點石成金，長生不老。《哈利波特》裡神祕的魔法石就是哲學家之石。莊津鈺表情抽動，不以爲然：「不是。但這是機密。原本我們沒想到會是加賀美先生，當時他早已回日本，直到雅君聯絡，問東西是不是失竊了。我問她怎麼知道？她沒解釋，只說會再聯絡，我才意識到事情可能跟JMM社有關。」

「我母親還說了什麼？她有歸還失竊物嗎？」

「歸還了。雖然不完整，應該是JMM社得到那東西後採取了部分樣本，但無損價值。雅君帶著那東西回台灣找我，下定決心捨棄在日本的生活，請我幫忙安頓。加賀美小姐，當時你也在。雅君把你帶回台灣，寄放在朋友那。」

加賀美臉色蒼白，咬著下唇。那段期間發生的事，無疑是她人生的重大轉折。

「爲了逃出加賀美家，雅君做了許多準備。她求助在台灣的朋友，那朋友非常擅於計畫，收到雅君的信後，立刻搭飛機到日本，詳細了解加賀美家的情況，籌備對策。據說他們這樣商量了好幾次。逃亡當天，那位朋友也在日本，確保雅君不會孤立無援，並一起搭飛機回台灣。」

多好的朋友啊！要是沒有這樣的朋友，從異國的土地逃亡，恐怕是難上加難。因爲逃亡不只是需要能力，還需要意志；那位朋友當時一定給加賀美的母親很大鼓勵。

「莊先生……您知道那位朋友是誰嗎？」加賀美問，她將手放在胸前，傾身向前。

「你不知道嗎？」

「我不知道。」她急促地說，「我對母親的了解都是自己查到的，父親什麼都不說。我想知道母親是怎樣的人，我想請教那位朋友，拜託您。」

莊津鈺同情地看著她，微微點頭，如朗讀審判結果般鄭重開口。

「那位朋友叫黃慧文。」他看向我，「就是程同學的母親。」

「——什麼？」

我驚訝地站起身，感覺一陣暈眩。想不到是師匠！瞬間，我心裡閃過某種喜悅與光榮，那種爲人出謀劃策的熱情，確實是她的風格！加賀美也吃驚地看著我，原本她很消沉，這一刻卻像重新活了過來，激動地說：「頤顥，我們的母親……她們在金瓜石……」

我點點頭，看著她，同樣百感交集。

這麼說來，或許我曾被帶到日本。師匠懷孕後就成了家庭主婦，不可能把我一個人留在家；雖然沒記憶，但幾乎能想像當時的情景——她帶著我在家庭餐廳之類的地方跟朋友見面，乍看來是溫馨場面，聊的卻是逃亡之類的危險話題。爲了避免談話引起騷動，恐怕是用國語或台語交談吧？

說不定我哭鬧過。師匠一邊安撫，一邊商討逃亡計畫。當時加賀美已出生，難道我們那時就見過了？在母親談著可怕話題時，我們已見過彼此，只是太年幼才想不起來？靜靜地，與加賀美相遇後的種種從腦中閃過，最初在圖書館見到她時心裡的騷動，竟像是應驗的預言般產生某種意義。與此同時，浮現了某種難以理解的悲傷，不，更像悲傷過去後的餘味，帶著一點無奈。

「家母她——」我看向莊津鈺，「已經過世了，所以無法問她當年的事。莊先生，加賀美曾經被寄託在她母親的朋友家，那個朋友就是家母嗎？」

老先生愣一下，悲哀自語「時間變化眞是太大了」，之後提振精神說：「請節哀。關於你的問題，對，雅君回台灣後爲了避風頭，跟女兒暫住在黃慧文家。等風頭過去，她會帶女兒回老家。她老家不怎麼歡迎，那時代就是這樣，有些家庭不歡迎逃回家的女兒。但就在她帶女兒回家那天——」

「發生了什麼事？」張嘉笙追問。

「雅君被謀殺了。」莊津鈺似乎是關照加賀美的情緒，代她說明，「新聞說，黃慧文知道她帶著女兒，有跟警察講孩子的事，但那孩子就這樣失蹤了。」

張嘉笙沒想到事情這麼慘烈，有些慌張，但猶豫後還是畏畏縮縮地說：「殺人凶手把加賀美同學帶走了？但加賀美同學，呃，應該是……回到了父親那邊去？也就是說……」

「這些加賀美都考慮過了。」我打斷他的話。

原本她認爲不是父親，她不可能親近殺死母親的凶手。但現在呢？目睹父親殺人，而且手法俐落，怎麼看都不像是新手——少女神情慘然，無法回答，我拍著她的背安慰，同時腦中浮現師匠的臉。

得知好友遇害時，她是怎麼想的？好不容易幫友人逃出夫家，都覺得風頭過去，可以正常生活了，卻發生這種事。如果是我，一定既悔恨又恐懼吧？接下來會不會輪到出手相助的自己？會不會禍及家人？幫助她到底正不正確？

——原來是這樣。所以師匠才說「不要把眞實人生當遊戲」？她當然是基於友情才出手幫助，但也可能對自己的智力太自信，輕忽的結果，就是付出慘痛代價。現在我也已明白，等失去才察覺就太遲了，重視的事物，必須一開始就認眞面對。

「我們跟ＪＭＭ社也斷絕往來。」莊津鈺說，「不過這不影響我們跟其他組織的關係，多年來仍在交流各種知識與技術；雖然我離開台糖、退出第一線時，政府已經不太相信我們能成功。」

「顏小姐說創造瓶中小人是爲了中華民國，表示政府還是支持這計畫吧？」張嘉笙說。

「我不清楚現況。當初是爲了反攻大陸，現在行不通了；過了這麼多年，誰知道大陸長什麼樣子？外省第二代都沒那些記憶。但我們握有Homunculus的基礎與可能性，這麼龐大的力量是很可怕的，要是沒有強大的信念，或許無法說服自己。打破國際上的困境——這是合理的力量運用，有說服力。但這表示政府支持嗎？我懷疑。」

「政黨輪替時，總統府也知道你們存在嗎？」魏保志問。

「知道。但民進黨政府沒興趣，畢竟沒成果；我們最光輝的時刻，就是二十年前在燒瓶裡實現了Homunculus，就這樣，之後就只是怠惰冗贅的單位。所以我不懂，爲何你們口中的廣世公司這麼激進？這種半祕密單位，政府不會主動裁撤，就算繼續研究數十年也無妨，爲何天河這麼衝動，把大家捲進危險？」

「對ＪＭＭ社來說也是吧？」魏保志說，「二十年來相安無事，爲何選在此時發起突襲，甚至屠殺？背後恐怕有非這麼做不可的理由。」

「是的，但我離開台灣太久，不知道理由。」

魏保志坐在沙發上，思考一會後起身：「謝謝您說了這些，不過我有個關鍵問題。莊先生，您知道水滴洞，也就是深澳線的盡頭有什麼吧？要是跟拯救試用者有關，還請告知。」

莊津鈺浮出猶豫之情，像在評估該說到什麼程度。

「——如果拯救試用者是指實現Homunculus，那你們勢必要進入廢線彼端，也就是深澳線盡頭的結界。目前只有那邊能成功，全世界僅此唯一，沒別的地方了。但對現在的你們來說，那裡沒意義，因爲你們無法進入結界，而且我也無法提供你們進入結界的方法。日本人很可能已經知道那個方法，所以才不需要天河；眼下唯一可行的手段，就是打敗加賀美先生，取得進結界的方法。只要你們能進去，我就告訴你們完成Homunculus的程序。」

——結果還是這樣嗎？跟我們原先的預定相同。張嘉笙徬徨地環顧四周：「只有他們能進結界……要是

「他們已經進結界了怎麼辦？我們進不去，不就永遠無法打倒他們，救不了試用者？」

「他們沒必要進去。」我思考著，「聽起來，湊齊神祇後進結界才有意義。既然他們還沒獲得所有神，就不可能躲在結界。」

「沒錯。不是他們主動過來，就是我們出擊。」魏保志點頭，「現在最困難的問題已獲解決，既然莊先生知道如何實現瓶中小人，那我們的任務就是蒐集神祇。」

「還有不能殺人。」我補充，「因爲還不知道怎麼進結界。理想方式是擊敗後請他們自己說出來。」

這主張沒錯吧？魏保志沒反對，揚起眉點了下頭。之後我們又跟莊津鈺確定種種細節，但基本戰略方向算是定了——我們必須跟加賀美正人戰鬥，對抗他那個異常強大、能壓制神祇的物自身。

☘

那天晚上，我作了個夢。

是有點讓人懷念的夢。

我夢到××大學運動中心的地下室，同時也是劍道社道場。不知爲何光線昏暗，只開了幾盞燈，但跟平常的燈不同，像是舞台燈，戲劇性地照向道場上的阿輝。他穿著劍道服，在中央揮劍，似乎已練習一段時間。他發現我，轉頭笑了出來。

「嗨，一號，你來啦？」

「唷。」我招手，朝他走去。

或許是作夢的關係，我一點也不覺得奇怪。

離龍跟忘心不在，這裡只有我跟阿輝兩人。阿輝的汗水從頭髮尖端滴下。

「幾天不見了，要不要來對練一下？」

他指著牆邊的竹劍與護具，那是我平常用的護具。我想不到拒絕的理由。

「好啊。」我拿起竹劍揮舞，「你說好幾天不見，我卻覺得像是好幾個月了。」

「是嗎？」

阿輝還是帶著爽朗的笑，聲音卻沉了下來。

「看來你遇上了很多事……我倒輕鬆，只是躺著休息。」

我心裡湧現難受的情緒。不是吧？你才是辛苦的那個吧？但我回過頭，阿輝已用完美無敵的笑容掩蓋自己的辛勞，我沒辦法拆穿，只能穿好護具緩緩走去，用劍尖畫了個∞形，稍微熱身一下，將劍尖對準他。阿輝從旁邊拿起頭盔戴上，也將劍尖對著我。

沒有裁判喊「開始」，但我們看著對方，就知道「開始」了。我們試探對方，劍尖謹慎精密地擺動，接著阿輝做出上段的動作，踏一大步，像是旋風般捲來！我連忙格擋，將他推回去。

我們沒有馬上分出勝負。

如果只是要贏，阿輝轉眼就能做到，但他沒這麼做。因爲我們不是要分勝負，是在進行遊戲；因此我們用劍對話，時而死纏爛打，時而保持距離，時而進擊，時而後退，始終注視對方，像跳舞一樣不斷繞圈。

等注意到時，才發現聚光燈照著我們，簡直像在演舞台劇。幸好雕龍不在，不然祂絕對會吐槽。

「分心了喔？」

阿輝突然欺近。他速度極快，瞬間就擊中我的手，做出殘心踏出去。可惡，想不到夢裡也會痛！我甩了甩手，苦笑著回頭：「唉，反正要勝過你，本就是痴人說夢。」

「那可難說。」阿輝右手脫掉頭盔，抬頭看著天花板。他語氣冷靜，臉上沒有笑容，那與其說是獲勝的滿足，更像是某種了悟。他就這樣安靜了一會兒，才對我眨眼微笑。

「要聊聊嗎？」他問。

我們聊起忠孝復興一役後的事。

當然，全都是我在講，畢竟阿輝在那之後就成了植物人。不過，光那一戰就做了很多補充，畢竟他不知道加賀美的事。我說了加賀美的能力、顏中書的詭計，還有我們是如何識破顏中書，再跟加賀美會合；接著是JMM社，全球鍊金術師間的陰謀，還有我不熟悉的台灣史……他聽著我說，光看他的表情，我心裡就有某種預感——等我說完，那種預感就成了確信。

「結果還是有很多事連莊先生都不知道。」我放鬆地說，「別誤會，我不是怪他，他幫我們解開了很多謎團。但該怎麼對付JMM社，他所知不多。其實聽到JMM社能抑制神的力量，他可是大吃一驚，原本他以爲那是不可能的。」

「不可能？」阿輝看向我。我們坐在技擊教室邊緣，這裡相當於舞台燈光外側，卻更加舒適。

「是啊。神的力量很強，所以壓制複數神祇極爲困難。就算ＪＭＭ社獨自開發出將概念或原理擬人化的技術，神祇系列終究是『瓶中小人』的屍塊，要壓制祂們，若非敵方的物自身已接近宇宙自身，要不就是有極罕見的強化技術……兩種都太過反常。對了，魏先生的朋友後來傳來消息，試用者眞的在那間療養院，不過你們不是用正規的方式入院，用的也不是本名，所以我們無法進去，只能讓神穿牆確定你們沒事。」

「這樣啊。」阿輝沉思，用指節敲了敲地板，「眞想不到，這事居然跟長輩們在金瓜石的過去有關，早知道回祈堂老街時多問問。不過一號，你明明跟我回去過，居然對水湳洞、廢煙道沒印象，太遜了吧？」

「我哪知道！又沒有眞的很近，對我來說，金瓜石下面是時雨中學跟祈堂老街好嗎？」

「你口中的金瓜石根本不是金瓜石，只有黃金博物館吧！」

他翻了白眼。嗯？有差嗎？好吧，既然他這麼吐槽，肯定就是這樣。

「你好像不怎麼驚訝？被捲進全球鍊金術師的陰謀，是國家級，不，世界級規模的事吧！」

「我很驚訝啊。」阿輝聳肩，「但看神就知道，連物理法則都崩壞了，背後不管多離奇都在料想中。」

「我倒是覺得你可以再驚訝一點。」

「我是眞的很驚訝。」阿輝苦笑強調，「該怎麼說，不是才過去幾天嗎？連一週都沒有。我相信你能解決這件事，但進展還是太快了。眞是的，本來想給你一些建議，看來搞不好不需要了。」

「什麼建議？建議永遠不嫌多，更不用說是你的建議了。」

見我興致勃勃，阿輝笑了一下，輕輕說：「眞的不需要了。一號，我呢……原本想來跟你說，希望你幸福。照你的生活方式，我覺得你會把幸福推開，所以才想勸諫你。」

——他在說什麼？我臉紅了起來，但沒有辯解，他繼續說。

「不只是這件事，還包括你的未來——你會有很長的未來吧？一號是用遊戲培養出來的功利思考看待這個世界，所以你不會生氣、不會受傷，反正遊戲嘛，輸了就接受，也是一種美德。不過那只是躲在名爲遊戲的『殼』罷了。輸了固然不會受傷，但要是贏了呢？當你得到眞正想得到的東西，你能幸福嗎？躲在這樣的殼裡，還能去追求自己想要的東西，或是能辨識出來嗎？」

我——

無話可說。

要是雛龍在這裡，一定會同意吧。我就是這樣看待世界，甚至一度放棄自己期盼的事物。阿輝誠懇地說：「我一直擔心你。沒告訴你，是因爲覺得還有時間，有一天你會變。我也知道你是堅持伯母的教誨，這樣一來，我該怎麼說？說伯母是錯的嗎？我做不到。但伯母肯定希望你幸福——所以，我一直沒有開口。」

就像他說的，對我來說，師匠描繪了完美理想的思考方式。她過世後更是如此，我非得是個遊戲玩家，這才對得起她的教誨。我低聲說：「但你現在說了。」

「因爲我不知道還有沒有機會說。」阿輝苦笑，「不過，你已經找到超越『勝利條件』的東西。加賀美靜香——你喜歡那個女孩子吧？」

唔。我忍住狡辯跟抗議的衝動。

「你提到她的時候，表情跟提到前女友完全不同。高中那件事太扯了！只是你用遊戲思考合理化那件事。我一直覺得你是個浪漫主義的人，沒必要用遊戲思考勉強自己。不過看你現在的樣子，我安心了。你做好了受傷的準備——所以不用多說什麼了。」

準備好受傷……嗎？

或許眞的是這樣。

說到底，邏輯的、功利主義的判斷，就是跟心情無關。過去我卻執著於理性，否認自己的心情，但決定正視心情後，我豁出去了，就算被拒絕也沒關係，我的行動不是爲了利益，所以就算最後一敗塗地也無妨。

但聽阿輝這麼說，我還是忍不住問：「就這樣？」

「嗯，就這樣。」他有些靦腆地笑。

「我是說，你就只是來說這個？」我瞪著他，在忠孝復興時來不及說、藏在心底的話突然噴湧而出，

「都見面了，怎麼不說些自己的事？世上還有很多擔心你的人！像你爸媽，你姊跟你妹，你怎麼不多關心你自己啊！還好意思說我。說什麼幸福，那我問你，你自己的幸福呢？」

「別擔心，我一直在思考何謂幸福，也有結論。而且——」和激動的我不同，他柔軟笑著：「你不是會把我救回來？難道你覺得我不相信你？」

這肯定是狡辯，我說：「你說了『不知道還有沒有機會』，這不就表示我不一定能救回你，所以才來講這種跟遺言差不多的話？」

「呃……我是沒想到那種程度，但你這麼一說，還眞有點像。」

「所以我也有些話要告訴你。」

「嗯？」

「你說得對，我喜歡加賀美。」我吸了口氣，「雖然未來有重重難關，也或許她對我沒那個意思，但我想幫助她、化解她的煩惱，希望她幸福，所以，對，我做好了受傷的準備。可是阿輝，最早讓我跳出遊戲思考框架，不去計算勝負，就算百分之百會輸我也要挑戰的人，並不是加賀美。」

揚起眉，阿輝有些意外的樣子。

「——阿輝，是你啊！」我拍了他一下，有些生氣，「什麼遊戲性的功利思考、勝率評估，在你這個童年好友面前都不算什麼！所以你放心，我絕對會把你救回來，你就給我好好在床上等著，別長褥瘡了。」

阿輝睜大眼，露出我從未見過的表情，接著是熟悉的微笑。

「好啊，我等你。不過那句話是我該說的吧！別讓我等到長褥瘡了喔？」

「放心吧，就算你長了褥瘡，我也會陪你復健的。」

「少來了，才不需要你陪。」

阿輝開懷地笑著，揮了揮手，轉身離開，輕鬆地走出道場。看著他的背影，心裡有種落寞的感覺，但我不想感傷，阿輝肯定也是這樣希望的。反正，這肯定不是最後一次見到阿輝，我——

我們絕對會將試用者救回來。

阿輝離開後，舞台燈一盞盞暗下，地板也逐漸消失，黑暗轉眼間吞沒這個夢。不過這不是純粹的黑暗，而是像星空一樣隱隱透著光，即使那是從幾千萬光年以外穿越過來的。我立足黑暗，明明沒地面，卻感到踩在地板上。這裡不存在聲音，甚至讓人微微耳鳴──對夢來說太眞實了。

緩緩地，我對著黑暗開口。

「是『Dark Book』吧？高佳美的神。你是林翼？還是其他人在用『Dark Book』？」

沉默只維持了幾秒。

「……你怎麼知道？」

童稚的聲音響起，少年從黑暗中現身，頭上飄著的光球照亮他的面孔。少年穿著魔法師般的黑袍，材質很高級，像天鵝絨，還繡了金色紋路。哇，他用幻覺之神讓自己穿成這樣？實在是令人敬佩的中二之魂。林翼比我想的還要瘦小、纖細，而且怯弱。眼睛很大讓他看起來更加稚嫩。他警戒地看著我。

「感覺吧。」我不想嚇到他，輕聲說，「這夢太清楚了，跟我遭到的幻覺攻擊很像。在忠孝復興時，莊曉茉處於快速動眼期，顯然是被帶進夢裡。發現這是夢時，我就想可能是這樣──不過阿輝是眞的吧？」

「嗯。」林翼小聲說，看來有些不甘願，「正輝哥說，要是他發生什麼事，希望我能用『Dark Book』讓他跟擊敗他的人在夢裡見面。當時我不知道那是被抽取的意思。」

果然。發現這是夢後，我一度懷疑阿輝是不是幻覺，並做好被襲擊的準備。但他的反應、神情、難以察覺的叛逆與不以為然，都讓我意識到對方就是本人。「神的有效距離只有半徑一百公尺，你就在附近？」

「『Dark Book』是夢境之神，夢是沒有距離的……雖然也因此很難找，幸好你中過『Dark Book』的幻術，夢裡有標記，祂才能找到你，把你帶到正輝哥的夢。」

「林翼，」我突然想到某件事，「那個，你可能覺得是廢話，不過你還活著吧？」

少年低下頭，明白我的意思。

「還活著，但其他人……大部分的人都死了。」

我既心痛，又鬆了口氣。要是這麼小的孩子都被殺死，未免太難受了。我向他走近幾步：「他們……還有救嗎？據我所知，你們曾經有能讓人復活的神。」

忘心提過這件事。所以看到大家的屍體，我曾想過或許還有救。但復活肯定不是無限的，我是說，總不可能復活兩千年前的人；如果復活有某種限制，也可能對死者無能爲力。林翼的聲音愈來愈小：「沒辦法。已經沒辦法了……」

「對不起，」我走到他身邊，「我們沒來得及阻止，也沒能力阻止，那些人的神太霸道，我們還想不出辦法……你怎麼知道那裡發生什麼事？後來回去看到的？」

「不是，」林翼囁嚅說，「我當時在場，是中書姊幫我的。」

「——什麼？」我僵住，毛骨悚然。

「是忒修斯。當時我在二樓，然後，樓下傳來很可怕的聲音，忒修斯忽然上來，把我隱形，要我盡可能把祭品帶走，」林翼剛開始還小小聲的，卻愈說愈快，聲音也大了起來。他搖搖頭，「我說我不知道全部的祭品，有些也不知道放在哪，忒修斯說沒關係，盡力就好，祂引導我離開那裡，我很害怕，我聽到樓下的聲音，知道發生了什麼事。可是離開一百公尺後，忒修斯過不來，我不知道該怎麼辦，要是沒人帶著我，我不知道怎麼走。但祂要我繼續跑，往有大樓的方向跑，要我到醫院找尚書哥，把那邊發生的事告訴他……」

他的聲音愈來愈含糊，身體也微微顫抖，我連忙抱住他，少年我懷裡啜泣。唉，雖然還活著，但那肯定是非常可怕的經歷，對他來說太殘酷了。

我感到惋嘆，沒想到最後的謎團在這種時刻解開。當時忒修斯很可能被壓制到只能讓一人隱形，顏中書爲了讓林翼活下來，將機會讓給這個深陷大人陰謀中的少年。

令人肅然起敬。槍聲響起後，忒修斯沒消失，表示她並未死在第一次襲擊。但要引導林翼拿祭品、逃出大樓、跑到一百公尺外，顯然要不少時間，她怎麼撐過那段時間的？現在想想，答案非常單純。

——是「話術」。

既然對方聽得懂中文，顏中書一定能找到引起對方注意的切入點。不知道她怎麼開頭，最後又說了什麼，但從交涉起，那把槍就一直抵在顏中書頭上吧？直到她手牌用盡，對他們來說再無價值，才開槍殺死。

奮鬥到這種程度——我兩眼濕潤，心裡滿是不甘。林翼推開我，用黑袍拭去淚水，小聲說：「我這次來，除了實現對正輝哥的承諾外，還有一件事。我要幫蘇先生傳話。」

「蘇先生？」我回過神，「那個狼人？他也還活著？」

「他另有工作，所以沒事。」

至少倖存者多了一人。我問：「他要你傳什麼話？」

「向你們提出『決鬥』。」

……什麼？我一愣，感傷頓時消失，腦袋快速運轉。

「為了救回試用者，你們必須得到所有神祇吧？我們也一樣。所以由決鬥來決定神祇該歸誰。勝利的一方要收拾殘局，想辦法對付那些日本人，你們怕的話，也可以直接把神交給我們。」

林翼試著模仿大人口吻，搭配這身魔法師裝扮，居然還頗有氣勢。我說：「我沒辦法自己決定。離開夢境後，我會跟大家討論。要是我們拒絕，你們打算怎麼做？」

「我……」少年有些猶豫，「我不知道。蘇先生不會放棄，會再度襲擊你們吧？只是那些日本人在，還要分心襲擊太辛苦，他才提出決鬥。」

「很合理。」我點點頭，「時間、地點呢？」

「你醒來後，下午兩點。地點是××國小，在台北縣瑞芳鎮的猴硐。」

「國小？在國小決鬥？」我警戒起來，「難道你們要把小學生跟老師當人質？」

「不是的！」林翼連忙說，「那間學校已經廢棄了。我不清楚，但蘇先生似乎很熟那裡，他說那裡不會有人打擾。」

我安心下來。「那就好。如果我們同意決鬥，下午兩點就會出現在××國小。要是我們沒出現，就表示拒絕決鬥，等你們來襲擊。」

林翼抬起頭，欲言又止。

「怎麼了？」

「爲什麼頤顥哥你這麼平靜呢？是不是覺得你們已經贏了？」少年小聲問。我怔了怔，意識到邏輯上確實如此。如果占卜結果不是吉，我們就不會去，我們是以「確定勝利」爲前提在行動。不過，那絕不是我看起來平靜的原因。

「首先，我很感謝你。」我說，「你覺得那只是對阿輝的承諾，但能像這樣跟阿輝聊聊，我很感激。還有，我已經不把你們當敵人，所以沒有害怕或憤怒的必要。」

儘管客觀地看，這是不可能的。這是場零和遊戲，手中的資源不可能均分。不過我的心態已經轉變了。廣世公司把試用者變成植物人，這當然很過分，但他們也想彌補這個失誤，只是選了錯誤的手段。在知道他們被屠殺後，已經很難憎恨他們，而且——

我恐怕是把對顏中書的尊敬，分一部分給廣世公司了。畢竟最後的最後，她站在廣世公司那裡。現在的我不會因擊敗他們而感到痛快，只是，我們確實欠一場決鬥。

這樣的回答似乎讓林翼不知所措。看著他猶豫的臉，我忍不住說：「林翼，你爲什麼還在幫他們？我聽顏小姐說，你是神祇系統的實驗對象，現在廣世公司已經變那樣，別說實驗，連能否付錢給你都不知道，其實你可以遠離這一切，回家去吧？」

林翼看向自己的腳，沉默很久，接著露出抗拒的神情。

「正輝哥也問過類似的話。頤顥哥，我們決鬥後再說，下午見。」

這問題冒犯到他了？我有些意外，在他說完「見」字的瞬間，我們就像跌進水裡，大量的氣泡從深處湧出，呑沒我們。我醒了過來。

窗戶透進微光，已是早上。

「早啊，頤顥。」雛龍的聲音傳來，「你這麼早醒來？真難得。」

我睡眼惺忪地起身。張嘉笙睡在旁邊，睡姿讓人不敢恭維，高大的身材更加深了睡姿的威脅性。幸好床很大。窗外僅有些微光明，那是凌晨的天色，好久沒這麼早起了。加賀美睡在旁邊的長沙發，還沒醒來，魏保志睡客廳，這裡無法確認他的情況。

好舒服的夢，我心想。就像整理了這段時間的心情。我看向雛龍，想起昨天的事，又想起師匠。

我落進關於師匠的回憶。唉，師匠果然厲害。

幫嫁到異國的朋友逃亡，整件事從規畫到執行，或許要幾個月吧。她一邊照顧我，一邊往返台灣跟日本，敵人可是百年以上的大家族，說不定還暗中培養殺手；這樣的勢力居然被一位家庭主婦欺瞞，除了厲害，想不到別的說法了。

但這麼厲害的她，最後也沒能拯救朋友。或許「不能將現實當遊戲」就是悔恨的證明。然而——

這次會不會不同呢？我看向加賀美。

這裡能隱隱約約看到她的表情。她昨天一直蹙眉，現在額間卻像孩子般平滑，讓人心底湧起溫暖。雖然是胡思亂想，但作爲師匠基因化身的雛龍會不會是爲了彌補悔恨而來？當年沒救到林雅君，現在說不定能拯救林雅君的女兒？雛龍最初就對加賀美這麼友善，會不會有這樣的因素？

……不，雛龍沒有師匠的記憶。這樣的想像，說不定對雙方都是褻瀆。

但身爲師匠兒子的我，想幫助兒時見過的加賀美，該說是緣分，還是命運呢？或許就像阿輝說的，是有一點點浪漫主義吧。一點點而已。雖有些羞恥，但我感到了命運，或類似的東西，就像睡夢間，迷迷糊糊注意到前方有龐然大物，下意識想要接住那東西。

那種從天而降的，莫名其妙的使命，我好好接住了。

我不會再讓加賀美受傷，會貫徹自己的勝利條件，首先就是暴打她父親一頓，讓他道歉。他殺了妻子，沒有守護女兒，他必須爲此向加賀美道歉。

所以，要將遺落在外的神給拿到手，擬定新的策略。

「怎麼啦？」雛龍飛過來說，「你的表情很可笑耶，要不要去照照鏡子？」

「煩耶，沒事啦！早安，雛龍。對了，我有很重要的事要說，準備叫醒大家吧。」

第十章

黃金的記憶

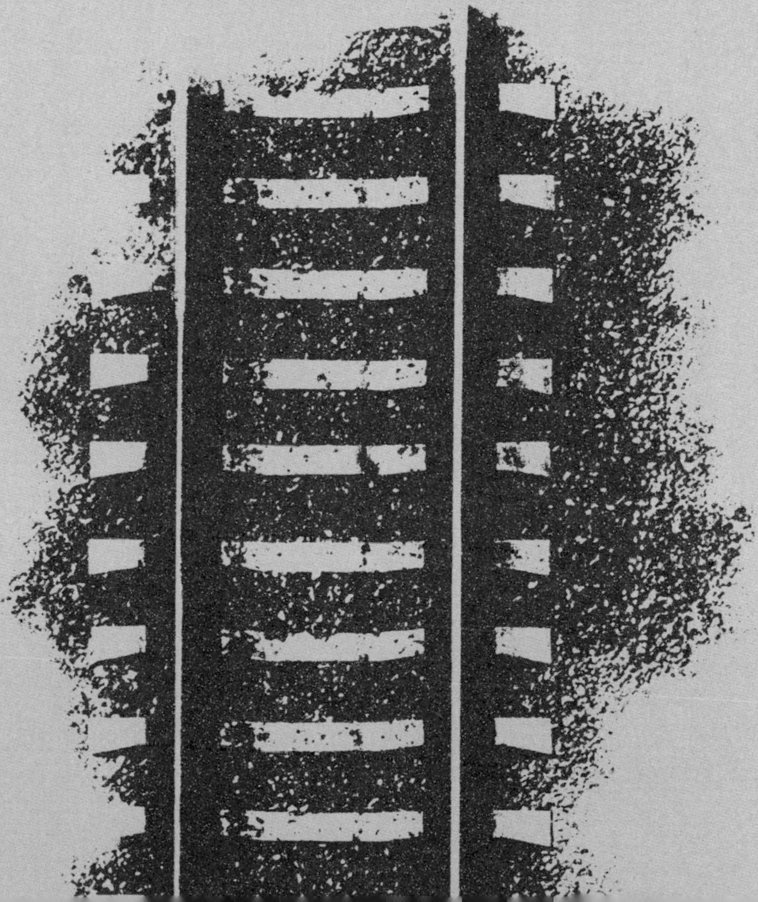

「把這稱爲決鬥，未免太浪漫了。」魏保志不以爲然，「不過沒有拒絕的理由。」

如他所說，齊聚所有神才能滿足勝利條件，原以爲祭品都被ＪＭＭ社奪走，既然有遺漏，就不能不管；而且手邊愈多神祇，能用的策略愈多。占卜結果是「吉」，但不建議魏保志同行，同行的話是「小吉」。沒有刻意選擇「小吉」的道理。

「這結果讓人在意，」魏保志敲敲太陽穴思考，「或許跟黑羽被抽取過有關。那我就不去了，過去一直隱藏我的協助，這種時候曝光可能造成不必要的麻煩。」

我們在早餐時討論了方針。蘇育龍說的決戰場所，從猴硐車站過去大約二十分鐘，張嘉笙發揮火車社社員的專長，調出腦中時刻表：「兩點到的話，我建議搭十二點二十六分那班，搭車時間五十分鐘左右。不過魏先生，這樣還有時間買材料嗎？」

他在確認購買槍械材料的事。經過一天的思考，他總算決定要持槍作戰。魏保志說：「我們會去南港買。時間是夠，你要是擔心的話，要不要直接在南港上車？另外兩位還是從台北出發。」

「可是這班車沒停南港……可以把我送到松山嗎？十二點三十二分。」張嘉笙說，我聽到這裡終於忍不住問：「學長，你怎麼知道時間？又沒上網查……」

「我是火車社社員啊！」張嘉笙說。什麼意思？火車社的人都是記憶力怪物？

氣氛看似熱絡，但我一直注意加賀美，她大半時間都在沉默。

聽完莊津鈺的話後，她一直如此。對必要的互動有反應，其他時間保持安靜。我們小時候可能見過面——最後沒有追究此事，或許也不是時候。不過，她昨天知道這些事肯定不是毫無意義，那份安靜不是絕望，而是在黑暗中尋找微光的努力；她正拚命思考著，追尋自己的答案。至少那不是氣餒的表情。

我跟加賀美搭上十二點二十六分的車。陽光勾勒出少女的側臉，像畫一樣。她低下頭，神情淡然，又隱藏著憂傷，眉頭浮現些微陰影。抬起頭時，我們對上視線，她兩眼就像深琥珀色的寶石，讓人不禁動容，接著又垂下眼簾，宛若沉思。

「加賀美，」我突然開口，「傷害令堂的犯人這件事，要不要試著用占卜找出來呢？」

其實我沒立場提這件事，畢竟黑羽不在我這，占卜次數也有限。但現在的加賀美或許想知道——不，或許她需要眞相。對下決定來說，眞相是重要的。加賀美搖搖頭。

「謝謝你，頤顥，但這現在不重要。」

「怎麼會不重要？那明明——」

「頤顥覺得那個人是犯人嗎？」少女看著我，我瞬間說不出話。

就心證來說，我覺得是。就算不是親自下手，也不可能無關。在想像裡，她父親就像黑道老大，派出殺手奪走妻子性命，並讓手下將女兒帶回家族……嗯？等等，這樣的話，爲何她不是一開始就住加賀美家？

「果然。」加賀美低下頭，「但要是占卜結果眞的無關呢？就算如此，我也不能原諒他。他殺了這麼多人，還無視這個國家的法律……必須有人讓他知道那是錯的。相對的，我也不需要更多恨他的理由。」

她眼神堅定。我恍然，加賀美早已下定決心，但不是因爲過去，而是現在，所以占卜沒意義。我下意識說：「你好厲害。」

少女意外地看向我，我回過神，連忙解釋：「因爲加賀美很清楚自己想做什麼。要是這種事發生在我身上，我根本難以想像，但你卻能好好整理心情。」

「沒這回事。」加賀美搖頭，「我還是很迷惘。沒有豎琴跟老師的支援，我就只是個普通人……正因如此我才知道，就算無力，想做些什麼的心情也不會消失。」

就是這點了不起啊，我心想，卻沒說出口。既然她已有決定，擔心也只是瞧不起她，便沒說話了。不過加賀美的處境絕對不樂觀。我們的目標是拯救試用者，她呢？就算打敗她父親，完成瓶中小人，這對她來說有何意義？她接下來怎麼辦，還能回加賀美家嗎？

我該怎麼幫助加賀美？還沒開始賺錢的大學生，有什麼資源幫助她？雖然已經是不得不思考這些的階段，但決鬥在即，也沒分心的餘裕。我先將心思轉移到今天的戰役。

作為決鬥場地的國小已經廢棄，在網路上查，是因為九年前的颱風引發土石流；意外的是，這間國小日治時代就存在，意外地古老——昨天魏保志跟張嘉笙說過，日本時代留下很多資產，原來學校也是，過去我還以為改朝換代了，所有事情都被翻新，一切都是中華民國從零開始打造……

不知所措的慚愧油然而生。

不知不覺中，列車經過一個不停靠的站，徐徐穿過一座水泥橋，進入隧道。加賀美突然抓住我的手。我嚇了一跳，因為她抓得很用力，我望向她，泛白的燈光下，加賀美臉頰泛紅，兩眼有些濕潤。

「怎麼了？」我連忙問。

「你看！」她指著飄在空中的豎琴。我發出驚呼。「豎琴……回來了？」

「剛剛出現的。」少女看來像是鬆了口氣，神色還是有些複雜，「應該回台北就不能用了。但在一定範圍內，我能幫上你們的忙。」

沒錯，敵人沒理由把豎琴還給她，所以只能得到一個結論：他們沒辦法限制加賀美使用豎琴。媒介物被移走了，但就在前一刻，加賀美重新進入媒介物半徑十公里內。

忘心說：「剛剛是四腳亭站，這樣能大約知道位置嗎？」

「有可能，謝啦。」我說。理論上根據豎琴現身的位置，可以計算出媒介物可能的位置。儘管意義不大，因為對方隨時能移走，但難道不能搶先一步，將鋼琴奪走嗎？我問，「加賀美，有辦法推算出媒介物在哪嗎？」

少女一怔，想了想：「應該可以。瞬間移動能測出範圍的邊緣，在地圖上找出中心點，但是……無法很精準，大概有半公里……不，半徑三百公尺左右的誤差。」

「夠了。」我握緊拳頭。這樣一來，只要滿足幾個條件，就有機會將鋼琴偷過來！我將這件事用簡訊告知魏保志，意外的是，偷走鋼琴的占卜結果是「小凶」；這我就不懂了，難道是陷阱？不，對方沒道理知道決鬥的事，當然也無法預測加賀美進入媒介物運作範圍。還是說，敵方時常徘徊在鋼琴附近，只要接近，神祇系統就會失效？

還沒得到結論，火車已「哐啷哐啷」地抵達了山間小站——猴硐。

我們在車站跟張嘉笙會合。約定的時刻近了。

☘

「怎麼回事？爲何你們跟日本人在一起？」

廢棄國小裡，穿襯衫、西裝褲的中年男子幾乎跳著腳喝斥。

「你們同盟了？瘋了嗎？他們會把你們吃乾抹淨！還是那場屠殺你們也有份？啊？」男子愈說愈憤慨。

我們面面相覷，糟糕，太習慣跟加賀美同行，根本沒想到廣世公司的人會怎麼看待這件事。

這是非常小巧的學校，操場只有區區五十公尺長，升旗台、司令台也有種袖珍感。右側有棟兩層樓建築，其他都是一層。操場長出雜草，籃球架的籃框墜落，籃板龜裂，屋頂的瓦片也像颱風過境般殘缺不全，這裡荒廢已久。

林翼跟顏尙書坐在司令台上，抽取裝置飄在空中，咆哮的男子應該就是蘇育龍。想不到人模人樣的他挺英俊的，有種飽經世事又滄桑漂泊的印象。蘇育龍吼完，顏尙書立刻跳起來，似乎要動手。張嘉笙緊張地將手伸向背包口袋，像要拿出槍，我連忙阻止：「學長，等等，不要讓誤會加深。」

「不是的，」加賀美連忙站出來，「他們不知道會發生那件事，我也不知道……」

「放屁！最好你會不知道！」

「她眞的不知道。」我大聲說，「如果她知道，我們就不會讓她同行了。她也是被那些日本人欺騙、利用，現在已決定跟我們合作救回試用者！」

其實我也覺得沒說服力。氣氛愈來愈險惡，顏尙書跳下司令台，惡狠狠地說：「喔？是嗎？我憑什麼相信你？」

他的表情非常奇怪。既像生氣，又像是因高興而興奮，是相當扭曲的表情。

「憑邏輯。如果我們眞的跟日本人結盟，現在來的就不是我們，而是能壓制神的屠殺者。」蘇育龍冷靜下來，沒有回嗆，我繼續逼進，「而且要是結盟，我早該在見面的瞬間把你們身上的東西偷走。失去了祭品，你們什麼都做不到，爲何我不那樣做？」

「我們也可以在那之前把你弄昏，別忘了這裡有抽取裝置。」

「對，但我們沒這麼做，不就表示我們同意『決鬥』？日本人跟這些無關。」

蘇育龍沉默，回頭看了顏尙書一眼，後者不屑地擺頭。喂，用用大腦，想反駁至少也說些什麼吧！旁邊林翼開口：「蘇伯伯……我覺得不是起內訌的時候。」

「內訌？我們本就不是同一掛！」顏尙書瞪著我，「我們本就是你死我活的關係，現在還是沒變！」

開什麼玩笑，決鬥是你們提的耶。我正要質疑，蘇育龍已開口說：「尙書，你忘了我們討論過嗎？要是他們沒跟日本人結盟，鬥到死絕無好處，不過——」

他看向我們。

「我還是不相信日本人！請那女孩離開。不然就來拚個你死我活，反正鹿死誰手還不知道。」

加賀美是無辜的，趕走她實在說不過去。猶豫間，離龍已大聲問：「加賀美，你想怎麼做？」

「我出去吧。」加賀美走到我旁邊，小聲說，「沒關係，頤顥，我明白的。」

她退開幾步，對蘇育龍大喊。

「我會出去等。但要是你們違背承諾，破壞決鬥規則，我不會束手旁觀。」

蘇育龍吐了口口水。加賀美腳步聲漸遠，顯然正走出校園。我沒回頭，壓抑著情緒說：「滿意了嗎？我們是來決鬥的吧！要不要解釋一下？」

他們三人對望一眼。雖然顏尙書還是搖頭，但蘇育龍回頭對我們揮手。我跟張嘉笙戒備地走向司令台。

老實說，這廢棄國小給人草木皆兵之感。我們在一段距離外停下，那是不用大聲吼就能說話的距離。

「可以說決鬥的事了嗎？」

「你們先說跟日本人在一起的理由。」蘇育龍表情凶惡，「決鬥的勝利者有義務對付日本人，要是你們合作了，我死在這裡也要阻止你們。」

「雖然我能解釋，但我說了你們就會信？」我有些厭煩。

「不會。」顏尚書搶著說，「除非能提出證據。你能嗎？」

「尚書，先讓他解釋──」

「解釋？口頭上說說的東西怎麼都好！別被騙了，蘇先生，那些日本人殺了我姊！」

「你以為我無動於衷？」蘇育龍動怒低吼，「我的老同事也死了！你以為我不難過？但他們有占卜之神，沒道理這麼蠢！來，程同學，你說可以解釋的。」

我確實說過，但要怎麼說才有說服力？「這件事關係到加賀美的隱私，原本我不該說，」我平靜地說，「但她發現她的父親，也就是壓制你們據點的日本人，在十幾年前殺了她母親，所以無法繼續跟父親站在同一立場。莊津鈺先生也證明了此事，你們不相信，可以聯絡莊先生。」

「老莊知道？」蘇育龍的表情明顯變了，「……你說林雅君是被丈夫殺死的？」

「沒有鐵證，但根據狀況證據，很有可能。」我有些意外，「蘇先生，你認識她？」

蘇育龍臉頰抽動，彷彿想說些什麼，但還是轉移話題。「來說決鬥的事──」

「等等，」我打斷他，「先確定一件事，為何提出決鬥？或是說，決鬥有何好處？」

「這還要解釋？你們的目的是拯救試用者，我們也是，而我們有共同敵人。」他瞪著我。

「那我們不用打，直接合作就好了啊。不是這樣吧？蘇先生，你們除了救試用者，還揹負了別的東西，像是對國外組織的契約或承諾。我想確定的是，決鬥結果是否也決定了誰對瓶中小人有主導權？」

仔細想想，這是個重大問題。廣世公司在重重契約下，對瓶中小人的權利相當有限，但我們未受束縛，對瓶中小人有著無限的權利——可怕的權利。原本我以爲蘇育龍會說我們這樣的小屁孩憑什麼決定瓶中小人的用途，但他只是翻了白眼：「不然呢？勝者能得到對方的神，當然有權自由運用瓶中小人，但也有義務對付日本人，後者才是重點。」

「喂，這樣不行吧！」顏尙書高聲反對。

「不想那樣，就設法贏！」蘇育龍哼了一聲，「要是沒別的問題，爲保障雙方的權益，決鬥會在公正之神的支配下進行。」

「蘇先生！」

顏尙書還想抗議，但蘇育龍搖搖手，拒絕了他。顏尙書整張臉僵住，他在旁邊來回踱步，還發出用力的呼吸聲，深怕別人不知道他不滿，根本是Drama Queen。蘇育龍看向林翼：「林翼，公正之神。」

「好。」公正之神現身了。祂出現在林翼後方，飄浮在司令台中央，是手拿天秤的神祇；以天秤代表公正，這造型理所當然。不過神祇身穿灰袍，將全身都遮住，頭上戴著三K黨般的尖帽，有些恐怖。沒想到公正之神是這種形象，宛如蒙著臉的劊子手。

「在討論出雙方都可以接受的決鬥方式前，誰都不能率先出手！」蘇育龍高聲說，「我接受這制約，並要求在場的人全員同意後生效！你們呢？」

原來如此，是爲了避免誰先偷襲吧？我跟張嘉笙點頭同意。

「我也同意。」林翼說。顏尙書臉色難看，但其他人盯著他，只能點頭。這時公正之神手中的天秤動了一下，發出聲音——聽來像是用變聲程式修正過——祂說：「受理。」

原來如此，契約是這樣成立的。

「決鬥目的是決定神的歸屬，敗北方要將神交出，同意嗎？」

「要求定義。我跟學長沒被抽取，就算交出祭品也不算交出神，要怎麼判定？」

「如果不想被抽取，就跟我們一起行動，而且你們的神要聽我們號令。」

什麼東西？我有點火大。「蘇先生，這聽起來不公平。你們只需要交出祭品，我們卻要交出我們的意志？而且聽你們號令非常沒效率，還要等你們下令，戰場上哪有這種時間？」

「不然就抽取啊。」顏尙書冷冷說，蘇育龍瞪了他一眼。

「……不是我們想占便宜，是技術上不得不然。如果可以不抽取就得到你們的神，我也想這樣做。還是把條件改成失敗方必須聽從對方？這樣有比較好？」

哪裡比較好？不管是誰，都不希望失去自由意志吧！

「……從現況看，無論我們雙方誰勝出，都必須跟JMM社對決，而且你們有我們要的知識，我們有你們要的戰力，所以決鬥後仍需要彼此。如果不是『聽從號令』，而是用契約保障接下來的合作關係，對雙方來說比較公平吧？」

雖然莊津鈺也知道瓶中小人的作法，但畢竟在國外，溝通不便。而且他已退出第一線，多少讓我不安，蘇育龍卻是現役人士，我們需要他。眼前的男子思索片刻，點了點頭：「那有什麼建議？」

「失敗方不得再跟勝利方作對，如何？」

「那無法保證我們合作吧？」蘇育龍皺眉，「我們贏了，你們也可能銷聲匿跡，拒絕協助啊。」

「不，我們想救回試用者，要是無法襲擊你們，就只剩下協助你們的選項。你們也是吧？這樣可以最大限度保障我們的自由意志，對雙方來說應該不錯。」

「嗯……你們覺得如何？」蘇育龍回過頭問。

「有差嗎？」顏尙書聳肩冷笑，「反正我的意見不重要。」

如果惹人厭是他的目的，那他成功了。林翼用稚嫩的聲音問：「這個制約是永久的嗎？還是只持續到某個時候？」

「不要永久，太恐怖了。」我想了想，「就到『救回試用者』爲止，怎麼樣？」

「那我同意。」林翼點頭。

「請公正之神記下這個制約。」蘇育龍對公正之神說，「根據這場決鬥的結果，敗北陣營不得對勝利陣營進行任何攻擊行爲，制約持續到試用者復原爲止。陣營的區分如下，蘇育龍、林翼、顏尚書爲同一陣營，程頤顥、張嘉笙爲同一陣營。我同意上述制約，各位是否也同意？」

——不包括加賀美？但我沒特別提出，跟張嘉笙各自表示同意，林翼也同意。我們看向顏尚書。

「……顏先生，不同意嗎？」

顏尚書坐在司令台邊哼了一聲：「同意。」

「受理。」公正之神聲音響起。這種隨便說說的契約這麼簡單就能成立，眞可怕。

「關於決鬥方式。」蘇育龍說，「我們討論過，由雙方陣營各推一個代表，代表只能用一個神戰鬥，動用第二個神就算輸，敗北方可以主動認輸，或失去意識，或死亡，總之無法繼續作戰就算輸。這是我方的提案，有異議嗎？」

乍聽合理，但所謂「只能用一個神戰鬥」，對未被抽取的人而言，等於只能用原本的神，因爲是常駐啓動的；我提出這點，規則被修正爲決鬥開始後只要啓動特定祭品，就只能使用該能力，啓動第二個祭品直接判定敗北。

「還有，我要知道你們身上有哪些神、力量是什麼。」我說。

他們面面相覷，蘇育龍有些猶豫：「有必要嗎？」

「當然有。你們更清楚神有哪些力量，有擬定策略上的優勢。我要求公平對決。要是不放心，我們也可以報出神與能力，由公正之神檢查有沒有說謊啊。」

「好。如果說謊就算敗北，直接視爲決鬥結果，沒問題吧？」

「正合我意。」我說。

於是在公正之神的保證下，確認他們目前持有以下神祇：

公正之神。

幻覺與夢境之神，「Dark Book」。

通靈之神，莊曉茉的「貓」——想不到祂也在這。

複製世界之神，「鳩摩羅什」。

變形之神，能變身成任何東西，基本沒有大小限制。變形時，衣服、口袋裡的東西等也會隨使用者的想像變形，不必擔心爆衣或弄丟物品。

天氣之神，召喚特定天氣，可以廣域也可以有局限，像指定閃電擊落之處，甚至調整強弱——三番兩次電昏我的很可能就是祂。

最後是治療之神，治癒創傷，死者也能復活，但現在祂的能力已減弱許多，不見得能順利復活；就算順利，也必須在死後極短時間內使用，這就是無法拯救廣世公司死者的原因，顏中書等人的命運可說確定了。

我心頭閃過哀戚，以及淡淡的恐怖。

七個神祇，這數字在預想以上。我跟張嘉笙報上我們的神，蘇育龍聽了皺眉：「沒有占卜之神？」

「占卜之神在我們信賴的朋友那。既然他不在這，就不會有被奪走的危險。」

「還眞謹愼，」顏尙書冷冷說，「但沒人保護那位朋友，沒問題嗎？」

「別忘了最初衛小姐是怎麼逃出你們手中的。」我不示弱地瞪著他。

「好了。」蘇育龍阻止我們，「各自推選代表吧。」

「我們討論一下。」我說，接著便跟張嘉笙退到校門邊。加賀美看到我們，用嘴形問「結束了嗎」，我搖搖頭，用手勢表示「再等一下」。

「坦白說，我覺得只有一個選擇。」忘心說。

「同意。」克拉克點頭，「他們的選擇也不多。」

「八成是『Dark Book』或天氣之神，無論何者都能讓人瞬間失去戰力。」我說。

「所以是雕龍囉？」張嘉笙小聲說，「忘心無法快過閃電，我瞄準、射擊也要時間……」

只有雕龍才能在速度上一拚，因為視覺捕捉對象的速度是光速。問題是雕龍沒有傷害力，要怎麼逼對方說出「投降」？雕龍說：「也可以偷走祭品後瞬間移動到校舍二樓，將敵人偷過來，威脅要把他丟下去。但坦白說，不保證絕對有效。而且在那之前，要是頤顥慢了一微秒，我們就輸了。」

就像祂說的，但這就是公平對決——勝負是瞬間的事。

「決定好了。」我大聲說，跟張嘉笙走回司令台旁，「由我代表決鬥。」

「我們這邊由蘇先生代表，」顏尙書說，他臉還是很臭，「裁判由誰擔任？喊『開始』就好，勝負是由神判定的。」

「我當裁判吧。」張嘉笙瞥向我，「這裡剛好有一把槍，可以當信號。」

「你怎麼有那種東西？」顏尙書瞪著他。

「拿來防身的，反正又不是眞槍。」張嘉笙沉聲回應。想不到短短幾天，他已經可以面不改色地說謊。

顏尙書不置可否：「算了。蘇先生，請把剩下的祭品給我保管，以免誤用，反正你決定了吧？」

「……也是。」蘇育龍瞥了我們一眼，「進教室吧，以免他們知道祭品是什麼。」

——咦？

怎麼感覺有點……奇怪。顏尙書還是不爽，但他暴躁不安的情緒平穩許多，明明之前不肯配合，現在卻開始協助處理決鬥前的流程？但他不是代表者，理論上對決鬥沒影響，是我想太多了？

兩人從教室出來後，顏尙書說：「公正之神，我們對決鬥規則已有共識。雙方各選出一位代表，該代表只使用一個祭品的力量，用了第二個祭品則判定敗北。張嘉笙擔任裁判，鳴槍後決鬥開始。先認輸，或是失去戰鬥能力，包括失去意識或死亡的一方被判敗北。我接受以上制約，各位也接受嗎？」

全員同意，公正之神受理了。

「一方代表是蘇育龍，另一方代表是程頤顥，兩位請向公正之神作證，讓公正之神受理。」顏尙書說。

好怪。不對勁的感覺愈來愈強，但說不出哪裡有問題。我在心裡問：「雕龍，你有覺得哪裡奇怪嗎？」

「怎麼了？我不覺得哪裡奇怪。」雕龍在我心裡說，「但既然你有這種感覺——」

「程頤顥！」蘇育龍喝道，「在等什麼？讓公正之神知道你是決鬥代表啊！」

我回過神，只見蘇育龍像發誓般舉起手。我騎虎難下，只能學他。「受理。」公正之神的聲音響起。

「既然有人當裁判，就不用像西部片那樣背對彼此倒數前進，以裁判的槍聲爲基準即可。既然是槍聲，兩位代表可以站遠一點，就到操場兩端怎麼樣？」顏尚書說。

「你意見也太多了吧？」蘇育龍有些反感，「裁判，怎麼樣？需要這麼遠嗎？」

操場最遠的兩端約五十公尺，說遠不遠，說近不近。張嘉笙突然被問，有些不知所措，但很快點頭說：「我知道了，就這麼遠吧。兩位請聽我的槍聲。」

「好。」蘇育龍轉身就往操場彼方走去。我猶豫起來。爲何不安？照這個流程下去沒問題嗎？但有什麼道理不照流程，我們都同意決鬥了——

「學弟？」張嘉笙注意到我在猶豫，也浮現擔憂的神色，「有什麼問題嗎？」

「怎麼，程頤顥，你怕了？」顏尚書跳到司令台上，睥睨著我。我沒回應。肯定有問題，但還有時間，在張嘉笙開槍前，決鬥不算開始。顏尚書盯著我，不屑地冷笑，「算了，你留在這也沒差。搞什麼決鬥嘛，蠢死了，埋伏在這裡偷襲你們不也是一招？但蘇先生就是頑固，說什麼不該起衝突……幸好我們在決鬥前就對決鬥規則有共識了。」

——什麼？我腦中的警報猛然響起。

「鳩摩羅什啊，聽我號令！」

顏尚書高喊著，做了一件難以理解的事。他拿出鳩摩羅什的祭品，高舉著那枝魁星筆，在司令台上用戲劇性的口吻呼告。

「複製世界之神！我把自己當祭品獻給您，請您選擇我，重新取回您應有的力量！」

不可思議的景色在我眼前發生。

鳩摩羅什從魁星筆上方冒出，看來跟平常不同，像長滿黴菌，全身被不祥的黑色覆蓋。那是毫無反光的純粹之黑。接著像要爆炸，強烈氣流從斗笠底下湧出，讓祂的姿態鼓了起來；寫滿梵文的黑色布條飛舞著，純黑的鳩摩羅什出現龜裂，裂痕底下白光迸發，激流而出。

明明是豔陽天，白光卻比日光更耀眼，彷彿直接在空間塗上白色！那是拒絕任何顏色的白。鳩摩羅什的裂痕逐漸擴大，火山爆發般疾射而出的白光更像湧泉，化爲一小顆一小顆星光噴出，隨即固定在空中。

就像司令台上出現立體的白色星雲。

我呆呆看著，忘了反應。鳩摩羅什已完全化爲白色，空間發出冰塊迸裂般的聲音——是錯覺，還是眞的有什麼被敲碎了？星體移動，白光像被黑洞吸過去，以極高的速度穿透到顏尙書體內！不，不只是光被吸過去，整個空間都被壓縮集中，強烈的風從我們身邊捲起，朝司令台上的顏尙書湧去。

顏尙書像唱獨角戲的演員。他在舞台上擺出戲劇性的動作，彷彿用渾身的肌肉，表達出某種虔誠——帶著自虐的虔誠。狂風吹拂衣角，白光宛若聖潔之雨，而他正領受著雨中神聖的意志。我心跳加速，知道應該採取行動。

該做些什麼。我的大腦、心臟、腎上腺素都在狂吼著這件事！但一切發生得太快，轉眼間，那些光全進入顏尙書體內！鳩摩羅什白光褪盡，變回原先樣貌，祂跟抽取裝置還留在舞台上，但顏尙書消失了。不，不對，不是消失——

是變形。他變成某種我們無法馬上看到的東西。

「學長！」我大喊，「立刻鳴槍！」

「什……好！」

張嘉笙連忙舉槍，但來不及了。轉眼間，其他人已消失不見，是複製世界！

「雕龍！忘心！」我用忘心的力量向上一躍，飛到二樓校舍的屋頂，腳下都是破碎瓦片，「看好抽取裝置！偷襲要來了！」

沒想到會落進顏尚書的陷阱。幸好這裡能俯瞰校園，任何動靜都逃不過。

「抽取裝置已潛入地底下，」雕龍回報，「無法從地底監視。」

「我去二樓。」忘心說，「要襲擊過來，肯定會經過二樓。雕龍，程頤顥交給你了。」

聽祂們回報，我心跳依然快速，同時埋怨自己大意，竟然這時才發現問題所在；蘇育龍提出決鬥，但顏尚書顯然另有盤算，他沒在剛露臉時動手，或許是因爲勝算不足——手中的祭品不夠。他們提出的決鬥方式，很可能就是他建議「一對一」和「只能用一個祭品」，目的是推舉蘇育龍後，讓蘇育龍把多出的祭品交給別人。

但有件事妨礙了他。蘇育龍讓公正之神禁止我們出手，直到雙方同意討論出來的決鬥方式。他的本意是讓和平維持到決鬥開始，但按字面意思，和平其實只到**確認決鬥方式**；顏尚書注意到破綻，乘勢行動。他把我們趕到操場兩端，大概想給自己更多準備時間，但發現我想拖延，他不再僞裝，直接宣戰。

可是爲何這麼做？他又沒勝算。加賀美在，她發現這件事，一定會用豎琴穿越進來！接著只要瞬間移動離開，別說抽取，連決鬥都不成立。

「頤顥，天空！」雕龍驚呼。不用祂說，我也感覺到了。天色變得昏暗，這不是雲，不是太陽下山——速度太快了！我抬頭，只見一道黑影遮住太陽……日全蝕？

不。就算是日全蝕，肉眼也能看到日冕，但眼前的太陽就像被黑洞吸收，連日冕的光輝也不存在！我毛骨悚然，以爲是什麼超巨型物體擋住太陽，像冒出一座山，或宇宙戰艦，但這幅景色更不尋常，簡直像是「太陽本身」發生異變。

光幾乎被消滅了。殘存的光比星光還黯淡，我舉起手，甚至看不清輪廓；昏暗模糊中隱約能窺見太陽的形狀，但有什麼事物擋在前面，再定睛一看，不是擋在太陽前，而是……正「擁抱」著太陽？

眼睛開始適應，那是巨大的黑色嬰兒，太陽表面的烈焰被嬰兒肥嫩的身軀包裹住，從肌膚邊緣竄出扭動，像努力掙脫。嬰兒樣貌畸形，頭比身體還大，那東西正將太陽擁在懷裡。

難以置信。太陽是地球的一百三十萬倍，而巨大嬰兒比那還要大，哪有這種嬰兒！只見嬰兒像對待玩具般，撫玩著懷中太陽，並像大部分的嬰兒一樣，不熟悉的東西就想放到嘴裡吃看看，於是他張開口……

難以理解眼前所見之事。

嬰兒的頭開始變形，那顆頭變得更大，讓身形比例更畸形；接著吻部伸長，愈來愈尖銳，甚至長出尖牙與毛……那是犬科生物的頭。化為黑犬的嬰兒吞食了太陽，就像蛇吞大象，連咀嚼都沒有就塞進口腔。

我渾身戰慄。

顏尚書到底做了什麼？轉眼間，太陽消滅，學校沉進徹底的黑暗。日蝕還有餘光，但這裡只有黑暗，天上沒有星星……不，不是完全沒有，但極其昏暗。天空隱隱透著極光般的暗綠色，這片黑暗比末日還荒涼恐怖。冷汗直流之際，操場方向傳來恐怖的呻吟聲。我往下一看，地面浮著藍色的火光，像有人提著藍色燈籠，發出藍色螢光的半透明人影如泡沫般從平面冒出，吃力地徘徊——

是「鬼」。

肯定是莊曉茉的「貓」，顏尚書召喚了死後世界的亡靈！可惡，這些遊魂跟鬼火，難道是黑暗世界裡唯一的光源？天上那個又是什麼？是哪個神造成的？我打開手機手電筒，將其插進胸前口袋。

這點光明，就像將石頭丟進無底洞，連回聲都沒有。我抽出忘心，用力一揮，發出劈開空氣的聲響，在心裡說：「準備好，雕龍。」

雖不知顏尚書有何計謀，但可以確定一件事——他做了這些準備，是想好好幹架吧？用黑暗奪走視線，用鬼魂聲東擊西，都是要製造空隙，乘機抽取。那傢伙不打算合作，但他絕對在場；只要進入手電筒範圍，我就能偷竊！我厭惡他違約的舉動，將竹劍轉向身前：「來啊！顏尚書，不要躲躲藏藏的！」

就像回應挑釁，幾盞鬼火朝校舍屋頂飛來，藍色軌跡在純黑視野裡留下線形殘影；雖然莊曉茉說幽靈沒什麼殺傷力，只是製造靈騷現象，我還是揮劍斬去。

一、二、三，就像被吹熄的燭火般，藍色火光毫無抵抗地消滅了——

胃酸突然湧上喉頭，我差點嘔吐。

「唔……！」

不只如此。我頭冒冷汗，四肢發冷，感到天旋地轉，差點跪下；跟這些鬼火不能硬碰硬嗎？那種粗魯的對待方式會造成鬼怪作祟？此時操場方向傳來巨大聲響，就像工地裡有重物落到地上，傳來回音。

那是什麼？這絕望的黑暗令我背脊發冷——

「後面。」離龍提醒。

我不待祂說，已經以劍柄為軸前空翻，返身刺擊。忘心擴充了感官敏感度，原本的世界太多雜音，不見得能辦到，但這裡是無人的複製世界，別說重物落下，連空氣振動的聲音都能察覺！有什麼在接近，沒有踏在瓦片上的腳步聲，加上穩定接近而持續的摩擦空氣聲——是某種飛行器，是滑翔的生物嗎？

那東西進入照明範圍時，我嚇了一跳。

是巨大的手。

光掌寬就比我高！

沒想到是這種東西，轉眼間劍尖與手掌相抵，我渾身筋骨被震碎般向後飛去，皮囊裡的東西咯咯作響。

「碰」的巨聲，我耳鼓陣陣發麻，砸中身後的磚牆。磁磚迸裂，有些還刺穿表皮，幸好有忘心護身，但整個肺的空氣被擠出去，五臟六腑位移；另一邊，巨人怒罵著，像是顏尙書的聲音，巨大的手吃痛地遁回黑暗……是被忘心捅進手心了吧。對那樣巨大的手來說，忘心甚至比牙籤更細。

活該，我心中暗罵，但已驚出一身汗。

「頤顥，」離龍提醒我，「如果想偷走巨人身上的東西，光看到手是沒用的。」

「為什麼？」

「因為沒看到全身，無法將巨人視為一個整體。就像盲人摸象，你明白嗎？就算你覺得那是巨大的手，但其餘部分眞的是人形嗎？如果祭品在可視處就算了，但沒看到其他部分，就無法捕捉。」

雕龍語速很快，果然視覺對「整體性」的想像還是很重要，畢竟那可能不是巨人，只有一隻手在飛。沒時間細想，空氣摩擦聲再度逼近，我全身繃緊，在巨物突進照明區的瞬間猛然一躍。

是另一隻手。磁磚飛濺而來，腳底傳來磚壁破碎的巨響。我降落在巨人虎口，手機照明看到手腕與袖子，這傢伙巨大化後仍穿著衣服。

「沒關係，就算看不到整體——」

我沿著手臂向前疾馳，每步都有三公尺之遠。

「但這樣過去，總能找到頭吧！」

如果他還是人形的話。我腳底搖晃，巨大手臂猛然抬起——就像高速電梯般急升！我連忙抓緊衣服，差點被風壓壓倒。喂喂，升太高了吧！難道他剛剛是蹲下攻擊，現在才站起來？也是，如果只有三、四層樓高，手掌不可能這麼大。

上升停止，我差點被慣性甩出去。巨大手臂開始旋轉，像檢查我在哪，我也沒躲藏，用忘心的力量在他手臂跳躍，很快來到肩膀。果然是人形，我心想，微弱燈光中，隱約能看到顏尚書憤怒的臉。

「幹！」

他像趕蟲子般，另一隻手伸過來，拇指按住中指用力一彈。我伏身閃避，彈指的風壓從我背後掃過去，我以他的中指為支撐點，跳到那隻手上。真恐怖，簡直就像在不長眼的殺人遊樂設施上跳舞。他想甩掉我，我搶先一步抓緊袖口。既然會向下甩，肯定也有向上；我乘著往上甩的力道飛起，短暫滯留空中。

但這是經過忘心精密計算的，我預計會落在他頭頂，目標是——

顏尚書的**頸動脈**。

沒事的，有治療之神，死不了。但在豎琴救我出去前，要盡可能癱瘓抽取裝置！我屏氣落在顏尚書蓬鬆的髮叢上，他的頭髮比童軍繩細，讓人擔心承重，但一次抓好幾根就沒問題。我咬著忘心，雙手輪流抓住頭髮，迅速下攀。

「咦？」

我突然抓了個空。顏尚書又變形了！

無論他變成什麼，我都在十層樓的高空失去立足點。連忙緊握忘心，準備著地——

「頤顥！」雛龍緊張地喊，「抽取裝置！」

瞬間，抽取裝置從地面冒出！雖然沒有光，但「神」沒有物理性質，是精神性的，在黑暗中也能看到；半空中根本沒有改變方向的施力點，顏尚書居然用這種卑鄙手段！

但讓人佩服。說到底，是深入敵陣的我不對。情急之下，我將竹劍踩在腳底。抽取裝置已逼近，蠍子般的機械尾巴直指咽喉，我用力一蹬，將竹劍踢出去。憑這力道，下墜軌道稍微偏移。

抽取裝置幾乎是貼著臉從旁邊擦過去。

我嚇出一身冷汗。不過這動作連四分之一秒都不到，趁忘心還在照明範圍內，我在鬆手的瞬間就將它偷回來。但接下來幾秒也不樂觀，操場上滿滿的鬼，光是碰到鬼火就反胃，要是直接被包圍，說不定會喪失行動能力。

「程頤顥！」忘心的聲音傳來，「看這邊！偷我旁邊的東西！」

祂從校舍探出頭。但黑暗中，我不可能看到啊！不……等等，忘心沒將整個身體探出，還有一半在牆裡，所以能看到祂一部分被牆吞噬，形成某種**形狀**……地面離我愈來愈近，甚至已經感到鬼魂帶來的寒氣。

「雛龍！」我伸出手，轉眼間就被傳送到忘心身邊，安然落地。

做得好！忘心。透過忘心穿牆的形狀，我在視覺上順利想像那邊有個平面，進而偷竊，千鈞一髮！但還沒脫離險境，鬼魂湧來，速度很慢，但被抓到就完了。忘心從二樓飛下：「程頤顥，跟我來。」

「好。雛龍，麻煩監視抽取裝置了。」我吩咐完，忘心帶我朝某個方向移動，然後左轉，向上。是樓梯嗎？胸前的光隱約照出了樓梯的輪廓。我跟著祂到二樓，靠近一扇門。「打開它。」我按忘心的話，找到門把，迅速打開。這裡似乎是教室，光照不到盡頭。我關上門，邊用手電筒確認四周邊退到教室中間。雖是廢棄學校，這裡還擺滿課桌椅，它們分布得相當鬆散，從桌子間經過也不會太擠。

「頤顥，抽取裝置又潛進地下。」雕龍說。

「我想也是。雕龍，到我下方的樓層監視吧。」

「我來吧，我的機動力更好。」忘心說，接著便鑽到一樓。雕龍乖乖從窗外進來，嘴上說：「……雖然覺得這點可以爭論啦，但就先拜託忘心老兄吧。鬼魂正在靠過來，頤顥，這樣好嗎？不會被甕中捉鱉？」

「只能隨機應變。這裡可以避免被巨人化的顏尚書攻擊，校舍沒這麼容易拆掉，就算要拆，他也會現身，就有機會反擊……比起這個，加賀美怎麼了？難道豎琴的媒介物又被移走，無法用豎琴的力量？」

我有些焦躁。被拉進這個世界已有四、五分鐘，但忠孝復興時，加賀美帶我進複製世界只需要幾秒鐘，這次怎麼會這麼久？雕龍語氣嚴肅：「頤顥，難道你沒聽見？」

「聽見什麼？」

「仔細聽。」

我閉上嘴，不去跟神說話，讓內心安靜下來。

這下聽見了。黑暗中，綿延不絕的鋼琴聲流瀉而來，或許是被門窗擋住，聲音有點悶，但確實聽到了。那聲音極遠，比空氣流動的聲音更小，不靜下心就聽不見。貝多芬的《月光》，不熟古典樂的我都知道的超名曲。優美，靜謐，卻又悲傷……讓人心神震盪。

「我們被抓進這世界沒多久，鋼琴聲就響起了，但一直這麼模糊……」

「爲何複製世界能抗拒豎琴？之前明明沒辦法！」

話才說出口，我腦海閃過一個可能——不會吧？雕龍說出同樣的猜想：「或許不是豎琴變弱，是鳩摩羅什變強了。」

「怎麼可能！神被抽取後，不是會愈來愈弱？而且顏尚書又不是鳩摩羅什的主人！」雖然嘴上抗議，但我心知肚明，肯定是他把我抓進來前的怪異行動所致。雕龍說：「看來顏尚書知道讓神換主人的方法，甚至把自己當成鳩摩羅什的祭品。」

人類成爲祭品？哪有這麼荒誕無稽的事！但現況好像沒別種解釋——顏尚書知道如何「再活化屍塊」。不過，爲何鳩摩羅什會變強？雕龍說出自己的想法：「恐怕是**祭品的重要程度不同**。」

召喚說明書確實有寫，如果祭品有特殊意義，可以增加召喚成功率；既然「祭品的重要性」可以成爲打開某種通道的鑰匙，那也可能影響通道的暢通。所以祭品愈重要，神的力量就愈強——

「這是說，顏尚書那傢伙愈自戀，愈能發揮神的力量？只要把自己當祭品就可以？」我瞠目結舌。

「有這種可能。」

一瞬間憤怒淹過了驚疑，我覺得朱宏志被羞辱了；顏尚書不只把祭品的資格奪走，鳩摩羅什還更強了，那朱宏志算什麼？我們試用者交出祭品，等於暴露了眞心，這才與神締結關係，但顏尚書憑一人之意就抹消了這些！

這時門口傳來聲響，像有人在拍門。我回過神，連忙將劍尖對準門口。誰？顏尚書不可能敲門！接著窗戶也傳來「啪啪」聲。我胃痛起來，原本光線不足，無法看清的教室，現在連角落都隱約見到了。

所有窗戶都透著藍色幽光。

窗外都是鬼。那些鬼密密麻麻貼著窗戶，玻璃擠滿痛苦的表情！它們不斷用手拍著窗戶，啪、啪、啪，毫無節奏感。每個窗戶都在響，整個教室就像鼓的內部一樣，反覆迴盪、增幅拍打窗戶的聲音。

毛骨悚然。

「哎呀，還眞的甕中捉鱉了。」雕龍事不關己地說，「但它們爲何不進來？」

「說不定是像吸血鬼那樣。」我試著開玩笑。據說吸血鬼怕大蒜，不能經過流動的水，沒有主人邀請就不能進入屋子。但這些鬼魂呢？難道物理門窗能阻擋它們？倒不是不可能，畢竟我曾用竹劍砍滅鬼火，它們或許有物理性……

「程頤顥！」忘心警告，「來了！」

我的身體往上彈起，抽取裝置從地板穿越而出！我跨在兩張課桌間，免得被其他課桌妨礙。抽取裝置撲了空，卻沒有躲起，立刻折返進攻。

咦？

我退後一步，踏在另一張桌子上，桌子微微晃動。不妙啊，視覺可見範圍有限，如果動作大一點，還沒進入視野的桌子就會形成阻礙；雖然忘心擴大了感官能力，但對這種靜態擺在那裡的東西，就連祂也難以察覺。況且——

既然抽取裝置能這麼精準地追蹤我，顏尚書肯定在現場。

為了閃躲，我在鄰近的桌子上移動。有些不穩，但應付得來。抽取裝置從前方飛來，我向後下腰，單腳向前保持平衡，接著猛然在空中轉半圈，在桌上站定，重新面對它。

我就像面對劍道社的對手，劍尖始終對準它。

那東西不斷從刁鑽的角度攻來，我幾乎只用最小力道閃過，就算背後來也綽綽有餘，短短十秒間已閃過八次；我在不同桌子上反覆站立、踮腳、輕點、跳躍，幾乎用到身體的每一處肌肉，抽取裝置像是共舞般擦身而過。桌子不斷發出擠壓碰撞之聲，跟鬼魂們拍著窗戶的聲響混在一起，就像節奏不相符的音樂彼此干擾。遠方的《月光》旋律綿延不絕，彷彿找不到終止處。

但這些聲音混在一起，竟形成某種浩大恐怖的音樂；窗外的鬼魂像是變形蟲般蠕動，遠方黑暗隱隱透著陰森的綠，明明幾乎是純黑，卻有種油畫般的濃烈。

「顏先生，夠了嗎？你不膩我都要膩了。」我大喊，「有忘心在，抽取裝置不可能刺到我！」

只要抽取裝置無法瞬間移動，就必然有軌跡，也可預測；再怎麼說都是肉眼能捕捉的速度，不可能是忘心的對手。他可能想製造破綻，但我不會累，轉眼間又閃過十幾次，都快要摸清哪些桌子比較穩了。

這時抽取裝置的反方向傳來某種動靜，那動靜非常細微，但瞞不過忘心。

「忘心！」

閃躲之餘，一隻腳已踩到地上，竹劍從刁鑽的角度穿進桌腳之間，將桌子挑起，朝聲音來源砸去。

只聽「碰」的一聲，顯然撞到什麼，那邊傳來顏尚書的髒話聲，我連忙轉頭，卻什麼都沒有，只有疊在另一張桌上的課桌。

是那傢伙，他馬上又變身了。

「這樣都能注意到？是那把劍嗎？太作弊了吧！」顏尚書不滿的聲音在教室裡迴盪。

「這把劍叫忘心，你最好記住。」我把閃躲完全交給忘心，四處張望，想找出顏尚書的身影，「你到底想做什麼？這麼做毫無意義。」

「喔？毫無意義？怎麼說？」

嗯，幸好這傢伙很愛說話，我手心微微冒汗。

「因爲我們是占卜過才來的。占卜結果是『吉』，所以我不可能輸。」

「那又如何？」

……什麼？

「我問，你說你不會輸，那又如何？這跟我想跟你死鬥有什麼關係？」

「這有什麼意義？」

「是沒意義啊。」

這算什麼？我感到惱火：「那就住手！你的敵人不是我吧？殺了顏小姐的是那些日本人，你要死鬥也該跟他們——」

「碰」的一聲巨響，我的聲音被打斷了。我嚇了一跳，身體沒停，但不知爲何，抽取裝置停在空中，像是被顏尚書忘了，有氣無力地停在空中。空氣傳來木屑的味道，那是木頭被砸碎時會有的新鮮氣息。剛剛，顏尚書氣到將某張桌子砸碎了？我有些駭然。

「呃，那個……」話沒說完，一張桌子已朝我飛來。我揮劍，桌子粉碎，木片木屑亂飛。該死，要是木屑進眼睛的話……才這麼想，又是一張桌子飛來！我抄起椅子朝桌子撞去，空中爆出巨響，桌子跟椅子都被彈開；這時抽取裝置從死角衝來，才閃過，又有一張桌子飛過來了。

這下。

不。不只一張。顏尚書就像把他暴風雨般的怒氣傾倒過來，滿天桌椅齊飛，當然，抽取裝置也沒閒著。

可就。

有點棘手了。

我手忙腳亂，但最關鍵的還是閃躲抽取裝置！我一手拿劍，另一隻手抄起椅子，就像拿雙武器般輪流將那些桌椅砸下。木屑如雨紛飛，我瞇著眼，不敢完全閉上。一波風暴過去，顏尚書匿蹤到另一處，再度捲起新的風暴，這次連已經碎掉的桌椅也丟過來。

「看來你徹底惹惱他了耶。」雕龍說著風涼話。

我也知道好嗎！只是搞不懂理由。其實不是管原因的時候，我衝向風暴來源，用椅子擋開桌椅，只聽「啪哩」一聲，椅子裂成好幾塊，手上只剩一根木條；沒時間驚訝，我用忘心擋開最近的桌子，伸手抓住飛過來的椅子，這時又有張桌子直衝而來，我二話不說用忘心斬下去，桌子像被刀斬般斷成兩截……嗯？

手感不太對。

某種不舒服的預感湧上。顏尚書發出哀鳴，溫暖的液體濺到我褲管。透過手電筒的光，忘心尖端都是血，某個魁梧的人形怪物抓著半張桌子，是顏尚書，他把桌子當盾牌，應該是要避免被看到，防範偷竊；但眼見此情此景，我也忘了偷，明明偷到祭品就贏一半了，我卻嚇到忘記這麼做。

顏尚書右肩以下整個不見。不，只是掉在地上。那隻手臂被卸下後變回原形。我既驚駭又想吐，就算有神的力量，竟能像這樣將手臂切下？就算可以，忘心也不鋒利，與其說切掉，不如說是被猛力撕裂的。我根本不敢想那有多痛。

心臟怦怦跳動，就連戰鬥的恐懼與刺激都沒讓我這樣頭暈目眩。顏尚書忍著劇痛，鐵青著臉將半張桌子丟來，我下意識閃開，他已抓起另一張桌子跑來。

「不，等等，你等一下……」

顏尚書發出怪物般的怒吼，將桌子當成塔盾類的撞擊武器將我往後推，我一時大意，被推出好幾步，撞到後面凌亂的桌椅，有夠痛！「程頤顥！」忘心提醒我，我會意過來，單手抓住桌子邊緣，手指嵌進去，將自己的身體如大字形撐起來，抽取裝置從腹部底下掠過，千鈞一髮。

這時桌子後面伸出一隻右手，我閃躲不及，被右手抓住狠狠摔到地上。忘心及時反應，我在落地前掙脫那隻手，雙腳著地，但膝蓋還是震得疼痛，一時站不起來。

等等，右手？

桌子又飛過來，我跳開。原來如此，是治療之神治好他的右手吧！但就算可以治療，會痛的還是會痛，為何這麼拚命？這時又是一張桌子，顏尚書藏身其後，將全身重量跟速度灌注在桌子上，要將我壓扁，我下意識踢出一腳，當場貫穿桌子，感到自己將腳刺進顏尚書的胸腔，還有肋骨骨折的觸感。

他忍著劇痛，連哀號都沒有，只發出了吞口水般的聲響，再度消失。

我把腳抽出來，既驚訝又害怕，顫抖地說：「你瘋了嗎！還是你變成了根本不怕痛的東西？」

不，他有哀鳴，顯然還是會痛。

狼藉的教室裡，原本沉默的顏尚書發出不知從何而來的笑聲。

「呵呵，哈哈哈哈……」

那笑聲在教室裡迴響，讓我毛骨悚然，我忍不住問：「你笑什麼！」

「沒什麼，我只是在想，要是沒有你們就好了。」

他語氣驟變，半點笑意也沒有。

抽取裝置在空中徘徊，又要襲來，我將忘心對準它，踢開旁邊毀壞的桌椅碎屑，心裡亂成一團。沒有我們就好了？對廣世公司來說，我們是很礙事，但那也是不得已啊！有人要綁架我們，難道不抵抗？

顏尚書瘋了。襲擊我們根本沒好處。如果顏中書活著，一定不會認同他的做法！可惡，曉之以理也不行，明明我也不能接受她那樣被殺啊！

但懞懞懂懂間，我竟有些理解了。

沒有好處也非戰鬥不可的理由。

這裡是哪裡？是廢棄學校，被鬼魂包圍，抽取裝置伺機而動，變形的怪物潛伏偷襲。但不只如此，這裡也是顏尚書的絕望之海。是他的憤怒、怨恨，想要把世界毀滅的瘋狂。那不在乎身體變怎樣的戰鬥方式，比起計畫更傾向親手傷害我的執著，我與之戰鬥的，是他恨不得將一切拖下水的精神性泥沼，就算不會輸，那也足以讓人震懾與窒息。

——喀啦。

桌椅的暴風雨中總算出現不同聲響。看向來源，門被打開了。難道是顏尚書？但他可以變形，變成極小的生物從門縫出去，最初應該也是這樣進來的，為何要開門——

糟了。我衝去關門，但抽取裝置纏上我，分身乏術。不過一、兩秒，鬼魂已從門口進來，眾多鬼火打頭陣，十幾個鬼魂緊隨著進教室！硬碰硬不行就來這招？如果被鬼魂纏上，說不定就沒有餘裕躲開抽取裝置。

要從窗戶逃離嗎？但窗外仍擠滿鬼魂。

我退向教室另一側。這教室頗長，大概二十公尺，剛剛戰場都在中央靠門那邊，所以這裡保留了較多桌椅。我試探性地將桌子丟出去，「哐」的一聲，首當其衝的鬼魂被砸到，煙消雲散；還來不及鬆口氣，那些散去的藍色幽光又緩緩聚集起來。

該死，但好歹能拖延時間。我邊退邊丟桌椅，慢慢退到教室盡頭，戒備著不靠近牆，以免抽取裝置從背後偷襲。這應該不算絕境，我焦慮地想。離「將軍」還很遠，但要怎麼脫困？要怎麼擺脫敵人對「國王」的包圍？手邊還有什麼資源？這麼想著時撞到了什麼——

「頤顥？」

我呆住了，是加賀美的聲音。

回過頭，她不在那邊，在手電筒照耀下，那裡擺著一台鋼琴。表面都是灰，應該是原本就放在這的，這麼說，這裡是音樂教室？

「頤顯，你聽到了嗎？」雕龍驚奇地說。

「有。」我在心裡回答。連雕龍都聽到了，不是錯覺。我將手放到鋼琴上。

《月光》的旋律一直都在，彷彿沒有終止。當我撫摸鋼琴頂蓋，甚至能感到演奏的共鳴。難道從剛剛開始，加賀美就在這裡演奏？她一直都在？

「加賀美？」我怔怔地問。

《月光》停了。

就停了一秒。接著響起的是〈讓我哭泣吧〉——那個晚上演奏的旋律。她聽到了？聽到我的聲音？突然間，〈讓我哭泣吧〉原本的調性消失，取而代之的是極爲高亢猛烈的變奏！像抗議，又像邀請，她以控訴般的情緒激烈演奏著。

我心跳加速，知道加賀美正用盡全力闖進這個世界。

鬼魂緩緩靠近。但這瞬間，什麼呑食太陽的妖怪、教室裡的鬼、抽取用的機械蠍子，我全拋到腦後，只剩下想見她的願望！忘心戒備著四周，我突然醒悟——琴聲傳來，不就代表兩個世界不是判然二分？

接點就在這，就在這鋼琴邊。

這是兩個世界間最薄之處。

加賀美在只有一紙之隔的另一個世界，也因爲她在此，讓我願意相信——相信腦海突然冒出的那個可能性。我退開兩步，朝鋼琴方向擺出中段的動作，呼了口氣，將全副精神放到接下來這一劍。

既然加賀美要過來還差臨門一腳，那我來補足就可以了吧？

我要——

劈開世界的邊緣。

阿輝曾經斬斷林翼用神架起的護盾，忘心可以斬斷神之力！我不想無視這份直覺，也不想等。我想告訴加賀美，讓她知道我在這裡……！

「忘心！」

我大喊，在劍道社練習的情景歷歷在目。對手就在前方，與我對峙，我朝對手的頭頂打去，氣勢十足地發出吆喝，踏出一步——

這一劍，既不快也不慢，是平凡無奇的一劍。

同時，也是我心無旁鶩，全神貫注的一劍。

斬下的瞬間，就像布幕被切開，光明猛然從頭頂灌入。

下午的光影，窗外和煦的風，都像是撥開簾幕般被揭露；接著是聲音，猛烈的鋼琴聲，加賀美靜香正站在鋼琴前方埋首演奏著，她滿頭大汗，氣喘吁吁，然後見到了我。

光照亮她，彷彿少女會發光一樣，接著她露出再明亮不過、一點疲憊也沒有的燦爛笑容。

啊，我果然好喜歡她。

劍沒停下，繼續劃開整個空間。光與暗的邊緣延伸開來，從「線」延伸成了「圈」，緩緩擴大，輕巧地圍住我們，然後落地。

「頤顥！」她欣喜地喊。

然後呆住，驚駭到琴聲中斷。

黑暗湧上，吞沒了教室。就算複製世界毀滅了，其他神祇的能力也不會消失，那個不可思議的黑暗被一起帶過來，鬼魂跟顏尚書也是。

「怎麼回事！」張嘉笙在附近驚呼，「克拉克！」

在機械之神的力量下，廢棄學校的燈居然全亮了，幹得好！學長。我回過頭，那些幽靈像是畏光，被痛苦地壓扁，變成爛泥般朝門口逃去。蘇育龍跟林翼站在門邊，他們連忙退開。我一見到蘇育龍便惱火，雖然知道是遷怒。

「這就是決鬥？只用一個神的能力？公平公正？」

「不，這跟我想的不……」

我們看向彼此，同時呆住，接著——

「雕龍！」我先出手。

「嘩啦嘩啦」的聲音，蘇育龍除了衣服外的東西都到了我這。雕龍大聲問：「克拉克！張嘉笙開過槍了嗎？決鬥開始了嗎？」

「不，還沒！」

「現在開槍！」我一邊喊，一邊朝蘇育龍撲過去。槍聲響起。我用忘心的能力彈飛出去，現在開始不能靠雕龍了。我抱住對方衝出教室，撞破樓梯間的落地窗，飛到操場上。無數的鬼魂靠過來，散發出清晰的寒氣。我抓著蘇育龍跳起，瞬間到了十幾層樓的高度。

「投降！」我大喊，「不然就殺了你！我做得到！」

對，這才是勝利條件。

逃出複製世界還不夠，只要顏尚書不放棄，根本沒完沒了！事實上，抽取裝置已追過來。我頭冒冷汗，擔心是否太衝動，剛剛空中踢竹劍調整位置的招數已沒辦法用，要是脫手忘心，不能靠雕龍將它偷回來。開始下墜。

「你……你不覺得有些卑鄙嗎？」蘇育龍痛苦地說。爲了箝住他，我右手用了十足的力道，也沒有餘去溫柔體貼。我感到下墜造成的氣壓，焦躁大喝：「不要逼我！我可以直接把竹劍插進心臟！」

抽取裝置近了，近到眞的沒有猶豫的時間，必須立刻殺了蘇育龍！

「投降。」蘇育龍說。

抽取裝置穿過我的身體。

什麼都沒發生。

勝負已分。依照公正之神的保證，他們已經沒有攻擊我們的能力！餘悸猶存，我帶著蘇育龍平安落地。

轉眼間，太陽重回天際，操場上的鬼魂無影無蹤，又是宜人的鄉村風光。二樓校舍傳來顏尚書不甘心的怒吼，想不到這麼遠都聽得到。

接著他哭了。那是滿懷著悲傷、憤怒、怨恨、痛苦的哭聲。

☘

「太慢了！程頤顥太慢了！但算了，好歹你把我們救回來，不計較了。什麼？你問剛剛那個？那是『天狗食日』啦！」貓輕快地在空中跳來跳去，「主人不是說過？有些神靈世界不限特定地點，既然任何地方都可能看到日蝕，我就能讓任何地方重現『天狗食日』。」

原來那個遊戲BOSS關卡般的怪物是天狗！顏尚書竟想到用「天狗食日」來封鎖視線，眞服了他。

決戰結束後，我們逼顏尚書把所有祭品交出來。他宛如虛脫，無力反抗。林翼與蘇育龍照辦，祭品先放我這。眾神祇一齊現身，見過與沒見過的都在，好不熱鬧。我問了貓剛剛那個問題，忘心在跟其他神解釋我們的情況，離龍則跟加賀美與林翼說複製世界裡的事。

顏尚書坐在樓梯間，想跟二樓教室裡的我們保持距離。好像該把他放在大家看得見的地方，但他說「反正不能攻擊你們了，不能放過我嗎」，我也覺得給他一些空間比較好。最後張嘉笙自告奮勇監視他，跟著去了樓梯間。

「抱歉。」蘇育龍的聲音在我身後響起，「就算不是本意，畢竟我們的人襲擊了你。沒想到會發生這種事，以自己作爲祭品，連聽都沒聽過……」

他一臉疲倦，我沒打算冷嘲熱諷。一度威脅要殺了他，我也有些抱歉。自從跟狼人樣貌的他對決以來，這是第三次見面，卻直到這次才能好好交流，明明他不像不能溝通的人。

「蘇先生，可以問一個問題嗎？」我忍不住問，「爲何你要提出決鬥？雖然你說過理由，但我們有占卜之神，既然我們來，就表示一定會贏。」

蘇育龍怔住，接著浮現有些不滿的苦笑。「……介意我抽菸嗎？」

「呃，如果是到窗邊的話。」我不喜歡菸味，但不好意思拒絕。

蘇育龍走到窗邊，拿出一根菸，點燃吸了一口，我跟過去，站在一定距離外。

「沒想到你會問這個。我們之間有問題要解決，不是嗎？已經不是說合作就能合作的關係，就算只是程序，也有必要把程序走完。況且就算你們占到吉，對我們來說也未必是凶。雖然追根究柢……呵，我大概是不想把這些事讓給你們。」

「讓給我們？」我不解，「哪些事？」

「全部。」他拿著菸的手在空中畫了個圓。「向日本人報仇，救回試用者，還有讓一切復原。」

「爲什麼？你又不是單位負責人，事情曝光了，也不會是你負責，還是其實要？」聽他這樣講，我還以爲是跟莊天河差不多的動機，想隱瞞自己犯的錯，但蘇育龍搖搖頭。

「不是那個問題。坦白說，我覺得你們沒資格。」

「什麼意思？」

蘇育龍又吸了口菸。他看向窗外，遠山風光明媚，是春天的景緻。

「既然見過老莊，那也沒什麼好隱瞞的。你們知道台金跟這件事的關係吧？當年進台金時我才二十歲，民國六十幾年的事，說金瓜石是我的青春，毫不誇張。現在你們可能很難想像，金瓜石曾經非常繁榮、熱鬧，跟現在的景色完全不同……」

他一開始還頗嚴肅，後來慢慢軟化，像喃喃自語，彷彿眼前的不是我，而是能理解他的某個故人。

「台金倒閉前，我也沒想過會這麼快，還以爲金瓜石會好幾年不變，但事實是工廠荒廢，索道無人使用，人口外流，連看電影的中山堂也被拆除；原本幾萬人居住的地方，轉眼間就……以前有句話是『上品送金九，下品輸台北』，最好最時髦的東西都是先送金瓜石跟九份，在產金的年代，一切就像光輝璀璨的夢，但那個夢萎縮了、消亡了，這都是爲了掩護Homunculus。坦白說，廣世公司這個計畫愚不可及，不是嗎？早就不是反攻大陸的時代了。不過，那是夢的延續，要是無法實現這願望，憑什麼台金要倒閉、礦山要沒落？又不是眞的沒金礦了。所以知道計畫時，我就想，變成壞人也無所謂，我們非得完成Homunculus。」

他笑了一下，「看你這表情，還是不明白吧。我倒想問，沒經歷過一切，沒打算承擔記憶的年輕人，到底有什麼資格實現Homunculus？對你們來說，這不過是一種技術，除此之外就沒別的了。莊天河——他是老莊的姪子——他不明白歷史，卻也比你們好，好歹他繼承了歷史遺物。我知道這只是我自己過不去，你們對歷史一無所知，那不是你們的錯。不過作爲不肯放手的理由難道不夠嗎？我無法接受什麼都不做，就把事情讓給你們這些沒見過黃金之夢的人。」

聽到這答案，我覺得有些荒謬。瓶中的小人，全知全能，甚至能永遠改變歷史、文明、整個世界，在蘇育龍眼中這麼沒價值？但我無法否定他的動機。經過昨天討論，我已明白歷史能衍生出多龐大的事物，就算看來荒唐無稽的瓶中小人，也承載著幾代人的夢想，沒有人有能嗤笑其中的意志、經驗、技術。

當蘇育龍說自己的心是受早已幻滅的夢境驅使，那一定是眞實的。然而想想這段期間受的傷，也不能說沒有不滿；爲了自己覺得重要的事物採取行動，這我明白，但能當成暴力的藉口嗎？我忍不住說：「蘇先生這樣做，難道不會讓人討厭你熱愛的金瓜石？」

蘇育龍無語，但看他的表情，或許他完全明白，只是沒有別的選擇。

「我不會討厭金瓜石。」我平靜地說，「昨天聽莊先生說台金跟瓶中小人的歷史，原來我跟金瓜石不是毫無淵源；家母曾住過，還認識了重要的朋友，這些讓我更想了解金瓜石。現在說可能太遲了，但我也想從蘇先生這邊知道金瓜石的事——我是說，就算是『一無所知』的人，也可以從現在開始了解吧？」

這不是場面話，我確實在思考這件事。原來我這麼無知。本以爲他們的行爲不可理喻，其實只是不知道他們的心理背景。而師匠跟阿輝與金瓜石的淵源，讓我產生前所未有的求知衝動；所以我有些遺憾，明明我們有機會互相了解，最後卻走上了廝殺之路。

蘇育龍沒想到我會這麼說。他呆在那，看來感觸良多。最後他轉過頭。

「那女孩是林小姐跟加賀美先生的女兒吧？你說她被父親利用，她眞的可信嗎？」

或許是不知所措，他決定轉移話題，我也跟著調整心情：「相信她的占卜結果是吉。」

其實還有很多理由，但這麼說最有效，果然蘇育龍立刻釋然。加賀美聽到這些，與林翼一起走了過來：

「對不起，或許不該插嘴……蘇先生，您認識我母親嗎？」

蘇育龍神情慢慢變化，或許是在追憶過往。短暫沉默後，他終於舒了口氣：「嗯。在我們單位，令堂是很受歡迎的新時代女性，所以她宣布要跟令尊結婚，嫁到日本去的時候，我們都很扼腕。原本我認爲令堂會在日本過著幸福的日子，很遺憾事情變那樣。」

「我對母親一無所知，連她死了都不知道，」加賀美苦笑，「我不記得她，身邊唯一會提到她的，只有我家人的冷嘲熱諷。他們將她說成不入流的女人。」

「不是的。」蘇育龍義正辭嚴，「令堂是那個時代少數能出國留學的頂尖人才，而且一點都不傲慢，不像某些人回國後就用鼻子看人。加賀美小姐，我跟令堂私交不深，但憑我當年的印象，她是値得尊敬的人，如果眞的是令尊下手殺害，那令尊眞是禽獸不如！我記得令堂墜入愛河的樣子，她無疑愛著令尊。」

愛著某個人，卻被那個人所殺，光是想像就難以忍受。加賀美像是要落淚，卻忍住了。

「——蘇先生，對廣世公司發生的事，我眞的非常抱歉。」

她低頭鞠躬。蘇育龍表情扭曲，緩緩說：「跟你無關，是令尊做的。」

「嗯。但要是不道歉，我自己無法接受。身爲那個人的女兒，就算你憎恨我，我也理解。不過只要力所能及，我會阻止他的，我保證。」

蘇育龍看著她，彷彿有話想說，最後只是望向窗外：「聽說令尊能壓制神祇的力量。如果是真的，那知道他們在哪也沒用。還是你有對付那個神的線索？」

我瞥了加賀美一眼：「還沒明確的計畫，但能解決。以棋局來說，我們已經在最終盤，並占卜出好幾次『吉』，這些努力一定不是徒勞無功。蘇先生，可以告訴我剩下所有神祇的能力嗎？要擬定策略，必須知道敵人手上有哪些牌。」

「我會的。但你們知道該如何結束這件事嗎？我是指，怎麼復原試用者。」

我跟加賀美對望一眼，我說：「到深澳線的盡頭，完成瓶中小人……？」

「沒錯，」蘇育龍釋然，「看來老莊已經把『黃金城』的事告訴你們了。」

「黃金城？」

「老莊沒說嗎？『黃金城』就在深澳線盡頭，製造Homunculus的機具都放在那。但你們需要的不只是鍊金術機具，還有個關鍵器材，昨天我們已經把那個器材放進黃金城，老莊不知道那個，但你們會用到。」

「啊！就是你們逼我拿的那個？」貓突然跑過來，「拜託別再來了，差點回不來！」

「什麼？」我有些驚訝。

「你聽我說，程頤顥，這些人很過分！他們帶我到某座山，要我進入那裡的神聖領域。那裡很古老，至少有千年以上吧？住了許多古老的神靈。雖然我能帶人去神聖領域，但人類其實不該長時間滯留，那次我們滯留了好幾天，好不容易才從神靈的眼皮底下偷走一個陶壺——超驚險！大叔，那就是你說的器材吧？」

蘇育龍沒祭品，聽不到祂的話，我只好幫忙轉達。蘇育龍苦笑著將香菸捻熄。

「沒錯。過去我們在燒瓶裡合成Homunculus，但祂無法承受物理空間的壓力，四分五裂，這次的做法則是『縫合』……但要是重蹈二十年前的覆轍就沒意義了，所以得準備適當的環境。」

「就是貓說的陶壺？」

「對。其實陶壺不是唯一選擇，任何神聖容器——只要能象徵女性子宮都行，只是眼下陶壺可行性最高。台灣某些原住民部落流傳著『壺生人類』傳說，最早的人類是從壺裡出生，有時是神蛇之卵，有時是太陽射進壺內；無論如何，這個壺無疑是神話裡的『子宮替代物』。Homunculus在物質燒瓶裡破裂，是因為物理空間無法再現超現實層面的概念子宮，那麼，如果將祂放進『神話的子宮替代物』呢？」

我大吃一驚：「所以你們把『神話』偷進現實，避免縫合失敗？這樣沒問題嗎！神話物質要怎麼保存在現實……啊，等等，難道之前先襲擊莊小姐是這個原因？」

為何他們在忠孝復興不先偷襲我或衛知青，一直是不解之謎。但要是他們早就在為縫合做準備，需要早得到「神話之壺」，就能理解了。這時克拉克飛過來，語氣冰冷。

「這樣不好吧？偷走原住民神話裡的聖物，之後你們打算怎麼辦？難道沒打算歸還？對了，他聽不到。不好意思，你們能把這些話轉達給他嗎？」

我轉述克拉克的話，蘇育龍有些為難。

「我們也別無選擇。漢人在台灣根基太淺，缺乏創世神話的神聖領域，雖然國外有這類神話，但出國曠日費時，根本沒那個時間。」

「我不是問那個。」克拉克說，「你們好像一直如此，都是以自己方便為主，但我對貴單位的苦衷沒興趣。我是問你們打算怎麼歸還，還是不歸還了？這算什麼？自己熟悉的歷史就視如珍寶，他人的神話就是方便道具？」

想不到克拉克這麼嚴厲。我再度轉述，這話顯然戳到蘇育龍痛處，他臉色青一陣、白一陣，接著才緩緩說：「坦白說，連Homunculus能不能順利完成都無法保證……但要是順利完成的話，憑祂的全知全能，應該能將陶壺歸還到神聖領域。」

這話缺乏底氣，但要他為從未想過的事做出承諾，恐怕太難了。我說：「這事留到之後討論吧，反正責任已在我們身上，會想辦法的。不過『黃金城』到底是怎樣的地方？雖說是廢線彼端，但那不是『十三層遺跡』，大家都能去嗎？」

之前忘了確認這點。莊津鈺只說無法進入，但開放的地方爲何不能去？貓說：「不，跟現在的『十三層遺跡』不同，我去過，所以知道。其實那也算是某種神聖領域，不過是人造的。怎麼說呢？既沒有長遠的歷史，也不涉及信仰，幾乎只是懷舊的結晶、不願放手的記憶，是根據那種東西建構出來的異空間，理論上根本不該存在的虛幻工業城池，就是這樣的地方。」

什麼意思？這時蘇育龍開口了。

「當然不可能開放給閒雜人等。簡單說，那是以『水滴洞選煉廠』爲中心創造出來的異世界。」

我們一定露出了某種表情，他盯著我們，似乎頗爲滿意。

「老莊說過吧？我們用的鍊金術是工業級別的，而選煉廠就是實現Homunculus的預定地；台金結束後，要是選煉廠還在運作，未免太可疑，所以我們讓選煉廠荒廢，成爲你口中的『十三層遺跡』，並借用其他鍊金術盟友的力量，幫我們複製出選煉廠仍在運作的異空間，這就是黃金城。」

我恍然，難怪貓說是「不願放手的記憶」。二十年間，不斷運作著的龐大鍊金術城池，直到現在都還在等待瓶中小人誕生；就像被藏進雪花球般的封閉人造異世界，只留下現實中掩人耳目的殘骸廢墟。

「等等，貓，你去過『黃金城』？」我問。

「是啊，就昨天把那個陶壺放進去的時候。」

「但蘇先生不是說沒對外開放？那怎麼進去的？」

「一般人進不去，但我們當然有辦法，不然怎麼實現Homunculus？」蘇育龍露出看著笨蛋的表情。是沒錯，但莊津鈺說——好，懂了，莊津鈺說進不去，是以「廣世公司全滅」爲前提來發言。我確實是笨蛋。

「不用擔心，根據約定，我會帶你們進去。那裡是最後的堡壘，絕對安全，連那些日本人也——」

「不，」我猛然抬頭，「他們進得去吧？」

「進不去。」蘇育龍狐疑地瞪著我，「他們沒有鑰匙。」

「但他們拷問莊天河。」我將目擊的情況告訴他。蘇育龍臉色愈來愈難看，喃喃說：「可是……鑰匙還在，一張都沒少……不對，既然天河那樣子求情，只能認為他確實供出了什麼。」

他找了張椅子坐下，臉色難看。片刻後陰沉地盯著我們。

「可以幫我個忙嗎？明天我就帶你們去黃金城，但要請你們占卜吉凶。」

「到黃金城做什麼？」我問，「又還沒湊齊神祇——」

「我要把陶壺拿出來。」蘇育龍咬牙切齒，「要是知道他們能進去，昨天就不該放的！不能沒有『神聖子宮』，最糟就是陶壺也落入日本人手裡。好好想想，如果那些日本人完成Homunculus會怎樣？要阻止這種情況！」

——確實。雖然要是JMM社獲勝，應該也有辦法拿出陶壺的替代品，但增加敵人必要成本也是經典策略，沒道理將陶壺拱手讓人。但我無法馬上答應，便說：「好，我們回去討論。占卜結果怎麼回報給你？」

「這是我的名片。」蘇育龍拿出筆，在名片背面寫了些字，遞給我，「打給我。如果占卜結果是吉，明天就這個時間地點碰面。」

背面寫著下午一點半，地址是沒聽過的車站。我問：「這是哪裡？黃金城不是在濂洞站嗎？」

「你知道濂洞？」蘇育龍吃了一驚，「真意外，那裡早廢站了，你應該還沒出生吧。對，我們最後會到濂洞，但要去黃金城，就得在這裡集合。」

他指著名片背後的地址，台北縣瑞芳鎮籠山路二十二號——

海濱車站。

這就是通往黃金城的起點。

回程火車上，我心事重重。離開國小前，林翼拉住我，請我幫助阿輝，雖然根本不用他提醒。我倒擔心這孩子爲何繼續跟這些危險傢伙混，但蘇育龍說林翼家庭複雜，已經需要社工介入，之前他們是用錢敷衍他父母，同事已在蒐集讓社工介入的證據，送他回家絕非上策。林翼沒否認，看來不是謊言。

但除此之外，他會不會是爲了阿輝留下？忠孝復興時，阿輝不斷攻向林翼，但林翼沒生氣，反而哀求他停止。對他來說，我是阿輝的朋友，也是害阿輝被抽取的壞人吧？他要我救回阿輝，或許是委婉的責怪。

我決定承擔他的責怪。

走到樓梯間，張嘉笙跟顏尙書居然有話可說，還很平和。後者一看到我就閉嘴，我強忍不滿，說要知道他的聯絡方式，因爲他已是「祭品」，是結束這場鬧劇的必要條件；顏尙書愛理不理，最後勉強說了電話號碼。我忍不住說：「老兄，有什麼想抱怨的何不直說？反正我也很想抱怨。」

「學弟，算了啦。」張嘉笙居然勸我，你不是該站在我這邊嗎？

「我們都省點事吧。我對你的抱怨沒興趣，我抱怨你也不會懂，何必呢？」顏尙書火上澆油，我翻了白眼：「對，我是不懂，你的所作所爲根本沒道理！你想打，但贏了又怎樣？跟蘇先生鬧不愉快，難道之後想一個人拿所有神單挑敵人？敵人能壓制神祇，我們沒被抽取，至少能用個一、兩次，你抽取我們就不行了耶，這時眞正對雙方有利的不就是好好合作？」

顏尙書瞪著我，憤怒與冷笑兩種表情彼此推擠。

「你好像搞錯了，我跟我姊不是廣世公司那邊的，對你們有利關我屁事？」

我一時語塞。顏家姊弟跟廣世公司的利益分歧有這麼大？我問：「那你們的目的是什麼？」

「我不想說。」

「喔？是喔。坦白說，知不知道都沒差。」我擺出討厭的嘴臉，但這不是我想說的，所以我頓了頓，再度開口，「不過……要是不妨礙我們，在舉手之勞的範圍內，我們可以幫忙達成你們的目的。」

——這不是說謊，不是爲了詐騙情報而信口雌黃。

儘管不是同盟，但顏中書無疑幫了我們許多。如果她沒安排莊津鈺聯絡我們，就算能從蘇育龍口中了解背後始末，心理準備的強度也截然不同；事到如今，還是承認吧，我尊敬顏中書。她作爲遊戲玩家無可挑剔，無論美學或倫理都是一流。基於尊敬，我想完成她的遺願，當然，前提是舉手之勞。

顏尙書有些意外，他瞥了張嘉笙一眼，嘴角浮現冷笑：「哼，看來張同學說的沒錯，姊姊什麼都沒告訴你們。如果是這樣就算了吧！要是姊姊的目的達成，你們的目的很可能會失敗喔，這樣你也要幫？」

我一怔，難道顏中書不打算拯救試用者？

「果然……」張嘉笙喃喃自語，他注意到我的目光，連忙說，「啊，不是，就是隱隱約約有這種預感。我們有占卜之神，顏小姐應該覺得跟我們合作很合理，但她沒選擇我們，合作時也沒透露目的，明明說出來就能取信我們……所以，那一定是不能說的。」

說起來，過去魏保志用「汝等是人是狼」來比喻這場遊戲，當時我們以爲顏中書是狼，但現在想想，她跟廣世公司不同陣營，難道她才是「妖狐」？只要活到最後就勝利，同時其他陣營自動敗北——

不。「汝等是人是狼」不過是比喻，不可能完全對應；但顏家姊弟對他們的目的諱莫如深。最後顏尙書只說：「姊姊死了，我再怎麼努力也沒意義。原本我就不支持她的，只是無法置身事外，所以死了也好，這樣她就解脫了，我也解脫了。」

——明明如此，卻露出一副既憤怒又快哭出來的表情，不矛盾嗎？一邊嚷著要解脫，一邊把自己當祭品，用難以入侵的複製世界跟我決一死戰，太莫名其妙了，但我慢慢能了解他的心情。

「要是沒有你們就好了。」

確實是無意義的戰鬥。但要是不戰鬥，他無法接受結果。就算不是本意，我們也以某種形式奪走他的願望。戰爭就是這樣，不只是輸贏，而是整個過程中喪失的事物，全都切切實實、對當事人來說充滿價值。

我有些鬱悶。過去沉溺於遊戲形式美的我，爲何不得不領悟這件事？不過這不是壞事，我心裡滿溢著相應的覺悟——作爲倖存至今的分組賽勝利者，我們有義務承擔敗者的傷痛，並取得勝利。

火車持續地發出「隆隆」聲，我們在連續不斷的聲音中保持沉默。

「張嘉笙老弟，」雕龍突然飛到他面前，「剛剛你在樓梯間跟顏尙書聊天，他有提到顏中書的目的嗎？任何微小的暗示都好？」

「沒有。」張嘉笙搖頭，「他只是問我們相處的情況。不過公正之神已經保證顏先生不能反抗我們，不知道目的也沒關係吧？」

「是，但總覺得有些疙瘩。」雕龍摸著下巴，「目前已經解開很多謎，像各陣營的動機、行動，日本人那邊還不算透澈，但大致能想像。然而顏中書留下的謎團不同，是完全摸不著頭緒的。要是不能看穿整件事，我擔心會在哪裡留下破綻。」

張嘉笙低下頭思索：「也是。可是顏先生不說，我們大概無從得知……」

「其實還是有機會知道。」我說。而且不難，我從剛剛就在想這件事。眾人與神祇們一齊看向我，張嘉笙問：「學弟有什麼打算？還要找顏先生嗎？」

我搖搖頭：「問顏小姐本人就好了。貓，我們能跟顏小姐的靈魂見面嗎？」

「當然。你不是第一個這麼想的，顏尙書昨天也做過。」貓說。

果然，我暗忖。神在他們手中，沒道理不善用。所以顏尙書跟顏中書談過，仍執意與我對決？很難想像顏中書同意這樣魯莽的行動。張嘉笙恍然大悟：「對喔！但顏小姐她……願意開口嗎？」

「不知道，而且她昨天跟顏先生說過話……貓，靈魂有被召喚的記憶嗎？譬如顏小姐昨天被召喚過，今天我們召喚她，她會記得昨天的事嗎？」

「理論上不會。靈魂就像是生前紀錄，能根據紀錄總體來模擬思考與行動。雖然在召喚結束前，有類似

『記憶』的功能，但召喚結束就會被釋放。這也是爲了避免靈魂被時間磨損、支離破碎。」

「也就是說，無法累積記憶，但行動或思考無疑跟本人一致。」

「可以說就是本人，我可以擔保。」

「加賀美，」我看向少女，「既然能召喚顏小姐，令堂應該也可以。你想跟令堂見面嗎？」

張嘉笙睜大眼，立刻意識到話題的嚴肅性。加賀美像被燙到般縮了一下，但她不意外，露出苦澀的笑：「……好厲害啊，頤顥。你怎麼知道我在想什麼？」

莊曉茉介紹貓的能力時，她曾問貓是不是只能召喚名人，就是在想這件事吧？後來莊曉茉被襲擊，貓落入廣世公司手中，降靈的事也就擱置。我說：「因爲我想過一樣的事。如果有貓，或許我能再見師匠一面。你怎麼想呢？」

加賀美沉默不語，低著頭，劉海遮住雙眼。她在猶豫什麼？我能看到她長長的睫毛垂下，閃著淚光，少女吸了口氣：「可以給我一點時間考慮嗎？……很奇怪吧，明明我一直在查母親的事，現在解答就在眼前，我卻猶豫了。該說些什麼？我都長這麼大了，這樣的我出現在她面前，她也會難以接受吧？所以……」

「沒關係，」我輕聲說，「在完成瓶中小人前，還有時間慢慢考慮的。」

看加賀美爲不安找藉口的樣子，我實在不忍，便打斷了她。加賀美冷靜下來，有些抱歉：「對不起，頤顥都幫我想了這些……那頤顥呢？打算見師匠嗎？」

——我想見師匠嗎？

我很想她。她活著的時候，我什麼事都會跟她分享。雖然那時還小，要是她活到現在，不知道母子關係會變怎樣。但我確實想她。她在我生命裡消失得太快，我還來不及做好準備，然而……

「不用了。」我緩緩搖頭。

「爲什麼？頤顥你……不是也想見她嗎？」

「嗯。但沒有見她的資格。」

「沒有資格？怎麼會……」

我腦中一片空白，不知為何說出了還沒準備好的思緒。

「有件事，我沒跟加賀美說過。」我低聲說，「你知道我的祭品是什麼吧？就是那個金屬士兵，師匠送我的。師匠說過，她送我這個士兵，是因為士兵能成為國王以外的任何棋子——這是西洋棋規則，士兵走到敵方陣營的最後一行就能升變。」

「嗯，我知道。」

「那時我問，為什麼我不能變國王？師匠就笑了，她說要變國王，就要無視規則，如果我有那樣的氣量，就算變國王也沒問題。當然，現在我知道變國王一點用都沒有，一個陣營不能有兩個國王，那就算了，讓國王直接出現在敵陣是想怎樣？但我後來大概明白她的意思，雖然她教導我遊戲倫理與美學，但也不希望我被遊戲束縛。」

糟糕，明明該好好說的，為何咽喉竟像是卡住，有點說不下去？

「遊戲終究是遊戲，是娛樂。玩遊戲的時候，開心最重要。但把一切都當成遊戲，那不是理性，只是擅自搞錯重要事物的優先順序而已。我一直沒能明白這件事，換句話說，我沒有正確放下遊戲的氣量。所以我……或許會讓師匠失望。我沒能成為師匠期盼的人，這樣的我沒資格見她。」

沒錯。要是師匠對我失望怎麼辦？她不會說出口，但要是露出遺憾的神情，哪怕只有一點點，我也不認為自己能承受。我們已太久沒見，久到有些陌生，陌生到夠我恐懼了。

「不對吧？」

原本我以為是雕龍斥責我，但不是。我轉過頭，發現是張嘉笙。他露出難以置信的表情，直挺挺地站起來，看來氣勢驚人。怎麼了？有什麼好驚訝的？還來不及問，張嘉笙已經急切地說：「你在說什麼啊！學弟。那種事……根本不重要！」

「什麼？」

「我不知道該怎麼說，但這不對，大錯特錯！我不知道你師匠是誰，不知道你們是什麼關係，但你說讓他失望，沒這種事！」

幹麼這麼生氣？一部分的我懶得理他，但另一部分的我贏了。「你怎麼知道？你又不認識我師匠。」

「對！我不認識。但就算你師匠眞的看不起你，覺得你沒長成他期望的樣子，那又怎樣？」

我答不出來。儘管不明白他爲何激動，但想起第一次見面的光景；最初這人就是憑著一頭熱跟不可靠的計畫，才將我們聚集在一起。或許正因他是這種人，才會說出這樣的話。雖然完全不顧我的感受。

「我的意思是，學弟，你就是你啊！你有義務長成別人期待的樣子嗎？那才奇怪吧！那根本不是重點，重點是……學弟，你想見他嗎？你問問自己，如果答案是肯定的，那有什麼好猶豫的？貓又不會永遠等你，你沒有無限的時間！」

他劈里啪啦地大聲說完，車廂乘客紛紛看過來，讓我脹紅了臉。不，是其他理由讓我脹紅臉。雖然努力控制呼吸，但眼淚還是流下來；好丟臉，不想在這樣的公開場合啜泣，可是——他說得對。

我這才發現想見師匠一面的程度遠遠超出預想，甚至讓我心碎。我想告訴她這些年的事，還知曉了過去所不知道的她，甚至她可以告訴我更多。這是讓我手足無措的情感。想躲起來，縮起身體，不想讓更多人看到淚水，但無法遏止啜泣造成的抽搐。

張嘉笙慌了手腳：「對、對不起，我太多事了，明明什麼都不了解——」

「不，」雕龍說，「你說得很對。」

「沒錯。」克拉克點頭，竟似有些得意。

這不是張嘉笙的錯。我只是猝不及防，被沒料到的情緒擊倒。他是對的，出於關心才這麼說，我該道謝，但暫時沒有這種餘力。手上傳來溫暖的觸感，是加賀美。她看著我，眼角也泛著淚，像快要哭出來。

「對不起，我也不想在大庭廣眾下……」眞不想讓她看到這樣的一面，但她緊緊握住我的手。

「沒關係的，頤顥。其實我也很害怕……因爲那些人，我憎恨母親，糊糊塗塗地活著十幾年，這樣的我有什麼資格去見她？要是見到母親，不論她是愛我，還是恨我，我都不知所措。所以，我明白。」

我望著她，原來她是這麼想的嗎？我抹去淚水。

「即使如此，那也不是你的錯。是你家人的錯。」

「嗯，毫無疑問。但就像我沒錯，你也沒錯。頤顯，就算師匠的反應跟預想不同，你也不必自責，我很高興你是你。我所知道的頤顯，是爲我著想，幫我很多忙，讓我慶幸來台灣一趟的人……無論發生什麼，我都會站在你這一邊，你絕對沒有成爲錯誤的人。」

我吸了口氣，被這番話震撼到了，細細品味著它，結結巴巴地說：「……其實最初在圖書館，我是要雕龍隨便應付一下你，我以爲你是狀況外的小女孩。」

不知爲何說了這句。其實早想說了，不然總覺得在欺騙她。加賀美呆了呆，破涕而笑：「這麼突然？難怪那時雕龍先生像在對小孩說話。但我說的都是之後的事喔，頤顯。希望你相信我，也相信自己。所以……我們一起去見我們想見的人吧？無論結果如何，我們都是對方的後盾……可以嗎？頤顯，要是我受了傷，你會支持我嗎？」

她的手握得更緊了，像有些害怕。我握住她的手。

「當然，我是你的後盾。」

「約好了喔。」她用小拇指勾著我的小拇指，眼角還有些濕潤，卻已笑得如花燦爛，「ゆびきりげんまん（切手指打一萬拳）、嘘ついたら、はりせんぼん飲ます（說謊要吞千根針）……這是第二次約定呢！」

我也笑了。多虧了她，平靜不少。我們注視著彼此，這時克拉克開口。

「報告，我想要陳述我主人的心情——那個，對不起，我還在這裡耶？」

「克拉克！」張嘉笙氣急敗壞，「我沒想講出來！那個，呃，你們繼續……？」

哪可能繼續啊！我跟加賀美都笑了，張嘉笙也跟著笑。雖然有點晚，但直到此刻，我才覺得我們確實成了一個團隊。明明就剩這些人——

對，只剩這些人了。

接下來誰都不能少，最終決戰已近在眼前。

回旅館後，我們對魏保志簡單說明情況，並問用貓召喚靈魂有無風險，經占卜確認沒有壞處後，就把貓給加賀美，讓她與母親見面。對她來說，這是有私密性的事，正好客房有超大試衣間，她就在試衣間獨處，我跟張嘉笙則補充下午談話的細節，並清點祭品。

「程同學，你知道敵人手中的神有哪些吧？」魏保志問。

我點頭。蘇育龍列出所有神祇的清單，不包括豎琴，我方有十一個神祇，至於敵方，不包括能癱瘓神祇的「物自身」，則有九個。以下是落入敵方手中的神祇清單：

隱身與飛行之神，「忒修斯」。

植物之神，「花和尚」。

守護之神，可以抵銷詛咒、厄運、魔法的襲擊，也能抵抗物理傷害，林翼在忠孝復興就是用這個神抵擋阿輝的攻擊。

生命之神，將生命賦予無生命的物體，並支配它們。

運勢之神，能操控運勢，實現極低機率的好運或厄運，跟黑羽同樣擁有「決定命運」般的能力，不知兩者對決會如何。

謀略之神，有著超級電腦般的運算能力，能羅列所有必勝手段，某種意義上是我最不想遇上的神。在與黑羽對峙時大幅消耗，現已失去所有力量——不愧是黑羽。

心理之神，能知道對方想法，並在對方心裡的所有可能選項中，誘導對方做出特定選擇——極可怕的力量。但或許是能支配心理，祂是唯一能拒絕服從祭品持有者的神祇。

愛情之神，就像希臘神話的邱比特，能用愛情之箭讓特定對象愛上另一個特定對象，但數量有限。現在同樣無害，因爲愛情之箭尚未回收；在廣世公司捅出大簍子後，莊天河將愛神用在長官身上，讓他們掩護廣世公司的失態——太多吐槽點，我就不多說了，原來現在廣世公司的問題還沒在政府部門間曝光啊！

最後是消除之神，還有眾多謎團，連廣世公司也未完全理解，僅知連時間、事件都能消除，是在忠孝復興讓時間逆轉的神，也是癱瘓神祇外最棘手的能力。

蘇育龍已告訴我所有神的祭品，除了忒修斯；那是顏中書的祕密，連廣世公司的人都不知道。只要雕龍發揮力量，見到敵人的瞬間就能把祭品偷到手，但這就是問題，要如何對抗壓制神祇的物自身？

「敵方若是不分敵我，強制所有神祇停止運作就罷了，但如果我們無法用神的能力，敵方卻能自由使用的情況——很遺憾，占卜結果正是如此。」魏保志說，「我建議在敵方能力範圍外對付他們。既然有其他神祇加入，應該能多出不少策略。」

「像是在十公里外狙擊？」我喃喃說，「但有適合的狙擊點嗎？而且很難不傷人性命達成目的——」

「抱歉，忘了說。壓制神祇的範圍大概是半徑四公里，這是占卜推出來的。此外，現在已經沒有性命方面的顧慮，只要不損傷祭品即可。因為蘇先生能帶我們進黃金城，我們已經不需要加賀美先生的情報。」

什麼？我臉色大變，魏保志繼續說，「趁加賀美同學不在，我表明立場吧。程同學，我不是說一定要殺人，但如果接下來的討論絞盡腦汁迴避這個可能，那就是浪費時間。」

「但……要是運氣不好，狙擊也可能誤中祭品啊！」我下意識抗議。

「瞄準額頭，就不必擔心穿戴在身上的祭品。而且有治療之神，殺人也無妨；我知道復活有時間限制，但豎琴可以瞬間移動過去。再說一次，不是必須殺人，但請不要假裝沒想到這種可能。」魏保志看著我，讓我臉頰發燙；我知道邏輯上沒錯，但殺人還是……

我吸了口氣。

「我同意，但應該有別的選擇。譬如比起針對本人，破壞物自身的媒介物，不是也能消滅那個能力？當然，我們不知道媒介物是什麼，但或許可以用黑羽查出來。」

沒錯，這樣就沒必要傷人性命！但我雙手冒汗，知道這很難說服他；因為黑羽已經沒有無限的占卜次數，不可能用窮舉法。

「……原來如此。」意外的是，魏保志點點頭，沒有馬上否決，「那麼先檢討可能性吧。敵人的媒介物可能隨身攜帶，也可能像鋼琴一樣難以攜帶，被放在某處。前者的話，雛龍可能在範圍外偷到嗎？」

「只要知道對方位置，或把他引到某個地方，然後用望遠鏡看，應該可以。」

「不必知道媒介物是什麼嗎？」

「不用，可以先全部偷過來，再一個個毀掉——」

「敵方用豎琴隨機傳送到某處，但透過運勢之神，剛好傳送到你們身邊的可能性呢？」

咦？我呆住。

「那……要不要用炸藥？」張嘉笙說，「把偷到的東西直接丟進準備好的炸藥箱，偷完立刻銷毀，這樣就算傳送來也沒用吧？」

「要是祭品混在裡面呢？」

「我可以先偷祭品。」我說，「除了忒修斯以外，我已經知道其他祭品是什麼了。」

「那表示也可能不小心毀了忒修斯的祭品吧？」

「等等，魏先生，」我舉手，「我認為敵人不會用運勢之神傳送過來，要是這有用，他們早就做了。」

「不見得，他們沒這麼做的原因很簡單——我們不在豎琴的移動範圍內。敵人顯然另有要事，等他們處理完，也可能立刻採取這個方法。所以我同意調查媒介物，畢竟眞殺到這麼近的距離，我們束手無策，媒介物是唯一勝機。下一個問題，如果不是隨身攜帶，而是放在某處，程同學會怎麼處理？」

我挺起胸：「應該可以用十分逼近法找出媒介物的位置。」

「同意。但『位置』太含糊，假設敵方藏樹於林，將媒介物放在一個倉庫，到時怎麼找出來？」

「……用炸藥全部炸毀？」張嘉笙說，他怎麼這麼愛炸藥？

「可行。」魏保志點頭，居然可以嗎！他說，「當然不見得要這麼做，但至少要有做到這種程度的覺悟。好，現在可以占卜了。黑羽，以毀滅對方媒介物爲主軸構思策略，是吉是凶？」

「小吉。」

呼，我鬆了口氣。小吉不夠好，但聽魏保志提出這些刁難問題，我以爲根本不會通過。

魏保志繼續問：「認爲媒介物是可以隨身攜帶，也被敵人隨身攜帶，這麼想是吉是凶？」

「凶。」

也就是沒放在身邊？這樣就有機會追查到其位置，直接毀滅！

魏保志接著問：「知道媒介物在哪，就有辦法摧毀它，這麼想是吉是凶？」

「小凶。」

「好。」魏保志看向我們，「來討論吧。」

我呆呆望著黑羽，什麼意思？就算知道媒介物在哪也無法摧毀，或摧毀會帶來不好結果嗎？明明「摧毀媒介物」是吉，爲何兩種可能都占卜到凶？難道有第三種可能？

張嘉笙喃喃自語：「該不會那個媒介物，光憑我們沒辦法摧毀吧？」

「像鑽石那樣？」我問，但馬上意識到自己說錯，果然魏保志搖頭回應：「鑽石雖然硬，但也只是碳元素晶體，丟進火就沒了。我認爲不是物理性的原因，因爲那類東西在日常生活中非常罕見。」

「但加賀美先生也可能眞的拿非常罕見的東西當媒介物吧？」

「據你們所說，祭品或媒介物必須有重要性，重要程度會影響力量強弱，如果以上爲眞，很難想像某種罕見到難以物理銷毀的物體，對敵人來說竟有這種重大意義，甚至能壓制敵營的神祇。」

確實。雖然也可能是技術力落差，但同時壓制這麼多神祇眞的太誇張，這驚人的強度，或許反映了媒介物在精神上的重要性。我說：「會不會……呃，只是隨便說，會不會是缺乏可能的破壞手段？這例子很爛，但假設加賀美的父親跟初戀情人有個定情之地，那地方在台灣，他把這個滿懷回憶的地方設定成媒介物，這就難以破壞了吧？就算把那邊炸了，定情之地的回憶也可能包含遠方風景，不可能完全破壞。」

「蠻異想天開呢，想不到程同學會舉這種例子。你說的情況的確無法破壞，但會形成矛盾——『以摧毀對方媒介物作爲主軸』的占卜結果終究是『小吉』。媒介物是可破壞的。」

也是。明明可破壞，爲何認爲有辦法摧毀是小凶？眞是沒道理。這時身後傳來輕微的聲響，試衣間打開了。加賀美走出來，兩眼紅腫，我連忙問：「你還好嗎？」

「我沒事。」加賀美小聲說，不知爲何，她有些飄飄然，彷彿沉醉在某種悠長的情緒。她把貓的祭品給我，那是寫了盧恩文字「ᚠ」的石頭，很有莊曉茉的風格，「謝謝你，頤顥。稍後你也需要吧？對不起，打斷你們討論。」

「沒關係，我們剛好遇上瓶頸。倒是你——你知道『答案』了嗎？」

「答案？」

「就是——」我啞在那裡，不知怎麼開口。

是令尊下手殺死妻子嗎？當年到底發生什麼事？你們母女是否接受了彼此？透過貓的力量讓你們碰面是有意義的嗎？不知將來會如何，但過去的傷痛，是否都已和解，成爲你前進的力量？說起來，這些其實不能用「答案」來囊括。但加賀美注視著我，明白我的意思，點點頭。

「我明白了很多事……應該說，母親告訴我許多，但也帶給我不少疑問……我還需要一點時間來消化。無論如何，現在該做的事不會變——我們要阻止父親。」

不可思議。

雖然她說「帶給我不少疑問」，語氣卻不是這樣。那是接受什麼，或已經滿足的語氣；就像看完精采痛快的電影，全副精神都投入其中，結束後留下的惆悵與安心。我有點不安，彷彿她要消失在很遠的地方。

「加賀美同學，要一起討論嗎？想休息也無妨。」魏保志說。

「沒問題，我可以的。抱歉讓大家費心。」加賀美整理好情緒，又變成我知道的她。我們整理討論重點，話題很快進展到媒介物相關的占卜攻防；一開始加賀美有些跟不上，彷彿心思不在這，或許她該休息，而不是勉強配合我們，然而當我們深入細節，加賀美的視線焦點突然凝結在某處，表情也為之僵硬。

「怎麼了？」魏保志停下來。她回過神，有些慌亂。

「對不起。可以給我一點時間嗎？我有些事情……要思考。」加賀美沒等我們回應，便站起身小跑步回試衣間。剩下的人面面相覷，不祥的預感自我心底竄起。這不像她。

「程頤顥，」忘心說，「她會不會猜到父親的媒介物了？」

我也這麼想。她跟母親交談過，或許有讓她發現眞相的線索。這本是好事，但見加賀美那副驚駭的神情，恐怕那東西不只對她父親來說重要，對她，或她母親來說也是。如果這麼重要，就像金屬士兵之於我，甚至比那還重要——

我們眞的有立場毀壞嗎？

黑羽唐突地叫了一聲。那與吉凶無關，只是鳥鳴；魏保志摸著肩上的黑羽，看不出在想什麼：「好了，各位不用猜測，等加賀美同學出來再說明就好……如果她願意的話。」

不知過了多久，加賀美走出試衣間，她兩眼紅腫，聲音也有點僵硬：「眞的很抱歉，剛剛那麼失禮……魏先生，我有個不情之請。」

「什麼事？」

「能將黑羽借我占卜嗎？」

「不行。」魏保志像是早知有此一問，立刻回絕。加賀美有些畏縮。

「為什麼？」

「我跟衛小姐保證過會實現她的願望，這是繼承黑羽的條件——所以我不只考量我自己的目的，也會考量她的。這是最優先順序。如果加賀美同學有問題，請直接問。」

他是說，對加賀美有利的事，對衛知青未必有利？但加賀美想阻止父親，那不是對我們有利？然而加賀美接受了，她低下頭，下定決心說：「好，那我問了。魏先生，認為我心中所想之事正確，是吉是凶？」

咦？之前確實將計畫簡稱為A、B來占卜過，但為何避開具體內容？魏保志沒追究，黑羽說：「吉。」

「認為我心中的計畫可行，是吉是凶？」

黑羽猶豫了一下，祂瞥向魏保志，說：「吉。」

「這裡的吉，表示對我們全體，對拯救試用者這個共同目標有利，對嗎？」

「可以這麼理解。」魏保志說。張嘉笙有些茫然，表情似笑非笑。

「呃……這是怎麼回事？為何不直接說出來討論？」

我同樣不解。但加賀美一定有她的理由。如果媒介物牽涉到隱私或祕密，不想宣之於口也是可以理解的。少女還是蹙著眉，然而聽了魏保志的保證，她彷彿鬆了口氣。

她睜開眼簾，面向我們，眼神充滿覺悟，彷彿已決定要捨棄什麼。

「我知道父親的媒介物是什麼了。請放心，接下來一定能阻止父親，將各位的朋友救回來。」

這是勝利的宣言。但不知為何，我覺得有點，雖然只有一點點——

我感到某種恐怖。

幕間：最後的道別

顏中書回過神，下意識摸向自己中槍的額頭。沒有傷口。明明是致命傷，怎麼會？這很明顯不是廣世公司汐止據點，是某個沒見過的高級旅館客房，程頤顯等人圍著她，還有魏保賢的哥哥魏保志——

不過短短一瞬，顏中書已了解情況。

她已經死了。現在存在於此的「意識」，不過是「貓」模擬出來的幻夢。

理解的瞬間，顏中書感到強烈的心痛，就像被刀捅向心口。遺憾、頹喪、悲苦，這些情緒從心頭的傷口湧了進來，但她同時也鬆了口氣——太好了，**不必做那些討人厭的事就能結束這一切**。她很清楚這樣的心情是矛盾的，但她有足夠的理智不去否認任何一種情緒。

不過，這是怎麼回事？

明明是這些人召喚出自己，怎麼他們的表情這麼軟弱，彷彿不知該如何面對自己？顏中書暗自好笑，這群天眞的人，眞的能抵達終點嗎？她擺出輕鬆的態度，率先開口：「原來如此，魏先生跟你們一直保持聯絡，所以才……眞是難以預測的奇兵。但比起魏先生，加賀美同學在這裡更讓我意外，你們應該知道是誰殺死我們，是誰阻擋在你們面前，應該去擊敗誰吧？」

「我們知道。」加賀美靜香低著頭，「對不起，顏小姐。我覺得應該跟您道歉。我不知道父親的計畫，也無法阻止他們。雖然道歉沒有意義，但……」

「好了，停。」顏中書沒讓她說下去，「這是我們都要承擔的風險。我們的目標不同，都覺得彼此礙事，必要的話，我也會試著排除你們。所以不必道歉，不必同情我，那不是我應得的。」

她是眞心這麼想。

她知道自己的所作所爲必有惡果，也有無論發生什麼事都願意承擔的覺悟。在這樣的覺悟下，任何同情都是廉價的，只會讓她不自在。

「顏小姐，」張嘉笙小聲問，「那個……您的目的是什麼？您不是廣世公司的人，跟他們的目的不同，既然如此，您到底打算獲得什麼？」

「這就是你們召喚我的原因嗎？想知道我的目的？」

「差不多。」程頤顥說，竟有些手足無措。

「爲什麼？」顏中書不以爲然。對這些人來說，自己的目的應該只是無關痛癢的小事，如果他們是因爲好奇召喚她，她就要生氣了。

「我考慮過幫忙完成顏小姐的目的。」但程頤顥的話在她意料之外，「你告訴我們被抽取的試用者在哪，還爲了救林翼而犧牲自己，讓林翼把部分祭品帶出來……總之，我覺得該爲你做些什麼。如果顏小姐同意，我會盡力而爲。」

啊，這樣啊，顏中書鬆了口氣。林翼逃了出去，太好了，其實她沒有百分之百讓林翼獲救的把握。這樣就安心了，林翼是她心裡最後一塊大石，他們有愧於他，既然林翼平安無事，她的遺憾就少多了。

不過，有件事需要訂正。

「你誤會了，程同學。我沒有犧牲自己的打算。我認爲能說服水上先生，所以挺身而出，結果變這樣，只是我賭輸，並不是什麼犧牲小我的偉大情操。不過你想幫我實現願望，我很感謝，雖然那不可能。」

「因爲顏小姐的目的跟我們的目的相抵觸嗎？」張嘉笙問。

「……是我弟弟說的？」

顏中書馬上醒悟，語氣緩和下來，眼前眾人點頭。果然。其實她對這個弟弟也帶著遺憾——還有深深的愧疚；接下來，顏尚書不得不活在這樣的世界，這是她的錯。但弟弟已是成年人，既然無法選擇人生，只能相信他可以照顧自己。

「……對，當我們達成目標時，有很高機率會奪去各位成功的機會。但那是推估的結果，實際情況誰也不知道；不過各位不必擔心，既然我死了，各位也掌握占卜的力量，那件事發生的機率非常趨近零。」

她本以爲這番話可以讓大家安心，但眾人的表情與她想的不同，帶著些許遺憾。

「即使如此，還是想知道顏小姐的目的，可以嗎？」程頤顯像在確認其他人的意見。

「爲什麼？這對各位應該沒有幫助。」

「讓我們自行判斷。」魏保志說。在圖書館聚會後，這是他第一次跟顏中書說話，顏中書注意到他的態度沒這麼尖銳，他說，「顏小姐不願意說，沒人能勉強。但你很清楚情報的重要性。有沒有什麼我們沒注意到的地方？要是沒注意到，會不會在關鍵場合誤判呢？是這方面的顧慮。」

原來如此，顏中書理解了，這是有意義的考量。

「不是不行，只是各位可能會大失所望喔？因爲我的動機與現況無關，很可能無法帶給各位有意義的資訊，頂多是對脈絡的補充。不過……也好。既然死了，好像沒必要這麼固執。還請各位做好聽故事的準備，什麼時候不想聽，隨時可以打斷。」

她開始說故事。

——該怎麼轉述這個故事才好呢。

顏中書供出了一切。她與這起事件的關係、動機、最終目的、行動原理，她全都說了。這些話或許能壓縮在十分鐘以內，讓人發出「啊，這樣啊」的感慨。然而這種程度的感慨，對確實哭過笑過的生命來說，是不是一種褻瀆呢？就像輕描淡寫能讓深痛的悔悟變得滑稽，那些常識難以度量的覺悟，會不會被簡單地當成某種妄執呢？

顏中書的故事不複雜。但那些被生命曲折擠壓出來的決定，卻不見得能輕易爲人所理解；明明如此，這裡卻想用簡單的隻字片語述說嗎？如果有另一個故事，另一篇冒險劇，或許能適切轉達吧！但貓呼喚的死者低喃，這場沒有未來的幻夢，恐怕只能催生倉促的註解，化爲無解的遺恨。因此出於憐憫，這裡不會交代她所有的故事。

顏中書是何時涉足這個事件的？

半年多前重新啓動的「D計畫」？不，她的起源比那還遠，遠到甚至想不起細節；因爲她太小，還是個小學生。當時她被捲入大人間的陰謀，受那些她也不明白前因後果的東西擺布，無意間，她踏足製造「瓶中小人」的核心，造成難以挽回的災難。那是相當「有限」的災難——與瓶中小人有關，氾濫成國家級、區域級的災變都不爲過，但這場災難縮限在一個實驗場所裡，而災難的後果，也不過是幾個人「消失」，堪稱極爲幸運。

但顏中書的父親在災難中消失，而且是她的錯——她父親是爲了保護她才消失，不，是變成了「××××」；爲了彌補自己犯下的錯，少女與「××××」約定，只要能再見到「瓶中小人」，她犯下的錯就會被扭轉，歷史被顛覆。那時，這還只是少女純粹的贖罪願望，然而當時間推進，她父親消失的影響愈來愈清晰，她確信是自己置某些人於不幸之中——她的罪愆逐漸累積，並隨著歷史的成立而擴張，像累積利息。

沒有能幫助她的大人。除了自己努力外別無他法。也不能請求弟弟協助，因爲弟弟是自己罪行的受害者。不知不覺間，「延續這個歷史的世界」已無關緊要，包括自己的人生在內，因爲在她完成約定、與「瓶中小人」共處一室的瞬間，那份約定就會立刻兌現，將這段既成歷史消滅。原本全知全能也不能引起時空悖論，但顏中書與「××××」的約定顛覆了這個法則，確實存在某條與「正史」平行的時空，而顏中書手中的開關能消滅其中之一，決定何爲「正史」。

這注定她成爲所有人的敵人。當人們知道她成功的瞬間，世界會關機重啓，還有誰會幫她？當然，沒人知道「世界」還有沒有後續，或許這個世界能作爲平行時空存續，但瓶中小人會被她帶到另一個時空，仍會剝奪其他人的目標；莊天河提防她是正確的，某種意義上，那個對他人保持高度警戒，傾向將一切隱瞞在五里霧中的祕密主義者，是唯一察覺顏中書危險性的人。

即使如此，顏中書還是準備好種種布局。即使選擇這個歷史的世界對她來說毫無價值，她也不打算讓事情走向最壞的結果。因爲她無法接受自己讓更多的錯誤留在世上，要是失敗，至少得設法收尾。對顏中書來說，那不是出於善意，只是一種義務罷了。

聽完她的話，眾人沉默，惶惶不知所措。果然如此，顏中書心想，自己的故事對他們來說毫無意義，所以他們才不知該說什麼吧。這時張嘉笙開口了，他微微顫抖，聲音結結巴巴。

「就……這樣？顏小姐做這麼多，就只是爲了**這種事**？」

「是啊。我是沒機會勝利的掉隊者，有必要說謊嗎？」

「我明白學長爲何這麼問……」程頤顯猶豫地說，「這實在不像顏小姐，該怎麼說，不像理性思考、深思熟慮的結論……」

「不只吧！」張嘉笙跳了起來，「如果眞是那樣，就算顏小姐完成目的，對她也沒有半點好處啊！」

——是的，從旁觀者看來沒有好處。

在顏中書完成目標的瞬間，她這個個體也將消滅；這是她與「××××」的約定，也是得以取消時間悖論的原因。但這對顏中書來說極其自然，所以她沒想到張嘉笙會在意這個。她說：「張同學，不能說沒半點好處。這就是我的『勝利條件』，只要達成，我就贏了，這就是好處。」

「不對，不是這樣！」張嘉笙有些激動，「如果你是要征服世界我還比較能懂！不對，還是不懂，征服世界也太奇怪了。可是這也很奇怪！應該不只我這樣想吧？如果顏小姐是爲了那種事……那不就表示，就算顏小姐達成目標，也無法得到幸福嗎？」

……得到幸福？

這是她第一次因價值觀的重大歧異產生疑惑。她總算正視張嘉笙，發現這個大學生神情激動，快要哭出來的樣子；她有些意外，原來張嘉笙是這樣的人？程頤顯也開口：「我同意學長。每個人對重要的事看法不同，或許對顏小姐來說，那件事很重要，但顏小姐是不是同時放棄了什麼很重要的東西？」

「不必費心。重不重要，我都是評估過的。」

「或許顏小姐是眞心這麼想。但我總算了解令弟爲何對您有所怨言了。」

「……願聞其詳。」顏中書有些詫異，爲何現在說到尙書？

「因爲顏小姐是會『犧牲皇后』的人。」

「犧牲皇后？」加賀美低聲重複，程頤顥點頭。

「在西洋棋中，有時會以最強大的棋子爲誘餌，誘使敵方犯錯。顏小姐作爲棋手，本該保護國王，也就是自己，但並非如此——顏小姐把自己當成皇后了。皇后是最強大的棋子，但該犧牲它換取勝利時，顏小姐不會猶豫。您並非國王，您想保護的國王在其他地方，也就是你的最終目的；所以您才三番兩次採取積極有效，卻將自己置於險境的策略。」

犧牲皇后。或許眞是如此，顏中書沉思。但她不是刻意，是現實上只有她能做。既然策略有效，難道還有別的選擇？她緩緩開口：「……假設如程同學所說，這跟尙書的不滿有什麼關係？」

「姊姊不跟自己商量，動不動就把自己推入危險，光我知道的就好幾件，在令弟眼中更是多不勝數吧？令弟闖進加賀美住的地方，是懷著怎樣的心情要把您帶回去，我大概能夠想像了。您最後還在自己造成的險境裡喪命，發生這種事，不是會讓人氣到難以忍受，卻無法譴責，不知怎麼宣洩情緒嗎？您說的目的也是——顏小姐，您是不是太看輕自己的價值了呢？」

——原來如此。

顏中書恍然大悟，甚至有些震驚；她不是現在才意識到自己的行動原理，而是直到此刻，才體會公開自己的內心、與別人交流內在是這種感覺！對，那可能惹惱尙書，就算找出千百種藉口來開脫，尙書還是會生氣。眞不成熟，顏中書想。但這麼想的自己顯然也不成熟。那要是早點這麼做，早點說出心中祕密，會不會因此改變策略呢？

或許會，畢竟她不希望跟弟弟起衝突。但這些人說她太看輕自己的價值……

她不認同。

自己是有價値的人——她無法說服自己。

要讓她認同自己的價値，需要更多時間。但作爲死者，她已永遠失去那些時間；事實上，就算早點公開祕密，她也不會改變，因爲那是陳年積累的傷痛，早已成爲難以扭轉的執念，不是幾句話就能弭平的。

「謝謝你，程同學。」顏中書鬆了口氣，露出體貼的笑，「尙書在不滿什麼，確實是難解的謎，現在我明白了。你們關心我，我很感謝，但否定我的目的，可是會讓我受傷的喔。不管怎麼說，那都是多年爲之奮鬥的目標，希望你們尊重。」

「不是不尊重顏小姐，可是——」張嘉笙還想說些什麼，顏中書打斷他的話。

「謝謝你的尊重，張同學。迄今爲止，我是感激你的，但要是你持續否定我，我就會感到遺憾了。這是最後的道別，讓我們都給對方一些好印象，好嗎？」

張嘉笙難以接受，他看向程頤顥，後者想說些什麼，卻被魏保志喝止。

「兩位，我明白你們的心情，但顏小姐有她的想法，必須尊重。我沒有任何評價，到此爲止。」

顏中書打從心裡感謝魏保志。說到底，她不期待、也不祈求任何人理解。把心事說出來，卻被他人評論，太難堪了吧。程頤顥苦澀地嘆了口氣，看向顏中書：「知道了。但最後請讓我說一件事——我衷心慶幸顏小姐沒贏。不是誰輸誰贏的問題，而是當顏小姐成爲最後贏家，那反而……是件很悲傷的事，我相信學長也這麼想。雖然無視您的意願，但只有這點，請您不要生氣。」

「我怎麼會生氣呢？你們不希望我贏，合情合理。坦白說，你們這麼溫柔，還眞讓我鬆口氣。沒必要暗算你們、在最後用卑鄙手段奪走你們的正當權利……從這個意義看，加賀美先生殺死我是正確的。啊，但其他人沒有死的必要，所以還是不該這麼做呢。」

又是貶低自己的說法，但已經無人指摘。要是在她還活著的時候知道這些事，理解她的內心，有機會改變她的想法嗎？這已是無解的謎。

顏中書見大家陷入沉默，便像是要活絡氣氛般，提出更新情報的建議。

「來聊聊我死後的事吧。當然，不只是純聊天。」她說，「我希望各位獲勝，但此刻我能提供的協助很少，只能貢獻想法與策略；當然，可以無視我的建議，那是各位的自由，但要是我的建議能得到採用，我會很高興的。」

「顏小姐，你是要跟我們一起討論怎麼對付ＪＭＭ社？」張嘉笙驚呼。

「有什麼不妥嗎？」

「沒有沒有，當然沒有！」

張嘉笙連忙說，看來頗爲期待，其他人也是。其實在圖書館時，他們就是這樣討論策略的；如果顏中書不是另一個陣營，這樣推心置腹才是應有的樣貌。

眾人輪流開口，從廣世公司根據地的見聞，親眼看到加賀美正人殺人，到夜晚的夢，還有廢棄國小的決戰。目前豎琴的媒介物已被移到其他地方，因爲猴硐在範圍內，應該是往東北方移動。加賀美已猜到父親的媒介物，很可能是她母親給的情報。

摧毀加賀美正人的媒介物，這就是他們的策略核心。但加賀美還沒說出那是什麼，不知爲何，她似乎有某些顧慮——

聽到這裡，顏中書已**知道**「加賀美正人的媒介物」是什麼。

她難以置信。眞有這種事？但如果「那個」就是媒介物，許多謎團都能解釋！這樣的話……

「我有個問題。」顏中書若無其事地問，「明天你們去黃金城，這件事是吉是凶？」

「吉。」魏保志說。

「這樣啊。雖然這要求有點不合理……」顏中書輕輕擊掌，「但能否讓我跟加賀美同學獨自談談呢？」

第十一章

廢線彼端的人造神明

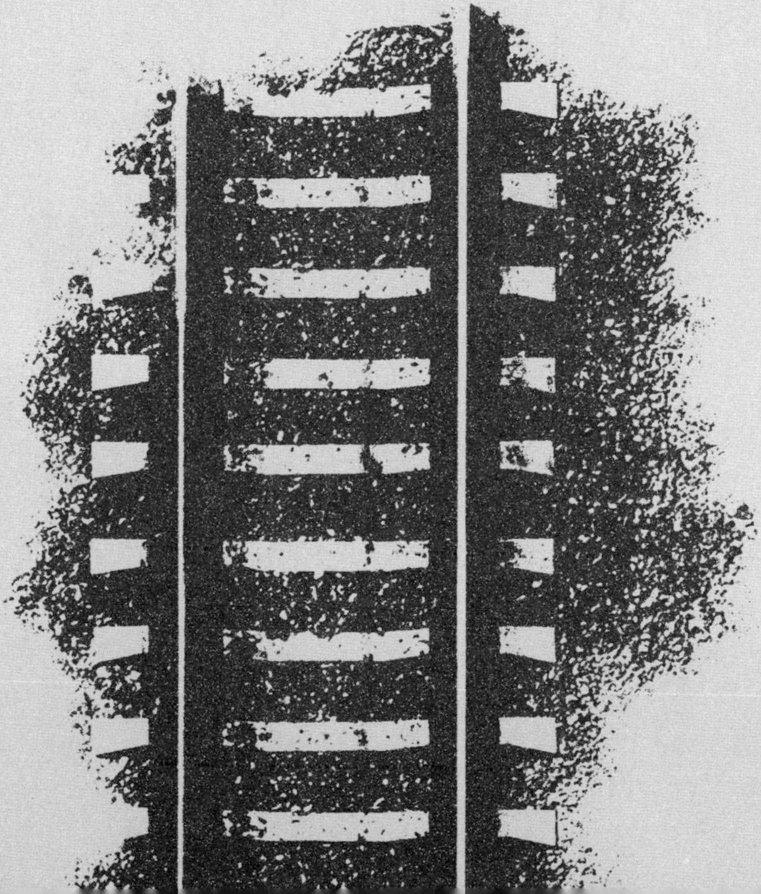

海濱車站——據張嘉笙說，這車站早已廢棄，只剩站房與月台；不過這是全台灣保存最完好的廢棄車站，在鐵道迷間相當有名，所以知道我們要在海濱車站會合，張嘉笙表現得有些興奮。

「廢棄車站……」雕龍摸著下巴思考，「明明哪裡都去不了，爲何要在那種地方碰頭？」

「其實我有些猜想。」張嘉笙轉頭說，「不過等一下直接問蘇先生就知道了。」

我們在魏保志的車上任意聊著。張嘉笙坐副駕駛座，幫忙看地圖指路，我跟加賀美則坐後面。今天天氣晴朗，車裡甚至有些悶熱，到瑞芳後，穿越幾個隧道，經過陡峭的山壁，我們看到了海。

湛藍海面閃著寶石般的光輝，讓我想起小時候跟家人一起去海邊的情景。

運氣不錯，魏保志說，東北角的春天變化無常，就算沒下雨也時常是陰天，這樣晴朗的天氣很罕見。張嘉笙同意，說或許是好兆頭。

我跟加賀美沒說話，安靜欣賞窗外風景。車內擠滿神。但祂們就算說話，也是竊竊私語，並不吵雜；新加入的神最初還積極交流，但很快就沉默下來，貓說這些神失去原本的試用者，這段期間又被廣世公司過度使用，原本就沒有太多餘力溝通，所以確認目標後就保持在待機狀態。

祭品也已重新分配，以利備戰。魏保志透過天氣之神與變形之神得到戰力，近戰的我持有治療之神，張嘉笙則拿著朋友的神Dark Book。或許是爲了避嫌，加賀美選擇沒有戰力的貓與公正之神。

豎琴出現了，在跟昨天差不多的位置，顯示媒介物確實已被移到東北角，說不定就在黃金城；昨天我們在地圖上確認過，水湳洞也在有嫌疑的區域，只是占卜不建議我們調查而已，但這帶來新的問題。

如果豎琴的媒介物在黃金城附近，甚至就在黃金城，表示敵人已經進入黃金城了嗎？老實說沒道理，因爲在湊齊神祇前，到黃金城沒意義。但要是他們當眞已進入黃金城，關鍵的「神話之壺」是否安然無恙？

還有最重要的，此行可能與他們相遇嗎？

有可能，魏保志說，但他沒占卜。此行的結果已確認是「吉」，額外占卜只是浪費次數。眞是如此嗎？我看著窗外想。事先確認好，不是能做更多準備？

在張嘉筌的指引下，魏保志把車停好，我們走進一個社區。社區離海一百多公尺，大多房子低矮，不超過兩層樓。不遠處，低矮的山綿延盤踞著，像窩著休息的獅子；樹叢極爲茂密，有些房子甚至被埋在樹叢中，濃濃的亞熱帶氣氛。幾位老人家坐在棚子底下乘涼，對我們這些外人投以好奇的視線——暖風，蟲鳴，鳥叫，一種遠離世俗的印象，想不到這裡過去曾有車站。

沒走多久就看到長長的月台。雖然石頭隙縫間長滿野草，但上面還立著寫有「海濱」的月台站牌。幾根風格典雅的燈桿被塗成淺藍色，上方是鐵鏽色，大概也是車站遺物。椅子很嶄新，或許是將廢棄月台改造成公共空間，事實上，這已經很像公園，不遠處還有社區籃球場，宛如公園的延伸。

沒有鐵軌，但地上有與鐵軌差不多寬的枕木走道。蘇育龍坐在月台上。

「你好。你就是蘇育龍？」

戴漁夫帽的魏保志走在前面，對蘇育龍揮了一下手。蘇育龍有些猶豫，站起身問：「你是哪位？」

「魏保志。魏保賢的哥哥。我也以自己的方式在打探家人下落，因此與他們合流了。」

他語氣冰冷，雖不到敵意，但也不能說友善。我恍然。之前他都在後方支援，這是他第一次跟廣世公司的人「攤牌」。蘇育龍驚訝地瞥向我們：「原來昨天他們說帶著占卜之神的朋友是你。」

「沒錯。」魏保志瞪著蘇育龍，「雖然有些話想說，但跟你抱怨只是浪費時間，算了。希望這件事有個雙方都能接受的結局。」

蘇育龍表情抽動，沒說話。張嘉筌也上前跟他打招呼。不知爲何，我總覺得事不關己。明明是來處理重要的事，我卻懶洋洋的，緊張不起來；爲什麼？或許是天氣太好，又或是這個社區也太寧靜——

也可能是我還沉浸在與「師匠」再會的情緒。

昨天跟顏中書談過後，我終於做好跟師匠見面的心理準備。那是難以言喻的體驗，很不真實，很懷念，就像捧著破碎的珍寶；我沒跟師匠提「瓶中小人」的事，把這次相遇當成一場夢，不過我介紹了加賀美，說她是林雅君的女兒。

師匠大吃一驚，罕見地流了淚。果然，她也以爲加賀美早就死了。

沒能拯救朋友，甚至害死友人女兒的悔恨……就算死者無法記得這些，我也希望師匠能從悔恨中解脫這麼一次。師匠娓娓道來當年的事，我聽她說，愈加理解她爲何說「不能把現實當遊戲」。知道的細節愈多，就愈明白悔恨多龐大，這句短短箴言裡隱藏著多深的悲痛，不透過本人的口，根本無法了解。我不禁悔悟自己的短淺。

就像在顏中書說自己的過去前，我雖然好奇，內心深處卻覺得「大概就那樣吧，肯定是我能理解的事」，然而顏中書覺悟的悲壯，遠遠超出我想像。師匠的事也是。大概想像了當年的事，實際聽到卻深刻太多，讓我認識到師匠不只是「母親」，還是個「人」——這麼理所當然的事，還需要反省才發現？揣測的淺薄，反映的是想像力的貧乏，要是有人指責我缺乏內涵，還眞是無可辯駁。

師匠親切地說起林雅君的事。那並非無人知曉的祕密，但至今爲止，沒人傳達給加賀美。師匠所描繪的，是一位性格鮮明、好善惡惡的人物，加賀美聽到淚流滿面。我只是旁聽，卻也接受了情感的洪流，不知不覺哭得亂七八糟，現在想來實在丟臉。

但沒什麼好丟臉的。那段如夢般的重逢對我來說意義重大。後來我跟師匠聊了許多，與她的再會彷彿重整我的世界觀，使其更加完整；那些猶繞耳際的隻字片語，讓人既滿足又悵然若失。我甚至覺得攻略進度之類的已不再重要，因爲重要的事已經發生了……當然，事實並非如此。只是昨天的感傷震撼靈魂，我應該有權利品嘗這份餘韻。

——雖然有些事讓人在意。

加賀美已知道父親的媒介物，但不願透露，只說「已經有破壞媒介物的方法」，甚至還追加占卜，詢問「實行這個計畫是否成功」，得到「吉」的結果。這讓我有些雞皮疙瘩，因爲這等於箭在弦上——加賀美不執行計畫則已，只要執行計畫，必然成功。可是我感到奇怪，既然知道媒介物是什麼，何不說出來讓我們幫忙？大家一起檢討，將計畫優化，不是很好？用望遠鏡偷窺十公里外的東西並非不可能，而且破壞媒介物的結果明明是小凶，爲何加賀美的計畫就是吉？難道那個媒介物只能以特殊的方式破壞？

原以爲魏保志會追問，但他只是跟加賀美確認「你應該知道，這個『吉』僅僅是針對我們的目的而言吧」，加賀美瞥向我，勉強打起精神：「嗯，我知道。」

沒根據的恐怖感再度浮現。面對那壓制神祇的力量，眞有這麼厲害的策略？「僅針對我們的目的」也讓我在意，彷彿我們的目的跟加賀美不同。我說：「既然已經得到對我們有利的占卜，難道不能在此前提下，將黑羽借給加賀美，確認計畫是否對她有利嗎？」

「當然不行。」黑羽冷冷說，「這是重複占卜。如果新的占卜結果動搖她的想法，那剛剛的占卜結果就會受影響。」

「沒關係的，頤顥。」加賀美小聲說，「我已經得到想要的結果。不用擔心，我們會阻止父親的。」

明明在逞強。後來「貓」召喚顏中書時也是。顏中書私下跟加賀美談，很明顯跟她的計畫有關。顏中書表示她已知道加賀美正人的媒介物是什麼，也知道加賀美不願意跟我們說的原因，但能保證加賀美的計畫沒問題。既然沒問題，那爲何不說？這次是張嘉笙問的，我暗中感謝。

「開誠布公當然很好，」顏中書說，「但若要尋求最佳解，則必須重新思考；其實我已想到兩、三個更好的計畫，但能理解加賀美同學不採用的理由。加賀美同學與她父親間有事要處理，需要適當的場所與條件，必須把這些考慮進去，不然就算勝利，也無法解決加賀美同學的問題，甚至可能危及她的未來。我保證各位必將獲勝，但希望配合加賀美同學。她是計畫的核心，有資格以自己期望的方式進行。」

我同意該考慮加賀美的未來，但跟「不能說」有何關係？後來雕龍以開玩笑的語氣問她爲何不講，加賀美有些恍神，不知所措，最後只是囁嚅著：「對不起，我……不想說，因爲有點羞恥。」

「羞恥？」

「嗯。」加賀美的臉紅了起來，即使她的眼神依舊憂鬱，「這麼說也不太對，但我不知道怎麼解釋，抱歉。而且，要是說出口，或許我的決心就……」

聽了這些話，就算再怎麼想知道，我也沒那個立場。

但我沒放棄。魏保志暗示對我們有利的結果不見得對加賀美有利，這很合理。看加賀美的反應，媒介物很可能對她來說也有**重大意義**，親手毀壞重要的事物，當然沒道理是「吉」；既然如此，難道眞的只有摧毀媒介物一途？

我私下請教魏保志，有沒有可能不摧毀媒介物？結果是「小吉」——要付出代價，但有其他方法。魏保志盯著我的眼神有點陰鬱：「雖然有別的方法，但希望你不要對既有的可能性視而不見。不是因爲『吉』比較合理，而是你缺乏評估選擇的標準。我建議程同學先想想加賀美先生的媒介物，再思考怎麼做最適當。」

他拍拍我的肩膀。

「我就知道！那傳說果然跟你們有關！」張嘉笙興奮大喊，我回過神，正疑惑著，他已跑過來，「學弟！加賀美同學！我總算知道眞相了！你們知道這是哪裡嗎？」

「哪裡？」加賀美被他的樣子嚇到，「不是……海濱車站嗎？」

「對！但不是這樣——」張嘉笙這才注意到太激動，立刻彎腰駝背，讓自己看起來不會太高，「對不起，這可能是我們鐵道迷才有興趣的事。是這樣的，之前我不是說海濱車站在鐵道迷間也很有名嗎？其實除了月台保存完整外，還有個理由，就是這裡曾出現幽靈列車，還跟濂洞站有關！」

「幽、幽靈列車！」加賀美驚呼。

「什麼意思？」爲何突然講這個？海濱站的幽靈列車怎麼會跟濂洞站有關？

「這條深澳線原本是日本人拿來運礦的，金瓜石的礦物會先送到濂洞，然後經鐵路運到現在的阿根納造船廠附近，但戰後開通濱海公路，有部分路段跟鐵路重疊，就把『海濱』到『濂洞』間的鐵路拆掉，拿來拓寬公路。既然沒有鐵路，濂洞當然就廢站了——在那之後，濂洞就被稱爲『幽靈車站』。」

原來濂洞廢站是這原因，我問：「幽靈車站是說那裡鬧鬼嗎？」

「不，不是鬧鬼，」張嘉笙愈來愈不好意思，「對不起，好像眞的只有鐵道迷有興趣……」

但都開了話題，哪可能讓他只說到這？我們催他說下去。

原來濂洞在廢站後，進入一個特殊狀態；雖然廢棄，但制度上還在運作。譬如時刻表，在海濱還沒廢站時，深澳線的列車抵達海濱站即可折返，卻偏偏停留了一段時間，而這段時間正好跟列車繼續前往濂洞再折返一致——明明沒有往濂洞的鐵路，爲何時刻表卻像是去了濂洞？

不只如此，濂洞曾在廢站期間獲得「全年無事故獎狀」。都廢站了，當然不可能有事故。這當然可以說是台鐵怠惰，忘了濂洞已廢站，但事實是，全台灣的廢棄車站，只有濂洞站如此特殊，故有鐵道迷前輩稱其爲「幽靈車站」。

「接下來說的幽靈列車，比較像都市傳說。」張嘉笙像要講什麼祕密般看向四周，「濱海公路開通後，深澳線運量大減，最後深澳站以下停止運作，也包括海濱。但九〇年代後，海濱站卻時不時有不該存在的火車停靠的傳聞。」

「會不會是調度車輛，借這個站停靠一下？」

「不，不可能。而且停止客運後沒幾年，深澳站以下的鐵路也被拆了，別說調度，火車根本不可能過來！明明不可能，卻還是有列車進站停靠。」

據他所說，那些車子都是日本時代留下來的柴油客車，DR2100與DR2300型，有時是從瑞芳的方向往濂洞，有時是從濂洞回來；沒人拍到照片，但這傳說在鐵道迷間很熱門，還流傳好幾個不同版本，有些很恐怖，有些是平凡無奇的目擊經驗，張嘉笙來過幾次，也是因爲這傳說。海濱站的幽靈列車，每個鐵道迷都知道，卻從來沒人親眼目睹……

等等，我突然想通。張嘉笙說這些不只是出於鐵道迷的狂熱，還跟這件事有關——

「當然不會讓你們看到。」

蘇育龍走過來，神情有些複雜：「想不到還有年輕人這麼了解深澳線。雖然當初努力壓下目擊證言，但事情已傳出去，幸好這裡偏僻，只在鐵道迷間流傳。來，拿著這個。」

蘇育龍將幾張小紙片遞給我跟加賀美，是車票。

看來很陳舊，邊角有些磨損，字也不怎麼清楚。一張是「海濱站至濂洞站」，另一張相反，是供來回的兩張車票。抬頭看，魏保志跟張嘉笙也拿到車票了，我忍不住說：「難道『幽靈列車』是眞有其事？這是搭上『幽靈列車』的車票？」

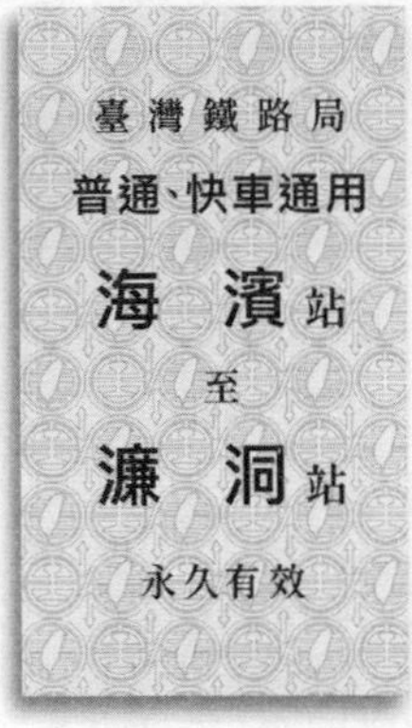

「總覺得『幽靈列車』有些難聽，我們都叫它『Phantom』，幻影。」蘇育龍苦笑，「要進出時間停滯的黃金城，當然也要透過被時間遺棄的工具；結界建立的時間正好與深澳線停止載客重疊，對我們來說正方便。鐵路被拆，表示不會有其他乘客，不會受任何外力影響，有助於固定幻影列車的型態。就連那些鍊金術師也讚譽有加，說對往返異界的通道來說簡直完美。」

「原來如此。」魏保志說，「這裡是台灣保存最完整的廢棄車站，在這裡搭上前往幽靈車站的幻影列車——品味不錯啊。」

「蘇先生，你們是怎麼掩人耳目，不讓我們鐵道迷看到『幻影』的？」

「很簡單。」蘇育龍舉起手中車票，「要是沒有這些車票，『Phantom』就不會來。要是有不像居民的人在附近徘徊，我們就不會搭車。」

意外的單純。如果「幻影」是自然現象，不斷測試就會發現現身的條件，但若是人爲控制，只要謹慎就不會曝光；這流言流傳了十幾年，始終沒有鐵道迷親眼看到，就證明相關人士有多謹慎。

「但不只鐵道迷吧？這十幾年間難道沒有居民看到『幻影』，或拿相機拍下來？」我問。

「不用擔心，居民知道我們的存在。」

「什麼？」

「他們不知道我們在做什麼，但我們有公務員身分，只要抬出長官的頭銜，就可以讓他們認爲神祕列車是政府的研究，不便公開……而且海濱跟黃金城這麼近，我們不算外人，他們是爲了我們三緘其口。」

居然不是靠政府壓力，而是傳統人際關係？也是，都在別人社區裡變出神祕列車了，就算政府施壓，也不可能完全掩飾住——現在已是民主時代。

「車票有數量限制嗎？還是可以無限加印？」魏保志問。

「只有這些。單程總共二十四張，這就是能夠進黃金城的人數上限。」蘇育龍遲疑一下，「我們清點過車票，沒有少，這才以爲日本人進不去。」

「可能他們不需要車票。」魏保志指出，「黃金城借用了鍊金術師的力量，如果我是那些鍊金術師，就會留下後門；ＪＭＭ社跟他們有聯繫，很可能原本就知道怎麼進去。」

「不可能，我們也有防備。」蘇育龍不滿地說，「進出黃金城要多重認證，那些鍊金術師只知道部分；要比喻的話，結界邊緣就像疊了好幾層迷宮，不可能短時間破解，但要是反覆嘗試，一定會被我們發現。」

「但應該有什麼破解的關鍵吧？」我將車票收好。加賀美正人殺了莊天河之前，顯然得知了什麼祕密，而且水上豊也也驗證過。蘇育龍臉色凝重。

「是啊，只能這麼想了。天河居然出賣了這麼重要的祕密，這小子。」

看他的臉色，或許是對莊天河有怨言吧。他大概覺得坐守無法入侵的黃金城是極大優勢；但不得到所有神就無法勝利，無力主動出擊的瞬間，其實就已敗北——將希望寄託在黃金城是沒意義的。

「車來了！」張嘉笙指著籃球場，一列復古藍皮車由遠而近。

籃球場的網欄後，列車正沿著原本的軌道弧度悠悠駛進籃球場，金屬邊緣在豔陽下閃耀，明明沒有鐵軌，卻還是傳來隨鐵軌震動的碰撞聲。光這麼看，它跟普通列車真的沒什麼不同。

但只要細看就會察覺異常。最明顯的是與地面的距離，就像磁浮列車般飄浮著，而且沒多久，我們就看到它穿透籃球架，無視隔開月台與籃球場的矮牆，如位置配置錯誤的3D物件般直直穿過來，在我們面前停下，打開車門。

這就是幽靈列車「幻影」。

我們說不出話，視覺衝突太強了。

「上來吧。」蘇育龍像是習慣了，直接走進「幻影」，在昏暗的車廂裡招手。這車子明明碰不到東西，是拿著車票才能上車嗎？我們惴惴不安，還是魚貫進入車廂。

看到內裝，我忍不住又被震撼，太復古了！車頂有一排電風扇，沒冷氣的時代就是這樣？加賀美走過去，輕撫軍綠色的座位，那是彼此面對面、可以換方向的座椅；走道極窄，連錯身都有點困難，張嘉笙一馬當先，又叫又跳，最後上車的魏保志也揚起眉，像被勾起什麼回憶。

「我的天啊！」張嘉笙激動地說，「這種藍皮車幾乎都在十年前報廢了！我小時候坐過，那時甚至還不是鐵道迷……好懷念。啊，駕駛室！蘇先生，我可以看看駕駛室嗎？」

「當然可以，不過這輛車沒有駕駛，是全自動的。」

「好耶！」他像是沒聽完後半句，直奔駕駛室。

窗外是現代的海濱社區，草木隨風搖曳。剛剛這輛車碾過了移植過來的小樹，但小樹並未穿進車廂，就像車廂被施了魔法，是獨立的空間，拒絕一切干擾。真不可思議。光待在車廂裡，就覺得時間被切開，內外是不同的時間。

眾人各自坐下，車門關閉，列車晃晃悠悠地向前發進。感覺好奇怪，明明是列車，卻行駛在柏油路上；

兩旁社區房屋後退，列車左彎，沒多久開始抬升，道路愈來愈窄，甚至窄到列車與停在路邊的車輛重疊。我們就像與現實擦撞，被擠進幻想。

穩定持續的哐啷聲中，列車來到了開闊處，像懸崖上的平台。

「哇……」加賀美讚嘆，「頤顥，你看！好漂亮！」

「啊，眞的。」我望向窗外，發出感慨。左方是一望無際的海景，遠方有綿延不斷的綠色岬角。加賀美將手貼在車窗上，露出孩子般感動的神情，像要看清海的樣貌，在陽光底下極其耀眼。

不知爲何，心裡湧現一絲類似悲傷的情緒。爲了壓下這種感覺，我伸手打開窗，想讓窗外的風吹進來，但窗戶紋風不動，是鎖死的。眞可惜，可能是安全考量。話說回來，要是眞能打開窗，把頭手伸出窗外，路上的人會看到什麼呢？

「以前濱海到濂洞這段路，就是以海景出名的。」張嘉笙從駕駛室返回，感慨萬千，「這眞是我畢生的願望，想不到能親眼看見這個景色……」

「可惜這景色也沒多久了。」蘇育龍唐突地說。

「爲什麼？難道這段路要改建？我沒聽說啊！」

「不是這邊，是八斗子那邊的海洋科技博物館。雖不確定何時開幕，但就是這幾年。要是海科館開幕，『Phantom』就只能停開，當然也無法往返黃金城。」

「什麼意思？」我轉過頭問，「八斗子有點距離吧？跟『幻影』有什麼關係？」

「當然有關。海科館開幕後，深澳線會復駛，影響列車班次。」

「對耶，有這回事！」張嘉笙看我們一臉困惑，開始解釋，「雖然一直說廢線，但深澳線長久以來只是停止客運，眞正廢線是前幾年發電廠除役，連運煤礦的需求都沒有才廢線的。但海科館開張後，爲了方便大家到海科館，會在深澳線加開海科館站，並恢復客運到八斗子，因爲是睽違二十年以上的客運，在鐵道迷間也是熱門話題……不過蘇先生，就算復駛也沒關係吧？『幻影』行經的路段在深澳站後，這些地方連鐵路都沒有，就算恢復客運也不可能開到這裡啊。」

「對，但我們能搭Phantom往來黃金城，是因爲時刻表基本不變。雖然Phantom只在海濱站現身，但它也是從瑞芳發車，海科館開幕後，只要台鐵調整時刻表，『現實的深澳線班次』就會取代鍊金術師的『幻想列車』……就因爲那些車只開到八斗子，才徹底消滅行駛在八斗子之後的Phantom，也就是說——」他苦笑，「我們時間不多了。」

「原來如此。」魏保志在懷舊座椅上翹著二郎腿，「莊津鈺說不明白你們在急什麼，這個持續六十年的計畫根本沒必要急，但要是你們把希望放在黃金城，就能理解爲何要破釜沉舟。」

「我們也想阻止，但既有的人脈無法改變現實，直到發現無力回天，只好執行這個倉促的計畫。」蘇育龍說。難怪這計畫準備如此不足，資源分配也是挖東牆補西牆，我暗想。

列車沿著海岸前行，不存在的鐵路與公路重疊，不斷被後方來車超越；在某個彎道，列車終於偏離公路，駛進荒廢的隧道。黑暗籠罩，當列車從隧道出來，窗外的景色明顯變了，帶有難以言喻的厚重感。就像沉進水裡，有著抗拒一切的孤寂。

沒多久，火車停靠，車門打開，外面異常安靜，連鳥語蟲鳴都沒有，只有遙遠的海潮聲傳來，予人一種寂寞的印象。這就是「濂洞」，廢棄鐵路深澳線的終點。我們走上月台，本以爲鐵軌會在車站中斷，但實際上仍向前延伸，經過一座橋，直接進入現在被稱爲「十三層遺跡」的地方——

我抬起頭，看向塵封在過去，幾乎占據整片山坡，宛如城寨的巨大工廠；金色陽光照在山上，大片的雲落下陰影，將山斬成兩段。

「原來是這樣的地方。」雛龍的聲音在心底響起。

「什麼？」

「我們神祇的終點。」

我頓住。雖然早知這天會來，但沒想到雛龍是用這種感慨的語氣。

是啊，不只神祇的終點，當瓶中小人出現，這段旅程也將結束。

不知不覺中，「終結」已近在眼前。我悵然若失，這之後會怎麼樣？遊戲的話，結束就結束了，但人生不同；那些不可能復返的事物，究竟能在生命裡留下些什麼？我想跟雛龍聊聊，蘇育龍卻已向前走去，指著工廠：「這就是水湳洞選煉廠，十三層遺跡——坦白說我不知道怎麼會有這種誤會，因爲從最上面算下來，實際上有十八層。」

「聽來像十八層地獄。」雛龍說，語氣相當自然，彷彿只是順口說說，並不感傷。話題轉移了，我像是心被堵住，沒接話。

「跟我想的不太一樣。」加賀美小聲說，「張學長不是說十三層……選煉廠遺址就像《天空之城》的拉普他，但這裡看起來——」

我知道她的意思，這裡毫無特色，宛如城池，終究不過是工廠；這也合理，現在成爲廢墟的工業遺跡壯麗到令人印象深刻，黃金城卻不是這樣的地方。這裡保存的是過去時空，而非奇景。蘇育龍哼了一聲。

「《天空之城》，說得很浪漫，但沒人希望選煉廠荒廢成那樣。雖然我也沒想到，區區二十年，十八層竟會徹底傾頹，從倒下的水泥牆長出綠色的樹，自然也太霸道了。」

海風徐徐吹來。蘇育龍帶我們過橋，底下的河床全被染成金黃色，看來怵目驚心。不會是鍊金術造成的吧？我們竊竊私語，但張嘉笙說：「沒有金屬反光，不是眞的變成金子。」

「這條路是往金瓜石吧？」魏保志過橋後說，「另一邊是陰陽海——記得莊先生說過，當初鍊金術師看上這裡，就是因爲陰陽海？」

「是其中一個原因，他們稱陰陽海是『天然的符號』，孕育了龐大的力量，判然二分的特性也成爲異界的隱喻，方便他們創造黃金城……來吧，我帶你們去選礦廠事務室，『神話之壺』跟啓動鍊金設備的鑰匙都在那，然後還要去變電所，你們要學啓動發電機的方法。」

「發電機？」張嘉笙跟上他。

「當然啦。沒有電，怎麼用工業機具？放心吧，有操作手冊，只要照著做就好，但要是我沒親自帶你們走一遍，大概很難找到對應的器材，要是操作失誤，也沒辦法支援你們。」

「我倒是不擔心。克拉克是機械之神，只要有祂在，就不可能操作失誤。」

「是喔，那我先回去囉？」

「我、我不是這個意思啦……」

看著張嘉笙慌張的樣子，蘇育龍笑了：「開玩笑的，我不會這麼沒責任感。」

這兩人也太放鬆了吧？我有點想吐槽。但這個滿溢著懷舊之情的黃金城有種回老家般的悠閒，或更接近對失落的緬懷，遺憾的碎片散布各處，緊張不起來。即使JMM社很可能有進黃金城的手段，這裡絕不能說安全。蘇育龍指著不遠處：「看，那邊的纜車，有看到嗎？我們等一下會沿著纜車旁邊的樓梯走到山腰，要走一段路。」

「纜車？」張嘉笙聲音突然提高，「難、難道是斜坡索道！」

「這你也知道？」蘇育龍意外地說。

「當然，這也算鐵道啊！而且上面六坑不是也有？原來這裡也有！」張嘉笙興奮地轉頭解釋，「斜坡索道是一種地面纜車，在台灣絕無僅有，居然有機會搭乘！」

蘇育龍看來也有些開心，似乎沒想過能跟年輕人介紹這些：「過去斜坡索道是拿來運礦的，當然也能載人，黃金城的以載人為主。你們看，事務室在那，差不多在最上層。」

這時我們已走到纜車旁。說是纜車，其實相當陽春，幾乎就是有圍欄的平台，再加上遮棚。軌道沿著山坡直直往上，延續幾百公尺。我抬起頭，心中不禁一涼，事務室也太遠了吧。加賀美也有同感，她說：「蘇先生，一定要用走的嗎？還是我用瞬間移動把大家帶上去？」

「也可以。」蘇育龍回過頭，有些狐疑，「你的神在這也能用？這已經是異界了。」

如果豎琴的媒介物在結界外——這確實讓人在意，但加賀美搖搖頭：「沒問題，這裡感覺跟複製世界有點像……原本豎琴就能穿透現實與複製世界，至少我覺得祂沒受影響。」

「等等，你們在說什麼啊？」張嘉笙慌張地說，「我們都在纜車旁了，爲什麼不坐纜車！」

「現在還不行。」蘇育龍失笑，「纜車也要靠電力，發電機還沒運作呢！索道最上面再走一段路就是變電所，有電力的話，只要把這邊的開關打開，就可以搭纜車上去，但現在——」

就像要示範，蘇育龍走進纜車，按下鐵門邊的某個開關。只聽「轟隆轟隆」的聲音響起，纜車竟開始移動，蘇育龍嚇了一跳，連忙關掉纜車開關，跳下纜車，跌跌撞撞地跑回我們身邊。

怎麼回事？我們詫異地看著眼前這一幕。不是沒電嗎？怎麼會開始動？魏保志壓低聲音：「請教一下，不會是前一次離開的人沒關掉發電機吧？」

「不可能！你知道這裡電力多寶貴嗎？而且沒人顧發電也可能發生意外，我們不會讓這件事發生！」蘇育龍低聲說，他額頭已開始冒汗。雖然纜車只前進了五秒不到，但這五秒也已發出相當大的聲音。

「那就只有一種可能。」魏保志冷靜地問，「蘇先生，你知道哪邊比較安全嗎？」

他們果然在這！即使本就在預想內，但突然面臨威脅，還是寒毛直豎。

「——我不知道他們在哪，怎麼知道哪裡安全！」蘇育龍臉色極其難看，但他很快搖搖頭，恢復冷靜，「他們已到過變電所，很可能也去了附近的事務室。那裡有冷氣，比較舒服，或許會待在那。這樣的話，那邊的冶煉廠比較安全，但我沒把握。」

他指向右側山坡的廠房，加賀美急切地說：「明白了。各位，請抓住我！」

我們立刻把手搭在加賀美身上，轉眼間到了煉廠內部。

這裡到處是巨大機具，沒在運作，也看不出功能。因爲燈沒開，工廠內頗爲昏暗，我們只能隱約看到彼此，甚至看不見表情。乾燥、沉悶的工廠，卻瀰漫著緊張氣氛。

「——占卜結果不是『吉』嗎？」蘇育龍焦躁地低吼。他已壓低聲音，工廠深處還是隱約傳來回聲。黑暗中，魏保志的聲音不疾不徐。

「沒錯，所以不必擔心。對方人數有限，搜查整個選煉廠並不容易，我們甚至有討論的時間。」

蘇育龍按捺不住，幾乎抓狂：「哪有什麼時間！要是神祇系列派不上用場，討論有何屁用！聽我說，我們只能逃了，黃金城的範圍比選煉廠大，可以往山上逃，下一班車是五點多，那時我們再用瞬間移動回到車站！雅君的女兒，你的神還能用吧？」

沒等加賀美回應，魏保志已接話：「行不通。如果我是敵人，就會在月台埋伏。不過不用緊張，蘇先生，之前忘了說，我們已經有對付敵人的策略。可以嗎？加賀美同學，你的計畫能在這裡實施嗎？」

「可以。」加賀美聲音緊繃，我心中升起不安。

「加賀美，」我小聲說，「占卜說令尊沒有隨身攜帶媒介物，但既然計畫能成功，媒介物一定就在黃金城裡吧？只要你告訴我那是什麼，我應該有機會把它偷過來——」

「沒關係的，頤顥。」

「可是沒有媒介物——難道你的計畫不是破壞媒介物？」

我揚起眉，難道從頭到尾都是我擅自誤會，加賀美的計畫跟媒介物無關？這麼想的時候，我感到加賀美握住我的手。她的手好冰，讓我心中一緊，也握住她的手。不知爲何，擔憂只增不減，是因爲這樣艱鉅的任務，實在不該讓這個少女獨自承擔嗎？

不。不能這樣想。既然她提出了方法，我就該相信她。我已答應成爲她的後盾。少女的聲音傳進耳中，幾乎細不可聞。

「謝謝你，頤顥……還有，對不起。要是能確定對我來說是吉的話，就不會這麼害怕了。」她的聲音顫抖而脆弱。對我們來說是吉，對她來說則未必。如果可以，我也希望占卜保障她的命運，但不能說些沒根據的空話。沉默填補了我們間的距離，她鬆開手，聲音已恢復精神。

「沒問題的。因爲我相信頤顥。」

「相信……我？」

「嗯。不管發生什麼事，頤顥都會來幫我的，對吧？」

——我辦得到嗎？

我當然願意幫她，問題是我能做到嗎？以我的能耐——

不，這種時候，我只該這麼回答。

「嗯，加賀美。不管發生什麼事，我絕對會幫你。」我點點頭。

「謝謝你。抱歉這麼任性，什麼都不說。」她輕聲說，退開幾步，改用所有人都能聽到的音量。

「各位，我的計畫得到占卜保證，請你們把一切交給我，不要干涉，以免影響占卜結果。接下來我會跟父親談判，無論能否說服父親，都請不要介入，不要插嘴，甚至直接幫我都不行，可以答應嗎？」

黑暗中，我們只能見到彼此臉部輪廓，大家都望向彼此，沒人說話，最後才慢慢點頭。

加賀美吸了口氣，聲音還是有些緊繃：「蘇先生，我會把公正之神的祭品給你。這樣就算不直接開口，也能透過神來聯繫。」

「我知道了。」要聽一個女高中生指揮，蘇育龍似乎很不習慣，但還是接受了祭品。

「張學長，可以跟你借個東西嗎？那對我的計畫來說是必要的。」

「什麼？」張嘉笙問。

「這個。」

加賀美拍拍自己的右腰。張嘉笙想通了，動作卻有點疑慮。他把收在腰後的某個東西拿出來，交給加賀美。我心中一震，不安感愈來愈強——爲什麼？占卜結果是「吉」，應該沒什麼好疑慮的啊！

他交給加賀美的，是克拉克製作的手槍。

☘

「啪」、「啪」、「啪」，稀落的鼓掌聲響起，兩道陰影出現在冶煉廠門前。

人影被斜斜照進來的光拉長，比起人形，更像某種怪物。冷酷的皮鞋聲在工廠裡迴盪，虛無遼闊，卻又莊嚴隆重。男子停止鼓掌，揚起聲音貫穿整座冶煉廠：「哎呀，怎麼不開燈？沒好好招待各位，眞是失敬，請務必給我補償的機會。」

是加賀美正人。

我們沒說話。說不出話。

因爲早在走到工廠前，他就已經征服此地。

物自身的力量像海嘯般壓過來，神祇的力量被剝奪，光維持存在就費盡全力；與此同時，花和尙號令藤蔓包圍整個冶煉廠，它們爬上所有機械、橫梁，纏著我們身軀，把我們從地面拉起，並化爲堅硬的木質，使大家無法動彈，只剩手腳還能掙扎。

在他的指示下，水上豊也打開燈，慘白的光亮灑下，照亮無情的殺人者臉孔——加賀美正人依舊是張斯文客氣、毫不凶惡的臉。或許是感到熱，他將襯衫袖子捲起來，看來沒什麼氣勢，像是路邊隨處可見的上班族。但就算我們被吊起來，他得抬頭才能跟我們說話，他仍然是這裡俯瞰、掌握一切的人，宛若君臨黃金城的帝王，出於寬容才探望這些階下囚。

我感到某種威壓，像浸在深海，除了自己的呼吸，什麼都聽不見。

加賀美在空中大喊：「爸爸！我有話要跟你說！」

「是靜香啊，」加賀美正人微笑，「你平安無事，太好了。一直聯絡不到你，我們很擔心呢。不過可以別妨礙爸爸工作嗎？這可是很重要的工作喔。」

一股涼意升上我的脊椎。

這話像是關心她，卻又漫不在乎，有種被蛇盯著的不自在感。加賀美說父親對她很好，卻縱容家人侮辱她，原本我不明白，這時隱約懂了。徹底無視旁人，霸道地照自己的意志讓事情進行，就連「疼愛女兒」也是，其實根本不管對方怎麼想！這男人是連女兒與敵人一起行動都能泰然處之的人。

「奇怪……」雕龍喃喃自語。我困惑回應：「怎麼了？」

「他爲何不用日語？」雕龍在我心裡說，「那是父女對話，有私密性，理論上更不必讓我們聽懂。就算加賀美講中文，他大可用日語回答。」

——也是，資訊控管是策略的基本，要是我們聽不懂，他大可挑撥我們跟加賀美的關係；之前殺莊天河時也說了中文，爲什麼？難道是刻意透露錯誤情報給我們？我警覺起來。

「不行，我有事要說。」加賀美高聲說，頓了頓，「我見到媽媽了。」

「……なに（什麼）？」男子笑容淡去。

「透過神的力量，我見到媽媽了！爸爸，爲什麼？爲什麼要做這些事？」

「做什麼？你說這些工作？這有什麼不對？」

「但爸爸不想殺人吧！」

「靜香，」加賀美正人以警告的語氣說道，「我不知道媽媽跟你說了什麼，但我是別有居心才接近媽媽的，你也很清楚。無論媽媽說了什麼，她不了解我。」

「那我呢？」

加賀美正人沉默。但不是猶豫的沉默，某種恐怖感正累積著。

「跟爸爸生活在一起的這段期間，爸爸都在騙我？」加賀美苦澀地問，「不，我知道爸爸在騙我……但爲什麼？爸爸，告訴我吧！我想重新相信你，媽媽也這麼說，但要是爸爸不肯說眞話，我就不知道怎麼辦了！所以……可以跟我談談嗎？不要再做這些……其實爸爸也不想做的事了！」

她雙目含淚。但坦白說，我有些詫異。這是緩兵之計嗎？總不會當眞想說服父親吧！加賀美正人顯然不可信賴，難道她以爲溫情攻勢有效？加賀美正人扭出客氣的微笑，這些話對他毫無影響。

「靜香似乎認爲爸爸說了很多謊，爸爸好傷心啊！但很遺憾，事情跟靜香想的不同。比起這個，其實我沒想到各位會一起出現；我知道台金的人遲早會來，卻沒想到你們已經合流，也好，省下麻煩。蘇先生，『神聖子宮的替代品』在哪，能請你告訴我嗎？」

「爸爸！不要逃避！回答我……」

「碰」一聲，槍聲打斷了對話。

不知何時，水上豊也已把槍遞給加賀美正人。這槍沒瞄準誰，只是威嚇，但足以讓加賀美收聲。加賀美正人高舉著槍，展示暴力的根源，確定我們每個人都感到畏懼，才對準蘇育龍：「可以嗎？當年我們關係不錯，你應該願意幫忙吧？」

蘇育龍強硬地吐了口口水，斥道：「當然不可能！幹，殺人魔！你要不要算算殺了多少認識的人？」

「也才五個吧。」

他說完邊把槍轉向一旁，「碰」的巨響，子彈射穿魏保志胸膛。

加賀美尖叫著「不要」，張嘉笙胡亂掙扎，我難以抑制地狂流冷汗。魏保志睜大眼，痛苦呻吟。加賀美正人輕描淡寫地說：「我不是說說而已。要是認識的死者變六個，就連我也會遺憾，請愼重決定。」

——只是殺雞儆猴，所以除了蘇育龍，殺誰都可以？眞是瘋子！我憤怒到臉都紅了。魏保志胸前流出汩汩鮮血，我連忙在心裡問：「治療之神，可以評估魏保志的情況嗎？」

「右胸受創，可能引發血氣胸。不會馬上致命，但不論血氣胸，放著不管，二十分鐘內可能造成失血性休克。如果我能用能力，馬上就能治好，但要是死了，我沒把握。」

我腦中亂成一團。所以必須在二十分鐘內制伏加賀美正人，魏保志才能得救？

「各位似乎以爲我會愛惜女兒而手下留情！」加賀美正人環視我們，「但我爲達目的不擇手段。蘇先生，回答呢？如果我不喜歡答案，你會在痛苦中死去……說眞的我不在意，我遲早會找到，只是想省點時間。」

「爸爸！」加賀美激動地大喊。

加賀美正人充耳不聞，沒看向她，甚至沒表現出絲毫關心。少女落下一滴淚，是委屈，是憤怒，還是怨嘆自己的無力？她深深吸了口氣：「——我只想知道一件事，不管我說什麼，爸爸都不打算聽？爸爸打算繼續無視我嗎？」

「靜香，爸爸在工作，沒時間陪你。」

「——我會阻止爸爸。」

「夠了，靜香。」加賀美正人終於轉過頭，「放棄吧！你是不可能……」

這瞬間，他浮現意外的神色。

轉過頭前，他大概以爲女兒臉上淨是逞強、懊悔之類的表情吧？但少女直面父親的神情既非憎恨，也非挑釁，而是下定決心、接近頓悟的堅毅；淚水並未使她軟弱，反而印證她的覺悟。

「頤顯，幫我！」

就等這句話。

「離龍！」我下令，將手伸出藤蔓外，加賀美被傳送到我手上，降落地面。

她背對著我，起身走向父親，並拿出藏在身後的自動手槍。

我感到些微戰慄。

此時此刻，她能以槍摧毀的只有眼前兩人。難道加賀美正人的媒介物就是**他自身**？這並非沒有前例，顏尚書就以自己作爲祭品，確實讓神變得極爲強大；所以加賀美的計畫是直接殺死父親，阻止他的陰謀？試圖用溫情說服，就是不希望走到這一步……

不，不可能。我心跳加快。

這不是必勝策略。而且敵人能用神的力量，區區子彈真能擊中對方？射擊是要訓練的，真要射殺誰，應該交給張嘉笙，克拉克還能用一次能力。既然占卜同意加賀美的計畫，她到底想做什麼——

「小姐……」水上豊也上前兩步，加賀美正人阻止他，沉下臉：「你覺得這能阻止我？みずがみ，別出手，靜香想發洩就讓她發洩。不過——」

他彈了個響指，前方出現某種肉眼可視的空間扭曲。

「想阻止我，也要能擊中我。」

果然是守護之神。然而加賀美只是苦笑：「爸爸，你果然不明白。」

她腰桿挺直，但聲音顫抖。我這裡看不到她的臉，只能從聲音猜測她的情緒。

少女微微發抖，是感到憤怒，還是害怕呢？

害怕……

突然，我想通了。就像被雷劈中。

「加賀美！」

比起確信的激動，我的身體擅自行動起來，聲嘶力竭地呼喊少女的名字。

少女沒回頭。但她肩膀縮了縮，這是恐懼的證明。

我腦中所有齒輪卡在一起。

這場遊戲進行至此，總算離「Call Game」只差一步。但最後勝利的是誰？我的勝利條件是不讓加賀美受傷。我喜歡她，將她的傷當成自己的，將她的敵人當成我的敵人；因此這瞬間，我想著「遊戲什麼的見鬼去吧，輸了也行，我不想看到她受傷」。可能性不是零，用話術拖延一、兩分鐘，雕龍就能恢復……！

不過也只是短短一瞬。

憑衝動保護她只是自我滿足。這是加賀美的計畫，只能支持或背叛，那還用選嗎？我們約好了，我也承諾了，不管發生什麼事，絕對會幫她。所以，就算心會被撕裂——

「做你想做的事吧！無論如何我都支持你。然後，我一定會救你的！相信我！」

我吶喊出來。或許是幻想，因為眼前已模模糊糊，什麼都看不清，但加賀美靜香像是笑了。

「謝謝你，頤顯。」

她將槍管塞進口腔，扣下扳機。

「な（什）ッ……」

火藥燃燒，子彈擊發，射擊與物體爆裂的聲音響徹整個冶煉廠。少女的頭殼粉碎、迸裂，紅色物體飛散空中，濺了一地。所有人僵住，目瞪口呆。

好想吐。

我渾身顫抖，彷彿被殺的是自己。槍聲迴盪在煉廠裡，簡直要把人逼瘋；我抹去淚水。不能逃避，必須「看」著這一切，完成她的計畫……！

失去半顆頭的加賀美靜香就像斷線傀儡，膝蓋著地，接著身體往後倒下，「乓」的一聲，鮮血迅速流淌成紅色的湖泊，吞併少女身軀。加賀美正人呆住，毫無王者氣勢，既茫然又愚蠢。

「離龍，把『花和尚』的祭品偷過來！」我在心中嘶吼。得手的瞬間，植物之神出現，受我驅使。「放我們下去！」

我無視自身心情下令，花和尚還搞不清狀況，仍立刻照辦。眾多藤蔓萎縮消失，落地的同時，我命令離龍將剩下所有祭品偷到手。

這就是加賀美的計畫。

成功了，加賀美，我在內心和她說。看，輕而易舉，祭品多到我一隻手抓不住，有些還立刻掉到地上；我將它們撿起，終於再也忍受不住，跪倒顫抖。事情很清楚了，那份讓神祇們窒息的重壓已經消失，這強大力量的源頭並非自戀，而是加賀美靜香在父親心中的重要性。

張嘉笙難以置信，呢喃著「怎麼會」，淚流滿面，蘇育龍驚愕不已，魏保志按著傷口，眼神帶著同情。

加賀美正人僵在那，像失去生命，然後疑惑地望向我。

「……爲什麼？」

什麼？即使還難以思考，難受的情緒卻逐漸累積，他怎麼有資格問？加賀美正人臉色鐵青，朝我走來，行屍走肉的他慢慢想起何謂憤怒，把我從地上抓起來，對我怒吼：「喂！爲什麼讓她這樣做？你不是說過會保護她嗎？」

「還不是你一直不願意聽她說話！」

像被點燃的火藥，我憤怒推開加賀美正人，再也無法抑制淚水。眼前的男人如遭重擊，茫然跌坐在地。

搞什麼，如果真的重視加賀美，爲何不好好聽她說話？爲何一直無視她、欺騙她？你沒想過加賀美的心情嗎？知道自己是「媒介物」的心情，到底要怎麼梳理啊！

——而我爲何直到最後一刻才想通？

這些人明明不打算告訴加賀美整個計畫，卻千里迢迢帶她來，如果加賀美是媒介物，這就能合理解釋了。她出現在殺人現場是意外，但放任她跟我們一起行動，就能確保她在對決現場。對女兒如此冷淡，想必是不想讓她察覺自己是媒介物。他大概認爲加賀美尚未察覺眞相，因爲她沒採取最合理的行動，畢竟要是加賀美知道這件事，她根本就**不該來**。

就像顏中書說的，有更好的策略。譬如把加賀美送到恆春度假，加賀美正人的物自身就廢了。加賀美不在，我有雕龍，又知道有哪些祭品，遭遇的瞬間就贏了；這才是正確的策略。但加賀美不可能不知道，因爲顏中書跟她討論過。

明知有更好策略，卻還是這樣做。在知道自己被父親愛著，又被父親捨棄、拒絕溝通的時候，她要怎麼面對？如果我是她，恐怕會處心積慮從父親那裡聽到眞話吧！或許這就是她堅持來此的原因。

只有加賀美知道自己多苦惱，所以我接受她的決定。即使如此，把她逼到做出如此極端決定的人，無疑就是眼前頹喪的中年男子。我無法原諒他。

「張同學，」魏保志吃力地說，「把我的漁夫帽拿去，蓋在加賀美同學頭上。傷口像這樣暴露在外面，太可憐了。」張嘉笙哭著接過帽子，蓋住加賀美的頭。我鬆了口氣，擦去滿臉淚水，感激地看向魏保志，他也向我點頭。這瞬間，我們都清楚彼此想法——

當然要遮住。因為**治療之神救她的場面不能被發現**。

加賀美被治好的同時，她父親的「物自身」也可能復原，所以得祕密進行；不能放著不管，救回她的黃金時間正一分一秒過去。「先聲明，我沒有把握。」治療之神在心裡說，「我的力量大不如前。如果急救二十分鐘後還沒起色，我會先救魏保志。」

「沒關係，照你說的做。」我心想，捏了把冷汗，但我相信祂的力量。或是說，我相信黑羽。

——加賀美說過，這個計畫對她來說是不是吉，她不清楚。

別開玩笑了。肯定是吉！在故事最後少了她，你要告訴我這是好結局？不可能！這種情況要是黑羽敢占出「吉」，我不會原諒的！所以在加賀美復活前，我們必須徹底讓對方在心理上屈服，結束這場戰役。

這時，水上豊也說話了。

「これからどうなさいますか、正人さま。」（接著有什麼打算？正人大人）

他詢問加賀美正人，語氣依然冷漠，公事公辦。我詫異地看向他。

「どうって……」（有什麼）

加賀美正人像是行屍走肉。他滿臉淚痕，臉上的肌肉糾結在一起，低吼出來。

「静香は死んだ！今さら何やっても無駄だ。もうどうでもいいんだよ！」（靜香已經死了！現在做什麼都沒用，已經怎樣都好了）

「そうはいけません。」（那可不行）水上豊也說，「正人さまはまだやりとげることがございます。」（正人大人還有該做的事）

不確定說了什麼，但這番話似乎踩到加賀美正人的痛腳。他就像受傷的老虎，發出恐怖的吼聲，跳了起來，槍指向水上豊也。怎麼回事？我們嚇了一跳，就在我們正要戒備，連神的力量都來不及用的時候——

「碰」、「碰」、「碰」。

加賀美正人連開三槍。

沒中。這都是剎那的事。清脆的琴聲響起，水上豊也瞬間移動到加賀美正人的側邊，一腳踢飛他手中的槍，再度瞬間移動，接住飛到空中的槍，完美落地。

他將槍口對準加賀美正人，平靜開口。

「今のはうらぎりだとはんだんをしてもよろしいでしょうか、正人さま。」（可以將剛剛的行為視為背叛嗎？正人大人）

怎麼回事？爲何起內訌？水上舉著槍，卻沒扣下扳機。雖能聽懂兩人對話的隻字片語，卻無法了解整體意義；不，如果這場紛爭有內幕，就算聽懂也不見得能理解——加賀美正人發出可怕的怪笑，失心瘋般地朝水上豊也撲去。

「雕龍！」

我將青年手中的槍偷過來，大喊「學長」，把槍丟給張嘉笙；儘管搞不清現況，但讓水上豊也拿著槍太危險了。同時，加賀美正人撲了個空，水上豊也從原地消失，然後下一秒「碰」一聲，槍聲響起，加賀美正人向旁邊倒下，子彈貫穿他的太陽穴。

我們全呆在那。張嘉笙慌張地把槍指向水上豊也。是水上豊也開的槍。他瞬間移動到上司旁，對準他的太陽穴直接射擊。該死，是第二把槍。他們有兩個人，確實沒道理只有一把——

冒著硝煙的漆黑槍口轉向我們。

「你休想！」我伸出手，槍立刻到我手中。但還來不及抓穩，雕龍已大聲警告，只見水上豊也殺氣騰騰地欺近，速度有如獵豹！我正要抽出忘心，青年已瞬間移動到極近處，一腳將還沒抓穩的手槍踢飛出去。我竹劍直刺，清脆的琴聲響起，他又從面前消失。

在哪？還來不及站穩，身體又動了。後面！雖然看不見，但左手擅自招架，不愧是忘心，就連這麼不自然的動作都能戰鬥；就在我感到竹劍擋住什麼的同時——

一聲琴響，我被傳送到冶煉廠外。

「咦？」竟是半空中！幸好高度不高，我一個翻滾，安然落地。這是怎麼回事？他摸到我，用豎琴把我傳送出來，接著傳送離開，但爲什麼？

「頤顥！快回去！離加賀美太遠就不能治療了！」雕龍大喊。我心中一驚，立刻傳送到治煉廠牆邊。我跳上高處的窗口，正要進去，這時治療之神開口：「沒事，沒超過一百公尺，治療沒中斷！」

我鬆了口氣，心裡同時湧上懊惱與疑惑。

沒想到水上豊也會和加賀美正人會起衝突，甚至還開槍射殺。但看來不是追究這件事的時候。水上豊也到底有何打算？他散發的殺氣太強，不可能心懷善意，難道要奪走我們的神？豎琴只能瞬間移動，就算不是二十個神群起攻之，至少也要同時面對五、六名神祇，這樣他也覺得能贏？

——或許這就是傳送的目的，他要開出不同戰場。就算一人有複數神，運用自如也不容易；單一能力已很費腦力，更別說即時下判斷。而且水上豊也可能比想像中棘手，雕龍說過他戰力不下忘心，這樣一來，瞬間移動的威脅性會驟升——因爲防不勝防。如果能將人瞬間擊倒，我們就來不及用神的力量。

所以，在失去加賀美正人的物自身後，他眞要憑一人之力擊敗我們？能做到的話怎麼不早點動手？我穿過窗戶，治煉廠內的情況正如預想，魏保志跟蘇育龍已被水上豊也帶走，張嘉笙拿著槍，慌慌張張地壓低身體，像躲避隱藏著的怪物；西裝青年出現在張嘉笙身後，伸手要碰他——只差幾微秒。

「雕龍！」

我將張嘉笙偷到我手中。

「哇！」張嘉笙驚呼。我右手抓著他，多虧了忘心的巨力才沒摔下去。水上豊也與我對上眼，接著舉起手，在琴聲中消失。可惡，他的演奏極爲輕鬆，一點緊張感都沒有，像沒將我們放在眼內。我帶張嘉笙瞬間移動到地面，張嘉笙立刻跟我背對背，著急地問：「學弟，現在該怎麼辦？」

「能用Dark Book做什麼嗎？」我警戒四周。

「我也想！但要是沒注意到他，就無法關進幻境——」

這倒是。雖然神也有視覺，能補足視線死角，但從「發現」到「命令神」之間有多少時間？或許不到一秒，但敵人的襲擊更快！雖然Dark Book能把人關進幻覺，但瞬間啓動恐怕是強人所難。

「那錯認的能力呢？讓別人把自己當成別人的能力？」我問。

林翼曾用Dark Book化身朱宏志，那時祂沒發現我們，幻術依然生效，表示那很可能是被動、持續性的幻象。張嘉笙怔住，點點頭，我說：「那學長就讓自己隱身，或變成什麼不顯眼的東西，別被水上抓到！」

「好。」

他聲音從背後傳來。要是能隱身，我其實應該一起。但我有想確認的事，便沒提出要求，聚精會神，警戒四周。

沒逮到張嘉笙對水上豊也相當不利。接著他會怎麼做？對付跟我們分開的其他人？有可能，但讓我們合流是最糟糕的發展。光是有兩個人，就表示要同時對付更多神祇，而且把我們放在這，難道要讓我們討論戰術？水上豊也很可能正暗中觀察我們。

「離龍，把在冶煉廠裡的水上豊也偷過來，背對準我。」

我退到牆邊，盡可能增加擴大視野，舉起手；就算沒親眼看到，只要「視野範圍」內的「指定空間」裡有「什麼」，離龍就能偷到！不在冶煉廠就算了，但試看看沒損失。果不其然，黑色高檔西裝瞬間出現在我面前，這時——

「咦？」

我身體動了。

能殺死我的拳頭，其造成的旋風掃過我臉龐。

這麼短的距離也能激起這種風壓！但水上豊也不是背對我嗎？怎麼可能馬上襲擊？

難道是因爲我舉起手……

爲了將他偷過來，我勢必要放棄劍道的標準動作。他果然在看，所以察覺了？接下來的事都在一秒內，我頭部閃開時身體後仰，像要失去平衡，但左腳已向後踩住牆，迅速轉身，左手竹劍繞了一圈從右方襲向水上豊也。或許是這招太快，他下意識不是選擇瞬間移動，而是向後躍出竹劍的劍圍。

忘心沒放過這機會。我右腳一蹬，像火箭發射般刺出。這是能將竹劍刺進肉身，穿體而過的速度。西裝青年幾乎被追上，伸手演奏。

到這裡，一秒過去。

水上豊也出現在我身後。我怎麼知道？當然是因爲忘心立刻反應了。明明還在衝刺，我卻身子一沉，右手撐住地面向後踢出，正好踢向水上豊也的拳頭；這一拳打在我腳底，接觸的瞬間，我們被傳送到別的地方，同時他被震飛出去，露出驚奇的神色。

「好身手。」

這傢伙居然還有讚嘆的餘裕！他再度消失在鋼琴聲中。

我連忙環顧四周，這裡還是工廠，四處都是巨大鍋子與儀器。這不是剛剛的冶煉廠，難道是十八層？這是哪一層？我跟加賀美離一百公尺了嗎？

我焦慮起來，治療之神說：「別擔心，還在範圍內。不過可以叫那個男的不要再亂傳送嗎？很危險！」

我察覺某件事，同時鬆了口氣。

雖然不是能鬆口氣的場合。

光這樣交手幾次，我已流下冷汗。太強了。我是靠忘心，他那樣還算是人類嗎？鋼琴老師這麼能打，說得過去嗎！但不能退縮。沒有退縮的餘地。我擺出劍道標準動作大喊：「水上先生，我知道你還在，要不要出來談談？我保證不殺你。」

——我是他的話就不會出來。對這種低層次的挑釁，根本沒必要出面。但直覺指出他會跟我談。果然水上從巨大機械後走出，離我幾十公尺，冷漠卻聲量十足：「程頤顥君，我對你很失望。」

「失望？你是指？」我將竹劍對準他。

「當然是事情變成這樣。」

他指的是加賀美。

剛剛就感到不可思議。既然將我們分開是合理的策略，就該丟更遠一點才對。要有效分散，至少丟到一公里外吧？但最初的傳送不到一百公尺，這次也是；這種好事可能連續發生兩次？不可能，但發生了，所以不得不懷疑——

水上豐也是蓄意的。難道他知道我們在治療加賀美，刻意不打斷治療？

不，恐怕不是確信。若他們確知治療之神存在，加賀美正人就不該爲加賀美的死發狂。問題是，**如果他推測有神祇在幫加賀美，為何不挑明？**

「你這樣講我不明白，把話講清楚啊！」我挑釁地說，水上沉默片刻。

「還記得嗎？程君，在小姐住所的頂樓，你答應過我，不會背叛小姐。」

「我記得。」

「但你眼睜睜看著小姐死了。爲何沒有遵守諾言？爲何背叛小姐？」

「你們才是背叛者吧？」我咬牙，接著回嘴。

——這不是我原本想說的。

我應該刺探他的內情。既然他發起戰鬥，表示他判斷自己有能力回收所有神祇；當然，事實上他做不到，因爲顏尚書不在，但重點是他相信可以贏。既然如此，他沒必要冒險交談，反派死於話多，可是幾十年來娛樂作品的公式。

但他跟我對話，表示他也想刺探什麼。不直接問，或許是他正被誰監視著，或有超自然力量在控制他。重點是，如果他潛藏著「眞正的動機」，肯定有更巧妙的方式刺探出來——然而將心中的藉口巡迴一圈，最後脫口的卻是眞心話。

對，不管原因是什麼，你們才是背叛者。

水上豊也微微抬頭：「背叛？敝公司可沒有欠你們什麼……」

「不是我們，是加賀美。」我打斷他的話，「難道不是嗎？把加賀美帶到台灣來，卻什麼都不告訴她，只是要利用她而已！爲何不說清楚？不，你不用解釋，肯定是因爲加賀美不會認同。但那又如何？就可以背著她，利用她來大殺四方？」

我一口氣噴出這些，頓了頓，又繼續說。

「你知道汐止那件事後，加賀美多難過嗎？她毫無保留相信你們，卻親眼看到你們做出那種事！」

我還記得她當時錯愕、挫敗、傷心欲絕的樣子。

她選擇支持我們，不是因爲跟父親與鋼琴老師的感情淡薄，而是再怎麼迷惘，她也無法接受那種做法；加賀美的不知所措、孤單、覺悟，這些我都看在眼裡，所以很清楚，他們沒有告訴她眞話，毫無疑問是傷了她，殘忍地。

「也許吧。」水上豊也冷漠地說，「但我談的是你，程君。」

「憑什麼？我不認爲做出這麼嚴重的背叛，還有立場質疑別人。」

「只要你不背叛她，我認爲就沒什麼大問題。」

「開什麼玩笑！」我眞的被激怒了。「我算什麼？我才認識加賀美不到一個月！喔，是，對，我喜歡她，所以你們才覺得可以利用吧？」

「想不到你知道得這麼清楚……」「閉嘴，雕龍。」我在心裡警告，嘴上繼續說：「我想保護加賀美，也不想背叛她，但陪加賀美度過大半人生的是你們！難道你們覺得別人可以治療你們背叛她造成的傷害？」

我太清楚自己的無力。光憑我一人，不可能治療加賀美的傷，但應該有權對造成一切的人生氣吧？更別說，那個人還露出一副「傷害她也是沒辦法的事，抱歉囉」的嘴臉，就算退一萬步，眞的沒辦法，至少也表現出相應的愧疚吧。

「這就是你放棄的理由？明知她的計畫，卻冷血看著，不阻止她？」

「那是加賀美決定的。」

「那又如何？這種瘋狂的決定，難道你們不勸阻？台灣人都像你們這樣？明明多的是其他辦法，只要活著就一定有好事——」

「要怎麼勸阻？如果她下定決心，我們要怎麼阻止？」

瞬間，水上豊也露出險惡的神情。

「……原來如此。實在太失望了。既然都會死，還不如好好利用小姐的死，你們是這樣想的？」

——碰！

我嚇了一跳。他話還沒說完，竹劍上已傳來壓倒性的重量。明明是這樣毫無預兆的攻擊，眞虧忘心能擋住！但這下力道之大，就連忘心也來不及站穩，這一腳是從右方飛來，我向左飛出去。雖然忘心在落地前已調整姿勢，但水上豊也的攻勢就像暴風雨般襲來。

太驚人了，或許說颱風更準確。颱風將被吹倒在地的東西全部捲起，一起朝我砸來，每一下都又重又狠。才剛從前方踢出一腳，其實眞正是從後面來，猛烈的鋼琴聲中，四面八方全都是水上豊也的殘影。

我心驚膽戰——這是感到生命危機的恐懼。

但就算只有一瞬，我瞥到了隱藏在冷靜底下的憤怒。不小心挑釁過頭，但總算確認青年眞正的心意；他不是利慾薰心才站在這。殺了這麼多人，但他的眞面目，或許是加賀美熟悉的那個鋼琴老師。

「夠了吧！水上老兄。」雕龍開口，「說什麼活著就有好事，只是沒遇上好事的那些人，我們根本不會知道而已！」

「所以呢？」水上豊也沒料到雕龍會插嘴，他退後幾步，還是維持戰鬥姿態，厲聲說，「所以放任小姐去死？要是活著沒遇到好事的話，**你們幫她不就好了**！小姐幫了你們這麼多，甚至不惜背叛自己的父親，你們回饋她一些好事，不是理所當然的嗎？」

我啞口無言，怒氣翻騰上來，哪有這種……不是說不想回饋加賀美，如果能幫上她的忙，當然竭盡全力！但如果你希望有誰能幫加賀美，眞的想幫助她——

爲什麼不自己來？

突然，我醒悟了。

答案很明顯。就像阿輝，不那麼做是因爲辦不到，或許這人背負著我無法想像的事物，以致連自己想幫的人都幫不了——這就是眞相？

坦白說，還有太多事不明白。

爲什麼這些人的所作所爲彼此矛盾。

爲什麼水上豊也要殺了加賀美正人。

他們的目的到底是什麼？到底在祈求什麼？還有太多的謎無法解釋。

但稍微放心了。就算背叛加賀美，水上豊也的動機也很可能並不殘忍，我爲加賀美感到安心，同時泛起無以名狀的悲哀；接下來仍然不得不阻擋眼前這個男子——只要這還是一場零和遊戲。

首先翻開手牌。

「水上先生，來決鬥吧。」我凝視著他。

「什麼？」水上豊也沒想到我這麼說。

「對，決鬥。」我擺出戰鬥姿態，「要是我輸了，所有神都給你，還告訴你剩下的神在哪。反過來說，你輸的話，就請你放棄。我只有一個條件，我們就在**這裡**決勝負，不要再傳送到其他地方。」

「……在這裡？」

「對。這是**為了我們雙方好**。」

雖然沒明講，但水上豊也似乎期待有神祇幫加賀美，這就是我的手牌：確實有拯救加賀美的方法，而且是現在進行式，你不把我們移動到一百公尺外的努力並沒有白費，不過我們沒必要開誠布公。怎麼樣？水上豊也，你接受嗎？

穿西裝的青年毫無表情。

如果他正被某人監視，很可能看不出他的變化，但在現場，他散發的殺氣明顯收斂，取而代之的不是輕鬆，而是別的什麼；他站直身體，像感到疲倦般揉揉眼睛：「沒必要特別提出，但你都說決鬥了……總有一些公正的規則吧？」

——他接受了。

「我同意。」我按捺著激昂起來的情緒，「我們就堂堂正正決鬥。我保證不用雕龍，不用其他的神，只用忘心——用武術——跟你決一勝負。」

「我會用豎琴，沒問題嗎？」

「當然。我用了神的力量，你也要用才公平。」

「合理。那我可以認眞點嗎？」

水上豊也臉上浮現極不明顯的笑，他從西裝內袋裡拿出什麼，套在手上。

哇喔，我在心中驚嘆。是手指虎。金屬製。這在他手中絕對是致命武器。一個面無表情、穿著高級西裝的英俊鋼琴老師居然戴手指虎戰鬥？你日劇男主角喔——眞希望雕龍幫忙吐槽。雖然有點不甘心，但沒什麼好抱怨的。這無疑是最後了。

「忘心，沒問題吧？」我在心中問。

「現在才問有些太遲了，程頤顥。但沒問題。」

「有很多話想說，但等打完再吐槽你好了。」雕龍說，「你可別輸囉！」

「放心吧。」我在心中說，接著大喊，「決定勝負的方式，就由其中一方喪失戰鬥能力如何？」

在沒有裁判的情況下，這是唯一方法。

「無異議。先說好，我不會手下留情。」

「眞巧，我也是。」

青年擺出拳擊般的動作，有韻律感地前後跳動。這傢伙到底是什麼流派啊？算了，不重要，打就對了。

不過，爲什麼呢？居然如此興奮，就像面對阿輝的時候。明明不是這樣的場合，就算加賀美得救，也要趕快找到魏保志急救。行有餘力的話，說不定能救加賀美正人。明明還有這麼多事、這麼多問題，卻不想分心，只想享受這場對決。

難道是因爲我覺得自己必然會贏？

不，不是。是因爲水上豊也眞的很強，強到不用忘心作弊絕對贏不了。但這原本就不是實力的比拚。遊戲玩家肯定能懂吧？忘心就像遊戲裡的分身，是等級練到最高的超強角色，只要操縱這個角色，我就無往不利，戰無不勝；但就算是這樣的分身，面對最後大魔王的時候，也有輸的可能……現在就是那個時候。

這讓我感到敬畏，並且期待，有什麼不對嗎？

而且，我恐怕一直隱隱期待能跟水上豊也一決勝負。跟這個背叛了加賀美、同時又被她信賴的男人。雖然只是單方面的想法，但最後的對手是水上豊也，眞是太好了。

「怎麼開始？」

「單純的倒數計時如何？從三開始。」

「沒意見。誰來計時？」

「離龍，可以麻煩你嗎？」

「可以是可以……那我就到你們中間囉？準備好了嗎——」

三。我們看向彼此，不帶著任何憎惡。

二。腎上腺素分泌，全身的肌肉都準備好了。

一。風因我們的動作而舞，像落花。我們甚至能清楚看見風的流向。

來吧，水上豊也，讓我們堂堂正正——

一決勝負。

幕間：遙遠的過去，父親的證詞

我將殺害妻子的凶手殺了，在瀕死的妻子面前。

我來不及救她，幾乎用光了一生的悔恨，此後再也沒有悔恨的餘地，只能用生命的全部來補償。

我不是沒想過家人會謀害妻子，畢竟是建立在陰謀上的婚姻。他們只把妻子當用過即丟的垃圾，即使生下加賀美家的孩子也一樣。但我以爲，至少在下令殺害妻子時，應該跟我說一聲，我有知情的權利吧？

——不，我明白，祖母大人已不相信我。斬草除根，殺死妻子跟靜香，才能讓我認清事實。要不是澄人告訴我，我只能後知後覺地接受結果。就連澄人通風報信，也不是希望我阻止，只是覺得對我不公平。

殺手已經出發。我立刻搭飛機前往台灣。

然而太遲了。

等我趕到時，妻子已經奄奄一息。我馬上報了仇。命運未免太折騰人，爲何偏偏差這麼一點？要是早幾分鐘，事情會完全不同，不然晚幾分鐘也好，乾脆讓我失去一切，我還能早早放棄生命，直接跟家族首腦同歸於盡。

但妻子直到最後一刻都在守護靜香。

我們的女兒還活著，在她懷裡。

「雅君，」宰了殺手後，我立刻鑽進計程車後座，低聲對奄奄一息的她說，「別擔心，我送你去醫院。我們找個地方隱居，就在台灣吧。我中文不夠好，你可以教我，我會習慣這裡的生活……」

妻子沒聽完就斷氣了。我急著做心肺復甦，但沒用。我幾乎發狂。怎麼可以？妻子連點個頭，或表示一下意見的機會都沒有。她有遺憾嗎？對我是怎麼想的？她知道我跟殺手無關嗎？她以爲殺手是我派出的嗎？如果是後者，我……我該怎麼補償她？

別說笑了，人都死了，還能怎麼補償？我腦中閃過這個聲音。

那不是冷酷的聲音，是復仇之火在燃燒。沒想到陷這麼深，深愛妻子到這種地步。那時我只想將養育我的加賀美家放火燒掉，不，我想讓涉及這件事的每個人，全都在恐懼與哀嘆中死去，我要他們都懷著願望無法實現的遺憾過世，要是不看到他們悔恨的扭曲嘴臉，這份憤怒根本無法消停——

這時靜香哭了出來。失魂落魄的我，彷彿被什麼東西觸動。

或許在驚恐中，她不敢出聲，但母親失去動靜後，她再也無法承受，終於哭出聲來。她喊著「媽媽」、「媽媽」的瞬間，胸口的怒火完全熄滅，不，它們潛伏下來，取而代之的，是對女兒的憐愛與義務。

我不得不開始思考未來。

要是把靜香帶回加賀美家，那裡絕對容不下她。他們討厭妻子，因為妻子是外國人，一旦喪失利用價值，就會露出真面目。靜香雖然有加賀美家的血，但只會讓他們更難接受，因為歧視與厭惡，對混雜著相似東西的存在更加排斥，畢竟厭惡本身界定了邊界，自然無法原諒破壞邊界的事物。

或許有些人沒這麼極端，但為了靜香，不能冒這個險。那麼，當真在台灣隱居呢？

但我已得罪台金公司，台金公司是公營企業，與政府沆瀣一氣，在這塊土地上，我還沒有應付國家的能力。左思右想後，我帶靜香回日本。雖想安葬妻子，但這麼一來，我的痕跡就太明顯了，當時還沒能力承擔這種風險。

我盤查手邊資源，難以追蹤的，我第一時間攥在手邊，然後隱居起來，獨自照顧靜香。那幾年間，我想成為一個普通人，普通的單親父親，平凡養育靜香長大……

這是對妻子的補償。

我無能拯救妻子，靜香是她用命護著的，絕對要平安成長；然而那樣平穩的日子，在某天突然結束了。

那天我去接放學的靜香時，見到熟悉的面孔。她是個平凡無奇的女人，在我抵達前一直在跟靜香聊天。看到我，她親切地打招呼：「靜香已經長這麼大了呢。」

是大嫂。我臉色鐵青，知道避無可避。他們能找到靜香，肯定也鎖定我的藏身處；沒有直搗黃龍，是爲了讓我知道他們已經掌握到什麼程度，不要輕舉妄動——我只能邀請她到家裡作客。

把靜香趕回房裡後，我不再迴避，直接問她的目的。最初，大嫂還惋惜地說祖母大人有多難過，對我突然失蹤有多受傷，這些假惺惺的表演，我直接勸她收斂些，請她切入重點。

「我們當然希望你回來。當然，包括小靜香。這對你也好吧？我調查過了，你現在做的不算什麼正經工作，只要回來，有你熟悉的工作等著，小靜香的教育費也不是問題，這不是一舉多得？」

——也就是說，即使過了這幾年，加賀美家也沒能找到取代我的人。

沒必要遮掩。結婚前，我做了不少骯髒事。所以聽大嫂說「不算什麼正經工作」，差點笑出來，這可比老家讓我做的乾淨多了吧？不過，雖說是骯髒事，卻需要精密的技術、眼光、經驗。做那些工作讓我得到自己的神祕學人脈。

二戰前，加賀美也不過是普通的商人家族，但隨著戰爭發展、德國鍊金術師入贅，家族成爲配合帝國發展鍊金術的贊助者之一，直到戰敗都還保有神祕學資源，這些資源被投注在見不得光的事業上，徹底改變了家族體質。短短幾十年間，加賀美家已成爲現代日本社會對西方鍊金術師的窗口。成長過程中，我繼承不少神祕學人脈，之後也開拓更多人脈，成爲某些技術的專家。這也是爲何需要潛入台金公司時，是派我到現場，因爲家裡沒有比我更懂的人。

我以爲家族會培養新人，要是進展順利，就沒必要找我。原來如此，我對家族還有用是嗎？我刺探著說：「帶靜香回加賀美家，不會哪一天被你們毒死吧？」

「正人，你眞覺得我們會做出這種過分的事？」

大嫂滿臉哀戚，但我不會輕信她。見我沒說話，大嫂嘆了口氣：「我也是嫁進你們家的，多少知道加賀美家不尋常，他們對外人的態度我深有體會。但再怎麼說，也沒有殺人的必要，靜香流著你的血。」

我有些暈眩，但還是努力壓抑憤怒。

「沒有殺人的必要?那妻子呢?」

「那不同。我們要的東西到手了，但她沒順從我們，反而把東西偷回去，這是不可原諒的背叛。」

大嫂心平氣和，完全沒有說錯話、被拆穿的尷尬愧疚。這就是加賀美家的本質。說什麼背叛，不是我們先欺騙她的?重點不是背叛，而是為了顏面，就連微不足道的事都能變成殺機;大嫂說她也是嫁進來什麼的，這話騙騙外人還可以，卻騙不過我。原本她跟哥哥就是政治聯姻，娘家非常清楚加賀美家的性質，她也早有被當成外人的覺悟，只有這份覺悟，才能讓她成為適當的工具，並在成為工具的同時獲得利益。

靜香要面對的情況跟她完全不同，我不想讓靜香成為那種人。

但被找到一次，要再逃脫就難如登天。我可以想像老家動用了什麼人脈，只要在日本，大概都會被找到，我開始後悔沒有隱居國外了。接下來怎麼辦?要是過分抵抗，他們很可能對靜香不利，就算逃得了……我想到靜香不斷轉學的未來。不，緊急時轉學都顧不了，難道要讓她失學?我要為了她逃亡，卻拖累她的人生?我忍住胃痛，裝作不在乎:「如果祖母大人需要我，我可以再度為她效力。但話說在前，要是靜香出了什麼事，我就與加賀美家再無關係。」

大嫂有些動搖。果然，靜香對他們來說一點也不重要，恐怕打算在某個時間點處理掉吧?大嫂小聲說:

「你要我這樣跟祖母大人說?祖母大人把這當威脅怎麼辦?」

「我沒有威脅的意思，只是提醒有這個風險。」

「好吧，我可以轉達，畢竟是我的工作。不過正人……其實這幾年，加賀美家有在培養取代你的人。」

「我會加倍工作，讓自己沒這麼容易被取代的，你不用擔心。」

她看似警告，其實是勸諫。在她眼中，我根本沒有跟祖母大人談判的立場，簡直是瘋了。但我不在乎。我依然憎恨祖母大人，不明白她怎能變成這種沒有人心的怪物。為了讓靜香平安成長，我可以忍，連自己的立場都利用，既然逃不掉，就要成為對加賀美家有用的工具，換取靜香平安長大的空間。我只能這樣做。

經過談判，爭取到一棟別館。為了讓靜香「正常」長大，最好藏起加賀美家的黑暗面;幸好加賀美家在社會表層是經營正當事業，但若是太常接觸到，難免被捲進事端，因此別館是必要的。確認種種細節後，我才接受各種條件，帶靜香回家——

同時把自己送進了陷阱。

不愧是曾經叛逃的地方，就算仍需要我，在家族中的位置還是改變了。簡單說，發言權趨近於零。這我其實早有覺悟，但麻煩的是家族聚餐。

餐桌上有眾多圍繞著妻子與靜香的語言暴力。這種程度還在意料中，甚至比想像得輕微多了，但我很清楚為何刻意挑起妻子的話題、醜化妻子。一方面是刺探我的忠誠，要是維護妻子，只會讓我的立場更弱勢，甚至危及靜香；另一方面，他們刻意製造靜香跟家族摩擦的機會，想將除掉靜香變為「那也是沒辦法的事」，如果我私底下袒護妻子，鼓勵靜香憎恨家族，就可能讓家族找到藉口——

所以我什麼都不做。

在靜香眼中，我恐怕是很沒用的父親。無法為母親說話，連維護她都做不到。別說靜香，連我都看不起自己；聽那些傢伙汙衊妻子，我感到羞愧、憤怒、憎恨。但如果喪失理智，卻沒有一次把整個家族與同盟者殺乾淨，就會有恐怖的後果落到靜香身上，所以我只能忍耐。

……不，不只如此。我也感到害怕。

只要那些人想，他們可以輕易毀掉我們父女的幸福，沒那麼做，只是因為還需要我。但不需要了呢？或這份需要低於對我的容忍了呢？要是放任靜香跟他們起衝突，難保不會增加他們**心血來潮**毀滅我們的機會。

所以我只能忍耐、忍耐、忍耐……

要忍到什麼時候？

回到家族後，隨著權力位階改變，我注意到一些過去看不見的事。也因此意識到光憑我一人無法抗衡整個家族。既然如此，只能等靜香長大，直到她離開這個家，有能力置身事外——最終還是只能等，不是嗎？

唉，好懷念妻子。曾幾何時，我成了這麼無用的人。即使快被仇恨之火燒毀，我也不得不隱忍；明明沒有顧忌的復仇者最可怕，我卻親手將軟肋送進仇人手中。

值得慶幸的是，即使是這樣病態的宅邸，靜香還是遇見了願意信任的人。

名爲水上豊也的少年。

不，是否值得慶幸還不知道。水上豊也的立場跟我類似，是專門被指使去做些骯髒事的人，但他更複雜，是別的勢力送進來的刺客；準確地說，是確保加賀美家有照約定辦事的監視者。作爲容許這個監視者存在的代價，加賀美家擁有驅使水上豊也的權利。只要加賀美家背棄契約，水上就會化身刺客，這是一連串政治鬥爭的結果，雖然最後必須由某人犧牲，成爲身分低賤的監視者，卻是對幾個陣營來說最安定的結論。

爲了靜香，有必要攏絡水上。

倒也不是相信水上，誰會相信監視者？但既然靜香把他當朋友，我就得將水上放在適當的距離內，確保他對靜香無害；然而，放任事情發展的結果，就是靜香跟水上走太近，甚至在靜香指定水上當她鋼琴老師時，家族反彈強烈到足以引發殺機；我不得不行動，讓家族認爲是我在試圖控制水上，靜香只是被我指使。

我也把水上找來，逼問他有何打算。

「你是監視者，根本沒必要跟誰打好關係，這甚至會引發派系鬥爭。難道你想從內部毀了加賀美家？」

「我沒這個意思，正人大人。」

「那你爲何答應當靜香的鋼琴老師？」

「這樣的話，我也有問題想請教正人大人，」少年盯著我，「爲何您不袒護小姐呢？」

——什麼？我暈眩不已。連在外人眼裡都如此？我是失格的父親，讓靜香孤立無援，得由外人協助？

水上豊也沒有任何陰謀——這有可能嗎？

「所以你是一時興起？」我問，「如果是，最後靜香會被你害死。」

「請不用擔心，我很清楚自己的身分與能耐，我知道怎麼做才能保護小姐。」

不。事實上，少年不知道。

或許他原本就生活在勾心鬥角中，誤以爲自己很習慣鬥爭，但他太年輕、太自信。我了解他，因爲我也曾經如此。我很清楚這種自信會帶來什麼後果。

「既然如此，那就爲我所用吧。」我看著少年，「你不能拒絕。老實說，事情已經連我都無法控制。你想保護靜香，就跟我合作。你可以安心爲我所用，我也不會干涉你身爲監視者的任務。」

少年最初不理解我的意思，只是狐疑地打量著我。對他來說，我並不是個眞心關愛女兒的父親。於是我將自己與靜香在這個家族裡眞正的立場告訴他，這是步險棋。這少年乍看天眞，但他終究是監視者，也無疑擁有暗殺者的實力；他不只是被訓練出來，還是動用神祕學技術培養而成的怪物，就算套上項圈，也不改變他是怪物的事實。要是他轉頭就將我的話告訴家族，靜香就危險了。

幸好沒判斷錯。之後，水上豊也就成了我的共犯。

僅限保護靜香這件事上。

所謂成爲共犯，就是代替我照顧靜香。這不是簡單的工作，但假借我的名義，倒不是做不到；就在我對靜香平安成長感到安心時，我犯了個錯。不，那是啓示，或徵兆，是暗示我如何選擇正確道路的靈感——

靜香發現我跟妻子的書信，甚至連最後的信都看到了。

得知她發掘出部分眞相時，我一時不知怎麼做。始終僞裝成不關心離緣妻子的我，與內心遭到暴露的羞恥感，還有畏懼家族陰狠手段的憂慮，僞裝與眞實情緒糾纏在一起，讓我第一時間將妻子的信吃下去。沒關係，那些話我已經永遠記住，但光看靜香露出的表情，我就知道搞砸了。

不，眞的搞砸了嗎？

所以才說是啓示。從那刻起，我突然醒悟，自己沒必要成爲一個好父親，甚至連及格的父親都不必！重點根本不是家人間的溫暖，而是讓靜香獲得自由，不是嗎？與她的關係親密，只是讓我成爲她的弱點，這麼多年了，難道我還不清楚？當然，不能裝作完全不在意靜香，現在還不能讓靜香失去作爲人質的價值，但用「孩子也進入了反抗期」當理由，與她拉開適當距離，或許可以製造出對雙方都方便的立場。當然，最好的情況是我跟加賀美家同歸於盡——

我第一次閃過「只要犧牲自己就能讓靜香自由」的想法。

可以的話，我當然不想死。但這種願望太天眞，一定要做好最壞打算。同歸於盡是不可能的，加賀美家這幾十年來牽涉的利益實在太多，憑我一個人不可能趕盡殺絕；最好的情況是讓那些殘黨或同盟認爲殺了我就算是復仇，沒必要對靜香出手。

……這不是只靠我一人就能完成的，要找水上幫忙嗎？但是，不可能跟他透露我想毀滅加賀美家。那人畢竟是監視者，身上背負著的利益與枷鎖非同小可，不可能完全站在靜香那邊；但要是我死後，靜香陷入危險，他有沒有可能替我掩護靜香……？

不能仰賴這種妄想，還得累積更多籌碼。

事到如今，需要的已不是靜香的尊重與敬愛，而是爲靜香準備好未來的覺悟。最好的情況是她什麼都不知道地遠離危險，以普通人的身分展開人生；那孩子太正直，能成爲這樣的「平凡人」，或許得感謝水上。但要是她知道眞相，很可能不會逃跑，而是勉強自己挑戰家族的錯誤，置身危險。

我不能讓這種事發生。問題是，她的未來在哪？要距離多遠，才能遠離加賀美家的威脅……？

這些還沒具體結論，讓靜香脫離控制的機會卻唐突地來了。

過去我從台金公司偷走的寶物——「活著的屍體」，瓶中小人的寄生物——雖然最後被妻子偷回並還給台金公司，但仍剩下一些樣本。研究那份以人類爲基礎、卻顯然不再是人類的基因藍圖，儘管離瓶中小人還有很大距離，卻已開發出能干涉物理法則的工具；就算干涉規模和方向難以控制，遠遠無法實用化，但已是讓歐美鍊金術師願意投資的「證明」。

當然，就只是投資而已。鍊金術師一邊投資，一邊隱藏底牌，不時討價還價，跟我們勾心鬥角。坦白說，要不是須證明自身對家族的價值，這種研究永遠停滯也沒關係，所以我對隱藏底牌沒意見，反正在台金公司也經歷過。但靜香高中時，某件事發生，迫使各方勢力的鍊金術師紛紛翻開部分底牌，事情也一口氣激化，帶動高強度情報戰。

台金公司的繼承者，廣世公司，突然提出要重組瓶中小人。方法是重新縫合瓶中小人的屍塊，讓曾經一度被召喚的瓶中小人再度出現。

爲何知道這種機密？當然是與廣世公司合作的組織洩漏的，畢竟不少人脈與我方重疊。短短一個月不到，各方陣營陸續表態，認爲廣世公司有機會成功的組織，紛紛提供最低限度的技術，讓廣世公司的計畫成立。多虧這件事，我們總算知道各方勢力有哪些隱藏起來的技術，也有各種「技術交流」的空間——讓「物自身」在理論上得以完成。

過去我就知道這是可行的。我們有「活著的屍體」的部分樣本，就算無法直接連上宇宙的物自身，也能進行模擬。問題是無法直接溝通，只能用數學語言刺激，但各種技術曝光後，我們也得到「人形化」的技術，只要物自身具備人體型態，就能以人類語言溝通，這樣一來，物自身的威力與實現方向調整總算進入可控階段。

此時，家族決定將我從研究中排除。

我心生不妙。然而，我仍然不認爲有人能取代這個位置，至少知識、技術的層面是如此。既然如此，可以簡單推導出結論——謝謝你之前的付出，我們不需要你了——也就是說，家族決定加入「瓶中小人」爭奪戰。比起研究，不如將現有成果全部奪走，反正將來也不需要了。

僅是如此，我完全沒意見。但我跟靜香的處境會如何？現在我們不需要你了……腦中浮現了祖母大人的聲音。那個老不死。我白白爲家族付出了十幾年，最後還是救不了靜香——不能讓這種事發生！

於是我趁交接還沒完成，潛入研究室，偷走目前最優秀的馴化金屬。我知道如何連結物自身，首先要挑選重要的媒介物，而我手中的馴化金屬，是目前唯一調整好、最完整的完成品；只要連結上強悍的物自身，家族就不可能無視我。

而當我選擇靜香作爲媒介，家族就不得不爲了物自身保護靜香。

這樣想的我，還是太天眞了。但情非得已，畢竟轉眼間，底牌已全被拿走。事情曝光後，家族隨手安排一場旅行，把靜香的班級全招待去東京迪士尼，等確定她離我有十公里之遙，我與祖母大人的談判開始了。

會客間的門被關上。祖母大人隱身在屏風後，她已經很久沒當眾露臉，但沒人懷疑她不是本人——那種思考方式、說話態度，是她本人沒錯。

「正人，現在我手邊有一台電話。」祖母大人的聲音傳來，「只要我打電話下令，靜香那孩子就會死。要是我一小時後沒打電話，靜香也會死。你明白我的意思嗎？」

「這麼做非常愚蠢，祖母大人。傷害靜香，我跟物自身的連結就會消滅，現在已經沒有足夠材料製造出這麼完整的馴化金屬，就算可以，也來不及對付台灣的鍊金術師。」

「是啊，我明白……所以爲何做這麼蠢的事？你想要什麼？」她居然露出一副苦口婆心的嘴臉。

「我以爲很明顯。我不願意這十幾年累積的研究被人搶走。」

這不是事實，但或許是她這種人能接受的說法。

「搶走？沒有家族給你資源，你能做出這些研究嗎？正人，你自己算算吧，這麼多錢，這麼多資源，不是這個加賀美家，給得起嗎？我不想把你跟靜香想得太壞，但你得知道，你們已經過著許多人盼都盼不到的生活，要是認爲家族虧欠你們，從你們手中奪走了什麼，那不是太過分了？」

——這老不死的，怎麼敢講這種話？我有要你們給嗎？我不想做這些研究，只想跟靜香安靜生活，但你們允許嗎？都扭曲了我們父女關係，還敢暗示有恩，要我們知恩圖報？開什麼玩笑！

但我沒說出口：「恩情當然不敢忘記，但難道我沒資格得到物自身的力量？這是我的研究，沒人比我更了解物自身。還是說，祖母大人認爲家族裡有誰適合？」

「重點不是有沒有人比你更適合，而是你沒有資格做決定。」

「如果罵我就可以還原馴化金屬，請便。但不行吧？那些鍊金術師也辦不到，不能就讓我將功贖罪？」

「將功贖罪？」祖母大人冷哼一聲，「你知道事情多嚴重嗎？要贖罪，表示你會上前線，爲家族奪取原本就屬於我們的東西，但任何人得到那個，都會獲得莫大的權力；正人，你脖子上的項圈還不夠緊，你覺得自己有資格承擔這個任務？」

「不然祖母大人有何打算？把靜香留在這裡，我的物自身就派不上用場，對家族可沒半點好處。」

「是呢，要是照你的話做，我當然無法把靜香留在身邊，對此我也非常遺憾……不過正人，為何選擇靜香那孩子作媒介物？你們近幾年不是不怎麼親近？」

我都忘了自己已塑造出這種形象。

「靜香在反抗期，難免對父親有意見，但這不減損我對她的愛。」

「嗯……你對她的愛不足，反而困擾呢，畢竟這種力量仰賴媒介物的重要性吧？正因如此，我才說你不明白。原本我們有更好的安排，脖子上項圈夠緊的人；但正人的話，最好的做法，難道不是在你戰勝所有敵人時，我們派人殺死靜香，以免你用物自身威脅家族嗎？」

我渾身發涼，額前冒出冷汗，差點忘了呼吸。這老不死的，虧你想得出來。

「……既然祖母大人這麼說，就表示祖母大人不打算這麼做吧？」

「當然啦。唉，你就是把我想得太壞，我怎麼會對可愛又愚蠢的靜香下手？但你有必要知道事情的嚴重性。加賀美家是很謹慎的，想將功贖罪，就得把脖子伸出來，讓我們多給你戴幾個項圈……明白嗎？」

「我明白。您有什麼要求，還請明示。」

我感到強烈的屈辱。

「好孩子。今天家裡有客人，是法國來的鍊金術師先生，稍後請你配合他所有要求，我們會調整你身上物自身的方向性。那份龐大力量，將被限制在針對台灣鍊金術師創造的系統上，這樣你就無法用物自身對付『其他人』了。過幾天我們也會安排你做手術，確認你的生命在我們掌握中。」

即使已經隱約猜到事件結局，我仍想再掙扎一下。

「這限制會不會太嚴格？只能壓制對方系統，剝奪其他作戰能力，風險太高了。」

「正人，如果你的殺人技術退步了，就表示這工作不適合你。」

「冒犯到祖母大人，我道歉，但不是愈保險愈好？有些事，是殺人技術也無法派上用場的——」

「既然你堅持，那我派水上豊也協助你吧。你們關係這麼好，合作應該會很順利。」

單從戰力論，這是好主意，但很難相信祖母大人這麼好心。她讓水上同行，很可能是要他在適當時機收拾我。現在說的話，全都是在預告我的命運，還不准逃避。

只因爲靜香在他們的掌握中。

「正人，回答呢？」

「謹遵您的意思。」

我畢恭畢敬。一切都在祖母大人的掌控中，只能苦笑了。

之後，異國來的鍊金術師帶我到某個實驗室做了調整，我只能配合。接著我以最快速度找到水上，說有關於靜香的事想談，有沒有放心談話的地方？水上帶我到他的房間，並說自己動了點手腳，房間暫時安全。

我將情況告訴水上，他點頭同意：「派我監視您，很可能是爲了在最後殺害您。」

「就算沒你，我也活不了。」我平靜說完，切入重點：「問題是靜香……有沒有保全她的方法？如果你殺了我，對眞相一無所知的靜香會被帶回加賀美家，等待她的只有不幸。」

「雖然有些僭越，要是正人大人將一切告訴小姐，帶她逃亡呢？」

「那你會被派來殺死我們，對那些人來說，這反而是樂見的。」

「……誠如您所言。」

「如果靜香在台灣失蹤，加賀美家倒沒有無聊到天涯海角都要追殺她。」我思索著，「不過我犯了個錯。執行任務時，靜香不得不被綁在身邊十公里內，而你會奉命確保此事，她逃不走。唯一讓靜香逃走的機會，只有我死後——」

雖然只是無心之言，但說出口後，我不禁怔住，恍然大悟。

沒錯，這難道不是正解嗎？我的死，是讓她自由的必要條件！

我說下去：「我遲早會死，不如找個適當的機會死在台灣就好，到時靜香對任務就沒用了，加賀美家鞭長莫及，只要你不把靜香帶回去……如何？有機會嗎？」

「要是小姐希望回日本呢？畢竟她並不了解事情的前因後果。」

「你告訴她就好。」

「正人大人，我有自己的枷鎖，無法什麼都坦白。而且，您不了解嗎？要是小姐知道眞相，很可能決定反抗加賀美家。您活著，小姐有顧忌，或許不會衝動，但一旦她知道您的死跟加賀美家有關——」

我閉口不語，確實如他所說。

「還有一件事要提醒您。」青年說，「別說到台灣，從離開這個房間起，就不能再提到這話題。」

「……有竊聽嗎？」

「身爲不必擁有自我的監視者，這是當然的。現階段我還能保有隱私，但到台灣就不行。我的主人與加賀美家合作，告密可能性很高。很遺憾，到了台灣，我們幾乎不能討論拯救小姐的事，只能隨機應變。」

我不禁感到前途茫茫，但爲了靜香，沒什麼好抱怨。我跟水上討論出幾種可能，第二好的情況是我完成任務，立刻被水上殺死，靜香留在台灣。爲此，必須爲靜香準備好公寓、學籍，暗中處理移民手續，並將遺產移轉給她，讓她好好生活。問題是在我死後，她有什麼理由留在台灣？

一個方法是，讓她判斷我不値得她報仇——有可能嗎？不是沒有。接下來要做的事絕對慘絕人寰，要是被靜香發現，恐怕她會不認我這個父親。這樣最好。先前刻意疏遠她，現在看來並非毫無意義。

至於最好的情況，是我沒完成任務就死了，水上也無法完成任務，加賀美家占不到便宜，靜香平安留下。但坦白說，不太可能。水上無法完成任務，就表示情勢險峻，甚至可能危及靜香，這要極力避免。

不過，這全是空中樓閣。台灣之行變數太多，無論計畫爲何，核心是讓靜香脫離控制與追殺；只要把握原則，無論什麼事，我都有覺悟。離開房間後，我跟水上就沒多少交流，繼續原來生活。

沒多久，前往台灣的計畫定下來了。

祖母大人同意我的同行者——靜香與水上——擁有自己的物自身。這並非大度，只是將我們當工具。水上被賦予進入廣世公司隱藏結界的開鎖工具，能將數百公里的距離，壓縮爲隔著一張紙的厚度，這對破解鍊金術師的結界來說是必要的；靜香被賦予保護自己不受傷害的力量，這不是祖母大人關愛她，只是爲了保護我的媒介物。

意外的是，靜香選了跟水上相同的媒介物。

接下來的事連我也沒料到。水上跟靜香的物自身彼此競爭，最後居然只剩一種能力，變成兩人共用同一物自身；事已至此，沒有更多馴化金屬可用，祖母大人只能接受結果。但我五味雜陳，爲什麼這兩個孩子選上同一媒介物？靜香選了我送她的鋼琴，水上呢？鋼琴對水上來說重要嗎？

我同意水上保護靜香，但他對靜香懷有必要以上的感情？或最初同意擔任靜香的鋼琴老師，就是出於這樣的感情？可是……不，沒必要考慮。他是監視者，不可能愛上任何人，不被允許這麼做；他不會顯露私情。這麼多年來都如此，以後也如此。

到台灣後，我發現一件事。法國鍊金術師間諜取得神祇繼承者名單，有個名字引起我的注意——程頤顥。

我嚇了一跳。這不是妻子朋友黃慧文的孩子？妻子跟我提過她出生不久的兒子，因爲名字太特別，這麼多年我還忘不掉。不會錯的，就是他。不可能有其他人叫這種名字。

我還記得妻子能逃回台灣，正是這位黃慧文的協助。

我不恨她。妻子留在日本也不見得能活下來，祖母大人正是透過壓榨、控制、讓人恐懼與絕望來滿足權力欲的人。對這樣的人，屈服是沒用的。至少透過她的幫助，最後妻子度過了自由的時光。我衷心感激她。在這種時候遇見黃慧文的兒子，命運令人驚奇。他是怎樣的人？知道妻子的事嗎？還記得兒時見過靜香嗎？雖然好奇，但依我的立場，沒理由找他。水上也監視著我。但隨著事態展開，靜香居然跟他成爲朋友。

程頤顥甚至向水上保證，絕不會背叛靜香。

……我心裡掀起波瀾。

當年消泯的恩恩怨怨，現在以這種形式發生關連，命運到底有何企圖？不過，或許程頤顥值得期待與信賴，就像當年黃慧文出手協助林雅君。既然如此，讓靜香親近他沒問題吧？要是能幫助靜香——

不。我不禁苦笑。

我在想什麼？別說幫助靜香，我可能不得不親手殺死他！雖然暗中期待過，要是靜香發現我的所作所為，而我死在敵人手上，水上就能裝成受我指使，安撫靜香，並將我留下的東西以個人名義交給她，那大概是最好結局。

但我實在不覺得自己會輸。

實際體驗過就知道，我的物自身強悍到蠻不講理，二十個神一起上也只能被壓制吧？要擊敗我，只能仰賴命運。就像丟骰子，連續丟一百次同一數字，只有這種難以解釋的超級強運才能阻止我。不過，雅君，我的妻子啊，要是你在天之靈保佑，能不能讓人見識奇蹟呢？只要靜香安然無恙——

只要她得到自由，從此過著幸福的日子——

那最後怎樣都無妨，我已做好心理準備。

第十二章

Go to the next stage

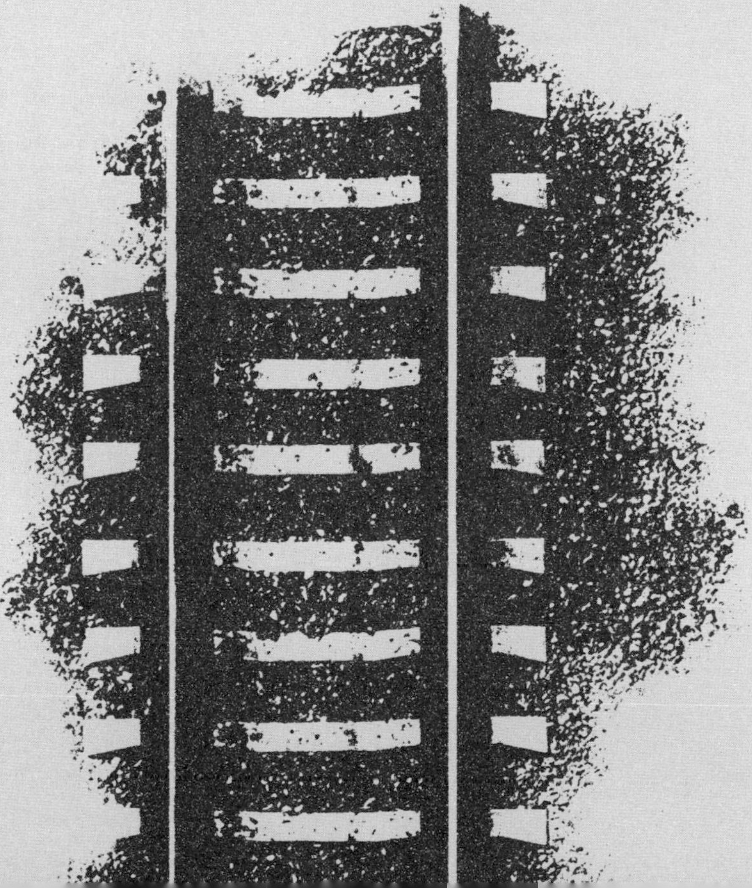

「所以，後來怎麼樣了？」

揹著「忘心」的阿輝懶洋洋靠在木頭欄杆。

涼爽的河風吹拂他的髮絲，明明是稀鬆平常的景色，卻讓我感到安心。

這裡是面對河岸的開放平台，橫過頭上的廊道屋頂是整棟建築，稱爲「藝文中心」。被建築物群包圍的平台有些昏暗，讓阿輝臉上的微笑帶著些許陰影。這是我就讀的大學，位於貓空，校區有一部分在山上，中文系的根據地也在此，可以搭公車上來；藝文中心離中文系不遠，平常我也很喜歡在這個平台吹風、看河景。今天有事跟阿輝碰頭，就約在這。

阿輝氣色不錯，只是昏迷一段時間，肌肉有些萎縮，直到昨天才開始上學。我翹課兩週多重回學校，立刻就忙昏頭，像班級啦、社團啦，太多事要跟上，一直沒時間好好跟阿輝聊。趁這次碰面，我才把詳細的前因後果告訴他。

「當然是我贏了啊，」我說，「不然我們就不會在這裡了。」

我講的是跟水上豊也的對決——想必一輩子都忘不了吧。

這是打從以遊戲玩家自居後，第一次並非爲「贏」而戰。

畢竟他也想保護加賀美。

☘

離龍倒數至「零」，水上豊也便抬起腳，像踢足球。

下一瞬間，這致命的黃金右腳就朝我的背頸招呼。

拳擊動作是虛張聲勢？忘心立刻反應，竹劍竄回身後擋住這一腳，同時調整角度，我用渾身動作卸掉這一腳的勁道，借力低空翻滾，竹劍在轉身瞬間重新刺出；視野邊際，水上豊也把腳縮回，準備再踢一次，這時竹劍正好穿掃向他腳踝，力道之大足以破壞踝關節。

他瞬間移動。

僅僅往旁邊偏移幾公分，突刺就落空了。第二腳速度絲毫未減，朝我頭部踢來，而突刺的勢頭已止不住，只能用手架開。但被推開的剎那，他再度移動到身後，第三腳又朝後頸踢來。用力扭肩，這腳從耳邊掃過，我以竹劍擊地，地板破碎，反作用力將我彈起，我揮出一劍。

又是幾公分的瞬間移動。原本在劍軌前的他被傳送到後方，手指虎已擊到眼前。短短幾秒間，我們已交手十幾次；他的攻勢從全方位湧來，令我衷心讚嘆。太華麗了，想不到瞬間移動可以實現這麼驚人的戰鬥方式，單方面承受攻擊時還沒發現，這個能力在雙方互有攻防時真是千變萬化！

琴聲綿綿不絕，有如流水。最初幾乎沒有武器相擊之聲，水上豊也會在接觸武器前移動。但纏鬥一段時間後，指虎開始與竹劍碰撞，那聲音之大，彷彿每一下都要將竹劍碾爛。忘心能守護武器與持有者，這種力道還不足以損傷，青年減少瞬間移動的次數，恐怕是要創造出不同節奏，讓我大意吧？

這種小伎倆當然對忘心沒用。

我們在大型機具間穿梭，避免破壞它們；要是損壞機具，或許會妨礙接下來製造瓶中小人的工程。交手幾分鐘後，水上豊也突然消失，我連忙退到牆邊。身邊障礙愈多，瞬間移動的攻擊範圍就愈有限。對方顯然在準備下一波攻擊，遠處傳來零星的鋼琴聲。

我跟忘心聚精會神，戒備四周。

——仔細看，這裡的大型機具形狀都不相同，儀表板上寫著神祕學符號，鍋爐上也有類似星座符號的圖案，有些機械甚至不像工業器具，看不出用途，但部件中心包了個渾天儀般的裝置，充滿魔幻氣氛；這些功能不同的器材，居然一層不夠，放滿好幾層？我不禁敬畏。不愧是累積了數十年來的執念。這些工業機具就像器官吧？為了凝聚宇宙的人形身體，分布各層的器官缺一不可。

工廠外，風聲呼呼地吹著。

一聲琴響，水上豊也從右側衝來，我以竹劍接招。什——

我呼吸停頓，大腦出現短暫的空白。

簡直像卡車以時速一百公里撞來！猛烈撞擊讓身體一時跟不上，以同樣驚人的速度飛出去。糟，這跟冶煉廠是反方向，要是飛到一百公尺外——情急之下，我把竹劍插入窗戶，玻璃破碎，但只勉強減速；這不是衝刺就能達成的力道，難道他是利用重力加速度，將從空中墜落的力道轉移成橫向？

水上出現在反方向，拳頭高速切來；來得好，我連忙揮砍，藉著擊中指虎的力道向上彈去，總算不再遠離冶煉廠。青年立刻跟上，轉眼又是一拳。這傢伙，竟在空中連續攻擊！竹劍擊打聲宛如爆竹，我停滯空中，無法落地。

我焦急起來。在空中，表示水上豊也可以從全方位攻來，而且落地才能重新調整姿勢，像這樣不斷在空中迎擊，遲早會陷入困境！結果也是如此，大概滯留空中十秒後，青年一拳打到臉上，那是足以讓頸椎脫臼的一擊。

我朝地面飛去，肩膀著地後仍不斷摩擦地面飛出。本該立刻起身，但這拳幾乎癱瘓思考能力！被擊中只是瞬間，意識中卻像全身酥麻好幾分鐘，世界破成好幾種顏色，天旋地轉，若非忘心強化，頭骨已經碎裂。

「頤顬！」

雛龍呼喚著，我回過神，水上豊也已飛到身旁，一腳朝竹劍劍柄踢去；不行！我連忙迴轉手腕，劍指青年腹部，他瞬間移動，另一隻腳踩向我的臉。我歪頭閃過，雙腳迴旋，靠腰部的力量彈起，膝蓋頂向青年。他立刻消失，轉眼出現在二樓高的鋼鐵走廊上。

「真驚人，吃了那拳居然沒事。」水上豊也悠閒地推了推眼鏡，睥睨著我，「這場決鬥真的公平嗎？」

「現在才質疑已經太遲囉。」我高聲說，飛身追上二樓，竹劍與皮鞋相抵。其實這話只是逞強，明明現在還沒占到便宜，枉費了忘心那超越人類極限的武技！

不過，這原本就不是技高者勝的武力對決。

經過這幾分鐘交手，雙方的勝利條件很明顯。就算打到我，我也跟沒事人一樣，所以水上豊也必須擊落忘心，使我失去護身神力；他朝劍柄踢去就是瞄準這點。忘心當然不會讓竹劍輕易脫手，但要是再像剛剛那樣被暴力直擊到恍惚，或許就完了。

我則要阻止他瞬間移動。只能站在原處的水上豊也，無疑不是忘心對手。換言之，要傷害他的手指，讓他無法演奏。但談何容易？到現在還沒傷到他，更別說他肯定特別保護手指！

我們從鋼鐵走道打回樓下。

話說回來，這場戰鬥到底會用什麼形式結束？

根據推測，水上應該是受到監視，所以決鬥的表面理由是演給那些監視者看，誰勝誰負，將決定誰能實現瓶中小人；但事實上我們有共同的目的——爭取時間治療加賀美。問題是之後不可能不分出勝負，既然水上豊也協助我欺騙那些監視者，會不會順勢輸給我？

我不希望如此，也不覺得他會這麼做。

雖然水上豊也的殺氣消散了，但他嚴密的攻防，反映出強固的意志；他是鐵了心要擋在我面前。要是他獲勝，事情會怎麼發展？恐怕他會刻意避免「見證」加賀美的生死，將祭品全部奪走，完成任務。那樣的話，我們就沒有未來。

所以只能贏。非贏不可。但贏就好了嗎?我焦躁起來。這男子究竟懷著怎樣的心情答應決鬥?可以不去思考嗎?某種說不清的情緒抗拒著,他不可能對我說明動機,我也無法接受用無情的勝利踐踏他。雖然想著「勝利」毫無意義,現在根本沒有那種餘力。

水上豊也——我在心裡對他吶喊著——既然沒有殺意,為何執意要阻擋我們的未來?為何答應決鬥?你到底在追求什麼?到底什麼做法才是最好的?

「程頤顥,專心點!」忘心警告,我一回神,連忙閃過襲來的指虎。確實不能分心。才剛這麼想,水上豊也的一腳又從意想不到的方向踢來,即使用竹劍擋住,還是被踢離地面,青年沒追擊,而是站在原地,用力打出一拳——

瞬間移動,力道直接加了上來,我被迫往後飛,竟勾不到地面!接著第三拳,猛烈的力道將我砸進身後鐵桶。鐵桶凹了個坑,半跌在裡面,極為狼狽。水上豊也剎那間出現在眼前,鐵拳如雨般襲來,我一一架開,最後揮舞竹劍護身,跳了下去:「喂!別破壞機具,影響瓶中小人怎麼辦?」

水上豊也沒回答。我警戒著移動回牆邊,這時工廠深處傳來聲音。

「不用擔心,學弟。」是張嘉笙,他也從冶煉廠過來了,「這些機具就算被破壞,克拉克也會復原。」

「學長,小心點!先保護好自己。」我大喊。

「我知道!決鬥的事我聽到了,我不會介入。克拉克已掃描這裡所有機具,會確保它們最後都能用。」

「謝謝,那就不客氣了。」水上豊也冷靜的聲音響起,他「碰」的一聲,踢斷某根作用不明的金屬管,直接握住朝我頭上砸!疾風中「哐」、「哐」、「哐」幾聲,竹劍架開金屬管,他拉開兩步距離,將金屬管投擲過來,同時瞬間移動,兩面夾擊,這時——

金屬管沒依照合理軌跡移動,我閃開後,它仍不自然地迴旋空中,返回水上豊也拆掉它的地方;我架開水上豊也的攻擊,心想張嘉笙說的復原是即時進行的?還以為是全部打爛後再一次搞定!我心動一念,朝某個幾百公斤重的機具跑去,用竹劍砸毀,接著拿起一部分朝青年丟去。那部分也有幾十公斤,對方不得不瞬間移動。

——這改變了戰鬥方式，我醒悟。

對我來說，敵人攻來的角度愈少愈好，最好盡可能貼近牆壁，但大型機具也是優秀的障礙物！既然毀壞會復原，就沒必要避開了。水上豊也欺近，我立刻撈起另一組壞掉的機械當盾，或鈍器，與此同時，剛剛丟出去的機件開始還原。

這不只對我有利。水上豊也丟來機械，無法瞬間移動的我只能接招，這也夠手忙腳亂了。有時我丟的零件他也不閃，而是接住直接丟回來，轉眼間，附近的機具已被拆得亂七八糟，我們像狂風暴雨般攻向對方，竹劍與手指虎跟皮鞋相抵，鋼琴旋律雜亂無章，像貓在鋼琴上跳舞。同時，被砸爛的鍊金術機具反重力飄移，螺絲、板塊在空中迴旋，尋找正確的位置，歪曲的鋼板恢復爲平面，斷裂的金屬重新融合。

簡直是逆播放的鋼鐵暴雨。

我跳到空中，一腳把鐵爐踢飛，往他砸去。他瞬移過來，鐵爐也開始歸位，我們同時站到鐵爐上，狂風般地攻向彼此。待鐵爐復原，又躍至旁邊有渾天儀的機具。只見他瞬間移動的鐵拳拆掉機械，我將殘骸丟向他，他則抓起在復原中的鐵條當武器，與竹劍相擊。

破壞，再生，破壞，再生，這些同時進行，就像世界無盡地輪迴。

這景色眞不可思議。風暴般的對決揚起塵埃，工廠內的金色燈光打下，彷彿帶著點神祕意象；碎裂的金屬在空中流動，閃閃發光。我們不斷破壞儀器、機具、裝置、鍋爐、連金屬走道也不放過。壞滅的構造物往下墜落，隨之飛翔復位，我們在其上穿梭跑跳，擊打、吆喝聲在工廠裡源源不絕，像激烈心跳的回聲。

先露出疲態的是水上豊也。

我的運動能力來自忘心，就算祂不是全盛狀態，消耗的也不是我的體力；然而水上豊也不同，打十幾分鐘，他已滿頭大汗，甚至解開襯衫的釦子。不只如此，最初瞬間移動的角度極爲刁鑽，但水上豊也有自己習慣的戰鬥方式，有模式可循，交戰這麼久，擊中我的能力已大幅下降。

即使如此，青年的神情也沒有一絲動搖，動作有條不紊，比機器人還精準。難道他的心是鐵打的？不，恐怕他只是隱忍。就像幫助加賀美，不在現場絕對無法察覺。反過來說，在這裡「獲勝」眞的是他的意志嗎？或只是便宜了那些監視他的幕後黑手？

——要是活著沒遇到好事的話，你們幫她不就好了！小姐幫了你們這麼多，甚至不惜背叛自己的父親，你們回饋她一些好事，不是理所當然的嗎？

他用冷涼聲音吐出的話語響徹腦海，裡頭的悲傷刺中了我。我不想便宜那些監視者，所以必須思考！這場戰鬥不只是我跟水上豊也間的事，決鬥完就沒了，還包含之後；贏下這場決鬥不是重點。經歷這麼多，我不是早該知道了？從師匠那學到「遊戲思考」，從「神祇」那邊得到幫助，和夥伴相遇，和加賀美相遇……「在遊戲中獲勝」只是過程或手段，卻不是最具重量的事物。

那此處最具重量的事物是什麼？

致命的攻擊宛如狂風，青年的動作卻異常清晰。水上豊也那張撲克臉背後，肯定不是冷漠，而是沸騰到超越想像、安靜燃燒出藍光的熱度；現在的話，一定能想到——想到這場決鬥的**答案**。

監視者的存在，暗示水上豊也和加賀美正人的行動不見得會反映出眞正動機，復活瓶中小人很可能不是他們的眞正目的。加賀美朝自己開槍後，加賀美正人說「你不是說過會保護她嗎」，但那句話是我對水上豊也說的，加賀美正人卻知道——雖然青年殺了上司，但兩人眞的分屬不同陣營嗎？如果不同陣營，有什麼理由去交流關於加賀美靜香的事情呢？

加賀美正人無庸置疑疼愛加賀美靜香，那強悍到讓一切臣服的物自身就是答案。

水上豊也說過，只要我們幫助加賀美就好，即使這份背叛讓她流下痛苦的淚水。

兩人對加賀美的珍惜昭然若揭，這樣的他們，有什麼「不惜傷害加賀美也要完成的矛盾目的」？除非……並不矛盾。或許對水上豊也來講，背叛不影響他的動機，因此背叛也無所謂。加上他迴避確認加賀美生死，照這現況發展下去，加賀美很可能會「被監視者當成已死」——

我擺頭，宛如標槍的金屬圓柱驚險地擦過臉頰，甚至擦痛我的右耳；但那宛如射出去的箭，在狹窄的視野盡頭，鮮明指向我唯一的對手。青年依舊面無表情，我卻看見了光。

……這就是你擋在前方的原因？

鋼琴老師孑身立於機械上的孤獨身影。那個殺了少女父親，又責怪著我們沒有幫助少女的青年。那強大到不像是人類，卻要我們幫助少女，做出任性小孩般要求的男子。

我感到微微心痛。眞奇怪，明明我幾乎不認識這個人，但此時此刻，我卻彷彿知道他的心情；即使都是胡思亂想，我知道自己的假設毫無根據，可我想相信他，想相信爲了加賀美靜香努力至此的兩人。

想保護加賀美。

希望那個少女能得到幸福。

我也有同樣的願望。

這就是他堅持擋住我、不肯戰敗的原因。要是連他都無法擊敗，怎麼放心將加賀美交給我們保護？雖不知幕後黑手是何等人，但肯定有權有勢，就算加賀美一時脫離監視，是否能永遠得到自由？誰也無法保證。

因此，她需要可信賴的「夥伴」。

如果我是水上豊也，肯定也會這麼想。終於找到了，這場決鬥的答案，我的勝利條件。

我要——讓水上豊也跟加賀美正人安心。

分出勝負的機會近了。

忘心分析了水上豊也的動作，即使旁邊機器亂飛，他也已經好一陣子沒打到我。不只如此，爲了在不斷毀損與還原的構造物上跑跳，祂也分析了機器還原的軌跡跟時間；表示在此不穩定的流動空間中，有設「陷阱」的機會，而這個「陷阱」只有充分掌握水上豊也的行動模式後才能發動。

幾分鐘後，總算被我等到機會。

在雙方你來我往，拳腳密集往對方身上招呼時，我故意露出破綻。水上豊也以爲有機會擊落忘心，瞬間移動到特定位置。但就在手指虎離忘心劍柄只差一公分不到之際——

復原的金屬板疾飛而至，有如鍘刀。

「哐」的一聲，他及時用另一隻手擋下！

這是錯誤決定。跟他交手這麼久，我注意到他對緊急事件的反應，傾向用動作處理，而非瞬間移動；或許他也還沒習慣瞬間移動的眞正戰鬥方式。不過光是格擋的半秒鐘停頓，已足以讓竹劍迴旋，打斷他右臂。

骨折聲傳來，青年悶哼，手臂不自然反折，不能演奏了。我趕緊抓住他，畢竟左手還能演奏。果然，青年立刻傳送，但太遲了。既已被我抓住，我當然也跟著傳送過去；我毫無遲疑，立刻抓住他左手五指，一次折斷，手指脫臼的聲響讓我隱隱反胃。

水上豊也跌坐在地，我立刻撲上去壓制他。

所有毀壞的機具已盡歸原處，彷彿最初就未遭破壞。工廠安靜異常。青年喘著氣，慢慢調整自己呼吸，他的臉色從鐵青轉爲蒼白，最後在寂靜無聲的工廠裡低語。

「……我輸了。」

我額間汗水滴下，經過鼻頭，落在青年眼鏡上。

「安心吧。接下來就交給我們，我們會完成你們沒做到的事。」我說。他應該知道我在講加賀美，而不是瓶中小人；但監視者肯定不會理解。

青年嘴角掀起薄薄笑意，將藏祭品的地方跟其他人所在地告訴我。

張嘉笙現身了。他自願照顧水上豊也，我請他發現異變就開槍，聽到聲音會立刻趕到。

如同水上豊也所招供，我很快回收鳩摩羅什以外的全部祭品，包括顏中書的忒修斯，我們在降靈時已確認她的祭品。至於其他人，蘇育龍從空中跌下，小腿骨斷裂。魏保志雖設法自己包紮，但還是大量失血，幸好我帶著治療之神及時趕到。我把他們傳送回冶煉廠。

我們贏了，接著只剩下一個問題：該拿水上豊也怎麼辦？要帶他離開黃金城，目前手中的車票不足。更重要的是，不能讓他看到被救活的加賀美。

「你們走吧。」

回工廠後，水上豊也直接這麼說。張嘉笙幫忙把他搬到某個機具邊，他雙臂垂下，滿頭大汗，靠機具坐著。「不用管我。別告訴我任何事。你們贏了，拿走應得的東西，把我留在這。我不需要多餘的同情。」

張嘉笙有些不知所措，但我大概了解水上豊也的心情。「你們怎麼進黃金城？能自己離開嗎？」

「黃金城……原來你們是這樣稱呼的。」水上豊也哼了一聲，擠出苦笑，「那我跟正人大人就是以黃金城作爲墓地囉？眞奢侈。兩位，可以請你們離開嗎？作爲勝利者，你們對我來說太刺眼了。」

「不好吧？你這種情況，應該立刻就醫，或是——」

「不好意思，」青年打斷張嘉笙的話，「身體不適，沒辦法送兩位離開，請自便。」

張嘉笙看向我，我做了「別說話」的手勢，示意他跟我離開。要是他透露「治療之神」的存在就尷尬了。水上豊也抬起頭，閉上眼，渾身散發著孤寂，與此同時，表情卻很輕鬆，彷彿喪失一切，也從重擔裡解放出來。我們安靜地離開工廠，回煉廠去。

少女仍躺在血泊之中。

但已經沒事了。雖然渾身是血，她的頭部已復原，只是還沒恢復意識。加賀美正人就沒辦法，他失去生命跡象太久，憑虛弱化的治療之神，無法救他。

「那日本人呢？」蘇育龍虛弱地問。

「在另一個工廠。他要我們別管他。」

雖然我有些猶豫，眞的不管他嗎？總不會眞的讓他死在這裡吧？魏保志說：「不把他關起來，逼問背後勢力或情報嗎？別忘了，他可是殺了廣世公司十幾個人的凶手。」

他跌坐在地，右胸衣服上染滿了血，但傷口已經恢復。我沉默片刻：「魏先生，我想確認，接下來監禁他、拷問他，結果是吉嗎？」

「……我也有些意外。是凶。」

「那麼，或許跟我想的一樣。水上先生背後的勢力正透過某種不尋常的管道監視他。跟他有太多接觸，會曝光我們不想透露的事。」

「你說背後勢力，不就是ＪＭＭ社？」蘇育龍有些茫然，「我不明白爲何那個年輕人要殺了加賀美先生，我還以爲他是加賀美先生的手下。」

「ＪＭＭ社是背後勢力，但內訌或許暗示了其他勢力的存在。」魏保志沉聲思索，「以常理推測，這件事背後當然有各方勢力糾纏，因爲瓶中小人影響的不只是神祕學世界，還有國力競爭，只有認眞看待此事的國家才能從競爭中勝出。水上先生背後的勢力，或許是國家層級的。對最接近結果的我們，瓶中小人也很可能是燙手山芋。」

確實。根據顏中書的說法，其實背後眾多國家早就把利益瓜分完畢了，問題是，承擔那些合約的是廣世公司，或說背後的政府部門；現在該部門差不多已經被搗毀，瓶中小人的使用權也因此重置。現在我們已接近終點，可以不受限地運用瓶中小人……

我渾身戰慄起來。

爲了拯救試用者，我們需要瓶中小人，但不受任何約束未免太可怕。在此之前，我們恐怕得用公正之神約法三章；雖然相信跟一起奮鬥至今的同伴，但這也是爲了彼此好，避免互相懷疑。

還在討論時，遠處突然傳來鋼琴聲。我們望向聲音來源，毛骨悚然。

怎麼可能？明明將手指折斷了，水上豊也不可能彈琴！雕龍說「我去看看」，朝琴聲方向飛去，但太遲了。水上豊也可以瞬間移動，趕到原地也沒用。如果他藏匿起來，再度進攻——

我們嚴陣以待，但預想的攻勢遲遲沒有來。

悲傷而舒緩的鋼琴聲流瀉在工廠周圍，沒有半點進擊的氣勢與激情。那是我沒聽過的曲子，彷彿只是在宣洩情緒而已；也沒多久，琴聲像是拋向空中的線，再也沒有落地，唐突而讓人掛念地消失了。

我們面面相覷，難道水上豊離開了？豎琴的力量可以穿越這個空間？

「老師……」

我猛然回頭，加賀美已轉醒。我趕到她身邊，少女躺在地上，尚未起身，卻已淚流滿面；彷彿察覺剛剛的琴聲，就是與鋼琴老師的永訣。

我扶她起來，心中滿是哀傷，不知如何解釋眼前的慘況。

後來我們在黃金城某個房間發現一座鋼琴。跟蘇育龍確認過，那不是廣世公司的，八成就是豎琴的媒介物，被加賀美正人他們帶進結界。房間特別打掃過，一塵不染，近乎潔癖；琴蓋被掀開，彷彿前一刻還有人在用。鋼琴老師離開黃金城前，就是坐在那裡演奏吧。

我們再也沒見過水上豊也。

☘

「一號，這樣問可能有些不知趣——」

我沉溺於回憶中時，阿輝突然盯著我，表情嚴肅。我心中一凜。

「怎麼了？你想問什麼？」

「那位日本女生，你向她告白了嗎？」

「啊？你、什、什……」我舌頭打結，從情緒中彈出，嚇到下巴都卡住了，「爲什麼突然問這個啊！」

「發生這些事，想必是很大的打擊吧？或許你會趁虛而入，成爲她心靈支柱之類的。」

「什麼意思？我是這種人嗎！」我激動抗議。

「開玩笑的啦，我也覺得你不是這種人。」阿輝淡淡地說，「但過去的你，或許會以爲自己是這種人吧。既然你有自覺，知道自己做不出這種事，我就放心了。」

我呆了呆，明白阿輝的意思。

身爲遊戲玩家，我向來主張追求最大利益才是遊戲正道；過去的我或許會將動搖他人內心、乘虛而入當成「正確」吧？即使那不符合我的性格。但我認清現實了。我不是那塊料，無法隨時隨地貫徹遊戲理性，有些事絕對做不出來。

「但那個女生還好嗎？無論如何，她需要人照顧，這是事實吧？」

「是。但或許不必太擔心。」我說。

加賀美見到父親的屍體，情緒幾乎失控，無法接受水上豊也的所作所爲。我們不知如何安慰她，魏保志提案用「貓」召喚加賀美正人的靈魂，因爲只有他知道衝突的眞相；坦白說，我覺得這提案有點殘酷，魏保志也說不必急著進行，如果整理心情後依然覺得有此必要，到時再降靈就好。

但這番話讓加賀美的情緒平復下來。我們不得不將加賀美正人留在黃金城，因爲即使身死，也需要車票，只有鋼琴可以搬上幻影列車；離開黃金城後，加賀美想用瞬間移動將鋼琴帶回住處，魏保志指示我跟張嘉笙同往，他則自行開車回台北。

我們照辦了。

鋼琴出現在加賀美的客廳，看來毫不突兀。那時還沒天黑，窗外卻已昏黃；少女神情憔悴，安靜不語，怯生生地邀請我們留下過夜，我想起前幾天她也有同樣提案，情境卻完全不同。我暗自神傷。就像阿輝說的，她需要陪伴。

原本張嘉笙想拒絕，我卻用表情暗示他留下，他私下問我「這樣眞的好嗎？你不覺得礙事嗎？」居然以爲我想製造機會跟加賀美單獨相處，拜託，這種情況耶！

但我確實是小心翼翼。

不是要不要乘虛而入的問題，而是不敢觸碰她。雖想接近，又怕笨手笨腳，讓她受傷。而且沒能防範加賀美正人被殺，她會不會怪我？坦白說，張嘉笙在旁讓我安心許多。那個晚上，加賀美靜香用「貓」召喚了自己父親。由於事涉隱私，她是自己一人與父親深談，但結束後，她將一切告訴了我們。

想不到加賀美家如此黑暗。

母親之死的眞相、家族的陰暗面、父親與水上豊也的眞正目標。在她不知道的地方，父親代她承受了這麼多，能成長爲這樣有勇氣的少女，或許是多虧了父親與水上豊也的守護吧？加賀美爲之心碎，因爲她長年漠視父親關心，傷害了他。

但我覺得不是她的錯。某種意義上，那正是加賀美正人期待的。

本以爲加賀美正人只是把女兒當工具，但他眞正的目的是讓女兒自由；事到如今，加賀美不可能回日本，但父親已做好準備。趁申請轉學，要出入各種機關之便，他私下完成了移民流程。大安區的這個高級套房，也是買給加賀美的，而且他已跟律師說好，等加賀美成年，房子會自動轉到她名下。之所以買高檔房子，是因爲挑房子時沒經過加賀美同意，如果加賀美想搬到其他地方，賣掉房子就能得到資金。他在加賀美的戶頭裡存了一大筆錢，至少幾年內，加賀美生活無虞，就算沒有我們幫助，她也可以獨自在台灣生活。

實在太過周到。聽到這些，我對加賀美正人的覺悟感到敬畏，同時稍微鬆了口氣；應該沒做錯吧？勝過水上豊也、將加賀美的行蹤隱藏起來，我跟加賀美正人、水上豊也達成了共同目的。但這讓他們安心了嗎？老實說，沒有答案。

即使勝過水上豊也也無法確認。畢竟那個幕後黑手，連強大的水上豊也都拿他沒轍。

說起來，加賀美正人口中的那位「祖母大人」，策略也太莫名其妙。讓他屈服，卻暗示沒有利用價值後會殺了他，這只會讓他不好好辦事，不是嗎？而結果正是如此，比起完成任務，他更優先安置加賀美。

不過，或許那位「祖母大人」只懂得用這種方法控制人。她只把加賀美正人當成「用過即丟的好用工具」，眞正寄望的是水上豊也。如果水上豊也沒顧念加賀美，事情很可能如她所想；在黃金城，水上豊也將我們轉移到不同地方，各個擊破，他有降伏所有人的實力。

爲何「祖母大人」這麼自信？水上豊也是加賀美的鋼琴老師，兩個在加賀美家受差別對待的人，顯然有難以無視的羈絆，難道水上豊也有什麼不得不照辦的理由？應該吧。這大概就是「監視者」的宿命，要是有自由，誰想當什麼莫名其妙的「監視者」？

稍晚，張嘉笙洗澡時，加賀美在客廳低語。薄薄的冷清自窗外流瀉而來，彷彿受孤零零的少女所吸引。

「發現自己可能是媒介物的時候……我不知道怎麼辦。不過，我很快就想到，我是父親的力量來源，所以要是沒有我，廣世公司的大家……還有顏小姐就不會死了。」

她不像是在對我說話，而是對著虛無。我應聲了。

「不，即使沒有物自身，令尊肯定會用其他方法達到目的。」

「也許吧。不過，事實就是我跟那件事並非無關。事到如今，就算知道父親重視我，我也不知道怎麼面對他。我該因自己受重視而高興嗎？即使平時我們的互動這麼冷淡？我不知道……所以，在最後一刻，我不能置身事外，這也是身爲媒介物的義務。對不起，頤顥，那時你被嚇到了吧。」

「嗯，但我明白。」

——我眞的明白嗎？前往黃金城時，她不願透露媒介物是什麼，還說「羞恥」，這就是原因吧。對父親眞實想法的不知所措，還有自己間接造成慘案的內疚，不只是不想被我阻止，也是眞的羞於啓齒吧。解釋起來很簡單，但她的掙扎與折磨，恐怕是外人難以想像的。

「現在我已經不知道這麼做對不對了。」少女垂淚低語，「我想做正確的事。顏小姐也說過，只要離開十公里，父親的媒介物就會失效。要是我沒去黃金城，父親會不會仍然活著？事情變這樣，是不是因爲我沒有做正確的事？」

當然不是。

但我說不出口。

理論上，沒有任何證據顯示事情如她所說，因爲即使明白加賀美正人的動機，我們仍不明白爲何水上豊也會在那個時刻下手殺他；既然不知動機，自然無從推理。但對自責的少女來說，「推理」什麼的太輕巧了。然而不能什麼都不說，因為加賀美正人跟水上豊也好不容易抵達這一步，一定不希望少女因此哭泣。

「阿輝跟我說過，」我在她身邊坐下，「希臘哲學家亞里士多德認為，自由意志才是責任所在，反過來說，沒有意志就不用負責。譬如我抓住你的手殺人，雖然是你的手，但殺人的責任在我。」

我一邊說一邊有些心虛，講什麼亞里士多德啊？但加賀美似乎不在意這些，她濕潤的雙眼閃閃發光：「頤顥是說，因為我不知道父親在利用我，所以不必負責嗎？」

「不止如此——令尊也是，責任不完全在他身上。」我頓了頓，「責任在策畫一切的幕後黑手身上。他們把令尊跟水上先生當工具，監視他們、威脅他們，不允許他們的意志出頭；向那個強大的意志投降，或許有責任，但此時此刻，唯一跟令尊與水上先生意志有關的，就是你活著，還活在這裡。我可以保證，你做的是正確的，因為你不是考慮私利。要是看結果不好就說不正確，那好結果不就會有邪惡孳生？」

要是顏尚書或蘇育龍在這，聽我這麼說肯定氣死。但為了安慰加賀美，管不了這麼多了。這些話似乎哪裡觸動她，少女終於忍受不住，靠著我的肩膀哭泣。她邊哭邊搖頭，說不能把父親放在黃金城，想為他舉行葬禮，問我願不願意幫忙。我點點頭。就這樣，她哭到在沙發上睡著，我將她抱回床上，蓋好被子。

張嘉笙早就洗好，只是不想打擾我們，才悄無聲息地躲回房裡。我回房間後，他嚴肅地盯著我：「那個，學弟，我在想一件事。明天就要完成瓶中小人了吧？」

我點頭。蘇育龍跟我們分別前，承諾明天會帶顏尚書到黃金城，要我們早上到海濱車站集合——終點總算就在眼前。但他要說什麼？

「瓶中小人是全知全能的。雖然全知全能很可怕，但我們之中，應該沒有人想用瓶中小人做壞事，所以……就算稍微任性一點，應該也沒關係吧？」

他說這話時有些戰戰兢兢，但我明白他的意思。

「我知道。老實說，我也想過。不過，還不確定瓶中小人是不是真的全知全能，那種虛無飄渺的希望，等見到瓶中小人再說吧。」

隔天，我們將抵達的不只是旅程的終點，還是神祇的終點；黃金城是神祇的墓地，但那裡將誕生新的事物——或許是我們無法掌控的事物——到了這一步，已經沒有停下來或後退的餘地。

我走出房間，從落地窗看台北夜景，打算跟神祇道別。

「肉麻兮兮的話就算了，」雕龍說，「不管眞相如何，神祇的自我認知就是『商品』，試用期結束就會消失；你硬是搞得很感性，只會讓雙方尷尬而已喔。」

「喔，好。雕龍，歐歐妮。揪酸妮斯了，窩噎不灰汪嘰妮的。」

我超沒誠意，發音都是平聲，宛如機器人。

「我很好奇，忘心老兄能不能控制你的身體，讓你從這裡跳下去？」

「是你說不要太感性的！」

「誰叫你表現出一副氣氛微妙的樣子？我想阻止你出醜，誰知你往另一個方向出醜，我努力過了喔。」

「出醜又怎樣？」我瞪著雕龍，「都最後了，是不能讓我講些眞心話喔！還是說怕的是你？你怕自己不小心也說了眞心話，才不想要我講？」

「嗯，或許吧。」雕龍冷靜地說。祂居然承認，我反而說不出話了。

「這也難免吧？再說一次，我們的自我認知就是『商品』，即使接受眞相，認同也不會改變，甚至同時存在兩種截然不同的認同。就算你什麼都不講，我也已經很尷尬，所以直到最後都作爲『商品』存在，或許是對雙方來說都舒服的距離，我也建議你這樣做。據我所知，忘心老兄也是這麼想的。」

「嗯，沒錯。」忘心點頭同意，「而且我的主人是溫正輝，程頤顯若要跟我道別，我認爲是多餘的。不過，你幫溫正輝醒來，我致上感謝。」

被雕龍這麼一說，我也隱約察覺到尷尬的點。祂因師匠的基因而存在，但祂或許不想承擔我與師匠的回憶，或我對師匠的感情吧。問題不是商品與否，而是我們的關係僅限於試用者與神祇，那就夠了。

我回憶相遇至今的種種。雕龍嘴巴很壞，但關鍵時刻都能看穿我的軟弱。雖然是商品，但祂比我更知進退。即使只相遇短短一個多月，但無疑得到很多幫助。我在心底品嘗這些片段，溫暖的情緒中，有某種強固的覺悟升起。

「我明白了。那接下來的話，是作爲使用者對商品說的。謝謝你，雕龍。多虧有你，我才能走到這一步。我不會忘記你對我的幫助。」

雕龍在夜空中行了個躬身禮。

隔天我們重返黃金城，爲了帶走加賀美正人的遺體，蘇育龍多帶了車票。不愧是工業級別的鍊金術，操作極爲複雜，不同層的機器要照不同順序開啓，還要算間隔時間；光是「啓動」，我們就幾乎花了兩、三個小時，與此同時，黃金城發生異變。

最初是空氣又濕又熱，從山腰看，海水變成黑色，比起汙濁，更像無底深淵，彷彿海的彼方化作屍骸沉積之處，連最古老的生命也消逝其中。接著從海平面處，牛奶般的白色逐漸吞噬藍天，雲與天空的邊界消失，天空彷彿成了巨大的鏡面，雖反射了光，卻看不清反射什麼，只是均勻無特徵的白。

某種能量從海裡升起，甚至產生地熱。黃金城有了濃濃的異界感。

陰陽海的黃色部分發出耀眼光輝，宛如太陽融化在流冰中，明明刺眼，卻又冷冽。太陽溶液由出海口逆流，自河床蔓延而上，攀上陸地，往工廠方向擴張、延伸，從高處看，就像展開金色的葉脈，比起幾何圖形，更像自然界的紋理。那些黃金液體違背萬有引力，爬上工廠牆壁，最後流進工廠裡的鍊金術機具。眾多機關發出轟鳴，被遺忘的工廠復甦。我們聚集起來，因臨近「終點」而緊張。

蘇育龍將我們帶到放陶壺之處。

高聳的房間裡擺滿汽缸、引擎與大量管線，這些管線絕大部分是從房間外連進來，並通往房間中央的一個圓柱形裝置；裝置看來頗有工業感，但下半部鑲滿了濃濃神祕學感的裝飾，譬如寶石，神祕符號，還有匕首、權杖等。某種紅色混雜著金色的液體流淌在透明管線間，不知是不是燃料。

裝置中間區段是玻璃罩，陶壺就放在裡面。就樣式而言，陶壺並不特別，只有簡單的紋路裝飾，但這就是神聖子宮的替代物，人類起源。看著它，我有些畏懼，甚至發毛。

在蘇育龍的指揮下，眾神祇穿透玻璃罩，進入陶壺。他啓動最後的機關，房裡的機械轟隆作響，金色光芒漫出，吞噬整個房間。我的情緒被這片光芒塗抹，意識到自己失去了雛龍；同時，龐大的敬畏感與抗拒感湧現，就算沒看清身影，光是皮膚表層豎起了寒毛，就知道儀式成功了。

但我們不知道，其實也失敗了。

「瓶中小人」確實現身於此。那是此生不想經歷第二次的體驗。陶壺並非透明，我們看不見人形宇宙的全貌，但祂說話時，房裡所有機器都在震動，成爲發射音波的工具；我們像在音響，不，像在某人的口腔裡聽那人說話。那種難以言喻的黏膩感，使人不想再經歷。

瓶中小人理解人類的語言，也有對話的知性，但與祂對話非常不舒服。不是祂帶有惡意，而是祂的存在本身即威脅；就算見到祂前還懷著某種綺想，見到的瞬間也會破滅；在巨大威脅前，野心之類的東西是微不足道的。

但瓶中小人無法停駐太久，頂多十五分鐘，所以算是失敗。這不是理論失誤，廣世公司的準備是完備的，只是過去瓶中小人短暫出現在這個世界時曾留下「錨」，那個「錨」現在不在這，故只能暫時停泊——這不是理論失誤，而是無法預料的變因。

蘇育龍不知所措。對他來說，實現瓶中小人是爲了證明金瓜石的價值，他不能讓證明煙消雲散；他問錨是不是「活著的屍體」，是的話可以盡快拿來，但瓶中小人否定了，祂對那種東西毫無興趣。

「不必費時。『錨』已毀損。那是我與這個時空的約定，既然是約定，全能也無法顚覆。我無法修復『錨』。」

「——我不行嗎？」顏尙書唐突地問，「由我擔任那個『錨』，不行嗎？」

「你有資格，但你不是『錨』。」

顏尙書沒說話，顯然明白祂的意思。我心頭閃過複雜的情緒。祂口中的「錨」是什麼，我已經知道了。

僅僅十五分鐘的全知全能，我們並未浪費，瓶中小人復原了這場戰役裡的所有損失，當然包括昏迷不醒的試用者，並將陶壺送回神話世界；為了確認試用者情況，我們離開黃金城，趕往療養院……接下來的事，阿輝都知道了。

試用者全部醒來。祭品物歸原主。醒來的試用者得知眞相，嚷嚷著要賠償；國賠不太可能，廣世公司名義上還是民間單位，但要是政府不想鬧大，應該還是能拿到不錯的金額——

然後就到了今天。

「廣世公司應該很頭大吧？賠償金這種問題，通常會吵很久。」阿輝說。

「所以才把大家找來吧，但我覺得是該好好賠償。」

前幾天，我們收到廣世公司的邀請函。信裡對至今發生的一切鄭重道歉，並邀請我們參與今天聚會，說有重要消息要商量；雖沒說清楚，但字裡行間暗示著要談賠償。有些人受的影響不大，我跟張嘉笙只是翹了幾天課，但有些損失不只是錢，而是整個人生規畫都受影響；像朱宏志的曠職是毀滅性的，某個案子嚴重落後，很可能被炒魷魚……

認眞追究起來，一定有些事不是金錢賠償得了的。

「是嗎？總覺得有其他理由。而且讓我們到一〇一Buffet吃到飽……有種不太舒服的討好感。」

「區區Buffet就想買通我們？啊，雖然對台灣人或許有效——」

「不，只對我們大學生有效吧？大人應該很習慣Buffet。」

「什麼？我也吃過Buffet啊！不要覺得大學生就好搞定！」

說著這些垃圾話，我就像重新將日常的碎片拾起，心裡有種靜謐的感動。雖說我也覺得有些奇怪，廣世公司的遣詞用句避重就輕，結果這到底是派對還是談判？彷彿要討論嚴肅話題，卻有種諂媚感……但沒必要擔心，**黑羽的占卜是吉**，沒理由不去。

藝文中心裡傳來陣陣鋼琴聲，大概是有人在練琴。

「算了，既然占卜沒壞處，那隨機應變吧。」阿輝聳肩，「回到之前的問題。一號，你說還沒告白，那你打算何時告白？你有打算告白嗎？」

「為、為何你對這話題這麼有興趣啊！」我忍不住哀號。

「普普通通吧？我才想知道你為何不回答，難道你不喜歡那個女生？我猜錯了？」

我不喜歡加賀美靜香？怎麼可能，但我沒反駁。「不勞你費心。我沒有告白的打算，至少暫時沒有。」

「為什麼？」

理由的話，真是多到數不完。加賀美的新生活還沒穩定，現在開始新關係，真的好嗎？而且坦白說——

「我不確定跟她說我喜歡她，算不算背叛她的期待。」我看向河景。

「背叛？」

「她對我也許沒有那種感情。」

「那也沒關係吧？告白本就是單方面的，還是說，如果不是百分之百兩情相悅，你就不會告白？嗯，也不是不可能，畢竟你的座右銘就是只玩會贏的遊戲嘛。」

才沒有那種座右銘！應該沒有吧。

「不是那樣的。哎，不要逼啦。我也還沒想清楚。你問喜不喜歡加賀美，當然喜歡啊。正因如此才不想讓她失望。也不只這個，而是告白幹麼？我能讓加賀美幸福嗎？或許她需要更強大的人。她應該得到幸福，也值得更好的人生。只是，這也不表示認輸，而是至少要試著成為更強大的人。既然如此，就不是現在。總之有各式各樣的考量啦——」

「呃，頤顥，」**雕龍**打斷我，「你後面。」

後面？有不好的預感。回頭一看，只見加賀美靜香正在不遠處，她似乎正想打招呼，已經舉起手，就這樣維持著小跑步前進的動作。

她僵在那，滿臉通紅，已經紅到會發光。也對，畢竟是能聽見我們說話的距離。

不對啦哇啊搞什麼啊爲什麼啊啊啊——

炸裂！腦內沸騰！什麼都燒掉了！連一個字都塞不進去！

就在我整張臉燒起來，徹底短路，無法思考的時刻，加賀美已怯生生低下頭，原本高高舉起的手猛然落下，憑空發出宛如警告的清脆聲響。

是瞬間移動，她逃了。

我也好想逃。

「地洞……地洞在哪裡？」

打擊太大了。世界上沒有比這更糟的告白，連告白都不算啊，只是破哏，太慘了！阿輝卻幸災樂禍，哈哈大笑。他扶著我說：「抱歉、抱歉，我是眞的沒注意到啦。不過看你這樣，我倒是放心了。」

我瞪著他，放什麼心啊，他溫和地笑：「我總算確定你是認眞的了。畢竟高中時，你談戀愛的心態很隨便嘛。明明沒準備好卻答應交往，分了手又擅自受傷，我不是說你輕浮，但這次眞的好好思考過了。」

「聽起來像誇獎，但現在不需要啊……」我還沒從打擊中平復。

「問題不在這裡吧？頤顥。」雕龍叉著手，「加賀美會來這，不是因爲你們約好了？現在她跑走，你們要怎麼去廣世公司的派對？如果不想遲到，最好現在就去趕公車，或是叫計程車喔。」

「算了啦，不去了，就讓我死在這裡，讓禿鷹啄去我的屍身吧！」

「別開玩笑了，就算附近有猛禽也不屑吃你的肉，更何況這裡根本沒那麼大的猛禽。」

哈哈，很棒的吐槽，Nice。吐槽就像長矛一樣貫穿了我，幸好已經死了，沒在怕的。這時手機突然響起，是簡訊。我拿起一看，加賀美傳的。戰戰兢兢地點開後，我閱讀那行字，狠狠嘆了口氣。

不是我想看的內容。但這樣一來就無法賴在這裡了。

「怎麼了？」阿輝問。

「到學校後門吧。」我尷尬地苦笑，「加賀美說無法帶我們去，所以請人幫忙接送，大概十幾分鐘後就到了。」

「靜香聯絡我，要我載你們去台北一〇一，這是怎麼回事？爲何她不直接帶你們去？你們吵架了？」

後門停著一輛黑色轎車。打開門，走出駕駛座的男子是加賀美正人，跟最初見到不同，不是友善無害的表情，更像看著討厭的害蟲。才剛見面，他就臭著臉連珠炮逼問我。唉，不知道要怎麼應付他，但他都來了，只能硬著頭皮配合，畢竟是加賀美的父親，無論如何都不想得罪。

「伯父好，」就在我努力解釋時，阿輝已見縫插針，找了個談話斷點介入，「我是溫正輝，是程同學的朋友。我已聽加賀美同學委託伯父來接送我們，勞煩您特別載我們一趟，眞是不好意思。」

他雖是插嘴，但這番話相當得體，也暗自提醒對方重點是接送。加賀美正人不滿地哼了一聲，說「上車吧」，我連忙坐進副駕駛座，阿輝則坐後座。

——沒錯，加賀美正人還活著。

嚴格來說是死而復生。瓶中小人**復原了這場戰役的所有損失**，當然包括所有死者；不只加賀美正人，廣世公司被殺死的人也復活了。黃金城裡，加賀美激動地抱住父親，感人的父女重逢。甚至瓶中小人變回屍塊，我們各自的神祇回歸，活化時間還被重置，能再相處六個月；幸好告別的話沒說得太狗血，不然眞的要出醜了。

這也是很重要的六個月。在「試用期」結束前，要盡可能利用神的力量，封鎖來自加賀美家的惡意。即使決鬥分出了勝負，事情也未塵埃落定。

結局看似完美，畢竟死者都復活了，但不是的。這麼多人裡，**有一人無法復活**。

不只這個缺憾。就算加賀美正人復活，他跟女兒也要花不少時間修補親子關係。那些被家族奪去的時間不會回來，對兩人來說，怎麼跟對方相處，無疑是要重新學習的；所以才說新生活還沒站穩，不適合告白嘛，這麼重要的時候，難道我這個外人要來添亂？

回想這段期間的種種，就算損失被修復了，發生的事也不能當沒發生過。時間輾過去留下的痕跡依舊，被改變的人生也無法重置，要說這是完美結局，恐怕差太遠。

但事情也在好轉。最初加賀美正人打算逃亡，怕連累女兒，我們勸他等黑羽占卜再下結論，而占卜結果支持他陪在女兒身邊；仔細想想，這或許是水上豊也的體貼，他不見得猜到瓶中小人能復活所有人，但還是留下伏筆，以絕後患——

他在被監視的情況下殺了加賀美正人，說服「他們」這個男人死了。

雖然還有衍生問題，像加賀美正人沒移民，一段時間後會成為偷渡者，抓到就要遣送回國；要瞞過加賀美家，正式移民大概不可能。不過也不是完全不能解決，只要到移民署之類的地方，用Dark Book的力量干涉公務員視覺，讓公務員通過審查文件……這樣的能力握在我們這些平民手中，實在可怕。但這是廣世公司的責任，他們有義務搞定這些。

沒得到自由的只有水上豊也。

據加賀美正人推測，為了保證這些監視內容可信，他必須回加賀美家，或是回原本所屬的組織匯報。他有自由的一天嗎？想著這件事，我卻沒說出口，光是揣摩他背負的重擔，就覺得無法輕易去討論。

車子停在台北一〇一附近。我正要下車，卻發現車門鎖著。加賀美正人瞪著我，用手勢要我安靜，接著拿起手機。我暗自不安，怎麼他表情這麼嚴肅？

「もしもし。靜香，我已經帶他們到一〇一，你可以出發了。嗯？再給你一點時間？那我問你，是不是這小子惹你不高興？是的話你直接說，我會盡做父親的責任。」

他說這話的表情跟割斷莊天河咽喉時很像。冤枉啊大人！而且你是這種形象嗎？不確定加賀美說了什麼，但我們總算逃出黑色轎車。阿輝倒是不滿，他笑笑地說要是加賀美正人真敢出手教訓，他不會旁觀——嗯，前殺手跟武神化身，幸好事情沒變那樣。我們拿著邀請函，登上直達聚會會場的電梯，進場時，時鐘証好指向聚會開始的時間，差一點點就遲到了。

好熱鬧。

這裡有觀看高空風景的吧檯桌，還有吃到飽的Buffet，紅、白酒都免費提供，感覺頗為高級；幸好賓客服裝都很隨性，不然真有走錯地方的感覺。這時不遠處傳來莊曉茉的聲音。

「嗨！頤顥，你來啦？哎呀呀，溫同學是嗎？你也在？嘜，你是被邀請的客人？我還以為你會以廣世公司工作人員的身分出現耶。」

依舊是超誇張的華麗服裝，那裙子蓬到沒有人能接近吧。但想不到說的話如此銳利，我連忙說：「莊小姐，我有解釋過，阿輝他是不得已——」

「哎唷，討厭啦，我當然是開玩笑的啦！」莊曉茉笑著拍了一下阿輝肩膀，「我們都是受害者，別忘了要團結起來好好敲個竹槓喔！」

「謝謝諒解。不過我們是要求正當補償，不是敲竹槓吧？」阿輝說。

「嘻嘻，你知道我的意思就好！」

「正輝哥！」林翼從某處衝出來，「又見面了！」

「林翼！」阿輝高興地彎下腰，降低自己的視線，「家裡的問題解決了嗎？需要幫忙嗎？對了，謝謝你幫我，雖然都是我的任性……」

「沒事，畢竟我答應你了嘛！」

林翼搖搖頭，撲上去抱著阿輝，想不到他們感情這麼好。

會場還有好多熟面孔，有些在汐止看過，想到他們都從陰曹地府走一趟回來，我不禁覺得這是很難得的場合。蘇育龍穿著白西裝，到處走來走去，像是司儀，莊天河也混在工作人員裡，他現在看來沒什麼架子，甚至很低調，不知發生了什麼事。

但顏尚書不在。我能理解。

「程同學。」衛知青、魏保志、朱宏志三人也圍過來，張嘉笙正在跟一對年輕男女聊天，甚至沒注意我。那兩位就是他在這次事件中努力要拯救的人吧？衛知青帶著愉快的笑，態度相當放鬆，跟最初見面時完全不同。雛龍環顧四周：「嗯？魏老兄，你弟弟沒來嗎？」

「當然有，在那。」魏保志指了某個男人，那人的氣質跟魏保志完全不同，留長髮，穿民族風服裝，給人一種音樂人的印象。他正在跟某位女性聊天，看那態度也不像認識，難道是搭訕？

「跟魏先生風格差蠻多的。」我坦誠地說。

「是啊，兄弟生活方式不同，坦白說，感情也不怎麼樣。這次也沒說好，是各自來的。我不算試用者，被邀請也算是破格吧？」魏保志雖這麼說，但眼神很欣慰能救回弟弟。

「不要說破格，魏先生是最有資格的吧？」衛知青說，「要是沒魏先生，我們根本拿顏小姐沒辦法，恐怕短短幾天就全滅了。」

這話沒錯，但還是讓大家一時沉默。衛知青也注意到了，連忙掩嘴。

「眞可惜。」朱宏志率先開口，他拿著酒杯，臉色微紅，看來已經喝了些酒，「顏小姐曾是敵人，但她應該是有資格站在這裡的……」

沒想到是他說這句話，畢竟他直接被顏中書欺騙、擊敗，有資格生她的氣。但沒錯，這場宣告事件完結的聚會，顏中書缺席了；因爲瓶中小人沒有復活她，或是說，無法復活。她就是瓶中小人口中的「錨」。

弌修斯的祭品，我已在黃金城還給顏尙書。他接受了，還說了莫名其妙的話。說有碗豆花放了好幾天，他要趕回家吃。爲何突然講那句話？但不知爲何，那時我就有預感，接下來不會再見到他了。

我心情複雜。事情能圓滿結束，某種意義上是顏中書的死造成的，瓶中小人對世界的影響因此被降到最低，要是她還活著，讓瓶中小人透過「錨」登陸，事情會不會失控還很難說。但我不禁想，難道非得有人犧牲？就沒有所有人都得到幸福的結局嗎？

「哎唷，不要說這個啦。」莊曉茉用歡快的語氣打破沉默，「講點正經的事，沒忘記吧？我們是來撈錢的喔，雖然有自救會，但錢這種東西是不拿白不拿！」

「感謝各位。」朱宏志苦笑著鞠躬。他的工作受很大影響，就算離職，失蹤帶來的災難結果也會在業界傳開；他在討論區裡說了這情況，衛知青便提案組個自救會，簡單來說，就是「利用神的力量來彌補廣世公司帶來的災害」。她曾利用黑羽中樂透，這番話自然很有分量；所以來此之前，我們還找了不少試用者加入討論區，大家提出自己目前的困境，無論是不是廣世公司造成，再討論能不能用神祇的力量解決。

「啊，林翼，一號，等我一下。」

阿輝注意到什麼，跟我們打聲招呼便跑開了。他跑到一個女孩子旁邊，低頭道歉，那女孩子也是試用者，旁邊的蝙蝠就是她的神吧？她看到阿輝後嚇了一跳。原來如此，他們大概曾有一戰。

「感謝各位賞臉蒞臨。」蘇育龍的聲音透過音箱傳來，他站在會場前，「雖然也有些人沒來，我們會私下再跟他們謝罪。我們知道對各位造成了很大困擾，願意盡最大努力來補償；各位有看到右手邊那排工作人員嗎？等各位吃完，可以到那邊塡寫資料，我們的專員會跟各位商討補償的細節。」

右側確實有一排臨時搭好的櫃檯，每個櫃檯都有工作人員。

「也跟各位報告，我知道可能讓各位不滿，但我們單位不算特別有餘裕，賠償金額有限。當然，我們會盡量想辦法。目前可以提供的方法是動用明年度預算，但得等明年才能撥款……」

他還沒說完就有人發出噓聲。也難怪，雖然應邀而來，但大部分的人對廣世公司沒好感吧？我見過他們下場，心情上比較能同情，其他人不然。正這麼想時，身後有誰碰了我一下，我回過頭，腦袋轟然一響。

是加賀美。

想不到她主動來找我，還以爲會避開呢！少女仍有些不知所措，視線瞥向我又轉開，在地上游移著。但沒刻意拉開距離。

我聽不進蘇育龍的話，只能聽見自己的心跳聲；加賀美要說什麼？回應我的告白嗎？我到底會不會被甩，幾秒鐘後就要被迫面對了嗎？這時，少女如蚊子振翅般細小的聲音傳來。

「……嗎？」

「什麼？」

「唔，」加賀美看來有些為難，紅著臉湊近我耳邊問，「我可以保留嗎？」

「保、保留什麼？」

我不是故意捉弄她，是真的大腦當機，我瞥見雛龍翻了白眼。

「就是，那個，」她語氣有些著急，「就是你說的那些。對不起，我不是故意偷聽的，但……所以……對不起，我想說的是，我不會當成沒聽見，但回覆可以暫且保留嗎？現在還有點混亂，希望好好思考，請你給我一點時間……」

她用無辜的眼神望著我。

當然好。

表面看不出來，但內心已經在放煙火慶祝了！保留什麼的，聽來十分渺茫，但原以為會被甩掉，好太多了！我一邊說「沒問題」，內心鳴奏著喜樂的樂章。加賀美露出放心的笑，這是怎麼回事？難道她以為我不會答應嗎？但不管了，這下子我也控制不住表情，露出沒救的傻笑。

雛龍的聲音響起。

「抱歉打斷你們喔。不過頤顥，你可以好好聽一下前面嗎？現在正在講嚴肅的事。」

我回過神，連忙轉頭。只見蘇育龍站到一旁，現在講話的是莊天河，但氣氛顯著不同，試用者們面面相覷，竊竊私語。

「這是什麼意思？」一個試用者問，「是要把神收回去的意思嗎？」

……什麼？

「我是不介意，」另一名試用者說，「但你們有能力收回去嗎？上次你們要把神奪走，結果就是讓我們變成植物人。不好意思喔，我覺得你們讓人很難信賴！」

「呃……或許是我說的不夠清楚。這不是強制的，我們當然會努力不造成危害。今天把各位找來，也是希望商討這件事，找出一個我們所有人都能接受的結論……」莊天河還沒講完，已有試用者走到前面跟他理論。怎麼回事？我厚著臉皮問：「可以解釋一下嗎？抱歉，我沒聽清楚。」

「簡單說，」魏保志說，「廣世公司簽署的各項契約書中，包含了特定情況下，由鍊金術師組織接收『瓶中小人屍塊』的契約。但『瓶中小人屍塊』就是『神祇系列』，這就導出剛剛的話題——某個我們不清楚的組織已經握有『神祇系列』的所有權。」

我心中一驚。

「這是怎樣，」衛知青抱怨，「這麼嚴重的事，邀請函上就該說吧！」

「不過可以想像呢。」忘心冒出來說，「水上豊也的背後有其他勢力，很可能已經知道最新情況，並擬定對策；對廣世公司來說，這算是暗箭吧？」

「是啊，」雕龍叉著手，「廣世公司曾經潰敗，契約也可能部分作廢，但實現瓶中小人的條件並未完全消失；爲了各自利益，當然會進行第二輪政治鬥爭，重新瓜分利益。」

有道理。原本顏中書就說可能出現第四勢力、第五勢力，對「瓶中小人」這種壓倒性的力量，大家當然都想分一杯羹——不，與其說分贓，不如說是自衛。這不是誰參與就能分贓的問題，而是誰沒參與就可能被毀滅，跟發展核武差不多。

「各位不用擔心！」莊天河揮手試圖引起注意，大聲說，「這還不是結論，因爲合約有很多細節，有討價還價的空間！但我們想請各位思考一下，要是不交出神祇，就算國家不介入管理，也可能招惹那些鍊金術師；我們絕不是要奪取各位權益，只是我們沒辦法保證所有人安全。但只要交出神祇，各位就安全了，那些鍊金術師沒理由再來找各位麻煩。」

只要放棄權益，就不會被找麻煩？的確有說服力，幾位試用者已經在考慮。畢竟大家都是無意間被捲入，根本不想找麻煩吧——

不過，這可不是正統攻略法。

「可以注意一下我這邊嗎？」我舉起手，大聲說，「我有問題想問。」

「你想問什麼？」莊天河鑽過人群來到幾步之外，看來有些戒備。

「不好意思，不是問你。」我面不改色，轉向衛知青，「衛小姐，可以請你用黑羽占卜一下，將神祇交給那些鍊金術師是吉是凶嗎？」

「就等你這句話。」黑羽大聲說，「主人已經占卜了，結果是『小凶』！」

廣世公司的人知道這是什麼意思，臉色微變，但其他試用者不見得知道黑羽的能力，還不清楚事情嚴重性。我立刻轉向大家：「各位，黑羽的能力是占卜，而且結果絕對會應驗；現在我們都在同一條船上，這占卜結果對我們全員適用，當然包括廣世公司在內。」

「凶？怎麼會？」莊天河大受打擊，「我們討論過，不該是這樣啊……」

「這不奇怪。」魏保志說，「認為放棄神祇就不會被找麻煩，這種想法其實缺乏依據。請各位想想，為何我們被選為試用者？不就是因為基因？沒有特定的基因就無法啓動神祇，換言之，只要一度扯上這件事，就不可能全身而退——這跟我們想不想被捲進麻煩無關。」

「那怎麼辦？不交出神，那些鍊金術師會來吧？難道我們是他們的對手？」一位試用者不安地說。

「可能是，也可能不是。」阿輝高聲說，「但各位都是神祇系列的試用者，應該很清楚神的能耐；我不認為會輕易被打敗，只要有共識，並且好好合作。」

「而且這是個簡單的理論。」我說，「經過這些事，我已經逐漸了解事件的性質，「我們不好戰，不希望樹敵，但敵人無論如何都會來，所以準備好武器，一定比赤手空拳來得好吧？如果不想落入被動，神祇系列就是必要的。」

試用者們竊竊私語，本以為事情要落幕了，誰知竟往另一個方向發展——

但真的不奇怪。投資台金公司數十年的鍊金術師們，怎麼可能放棄投資的成果？雖然能理解，但我們也不想成為砧板上的魚肉，如果對方展露敵意，我們當然只能反擊。

「程同學，」蘇育龍也擠過人群來，「要是不交出去，設法跟他們周旋呢？無論戰鬥或談判，那樣吉凶又是如何？」

「喂，別搞錯囉！」黑羽斥道，「我的主人是衛知青，這裡應該問我主人吧！」

「抱歉，衛小姐，可以麻煩你嗎？」蘇育龍灰頭土臉，但還是低頭詢問。

「結果是『小吉』。」她說。

眾多試用者鬆了口氣，發出歡快的聲音。嗯，我懂。他們大概是覺得，小「吉」耶！那不是很好嗎？只有我們表情微妙。小吉絕不順遂，甚至會有慘烈的犧牲，這些我們都經歷過了，但——

小吉終究是吉。

「看來戰鬥還沒結束呢，頤顥。」雕龍飛到我身旁說。

「是啊。」我點頭，這段時間的回憶一下子湧進腦海；我們渡過了這麼多難關，遇到這麼多挫折，失去這麼多事物，接下來或許會失去更多……但我們並非一無所獲。就像我不後悔回應那封信，不後悔遇到雕龍；只要不迷失方向，無論發生什麼，我肯定不會後悔。

我嘴角上揚，像明知前面有恐怖挑戰，卻仍選擇面對的玩家。

任務完成——讓我們前往下一個舞台。

（完）

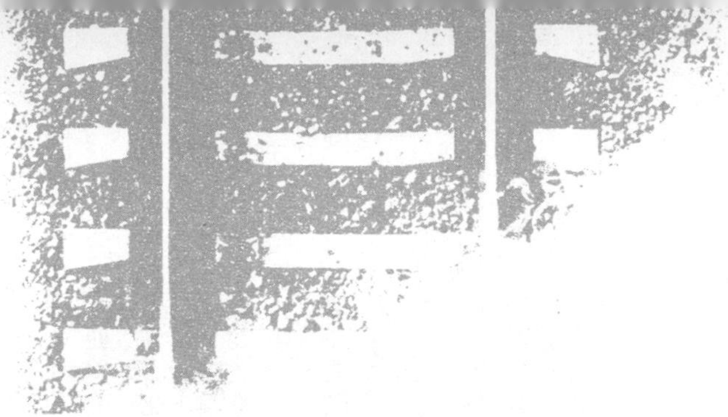

後記

我最初的台灣故事

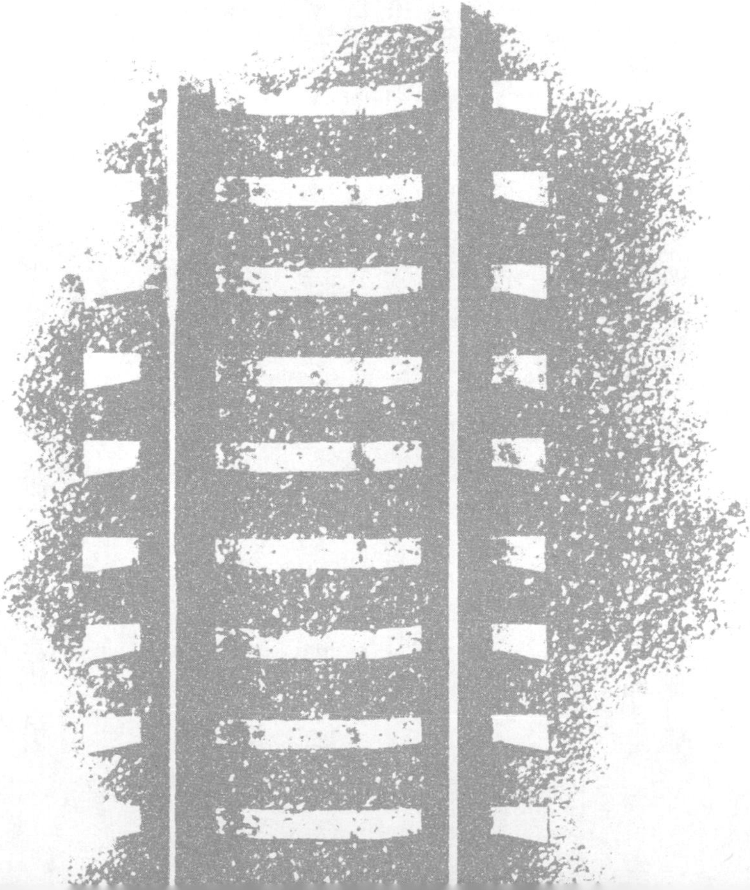

漫長的旅程終於結束了。

讀者朋友或許覺得結局儼然有續集，這不是我的本意；最初我設定的結局是主角群將神祇歸還廣世公司，從重責中解放，過著小確幸日子。但經過這幾年，我意識到事情不會這樣發展。置身事外是不能單方面宣稱就做到的，只要跟利益扯上關係，就一定有人會想盡辦法榨乾；就像魏保志所說，瓶中小人的碎片是由特定基因啓動，這注定試用者與相關血親不可能置身事外。

同時不難想像，主角群接下來面對的也不是什麼光明璀璨的未來。十九人團隊太難團結了。同甘共苦的主角群或許能團結，但這麼多性格、思想各異的試用者，眞能團結嗎？對其他人而言，主角群也不過是拿自己經驗壓人的老人。程頤顥說問占卜，確實是經驗談，但在其他人眼裡，也可能先起了反感吧，就更別說他只是個大學生。

危機感不足時，團結是很難的。因此接下來的情節，八成是討人厭的內訌與背叛，肯定有人不顧占卜結果擅自行動，爲了自保而出賣情報，還深信是爲了大家好……這就是「小吉」的眞面目。

不過，正視這樣的人性也很重要。作者並不是爲續集鋪梗，只是合理推敲可能的發展，請讀者見諒；這系列如果眞有其他故事，不見得會是本故事的後續，也可能是陸續補完未解之謎。

如顏中書、顏尚書的過去。

「活著的屍體」到底是什麼。

莊津鈺退出第一線跑到倫敦去幹麼。

還有「瓶中的小人」。

瓶中小人究竟多全能？程頤顥對祂的恐懼合理嗎？其實寫到後來，「瓶中小人」在我心中已有點接近「權力」的隱喻；我們期待握有絕對權力，以解決一切問題的人嗎？還是我們恐懼這種人出現，因爲他可能爲所欲爲？

雖只是個人意見，但我不怎麼欣賞「極權沒什麼不好，只要當權者有能力，就能治理好國家」這種說法。不是否定聖人，而是，這難道不是風涼話？極權國家發生什麼治理上的災難，只要說「因爲不是能人（強人）嘛，如果是能人（強人）肯定不會這樣」即可。什麼時候會出現能人？不重要，反正只要能人出現就能解決問題了啦——永遠只要求他人承擔責任是很輕鬆的，但換個角度看，那也只是逃避自身責任罷了。

將「瓶中的小人」視爲無限的許願機器，請祂做做好事吧。無限的水源如何？水能滋養萬物，當然很好，但要是眞的無限湧出水，毫無節制，地球就會毀滅。不然這樣如何？我們建造一個水池，並放了「標記」，要求「水面到此就停止」，問題不就解決了？但要是有哪個瘋子把「標記」偷走，放到喜馬哈雅山上呢？爲了避免這種事，只好做出更多限制，譬如「標記」不能離開水池，但要是有人鑽漏洞，立法改變「水池」的定義呢？爲了防範災難，我們需要設定更多條件，並讓無數的人參與討論，避免疏漏……

這就是「政治」。文明就是這樣發展而來。

強大的權力很好，但要毀滅一切也很簡單；因此必須參與、討論，對權力加以限制，使其轉往有益於全人類的方向——將龐大的權力交給某人，等發生紕漏，就說「只是這個人不夠好」，這難道不是風涼話？世界的未來，難道不是世界全體照適當位置共同參與，並共同擔起責任的嗎？

當然，這也只是風涼話。畢竟世上所有的權力並非均等，就像我們無法期待剛出生的小孩採取行動，自然也不會要求他承擔責任；對極權國家的人民，要他們負責，作爲道德要求似乎太強了。但民主國家的公民說出那種放棄責任的發言，恐怕多少讓我難以欣賞。我的意思是，若要認眞討論瓶中小人，其能力有多強不是重點，而是我們要意識到，我們遲早會討論到政治——只要我們夠認眞。

因此我對瓶中小人的限制只有一個：不能造成時空矛盾。除此之外，瓶中小人無所不能。

《廢線彼端的人造神明》的最初構想，大概誕生於二〇〇八年。

那時有個日本動畫叫《神靈狩》，有次我跟朋友聊這部作品，不小心打錯字，變成「神零售」，於是我靈機一動——要是把神拿來買賣，創造一個這樣的故事如何？結果就如各位所見，根本不是「神零售」，而是「神試用」。

故事還有另一個源頭。

我從大學開始熱衷於TRPG（桌上角色扮演遊戲）。這種遊戲，主持人能夠自由創造世界，玩家則擁有在世界中自由行動的權利；最初我中規中矩地採用《龍與地下城》規則，但隨著創作背景偏離傳統的劍與魔法世界，我開始改用《GURPS》——這套規則被稱為「泛統」，強調任何世界觀都能採用的泛用性，我將世界觀移到當代，同時尋找各種有趣素材。

最初我構想了一則發生在日本山村的TRPG故事，但我不清楚山村是何等風貌，很難畫地圖、安排建築位置，便想到九份與金瓜石。於是我數度考察，並發現金瓜石過去有個黃金神社，現已傾頹。在考察黃金神社途中，我造訪黃金博物館，意外得知金瓜石在日本時代的產量竟是「全日本」最高，被稱為「日本第一金礦山」——

日本產量最多的金礦山，居然不在日本，而是台灣？

我感到意外。那時的我，還是個崇洋媚外、覺得台灣沒什麼歷史文化的小屁孩，很難想像台灣有什麼「日本第一」；以此為契機，我開始對金瓜石的歷史產生興趣，進而知道水湳洞旁有條廢棄鐵路，還有全台灣保存最完整的廢棄月台，至於廢線的終點，則是知名的工業廢墟「十三層遺跡」……

這也太浪漫了吧。

我將這些元素拼湊在一起，鐵路、廢墟、礦業史，再結合前面提到的「神零售」概念，創造出了發生在現代社會的超能力戰鬥故事。那段期間，日本恐怖遊戲《零～月蝕的假面～》推出，主題曲是天野月子的

〈ゼロの調律〉，前奏有一小段柔和鋼琴，隨即切入強烈電音，酷到令人雞皮疙瘩。聽這首曲子時，我腦中突然出現莫名的畫面：廢棄學校裡，一群人趕往教室，發現空無一人。教室裡只有一台鋼琴。但少女知道教室不是沒人，有人正在「結界」裡奮力戰鬥，因此她坐下，彈琴，打算用琴聲撕裂「結界」——

沒有前因後果。少女是誰？什麼結界？那時我完全不知道。但就是這個畫面成為「神零售」的核心與基調，並有了「豎琴」與「忘心」兩個神祇。二〇〇九年，我以TRPG主持人身份帶了總共五回的中期團，主軸已經與《廢線彼端的人造神明》差不多；有件事我印象很深，原本玩家們跟NPC（非玩家角色）討論好，已找到證據，要逼顏中書認罪，誰知道顏中書當場以嚴密的邏輯擊敗玩家，玩家無法證明她是間諜，而她在反駁完所有證據後，說「雖然我不是間諜，但你們已不相信我，我們的合作就到此為止吧」，瀟灑離去，因此得到「不破的邏輯高牆」的稱號。後來玩家不甘心，在我同意之下重新挑戰顏中書，這次玩家不是靠邏輯，而是直接用暴力逼顏中書認罪。

不滿意就重來，也算重視自由的TRPG的樂趣吧。

雖說主軸雷同，但《廢線彼端的人造神明》與當年的TRPG版在許多細節上不同，隨便舉個例，原本顏尚書跟姊姊一起死於廣世公司大屠殺，與玩家在廢棄學校對決的是林翼；改寫的原因很多，但最核心的原因是經過十幾年，我的思想跟寫作風格有了改變。相隔這麼久重寫這個故事，坦白說很痛苦，我無法理解程頤顥的想法，花了很多時間重新進入；許多讓故事成立的東西都被重新排列，主軸雖然相似，背後的根柢卻已質變。

而且二〇〇九年離現在太遠了。編輯曾問我能不能改成比較近代的故事，但各位讀者想必清楚，故事的核心之一是海科館開幕造成深澳線時刻表變動，而海科館於二〇一三年底正式開幕，無論如何都會有十年左右的差距，這點無法克服；但那個年代的科技程度如何，我已經忘了，因此不得不進行種種調查，結果一查不得了，當時LINE還不流行，MSN正要退場，大學生比較熟悉Yahoo即時通。Youtube剛成立，臉書剛進入台灣，智慧型手機還不流行。當代科技進化太快了，短短十年，世界不是完全不同了嗎？

不同的不只是科技。我把故事給朋友看時，有朋友問「爲何大家講的是中華民國而不是台灣」，但在我的體感上，二〇〇九年確實如此；那時陳水扁剛下台，民進黨大敗，馬英九選上總統，對我來說，這是把握當時政治風氣的結果。

雖然很喜歡這故事，但最初我是猶豫的。到底要不要寫？據估算，這故事大概要花三十六萬字，如果不是確定有出版社願意出，眞的沒能量花這麼大的精力去寫。不過前幾年通過文化部青年創作補助，加上獨步文化願意出版，我才有理由完成這個故事。自結案以來，這部作品改了又改，拖了兩、三年才總算完成，編輯對我的怨恨至深，完全是我自找的。這段期間經歷的痛苦與壓力，老實說不足爲外人道，如今總算告一段落，心中的輕鬆與喜悅難以言喻。

尤其是，這是我最早以台灣爲主題的創作，有紀念價値。

有些讀者或許知道，我之所以創作「臺北地方異聞」這個世界觀，是因爲看了日本時代的紀錄片《南進台灣》。但如果沒有沒有考察東北角，對台灣史產生興趣，或許最後「臺北地方異聞」也不會出現；雖然《臺北城裡妖魔跋扈》出版較早，但這部《廢線彼端的人造神明》才是最早的台灣主題故事。能完成這部作品，我很滿足，要是讀者看完也能滿足，那就太好了。

本書得以完成，要感謝的人很多。首先自然是容忍我延遲這麼久交稿的編輯。明明封面初稿二〇二〇年底就畫好了。不只容忍，編輯也幫了我很多忙。有細節要討論，我凌晨十二點寄信提出，她居然在短短半小時內回了兩千字。也謝謝好友楊双子教我怎麼寫愛情故事，雖還不成熟，但我總算進化到能寫愛情故事了，不然過去我只擅長寫「結束的愛情」，對讀者深感抱歉。

感謝我的第一位讀者，我的妻子W。無論是作品本身或作品外，她都是我重要的支持。感謝幫我把中文翻成日文的阮宗憲，為了翻譯，我直接暴了故事的雷。感謝閱讀這個故事直到最後一章，並給我種種回饋的朋友，尤其是木几跟坎德，他們幾乎對每一章都提出大量建議，我受用良多。感謝看到最終章的Tusheen、WI、小拉、末、石頭書、吳佳欣、邱常婷、夜行、洛非，光是願意看到最後，對我來說就是重要的支持。感謝「神零售」的玩家小月、大K、之晴、珮芸陪我一同創造這個故事。也感謝非自願登場的大學同學，曾經的桌遊店總管，丹尼。（感謝順序無關重要程度，僅是行文方便，並列時採筆畫順）

以及，感謝看完這個故事的您。

廢線彼端的人造神明

作　　者／瀟湘神
責任編輯／詹凱婷
行　　銷／徐慧芬、陳紫晴
編輯總監／劉麗眞
總 經 理／陳逸瑛
榮譽社長／詹宏志
發 行 人／凃玉雲
出 版 社／獨步文化
城邦文化事業股份有限公司
104台北市中山區民生東路二段141號5樓
電話：(02) 2500-7696　傳眞：(02) 2500-1967
發　　行／英屬蓋曼群島商家庭傳媒股份有限公司城邦分公司
104台北市中山區民生東路二段141號2樓
網址／www.cite.com.tw
讀者服務專線／(02) 2500-7718；2500-7719
服務時間／週一至週五：09：30～12：00　13：30～17：00
24小時傳眞服務／(02) 2500-1900；2500-1991
讀者服務信箱E-mail／service@readingclub.com.tw
劃撥帳號／19863813
戶名／書虫股份有限公司
香港發行所／城邦（香港）出版集團有限公司
香港灣仔駱克道193號東超商業中心1樓
電話／(852) 2508-6231　傳眞／(852) 2578-9337
E-mail／hkcite@biznetvigator.com
馬新發行所／城邦（馬新）出版集團
Cite (M) Sdn Bhd
41, Jalan Radin Anum, Bandar Baru Sri Petaling,
57000 Kuala Lumpur, Malaysia.
Tel: (603) 9057822
Fax:(603) 90576622
email:cite@cite.com.my

封面設計／高偉哲
插　　畫／山米
排　　版／游淑萍
校對協力／許瀞云
印　　刷／中原造像股份有限公司
■2023（民112）2月初版
售價499元
獲文化部獎勵創作

ISBN 9786267226155（平裝）
ISBN 9786267226162（EPUB）

國家圖書館出版品預行編目資料

廢線彼端的人造神明／瀟湘神著．–初版．–
台北市：獨步文化，城邦文化事業股份
有限公司出版：英屬蓋曼群島商家庭傳
媒股份有限公司城邦分公司，民112.02
面　；　公分

ISBN 9786267226155（平裝）
ISBN 9786267226162（EPUB）
863.57　　　　　　　　　　1110158942

獨步文化
APEX PRESS

廣　告　回　函
北區郵政管理登記證
台北廣字第000791號
郵資已付，免貼郵票

104台北市民生東路二段 141 號 2 樓

英屬蓋曼群島商家庭傳媒股份有限公司

城邦分公司

請沿虛線對摺，謝謝！

獨步文化
APEX PRESS

書號：1UX015	書名：廢線彼端的人造神明	編碼：

獨步文化 APEX PRESS

讀者回函卡

謝謝您購買我們出版的書籍！

請費心填寫此回函卡，我們將不定期寄上城邦集團最新的出版訊息。

姓名：＿＿＿＿＿＿＿＿ 性別：□男 □女

生日：西元＿＿＿＿年＿＿＿＿月＿＿＿＿日

地址：＿＿＿＿＿＿＿＿

聯絡電話：＿＿＿＿＿＿＿＿ 傳真：＿＿＿＿＿＿＿＿

E-mail：＿＿＿＿＿＿＿＿

學歷：□1.小學 □2.國中 □3.高中 □4.大專 □5.研究所以上

職業：□1.學生 □2.軍公教 □3.服務 □4.金融 □5.製造 □6.資訊

□7.傳播 □8.自由業 □9.農漁牧 □10.家管 □11.退休

□12.其他＿＿＿＿＿＿＿＿

您從何種方式得知本書消息？

□1.書店 □2.網路 □3.報紙 □4.雜誌 □5.廣播 □6.電視

□7.親友推薦 □8.其他＿＿＿＿＿＿＿＿

您通常以何種方式購書？

□1.書店 □2.網路 □3.傳真訂購 □4.郵局劃撥 □5.其他

您喜歡閱讀哪些類別的書籍？

□1.財經商業 □2.自然科學 □3.歷史 □4.法律 □5.文學

□6.休閒旅遊 □7.小說 □8.人物傳記 □9.生活、勵志 □10.其他

對我們的建議：＿＿＿＿＿＿＿＿

＿＿＿＿＿＿＿＿

＿＿＿＿＿＿＿＿

□我已詳讀權利義務之相關條款，並同意遵守。

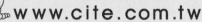

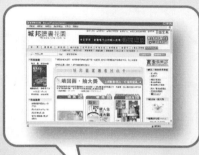